El sello HCBS identifica los títulos que en su edición original figuraron en las listas de best-sellers de los Estados Unidos y que por lo tanto:

- Las ventas se sitúan en un rango de entre 100.000 y 2.000.000 de ejemplares.

- El presupuesto de publicidad puede llegar hasta los u$s 150.000.

- Son seleccionados por un Club del libro para su catálogo.

- Los derechos de autor para la edición de bolsillo pueden llegar hasta los u$s 2.000.000.

- Se traducen a varios idiomas.

CLARO DE LUNA

NORA ROBERTS

CLARO DE LUNA

Traducción
VALERIA WATSON

EDITORIAL ATLANTIDA
BUENOS AIRES • MEXICO

A mis amigas de la infancia,
hermanas de sangre y confidentes que
me ayudaron a transformar los jardines traseros en bosques mágicos

TORY

Para mí, bella amiga, nunca serás vieja,
Porque así como eras cuando tus ojos mis ojos vieron,
Así resplandece tu belleza ahora.
—William Shakespeare

1

Despertó dentro del cuerpo de una amiga muerta. Tenía ocho años, era alta para su edad, de huesos frágiles, de facciones delicadas. Su pelo sedoso era del color del trigo y le caía por la espalda angosta. A la madre le gustaba cepillarlo todas las noches, pasarle cien veces el cepillo de mango de plata que tenía sobre la elegante cómoda de madera de cerezo.

El cuerpo de la criatura recordó eso, sintió eso, cada paso largo y sostenido del cepillo que la hacía imaginar que era un gato a quien estaban acariciando. Recordó cómo se reflejaba la luz sobre las cajas de hebillas y caía sobre el mango de plata del cepillo a medida que éste se deslizaba por su pelo.

Recordaba el perfume del cuarto, aún ahora le parecía percibirlo. Gardenias. Siempre gardenias para mamá.

Y en el espejo, a la luz de la lámpara, alcanzaba a ver el óvalo pálido de su rostro, tan joven, tan bonito, con esos ojos azules pensativos y la piel suave. Tan viva.

Se llamaba Hope.

Las ventanas y los ventanales estaban cerrados porque era pleno verano. El calor apretaba sus dedos húmedos contra el vidrio, pero dentro de la casa el aire era fresco y su camisón de algodón estaba tan seco que crujía con cada uno de sus movimientos.

Lo que ella quería era ese calor, y la aventura, pero mantuvo esos pensamientos en su interior mientras le daba el beso de las buenas noches a su madre. Un beso delicado contra la mejilla perfumada.

La madre había hecho retirar el camino de la escalera que todos los años, a partir del mes de junio, guardaba enrollado en el ático. Ahora los pisos de pino, cubiertos de cera, eran lisos y suaves bajo los pies descalzos de la jovencita que cruzaba el vestíbulo de paredes recubiertas de madera de ciprés de las que colgaban cuadros de marcos gruesos dorados a la hoja. Y que trepaba la escalera curva que llevaba al estudio de su padre.

Allí encontraba el perfume de su padre. Humo, cuero, Old Spice y whisky.

Le encantaba ese cuarto con sus paredes redondeadas, sus sillones grandes y pesados, tapizados en cuero del color de ese oporto que a veces bebía su padre

11

después de la comida. Allí los estantes de las bibliotecas estaban llenas de libros y de tesoros. Ella quería a ese hombre que la esperaba sentado detrás del enorme escritorio, con su cigarro, su copa y sus libros de contabilidad.

El amor era un dolor en el corazón de la mujer que habitaba dentro de la criatura, un hueco de deseo y de envidia por ese amor perfecto y sin complicaciones.

La voz del hombre resonaba, sus brazos eran fuertes y su estómago suave cuando la envolvía en un abrazo que era tan distinto del beso sutil y contenido de su madre.

Aquí está mi princesa que se dirige al reino de los sueños.

¿Con qué soñaré, papá?

Con caballeros y blancos corceles y con aventuras más allá del mar.

Ella lanzó una risita, pero permaneció un poco más de lo habitual con la cabeza apoyada sobre el hombro de su padre, ronroneando como un gatito.

¿Lo sabía? ¿Sabía de alguna manera que ya nunca volvería a estar sentada y a salvo sobre las rodillas de su padre?

Volvió a bajar la escalera y pasó frente al dormitorio de Cade. Todavía no había llegado la hora de que él se acostara, todavía no, porque Cade tenía cuatro años más que ella y era varón y durante las noches de verano podía quedarse levantado hasta más tarde, viendo televisión o leyendo, siempre que por la mañana se levantara y estuviera listo para cumplir con sus obligaciones.

Un día Cade sería el dueño de Beaux Reves y se sentaría ante el gran escritorio del estudio de la torre, con los libros de contabilidad. Se encargaría de contratar y de despedir gente, vigilaría la siembra y la cosecha, fumaría cigarros durante las reuniones y se quejaría del gobierno y del precio del algodón.

Porque era el hijo varón. Eso no era problema para Hope. Ella no quería tener que sentarse ante el escritorio y hacer sumas interminables.

Se detuvo frente a la puerta del dormitorio de su hermana y vaciló. En cambio para Faith sí era un problema. A Faith nada le parecía bien. Lilah, el ama de llaves, decía que la señorita Faith era capaz de discutir con Dios Todopoderoso sólo para irritarlo.

Hope suponía que debía ser cierto y aun cuando Faith era su melliza, no comprendía por qué estaba siempre tan irritada. Esa misma noche la habían mandado a la cama por insolente. Y ahora la puerta de su dormitorio estaba cerrada y no había luz debajo de ella. Hope supuso que Faith debía estar mirando fijo el cielo raso con su habitual expresión de mal humor y con las manos apretadas en un puño como si quisiera boxear con las sombras.

Hope tocó la perilla. Casi siempre lograba que Faith depusiera su mal humor. Se arropaba con su hermana en la oscuridad y le contaba historias que inventaba hasta que Faith se reía y se le pasaba la rabieta.

Pero esa noche estaba destinada a otras cosas. Esa noche estaba destinada a la aventura.

Hope lo tenía todo planeado, pero no se dejó llevar por el entusiasmo hasta que estuvo en su dormitorio y con la puerta cerrada. Sin prender la luz, se movió en silencio en la oscuridad plateada por la luz de la luna. Se sacó el camisón de algodón y se puso un par de shorts y una remera. El corazón le latía acompasadamente dentro del pecho mientras arreglaba las almohadas sobre la cama para darles una forma que, a su manera tan cándida de ver, se parecía a la de una persona dormida.

Buscó debajo de la cama su equipo de aventuras. La vieja caja de picnic contenía una botella de Coca Cola ya caliente, una bolsa llena de galletitas cuidadosamente robadas del jarrón de la cocina, un pequeño cortaplumas oxidado, fósforos, una brújula, una pistola de agua cargada y una linterna de plástico colorada.

Permaneció un instante sentada en el piso. Alcanzaba a oler los lápices de colores y el talco con el que después del baño se cubrió el cuerpo. Alcanzaba a oír apenas, apenas, la música que surgía de la sala de estar de su madre.

Sonreía cuando abrió la ventana y sacó el marco de la tela metálica.

Joven, ágil y llena de esperanzas, pasó una pierna sobre el marco de la ventana y encontró un punto de apoyo en el enrejado que sostenía la enredadera.

El aire era como miel y, mientras bajaba, su perfume caliente y dulce le llenaba los pulmones. Se clavó una espina en el dedo y debió respirar hondo. Pero siguió bajando, sin apartar la vista de la ventana iluminada de la planta baja. Soy una sombra, pensó, y nadie me verá.

Era Hope Lavelle, espía gitana, y debía reunirse con su contacto y amiga exactamente a las diez y media.

Cuando llegó al piso tuvo que sofocar la risa y el esfuerzo que hizo por contener la carcajada que burbujeaba en su interior, la dejó sin aliento.

Para aumentar su entusiasmo, fue corriendo de árbol en árbol y ocultándose detrás de sus viejos troncos y luego se volvió para mirar la leve luz azul que titilaba en la ventana del dormitorio, donde su hermano Cade miraba televisión. Enseguida contempló el reflejo amarillo de la luz de cada una de las ventanas de los cuartos donde estaban sus padres.

"Si me llegaran a descubrir en este momento, sería un desastre para la misión", pensó al agacharse para cruzar el jardín a la carrera mientras percibía el perfume dulzón de las rosas y de los jazmines. Debía evitar a toda costa que la capturaran, como si el destino del mundo descansara sobre sus hombros y los de su compañera de aventuras.

La mujer que había dentro de la criatura gritó: "*¡Vuelve, por favor vuelve!*". Pero la criatura no la escuchó.

Sacó su bicicleta rosada que estaba donde la había ocultado esa tarde, detrás de las camelias colocó su equipo de aventuras dentro de la canasta blanca y empujó la bicicleta por el pasto, al lado del camino de grava, hasta que la casa y las luces se perdieron en la distancia.

Entonces montó y avanzó con el viento, imaginando que esa pequeña y bonita bicicleta era una motocicleta poderosa.

Volaba por el aire espeso y el coro de ranas y de cigarras se convirtió en el rugido de pantera de su motocicleta que avanzaba a toda velocidad.

Al llegar al lugar en que el camino se bifurcaba, dobló a la izquierda y luego desmontó para alejar la bicicleta del camino, hacia el angosto barranco donde quedaría oculta por los arbustos. A pesar de que la luna iluminaba la noche, sacó la linterna de su caja de aventuras. La sonriente princesa Leila de su reloj pulsera le indicó que llegaba quince minutos antes de lo pactado. Sin miedo, sin pensarlo, dobló por el angosto sendero y se internó en el pantano.

Hacia el fin del verano, de la infancia. De la vida.

Allí el mundo estaba vivo y lleno de sonidos, agua, insectos y pequeñas criaturas de la noche. La luz penetraba a través del dosel de cipreses con sus musgos colgantes. Allí las flores de magnolias eran grandes y tenían un perfume fuerte y dulzón. El camino hacia el claro era para ella una segunda naturaleza. Ese lugar de encuentro, ese lugar secreto estaba bien cuidado, custodiado y amado.

Como era la primera en llegar, juntó algunas ramas de la pila de leña y se enfrascó en la tarea de prender el fuego. El humo desalentaba a los mosquitos, pero ella se rascaba las picaduras que ya llenaban sus piernas y sus brazos.

Se instaló a esperar con una galletita dulce y la Coca. A medida que pasaba el tiempo se le cerraban los ojos, adormecida por la música del pantano. El fuego devoró las ramas finas y luego se convirtió en una pila de brasas. Apoyando la mejilla contra las rodillas, Hope se dejó llevar por sus pensamientos.

Al principio el crujido no fue más que parte de su sueño en el que corría por las calles de París para esquivar al malvado espía ruso. Pero el ruido de una rama al quebrarse la hizo levantar la cabeza con rapidez y le aclaró la mente adormilada. Lo primero que hizo fue sonreír, pero enseguida en su rostro se pintó la expresión profesional y severa de un importante agente secreto.

—¡Santo y seña!

Lo único que quebró el silencio del pantano fue el monótono zumbido de los insectos y el leve crepitar del fuego que se apagaba.

Se puso de pie de un salto, empuñando la linterna como un arma.

—¡Santo y seña! —volvió a gritar, y apuntó el rayo de luz de su linterna.

Pero en ese momento los crujidos resonaron a su espalda, de manera que se volvió, con el corazón latiéndole aceleradamente, el haz de luz bailoteando en saltos nerviosos. El miedo, algo casi nunca experimentado en sus ocho cortos años de vida, se le deslizaba, ardiente, por la garganta.

—¡Vamos! Termina con eso de una vez. No me asustas.

Un sonido a su izquierda, deliberado, burlón. Y cuando la siguiente víbora de miedo se le enroscó en las entrañas, retrocedió un paso.

Y oyó la risa, suave, jadeante, cercana.

Ahora corre, corre a través de las sombras espesas y de los charcos de luz. El terror es tan agudo en su garganta que corta sus gritos antes de que los pueda emitir. Pasos pesados a sus espaldas. Veloces, demasiado veloces y demasiado cercanos. Algo la golpea desde atrás. Un dolor tremendo en la espalda que vibra hasta las suelas de sus zapatos. La sacudida de huesos y de aliento cuando cae con fuerza. El aire se escapa de sus pulmones en un sollozo cuando el peso de él la clava en el piso. Percibe olor a transpiración y a whisky.

Ahora grita, un largo aullido de desesperación y llama a su amiga.

—¡Tory! ¡Tory! ¡Ayúdame!

Y la mujer atrapada dentro de la criatura muerta, llora.

Cuando volvió en sí, Tory estaba tirada sobre las lajas de su patio, cubierta sólo por un camisón ya empapado por la leve lluvia de primavera. Tenía la cara mojada y percibió el gusto de la sal de sus propias lágrimas. Los gritos retumbaban dentro de su cabeza, pero no sabía si eran suyos o de la criatura a quien no podía olvidar.

Temblando, rodó hasta quedar de espaldas, para que la lluvia le refrescara las mejillas y le lavara las lágrimas. Los episodios —hechizos los llamaba siempre su madre— a menudo la dejaban débil y temblorosa. Hubo un tiempo en que había logrado luchar y desprenderse de ellos antes de que la abrumaran. Porque debía elegir entre eso y el contacto doloroso del cinturón de su padre.

Te sacaré el demonio del cuerpo a latigazos, muchacha.

Para Hannibal Bodeen, el demonio estaba en todas partes; en todos los miedos y tentaciones acechaba la mano de Satanás. Y él había hecho todo lo humanamente posible por alejar esa maldad del cuerpo de su única hija.

En ese momento, con la náusea dando vueltas en su estómago, Tory deseó que lo hubiera logrado.

Le sorprendía recordar que durante algunos años logró abrazar lo que llevaba en su interior: lo explotó, lo utilizó, hasta lo celebró. Un legado, le había explicado su abuela. La visión. El brillo. El regalo de la sangre a través de la sangre.

Pero estaba Hope. Hope estaba cada vez más y más, y esos relámpagos de memorias de su amiga de la infancia le herían el corazón. Y la atemorizaban.

Nada de lo que había experimentado, fuera aceptando o bloqueando ese don, la había poseído de esa manera. La hacía sentir indefensa aunque se había prometido que nunca más volvería a ser vulnerable.

Sin embargo allí estaba, tendida en su propio patio, bajo la lluvia, sin recordar siquiera haber salido. Estaba en la cocina, preparando té, de pie frente a la mesada, con las luces encendidas y la música sonando, y leía una carta de su abuela.

Ése fue el gatillo, comprendió Tory mientras se ponía de pie con lentitud. Su abuela era el eslabón que la unía a la infancia. A Hope.

Al interior de Hope, pensó mientras cerraba la puerta del patio. Al interior del miedo, del dolor y del horror de esa noche terrible. Y sin embargo todavía ignoraba quién y por qué.

Todavía temblorosa, Tory entró en el cuarto de baño y después de desvestirse abrió la canilla de agua caliente de la ducha y se metió debajo.

—No te puedo ayudar —murmuró, cerrando los ojos—. No te pude ayudar entonces y no te puedo ayudar ahora.

Su mejor amiga, la hermana de su corazón, murió esa noche en el pantano mientras ella permanecía encerrada en su cuarto llorando por el dolor de la última paliza.

Y lo supo. Lo vio. Pero era impotente.

La recorrió la culpa, tan real como dieciocho años antes.

—No te puedo ayudar —repitió—. Pero volveré.

Ese verano teníamos ocho años. Ese verano lejano cuando teníamos la sensación de que los días calurosos y espesos durarían para siempre. Fue un verano de inocencia y de tontería y de amistad, la clase de verano que crea un bonito globo de cristal alrededor de tu mundo. Una sola noche lo modificó todo. Desde entonces, nada ha sido igual para mí. ¿Cómo va a ser igual?

Durante toda mi vida he tratado de no hablar del asunto. Eso no contuvo los recuerdos, ni las imágenes. Pero durante un tiempo traté de enterrarlo, como estaba enterrada Hope. Enfrentar esto ahora, registrarlo en voz alta, aunque sea ante mí misma, es un alivio. Como arrancarse una espina del corazón. El dolor permanecerá latente.

Era mi mejor amiga.

Nuestro lazo era profundo y tenía la intensidad inmediata que sólo los chicos son capaces de forjar. Supongo que formábamos una pareja extraña; la inteligente y privilegiada Hope Lavelle y la morocha y tímida Tory Bodeen. Mi papá alquilaba un pequeño trozo de tierra, un rincón de la gran plantación que era propiedad de los padres de Hope. A veces, cuando su madre ofrecía una gran comida para personas de la sociedad, la mía ayudaba con la limpieza y con el servicio.

Pero esos abismos sociales y de clase nunca rozaron nuestra amistad. En realidad, nunca se nos ocurrió que pudiera suceder algo semejante.

Ella vivía en una casa grandiosa, una que un antepasado excéntrico edificó imitando un castillo, en lugar de seguir el estilo georgiano tan popular en su tiempo. Era una casa de piedra, con torres y cúpulas y lo que, supongo, se podrían llamar almenas. Pero Hope no se parecía en nada a una princesa.

Vivía para las aventuras. Y, cuando estaba con ella, yo también. Con ella, escapaba de las miserias y los desórdenes de mi propia casa, de mi propia vida, y me convertía en su camarada. Éramos espías, detectives, caballeros embarcados en una búsqueda, piratas o merodeadores del espacio. Éramos valientes y honestas, audaces y desafiantes.

Durante la primavera anterior a ese verano utilizamos el cortaplumas de Hope para hacernos un pequeño tajo en las muñecas. Con solemnidad, mezclamos nuestra sangre. Supongo que tuvimos suerte de no terminar con tétanos. En cambio nos convertimos en hermanas de sangre.

Ella tenía una hermana. Una melliza. Pero Faith pocas veces se unía a nuestros juegos. Para ella eran demasiado tontos, o demasiado rudos o demasiado sucios. Para Faith siempre éramos demasiado algo. No extrañábamos su mal humor ni sus quejas. Ese verano, Hope y yo éramos mellizas.

Si alguien me hubiera preguntado si la quería, me habría sentido avergonzada. No lo habría entendido. Pero desde esa noche terrible del mes de agosto, todos los días he extrañado esa parte de mí que murió con ella.

Debíamos encontrarnos en el pantano, en nuestro lugar secreto. Supongo que no era demasiado secreto, pero era nuestro. A menudo jugábamos allí, en ese aire verde y húmedo, y vivíamos nuestras aventuras entre el canto de los pájaros, el musgo y las azaleas silvestres.

Nos estaba prohibido ir allí después de la caída del sol, pero a los ocho años, resulta excitante violar las prohibiciones.

Yo debía llevar dulces y limonada. En parte por una cuestión de orgullo. Mis padres eran pobres y yo era aún más pobre, pero sentía la necesidad de contribuir y había contado el dinero que había en el frasco que ocultaba bajo la cama. Esa noche de fines de agosto tenía dos dólares y ochenta y seis centavos y después de haber comprado la mercadería en lo de Hanson, todo mi capital financiero que descansaba en el frasco era de algunos peniques y de monedas de veinticinco centavos ganadas a fuerza de grandes trabajos.

Esa noche en casa comimos pollo con arroz. La casa estaba tan caliente que aun con los ventiladores de techo funcionando a toda velocidad, daba trabajo comer. Pero si quedaba un grano de arroz en el plato, papá esperaba que uno lo comiera y lo agradeciera. Rezaba antes de la comida. Según su estado de ánimo, esa oración podía durar cinco minutos o veinte, mientras se enfriaba la comida, el estómago de uno se quejaba y la traspiración nos corría por la espalda.

Mi abuela solía decir que cuando Hannibal Bodeen encontraba a Dios, hasta el mismo Dios trataba de encontrar otro lugar donde ocultarse.

Mi padre era un hombre grandote y con el tiempo adquirió pecho y brazos gruesos. He oído decir que en un tiempo se lo consideraba buen mozo. Los años cincelan a los hombres de distinta manera y los años cincelaron a mi padre con amargura. Era amargo y severo y mezquino. Se peinaba hacia atrás el pelo oscuro y su rostro parecía surgir de esa bóveda oscura como surgen las rocas afiladas de una montaña. Rocas que, ante cualquier paso en falso, a uno le desgarrarían la piel dejando al aire los huesos. Sus ojos también eran oscuros, de esa tonalidad ardiente que reconozco ahora en los ojos de algunos predicadores de televisión o en cierta gente de la calle.

Mi madre le temía. Trato de perdonarle que por temerle tanto nunca haya estado a mi lado cuando él usaba el cinturón para meter en mi interior a su Dios vengativo.

Esa noche, guardé silencio durante la comida. Tal vez él no fijara sus ojos en mí si permanecía en silencio y comía todo lo que tenía en el plato. En mi interior, las expectativas de esa noche eran como algo vivo, jubiloso. Mantuve los ojos bajos y comí cuidando de que no pudiera acusarme de devorar la comida ni de dar vueltas antes de comerla. Era siempre un equilibrio que uno debía mantener con papá.

Recuerdo el sonido de los ventiladores y de los cubiertos que raspaban los platos. Recuerdo el silencio, el silencio de las almas que vivían en la casa de mi padre y se ocultaban atemorizadas.

Cuando mi madre le ofreció más pollo, él se lo agradeció con amabilidad y se volvió a servir. La habitación pareció respirar con más soltura. Era una buena señal. Alentada por ello, mi madre mencionó que los tomates y el maíz maduraban bien y que durante las semanas siguientes ella se dedicaría a preparar conservas. También en Beaux Reves se hacían conservas y preguntó si a él le parecía una buena idea que ella los ayudara como le habían pedido.

No mencionó la suma que ganaría. Aun cuando papá estaba de buen humor, era inteligente no sacar el tema del dinero con que los Lavelle pagarían un servicio. Él era quien ganaba el pan en su casa, y no se nos permitía olvidar ese punto de tan enorme importancia.

La habitación volvió a contener el aliento. A veces, la sola mención del apellido Lavelle ponía truenos en los ojos oscuros de papá. Pero esa noche opinó que le parecía sensato que mamá hiciera el trabajo. Siempre y cuando no olvidara ninguna de sus obligaciones bajo el techo que él ponía sobre su cabeza.

Esa respuesta bastante agradable, la obligó a sonreír. Recuerdo que su rostro se suavizó y que la noté casi bonita. De vez en cuando, si me empeño mucho, logro recordar a mamá como una mujer casi bonita.

Han, lo llamaba cuando sonreía. No te preocupes, Tory y yo mantendremos las cosas en marcha aquí. Mañana iré a conversar con la señorita Lilah y arreglaré todos los detalles. Y como están por madurar las bayas, también me ocuparé de hacer jalea. Sé que tengo parafina en alguna parte, pero no sé dónde la he puesto.

Y eso, sólo ese comentario casual acerca de jalea y cera y olvidos lo cambió todo. Supongo que me distraje durante la conversación de mis padres, que estaba pensando en las aventuras que me esperaban. Hablé sin pensar, sin adivinar las consecuencias.

Y así pronuncié las palabras que me condenaron.

La caja de parafina en el estante superior del armario que está arriba de la cocina, en lo alto, detrás de la melaza y de la harina de maíz.

Simplemente dije lo que veía dentro de mi cabeza, la caja cuadrada de cera detrás de una botella oscura, y tomé mi taza de té dulce y frío para bajar el almidón de los granos de arroz.

Pero antes de que pudiera beber el primer sorbo, oí que volvía a reinar el silencio, la muda oleada que ahogó hasta el zumbido monótono de los ventiladores. Mi corazón comenzó a golpear dentro de ese vacío, un fuerte latido después del siguiente, con un sonido que sólo existía dentro de mi cabeza y que era el repentino y agitado pulso de la sangre. El pulso del miedo.

Entonces él habló con suavidad, como lo hacía siempre, antes de la furia. ¿Cómo sabes donde está la cera, Victoria? ¿Cómo sabes que está allí arriba, donde no alcanzas a verla? ¿Donde no puedes alcanzarla?

18

Mentí. Fue una tontería porque ya estaba condenada, pero la mentira surgió de mis labios, una defensa desesperada. Le dije que suponía que la había visto a mamá ponerla allí. Que sólo recordaba haberla visto poniéndola allí. Eso era todo.

Él hizo añicos la mentira. Tenía una manera de ver a través de las mentiras y de rasgarlas hasta convertirlas en trozos desparejos y pegajosos. ¿Cuándo la vi? ¿Por qué no me iba mejor en el colegio, si mi memoria era tan buena que podía recordar dónde estaba la parafina un año después de que la usaron? ¿Y cómo sabía que estaba detrás de la melaza y de la harina de trigo y no delante de ellas, o a un costado?

¡Ah! Mi padre era un hombre inteligente y nunca se le escapaba el menor de los detalles.

Mamá no dijo nada mientras él me hablaba en esa voz tan suave, puntualizando las palabras como puños envueltos en seda. Mi madre cruzó las manos que le temblaban. ¿Temblaría por mí? Supongo que quiero creer que era así. Pero no dijo nada a medida que mi padre alzaba la voz, nada cuando mi padre apartó su silla de la mesa. Nada cuando el vaso se me resbaló de las manos y se hizo añicos en el piso. Un trozo de vidrio me lastimó el tobillo y, en medio de un terror creciente, sentí ese pequeño dolor.

Por supuesto que ante todo él lo verificó. Sin duda debía decirse que era lo justo, lo que debía hacer. Cuando abrió el armario, hizo a un lado las botellas y sacó con lentitud la lata azul y cuadrada de cera que estaba detrás de las botellas, yo lloré. Entonces todavía tenía lágrimas en mi interior, todavía tenía esperanzas. Aun cuando me obligó a ponerme de pie, abrigué la esperanza de que el castigo sólo consistiera en oraciones, en horas de oración hasta que se me durmieran las rodillas. A veces, por lo menos a veces durante ese verano, eso le bastaba.

¿No me había advertido que no debía dejar entrar al demonio en mi interior? Pero a pesar de todo yo llevaba maldad a su casa, lo avergonzaba ante Dios. Dije que lo sentía, que no había sido esa mi intención. ¡Por favor, papá, por favor! No lo volveré a hacer. Seré buena.

Le supliqué. Él gritó trozos de las escrituras y con sus manos grandes y duras me arrastró hasta mi cuarto, pero yo le seguía suplicando. Fue la última vez que lo hice.

No tenía posibilidades de defenderme. Era peor que tratara de defenderme. El cuarto mandamiento era sagrado y yo debía honrar a mi padre en su casa, aunque él me castigara hasta que me brotara la sangre.

Su cara estaba roja por el enojo, grande y enceguecedora como el sol. Sólo me dio una bofetada. Fue todo lo que hizo falta para que yo dejara de suplicar y de presentar excusas. Y para matar mis esperanzas.

Me tendí boca abajo sobre la cama, ahora pasiva como cualquier cordero de sacrificio. El sonido que hizo el cinturón cuando se lo sacó fue el de una víbora siseante, luego hizo un sonido agudo cuando él lo blandió.

Siempre me daba tres latigazos. Una sagrada trinidad de crueldad.

El primer golpe es siempre el peor. Por muchas que hayan sido las palizas y los golpes, la sorpresa y el dolor son pasmosos y hacen aullar. El cuerpo se estremece en una protesta. No, en la incredulidad. Después muerde el segundo golpe, y luego el tercero.

Pronto los gritos que uno profiere son más animales que humanos. La humanidad ha sido comprometida, enterrada bajo una avalancha de dolor y de humillación.

Predicaba mientras me golpeaba y su voz se convertía en un fuerte rugido. Y tras ese rugido había una odiosa excitación, una vil clase de placer que yo no comprendía ni reconocía. Ninguna criatura debería conocer ese resbaloso sentimiento oculto y de eso, durante un tiempo, se me dispensó.

La primera vez que me golpeó tenía cinco años. Mi madre intentó detenerlo y terminó con un ojo negro. Nunca lo volvió a intentar. No sé lo que ella hizo esa noche mientras él me castigaba, mientras azotaba al demonio que me proporcionaba visiones. Yo no alcanzaba a ver con los ojos ni con la mente más que una niebla sanguinolenta.

Esa niebla era odio, pero tampoco lo reconocí.

Me dejó sollozando y cerró la puerta con llave desde el exterior. Después de un rato, el dolor me durmió.

Cuando desperté había oscurecido y un fuego parecía arder en mi interior. No puedo decir que el dolor fuese insoportable, porque uno lo soporta. ¿Qué alternativa hay? También recé pidiendo que lo que fuera que tenía en mi interior me hubiera abandonado por fin. No quería ser mala.

Pero, aun mientras rezaba, la presión creció en mi vientre y comenzó el hormigueo, eran como pequeños dedos agudos que bailoteaban sobre mi nuca. Fue la primera vez que se me presentó de esa manera y yo creí que estaba enferma, afiebrada.

Entonces vi a Hope tan vívidamente como si estuviera sentada a su lado en nuestro claro del pantano. Olí la noche, el agua, oí el gemido de los mosquitos, el zumbido de los insectos. Y, lo mismo que Hope, oí el crujido en la maleza.

Igual que Hope, sentí el miedo. Efusiones frescas y calientes de miedo. Cuando ella corrió, yo también corrí y el aliento me surgió sollozante, doloroso, del pecho. La vi caer bajo el peso de lo que fuera que saltaba sobre ella. Una sombra, una forma que yo no alcanzaba a ver con claridad, a pesar de que podía verla a ella.

Me llamó. Me llamó a los gritos.

Luego lo vi todo negro. Cuando desperté, el sol estaba alto y yo estaba en el piso. Y Hope se había ido.

20

2

Había decidido perderse en Charleston, y durante casi cuatro años lo había logrado. La ciudad fue para ella como una mujer hermosa y generosa, más que dispuesta a apretarla contra su pecho suave y calmar los nervios que destrozaron las impiadosas calles de la ciudad de Nueva York.

En Charleston las voces eran más lentas y en su ritmo cálido y fluido ella podía mezclarse. Se podía ocultar, como en un tiempo creyó que podía ocultarse entre las multitudes espesas y apresuradas del Norte.

El dinero no era problema. Sabía vivir de un modo frugal y estaba dispuesta a trabajar. Cuidaba sus ahorros como un halcón y cuando comenzaron a crecer se permitió soñar con tener su propio negocio, trabajar para sí misma y vivir esa existencia tranquila que siempre la había esquivado.

Se mantenía apartada. Las verdaderas amistades significaban verdaderas conexiones. No quiso o no fue bastante fuerte como para volver a abrirse a esos sentimientos. La gente hacía preguntas. Querían saber cosas, o simulaban quererlo.

Tory no tenía respuestas para ofrecer, y nada que contar.

Encontró la casita, vieja, derruida, perfecta, y regateó con ferocidad para poder comprarla.

La gente a menudo subestimaba a Victoria Bodeen. Veían a una mujer joven, de cuerpo pequeño y delgado. Veían la piel suave y las facciones delicadas, la boca seria y los ojos de color gris claro y muchas veces confundían todo eso con candidez. Una nariz pequeña, apenas un poco torcida, agregaba un toque de dulzura a ese rostro enmarcado por el pelo marrón. Veían fragilidad, la oían en el suave acento sureño de su voz. Y nunca alcanzaban a ver el acero interior. Acero forjado por innumerables golpes de un cinturón.

Ella trabajaba para conseguir lo que quería, luchaba por conseguirlo con toda la decisión del soldado de avanzada que debe tomar una playa. Quiso tener esa vieja casa con su jardín adelante, el pasto crecido y descuidado, la pintura descascarada. Y regateó, negoció, se esforzó hasta que fue suya. Los departamentos le recordaban a Nueva York y al desastre en que terminó su vida allí. No habría más departamentos para Tory.

Nutrió también esa inversión, utilizando su tiempo, su trabajo y su habilidad para reciclar la casa, un cuarto por vez. Le tomó tres años completos y ahora, la venta de la casa, agregada a sus ahorros, le permitirían convertir sus sueños en realidad.

Lo único que tenía que hacer era volver a Progress.

Frente a la mesa de la cocina, Tory leyó por tercera vez el contrato de alquiler de la tienda en la calle Market. Se preguntó si el señor Harlow, de la inmobiliaria, la recordaría.

Apenas tenía diez años cuando se mudaron de Progress a Raleigh para que sus padres pudieran encontrar un trabajo permanente. Un trabajo mejor —declaraba su padre— que rascar el sustento en un trozo de terreno alquilado por los todopoderosos Lavelle.

Por supuesto que en Raleigh fueron tan pobres como en Progress. Sólo que vivían más hacinados.

"No tiene importancia", se recordó Tory. No regresaba pobre. Ya no era la muchacha temerosa y flacucha que fue, sino una mujer de negocios que iniciaba una nueva empresa en su pueblo natal.

"Entonces ¿por qué te tiemblan las manos?", le hubiera preguntado su psicoanalista.

De excitación, decidió Tory. Y de nervios. De acuerdo, estaba nerviosa. Los nervios eran humanos. Tenía derecho a estar nerviosa. Era una mujer normal. Era lo que quería ser.

—¡Maldito sea!

Apretó los dientes, tomó una lapicera y firmó el contrato.

No era más que un contrato por un año. Un año. Si no le daba resultado, podría seguir su camino. Ya había seguido su camino antes. Tenía la sensación de que siempre estaba siguiendo su camino.

Pero esa vez, antes de seguir su camino, tenía mucho que hacer. El contrato de alquiler era sólo un papel de la montaña de papeles que debía atender. La mayoría de ellos, las licencias y permisos para la tienda que pensaba inaugurar, ya estaban firmados y sellados. Consideraba que el estado de Carolina del Sur era poco menos que un asaltante, pero había pagado sus derechos. Lo que le faltaba era escriturar la venta de la casa y pagar a los abogados que, había decidido, eran peores que asaltantes.

Al terminar ese día, tendría el cheque en sus manos y emprendería su camino.

Ya casi había terminado de preparar las valijas. "No tuve mucho que guardar —pensó en ese momento— ya que he vendido casi todo lo que compré desde que me instalé en Charleston." Viajar ligera de equipaje simplificaba las cosas, y hacía tiempo que había aprendido que nunca, pero nunca, debía encariñarse con algo que le pudieran quitar.

Se levantó, lavó su taza, la secó y luego la envolvió en papel de diario para embalarla en la pequeña caja de utensilios de cocina que se llevaba por considerar que eran los más prácticos y necesarios. Por la ventana que había sobre la pileta, miró su pequeño patio trasero.

Ese patio pequeño estaba lavado y barrido. Le dejaría al nuevo dueño las macetas con verbenas y petunias blancas. Esperaba que cuidaran el jardín pero si no lo hacían, bueno, al fin y al cabo era de ellos y podían hacer lo que quisieran.

Había dejado allí su marca. Tal vez los nuevos habitantes pintaran y empapelaran, colocaran nuevos alfombrados y cambiaran los azulejos, pero lo hecho por ella venía primero. Siempre estaría debajo del resto.

No era posible borrar el pasado, ni matarlo, ni desear que no existiera. Tampoco se podía desear que el presente fuera distinto o modificar el futuro. Todos estábamos atrapados en ese ciclo de tiempo, y girábamos alrededor del centro de los días anteriores. A veces ese ayer era lo suficientemente fuerte, lo suficientemente deliberado como para chuparnos hacia atrás, por más que lucháramos por no aceptarlo.

"¿Y cuánto más depresiva podría ser yo?", se preguntó Tory con un suspiro.

Cerró la caja, la alzó y salió de la cocina sin mirar atrás.

Tres horas después había depositado el cheque de la venta de la casa. Estrechó las manos de los nuevos compradores, escuchó con amabilidad el entusiasmo que expresaban por haber comprado su primera casa y salió.

La casa y la gente que ahora viviría en ella ya no formaban parte de su mundo.

—¡Espera un minuto, Tory!

Tory se volvió, con una mano sobre el picaporte del auto y la mente ya en el camino. Pero esperó hasta que su abogada cruzara la playa de estacionamiento del banco. Más bien debería decir que "recorrió" la playa de estacionamiento, se corrigió Tory. Abigail Lawrence nunca apresuraba nada, sobre todo cuando se trataba de sí misma. Lo cual posiblemente explicara por qué siempre parecía haber salido de las páginas de *Vogue*.

Para asistir a la escritura de ese día se había puesto un traje celeste, un collar de perlas que posiblemente había heredado de su bisabuela y zapatos de taco aguja que lograban que a Tory se le acalambraran los pies de sólo mirarlos.

—¡Uf! —Abigail se pasó una mano por la cara, como si acabara de correr tres kilómetros en lugar de recorrer diez metros de distancia. —Tanto calor y apenas estamos en abril. —Miró la camioneta llena de cajas. —¿Así que te vas?

—Así parece. Gracias, Abigail, por haberte encargado de todos mis asuntos.

—Tú te encargaste de casi todo. No recuerdo haber tenido otra cliente que siempre comprendiera todo lo que yo decía, y mucho menos, una cliente que pudiera llegar a darme lecciones.

Espió la parte trasera de la camioneta, vagamente sorprendida de que toda la vida de una persona pudiera ocupar tan poco espacio.

—No creí que hablabas en serio cuando dijiste que te irías esta misma tarde. Debí haberlo sabido. —Volvió a mirar a Tory. —Eres una mujer muy seria, Victoria.

—No tengo motivos para quedarme.

Abigail abrió la boca y luego meneó la cabeza.

—Iba a decir que te envidio. Poder empacar, llevar lo que te quepa en la parte de atrás del auto e ir a un lugar nuevo, a una nueva vida, a un nuevo comienzo. Pero la verdad es que no te envidio. Ni un poquito. ¡Dios mío! Lo que haces requiere mucha energía y hay que tener valor. Pero eres bastante joven como para que te sobren energía y valor.

—Tal vez sea un nuevo comienzo, pero también es volver a mis orígenes. Todavía tengo familiares en Progress.

—Si me lo preguntas, creo que es necesario tener más valor para volver a los orígenes que a ninguna otra parte. Espero que seas feliz, Tory.

—No te preocupes, estaré bien.

—Estar bien es una cosa. —Para sorpresa de Tory, Abigail le tomó una mano y luego se inclinó para besarle la mejilla con suavidad. —Ser feliz es otra. Espero que seas feliz.

—Es lo que intento ser. —Tory se apartó. Había algo en el contacto de las manos de Abigail, algo en la expresión preocupada de sus ojos. —Tú lo sabías —murmuró.

—¡Por supuesto que lo sabía! —Abigail apretó con suavidad los dedos de Tory antes de soltarlos. —Las noticias de Nueva York llegan hasta aquí y algunos de nosotros de vez en cuando les prestamos atención. Cambiaste el color de tu pelo y tu nombre, pero te reconocí. Siempre recuerdo las caras.

—¿Por qué no dijiste nada? ¿Por qué no me hiciste preguntas?

—Me contrataste para que atendiera tus asuntos comerciales, no para que me entrometiera en tu vida. Supuse que si querías que se supiera que eras Victoria Mooney, la que hace algunos años fue noticia en la ciudad de Nueva York, lo habrías dicho.

—Gracias por eso.

La formalidad y la cautela de Tory hicieron sonreír a Abigail.

—¡Por amor de Dios, querida! ¿Crees que te voy a preguntar si mi hijo se casará alguna vez o dónde demonios perdí el anillo de compromiso de mi madre? Lo único que te digo es que sé que has vivido momentos muy duros y que espero que vivas una vida mejor. Y ahora, te pido que si tienes algún problema allí, en Progress, sólo me pegues un grito.

La simple bondad nunca dejaba de aturdirla. Tory manoseó el picaporte del auto.

—Gracias. En serio, será mejor que me ponga en marcha. Tengo que detenerme en varios lugares. —Pero le tendió la mano una vez más. —Te agradezco todo lo que has hecho.

—Que tengas un buen viaje.

Tory subió al auto, vaciló y abrió la ventanilla en el momento de poner en marcha el motor.

—En la oficina de tu casa. En medio del cajón donde archivas las carpetas. Entre la D y la E.

—¿Qué es eso?

—El lugar donde está el anillo de tu madre. Te queda un poco grande y se te cayó del dedo. Debiste hacerlo achicar. —Tory puso marcha atrás y arrancó con rapidez mientras Abigail se quedaba mirándola estupefacta.

Salió de Charleston en dirección al oeste, luego dobló hacia el sur para iniciar su peregrinaje por el estado antes de aterrizar en Progress. La lista de artistas y artesanos que pensaba visitar estaba prolijamente escrita a máquina en su nuevo portafolios. En ella figuraba la dirección de cada uno de ellos, y visitarlos significaba tomar una serie de caminos laterales. Eso le haría perder mucho tiempo, pero era necesario.

Ya había acordado con varios artistas sureños que exhibieran y vendieran sus trabajos en la tienda que pensaba inaugurar en la calle Market. Pero le hacían falta más. Aunque empezar con pocos no significaba no empezar bien.

Los costos de iniciación del negocio, la compra de mercadería y encontrar un lugar aceptable donde vivir eran asuntos que consumirían prácticamente hasta el último centavo que había ahorrado. Pero tenía intenciones de que valiera la pena y de ganar más dinero.

En el término de una semana, si todo salía como lo tenía planeado, comenzaría a instalar el negocio. A fines de mayo lo inauguraría. Y entonces ellos verían.

En cuanto al resto, se encargaría de lo que pasara cuando pase. Y cuando llegara el momento, recorrería en el auto el largo y sombreado camino que llevaba a Beaux Reves y enfrentaría a los Lavelle.

Enfrentaría a Hope.

Una semana después, Tory estaba extenuada, era varios cientos de dólares más pobre debido a un radiador rajado, y estaba dispuesta a poner fin a sus viajes. El reemplazo del radiador la obligó a postergar su llegada a Florencia hasta la mañana siguiente y a pasar una noche en la dudosa comodidad de un motel cercano a la ruta 9, en las afueras de Chester.

La habitación olía a humo rancio y sus lujos consistían en un trozo de jabón y algunas películas pagas cuya finalidad era estimular el apetito sexual de la clientela que alquilaba el cuarto por hora y que impedía que el establecimiento quebrara. La alfombra estaba llena de manchas cuyo origen Tory decidió que era mejor ni siquiera imaginar.

Había pagado una noche de estadía en efectivo, porque no le gustaba la idea de poner su tarjeta de crédito en manos de un empleado de expresión astuta que olía al gin que con inteligencia disimulaba en una taza de café.

La habitación era tan poco atractiva como la posibilidad de volver a pasar otra hora detrás del volante del auto, pero estaba allí. Tory arrastró la única silla hasta la puerta y la enganchó con el picaporte. Decidió que era una medida de seguridad tan poco adecuada como la cadena débil y oxidada que tenía la puerta. Sin embargo, combinar ambas cosas le proporcionaba una ilusoria sensación de seguridad.

Sabía que era un error permitir que la agobiara el cansancio. Disminuía la resistencia. Pero todo había conspirado en su contra. El alfarero a quien visitó en Greenville resultó un hombre temperamental y le costó convencerlo de que le diera la exclusividad de sus trabajos. Si no hubiese sido tan brillante, Tory habría salido de su estudio a los veinte minutos de llegar, en lugar de dedicar dos horas a alabarlo, aplacarlo y persuadirlo.

El auto le había tomado otras cuatro horas entre que lo remolcaron, obtuvo un radiador reacondicionado y convenció al mecánico de que lo reparara enseguida.

Y a eso había que agregar que ella admitía que fue su propia estupidez la que la hizo aterrizar en la hostería *By the way*. Si hubiera reservado un cuarto en Greenville o se hubiera detenido en uno de los alojamientos perfectamente respetables de la ruta interestatal, no estaría tropezando y extenuada en un cuarto maloliente.

Sólo es por una noche, se recordó mientras observaba el sucio cubrecamas verde. Por sólo algunas monedas allí se ofrecían los dudosos encantos de *Magic Fingers*.

Decidió pasar.

Sólo unas horas de sueño y estaría en camino a Florence, donde su abuela le tenía preparado un cuarto de huéspedes, sábanas limpias y un baño caliente. Sólo tenía que soportar esa noche.

Sin sacarse siquiera los zapatos, se tendió en la cama y cerró los ojos.

Cuerpos en movimiento, empapados de sudor.

"¡Sí, Chiquito, sí! ¡Dámelo! ¡Con más fuerza!"

Una mujer que sollozaba, el dolor la recorría como lava hirviendo.

"¡Oh Dios, Dios! ¿Qué voy a hacer? ¿Adónde puedo ir? A cualquier parte, menos regresar. ¡Por favor, no permitas que me encuentre!"

Pensamientos desparramados, manos de movimientos torpes, una excitación llena de pánico y una culpa rabiosa.

"¿Y si quedo embarazada? Mi madre me matará. ¿Me dolerá? ¿Él realmente me amará?"

Imágenes, pensamientos, voces que rompían sobre ella en oleadas de formas y sonidos.

"Déjenme en paz —pidió Tory—. Sólo les pido que me dejen en paz." Con los ojos todavía cerrados, imaginó un muro, grueso, alto y blanco. Lo fue edificando, ladrillo por ladrillo, hasta que se irguió entre ella y todos los recuerdos que pendían en el cuarto, como humo. Detrás de ese muro, todo era de un azul fresco y claro. Agua en la que flotaba, en la que se hundía. Y por fin, en la que podía dormir.

Y en lo alto, sobre ese estanque celeste, el sol era blanco y cálido. Oía el canto de los pájaros y el chapoteo del agua con cada brazada que daba. Allí su cuerpo no tenía peso, su mente estaba en silencio. En las orillas del estanque alcanzaba a ver los grandes robles con su encaje de musgo, y un sauce llorón que se inclinaba como cortesano para hundir sus ramas en la superficie lustrosa.

Sonrió, cerró los ojos y se dejó llevar.

El sonido de risas era alto y agudo, el júbilo despreocupado de una chica. Con pereza, Tory abrió los ojos.

Allí, junto al sauce llorón estaba Hope, y la saludaba con las manos.

¡Eh, Tory, eh! Te estaba buscando.

El júbilo se le hundió en el cuerpo, como una flecha brillante. Tory se volvió en el agua y le devolvió el saludo con sus manos. ¡Ven! El agua está bárbara.

Si nos llegan a descubrir bañándonos desnudas, nos darán nuestro merecido. Pero con una risita, Hope se sacó los zapatos, los shorts y por último la remera. *Creí que te habías ido.*

¡No seas tonta! ¿Adónde voy a ir?

Hace mucho que te busco. Con lentitud, Hope se metió en el agua. Delgada como un sauce y blanca como el mármol. El pelo se le extendió sobre la superficie del agua. Oro contra azul. *Para siempre jamás.*

El agua se oscureció, comenzó a agitarse. Las ramas llenas de gracia del sauce, se irguieron como látigos. Y el agua estaba fría, repentinamente tan fría que Tory comenzó a temblar.

Se está levantando una tormenta. Será mejor que entremos.

¡Está sobre mi cabeza! ¡No puedo hacer pie! Debes ayudarme. A medida que el agua se embravecía, Hope luchaba por no hundirse, y con sus brazos delgados y juveniles, levantaba cortinas de un agua que se había puesto turbia y marrón como la de los pantanos.

Tory comenzó a nadar, con brazadas largas, a una velocidad frenética, pero cada brazada la alejaba del lugar donde luchaba su amiga. El agua le quemaba los pulmones, le tironeaba los pies. Sintió que se hundía, sintió que se ahogaba con la voz de Hope dentro de la cabeza.

Debes venir. Debes apurarte.

Despertó en la oscuridad, con el gusto del pantano en la boca. Sin la energía necesaria para volver a edificar su muro, Tory se levantó. Una vez en el baño, se salpicó agua con óxido sobre la cara, luego la levantó, empapada, para mirarse en el espejo.

Un par de ojos ensombrecidos y todavía teñidos por el sueño la miraron desde el espejo. "Es demasiado tarde para retroceder –pensó–. Siempre es demasiado tarde."

Tomó su cartera y la pequeña valija de viaje que había llevado consigo a la habitación.

Afuera, la oscuridad le resultó tranquilizadora y los dulces y la bebida sin alcohol que había comprado en la máquina ubicada junto a la puerta de su cuarto, la mantuvieron en marcha. Prendió la radio para distraer su mente. No quería pensar en nada que no fuera el camino.

Cuando llegó al corazón del Estado, el sol estaba alto y el tráfico era denso. Se detuvo para cargar combustible antes de encaminarse al este. Al llegar a la salida de la autopista que conducía al lugar adonde se habían mudado una vez

27

más sus padres, se le cerró el estómago y no se distendió hasta cuarenta y cinco kilómetros después.

Pensó en su abuela, en la mercadería que llevaba en la parte de atrás del automóvil y en la que le enviarían a Progress. Pensó en su presupuesto de los siguientes seis meses y en el trabajo que significaría tener su tienda armada y en condiciones de inaugurarla para el día en que se recordaban a los caídos en batalla.

Pensó en cualquier cosa menos en el verdadero motivo que la llevaba de regreso a Progress.

En las afueras de Florence se volvió a detener y utilizó el baño de una estación de servicio para cepillarse el pelo y maquillarse un poco. El artificio no engañaría a su abuela, pero por lo menos, lo habría intentado.

Obedeciendo un impulso, se volvió a detener frente a una florería. El jardín de su abuela siempre parecía un lugar de exhibición, pero una docena de tulipanes rosados significaban otra clase de esfuerzo. "He vivido, hasta ahora —se recordó Tory—, a menos de dos horas de la casa de mi abuela y desde Navidad nunca he hecho el viaje, el esfuerzo de ir hasta allí a verla."

Desde que había doblado por la bonita calle con sus ciruelos silvestres florecidos, se preguntó por qué. Era un buen lugar, el tipo de barrio donde los chicos jugaban en los patios y los perros dormitaban a la sombra. Un lugar donde las mujeres intercambiaban comentarios y chismes por sobre el cerco del jardín trasero, uno de esos lugares donde la gente notaba la presencia de automóviles desconocidos y mantenía vigilada la casa del vecino, tanto por consideración como por comodidad.

La casa de Iris Mooney se alzaba en el centro de la manzana, prolija como una caja de sombreros, con antiguas y enormes azaleas que custodiaban sus cimientos. Las flores ya habían pasado su momento ideal, pero los rosados y púrpuras desteñidos agregaban un toque delicado a la pintura azul fuerte elegida por su abuela. Tal como Tory esperaba, el jardín delantero estaba exuberante y hermoso, el césped bien cortado y el camino de entrada limpio y barrido.

Una camioneta con el cartel PLOMERÍA LAS 24 HS. estaba estacionada detrás de automóvil anticuado de su abuela. Tory estacionó junto al cordón de la vereda. La tensión que luchó por ignorar durante el viaje comenzó a desaparecer a medida que se acercaba a la casa.

No golpeó. Nunca tuvo necesidad de golpear esa puerta y siempre supo que se abriría, dándole la bienvenida. Hubo momentos en que sólo eso evitó que se derrumbara.

Le sorprendió que en la casa reinara el silencio. Eran casi las diez, notó al entrar. Esperaba encontrar a su abuela en el jardín o haciendo ruido dentro de la casa.

Como siempre, la sala estaba atestada de muebles, tonterías, libros. Y, notó Tory, un florero con una docena de rosas rojas junto a las que sus tulipanes parecían parientes pobres. Depositó la valija y la cartera en el piso y luego se volvió hacia el vestíbulo y llamó:

—¿Abuela? ¿Estás en casa? —Con las flores en la mano, se encaminó hacia los dormitorios, luego alzó las cejas al oír movimientos detrás de la puerta cerrada del cuarto de su abuela.

—¿Tory? Enseguida salgo, querida. Ve a la cocina y... sírvete un poco de té helado.

Tory se encogió de hombros y siguió caminando hacia la cocina, pero se detuvo y se volvió una vez al oír lo que le pareció una risita ahogada.

Dejó las flores sobre la mesada y abrió la heladera. Allí esperaba la jarra de té, preparado como a ella más le gustaba, con tajadas de limón y ramitos de menta. "Abuela nunca se olvida de nada", pensó, y sintió que lágrimas de cariño y de cansancio le ardían en los ojos.

Parpadeó para contenerlas al oír los pasos rápidos de su abuela.

—¡Santo Dios! ¡Qué temprano has llegado! No te esperaba hasta después de mediodía o más tarde aún. —Pequeña, delgada y ágil, Iris Mooney entró en la cocina y abrazó con fuerza a Tory.

—Salí temprano y casi no me detuve. ¿Te desperté? ¿No te sientes bien?

—¿Qué?

—Todavía estás en bata.

—¡Ah! ¡Já! —Después de apretar a su nieta por última vez, Iris se apartó. —Me siento tan bien como un día de primavera. Déjame mirarte. ¡Ah, querida, estás extenuada!

—Un poquito cansada. Pero tú... estás maravillosa.

Era inevitablemente cierto. Sesenta y siete años de vida le habían arrugado la cara, pero no apagaron la piel de magnolia ni enturbiaron el gris profundo de sus ojos. En su juventud había sido pelirroja, y se encargaba de que su pelo siguiera teniendo el mismo color. A Iris le gustaba decir que si Dios tenía intenciones de que una mujer fuese gris, no habría inventado la tintura. Ella se cuidaba y mimaba su aspecto físico.

Que, pensó en ese momento, era más de lo que se podía decir de su nieta.

—Te sientas aquí mismo. Te prepararé un buen desayuno.

—No quiero darte trabajo, abuela.

—Creo que ya debes saber que no vale la pena discutir conmigo ¿no es cierto? Y ahora, siéntate. —Señaló una silla junto a la pequeña mesa de la cocina. —¡Oh, mira estas flores! ¿No son una belleza? —Tomó los tulipanes y la alegría que le provocaban se le pintó en los ojos. —Eres muy dulce, mi Tory.

—Te he extrañado, abuela. Y siento no haber venido antes a visitarte.

—Tienes tu propia vida que es lo que siempre he querido para ti. Ahora relájate, y cuando puedas sostenerte sobre tus pies me hablarás de tu viaje.

—Te aseguro que valió la pena. Encontré algunas piezas magníficas.

—Has heredado mi gusto por las cosas bonitas. —Guiñó un ojo y se volvió justo a tiempo para ver que su nieta se quedaba mirando con la boca abierta al hombre que acababa de entrar en la cocina.

Era alto como un roble y con el pecho ancho como un viejo automóvil. Su pelo canoso era del color y la textura de la lana acerada. Sus ojos eran del marrón brillante de las bellotas y caídos como los de los perros basset hound.

Su rostro, que parecía de cuero, lucía un tostado que hacía juego. Se aclaró la garganta con un floreo exagerado, luego inclinó la cabeza en dirección a Tory.

—Buenos días —dijo arrastrando las palabras como la gente de tierra adentro—. Este... señora Mooney, ya terminé de arreglarle ese desagüe.

—No seas tonto, Cecil. Ni siquiera tienes contigo tu caja de herramientas. —Iris apartó un cartón de huevos. —No es necesario que te ruborices —agregó. —Mi nieta no se desmayará al enterarse de que su abuela tiene novio. Tory, éste es Cecil Axton, el motivo por el que no estoy vestida a las diez de la mañana.

—¡Iris! —El hombre se puso colorado como un tomate. —Me alegra conocerte, Tory. Tu abuela no veía la hora de que llegaras.

—Mucho gusto —contestó Tory, por falta de algo más inteligente que decir. Le tendió una mano, y como todavía seguía aturdida y los sentimientos de Cecil eran tan evidentes, tuvo una visión clara e inmediata de lo que había provocado la risa de su abuela detrás de la puerta del dormitorio.

Pero desechó la imagen en cuanto su mirada se encontró con la de Cecil, tan mortificado como ella.

—¿Usted es... usted es plomero, señor Axton?

—Vino a arreglar mi calefón —intervino Iris—, y desde entonces me ha mantenido calentita.

—¡Iris! —Cecil bajó la cabeza y agachó la montaña que eran sus hombros, pero no logró ocultar del todo su sonrisa. —Debo seguir viaje. Espero que disfrutes de tu visita, Tory.

—No sueñes con irte sin darme un beso de despedida.

Para resolver el asunto, Iris cruzó la cocina, tomó entre sus manos la cara curtida de Cecil para bajarla hasta su nivel, y lo besó con firmeza en la boca.

—Bueno, como verás no hubo relámpagos, ni truenos, ni la criatura tuvo un colapso a causa del impacto. —Lo volvió a besar y luego le palmeó la mejilla. —Vete, buen mozo, y que tengas un buen día.

—Supongo que... este... te veré más tarde.

—Te aseguro que es lo que te conviene. Ya hablamos de esto, Cecil. Y ahora vete. Yo hablaré con Tory.

—Sí, ya me voy. —Se volvió hacia Tory con una sonrisa vacilante. —Cuando uno discute con esta mujer, lo único que gana es un dolor de cabeza. —Tomó del perchero una desteñida gorra azul, se la puso y salió presuroso.

—¿No te parece una maravilla? Aquí tengo un poco de tocino sin grasa. ¿Cómo quieres que te prepare los huevos?

—En masitas de chocolate abuela. —Tory respiró con cuidado y se puso de pie. —No es asunto mío, pero...

—Por supuesto que no es asunto tuyo, a menos que yo te invite a opinar, cosa que he hecho. —Iris puso el tocino sobre la plancha para que se cocinara. —Me desilusionarás mucho, Tory, si te escandaliza o te espanta enterarte de que tu abuela tiene una vida sexual.

Tory se encogió, pero logró recuperar la compostura antes de que Iris se volviera hacia ella.

—No estoy escandalizada ni espantada, pero sí un poco desconcertada. La idea de llegar aquí esta mañana y de estar a punto de entrar en el dormitorio y encontrarme con ...humm.

—Bueno, llegaste muy temprano, querida. Ahora freiré esos huevos y ambas nos daremos el gusto de tomar un agradable y grasoso desayuno a media mañana.

—Supongo que tus actividades te han dado hambre.

Iris parpadeó, luego echó atrás la cabeza y lanzó una carcajada.

—¡Así me gusta! Cuando no sonríes, me preocupas, chiquita.

—¿Y de qué quieres que sonría? La que disfruta del sexo eres tú.

Divertida, Iris ladeó la cabeza.

—¿Y de quién es la culpa?

—Tuya. Tú viste primero a Cecil. —Tory bajó dos vasos del armario y sirvió el té. ¿Cuántas mujeres, se preguntó, podrán declarar que su abuela mantiene una relación ardiente con el plomero? Ignoraba si debía sentirse orgullosa o divertida y decidió que la situación merecía una combinación de ambas cosas. —Parece un hombre muy agradable.

—Lo es. Mejor aún, es un buen hombre. —Iris pinchó el tocino y decidió tomar el toro por las astas. —Tory, Cecil está viviendo aquí.

—¿Viviendo? ¿Estás viviendo con él?

—Quiere que nos casemos, pero no estoy segura de que sea eso lo que yo quiero. Así que lo he aceptado por lo que se podría llamar un período de prueba.

—Creo que, después de todo, conviene que me siente. ¡Dios mío, abuela! ¿Se lo has dicho a mamá?

—No, y no pienso hacerlo porque prefiero vivir sin que me sermoneen por vivir en pecado y exponerme a la perdición por apartarme del plan todopoderoso de Dios. Tu madre se ha convertido en la peor de las mojigatas, desde el invento de las estaciones de servicio en que uno se sirve solo. No puedo creer que una hija mía haya llegado a ser una especie de ratón.

—Lo es por una cuestión de supervivencia —murmuró Tory, pero Iris sólo lanzó un gruñido.

—Habría sobrevivido perfectamente si hubiera abandonado a ese hijo de puta con quien se casó hace veinticinco años. Ésa fue su elección, Tory. Si tuviera sentido común, su elección habría sido otra. Fue lo que hiciste tú.

—¿Eso crees? No sé qué elecciones hice yo o cuáles fueron hechas por otros. Tampoco sé cuáles fueron acertadas y cuáles equivocadas. Y aquí estoy, abuela, cerrando el círculo y volviendo al lugar donde empecé. Me digo que ahora soy yo la que mando. Que la decisión es mía. Pero en el fondo de mi ser, sé que no lo puedo evitar.

—¿Quisieras evitarlo?

—Desconozco la respuesta.

—Entonces seguirás adelante hasta encontrarla. Tienes una luz muy fuerte en tu interior, Tory. Encontrarás tu camino.

—Es lo que siempre has dicho. Pero lo que siempre me ha provocado más terror es estar perdida.

31

—Debí haberte ayudado más. Debí estar contigo cuando me necesitabas.

—¡Abuela! —Tory se puso de pie y cruzó la cocina para rodear la cintura de Iris con sus brazos mientras el tocino crepitaba. —Abuela, en mi vida siempre has sido la mano que no temblaba. Sin ti, yo no estaría aquí.

—Sí, por supuesto que estarías. —Iris palmeó la mano de Tory y enseguida levantó el tocino para que perdiera el aceite. —Eres más fuerte que todo el resto de nosotros juntos. Y si me lo preguntas, te diré que eso fue lo que aterrorizó a Hannibal Bodeen. Quiso quebrantarte por su propio miedo. Pero en definitiva te forjó ¿no es cierto? ¡Hijo de puta ignorante! —Rompió un huevo y lo dejó caer en la grasa burbujeante. —Prepara algunas tostadas, querida.

—Mamá no se parece a ti —dijo Tory mientras metía tajadas de pan en la tostadora—. No se te parece en nada.

—Yo ya no sé cómo es Sarabeth. La perdí hace años. Supongo que al mismo tiempo que perdí a tu abuelo. Tu madre sólo tenía doce años cuando él murió. ¡Diablos! Yo apenas tenía algo más de treinta y de repente me encontré viuda y con dos hijos a quienes debía criar sola. Ése fue el peor año de mi vida. Nada se le ha parecido. ¡Dios Santo, cómo quería a ese hombre!

Lanzó un suspiro y sirvió los huevos en los platos.

—Mi Jimmy era toda mi vida. Un minuto el mundo era perfecto, y al siguiente todo había desaparecido. Y allí estaba Sarabeth de doce años y J.R. de apenas dieciséis. Y ella se puso como loca. Tal vez pude haberla refrenado. Dios sabe que debí hacerlo.

—No puedes culparte.

—No me culpo. Pero cuando una mira hacia atrás, logra ver las cosas con claridad. Comprende que si hubiera actuado de otra manera, todo el cuadro de la vida habría cambiado. Si en ese momento me hubiera mudado de Progress y si hubiera utilizado el dinero del seguro de Jimmy en lugar de aceptar un empleo en el banco. Si no hubiese estado tan emperrada en ahorrar para que mis hijos pudieran asistir a la universidad.

—Quisiste lo mejor para ellos.

—Es cierto. —Iris depositó los platos sobre la mesa, se volvió para sacar la manteca y la mermelada de la heladera. —J.R. ingresó en la universidad y utilizó su educación. Sarabeth consiguió a Hannibal Bodeen. Así fue como debía ser. Y por eso mi nieta y yo nos vamos a sentar a comer un par de infartos servidos en un plato. Si pudiera retroceder en el tiempo y hacer algo distinto, no lo haría. Porque no te tendría a ti.

—Y yo, abuela, vuelvo convencida de que no puedo hacer otra cosa. —Tory colocó las tostadas en un plato pequeño y lo llevó a la mesa. —Me asusta tener tanta necesidad de volver. Ya no conozco a toda esa gente. Y temo que, una vez que esté allí, tampoco me reconoceré yo misma.

—No lograrás tener paz hasta haber hecho esto, Tory. Hasta que enfrentes el asunto, no podrás soltarlo. Desde que abandonaste Progress has comenzado a recorrer el camino de regreso.

—Lo sé. —Y la ayudaba que alguien lo comprendiera. Sonriendo apenas, Tory ensartó un poco de tocino en su tenedor. —Bueno, háblame de tu plomero.

—¡Ah! ¡Ese amoroso! —Encantada con el tema, Iris atacó su desayuno. —Parece un oso enorme y viejo, ¿no es cierto? Al mirarlo, nadie imagina lo inteligente que es. Él solo fundó esa empresa hace más de cuarenta años. Perdió a su mujer hace como cinco años. Yo la conocía apenas. Ahora prácticamente está jubilado. Dos de sus hijos se encargan de la dirección del negocio. Tiene seis nietos.

—¿Seis?

—Sí, seis. Uno de ellos es médico. Un muchacho buen mozo. Estaba pensando que...

—Te aconsejo que no sigas. —Con los ojos entrecerrados, Tory cubrió una tostada con mermelada. —No tengo interés.

—¿Cómo lo sabes? Ni siquiera lo conoces.

—No me interesan los muchachos. Ni los hombres.

—Tory, no has estado involucrada con un hombre desde...

—Jack —terminó de decir Tory—. Es cierto, y no tengo intenciones de volver a involucrarme con nadie. Una vez me bastó. —Como todavía le dejaba un gusto amargo en la boca, levantó su taza de té. —No todos estamos hechos para ser la mitad de una pareja, abuela. Yo soy feliz sola.

Al ver que Iris alzaba las cejas, Tory se encogió de hombros y agregó:

—Muy bien. Digamos que pienso ser feliz por mi cuenta. Y que pienso matarme trabajando para lograrlo.

3

"Ha pasado demasiado tiempo —pensó Tory— desde que estuve sentada en la hamaca de un porche, mirando salir las estrellas y escuchando el canto de los grillos. Demasiado tiempo desde que pude relajarme lo suficiente como para quedarme sentada sin hacer nada y oler la brisa."

Y mientras lo pensaba, se dio cuenta de que era probable que transcurriera mucho tiempo más antes de que pudiera volver a hacerlo.

Al día siguiente recorrería los últimos kilómetros que la separaban de Progress. Una vez allí, recogería los trozos dispersos de su vida y por fin enterraría a una amiga para que descansara en paz.

Pero esa noche era para las brisas suaves y los pensamientos tranquilos.

Levantó la mirada al oír el crujido de la puerta mosquitero y le sonrió a Cecil. Decidió que su abuela tenía razón. En realidad Cecil parecía un gran oso viejo. Y en ese momento, un oso muy nervioso.

—Iris me sacó a puntapiés de la cocina. —Tenía una botella de cerveza en una mano y pasaba nervioso el peso del cuerpo de un pie al otro. —Me dijo que debía salir al porche un rato y hacerte compañía.

—Quiere que seamos amigos. ¿Por qué no se sienta un rato? Me gustaría estar acompañada.

—Me siento un poco raro. —Dejó caer el peso de su cuerpo sobre la hamaca y miró a Tory por el rabillo del ojo. —Ya sé lo que piensan ustedes, los jóvenes. Un viejo como yo, cortejando a una mujer como Iris.

Todavía olía al jabón que había usado para lavarse antes de la comida. Era un agradable olor masculino.

—¿Su familia no está de acuerdo?

—No es eso. Ahora ya no se oponen. Iris fascinó a mis muchachos. Es este modo que tiene. Jerry, uno de mis hijos, se indignó con el asunto, pero ella lo hizo cambiar de idea. El problema es que...

Dejó que la frase se perdiera y se aclaró dos veces la garganta. Tory enlazó las manos y sofocó una sonrisa mientras él se lanzaba a lo que, sin duda, era un discurso muy ensayado.

—Tú eres muy importante para ella, Tory. Creo que eres lo más importante que Iris tiene en el mundo. Está orgullosa de ti, se preocupa por ti y se jacta de ti. Sé que hay un abismo entre ella y tu madre. Supongo que se podría decir que eso te convierte en alguien aún más especial para ella.

—El sentimiento es mutuo.

—Lo sé. Lo comprobé durante la comida. El asunto es que... —volvió a decir. Luego levantó la botella de cerveza y bebió un gran trago. —¡Oh, diablos! Estoy enamorado de ella. —Lo dijo a los borbotones y se le pusieron muy coloradas las mejillas. —Supongo que eso te parecerá extraño viniendo de un hombre que no volverá a tener sesenta y cinco años, pero...

—¿Por qué me va a parecer extraño? —a ella no le resultaba cómodo el contacto físico con la gente, pero le palmeó la rodilla porque tuvo la sensación de que Cecil lo necesitaba—. ¿Y qué tiene que ver la edad con el asunto? Abuela lo quiere. Y eso me basta.

Cecil sintió que lo recorría una oleada de alivio. Tory lo percibió en su suspiro.

—Nunca creí que volvería a sentir esto. Estuve casado durante cuarenta y seis años con una mujer maravillosa. Crecimos juntos, juntos formamos una familia, iniciamos juntos una empresa. Cuando la perdí, supuse que esa parte de mi vida había llegado a su fin. Entonces conocí a Iris y... ¡Dios mío! Es como si volviera a tener veinte años.

—Usted puso estrellas en sus ojos.

Cecil se puso aún más colorado, pero sus labios temblaron en una sonrisa tímida y fascinada.

—¿Sí? Sé usar mis manos. —Ante la carcajada incontrolable de Tory, él abrió muy grandes los ojos. —Lo que quiero decir es que soy útil en la casa. Arreglo cosas.

—Ya sé lo que quiso decir.

—Y supongo que Stella, mi mujer, me entrenó bien. Sé que no debo entrar en una habitación con el piso limpio con los zapatos embarrados. Cocino bastante, siempre que uno no sea demasiado exigente, y gano bien.

Tory decidió que su abuela tenía razón. Ese hombre era un encanto.

—Cecil, ¿me está pidiendo que le dé mi bendición?

Él lanzó una bocanada de aire.

—Pienso casarme con ella. Por ahora Iris no quiere ni oír hablar del asunto. ¡Es terca como una mula! Pero yo también soy cabeza dura. Sólo quería que supieras que no me estoy aprovechando de ella, que mis intenciones...

—¿Son honorables? —Tory acabó la frase, completamente emocionada. —Yo apoyaré sus intenciones.

—¿Sí? —Se volvió a echar atrás haciendo crujir la hamaca. —Eso me alivia, Tory. ¡Vaya si me alivia! ¡Dios Todopoderoso, me alegra tanto que haya pasado este momento! —Con un movimiento de cabeza, bebió otro trago de cerveza. —Al hablar de estas cosas se me traba la lengua.

—Lo hizo muy bien. Cecil, siga haciéndola feliz.

—Es lo que pretendo. —Ya tranquilo, apoyó un brazo sobre el respaldo de la hamaca y contempló el jardín trasero de Iris. —Es una noche agradable.

—Sí. Una noche muy agradable.

. . .

Durmió profundamente y sin sueños en la casa de su abuela.

—Ojalá te pudieras quedar, aunque fuera un par de días más.

—Tengo que empezar a trabajar.

Iris asintió y luchó por no protestar cuando Tory llevó su valija al auto.

—¿Me llamarás en cuanto estés instalada?

—Por supuesto que te llamaré.

—Y prométeme que irás a ver enseguida a J.R., para que él y Boots te ayuden en todo lo que necesites.

—Iré a verlo, y también a la tía Boots y a Wade. —Besó a su abuela en ambas mejillas. —Y ahora, ¡basta de preocuparte!

—Lo que pasa es que ya te estoy extrañando. Dame tus manos. —Cuando Tory vaciló, Iris sencillamente las tomó. —Te pido que me hagas el gusto, querida. —Las sostuvo con firmeza y sus ojos se empañaron un poco.

Ella no poseía la luz brillante que le había sido concedida a su nieta. Sólo veía en colores y en formas. El gris de las preocupaciones, el rosado de la excitación, el azul apagado del dolor. Y a través de todo, percibió el rojo oscuro y profundo del amor.

—Estarás bien. —Apretó por última vez las manos de su nieta. —Y yo estaré aquí si me necesitas.

—Es algo que siempre he sabido. —Tory subió al auto y respiró hondo. —No les digas dónde estoy, abuela.

Iris meneó la cabeza. Sabía que Tory se refería a sus padres.

—No lo haré.

—Te quiero.

Cuando se alejó, mantenía los ojos fijos hacia adelante.

Los campos comenzaron a quebrarse, suaves colinas cubiertas con el verde de pastos tiernos. Reconoció algunas siembras. Soja, tabaco, algodón, cuyos retoños delicados cubrían la tierra marrón.

Extrañaba las épocas de siembra.

La tierra nunca la atrajo tanto como a otros. De vez en cuando le gustaba trabajar en el jardín, pero no tenía esa necesidad imperiosa de sentir la tierra en sus manos, de cuidar y cultivar, de guardar lo que cosechaba.

Sin embargo, apreciaba el ciclo, la continuidad. Disfrutaba mirando el campo. Los potreros prolijos y prácticos que los hombres araban y nutrían; vivían lado a lado con la exuberancia de los cedros y con el musgo, con el zumaque ubicuo, con las cintas de agua oscura que nunca podrían ser, nunca serían, realmente domesticadas.

El olor de todo eso era rico y también oscuro. Era más el perfume del Sur que el de la magnolia. Después de todo, ése era el verdadero corazón del Sur.

Más allá de los jardines formales y de los parques perfectos, el Sur se apoyaba en cosechas, en sudor y en las sombras secretas de sus ríos.

En busca de soledad, Tory había viajado por caminos laterales, y con cada kilómetro que recorría se sentía más atraída por ese corazón.

En el límite oeste de Progress, algunas de las granjas y chacras habían dado lugar a hogares. Pequeños barrios con jardines que regadores subterráneos mantenían verdes y exuberantes. En los senderos de entrada había automóviles y camionetas último modelo y las veredas eran anchas y parejas. Aquí deben vivir los recién casados, pensó Tory, casi todos con dos ingresos y en busca de una casa agradable en los suburbios para formar en ella una familia.

Ésos eran sus clientes ideales y el motivo principal que justificaba su mudanza. Los dueños de casa exitosos con ingresos disponibles disfrutaban decorando el espacio en que vivían. Con una adecuada publicidad e inteligentes vidrieras, los atraería a su tienda.

Y comprarían.

¿Habría alguien en esas casas silenciosas que conoció durante su infancia? ¿Alguien que tal vez recordara a la chiquilina delgada que siempre llegaba al colegio llena de moretones? ¿Recordarían que algunas veces ella sabía cosas que se suponía no debía saber?

"La memoria es breve", se recordó Tory. Y aun en el caso de que algunos la recordaran, ella encontraría la manera de utilizar esos recuerdos para beneficiar su tienda.

A medida que se aproximaba al centro, las calles se encontraban cada vez más cerca unas de otras, como si estuvieran ansiosas de tener compañía. En la mente de Tory relampagueó la imagen del otro extremo del pueblo, donde el angosto látigo del río era el límite de Progress. En su infancia, las casas allí eran pequeñas y oscuras, con techos llenos de goteras y camiones oxidados casi siempre apoyados sobre bloques de cemento. Un lugar donde los perros gruñían y tironeaban con maldad los extremos de sus cadenas. Donde las mujeres colgaban ropa lavada deslucida, mientras los chicos permanecían sentados en cuadrados de pasto que más que pasto era tierra.

Algunos de los hombres trabajaban la tierra para ganar su sustento y otros simplemente vivían sobre la base de cerveza y maldad. De chica ella estuvo a un paso tembloroso de ese destino. Y aún entonces temía perder el equilibrio y caer en el mundo de los aullidos, donde el pan de cada día se servía con extenuación.

Lo primero que vio fue la aguja de la iglesia. El pueblo alardeaba de tener cuatro, o por lo menos de eso alardeaba antes. Sin embargo, casi todos los que Tory conocía pertenecían a la iglesia Bautista. La iglesia donde ella permaneció sentada durante horas interminables en algún banco duro, escuchando el sermón con desesperación, porque esa noche, antes de la comida, su padre la interrogaría sobre su contenido.

Si no contestaba bien, el castigo era duro e inmediato.

Hacía ocho años que no entraba en ninguna iglesia.

"No pienses en eso —se ordenó—. Piensa en el presente. Pero notó que el presente era muy parecido al pasado. Tenía la impresión de que había cambiado muy poco en las afueras de Progress.

Con deliberación, dobló por Live Oak Drive, para recorrer los sectores residenciales más antiguos del pueblo. Allí las casas eran grandes y elegantes, los árboles viejos y cubiertos de hojas. Su tío se había mudado a ese barrio pocos años antes de que ella abandonara Progress. Gracias al dinero de su mujer, comentaba entonces con amargura el padre de Tory.

A Tory no se le permitía visitarlos y aun en ese momento sintió una mezcla de pánico y de culpa por el solo hecho de pasar frente a la hermosa casa blanca de ladrillos, con sus arbustos florecidos y sus ventanas relucientes.

A esa hora su tío estaría trabajando, como gerente del banco, cargo que tenía casi desde que ella tenía memoria. Y a pesar de tenerle mucho afecto a su tía, Tory no estaba con ánimo para soportar las manos aleteantes y la voz susurrante de Boots Mooney.

Recorrió las calles, pasó frente a casas más pequeñas y a edificios de departamentos que dieciséis años antes no existían. Alzó las cejas ante el negocio que vio en una esquina, un edificio pintado de amarillo y colorado que surgía donde antes había un antiguo almacén.

El edificio del colegio secundario tenía un anexo y vio un parquecito encantador donde antes se levantaba una hilera de casas destartaladas. Había árboles nuevos plantados entre los viejos y de las macetas pendían flores hermosas. Todo parecía más bonito, más limpio, más fresco que lo que ella recordaba. Se preguntó qué parte de todo eso sería lo mismo que antes sólo cubierto por una nueva capa de pintura.

Al doblar por Market sintió un placer ridículo al ver que Hanson's todavía seguía en pie, que todavía lucía el mismo cartel ya gastado por el tiempo, y que su vidriera principal seguía llena de carteleras y de avisos.

El dulce sabor infantil le llenó de inmediato la boca, la garganta y la obligó a sonreír.

Notó que la peluquería había cambiado de manos. El Salón de Belleza Lou ahora se llamaba Hair Today. Pero el comedor de la calle Market todavía estaba en pie y tuvo la impresión de que eran los mismos hombres con los mismos overoles los que se reunían frente a él para intercambiar chismes y comentarios.

A media cuadra, entre la ferretería Rolling y The Flower Basket se encontraba la antigua tienda. Allí, pensó Tory mientras acercaba el auto al cordón de la vereda, era el lugar donde ella cambiaría su vida.

Bajó del auto y se internó en el calor espeso del mediodía. El frente del edificio era tal como lo recordaba. Viejos ladrillos unidos con mezcla de color gris como el humo. La vidriera era alta y ancha y en ese momento estaba cubierta de polvo. Pero ella arreglaría eso. La puerta también era de vidrio, y estaba rajado. El dueño de casa, decidió Tory sacando su libreta, tendría que hacerlo arreglar. Afuera ella colocaría un banco, el banco angosto con el respaldo de hierro forjado que le enviarían. Y junto al banco, macetas llenas de petunias rojas y blancas. Flores amistosas.

En lo alto de la vidriera, arriba del banco, haría pintar el nombre de la tienda.

SOUTHERN COMFORT

Eso era lo que ofrecería a su clientela. Un lugar confortable, con mercadería exhibida con elegancia y a precios discretos. En su imaginación, ella ya estaba adentro, llenando estantes, arreglando mesas y lámparas. No oyó que pronunciaban su nombre hasta que sintió que alguien la alzaba.

La sangre se le subió a la cabeza y el pulso comenzó a latirle al ritmo de su pánico.

—¡Tory! Me pareció que eras tú. Hace un par de días que espero que aparezcas.

—Wade. —Pronunció el nombre en una especie de borbotón.

—Te asusté. —Compungido, él la volvió a depositar sobre sus pies. —Perdón. Pero me alegró muchísimo verte.

—Déjame recuperar el aliento.

—Recupéralo mientras yo te miro. ¡Maldito sea! ¿Realmente han pasado dos años? ¡Estás maravillosa!

—¿En serio? —Era agradable que se lo dijeran, aunque ni por un momento lo creyera. Se echó atrás el pelo mientras su pulso recuperaba el ritmo normal.

A pesar de que él medía poco menos de un metro ochenta, ella tuvo que echar atrás la cabeza para estudiarle el rostro. Recordó que siempre había sido buen mozo, pero supuso que a él debía alegrarle que la cara angelical que tenía durante su infancia se hubiera curtido un poco. Tenía ojos de un color chocolate profundo. El rostro se le había afinado, pero todavía conservaba los hoyuelos. El pelo, más claro que el de ella, estaba bien cortado para domar la tendencia a rizarse.

Vestía un par de jeans y una sencilla camisa de algodón de color azul desteñido. Sonrió al ver que ella lo estudiaba.

Tory decidió que parecía joven, buen mozo y muy próspero.

—Si te parece que yo estoy maravillosa, no tengo palabras para describir lo que me pareces tú. Has heredado todos los mejores rasgos de la familia, primo Wade.

Al oírlo, él esbozó una sonrisa rápida y juvenil, pero se abstuvo de volver a abrazarla. Sabía que a Tory nunca le gustaron las caricias ni los abrazos. Se conformó con tirarle el pelo con suavidad.

—Me alegra que hayas vuelto.

—No pude haber elegido un mejor comité de bienvenida. —Hizo un gesto amplio con los brazos. —El pueblo está muy lindo. Igual en muchos sentidos, pero mejor. Más prolijo, supongo.

—Progreso en Progress —dijo él—. Se lo debemos en gran parte a los Lavelle, al Concejo Deliberante y sobre todo al intendente de los últimos cinco años. ¿Te acuerdas de Dwight? ¿De Dwight Frazier?

—Dwight, el Dweeb, uno de los Tres Todopoderosos, tú, él y Cade Lavelle.

—El Dweeb marcó el paso en el colegio secundario, se convirtió en una estrella de las pistas, se casó con la reina de belleza del pueblo, ingresó en la empresa constructora de su padre y ayudó a transformar Progress. Hoy en día los tres somos unos malditos ciudadanos sólidos.

De pie allí, con el tráfico liviano que pasaba por la calle a sus espaldas, escuchando el ritmo familiar de la manera de hablar de Wade, Tory recordó el motivo por el que siempre le tuvo afecto.

—Debes extrañar tu vida de muchacho travieso ¿verdad, Wade?

—Escucha, estoy en el medio de dos compromisos. Debo volver y convencer a un gran danés llamado Igor que debe recibir su vacuna antirrábica.

—Es una suerte que te toque hacerlo a ti y no a mí, doctor Mooney.

—Tengo el consultorio en la vereda de enfrente, casi al llegar a la esquina. Camina conmigo hasta allí y te compraré un té helado.

—Me gustaría mucho, pero debo pasar por la inmobiliaria y ver lo que me tienen reservado. —Al percibir un brillo en los ojos de su primo, ladeó la cabeza y preguntó: —¿Qué?

—No sé lo que sentirás al respecto, ¿pero sabes que tu antigua casa está en alquiler?

—¿La casa? —Instintivamente cruzó los brazos. El destino tiene un alcance tan largo y retorcido, pensó. —Tampoco sé lo que siento con respecto a eso. Creo que debería averiguarlo.

En un pueblo de menos de seis mil habitantes, era difícil caminar dos cuadras sin toparse con un conocido. No importaba que uno hubiera estado lejos dieciséis años o sesenta. Cuando Tory entró en la oficina de la inmobiliaria, sólo había una persona detrás del escritorio.

La mujer era bonita, de baja estatura y muy arreglada. Su pelo rubio y largo peinado hacia atrás, enmarcaba un rostro en forma de corazón dominado por enormes ojos celestes.

—Buenas tardes. —La mujer hizo aletear las pestañas y dejó la novela de tapa blanda que leía, con un pirata de pecho desnudo en la tapa. —¿En qué puedo serle útil?

Tory tuvo una imagen inmediata del patio de juegos del colegio primario de Progress. Un grupo de pequeñas que gritaban aterrorizadas y se alejaban corriendo, disgustadas. Y vio la expresión presumida y satisfecha de los ojos celestes de la chiquita que las capitaneaba, que les sonreía con desprecio por sobre el hombro mientras su largo pelo rubio revoloteaba a sus espaldas.

—Lissy Harlowe.

Lissy ladeó la cabeza.

—¿La conozco? Lo lamento pero no... —Abrió muy grandes sus ojos azules. —¿Tory? ¿Tory Bodeen? ¡Por amor de Dios! —Lanzó un grito y se puso de pie. Por el bulto que se le notaba bajo la camisa rosada, parecía embarazada de seis meses. —Papá dijo que pasarías por aquí en algún momento de esta semana.

A pesar del automático paso atrás de Tory, Lissy rodeó el escritorio para abrazarla como si se tratara de una amiga largo tiempo perdida.

—¡Esto es tan excitante! —Se echó atrás para sonreírle en señal de bienvenida. —¡Tory Bodeen ha vuelto a Progress después de tanto tiempo! ¡Y qué bonita estás!

—Gracias. —Tory notó que Lissy la estudiaba detalle por detalle y que luego sonreía satisfecha. No había duda con respecto a cuál de ellas había madurado mejor. —Sigues siendo idéntica a ti misma. Y siempre fuiste la chica más bonita de Progress.

—¡Que tontería! —Lissy descartó el comentario con un movimiento de la mano, pero no pudo menos que pavonearse un poco. —Y ahora siéntate y deja que te sirva algo fresco.

—No te molestes. Estoy bien. ¿Tu padre tiene el contrato de alquiler?

—Creo que me mencionó que sí. Todo el pueblo habla de tu negocio. No veo la hora de que lo inaugures. Simplemente no se encuentran cosas bonitas en Progress. —Mientras hablaba volvió a rodear el escritorio. —Dios es testigo de que una no puede viajar hasta Charleston cada vez que quiere comprar algo con un poco de estilo.

—Me alegra saberlo. —Tory se sentó y se encontró frente al cartelito que identificaba a Lissy Frazier. —¿Frazier? ¿Dwight? ¿Te casaste con Dwight?

—Hace cuatro años felices. Tenemos un hijo. Mi Luke es la cosa más bonita que puedas imaginarte. —Volvió una fotografía enmarcada de un chiquito de ojos brillantes. —Y para fin del verano esperamos a su hermano o hermana.

Le propinó a su vientre una palmada satisfecha y movió la mano para que la alianza y el anillo de compromiso relampaguearan a la luz.

—¿Y tú nunca te casaste, querida?

Por el tono de la pregunta, Tory supo que a Lissy todavía le gustaba ser la mejor.

—No.

—Yo las admiro más de lo que puedo expresar a ustedes, las mujeres empresarias. Son todas tan valientes e inteligentes. Nos avergüenzan a nosotros, las mujeres caseras. —Cuando Tory alzó una ceja mientras miraba el escritorio y la placa con el nombre de Lissy, ésta rió y volvió a hacer revolotear una mano. —Bueno, yo sólo vengo un par de veces por semana a ayudar a papá. Una vez que nazca el bebé, estoy segura de que no tendré tiempo ni energía para seguir haciéndolo.

Y enloquecerás con rapidez y no precisamente en silencio en tu casa con dos chicos, pensó Tory. Pero cuando llegara el momento, Lissy ya se encargaría de eso y de Dwight.

—Y ahora quiero que me cuentes todo lo que has estado haciendo.

—Me encantaría quedarme a conversar un rato, Lissy. —Siempre que me arrancaras la lengua y me la envolvieras alrededor del cuello. —Pero tengo que instalarme cuanto antes.

—¡Ah, qué tonta soy! Debes estar extenuada y lista para desmoronarte. —Una pequeña sonrisa le indicó a Tory que si no lo estaba, sin duda lo parecía. —Una vez que hayas descansado nos pondremos al día.

—Me encantará —contestó Tory. No olvides, se dijo, que Lissy es justamente el tipo de cliente que necesitas. —Hace algunos minutos me topé con Wade. Mencionó que la casa, la vieja casa, tal vez estuviera en alquiler.

—¡Sí, por supuesto! Los inquilinos de los Lavelle se mudaron hace un par de semanas. Pero querida, me imagino que no querrás vivir allá afuera, ¿no es verdad?

Tenemos unos lindos departamento aquí, en la ciudad. River Terrace tiene todo lo que una muchacha soltera puede necesitar, incluyendo a hombres solteros —agregó con un guiño—. Instalaciones modernas, ambientes alfombrados de pared a pared. Y hay un departamento disponible con jardín que es una belleza.

—No me interesan los departamentos. Me gusta estar en el campo. ¿Cuánto cuesta el alquiler de la casa?

—Me fijaré. —Lo sabía, por supuesto. Lissy era mucho más inteligente de lo que la gente suponía. Pero prefería hacer las cosas de esa manera. Movió la silla y se enfrascó en el teclado de una computadora. Todo para aumentar su lucimiento. —Juro que nunca comprenderé estas cosas. Como bien sabes, esa casa tiene dos dormitorio y un solo baño.

—Sí, lo sé.

Con la mirada fija en el monitor, Lissy mencionó el alquiler.

—Pero no olvides que la casa queda a unos buenos quince o veinte minutos de auto del pueblo. En cambio para llegar a ese precioso departamentito del que te hablaba, sólo tendrías que caminar diez minutos,

—Me quedaré con la casa.

Lissy levantó la vista y parpadeó.

—¿Te quedas con ella? ¿No preferirías ir a verla primero?

—Ya la he visto. Te haré un cheque. ¿El primero y el último mes de alquiler?

—Sí —contestó Lissy, encogiéndose de hombros—. Imprimiré el contrato de alquiler.

Menos de treinta segundos después de haber firmado y sellado el contrato, mientras Tory salía de la inmobiliaria con las llaves de la casa, Lissy ya estaba colgada del teléfono haciendo correr la noticia.

Eso también había cambiado. La casa se erguía como siempre, detrás de un angosto sendero de tierra, cerca del pantano. Al oeste se extendían los campos donde ya surgían de la tierra tiernos brotes de algodón en hileras prolijas, dóciles como alumnos de una escuela. Pero alguien había plantado azaleas rosadas y blancas y un joven árbol de magnolia cerca de la ventana del dormitorio.

Tory recordaba que la puerta mosquitero estaba oxidada y la pintura blanca ya tenía un tono grisáceo. Pero alguien se había encargado de solucionarlo. Las ventanas resplandecían y la casa estaba pintada de un celeste pálido. Además se le había agregado un porche delantero, lo suficientemente ancho como para que en él cupiera la mecedora que había junto a la puerta.

Era casi acogedora.

El pulso de Tory latía con fuerza cuando se acercó a la casa. Allí habría fantasmas, pero los fantasmas eran el motivo de su regreso. ¿No era mejor enfrentarlos a todos?

Las llaves tintineaban en su mano.

La puerta mosquitero chirrió. Tory recordó que era un sonido familiar. Una puerta mosquitero amistosa debía crujir y cerrarse ruidosamente.

La abrió, colocó la llave en la cerradura y la hizo girar. Respiró hondo antes de entrar.

Vio el sillón destartalado con sus rosas desteñidas, la vieja consola del televisor, la alfombra gastada. Paredes amarillentas sin fotografías que alegraran el cuarto. Olor a verduras recocidas y a Lysol.

¡Tory! Entra y límpiate enseguida. ¿No te dije que quería que pusieras la mesa para la comida, antes de que llegara tu padre?

Entonces la imagen se borró y se encontró de pie en una habitación vacía. Las paredes estaban pintadas de un tono crema, sencillo pero práctico. Los pisos estaban desnudos pero limpios. En el aire flotaba un leve olor a pintura y a cera, más eficiente que ofensivo.

Pasó a la cocina.

Las mesadas habían sido rehechas en un gris piedra y los armarios estaban pintados de blanco. La cocina era nueva, por lo menos más nueva que la anterior, sobre la que transpiraba su madre. La ventana sobre la pileta de lavar miraba al pantano, lo mismo que siempre. Un lugar exuberante, verde y secreto.

Reunió todo su coraje, se volvió y se encaminó a su antiguo dormitorio.

¿Siempre habrá sido tan chico? se preguntó. Tiene apenas el tamaño necesario para revolear un gato, pensó, aunque en algún tiempo era lo suficientemente grande para sus necesidades. Antes su cama estaba cerca de la ventana. Le gustaba mirar la noche, o la mañana. También tenía una cómoda pequeña cuyos cajones se hinchaban y se atrancaban todos los veranos. En el cajón de abajo solía esconder libros, porque a su padre no le gustaba que leyera nada que no fuera la Biblia.

En ese cuarto había buenos recuerdos mezclados con los malos. Recuerdos de leer hasta tarde en secreto por la noche, de soñar sueños privados, de planear aventuras con Hope.

Y, por supuesto, el recuerdo de las palizas.

Nadie volvería jamás a ponerle una mano encima.

Decidió que podría convertir ese cuarto en una oficina razonable. Un escritorio, un pequeño archivo, tal vez un sillón para leer y una buena lámpara. Con eso bastaría.

Ella dormiría en el antiguo dormitorio de sus padres. Sí, dormiría allí, y lo convertiría en propio.

Comenzó a salir pero no se pudo resistir. En silencio, abrió la puerta del placar. Allí su propio fantasma se ocultaba hecho un ovillo en la oscuridad, el rostro surcado de lágrimas. Antes de cumplir ocho años ya había derramado las lágrimas de toda una vida.

Su puso en cuclillas, pasó los dedos por la madera de la base del mueble y sus dedos temblaron sobre una talla apenas perceptible. Con los ojos cerrados, igual que los ciegos leen Braille, ella leyó las letras con la punta de los dedos.

YO SOY TORY

—Es cierto. Es cierto. Soy Tory. No pudiste quitarme eso. No pudiste quitármelo a los golpes. Soy Tory. Y he regresado.

Se puso de pie temblorosa.

Aire, pensó. Necesitaba aire. Nunca había aire dentro del placar, ni luz. Al retroceder, notó que tenía las manos empapadas de transpiración.

Se volvió para salir corriendo del cuarto, hubiera salido corriendo de la casa. Pero vio una sombra del otro lado de la puerta mosquitero. El sol de la tarde delineaba la forma de un hombre.

Cuando la puerta se abrió con un chirrido, ella volvió a tener ocho años. Sola, indefensa. Aterrorizada.

4

La sombra pronunció su nombre. Su nombre completo, Victoria, de manera que fluyó como algo servido de una botella caliente.

Pudo haber corrido, y la avergonzó y sorprendió descubrir que había tanto de conejo en su interior que ante el ruido de una rama al quebrarse tuvo ganas de salir disparando y meterse en una cueva. Los fantasmas de la casa giraban a su alrededor, susurrándole burlas al oído.

Ya había corrido antes. Más de una vez. Y nunca la salvó.

Permaneció donde estaba, como petrificada. El pánico le subió de las vísceras a la garganta cuando la puerta se abrió crujiendo.

—Te he asustado. Lo siento. —Lo dijo con voz suave, con el tono del hombre acostumbrado a tranquilizar a los heridos o a completar una seducción. —Pasé para ver si necesitabas algo.

Estaba de pie justo en la puerta, de manera que el sol brillaba a sus espaldas, borroneando sus facciones. En la mente de Tory, los pensamientos tropezaban y caían unos sobre los otros.

—¿Cómo supo que estaba aquí?

—¿Has estado lejos tanto tiempo que olvidaste la rapidez con que se corren las noticias en Progress?

Había una sonrisa en su voz, una sonrisa calculada para tranquilizarla, supuso ella. Significaba que el miedo era evidente y que la convertía en un blanco demasiado fácil. Eso, por lo menos eso, era algo que podía evitar. Cruzó las manos.

—No, no he olvidado nada. ¿Quién es usted?

—Ese sonido que oyes es mi ego que se desploma. Aún después de tantos años, yo te habría reconocido en una multitud. Soy Cade —agregó acercándose—. Kincade Lavelle.

Se apartó de la luz hasta que ésta cayó detrás de él convertida en sol y sombras. Lo peor de su miedo se borró junto con el deslumbramiento y Tory alcanzó a verlo con claridad.

Kincade Lavelle, el hermano de Hope. ¿Lo habría reconocido? No, no lo creía. El chico a quien recordaba era delgado y de rostro suave. Ese hombre era ancho, de brazos musculosos que se le notaban bajo las mangas de su camisa de trabajo. Y aunque sonreía con facilidad, no había nada suave en los planos de su cara.

Tenía el pelo más oscuro que antes, del color de la nuez, y las puntas rizadas desteñidas por el sol. Siempre le había gustado estar al aire libre. Eso era algo que ella recordaba. Recordaba haberlo visto a veces caminando por el campo en compañía de su padre con el andar del que se pavonea porque es dueño de la tierra que pisa.

Los ojos, pensó. Tal vez lo hubiera reconocido por los ojos. Ese azul de verano profundo, como el de los ojos de Hope. El sol también había dejado allí su marca de pequeñas arrugas a los costados. Esa clase de arrugas, pensó Tory, que dan carácter a los hombres y desesperan a las mujeres.

Esos ojos la observaban en ese momento con una especie de perezosa paciencia que podía haberla avergonzado si su pulso hubiera sido parejo.

—Ha transcurrido mucho tiempo —fue lo único que se le ocurrió decir.

—Alrededor de la mitad de mi vida. —Cade no le tendió la mano. El instinto le indicó que si lo hacía sólo lograría sobresaltarla y avergonzarlos a ambos. Ella parecía a punto de saltar o de derrumbarse. Prefería evitar las dos cosas. Así que, con aire indiferente, metió los pulgares en los bolsillos delanteros de su jean.

—¿Por qué no salimos al porche y nos sentamos? Veo que, por ahora, esa vieja mecedora es la única silla con que contamos.

—Estoy bien. Estoy muy bien.

Lo que estaba era pálida como una muerta, con esos suaves ojos grises que siempre lo fascinaron todavía grandes y brillantes. Crecer en una casa en gran parte dominada por mujeres a Cade le había enseñado a superar el orgullo y los malos humores femeninos con un mínimo de ruido y de energía. Simplemente se volvió y abrió la puerta mosquitero.

—La casa no está ventilada —dijo y salió, manteniendo la puerta abierta y confiando en que los buenos modales la obligarían a seguirlo.

Sin otra alternativa, ella cruzó la habitación y salió al porche. Él percibió apenas su perfuma y pensó en los jazmines del jardín de su madre, que preferían florecer de noche, casi en secreto.

—Debe ser toda una experiencia. —En ese momento la tocó con suavidad para guiarla hasta la mecedora. —Me refiero a esto de volver.

Ella no saltó, pero se apartó con un movimiento pequeño pero deliberado.

—Necesitaba un lugar donde vivir y quería instalarme lo más rápido posible. —Los músculos de su estómago se negaban a aflojarse. No le gustaba conversar así con los hombres. Una nunca sabía con seguridad lo que ocultaban bajo palabras y sonrisas fáciles.

—Has estado viviendo un tiempo en Charleston. Aquí la vida es mucho más tranquila.

—Necesito tranquilidad.

Él se apoyó contra la barandilla del porche. Allí hay algo, pensó. Por delicada que ella pareciera, había algo, como un nervio en carne viva, listo para gritar. Lo extraño era que eso fuera lo que más recordaba de ella.

Su delicadeza, que era como la punta de un escalpelo.

—Todos hablan sobre tu tienda.

—Eso me alegra. —Sonrió, la más leve curva de sus labios, pero los ojos siguieron serios y observadores. —El hecho de que hablen significa curiosidad y la curiosidad los hará entrar en mi negocio.

—¿En Charleston tenías un negocio?

—Dirigía un negocio. Pero ser dueña es distinto.

—Así es. —Beaux Reeves ahora era suyo y ser dueño sin duda era distinto. Miró hacia atrás, los campos donde los brotes se alzaban hacia el sol. —¿Qué te parece todo, Tory? ¿Después de tanto tiempo y de tanta distancia?

—Igual. —No miró el campo sino que lo miró a él. —Y muy distinto.

—Yo estaba pensando en eso con respecto a ti. Has crecido. —La volvió a mirar, observó los dedos que se enroscaban alrededor de los brazos de la mecedora como para afirmarse. —Creciste hasta el nivel de tus ojos. Siempre tuviste ojos de mujer. Cuando yo tenía doce años, me espantaban.

Tory debió apelar a su fuerza de voluntad y al orgullo que había forjado en su interior para mantenerle la mirada.

—A los doce años, tú, mi primo Wade y Dwight Frazier estaban demasiado ocupados haciendo locuras como para notar mi presencia.

—En eso te equivocas. A los doce años —agregó con lentitud— hubo un tiempo en que notaba todo lo que se refería a ti. Todavía llevo esa imagen en mi cabeza. ¿Por qué no dejamos de simular que ella no está aquí, de pie entre los dos?

Tory se puso de pie de un salto, caminó hasta el otro extremo del porche y, con los brazos cruzados sobre el pecho, miró fijo el campo.

—Los dos la queríamos —dijo Cade—. Los dos la perdimos. Y ninguno de los dos la ha olvidado.

El peso descendió sobre su pecho, como manos que la empujaban.

—No te puedo ayudar.

—No te estoy pidiendo que me ayudes.

—¿Entonces qué me pides?

Él se movió intrigado, luego volvió a quedarse quieto para estudiar el perfil de Tory. Comprendió que ella se acababa de encerrar dentro de sí misma. Cualquier pequeña abertura que hubiera habido ya estaba de nuevo cerrada.

—No te estoy pidiendo nada, Tory. ¿Es eso lo que esperas que haga todo el mundo?

Ahora, de pie, ella se sentía más fuerte y se volvió para mirarlo con tranquilidad.

—Sí.

Un pájaro cruzó detrás de Cade, un relámpago gris y veloz que voló por allí y encontró un lugar donde posarse en las ramas de uno de los árboles que bordeaban el pantano. Y una vez allí, ella tuvo la sensación de que el ave cantó durante horas, hasta quedarse ronca, antes de que Cade volviera a hablar.

¿Habré olvidado esto? se preguntó. ¿Las pausas largas y fáciles, el ritmo paciente de las conversaciones del campo?

—Es una pena —dijo, cuando la sangre de Tory comenzaba a latir en medio del silencio—. Pero yo no quiero nada de ti, salvo, tal vez, una palabra amistosa de vez en cuando. El hecho es que Hope significaba algo para ambos. Perderla afectó mi vida. No me gusta llamar mentirosa a una señora, pero si te pararas allí, frente a mí y me dijeras que no afectó la tuya, es lo que tendría que hacer.

—¿Qué diferencia te hace a ti lo que yo sienta? —Tenía ganas de refregarse los brazos para quitarse el frío, pero se contuvo. —No nos conocemos. En realidad, nunca nos conocimos.

—La conocíamos a ella. Tal vez tu regreso vuelva a hacer surgir cosas a la superficie. No por tu culpa, sólo porque es así.

—¿Has venido a visitarme para darme la bienvenida o para advertirme que me mantenga a distancia?

Él permaneció un momento en silencio, luego meneó la cabeza. Volvió a brillar el humor en sus ojos, un centelleo mucho más veloz que su voz.

—No hay duda de que te enojas con facilidad. En primer lugar, no tengo la costumbre de pedirles a las mujeres hermosas que se mantengan a distancia. En ese caso, el que sufriría sería yo ¿no crees?

Ella no sonrió, pero él sí y, con deliberación, se le acercó un paso. Tal vez el movimiento, tal vez el sonido de las botas de trabajo sobre el piso de madera, hicieron que el pájaro volara hacia las profundidades del pantano y que dejara de cantar.

—Tú siempre podrías pedirme que yo mantuviera la distancia, pero no es probable que te haga caso. Vine para darte la bienvenida, Tory, y para echarte una mirada. Tengo derecho de satisfacer mi propia curiosidad. Y, al verte, revive parte de ese verano. Es algo natural. Les provocará lo mismo a otros, también. Debiste saberlo cuando decidiste volver.

—Vine por mí misma.

¿Será por eso que pareces tan enferma, cansada y asustada?, se preguntó Cade.

—Entonces, bienvenida a casa.

Le tendió la mano. Ella vaciló, pero el gesto de Cade era tanto un desafío como un ofrecimiento. Cuando ella colocó su mano en la de él, la encontró cálida y más dura que lo esperado. Y también sintió la conexión, una especie de "clic" interior, silencioso e inesperado. E inoportuno.

—Lamento si no te parezco amistosa. —Liberó su mano. —Pero tengo mucho que hacer y debo empezar de una vez.

—Te pido que me avises si puedo hacer algo por ti.

—Te lo agradezco. ¡Ah! Le hiciste un lindo arreglo a la casa.

—Es una buena casa. —Pero la miró a ella al decir: —Es un buen lugar. Te dejaré empezar con tu trabajo —agregó, bajando los escalones. Se detuvo junto a la camioneta, un vehículo de aspecto duro que necesitaba un lavado con desesperación. —¿Tory? ¿Sabes de esa imagen tuya que yo llevaba en el corazón? —Abrió la puerta de la camioneta y una brisa le despeinó el pelo desteñido por el sol. —Ahora tengo una imagen mejor.

Se alejó en el auto, sin dejar de mirarla por el espejo retrovisor hasta que abandonó el sendero de tierra y dobló al asfalto.

No tenía intenciones de sacar el tema de Hope, por lo menos no todavía. Como dueño de Beaux Reeves, como dueño de la casa que ella alquilaba, como amigo de la infancia, se dijo que era su deber pasar a saludarla. Pero no se engañaba y era evidente que tampoco consiguió engañar a Tory.

La curiosidad lo llevó directamente al lugar que la gente de los alrededores todavía llamaba la Casa del Pantano, cuando tenía una docena de asuntos urgentes que debía atender. Había sido criado para dirigir la plantación, pero la dirigía a su manera. Y eso no agradaba a todo el mundo.

Aprendió a jugar al político y al diplomático. Aprendió a interpretar cualquier papel que fuera necesario, con tal de conseguir lo que quería.

Se preguntó qué papel tendría que interpretar con Tory.

Quisiera ella o no admitirlo, su regreso desplazaba toda clase de equilibrio. Tory era un guijarro que caía al estanque y las ondas del agua serían largas y anchas.

No sabía con seguridad qué hacer con ella, que quería hacer con respecto a ella. Pero era un hombre de campo, y los hombres que se ganaban la vida con la tierra, las semillas y el tiempo, sabían esperar.

Siguiendo un impulso, estacionó la camioneta a un costado del camino. No tenía por qué detenerse allí, cuando todos sus responsabilidades se encontraban en Beaux Reeves. Los nuevos sembrados crecían y cuando crecían las semillas, también crecía la cizaña. Debía vigilar los cultivos. Ése era un año de importancia fundamental para los planes que se había trazado. Quería estar muy presente en todos los pasos y en todas las etapas

A pesar de todo, bajó de la camioneta, cruzó un pequeño puente de madera y se internó en el pantano.

Allí el mundo estaba vivo y era rico y verde. Se habían trazado senderos a cuyos costados, con la prolijidad de un parque, crecían azaleas que florecían de manera casi permanente. Entre las magnolias y las nisas había manchones de flores silvestres y de siempre verdes. Ya no era el mundo excitante y levemente peligroso de su infancia.

Ahora se había convertido en el santuario de una criatura perdida.

Era obra de su padre. En el dolor, el orgullo y tal vez hasta la furia que él nunca demostró. Pero que Cade sabía vivían en su interior, como un cáncer. Tumores de furia y de desesperación que crecían y se expandían en secreto.

En el interior de Beaux Reeves, trataron el dolor como se trata una enfermedad. Y aquí, pensó Cade, lo han convertido en flores.

En verano bailaban los lirios en un colorido desfile, y los delicados iris amarillos a quienes les gustaba tener los pies mojados ya comenzaban a florecer como pequeños rayos de sol en las sombras de la primavera. Para ellos limpiaron la maleza. Y aunque ésta crecía con rapidez, mientras su padre vivió hubo manos para que la combatieran. Ahora eso también era responsabilidad de Cade.

Había un banco de madera en el claro donde Hope encendió el fuego durante la última noche de su vida. Había otro puente en forma de arco sobre el agua del color marrón del tabaco, rodeada por cipreses, rodeada de helechos rizados y de rododendros que florecían en capullos muy blancos. Las camelias y los pensamientos llegarían con sus flores y su perfume durante el invierno.

Y entre el banco y el puente, entre capullos rosados y azules, se erguía la estatua de mármol de una niña que reía y que tendría ocho años para siempre.

La habían enterrado dieciocho años antes en la colina, a plena luz del sol. Pero allí, en medio de las sombras verdes y los perfumes silvestres, era donde yacía el espíritu de Hope.

Cade se sentó en el banco y dejó caer sus manos entre las piernas. No iba allí a menudo. Desde la muerte de su padre, ocurrida ocho años antes, nadie lo hacía, por lo menos nadie de la familia.

En lo que a su madre se refería, ese lugar dejó de existir desde el momento en que encontraron a Hope. Violada, estrangulada y luego hecha a un lado como una muñeca usada.

Cade se preguntó, como se había preguntado innumerables veces durante ese largo mar de años, ¿en qué medida estaría dentro de su cabeza lo que se le había hecho a su hermana?

Se echó atrás y cerró los ojos. En ese momento se admitió que le había mentido a Tory. Quería algo de ella. Quería respuestas. Respuestas que buscaba desde más de la mitad de su vida.

Dedicó cinco preciosos minutos a recuperar su equilibrio interior. Hasta ese momento no se había dado cuenta hasta qué punto lo desconcertaba volver a ver a Tory. Ella tenía razón al decir que él nunca le prestó mucha atención cuando eran chicos. Ella era la pequeña Bodeen con quien jugaba su hermana y no era digna de la atención de un chico de doce años.

Hasta esa mañana; esa terrible mañana de agosto en que llegó a la puerta de Beaux Reeves, con las mejillas llenas de moretones y los ojos aterrorizados. A partir de ese momento, no hubo ningún detalle en ella que él no notara. No hubo nada en ella que él olvidó.

Se hizo la obligación de saberlo todo con respecto al lugar adonde estaba, lo que hacía y lo que fue después de abandonar Progress.

Supo, casi al instante, que ella hacía planes para volver.

Y sin embargo no estaba preparado para verla de pie en esa habitación vacía, con el rostro tan pálido que los ojos se le destacaban como lagos de humo.

Ambos nos tomaremos el tiempo necesario para tranquilizarnos, decidió Cade mientras se ponía de pie. Y entonces podrían ocuparse uno del otro. Y podrían enfrentar a Hope.

Se encaminó a la camioneta y la puso en marcha para chequear sus sembrados y su personal.

Estaba acalorado, transpirado y sucio cuando pasó por los pilares de piedra que custodiaban el camino largo y sombreado que conducía a Beaux Reves. Veinte robles, diez a cada lado, flanqueaban el camino y se arqueaban sobre él para formar un túnel verde y dorado. Entre sus gruesos troncos, Cade alcanzaba a ver los arbustos florecidos, el parque amplio y el camino de ladrillos que llevaba al jardín y a los edificios exteriores.

Cuando estaba cansado, como lo estaba en ese momento, ese trecho del camino nunca dejaba de emocionarlo, de acariciar su fatiga con una mano cariñosa. A través de la sequía y de la guerra, a través de la caída de una forma de vida y de la construcción de otra, Beaux Reves seguía erguido.

Hacía más de doscientos años que las tierras estaban en manos de los Lavelle. Ellos la atendieron, la nutrieron, se aprovecharon de ella y la maldijeron, pero sobrevivió. Los había enterrado y los había visto nacer.

Y ahora era de él.

Tal vez la casa en sí fuese de una enorme excentricidad. Era más bien una fortaleza que una casa, y más desafiante que bonita. La piedra reflejaba chispas del sol poniente y resplandecía. Las torres se erguían arrogantes hacia un cielo del color de una herida recién abierta.

Un enorme cantero de flores formaba el centro ovalado del camino de entrada. Cade siempre pensó que debía ser el intento de algún antiguo antepasado de suavizar las líneas masculinas y arrogantes de la casa. Pero el efecto era el contrario: ese mar de flores y de arbustos contrastaba con las puertas macizas de roble tallado del frente y con las ventanas que parecían espadas.

Dejó la camioneta en una curva del camino y subió los escalones de piedra. Su bisabuelo agregó la galería a la casa. Una prueba de civilización, pensó Cade, con el techo que proporcionaba sombra y las enredaderas de clematis.

Si lo deseaba, se podía sentar, como lo habían hecho durante generaciones los de su sangre, y contemplar el pasto y los árboles y las flores sin que los trabajos sudorosos y duros del campo arruinaran el paisaje.

Que era el motivo por el que él pocas veces se sentaba allí.

Se limpió los zapatos en un felpudo para sacarles la tierra. Una vez que transpusiera esas puertas, entraría en los dominios de su madre y, aunque ella no diría nada, su silencio de desaprobación, su mirada fría ante cualquier rastro del campo sobre sus pisos, le resultarían más fuertes que cualquier sermón.

La primavera era bondadosa, de manera que las ventanas estaban abiertas a la tarde. Los perfumes del jardín entraban y se mezclaban con el de las flores que habían sido seleccionadas y arregladas en floreros.

El vestíbulo de entrada era enorme, el piso era de mármol verde mar, de manera que él sentía que sus pies se hundían en agua fresca.

Pensó en una ducha, en una cerveza y en una buena comida caliente antes de enfrentar el trabajo de papelería de la noche. Avanzó en silencio, escuchando, y no se sintió culpable por abrigar la esperanza de poder evitar cualquier contacto con su familia antes de sentirse limpio y con las pilas de nuevo cargadas.

Llegó hasta el bar de la sala principal y alcanzó a descorchar una cerveza antes de oír "clic" de tacos femeninos. Se encogió, pero su rostro estaba compuesto y relajado cuando Faith entró en la habitación.

—Sírveme una copa de vino blanco, querido. Debo suavizar algunas durezas de la vida.

Mientras hablaba, se tendió en el sofá con un suspiro y se pasó los dedos por el pelo rubio y corto. Era rubia una vez más. Había quienes decían que Faith Lavelle cambiaba el color de su pelo casi con tanta frecuencia como cambiaba de hombres. Y algunos disfrutaban diciéndolo.

Se había divorciado dos veces en sus veintiséis años, y reunió y descartó tantos amantes que ya nadie quería llevar la cuenta. Sobre todo ella misma. Pero a pesar de todo, Faith lograba proyectar la imagen de una delicada flor sureña de piel blanca como las camelias y con los ojos azules de los Lavelle. Ojos azules de humor variable que la dueña podía llenar de lágrimas a su antojo y que eran hábiles para hacer promesas que ella tenía o no intenciones de mantener.

Su primer marido fue un joven salvaje y apuesto de dieciocho años con quien Faith huyó dos meses antes de graduarse en la escuela secundaria a quien amó con toda la pasión y el capricho de la juventud pero quedó destrozada cuando él la abandonó, dejándola sin un centavo menos de un año después.

Aunque Faith no permitió que nadie se enterara de eso. En lo que al mundo se refería, ella fue quien abandonó a Bobby Lee Matthews y volvió a Beaux Reves proclamando que estaba cansada de ser dueña de casa.

Tres años después, se casó con un cantante de música sureña a quien conoció en un bar. Esa vez se casó por aburrimiento, pero lo soportó durante dos años hasta descubrir que Clide también aspiraba a vivir las letras de las canciones de traición y de castigo que escribía en medio de una niebla de Budweiser y de Marlboro.

Y una vez más estaba de regreso en Beaux Reves, nerviosa, insatisfecha e interiormente disgustada consigo misma.

Cuando Cade le alcanzó la copa de vino, ella le dirigió una sonrisa dulce.

—Querido, pareces extenuado. ¿Por qué no te sientas un rato con los pies en alto? —Le tomó la mano y la tironeó. —Trabajas demasiado.

—Cuando quieras ayudarme...

La sonrisa de Faith se agudizó, como la hoja de un cuchillo afilado.

—Beaux Reves es tuyo. Papá se encargó de aclararlo durante toda nuestra vida.

—Papá ya no está aquí.

Faith simplemente hizo un movimiento descuidado con los hombros.

—Eso no modifica los hechos. —Levantó la copa y bebió un sorbo de vino. Era una mujer hermosa que se tomaba mucho trabajo para explotar su belleza. Aun en ese momento, para pasar la velada en su casa, se había agregado un toque de color en las mejillas, pintó de rosado su boca ancha y sensual, y vestía una blusa de seda y pantalones rosados.

—Uno puede modificar todo lo que quiera cambiar.

—A mí me criaron para ser decorativa e inútil. —Alzó la cabeza y se desperezó como un gato. —¡Y lo hago tan bien!

—Me irritas, Faith.

—También soy buena para eso. —Divertida le tocó una pierna con el pie descalzo. —¡No te enojes, Cade! Discutir me arruinará el gusto de este vino. Hoy ya tuve una discusión con mamá.

—No pasa un día sin que discutas con mamá.

—No discutiría con ella si no criticara cada maldita cosa que hago. Ha estado casi todo el día de mal humor. —Le brillaron los ojos. —Por lo menos desde que llamó Lissy del pueblo.

—No gana nada con enojarse. Sabía que Tory iba a volver.

—Volver es distinto a estar aquí. No creo que le guste la idea de haberle alquilado la Casa del Pantano.

—Si Tory no vive allí, vivirá en alguna otra parte. —Como estaba cansado, echó atrás la cabeza y se esforzó por aliviar la tensión del día en su cuello y en sus hombros. —Ha vuelto y por lo visto piensa quedarse.

—Así que fuiste a verla. —Faith hizo tamborilear los dedos sobre su muslo. —Supuse que lo harías. Para nuestro Cade, el deber viene antes que nada. Bueno... ¿Cómo es ahora?

—Amable, reservada. Nerviosa, creo, por haber vuelto. —Bebió un sorbo de cerveza. —Atractiva.

—¿Atractiva? Recuerdo que tenía el pelo marrón y opaco y que vivía con las rodillas sucias y lastimadas. Era flacucha y horrible.

Él lo dejó pasar. Faith se ponía de mal humor si un hombre, aunque fuera su hermano, ponderaba el aspecto físico de otra mujer. Y no estaba con ánimo para soportar el mal humor de su hermana.

—Podrías esforzarte por ser amable con ella, Faith. Tory no tuvo la culpa de lo que le sucedió a Hope. ¿Para qué sirve hacerla sentir que lo fue?

—¿Dije que no iba a ser amable con ella? —Faith pasó los dedos alrededor del borde de su copa. No parecía poder dejarlos quietos.

—Supongo que le vendría bien una amiga.

Faith dejó caer la mano y su voz sedosa adquirió un tono duro.

—Fue amiga de Hope. Nunca amiga mía.

—Tal vez no, pero Hope ya tampoco está aquí. Y a ti no te vendría mal tener una amiga.

—Querido, tengo amigos de sobra. Pero da la casualidad que ninguno de ellos es mujer. En realidad, aquí las cosas están tan aburridas que después de todo, tal vez esta noche vaya al pueblo. Para ver si puedo encontrar algún amigo por unas horas.

—Como quieras. —Empujó el pie de su hermana para alejarlo y se puso de pie. —Debo darme una ducha.

—Cade —dijo ella antes de que él llegara a la puerta. Acababa de percibir el brillo burlón de sus ojos y le dolía. —Tengo derecho a vivir mi vida como se me dé la gana.

—Tienes derecho a desperdiciar tu vida como se te dé la gana.

—Muy bien —contestó ella con tranquilidad—. Y tú también. Pero te estoy diciendo que tal vez por una vez en la vida esté de acuerdo en algo con mamá. Todos estaríamos mejor si Victoria Bodeen volviera a Charleston y se quedara allí. Y tú estarías mucho mejor si mantuvieras distancia de cualquier problema que ella traiga consigo.

—¿Qué temes, Faith?

Todo, pensó ella, mientras él se alejaba. Todo.

Inquieta, se levantó y se acercó a la alta ventana. En ese momento dejó de existir la lánguida belleza sureña. Sus movimientos eran veloces, llenos de energía nerviosa.

Tal vez vaya al pueblo, pensó. Vaya a alguna parte. Tal vez abandonaré esta casa para siempre.

¿Para ir adónde?

Cuando abandonaba Beaux Reves, nada era como ella creía que sería. Nadie era como creía que sería. Incluyéndose ella misma.

Cada vez que se iba se decía que sería para siempre. Pero siempre volvía. Cada vez que se iba se decía que sería distinto. Que ella sería distinta.

Pero nunca lo era.

¿Cómo esperar que alguien comprendiera que todo lo que sucedió antes, que todo lo que sucedió desde entonces dependía de esa noche cuando ella, cuando Hope, tenía ocho años?

Y ahora acababa de regresar la persona que conectaba esa noche con todas las demás.

De pie, observando el parque y los jardines que se coloreaban de plateado con el anochecer, Faith deseó que Tory Bodeen se fuera a la mierda.

Eran casi las ocho cuando Wade terminó de atender a su último paciente, un viejo perro mestizo a quien le fallaban los riñones y que tenía un murmullo en el corazón que no presagiaba nada bueno. La dueña, igualmente anciana, no se decidía a sacrificar al animal, de manera que una vez más Wade tuvo que medicarlo y a su vez tranquilizar a su propietaria.

Estaba demasiado cansado para salir a comer y decidió que se conformaría con un sándwich o abrir alguna lata.

El pequeño departamento ubicado sobre su consultorio le convenía. Era cómodo, conveniente y barato. Sus padres le recordaban constantemente que estaba en condiciones de vivir en un lugar mejor, pero él prefería una existencia sencilla y reinvertir las ganancias de su profesión en equipar mejor su consultorio.

Por el momento no tenía animales propios, a pesar de que cuando niño los tenía a montones. Perros y gatos, por supuesto, y, junto con ellos, los pájaros heridos, sapos, tortugas y conejos, y en una oportunidad hasta tuvo un cerdo enano, a quien bautizó Buster. Su madre indulgente no se opuso a que los tuviera, hasta que pretendió llevar a su casa una víbora negra que acababa de encontrar tendida en un camino. Wade estaba seguro de que lograría convencer a su madre, pero cuando se paró en la puerta de la cocina, con una súplica en los ojos y un metro veinte de víbora movediza en los brazos, la madre lanzó un grito tan fuerte que el vecino, señor Pritchett, saltó el cerco que dividía los jardines para ir en su auxilio.

Pritchett se luxó un tendón, la madre de Wade dejó caer al piso su bien amada jarra de leche y la víbora fue desterrada a la orilla del río, fuera del pueblo. Pero bendita sea mamá, pensó Wade, porque toleró todos los demás animales que llevé a casa y no se quejó jamás.

Con el tiempo tendría una casa propia con jardín y se daría el gusto de tener mascotas. Pero hasta que pudiera permitirse contratar más empleados, casi todos sus días de trabajo eran de diez horas como mínimo y eso sin contar las emergencias. La gente que no tenía el tiempo necesario para dedicárselo a sus animales, no debería tenerlos. Y pensaba lo mismo con respecto a los niños.

Se encaminó primero a la cocina y tomó una manzana. La comida tendría que esperar hasta que se hubiera lavado, quitándose el olor a perro.

Mientras mordía la manzana y subía al dormitorio, revisó la correspondencia que había llevado consigo.

La olió antes de verla. La caliente oleada de mujer golpeó sus sentidos, desparramó sus pensamientos. Ella se movió en la cama, un susurro de piel sedosa contra las sábanas.

No tenía nada puesto, aparte de una sonrisa invitante.

—¡Hola, mi amor! Trabajaste hasta tarde.

—Dijiste que esta noche estarías ocupada.

Faith lo señaló con un dedo.

—Tengo intenciones de estarlo. ¿Por qué no te acercas y me ocupas?

Wade hizo a un lado la manzana y la correspondencia.

—¿Por qué no?

5

Era algo penoso, supuso Wade, que un hombre estuviera su vida entera colgado de una misma mujer. Y más penoso todavía si esa mujer insistía en salir y entrar flirteando de su vida como una mariposa descuidada. Y el hombre se lo permitía.

Cada vez que ella volvía, él se decía que se negaría a seguirle el juego. Y cada vez ella lograba enlazarlo hasta que estaba demasiado hundido dentro de la ola para alejarse.

Fue el primer hombre que la tuvo. Pero no tenía esperanza de ser el último.

No tenía ahora más posibilidades de resistirse a ella que las que tuvo diez años antes. Esa noche de verano cuando ella trepó por la ventana y se le metió en la cama mientras él dormía. Wade todavía recordaba lo que fue despertar con ese cuerpo delgado y caliente que se deslizaba sobre el suyo, esa boca hambrienta que lo ahogaba, lo devoraba, que se prendía a él hasta dejarlo lujurioso y con una enorme erección.

Ella tenía quince años, pensó Wade, y me tomó con la eficiencia veloz y desalmada de una prostituta de cincuenta dólares. Y era virgen.

Ése era el asunto, le explicó ella. No quería ser virgen y decidió liberarse de esa carga con el menor trabajo posible y con alguien a quien conociera, alguien que le gustara y en quien confiara.

Tan simple como eso.

Para Faith siempre fue simple. Pero para Wade, esa noche de verano, semanas antes de su regreso a la universidad, colocó la primera grada de las muchas y complicadas que componían su relación con Faith Lavelle.

Ese verano hicieron el amor tan seguido como pudieron. En el asiento trasero del auto de él, a la noche tarde, cuando los padres de Wade dormían en el otro extremo de la casa, en pleno día, cuando la madre de Wade permanecía sentada e intercambiando chismes en la galería. Faith siempre estaba dispuesta, ansiosa, lista. Era el sueño de un hombre hecho realidad.

Y se convirtió en la obsesión de Wade.

Él estaba seguro de que lo esperaría.

Menos de dos años después, mientras Wade estudiaba con desesperación y planeaba su futuro, el futuro de ambos, ella huyó con Bobby Lee. Wade se emborrachó y permaneció borracho durante una semana.

Faith volvió, por supuesto. Volvió a Progress y, con el tiempo, a él. Sin disculpas ni súplicas temerosas y sin pedirle que la perdonara.

Así era la relación entre ambos. Él la detestaba por ello, casi tanto como se detestaba a sí mismo.

—Así que... —Faith trepó sobre él, tomó un cigarrillo del atado que había sobre la mesa de luz y, mientras lo montaba, lo encendió. —Háblame de Tory.

—¿Cuándo empezaste a fumar?

—Hoy. —Sonrió y se inclinó para besarle el mentón. —¡No me sermonees por eso, Wade! Todo el mundo tiene derecho a un pequeño vicio.

—¿Hay alguno que no practiques?

Faith rió, pero había tensión en su risa, tensión en la expresión de sus ojos.

—Si uno no los prueba ¿cómo va a saber si le gustan? Y ahora, vamos muchacho, háblame de Tory. ¡Me muero por saberlo todo!

—No hay nada que saber. Tory ha vuelto.

Faith dejó escapar un tremendo suspiro.

—Los hombres son criaturas demasiado irritantes. ¿Qué aspecto tiene? ¿Cómo se comporta? ¿A qué ha venido?

—Es una mujer adulta y muy parecida a lo que era. Ha venido a inaugurar una tienda en la calle Market. —Al ver la mirada gélida de Faith, se encogió de hombros. —Cansada. Parece cansada. Tal vez esté demasiado delgada, como alguien que últimamente no ha estado del todo bien. Pero tiene el brillo de la gente que ha vivido en una ciudad. Y en cuanto a lo que se propone, no lo sé. ¿Por qué no se lo preguntas?

Ella le pasó una mano por el hombro. Wade tenía hombros maravillosos.

—No es probable que me lo diga. Nunca le gusté.

—Eso no es cierto, Faith.

—Yo debería saberlo. —Rodó sobre sí misma con impaciencia, se levantó de la cama con la gracia de un gato y aspiró con fuerza el humo del cigarrillo mientras se paseaba por el cuarto. La luz de la luna iluminaba su piel muy blanca y le proporcionaba un exótico reflejo azulado. Él alcanzó a ver que tenía moretones, las sombras de golpes.

Le gustaba el sexo rudo.

—Siempre me miraba fijo con esos ojos saltones y casi nunca decía ni mu, salvo cuando le hablaba a Hope. Siempre tenía mucho que decirle a Hope. Las dos se pasaban la vida susurrando. ¿Para qué se quiso volver a instalar en la vieja Casa del Pantano? ¿Qué está pensando?

—Supongo que debe pensar que le resulta agradable tener un techo familiar sobre la cabeza. —Wade se puso de pie y cerró en silencio las cortinas antes de que algún vecino viera desnuda a Faith.

—Tú sabes tanto como yo acerca de lo que sucedía bajo ese techo. —Faith se volvió y sus ojos relampaguearon cuando Wade bajó la intensidad de la luz de la lámpara. —¿Qué clase de persona vuelve a un lugar donde estuvo atrapada? Tal vez esté tan loca como decía la gente.

—No está loca. —Cansado, Wade se puso los jeans. —Está sola. A veces la gente solitaria vuelve a su casa, porque no tiene otro lugar adonde ir.

Esa frase la golpeó demasiado cerca del corazón. Apartó su mirada de la de él y apagó el cigarrillo.

—A veces el hogar de uno es el lugar más solitario de todos.

Él le tocó el pelo, sólo una pequeña caricia. Logró que ella tuviera ganas de aferrarse a él. En un gesto deliberado, alzó la cabeza con una sonrisa brillante.

—De todos modos, ¿por qué estamos hablando de Tory Bodeen? Te propongo que nos preparemos algo y que comamos en la cama. —Con lentitud, sin apartar su mirada de la de él, le bajó el cierre de los jeans. —Cuando estoy contigo siempre tengo un apetito terrible.

Más tarde, Wade despertó en la oscuridad. Ella ya no estaba. Nunca se quedaba, nunca dormía con él. Había momentos en que Wade se preguntaba si alguna vez dormiría, o si su motor interior estaría siempre en marcha, impulsado por nervios y por necesidades nunca del todo saciadas.

Supuso que eso de amar a una mujer incapaz de retribuir sentimientos genuinos debía ser su maldición. Debería cortar de cuajo la relación y sacarla de una vez de su vida. Era lo único cuerdo que podía hacer. Pero Faith sólo volvería a herirlo y, cada vez que lo hacía, la herida demoraba más en cicatrizar. Tarde o temprano ya no quedaría nada de su corazón, sólo cicatrices, y no podría culpar de ello a nadie más que a sí mismo.

Sintió que el enojo crecía y burbujeaba como un calor negro dentro de su sangre. Se vistió en la oscuridad, sin prender la luz. Necesitaba un blanco para su furia, antes de que ésta se volviera hacia adentro y explotara.

Habría sido más inteligente, más cómodo y Dios sabía que más sensato, pasar la noche en el cuarto de un hotel. También habría sido simple aceptar la hospitalidad de su tío y dormir en uno de los hermosos dormitorios decorados que Boots siempre tenía listos en la casa grande.

De chica soñaba con dormir en esa casa perfecta, ubicada en la calle perfecta donde imaginaba que todo debía oler a perfume y a cera.

Pero en lugar de dormir allí, Tory tendió una frazada sobre el piso desnudo y permaneció despierta en la oscuridad.

¿Orgullo, tozudez, una necesidad de ponerse a prueba?

No estaba segura de conocer los motivos que la llevaron a pasar su primera noche en Progress en la casa vacía de su infancia. Pero había tendido su cama, por así decirlo, y estaba decidida a acostarse en ella.

Por la mañana tendría mucho que hacer. Esa noche ya había revisado sus listas y hecho varias más. Debía comprar una cama y pedir un teléfono. Toallas nuevas, una cortina de baño. Necesitaba una lámpara y una mesa donde apoyarla.

Acampar ya no era la aventura que solía ser, y el hecho de que tuviera gustos y necesidades sencillos no significaba que no requiriera un mínimo de confort.

Acostada allí, en la oscuridad, usó las listas como antes utilizó el muro blanco. Cada asunto que recordaba mentalmente era otro ladrillo que ponía en su lugar para bloquear imágenes y mantenerse en el presente.

Iría al mercado y abastecería la cocina. Si demoraba en hacerlo, retomaría su costumbre de saltearse algunas comidas. Cuando descuidaba su cuerpo le resultaba más difícil controlar la mente.

Iría al banco, abriría una cuenta personal y otra para el negocio. También era importante que fuera a *Progress Weekly*. Ya había diseñado el aviso que quería publicar.

Pero lo más importante era que, durante las semanas siguientes, mientras preparaba la inauguración del negocio, se hiciera visible. Se esforzaría por mostrarse amistosa, normal.

Demoraría un tiempo en superar los esperados susurros, las preguntas, las miradas. Estaba preparada para ello. Cuando inaugurara la tienda, la gente se habría acostumbrado a verla de nuevo. Más aún, y mucho más importante, se habrían acostumbrado a verla como ella quería ser vista.

Poco a poco se convertiría en un personaje del pueblo. Y entonces comenzaría a explorar. Sería ella quien comenzaría a hacer preguntas. Sería ella quien comenzaría a buscar las respuestas.

Cuando las tuviera, podría despedirse de Hope. Cerró los ojos y escuchó los sonidos de la noche, el coro de ranas, tan alegremente monótono, el grito agudo de una lechuza que cazaba, el suave quejido de la madera vieja que se acomodaba, los ruidos ocasionales de los ratones que forjaban su hogar detrás de las paredes de la casa.

Tendré que poner trampas, pensó, adormilada. Lo lamentaba, pero no tenía interés en compartir su casa con roedores. Además colocaría naftalina en el porche para espantar a las víboras.

¿Era naftalina lo que había que poner, verdad? ¡Hacía tanto tiempo que no vivía en el campo! Se ponía naftalina para ahuyentar a las víboras, se colgaba jabón para los ciervos y uno protegía lo que era de uno, aunque antes hubiera sido de ellos.

Y si los conejos mordisqueaban la verdura de la huerta, se ponían trozos de manguera para que creyeran que eran las víboras que uno espantaba con la naftalina. En caso contrario, cuando papá volvía a casa, los mataba con su 22. Y una tenía que comerlos para la cena, aunque después se descompusiera porque recordaba lo lindos que eran cuando movían sus largas orejas. Una debía comer lo que Dios proporcionaba, o pagar el precio. Descomponerse era mejor que soportar una paliza.

No, no pienses en eso, se ordenó, volviéndose sobre el piso duro. Ya nadie volvería a obligarla a comer lo que no quería comer. Y nadie le levantaría la mano ni la amenazaría con un cinturón de cuero.

Ahora ella se había hecho cargo de sí misma.

. . .

Soñó que estaba sentada sobre el piso blando, junto a un fuego humeante que crepitaba y que quemaba los *marshmallows* que ella acercaba a las llamas, ensartados en un palo. Le gustaban quemados, para que por fuera estuvieran negros y crujientes sobre el centro blanco. Lo sacó del fuego y sopló para apagar las llamas que salían con él.

Se quemó el paladar, pero todo eso formaba parte del ritual. El dolor agudo y luego el contraste del azúcar dulce.

—Para eso por qué no comes carbón —dijo Hope, moviendo su propio *marshmallow* para que burbujeara, dorado—. En cambio éste está perfectamente tostado.

—A mí me gustan así. —Para demostrarlo, Tory sacó otro de la bolsa y lo ensartó en el palo.

—Como dice Lilah: "A cada uno con su gusto, dijo la señora mientras besaba la vaca". —Sonriente, Hope mordisqueó con delicadeza su *marshmallow*. —Me alegra que hayas vuelto, Tory.

—Siempre quise volver. Supongo que tenía miedo. Supongo que todavía lo tengo.

—Pero estás aquí. Viniste, como se suponía que debías venir.

—Pero no vine esa noche. —Tory apartó la vista del fuego para clavarla en los ojos de la infancia.

—Tal vez porque no se suponía que debías venir.

—Te prometí que vendría. A las diez y treinta y cinco. Y no vine. Ni siquiera lo intenté.

—Debes intentarlo ahora, porque hubo más. Y seguirá habiendo más hasta que lo impidas.

El peso seguía aplastando su pecho de niñita de ocho años.

—¿Qué quieres decir con eso de que hubo más?

—Más como yo. Exactamente igual que yo. —Un par de solemnes ojos azules, profundos como lagos se clavaron en los de Tory a través del fuego. —Debes hacer lo que se supone que harás, Tory. Debes tener cuidado y ser inteligente. Victoria Bodeen, la chica espía.

—Ya no soy una chica, Hope.

—Por eso mismo ha llegado la hora. —El fuego creció. Las llamas eran cada vez más altas, más brillantes. Los ojos de un azul profundo capturaban el centellear de las llamas, motas de luz salvaje. —Debes ponerle fin.

—¿Cómo?

Pero Hope meneó la cabeza y susurró:

—Hay algo en la oscuridad.

Tory abrió los ojos de repente. El corazón le latía como desaforado dentro del pecho y en la boca tenía gusto a miedo y a *marshmallows* quemados.

"Hay algo en la oscuridad." Volvió a oír el eco de la voz de Hope y un susurro, como la cola del viento a través de las hojas, justo afuera de su ventana.

Notó el leve cambio de la luz cuando alguien pasó delante de la luna.

La criatura que llevaba adentro tuvo ganas de enroscarse sobre sí misma, de cubrirse la cara con las manos y de volverse invisible. Estaba sola. Indefensa.

Quienquiera estuviese afuera, observaba, esperaba. Aún a través de su miedo lo sentía. Luchó por poner la mente en blanco, por ver la cara, la forma, el nombre que tenía. Pero sólo encontró el muro de vidrio de su terror.

No todo el terror era suyo.

Ellos también tienen miedo, comprendió. Me temen a mí. ¿Por qué?

Le temblaba la mano cuando la estiró con lentitud para tomar la linterna que tenía junto a la frazada. El peso sólido de la linterna la ayudó a vencer lo peor de su miedo. No se quedaría tendida e indefensa. Se defendería, enfrentaría, se haría cargo.

La criatura fue una víctima. La mujer no lo sería.

Se arrodilló, apretó el botón y casi gritó cuando surgió el haz de luz. Lo apuntó hacia la ventana, como si se tratara de un arma.

Y no había nada más que sombras y luna.

Jadeaba, pero se puso de pie. Corrió a la puerta y encendió las luces del techo. Ahora quienquiera que estuviese afuera podría verla. ¡Que miren! pensó. Que vieran que ella no se iba a ocultar en la oscuridad.

El haz de luz saltaba mientras ella se dirigía del dormitorio a la cocina. Una vez más prendió las luces del cielo raso. Que miren, volvió a pensar y tomó la cuchilla que estaba sobre la tabla de picar carne que había desembalado. Que miren y vean que no estoy indefensa.

Había cerrado la puerta con llave, una costumbre adquirida en la ciudad. pero tenía plena conciencia de lo inútil que era esa precaución. Un buen puntapié haría saltar la cerradura.

Se apartó de la luz y se refugió en las sombras del *living room*. De espaldas a la pared, se obligó a regular la respiración hasta lograr que fuera lenta y silenciosa. Si sus pensamientos se arremolinaban no podía ver, no se podía concentrar si su sangre aullaba.

Por primera vez en más de cuatro años se preparó para abrirse al don con el que había sido maldecida al nacer.

Pero la luz de unos faros penetró por la ventana del frente y bañó la habitación. Sus pensamientos se desparramaron como pétalos al viento al oír que un auto avanzaba a toda velocidad por el sendero de entrada.

Las gomas del auto escupían grava, un sonido impaciente, exigente. Al acercarse a la puerta, Tory volvía a respirar con dificultad. Se metió la linterna dentro del bolsillo del pantalón de gimnasia en que había dormido, aferró el cuchillo con firmeza en una mano y quitó la llave de la puerta.

Las luces del auto se apagaron cuando el conductor abrió la portezuela.

—¿Qué quiere? —Tory volvió a empuñar la linterna y la encendió. —¿Qué hace aquí?

—Sólo he venido a visitar a una vieja amiga.

Tory dirigió el haz de luz a la figura que bajaba del auto. Se le aflojaron las rodillas, comenzó a transpirar.

—¡Hope! —El nombre se le ahogó en los labios y el cuchillo se le deslizó de las manos y cayó al piso. —¡Oh Dios!

Otro sueño. Otro episodio. O tal vez sólo fuese locura. Tal vez siempre hubiera sido locura.

Ella subió al porche. La luna se reflejaba trémula en su pelo, en sus ojos. La puerta mosquitero crujió cuando la abrió.

—Tienes cara de haber visto un fantasma o de estar esperando uno. —Se inclinó y recogió el cuchillo. Palmeó la hoja con un dedo elegante. —Pero yo soy muy real. —Al decirlo levantó el dedo en el que brillaba una pequeña gota de sangre. —Soy Faith —agregó, y simplemente entró en la casa—. Al pasar vi que tenías la luz encendida.

—¿Faith? —Dentro de su cabeza había un oleaje parecido al del mar. El júbilo que contenía, ese júbilo frenético, fluyó cuando volvió a pronunciar el nombre. —¿Faith?

—Así es. ¿Tienes algo de beber por aquí? —preguntó encaminándose a la cocina.

Como si fuera dueña de la casa, pensó Tory, pero enseguida se recordó que en realidad, la casa era de los Lavelle. Se pasó una mano por la cara y por el pelo. Luego reunió todas sus fuerzas y siguió a Faith a la cocina.

—Tengo un poco de té helado.

—Me refería a algo un poco más fuerte.

—No, lo siento pero no tengo nada. Todavía no estoy instalada como para recibir visitas.

—Ya lo veo. —Intrigada, Faith dio una vuelta por la cocina y, al pasar, dejó la cuchilla sobre la mesada. —Esto un poco más espartano de lo que esperaba. Aún tratándose de ti.

Así sería Hope si viviera. Tory no se podía sacar ese pensamiento de la cabeza. Habría sido exactamente así, con ojos de un azul profundo contra una piel muy blanca, el pelo sedoso del color del trigo. Delgada y hermosa. Y viva.

—No necesito mucho.

—Ésa fue siempre la diferencia entre nosotras, por lo menos una de las diferencias. Tú no necesitabas mucho. Yo lo necesitaba todo.

—¿Y alguna vez lo conseguiste?

Faith arqueó una ceja y luego sólo sonrió y se apoyó sobre la mesada.

—Bueno, todavía sigo coleccionando. ¿Qué se siente al regresar?

—Todavía no he estado aquí bastante tiempo como para saberlo.

—Has estado bastante tiempo como para acercarte a la puerta con un cuchillo en la mano cuando alguien viene a visitarte.

—No estoy acostumbrada a recibir visitas a las tres de la mañana.

—Tuve una cita que duró hasta tarde. En este momento estoy entre un marido y otro. ¿Tú nunca te casaste, verdad?

—No.

—Pero juro que oí decir que en determinado momento estuviste comprometida. Supongo que no resultó.

Estaba por embargarla la sensación de fracaso, de desesperanza, de traición.

—No, no resultó. Y deduzco que tus casamientos, ¿fueron dos o tres? tampoco resultaron.

Faith sonrió y esa vez su sonrisa fue auténtica.

—Veo que te han crecido los dientes.

—Pero no quiero morderte con ellos, Faith. Y me parece tonto que quieras morderme a mí después de tanto tiempo. Yo también la perdí.

—Era mi hermana. Es algo que nunca recordaste.

—Era tu hermana. Era mi única amiga.

Algo trató de agitarse en su interior, pero Faith lo bloqueó.

—Podrías haber hecho nuevos amigos.

—Tienes razón. No puedo hacer nada para compensarlo, para modificarlo, para traerla de vuelta. No puedo decir nada, no puedo hacer nada.

—¿Entonces por qué has vuelto?

—Nunca me dejaron despedirme.

—Ya es tarde para las despedidas. ¿Crees en nuevos comienzos y en segundas oportunidades, Tory?

—Sí.

—Yo no. Y te diré por qué. —Sacó un cigarrillo de la cartera, lo encendió. Después de aspirar una bocanada de humo movió la mano en que lo tenía. —Nadie quiere volver a empezar. Los que dicen que les gustaría son mentirosos o ilusos, pero en su mayor parte, mentirosos. La gente sólo quiere retomar las cosas donde las dejó, donde comenzaron a andar mal para avanzar en una nueva dirección, pero sin ninguna carga. Los que lo logran son los afortunados porque, de alguna manera, se sacan de encima todos esos pesos como la culpa y las consecuencias.

Volvió a inhalar el humo y dirigió una mirada contemplativa a Tory.

—Y a mí no me pareces demasiado afortunada.

—¿Y sabes una cosa? Tú tampoco. Y ésa es una sorpresa.

La boca de Faith se abrió, temblorosa, luego la volvió a cerrar y sonrió apenas.

—¡Ah! Yo viajo con poco equipaje y viajo seguido. Pregúntaselo a cualquiera.

—Y parece que hemos ido a parar al mismo lugar. ¿Por qué no lo disfrutamos todo lo posible?

—Siempre que recuerdes quién llegó primero, no tendremos problemas.

—Tú nunca permitirás que lo olvide. Pero en este momento, ésta es mi casa y estoy cansada.

—Entonces ya nos veremos. —Comenzó a salir dejando una estela de humo tras de sí. —Que duermas bien, Tory. ¡Ah! Y si dormir sola aquí afuera te asusta, te cambio esa cuchilla por una pistola.

Se detuvo, abrió la cartera y sacó una pistola de mango de nácar.

—Una mujer nunca puede ser demasiado cuidadosa, ¿no crees? —Lanzando una risita, dejó caer la pistola en la cartera, la cerró y luego dejó que la puerta mosquitero se cerrara con fuerza a sus espaldas.

Tory se obligó a permanecer en la puerta, a pesar de que los faros la enceguecían. Se quedó allí hasta que el auto retrocedió, salió del camino de entrada y tomó la ruta.

Cerró la puerta con llave y luego volvió a la cocina en busca de la linterna y el cuchillo. Parte de su ser quería subir al auto, dirigirse al pueblo y llamar a la puerta de la casa de su tío. Pero si no lograba pasar esa primera noche en la casa, tampoco le resultaría fácil hacerlo la siguiente y luego la otra.

Se tendió con la espalda apoyada contra la pared y la mirada clavada en la ventana hasta que la oscuridad se suavizó y despertaron las primeras aves de la mañana.

Tuvo miedo. Cuando se deslizó en silencio hasta la ventana, sintió algo que era muy poco habitual en él. Un puño de miedo que le apretaba las entrañas.

Tory Bodeen de regreso donde todo había comenzado.

Dormía, enroscada en el piso como una gitana y a la luz de la luna él alcanzó a ver la curva de sus mejillas, la forma de sus labios.

Habría que hacer algo. Él lo supo, había comenzado a planearlo a su manera silenciosa y tranquila. ¡Pero qué sobresalto le provocaba verla allí, recordar todo tan vívidamente sólo por verla allí!

Se sobresaltó cuando ella despertó y salió del sueño con la velocidad de una flecha. Aún en medio de la oscuridad alcanzó a ver visiones en los ojos de Tory. Eso le cubrió la cara y la palma de las manos de transpiración. Pero había muchas sombras, muchos lugares donde refugiarse. Grietas en la pared.

Se ocultó en una de ellas y observó la llegada de Faith. El pelo brillante que resplandecía a la luz de la luna en un contraste interesante con el pelo oscuro de Tory. Tory, que parecía absorber la luz en lugar de reflejarla.

Por supuesto que en el instante en que las vio juntas, cuando las voces de ambas se mezclaban, supo adonde lo llevarían. Adonde las llevaría él.

Sería igual que la primera vez, tanto tiempo antes. Sería lo que él siempre trató de volver a sentir durante dieciocho largos años.

Sería perfecto.

Pensaba levantarse temprano. Cuando el llamado a la puerta del frente la despertó a las ocho, Tory no supo si estaba más irritada consigo misma o con el nuevo visitante. Fregándose el sueño de los ojos salió a los tropezones del dormitorio, parpadeó bajo la luz del sol y quitó la llave de la puerta.

Con la vista nublada por el sueño, miró a Cade a través de la puerta mosquitero.

—Tal vez no deba pagar alquiler si los Lavelle han decidido convertir ésta en su casa.

—¿Perdón?

—Nada. —Empujó la puerta mosquitero sin mucho entusiasmo, en un gesto que no era precisamente una invitación. Luego se volvió. —Necesito tomar un poco de café.

—Te desperté. —La siguió a la cocina. —Los granjeros tenemos la tendencia de creer que todo el mundo se levanta al amanecer. Yo... —Se detuvo ante la puerta abierta del dormitorio y lanzó una maldición. —¡Por amor de Dios, Tory, ni siquiera tienes una cama!

—Hoy voy a comprar una.

—¿Y por qué no te quedaste en lo de J.R. y Boots?

—Porque no tenía ganas.

—¿Prefieres dormir en el piso? ¿Qué es esto? —Entró en el dormitorio y lo estudió. Lo mismo que lo estudió anoche su hermana, pensó Tory. Luego salió con el cuchillo en la mano.

—Es mi aguja de crochet. Estoy tejiendo una manta maravillosa. —Al ver que él sólo la miraba fijo, respiró hondo y entró hecha una tromba a la cocina. —Me dormí tarde y estoy de mal humor, así que ten cuidado con lo que dices.

Sin pronunciar una palabra, Cade colocó el cuchillo en su lugar. Mientras ella medía el café y el agua, él depositó sobre la mesada la fuente que llevaba.

—¿Qué es eso?

—Te lo manda Lilah. Ella sabía que esta mañana andaría por este lado. —Cade levantó un extremo del papel. —Torta de café. Dijo que de chica te gustaba esta torta.

Tory se quedó mirándola y ambos se sobresaltaron cuando a ella se le llenaron los ojos de lágrimas. Antes de que él pudiera reaccionar, Tory alzó una mano y la mantuvo como un escudo delante de su rostro mientras se volvía.

Incapaz de resistirse, él le pasó una mano por el pelo, pero la dejó caer al ver que ella se alejaba deliberadamente para quedar fuera de su alcance.

—Dile que se lo agradezco mucho. Lilah está bien, ¿verdad?

—¿Por qué no pasas por casa y lo compruebas tú misma?

—No, por ahora no. Creo que por un tiempo no pasaré por allí. —Ya más tranquila, abrió un armario y bajó una taza.

—¿No me vas a invitar con un café?

Ella lo miró por sobre el hombro. Ya tenía los ojos secos y claros. Cade no tiene el aspecto de un maldito granjero, pensó. Sí, estaba delgado, tenía la piel tostada y el pelo desteñido por el sol. Sus jeans eran viejos y la camisa celeste estaba desteñida. En el bolsillo de la camisa, tenía los anteojos oscuros descuidadamente ensartados por una patilla.

Es la imagen de la idea que puede tener un director de Hollywood de un joven y próspero granjero sureño que rezuma encanto y atractivo con su sonrisa fácil.

Ella no confiaba en las imágenes.

—Supongo que debo ser amable.

—También podrías ser grosera y glotona —contestó Cade—, pero después te sentirías muy mal.

Notó que Tory tenía cuatro tazas y cuatro platillos, todos de un sólido color blanco. También tenía una cafetera automática, pero no tenía cama. Los estantes ya estaban llenos y ordenados, también con objetos blancos. En la casa no había una sola silla.

Se preguntó que diría todo eso acerca de Tory Bodeen.

Ella sacó otro cuchillo, cortó la torta, luego lo miró alzando las cejas mientras le cortaba una tajada. Cade le hizo señas con el dedo hasta que ella midió una tajada más grande.

—Veo que esta mañana estás hambriento —comentó mientras se la servía.

—He estado oliendo esa torta durante todo el viaje hasta aquí. —Tomó los platos. —¿Por qué no la comemos en el porche? Yo tomo el café negro —agregó antes de salir.

Tory suspiró y sirvió dos tazas de café.

Cuando salió, Cade estaba sentado en los escalones, con la espalda apoyada contra la barandilla. Ella se sentó a su lado y bebió el café con lentitud mientras miraba el campo.

Había extrañado eso. Comprenderlo le produjo una sorpresa que la impactó. Había extrañado las mañanas en ese lugar, cuando el calor del día todavía no abrumaba el aire, cuando las aves cantaban como milagros y los campos estaban verdes y los sembrados crecían.

Cuando era chica vivió mañanas preciosas como ésa, cuando se sentaba en lo que en ese tiempo era un piso rajado de concreto, estudiaba el día que acababa de empezar y soñaba sueños tontos.

—Veo una sonrisa preciosa —comentó él—. ¿Es por la torta o la compañía?

La sonrisa desapareció como un fantasma.

—¿Por qué pasaste esta mañana por aquí, Cade?

—Tengo campos que cuidar, obreros a quienes vigilar. —Rompió uno de los extremos de la tajada de torta. — Y quería echarte otra mirada.

—¿Por qué?

—Para ver si eras tan bonita como me pareciste ayer.

Ella meneó la cabeza, mordió la torta que la llevó directamente de regreso a la maravillosa cocina de la señorita Lilah. Eso la alegró tanto que volvió a sonreír, luego mordió otro trozo.

—Te lo pregunto en serio. ¿Por qué?

—Ayer se te veía mejor —aclaró él—. Pero hay que tomar en cuenta que no debes haber dormido muy bien sobre el piso. Preparas un café excelente, señorita Bodeen.

—No tienes por qué sentirte en la obligación de asegurarte de que estoy bien. Aquí me siento perfectamente bien. Sólo necesito un par de días para instalarme. De todos modos estaré muy poco en la casa. Instalar el negocio me tomará casi todo el tiempo de que dispongo.

—Lo supongo. ¿Quieres comer conmigo esta noche?

—¿Para qué? —Al ver que él no contestaba se volvió a mirarlo. Tenía una expresión divertida en los ojos y una leve sonrisa en los labios. Y en esa expresión apacible y amistosa, Tory vio algo que durante años había conseguido evitar exitosamente. Un decidido interés masculino.

—No, no. ¡Oh, no! —Levantó la taza y bebió de un trago el café que le quedaba.

—Eso fue muy definitivo. Entonces hablemos de mañana a la noche.

—No. Cade, estoy segura de que tu invitación debería halagarme, pero no tengo tiempo ni ganas para ninguna de esas... cosas.

Él estiró sus largas piernas y las cruzó a la altura de los tobillos.

—En esta etapa no podemos saber qué tiene en mente ninguno de los dos. En lo que a mí se refiere, me gusta salir a comer de vez en cuando y disfruto más de esas comidas si estoy en buena compañía.

—No me gustan las citas.

—¿Por una obligación religiosa o por una preferencia social?

—Es una elección personal. Ahora... —Como él parecía muy instalado y completamente cómodo, ella se puso de pie. —Lo siento pero tengo que comenzar mi día. Ya estoy atrasada.

Cade se puso de pie y notó que los ojos de Tory se agrandaban y adquirían una expresión vigilante cuando él se le acercó.

—Alguien te ha tratado muy mal, ¿verdad?

—¡No lo hagas!

—De eso se trata, Tory. —Como no quería que ella se alejara, se apartó él.
—Yo no lo haría. Gracias por el café.

Caminó hasta la camioneta y se volvió antes de abrir la puerta. La miró fijo durante un momento, pensando que a los dos les vendría bien acostumbrarse a ello.

—Estaba equivocado —gritó mientras subía al auto—. Hoy estás tan bonita como ayer.

Ella sonrió antes de poder evitarlo y vio que él también sonreía cuando retrocedió para salir del camino de entrada.

Una vez sola, Tory se volvió a sentar.

—¡Oh, diablos! —murmuró y se metió otro trozo de torta en la boca.

6

Los bancos independientes de pueblos chicos eran una raza en extinción. Tory lo sabía porque su tío, quien desde hacía doce años dirigía el *Progress Bank and Trust,* pocas veces dejaba de mencionarlo. Aún si no hubiera existido la conexión familiar, ella habría elegido ese banco para su empresa. Era una buena política.

Estaba ubicado en el lado este de la calle Market, a dos cuadras de distancia de la tienda. Ésa era otra ventaja. El antiguo edificio de ladrillos había sido preservado con cuidado y con amor. Cosa que le agregaba encanto. Los Lavelle lo fundaron en 1853 y les interesaba que se mantuviera decoroso.

Esto que estoy por hacer, pensó Tory mientras se encaminaba al banco, es un acto de política. Si uno quería que su empresa fuera exitosa en Progress, Carolina del Sur, hacía negocios con los Lavelle.

Era difícil no encontrar un lugar al que ellos no estuvieran relacionados.

El interior del banco estaba distinto. Tory recordaba haber ido allí a ver a su abuela y salir con la impresión de que los cajeros trabajaban encerrados en jaulas, como animales exóticos de un zoológico.

Ahora el vestíbulo era abierto, casi ventilado, y cuatro cajeros atendían al público ubicados detrás de un mostrador alto.

Habían agregado un enorme ventanal en la parte trasera y, detrás de una barandilla de alrededor de setenta centímetros de altura con una puerta, trabajaban dos empleados frente a hermosos escritorios antiguos sobre los que descansaban dos modernas computadoras. Pinturas excelentes del territorio de Carolina del Sur y algunas marinas adornaban las paredes.

Tory supuso que alguien debía haber encontrado la manera de modernizar el banco sin modificar su espíritu. Se preguntó si lograría convencer a su tío de que comprara uno de los cuadros o tapices que muy pronto tendría en venta.

—¿Eres tú, Tory Bodeen?

Algo sobresaltada, Tory volvió su atención a la mujer ubicada detrás de la barandilla. Se esforzó por sonreír mientras trataba de ubicarla, pero no lo logró.

—Sí. ¡Hola!

—Bueno, me encanta volver a verte y tan madura, además. —La mujer era de corta estatura, apenas debía medir un metro cincuenta. Salió al vestíbulo y extendió ambas manos. —Siempre supe que serías bonita. Pero tú no debes recordarme.

Frente a una alegría tan sincera, Tory sintió que era una verdadera grosería no recordar quién era esa persona y se sintió tentada de utilizar su don, de obtener un nombre. Pero no era posible que quebrantara una promesa por un asunto tan trivial.

—Lo siento.

—No, no tienes por qué sentirlo. La última vez que te vi eras apenas una cosita. Soy Betsy Gluck. Tu abuela me entrenó cuando acababa de egresar de la escuela secundaria. Recuerdo que de vez en cuando venías al banco y te quedabas sentada en silencio, como un ratoncito.

—Usted me convidaba con helados. —Era un alivio recordarlo, sentir el gusto dulce de los helados en la lengua.

—Es increíble que lo recuerdes después de tanto tiempo. —Los ojos de Betsy resplandecían cuando apretó las manos de Tory. —Supongo que habrás venido a ver a J.R.

—Si está ocupado puedo...

—¡No seas tonta! Me ha dado instrucciones de que te lleve enseguida a su oficina. —Enlazó la cintura de Tory con un brazo y la condujo hacia adentro.

Tendré que acostumbrarme a esto, se recordó Tory. Acostumbrarme a que me toquen, me manoseen. Aquí no puedo ser una desconocida.

—Debe ser muy excitante abrir una tienda propia. No veo la hora de ir allí de compras. Apuesto a que la señorita Mooney revienta de orgullo. —Betsy llamó a una puerta ubicada en el extremo de un corto pasillo. —Ha venido a verlo su sobrina, J.R.

La puerta se abrió de un tirón y apareció el corpachón de J.R. Mooney. El tamaño de su tío siempre sorprendía a Tory. Uno de los misterios de la vida era que ese hombre enorme fuera hijo de su abuela.

—¡Aquí estás! —Su voz era tan resonante como grande era su cuerpo y atronó en el momento en que J.R. la abrazó.

Tory estaba preparada para eso, pero pese a todo se quedó sin aliento cuando él la levantó del piso y no pudo menos que reír ante el abrazo de oso con que la recibiría su tío.

—¡Tío Jimmy! —Tory apretó el rostro contra el cuello de toro de J.R. y por fin se sintió en su casa.

—Vas a quebrar a esa chica como si fuera una rama —advirtió Betsy.

—Es pequeña —contestó J.R. guiñándole un ojo a Betsy—, pero resistente como un alambre. Asegúrate de que tengamos unos minutos tranquilos para estar a solas, ¿quieres, Betsy?

—No te preocupes. Bienvenida a casa, Tory —agregó Betsy antes de cerrar la puerta.

—Bueno, siéntate. ¿Quieres algo? ¿Una Coca Cola?

—No, nada. Estoy bien. —No se sentó sino que levantó las manos y luego las dejó caer. —Debí haber venido a verte ayer.

—No te preocupes por eso. Aquí estás ahora. —Se apoyó contra el escritorio, un hombre musculoso y de un metro ochenta y cinco de estatura. Su pelo rojizo se había desteñido con los años y lo surcaban hilos de plata. El bigote que siempre agregó una pizca de encanto a su cara redonda, ahora estaba completamente canoso, lo mismo que sus cejas abundantes. Tenía ojos que eran más azules que grises y Tory siempre lo consideró un hombre muy bondadoso.

De repente esbozó una sonrisa grande como la luna.

—Muchacha, tienes aspecto ciudadano. Eres tan bonita y elegante como una estrella de televisión. A Boots le encantará lucirte. —Rió al ver que Tory se encogía automáticamente. —¡Bueno! Le darás un poco el gusto, ¿verdad? Recuerda que nunca tuvo la hija que deseaba y Wade se niega a cooperar y casarse para darle nietos a quienes vestir.

—Si trata de ponerme un delantal de puntillas, tendremos problemas. Iré a verla, tío Jimmy. Pero antes necesito instalarme, entrar en la tienda y arremangarme. A lo largo de los próximos días, recibiré mucha mercadería.

—¿Así que estás preparada para trabajar?

—Estoy ansiosa por trabajar. Hace mucho tiempo que espero dar este paso. Tengo la esperanza de que en el *Progress Bank and Trust* haya lugar para otra cuenta.

—Siempre tenemos lugar para recibir más dinero. Yo mismo me encargaré de abrirte una cuenta y lo haremos dentro de un minuto. Querida, me he enterado de que alquilaste la vieja casa.

—Dime, ¿ahora Lissy Frazier es la campeona de las chismosas de Progress?

—Corre hocico a hocico con algunas otras. Ahora, no quiero majaderearte, ni nada que se le parezca, pero Cade Lavelle no te obligaría a cumplir el contrato si tú cambiaras de idea. A Boots y a mí nos gustaría que vivieras con nosotros. Dios sabe que nos sobra lugar.

—Te lo agradezco, tío Jimmy...

—No, espera. Todavía no digas "pero". Eres una mujer adulta. Tengo ojos y lo veo. Ya hace algunos años que vives sola. Pero no puedo decir que me gusta la idea de que vivas allá afuera ni en esa casa. No me parece que sea bueno para ti.

—Bueno o no, es lo que necesito hacer. Él me sacó a golpes de esa casa. —Cuando J.R. cerró los ojos, Tory se le acercó. —No te lo digo para herirte, tío Jimmy.

—Yo debí haber hecho algo al respecto. Debí sacarte de allí. Alejarte de él. Debí sacarlas a las dos.

—Mamá no se hubiera ido. —Lo dijo con suavidad, porque tuvo la sensación de que él necesitaba que se le hablara así. —Y lo sabes.

—Yo no sabía lo grave que era la situación, por lo menos lo ignoraba en ese momento. Pero lo sé ahora y no me gusta la idea de que vivas allí y lo recuerdes.

—No puedo dejar de recordarlo, más allá del lugar adonde esté. Y vivir allí, bueno, me demuestra que soy capaz de enfrentarlo. Que puedo vivir con eso. Ya no le tengo miedo. Y no permitiré que me atemorice.

—Entonces, ¿por qué no te quedas en casa por lo menos durante unos días? ¿Hasta que estés instalada? —Suspiró al ver que ella meneaba la cabeza.

—Mi destino es vivir rodeado de mujeres cabeza duras. Bueno, siéntate para que pueda llenar los papeles necesarios y aceptar tu dinero.

A mediodía, el campanario de la iglesia bautista dio la hora. Tory dio un paso atrás y se enjugó la transpiración que le cubría la frente. La vidriera resplandecía como un diamante. Acababa de entrar cajas del auto a la tienda para colocarlas en el depósito. Tomó las medidas para los estantes, para el mostrador, e hizo una lista de los requerimientos y exigencias que pensaba presentarle a la inmobiliaria.

Estaba trabajando en la segunda lista, la que llevaría a la ferretería, cuando alguien golpeó el vidrio rajado de la puerta.

Mientras se acercaba a abrir, Tory estudió al hombre delgado en ropas de trabajo. Pelo oscuro, bien cortado, apuesto y sonriente. Un par de anteojos oscuros le ocultaba los ojos.

—Lo siento, pero todavía no he inaugurado el negocio —dijo ella al abrir la puerta.

—Tengo la impresión de que te vendría bien un carpintero. —Volvió a golpear el vidrio rajado con un dedo. —Y un vidriero. ¿Cómo te va, Tory? —Se quitó los anteojos dejando al descubierto un par de ojos oscuros e intensos y una pequeña cicatriz debajo del derecho. —Soy Dwight Frazier.

—No te reconocí.

—Estoy un poco más alto y un poco más delgado que la última vez que me viste. Pensé que en mi calidad de intendente del pueblo debía pasar por aquí y darte la bienvenida. Y además averiguar si hay algo que Frazier Construcciones pueda hacer por ti. ¿Te molestaría que entrara un minuto?

—No, pasa. —Dio un paso atrás. —Por ahora no hay mucho que ver.

—El local es amplio.

Tory notó que se movía bien. No se parecía en nada al chico regordete y torpe a quien ella conoció. Habían desaparecido los aparatos de los dientes y también el absurdo corte de pelo que su padre se empeñaba en que usara.

Parecía en buenas condiciones físicas y próspero. No, pensó Tory, nunca lo habría reconocido.

—Éste es un edificio sólido —continuó diciendo Dwight—, con buenos cimientos. Y el techo no tiene goteras. —Se volvió y esbozó la sonrisa que había ayudado a su dentista a comprar un crucero—. Lo sé porque lo colocamos hace un par de años.

—Entonces sabré a quien quejarme si llego a tener una gotera.

Él rió y se colgó los anteojos oscuros del cuello de la remera.

—Lo que Frazier edifica, dura. Necesitarás mostradores, estantes, exhibidores.

—Sí, justamente estaba tomando las medidas.

—Yo te puedo mandar un buen carpintero que te cobrará el precio justo.

Era inteligente y, una vez más, de buena política usar mano de obra local. Siempre que la mano de obra local se ajustara a su presupuesto.

—Bueno, tu idea y la mía de lo que es un precio justo pueden no coincidir.

La sonrisa de Dwight se iluminó.

—Te diré lo que haremos. Sacaré algunas herramientas de mi camioneta. Tú puedes decirme lo que tienes en mente y yo te daré un precio estimativo. Veremos si nuestros presupuestos coinciden.

Mientras medía las paredes, Dwight tenía conciencia de que ella lo estaba estudiando. Estaba acostumbrado a ello. De chico su padre lo estudiaba a cada rato, como si siempre lo encontrara por debajo de sus expectativas.

Dwight Frazier, ex marino, ávido cazador, integrante del consejo del pueblo y fundador de Frazier Construcciones, tenía altas expectativas para su hijo. Su desilusión fue enorme cuando el chico resultó bajo, gordo y de poco carácter.

Nunca permitió que el joven Dwight Junior lo olvidara.

Lo cierto es, pensaba Dwight mientras anotaba números en su cuaderno, que de alguna manera mi padre tuvo razón. Petiso, gordo, torpe, fue siempre el candidato elegido para las bromas y las sonrisas de desprecio y para la profunda desilusión de su padre.

Para peor, era inteligente. Para un chico, no podía haber una combinación peor que un cuerpo regordete, un par de pies torpes y una inteligencia aguda. Siempre fue el alumno más querido de sus maestras, lo cual significaba que bien podía haberse pintado en la espalda un cartel que rezara "Patéenme el trasero".

Su madre luchó por compensar la situación lo mejor que pudo. Tentándolo con comida. Desde el punto de vista de su madre no había nada como una caja de bombones para aliviar los males del mundo.

Su salvación fueron Cade y Wade. En realidad, Dwight nunca comprendió por qué se hicieron amigos suyos. Ellos descendían de tres de las familias más prominentes del pueblo. Y esa amistad que le otorgaron era algo que siempre agradeció y que continuaba agradeciendo.

Tal vez todavía conservara una pequeña espina de resentimiento en las entrañas por los caprichos del destino que convirtió a sus dos amigos en muchachos altos, apuestos y ágiles, mientras que él era gordo, poco interesante y desmañado. Pero logró superarlo. Y de la mejor manera

—Comencé a correr cuando tenía catorce años. —Lo dijo con tono indiferente, mientras volvía a sacar el metro.

—¿Perdón?

—Estás intrigada. —Se inclinó y volvió hacer una anotación. —Me harté de ser gordo y decidí hacer algo al respecto. Rebajé seis kilos en un par de meses. Las pocas veces que corría, lo hacía de noche para que nadie me viera. Terminé enfermo como un perro. Dejé de comer los dulces y las papas fritas que mi madre me preparaba todos los días para que llevara al colegio. Creí que moriría de hambre.

Se puso de pie y volvió a sonreírle.

—Durante mi primer año de escuela secundaria, comencé a ir a la pista por la noche, para correr allí. Todavía estaba pesado, todavía era lento, pero ya no vomitaba la cena. Parece que el entrenador Heister también iba a la pista por la noche en su Chevy y en compañía de la mujer de otro hombre. No te diré de quien se trata, porque la señora sigue casada y es ahora abuela orgullosa de tres nietos. ¿Quieres sostenerme esta punta del metro, por favor?

Fascinada, Tory tomó la punta del metro mientras Dwight caminaba hacia atrás para medir el espacio que ocuparía el mostrador.

—Y sucede que durante una de nuestras mutuas visitas a la pista del Colegio Secundario de Progress, alcance a ver al entrenador y a la futura abuela. Como supondrás, fue un momento muy incómodo para todas las personas involucradas.

—Y eso sin exagerar.

—Y cuanto menos se dijera del asunto, mejor, que fue lo que me dijo el entrenador mientras me envolvía el cuello con las manos. No pude menos que decir que estaba de acuerdo. Sin embargo, como era un hombre justo, o tal vez sólo un hombre desconfiado, me ofreció algo a cambio. Si continuaba entrenándome y bajaba otros cinco kilos, durante la siguiente primavera me aceptaría dentro del equipo de carreras del colegio. Ése fue nuestro acuerdo tácito: que yo olvidaría el incidente y que él no me mataría ni enterraría mi cadáver en una tumba poco profunda.

—Por lo visto resultó conveniente para todos.

—¡Para mí por supuesto que lo fue! Rebajé los cinco kilos y sorprendí a todo el mundo, incluyéndome a mí mismo, porque no sólo integré el equipo de carreras del colegio, sino que gané la competencia de los cincuenta y cien metros. Resulta que era un corredor bárbaro. Gané el trofeo *All Star* tres años seguidos y también el amor de la bonita Lissy Harlowe.

A Tory le emocionó la historia que acababa de oír.

—Es una bonita historia.

—Y con un final feliz. Creo que puedo ayudarte a obtener tu final feliz aquí, en la tienda. ¿Qué te parece si te invito a almorzar y conversamos sobre el asunto?

—Yo no... —Se interrumpió cuando la puerta se abrió a sus espaldas.

—¡No me digas que estás por contratar a éste inútil! —Wade entró en la tienda y rodeó los hombros de Tory con un brazo. —¡Gracias a Dios que llegué a tiempo!

—Ese cachorro de médico no sabe un pepino acerca de edificaciones. Ve a darle una enema a algún caniche, Wade. Yo estoy por llevar a almorzar a tu bonita prima y a mi potencial cliente.

—Entonces tendré que acompañarlos para proteger sus intereses.

—Me hacen más falta estantes que un sándwich.

—Me encargaré de que tengas ambas cosas. —Dwight le guiñó. —¡Vamos, dulzura, y trae contigo a ese peso muerto!

Ella se tomó treinta minutos de descanso y se divirtió más de lo esperado. Le resultó un placer ver la amistad adulta que había entre Dwight y Wade, una amistad que tenía sus raíces en los chicos a quienes ella recordaba tan bien.

Y eso hizo que extrañara a Hope.

Considerando que era una mujer que pocas veces se sentía relajada en compañía de personas del sexo masculino, le resultó fácil hacerlo porque uno de sus acompañantes era su primo y el otro estaba prolijamente casado. Y el matrimonio era tan prolijo, que antes de que llegaran los sándwiches, Dwight ya le estaba mostrando fotografías de su hijo. De todas maneras, Tory habría lanzado las exclamaciones esperadas, pero la verdad era que el chiquito era adorable; había heredado la belleza de Lissy y los ojos de Dwight.

Y aparte, mientras se encaminaba a hacer unos trámites, Tory decidió el almuerzo. Además de fácil, fue constructivo. Dwight no sólo comprendió lo que ella quería, sino que hasta mejoró sus ideas y el presupuesto estimado del trabajo estaba a su alcance. O lo estuvo, después de que ella regateó y cuestionó. Y mientras se enjugaba una transpiración imaginaria de la frente, Dwight le prometió que los trabajos estarían terminados antes de mediados de mayo.

Satisfecha, Tory salió y compró una cama.

En realidad lo que pensaba era comprar un colchón y un somier. Años de vida frugal nunca le permitieron comprar siguiendo un impulso. Y era poco común, muy poco común, que experimentara un deseo profundo de ser propietaria de algo.

Pero en cuanto vio la cama, mordió el anzuelo.

Se alejó de ella dos veces, pero volvió. El precio no estaba fuera de su alcance, pero en realidad, no le hacía falta una cama de hierro forjado, hermosa, clásica, con postes delgados tanto a los pies como a la cabecera. Sí, la cama era práctica, pero no era necesaria.

Lo único que necesitaba era un marco sólido y un excelente colchón. ¡Por amor de Dios! Lo único que haría en esa cama sería dormir en ella.

Siguió discutiendo consigo misma mientras la pagaba con su tarjeta de crédito, mientras se la cargaban en el coche y durante todo el trayecto hacia su casa. Luego estuvo demasiado ocupada empujando, tratando de alzarla y maldiciendo por perder tiempo discutiendo consigo misma.

De pie en medio de hileras de algodón recién cultivado, Cade la observó luchar durante diez minutos. Luego él también lanzó una maldición, se encaminó a la camioneta y se dirigió a la Casa del Pantano.

No pegó un portazo después de bajar del vehículo, pero tuvo ganas de hacerlo.

—Olvidaste tus brazaletes mágicos.

Tory estaba sin aliento, algunos mechones de pelo se escapaban de su trenza y se le pegaban a la cara, pero había logrado llevar la caja inmensa y pesada hasta los escalones del porche. Se irguió y trató de no jadear.

—¿Qué?

—Sin tus brazaletes mágicos no puedes ser la Mujer Maravilla. Yo levantaré esta punta.

—No necesito ayuda.

—¡No seas imbécil y acércate a la puerta de una vez!

Ella abrió la puerta de su casa.

—¿Siempre andas por aquí?

Cade se sacó los anteojos oscuros y los hizo a un lado. Era una costumbre que le costaba un promedio de dos pares por mes.

—¿Ves aquel campo? Es mío. Y ahora, hazte a un lado mientras yo llevo esto hasta allí. ¿Qué mierda de cama es ésta?

—De hierro —contestó ella con cierta satisfacción al ver que a él también le costaba entrarla.

—¡Con razón! Tenemos que inclinarla para que pase por la puerta.

—Ya lo sé. —Plantó los pies con firmeza, se inclinó y levantó el peso de su extremo de la cama. Hubo muchos murmullos, algunas maldiciones, y Tory se lastimó un nudillo, pero consiguieron hacerla pasar. Ella siguió caminando hacia atrás, y se vio obligada a confiar en las ordenes que Cade le daba, de doblar a la izquierda, a la derecha, hasta que por fin la cama estuvo en el dormitorio.

—Gracias. —Sus brazos parecían de goma. —A partir de este momento me puedo arreglar sola.

—¿Tienes alguna herramienta?

—¡Por supuesto que tengo herramientas!

—Muy bien. Ve a buscarlas. Me ahorrará el trabajo de ir a traer las mías. Conviene que instalemos esto antes de entrar el resto.

Con un gesto de irritación, ella se echó atrás el pelo cubierto de transpiración.

—Yo puedo hacerlo.

—Y eres tan cabeza dura que estoy casi tentado de dejar que lo hagas. Pero me siento atrapado por mi educación. —Le tomó la mano, examinó la piel raspada y se la besó con suavidad antes de que ella atinara a arrancarle la mano de un tirón.

—Mientras yo me encargo de esto, tú podrías desinfectarte esa mano.

Tory consideró la posibilidad de insultarlo, de ordenarle que se fuera y hasta de sacarlo de allí a patadas, pero decidió que cada una de esas opciones era una pérdida de tiempo. Fue en busca de las herramientas.

Él admiró la eficiente caja de herramientas negra.

—Veo que estás preparada para cualquier cosa.

—Es probable que tú no sepas diferenciar un alicate de una llave.

Divertido, él sacó un par de alicates.

—Esto es una tijera, ¿verdad?

Cuando el bufido que ella lanzó terminó en una carcajada, él puso manos a la obra.

—Ve a desinfectarte ese nudillo.

—No tiene importancia.

Cade no se molestó en mirarla ni en modificar el tono de su voz, pero su orden fue firme como el acero.

—Te digo que te pongas algo en ese nudillo. Y después, ¿por qué no preparas algo fresco para beber?

—Mira, Cade, yo no soy una mujercita.

En ese momento él levantó la vista y la midió con frialdad.

—Eres pequeña y eres mujer. Y las alicates las empuño yo.

—Supongo que si yo te sugiriera donde meterte esas alicates, no se te borraría la sonrisa de los labios.

—Y yo no creo que si te dijera que eres atractiva cuando estás muerta de cansancio, te convencerías de que debes bautizar esta cama conmigo una vez que esté armada.

—¡Dios! —fue todo lo que ella dijo mientras salía del dormitorio.

Lo dejó solo. Alcanzó a oír el estruendo y de vez en cuando una maldición, mientras ella entraba los comestibles, los guardaba y preparaba té. Cade tiene manos largas, pensó. Dedos elegantes de pianista que contrastan con las palmas encallecidas de sus manos. Estaba segura de que debía saber plantar, cuidar y cosechar. Lo criaron para ello. ¿Pero los trabajos diarios? No, eso era un asunto distinto.

Como suponía que, en su vida privilegiada, Cade nunca habría tenido que armar una cama, Tory imaginó que se encontraría con un caos total. Y estaba decidida a darle tiempo más que suficiente para que armara un verdadero revoltijo.

Colgó su nuevo teléfono de cocina, guardó sus nuevos repasadores, y cortó perezosamente limones para el té. Convencida de que ya le había concedido a Cade bastante tiempo para mortificarlo, sirvió té en dos vasos con hielo y se encaminó con ellos al dormitorio.

Él estaba ajustando el último tornillo.

A Tory se le iluminaron los ojos y la pequeña exclamación que lanzó fue de verdadera fascinación femenina.

—¡Ah! ¡Es maravillosa! ¡Es realmente maravillosa! ¡Yo sabía que lo sería! —Sin pensarlo, puso los vasos en manos de Cade para poder pasar las suyas sobre el hierro de la cama.

La primera reacción de Cade fue de diversión, luego experimentó una fría satisfacción. En el momento en que comenzaba a beber el té, ella se introdujo dentro del marco de la cama para pasar la punta de los dedos por los tirantes de hierro.

Y entonces la reacción de Cade se convirtió en una lujuria tan básica, tan fuerte, que con toda deliberación retrocedió un paso. La imaginaba envolviendo los dedos alrededor de esos postes mientras él la penetraba. Un embate duro después del otro mientras que los ojos de largas pestañas de Tory adquirían un color humo.

—Es fuerte. —Tory sacudió la cabecera de la cama y a Cade se le anudó la boca del estómago.

—Será mejor que lo sea.

—Hiciste un buen trabajo y yo fui grosera contigo. Gracias y lo siento.

—De nada y olvídalo. —Le entregó el vaso de té y luego se estiró para tirar de la cadena del ventilador de techo. —Hace calor aquí adentro. —Se moría de ganas de morder ese lugar, justo debajo de la oreja izquierda de Tory, donde empezaba la curva del mentón.

Como él acababa de hablarle en tono cortante, ella sufrió otro ataque de culpa.

—En serio que fui una grosera, Cade. Nunca sé tratar a la gente.

—¿Así que no sabes tratar a la gente? ¿Y vas a abrir una tienda donde tendrás que vértelas todos los días con gente?

—Esos serán clientes —contestó ella—. Sé tratar a los clientes. Con ellos soy verdaderamente encantadora.

—Así que... —Se acercó hasta quedar justo del otro lado del marco de la cama. —¿Si yo te compro algo serás amistosa conmigo?

Ella no tuvo necesidad de leerle los pensamientos porque le bastó con ver la expresión de sus ojos.

—No tan amistosa. —Lo esquivó y salió del dormitorio.

—Yo podría ser un excelente cliente.

—Estás tratando de descolocarme de nuevo.

—Te estoy descolocando de nuevo, Tory. —Le apoyó una mano sobre el hombro. —¡Basta! —dijo con suavidad al percibir que ella se ponía tensa. Apoyó el vaso en el piso y la volvió para que lo enfrentara. —Bueno, eso no te dolió, ¿verdad?

Cade tenía manos suaves. Hacía mucho tiempo, muchísimo tiempo que ella no sentía el contacto suave de un hombre.

—No tengo interés en flirtear.

—En cambio, yo sí. Pero por ahora podemos hacer un pacto. Tratemos de ser amigos.

—No soy una buena amiga.

—En cambio, yo sí. Y ahora, ¿por qué no entramos el resto de tu cama para que esta noche puedas dormir como la gente?

Ella dejó que él llegara casi hasta la puerta. Se había dicho que no hablaría del asunto. Por lo menos con él. Ni con nadie hasta que estuviera lista. Hasta que se sintiera fuerte y segura. Pero burbujeaba en su interior.

—Cade. Nunca me lo preguntaste. Ni entonces ni ahora. Jamás me preguntaste cómo lo supe. —Al volverse se le humedecieron las palmas de las manos de manera que se aferró los codos con ellas. —Nunca me preguntaste cómo supe dónde encontrarla. Cómo supe lo sucedido.

—No fue necesario que preguntara.

En ese momento las palabras brotaron como catarata de la boca de Tory.

—Algunos creen que yo estaba con ella, a pesar de que dije que no era así. Creen que corrí y la abandoné. Que simplemente la dejé...

—Eso no es lo que yo creo.

—Y los que me creyeron, los que creyeron que lo vi como dije que lo había visto, se alejaron de mí, mantuvieron a sus hijos alejados de mí. Dejaron de mirarme a los ojos.

—Yo te miré siempre a los ojos, Tory. Entonces y ahora.

Ella tuvo que respirar hondo para tranquilizarse.

—¿Por qué? ¿Por qué no te alejaste si crees que tengo algo así en mi interior? ¿Por qué vienes ahora por aquí? ¿Esperas que te prediga el futuro? Porque te advierto que no puedo hacerlo. ¿O quieres que te dé algunos datos de la Bolsa? Porque te advierto que no lo haré.

Cade notó que tenía el rostro arrebolado, los ojos oscuros y llenos de emociones. Y una de esas emociones, la que se destacaba en la superficie por sobre todas las demás, era el enojo.

Se negó a entrar en el juego y tampoco a aceptar las que supuso debían ser las expectativas de Tory.

—Prefiero vivir cada día tal como se presenta, pero gracias de todos modos. Y tengo un corredor de Bolsa que se encarga de mi portafolio. ¿Nunca se te ha ocurrido que vengo porque me gustas?

—No.

—Entonces eres la primera mujer sin vanidad que me ha tocado conocer. No te haría mal ser un poco vanidosa. Y ahora... —Ladeó la cabeza. —¿Quieres que entremos esos colchones o prefieres sorprenderme diciéndome lo que comí a la hora del almuerzo?

Con esas palabras Cade salió, dejándola con la boca abierta. ¿Sería posible que le hubiera hecho una broma con respecto a ese asunto? Las gente se burlaba de ella o levantaba los ojos al cielo. O se alejaba con cautela. Algunos se le acercaban y le pedían que resolviera todos sus problemas y sus infelicidades. Pero hasta entonces nadie, absolutamente nadie, le había hecho una broma despreocupada.

Movió los hombros para aliviar la tensión y luego salió a ayudarlo a entrar los colchones.

Trabajaron en silencio, ella pensativa y él distraído. Cuando colocaron el colchón en su lugar, Cade bebió su té, llevó el vaso a la cocina y salió.

—A partir de este momento creo que no tendrás problemas. Yo estoy un poco atrasado.

¡Ah, no! ¡Eso sí que no! pensó ella mientras corría tras él.

—Te agradezco la ayuda. Te lo digo en serio. —Siguiendo un impulso, o por enojo, lo tomó del brazo hasta que Cade se detuvo y la miró.

—Bueno entonces te pido que esta noche pienses en mí cuando te deslices al mundo de los sueños.

—Ya sé que perdiste tiempo. ¡Ah! ¿Dijiste algo acerca del almuerzo?

Él meneó la cabeza, confuso.

—¿Almuerzo?

Era justo lo que Tory necesitaba.

—Sí, sobre tu almuerzo de hoy. Medio sándwich de jamón con queso y mostaza. Le diste la otra mitad al perro flaco que se acerca a pedirte comida cuando te ve en el campo. —Sonrió y luego se alejó. —Muy pronto debes estar en condiciones de cenar.

Cade lo pensó un instante, luego decidió hacer lo que su instinto le indicaba.

—Tory: ¿por qué no vuelves y me dices lo que estoy pensando en este momento?

Ella sintió que algo parecido a una carcajada le retumbaba dentro del pecho.

—Creo que permitiré que conserves el secreto de tus pensamientos.

Dejó que la puerta mosquitero se cerrara a sus espaldas.

7

Margaret siempre consideró que las flores la ayudaban a conservar la cordura. Cuando cuidaba sus flores, ellas nunca le contestaban, nunca le decían que no las comprendía, nunca arrancaban sus raíces de la tierra y se alejaban malhumoradas.

Podía podarlas, eliminando las ramas que consideraban que podían crecer como se les ocurriera, hasta que la planta tenía la forma que ella quería que tuviera.

Habría sido mucho más feliz, pensó, si me hubiera quedado soltera y hubiera criado peonias en lugar de hijos.

Los chicos le rompían a una el corazón, sólo por ser chicos.

Pero se esperaba que ella se casara. Desde que tuvo uso de razón, Margaret siempre hizo lo que se esperaba de ella. De vez en cuando hacía un poquito más, pero en muy pocas oportunidades hacía menos.

Y amó a su marido, porque sin duda eso también se esperaba de ella. Cuando comenzó a cortejarla, Jasper Lavelle era joven y buen mozo. Además era encantador y tenía esa sonrisa lenta y astuta que algunas veces cruzaba el rostro del hijo que hicieron juntos. Su marido era malhumorado, pero eso le resultó excitante cuando era bastante joven como para que esas cosas fueran excitantes. Reconocía ese mismo estado de ánimo, ese rápido mal humor, en su hija. En la hija que sobrevivió.

Jasper Lavelle era grandote y fuerte, uno de esos hombres de risa fuerte y manos duras. Tal vez fuera por eso que Margaret veía tanto de él y tan poco de sí misma en los hijos que les quedaban.

Cuando lo pensaba, le producía enojo que fuese tan vaga y borrosa su impresión sobre la arcilla de esas vidas que ella ayudó a crear. Estaba convencida de que, con gran sensatez, optó por dejar su huella en Beaux Reves en vez. Allí su buen gusto y su visión eran tan profundos como las raíces de los viejos robles que se alineaban en la avenida de entrada.

Y eso, más que su hijo o su hija, era su orgullo.

Si Hope hubiera vivido, todo sería distinto. Podó el extremo de la rama de un clavel sin experimentar pena ni sentimiento por la pérdida de la flor, en un tiempo fragante. Si Hope hubiera vivido, habría reflejado y llevado a cabo todas las esperanzas y los sueños que una madre inculca en su hija. Ella hubiera proporcionado un nuevo lustre al apellido de los Lavelle.

Jasper habría seguido siendo fuerte y constante y jamás se habría deshonrado con mujeres livianas y con escándalos fáciles. Jamás se habría apartado del sendero en que ambos iniciaron su vida matrimonial, ni hubiera dejado en manos de su mujer la tarea de lavar la mancha que ensuciaba el apellido que ambos compartían.

Pero al final de su vida, Jasper fue una verdadera tormenta y, cuando no se estrellaba con estrépito, se emborrachaba. Margaret suponía que la vida con él se había convertido en una serie de acontecimientos. Y el último de ellos fue que tuvo el mal gusto de sufrir un infarto fatal en la cama de su amante. Y el hecho de que la mujer hubiera tenido la sensatez y la dignidad de hacerse a un lado mientras el incidente se acallaba, a Margaret le dolía como duele un hueso roto. Sin embargo, después de todo, resultaba mucho más fácil ser la viuda de Jasper Lavelle, que su esposa.

No se explicaba por qué estaba pensando tanto en él en esa mañana fresca y llena de felicidad, cuando el rocío besaba sus flores y el cielo era celeste, suave y primaveral.

Cuando se cumplió el primer aniversario del matrimonio, la pasión entre ellos ya se había calmado. Pero, en una vida, la pasión era un elemento difícil y un objeto de distracción, una emoción muy exigente y poco estable. No porque ella alguna vez hubiera rechazado a su marido, por supuesto. Jamás, desde la noche de su casamiento, le dio la espalda en la cama.

Margaret estaba orgullosa de eso, orgullosa de haber sido una buena esposa, una esposa que cumplía con sus deberes. Y hasta cuando la idea del sexo la enfermaba, ¿no permaneció siempre en silencio y permitió que él se aliviara?

Cortó otras flores marchitas y las colocó dentro de la canasta de descartes.

Fue él quien se alejó, él quien cambió. Desde esa mañana terrible, esa mañana caliente y pegajosa de agosto cuando encontraron a su Hope en el pantano, nada fue igual en su matrimonio, en la vida de ambos, en su hogar.

Hope, esa niñita dulce y de exquisita naturaleza, pensó con un dolor que a lo largo de los años se habían convertido en algo más apagado y más pesado. Hope, su resplandeciente angelito, el único de los hijos que tuvo que parecía realmente conectada con su madre, realmente suya.

Después de todos esos años, todavía a veces se preguntaba si esa pérdida no fue una especie de castigo. Porque le quitaron a la criatura a quien más quería. ¿Pero qué crimen, qué pecado cometió que pudiera merecer un castigo de esa naturaleza?

El de indulgencia, tal vez. Indulgencia con esa chiquilina, cuando tal vez habría sido más sabio (aunque siempre era fácil ser más sabio cuando mediaba la distancia) haber desalentado y hasta prohibido a su dulce e inocente Hope que fuera amiga de la chica Bodeen. Ése fue un error, pero sin duda no un pecado.

Y si fue un pecado, era más culpable Jasper que ella. Porque cuando expresó su preocupación, él no le dio importancia y hasta se rió. La chica Bodeen era inofensiva. Eso fue lo que él dijo. Inofensiva.

Jasper pagó ese error, esa equivocación, ese pecado, durante el resto de su vida. Y sin embargo, ni aún eso era bastante. Nunca sería bastante.

La chica Bodeen había dado muerte a Hope con tanta seguridad como si ella misma le hubiera arrancado la vida con sus manos pequeñas y sucias.

Y ahora estaba de regreso. De regreso en Progress, de regreso en la Casa del Pantano, de regreso en sus vidas. Como si tuviera todo el derecho del mundo de estar allí.

Margaret arrancó algunos yuyos y los arrojó dentro de la canasta. Su abuela solía decir que las malezas no eran más que flores silvestres que florecía en un lugar equivocado. Pero no era así. Eran invasoras y debían ser arrancadas, cortadas, destruidas como se pudiera.

No era posible permitir que Victoria Bodeen echara raíces y floreciera en Progress.

Mi madre, esa mujer admirable e inalcanzable es tan bonita, pensó Cade. Se vestía para hacer jardinería, lo mismo que se vestía para todo. Con cuidado, perfección y precisión.

Lucía un sombrero de paja de ala ancha para protegerse la cabeza del sol, la cinta que rodeaba el sombrero era celeste, para que hiciera juego con la pollera larga de algodón y con la blusa fresca que protegía con un delantal gris de jardinería.

Usaba aros de perlas, lunas redondas de un blanco tan luminoso como el de las gardenias que tanto atesoraba.

También se daba el lujo de lucir el pelo blanco, a pesar de que sólo tenía cincuenta y tres años. Era como si quisiera hacer alarde de ese símbolo de edad y de dignidad. Su piel era tersa. Las preocupaciones nunca se reflejaban en ella. El contraste de ese rostro bonito y juvenil con el pelo tan blanco era impactante.

También mantenía su excelente figura. La esculpía sin piedad con regímenes y ejercicios. No toleraba kilos no deseados, así como no toleraba malezas en su jardín.

Ya hacía ocho años que era viuda y se había adaptado tanto a ese estado, que resultaba difícil imaginarla en otro.

Cade sabía que estaba disgustada con él, pero eso no era nada nuevo. Margaret por lo general expresaba su desagrado de la misma manera en que expresaba su agrado. Con pocas palabras.

No recordaba la última vez que ella lo había tocado con cariño, o con calidez. Tampoco recordaba si alguna vez él esperó que lo hiciera.

Pero a pesar de todo era su madre, y él haría todo lo posible por no ahondar el abismo que los separaba. Sabía demasiado bien que, con el silencio, una desavenencia podía ensancharse hasta convertirse en un golfo.

Una pequeña mariposa amarilla revoloteaba alrededor de la cabeza de su madre quien la ignoraba. Ella sabía que estaba allí, lo mismo que sabía que él se le acercaba con largos pasos por el sendero. Pero no acusaba recibo de la presencia de su hijo ni de la mariposa.

—Es una mañana muy agradable para estar afuera —comenzó a decir Cade—. La primavera ha sido beneficiosa para tus flores.

—Nos vendría bien un poco de lluvia.

—Anuncian que lloverá esta noche, y por cierto que no será demasiado pronto. Abril ha sido un mes muy seco. —Se acuclilló, dejando cierta distancia entre ambos. Cerca, las abejas zumbaban enloquecidas sobre una serie de azaleas. —Ya hemos terminado con casi todos los primeros cultivos. Debo chequear el estado de la hacienda. Tenemos algunos terneros listos para castrar. Debo hacer algunos mandados aquí y allá. ¿Necesitas algo?

—Me vendría bien un poco de mata yuyos —Entonces alzó la cabeza. Los ojos de su madre eran más celestes que los suyos. Pero su mirada era igualmente directa. —A menos que tengas alguna objeción moral que impida que yo los emplee en mi jardín.

—Es tu jardín, mamá.

—Y el campo es tuyo, como te has preocupado en recordarme. Lo manejarás como quieras, así como las propiedades también son tuyas. Las alquilarás a quien te parezca.

—Así es. —Cuando lo deseaba, podía ser tan frío como ella. —Y las entradas que produzcan los campos y las propiedades mantendrán a Beaux Reves sin deudas. Mientras estén en mis manos.

Ella arrancó un pensamiento con dedos rápidos y despiadados.

—Las entradas de dinero no son los valores morales ni el patrón que deba regir nuestra vida.

—Pero sin duda hacen que la vida sea más fácil.

—No tienes por qué hablarme en ese tono.

—Te pido disculpas. Creí tener un motivo. —Apoyó las manos sobre las rodillas y esperó hasta relajarse. —Modifiqué la manera de dirigir el campo, comencé a hacerlo hace más de cinco años. Y da resultado. Sin embargo tú te niegas a aceptar o a reconocer que lo he logrado. No puedo hacer nada con respecto a eso. Y en cuanto a las propiedades, también las manejo a mi manera. Y mi manera de manejarlas no es la de papá.

—¿Y crees que él permitiría que la chica Bodeen pusiera sus pies en algo que es nuestro?

—No lo sé.

—Ni te importa —agregó ella, y volvió a enfrascarse en la jardinería.

—Tal vez no. —Apartó la mirada. —No puedo vivir preguntándome qué hubiera hecho, querido o esperado mi padre. Pero en cambio sé que Tory Bodeen no es responsable de lo que sucedió hace dieciocho años.

—Estás equivocado.

—Bueno, uno de los dos lo está. —Se puso de pie. —De todas maneras. Tory está aquí. Tiene derecho de estar aquí. No se puede hacer nada con respecto a eso.

Ya lo veremos, pensó Margaret mientras su hijo se alejaba. Ya verían lo que ella podía hacer al respecto.

• • •

82

Cade siguió todo el día de mal humor. A pesar de que eran innumerables las veces que había tratado de acercarse a su madre y fracasó en el intento, el rechazo seguía doliéndole tanto como la primera vez.

Había dejado de tratar de explicar y justificar sus cambios en el manejo del campo. Todavía recordaba la noche en que le mostró a su madre cuadros, gráficos y proyecciones; todavía recordaba que ella se quedó mirándolo fijo y, antes de alejarse, le informó con frialdad que Beaux Reves no era algo que se pudiera poner sobre papel ni que se pudiera analizar.

Cade supuso que le dolió más porque era cierto. No se podía volcar al papel. Así como tampoco se podía volcar al papel la tierra misma que él estaba tan decidido a proteger, preservar y pasar a manos de la siguiente generación de Lavelles.

El orgullo que le producían esas tierras, su sentido del deber hacia ellas, no eran menores que los de su madre. Pero para Cade siempre fue algo vivo que respiraba y crecía y cambiaba con las estaciones. En cambio para ella era algo estático, como un monumento muy cuidado. O una tumba.

Toleraba la falta de confianza que su madre le tenía, lo mismo que toleraba que sus vecinos se rieran de él o se resintieran con él. Durante los primeros tres años en que estuvo a cargo de la plantación, debió enfrentar innumerables noches de insomnio. El miedo y la preocupación que le provocaba la posibilidad de estar equivocado, de fracasar. De que, de alguna manera, a causa de su ansiedad, de su tozudez por hacer las cosas a su manera, se le escapara de entre los dedos el legado que había recibido.

Pero no se equivocó, por lo menos en lo que a la finca se refería. Sí, cosechar algodón orgánico requería más tiempo, esfuerzo y dinero. Pero la tierra... ¡ah, la tierra prosperaba! La veía reventar en verano, descansar en invierno y en primavera, mostrarse sedienta por lo que él sembraría en ella.

Se negaba a envenenarla, a pesar de la cantidad de personas que le aseguraban que con esa negativa estaba condenando al fracaso a la tierra y a los cultivos. Lo habían llamado tozudo, cabeza dura, tonto y cosas peores.

Y el primer año alcanzó el nivel marcado por el gobierno para algodón orgánico; cosechó y vendió su algodón y luego lo celebró emborrachándose en silencio, solo, en la oficina de la torre que antes fue de su padre.

Compró más hacienda porque creía en la diversificación. Aumentó el número de caballos porque los amaba. Y porque tanto los caballos como la hacienda hacían abono.

Creía en la fuerza y en el valor del algodón verde. Estudiaba, experimentaba. Aprendía. Se mantenía fiel a sus creencias hasta el punto de arrancar malezas a mano cuando era necesario, y luego curaba sus ampollas sin quejarse. Estudiaba con igual atención el cielo y los informes de la Bolsa de valores, y volvía a verter las ganancias en la tierra.

Había otros aspectos necesarios en la operación; los arriendos, alquileres y fábricas. Los usaba, trabajaba, hacía malabares con ellos. Pero no eran dueños de su corazón.

En cambio la tierra, sí.

No lo podía explicar, y nunca intentó hacerlo. Pero amaba a Beaux Reves como algunos hombres aman a una mujer. De una manera completa, obsesiva, celosa. Y todos los años se emocionaba cuando esa tierra daba a luz para él.

La mañana fresca se había convertido en una tarde empañada cuando terminó con sus mandados y trabajos. Llevaba la lista en la cabeza e iba tachando sistemáticamente lo ya realizado.

Se detuvo en la semillería, a dos cuadras de la plaza del pueblo, para comprar el mata yuyos para su madre. Los canteros de flores lo distrajeron. Siguiendo un impulso, eligió una bandeja de plantas llenas de pimpollos rosados y la llevó adentro.

Hacía diez años que la familia Clampett era dueña de la semillería, negocio que comenzaron como un operativo que realizaban al borde del camino para suplementar sus cultivos de soja. A lo largo de una década, ganaron más con las flores que con las cosechas. Cuanto más exitosa la semillería, mayor la ganancia que entraba en los bolsillos de los hombres de la familia Clampett.

—Elige otro y tendrás el veinte por ciento de descuento —Billy Clampett fumaba un Cammel directamente debajo del cartel de "No Fumar" colocado por su madre.

—Entonces cóbrame dos. Elegiré el otro al salir. —Cade colocó las flores sobre el mostrador. Aunque nunca fueron muy amigos, había ido al colegio con Billy. —¿Cómo va todo?

—Lento pero seguro. —Billy entrecerró los ojos a través del humo. Eran ojos oscuros y descontentos. Su pelo no era de ningún color especial y lo usaba tan corto que daba la impresión de que tenía la cabeza cubierta de agujas. Había aumentado de peso desde sus épocas de colegio secundario, o más bien había perdido los músculos que lo convirtieron en una estrella del rugby.

—¿Piensas utilizar esas flores como protección para tus cosechas?

—No. —Como no quería entrar en un torneo de frases punzantes, Cade se dirigió a estudiar una serie de macetas. Eligió dos de color verdigris y las colocó sobre el mostrador. —Necesito un poco de Roundup.

Billy se sacó el cigarrillo de la boca y lo dejó caer en la botella que guardaba bajo el mostrador. Sabía que no era prudente dejar pruebas de su desobediencia porque le acarrearían una discusión con su madre.

—¡Bueno! No creí que aprobaras esas cosas. ¿Cuándo dejaste de abrazar a los árboles?

—Y una bolsa de tierra fértil para las flores —dijo Cade con indiferencia.

—También te podría conseguir algo más fuerte, si andas buscando insecticidas.

—No gracias.

—No, claro. —Billy lanzó una carcajada. —A ti no te gustan los insecticidas, ni los pesticidas ni los fertilizantes químicos. Tus cultivos son virginales y puros. Gracias a eso te mencionan en una revista.

—¿Cuándo empezaste a leer? —preguntó Cade con tono agradable—. ¿O sólo miraste las fotografías?

—Aquí las revistas elegantes y los discursos no significan que uno se pase la vida sentado. Todo el mundo sabe que tú sólo te sientas y aprovechas los beneficios de lo que gastan tus vecinos en la tierra.

—¿Ah, sí?

—Sí, así es. —Billy se lanzó al ataque. —Has tenido un par de buenos años. Pura suerte, si me lo preguntas.

—No recuerdo habértelo preguntado, Billy. ¿Estás decidido a atacarme?

—Tarde o temprano, tú mismo te hundirás. Lo único que haces es invitar a las pestes y las enfermedades. —Había sido un día largo y aburrido y Cade Lavelle era uno de los blancos preferidos de Billy. El muy imbécil nunca se defendía. —Cuando tus cultivos se infecten, se infectarán también a otros. Entonces lo pagarás muy caro.

—Lo recordaré. —Cade sacó algunos billetes del bolsillo y los arrojó sobre el mostrador. —Llevaré estas cosas a la camioneta mientras tú me haces la cuenta.

Mantenía encadenado su mal genio, lo mismo que haría con un perro peligroso. Si lo dejaba en libertad, era algo frío y salvaje. Billy Clampett no valía el tiempo ni el esfuerzo que le exigiría volver a encadenarlo una vez que lo hubiera soltado.

Eso fue lo que se dijo mientras cargaba las macetas y las flores en la camioneta.

Cuando volvió a entrar en la semillería, sobre el mostrador estaban el Roundup y diez kilos de tierra fértil.

—Te debo tres dólares y siete centavos. —Billy contó el cambio con deliberada lentitud. —Vi a tu hermana un par de veces en el pueblo. Está muy linda. —Levantó los ojos al cielo. —¡Realmente linda!

Cade se metió el cambio en el bolsillo y mantuvo allí el puño que quería estrellar contra esa boca que le sonreía con desprecio.

—¿Cómo está tu mujer, Billy?

—Darlene está muy bien. Embarazada de nuevo y por tercera vez. Espero haber plantado otro hijo fuerte en su interior. Cuando yo aro un campo o una mujer, lo hago bien. —Le brillaron los ojos y su sonrisa fue más amplia. —Pregúntaselo a tu hermana.

Antes de que ninguno de los dos estuviera preparado para ello, Cade había sacado la mano del bolsillo y alzaba a Billy por el cuello.

—Sólo te recuerdo una cosa —dijo con suavidad—. No olvides quién tiene la escritura de la casa en la que vives. No debes olvidarlo, Billy. Y no te acerques a mi hermana.

—Tú amenazas con tu dinero, pero no tienes pelotas suficientes para usar los puños como un hombre.

—No te acerques a mi hermana —repitió Cade—, o descubrirás exactamente para qué tengo pelotas.

Cade lo soltó, tomó el resto de sus compras y salió. Abandonó en el auto la playa de estacionamiento y no se detuvo hasta llegar al primer semáforo. Una vez allí sencillamente permaneció sentado, con los ojos cerrados hasta que se calmó la furia que lo inundaba.

No sabía qué era peor, si agarrarse a las trompadas con Clampett mientras los dos estaban rodeados de flores, o permitir que echara raíces en su mente la idea de que su hermana había permitido que una porquería como Clampett le pusiera las manos encima.

Puso primera, dobló y se encaminó hacia la calle Market. Encontró lugar a media cuadra de la tienda, justo detrás de la camioneta de Dwight. Haciendo lo posible por sofocar su mal humor, cargó los maceteros y los depositó junto a la puerta de la tienda. Antes de entrar, oyó el chirrido de una sierra.

La base de los mostradores estaba en su lugar y la primera fila de estantes colocada. Tory había elegido madera de pino y la hizo barnizar. Una elección inteligente, pensó Cade. Sencillos y limpios, exhibirían la mercadería en lugar de atraer la atención. El piso estaba cubierto de herramientas y el aire olía a aserrín y a sudor.

—¡Hola, Cade! —Dwight se le acercó, esquivando herramientas.

Cade palmeó la corbata a rayas azules y doradas de Dwight.

—¡Qué bonito estás!

—Tuve que asistir a una reunión. Con un grupo de banqueros. —Como si recién se diera cuenta de que la reunión había acabado, Dwight se aflojó el nudo de la corbata. —Sólo pasé por aquí para ver cómo andaba la obra antes de ir a la oficina.

—Estás progresando.

—La cliente tiene ideas definidas acerca de lo que quiere y cuándo lo quiere. —Dwight levantó los ojos al cielo. —Estamos aquí para darle el gusto y deja que te diga que no cede ni un milímetro. Esa chiquita flacucha se ha convertido en una empresaria dura.

—¿Dónde está?

—En el cuarto trasero. —Dwight señaló con la cabeza una puerta cerrada. —Te concederé que permanece fuera de nuestro camino. Más bien dicho, se queda fuera de nuestro camino una vez que consigue lo que quiere.

Cade se tomó otro instante para estudiar la obra.

—Lo que quiere parece bueno —decidió.

—Confieso que sí. Escucha, Cade... —Dwight movió los pies, inquieto—. Lissy tiene una amiga...

—¡No!

—Bueno, ¡por amor de Dios! Sólo te pido que me escuches.

—No necesito escucharte. Lissy tiene una amiga, una amiga soltera, que sería perfecta para mí. ¿Por qué no llamo por teléfono a esa amiga soltera de tu mujer, o paso por tu casa a comer con esa amiga soltera y con ustedes, o por lo menos voy por allí a conocerla y a tomar una copa?

—Bueno, ¿por qué no? Hasta que lo hagas, Lissy no me dejará en paz.

—Tu mujer, tu paz, tu problema. Dile a Lissy que acabas de descubrir que soy gay o algo por el estilo.

—Sí, eso daría resultado. —La idea divirtió tanto a Dwight que lo obligó a lanzar una sonora carcajada. —Ésa sería la solución. Pero tal como están las cosas, lo único que conseguiríamos sería que empezara a presentarte hombres.

—¡Dios Bendito! —Cade comprendió que no era imposible que sucediera. —Entonces dile que estoy viviendo una aventura secreta con alguien.

—¿Con quién?

—Elige a alguien —dijo Cade alejándose rumbo al cuarto trasero. —Pero sólo dile que no, de ninguna manera. —Llamó a la puerta y luego entró sin esperar respuesta.

Tory estaba de pie sobre una escalera, colocando un tubo fluorescente en el cielo raso.

—Déjame hacer eso.

—Ya casi lo he logrado. Ésta es una obligación del inquilino, no del dueño de casa. —Todavía le molestaba un poco recordar que él era el dueño del edificio.

—Veo que han reemplazado el vidrio de la puerta de calle.

—Sí. Gracias.

—Y tengo la sensación de que también han arreglado el aire acondicionado.

—Así es.

—Si estás enojada conmigo, hoy tendrás que ponerte en la cola. Que ya es bastante larga.

Cade se volvió, con las manos en los bolsillos. Notó que allí Tory había decidido colocar estantes de metal. Grises, feos, fuertes y prácticos. Ya estaban llenos de cajas de cartón y las cajas cuidadosamente numeradas.

También había comprado un escritorio, también fuerte y práctico. Sobre él ya había una computadora, un teléfono y una prolija pila de papeles.

En diez días se había organizado en forma. Y nunca le había pedido ayuda, ni aceptado que él se la diera. Cade deseó que eso no le fastidiara.

Tory lucía shorts negros, una remera gris y zapatillas grises. Cade deseó que no le resultaran tan atractivos.

Se volvió mientras ella bajaba la escalera y la tomó para doblarla en el momento en que ella también lo hacía.

—Te la guardaré.

—Yo puedo hacerlo.

Él tironeó, ella también.

—¡Maldito sea, Tory!

El repentino siseo de enojo, el peligroso brillo de los ojos de Cade la hicieron retroceder y entrelazar las manos. Él cerró la escalera con un golpe y la guardó en un pequeño placar.

Al verlo de pie allí, de espaldas a ella, Tory sintió una repentina oleada de culpa y de compasión. Le resultaba extraño comprobar que Cade no le inspiraba temor ni inquietud, cosa que siempre le ocurría con los hombres malhumorados.

—Siéntate, Cade.

—¿Por qué?

—Porque me parece que lo necesitas. —Se acercó al lugar donde había colocado una pequeña heladera, sacó un botella de Coca y la abrió. —Toma, enfríate.

—Gracias. —Se dejó caer en la silla junto al escritorio y bebió un gran trago.

—¿Has tenido un mal día?

—Los he tenido mejores.

Sin una sola palabra, ella abrió la cartera y sacó el pastillero donde guardaba aspirinas. Cuando le ofreció dos a Cade, él alzó las cejas.

Ella sintió que se ponía de pronto colorada.

—Yo no... Por tu aspecto me pareció que las necesitabas.

—Te lo agradezco. —Tomó las aspirinas, lanzó un suspiro y movió los hombros. —Supongo que no querrás hacerme sentir mejor sentándote sobre mis rodillas.

—No, gracias.

—No pude menos que preguntártelo. ¿Y qué me dices de una comida y una película? No contestes que no sin siquiera considerarlo —agregó antes de que ella tuviera tiempo de hablar. —Sólo una comida y una película. ¡Diablos! Una pizza, una hamburguesa, algo amistoso. Te prometo que no te pediré que te cases conmigo.

—Eso es un alivio, pero no un gran incentivo.

—Sólo te pido que lo pienses durante cinco minutos. —Depositó la botella sobre el escritorio y se puso de pie. —Acompáñame. Tengo algo para ti.

—Todavía no he terminado aquí adentro.

—Mujer, ¿es necesario que discutas cada maldita cosa que te digo? Me cansas. —Para resolver el problema, la tomó de la mano y la tironeó hacia afuera.

Ella pudo haberse mantenido en sus trece, aunque más no fuera por principio. Pero había dos carpinteros en la tienda, lo cual equivalía a dos pares de ojos y de oídos. Tendrían menos motivos para hablar si salía en silencio con Cade.

—Me gustaron estos tinajones —empezó a decir él señalándolos, mientras la tironeaba por la vereda hacia su camioneta. —Si no te gustan puedes cambiarlos en lo de Clampett. Y supongo que lo mismo puedes hacer con éstas. —Se detuvo y sacó las plantas de flores de la caja del vehículo. —Pero creo que quedarán bien.

—¿Bien dónde?

—Contigo, con tu tienda. Considera que es una especie de regalo para desearte buena suerte, aunque tendrás que tomarte el trabajo de plantarlas tú misma. —Le puso en las manos la primera bandeja de flores, luego tomó la segunda y la bolsa de tierra fértil.

Tory quedó inmóvil, desconcertada y conmovida. Recordó que pensaba comprar flores, macetas con flores para colocar en el frente de la tienda. Pensaba comprar petunias, pero ésas plantas era más bonitas e igualmente amistosas.

—Es una bondad de tu parte. Te lo agradezco.

—¿Podrías mirarme? —Esperó hasta que ella lo miró a los ojos. —De nada. ¿Dónde quieres que las ponga?

—Déjalas en la vereda, frente a la tienda. Yo me encargaré de plantarlas.

Mientras caminaban juntos por la vereda, ella lo miró de reojo.

—¡Qué diablos! Podrías pasar a buscarme alrededor de las seis. No me molestaría comer una pizza. Y si la comida anda bien, hablaremos de la película.

—De acuerdo. —Depositó las plantas y la tierra frente a la vidriera de la tienda. —Volveré.

—Sí, lo sé —murmuró Tory mientras él se alejaba.

8

Tal vez en realidad la gente no se muera de aburrimiento, consideró Faith, pero tampoco sabía cómo diablos se las arreglaban para vivir con el aburrimiento.

Cuando era chica y se quejaba diciendo que no tenía nada que hacer, sus palabras caían en oídos adultos poco comprensivos y se le asignaban tareas. Y ella odiaba esas tareas casi tanto como odiaba el aburrimiento. Pero algunas lecciones resultan difíciles de aprender.

—Aquí no hay nada que hacer —se quejó, sentándose ante la mesa de la cocina y mordisqueando una galletita. Ya eran más de las once pero no se había molestado en vestirse. Lucía la bata de cama de seda comprada durante el viaje que hizo a Savanah en el mes de abril.

Y esa bata ya la aburría también.

—Aquí todo es igual, día tras día, mes tras mes. Juro que es sorprendente que cada uno de nosotros no salga corriendo a los gritos durante la noche.

—Tienes un ataque de aburrimiento, ¿verdad señorita Faith? —La voz ronca como la lija de Lilah resonó con fuerza. Hablaba así en parte porque era nieta de una creole, pero sobre todo porque le divertía.

—Es que aquí nunca sucede nada. Cada mañana es idéntica a la anterior, y todo el resto del día se estira en una delgada línea de nada.

Lilah siguió limpiando la mesada. La verdad era que hacía más de una hora que tenía la cocina limpia, pero estaba segura de que Faith pasaría por allí. Y la estaba esperando.

—Supongo que te hace falta un poco de actividad. —Dirigió a Faith una mirada suave con sus ojos marrones y sin astucia. Como la astucia era algo que a Lilah le sobraba, esa mirada le había exigido cierta práctica.

Pero conocía a su interlocutora. Había cuidado a la señorita Faith desde el día de su nacimiento, cuando la niña enfrentó por primera vez el mundo aullando y amenazándolo con sus puñitos cerrados. Lilah formaba parte de la casa de los Lavelle desde sus veinte años, edad en que la contrataron para ayudar con la limpieza, cuando la señora Lavelle estaba embarazada del señor Cade.

En esa época su pelo era negro, no del color de sal y pimienta que tenía ahora. Entonces sus caderas eran un poco más angostas, pero de todos modos ella nunca se dejó vencer por la gordura. Le gustaba pensar que había madurado con una excelente figura de mujer.

Su piel era del color del caramelo oscuro, ése que siempre preparaba para cubrir las manzanas los días de la fiesta de Todos los Santos. A Lilah le gustaba destacar su piel con un rouge de un rojo fuerte, y siempre llevaba un lápiz de labios en el bolsillo del delantal.

Nunca se casó. No porque no hubiera tenido oportunidades. En su época, Lilah Jackson tuvo muchos festejantes. Y como faltaba mucho para que sus días terminaran, le seguía encantando vestirse para ir al pueblo acompañada por un hombre apuesto.

¿Pero casarse con alguno de ellos? Eso era harina de otro costal.

Prefería las cosas tal como eran, y eso significaba que hubiera un hombre que viniera a buscarla y que la escoltara a los lugares adonde le gustaba ir. Y si ese individuo tenía esperanzas de volver a escoltarla, nunca debía olvidarse de traerle una linda caja de chocolates o algunas flores, ni de abrirle las puertas como un caballero.

Pero si la mujer se casaba, después se pasaba la vida siguiendo al marido, viéndolo tirarse pedos y rascarse y sólo Dios sabía qué más, mientras ella sudaba para ganarse el pan de cada día y para poder comprarse algunas cosas bonitas.

En cambio, como estaba tenía una casa espléndida, porque a decir verdad y para vergüenza del demonio, Beaux Reves era tan suya como de todos los demás. Había criado a tres chiquitos y derramado amargas lágrimas por la que se perdió y, desde su punto de vista, gozaba de todos los beneficios de la compañía masculina sin ninguno de sus problemas.

De vez en cuando tampoco le importaba una buena acostada. Si el Buen Señor no quisiera que Sus hijos hicieran el amor, no habría puesto esa necesidad en su interior. Y bueno, pensó, la señorita Faith ha nacido llena de necesidades y todavía debía encontrar la manera de satisfacerlas sin provocarse un dolor. Eso significaba que la chica estaba también llena de problemas. Casi todos creados por ella misma. Algunos pollitos, pensó Lilah, demoran más en encontrar su camino por el gallinero.

—Tal vez podrías dar una larga y agradable vuelta en auto —sugirió Lilah.

—¿Para ir adónde? —Faith bebió sin interés un sorbo de café—. Vaya uno adonde vaya, todo es igual.

Lilah sacó su lápiz labial y se retocó los labios que se reflejaban en el tostador cromado.

—Cuando estoy deprimida, a mí me levanta el ánimo hacer una buena excursión de compras.

—Supongo que tienes razón. —Faith suspiró y analizó la posibilidad de viajar hasta Charleston. —No tengo nada mejor que hacer.

—Bueno, ¡así me gusta! Sales de compras y eso te levanta el espíritu. Aquí tienes la lista.

Faith parpadeó, luego miró la lista de compras que Lilah hacía flamear ante su rostro.

—¿Provisiones? No pienso ir a comprar provisiones.

—No tienes nada mejor que hacer, tú misma acabas de decirlo. Y óyeme, debes asegurarte de que los tomates estén bien maduros, ¿quieres? Y no dejes de comprar el líquido para limpiar los pisos que te anoté. La propaganda que hacen por televisión me hizo reír y gracias a eso creo que vale la pena que lo probemos. —Se volvió hacia la pileta para enjuagar el trapo rejilla y debió contener una carcajada al ver que su chiquita acababa de quedar con la boca abierta.

—Después pasas por la farmacia y me compras aceite de Olay, no el que viene en botella sino en jarro. Y la espuma de baño, la de leche y miel. En el camino de regreso te detienes en la tintorería y recoges todo lo que dejé allí la semana pasada, que de todos modos es casi todo tuyo. Sólo Dios sabe para qué necesitas cincuenta blusas de seda.

Faith entrecerró los ojos.

—¿Algo más? —preguntó con dulzura.

—Lo tienes todo allí escrito, claro como el día. Te dará algo que hacer para matar el aburrimiento durante un par de horas. Y ahora ve a vestirte, es casi mediodía. Es pecaminoso, realmente pecaminoso, que te pases el maldito día haraganeando y en bata de cama. ¡Vamos! ¡Fuera!

Lilah simuló echarla, luego tomó la taza y el plato de Faith.

—Todavía no he terminado de desayunar.

—No te vi comer. Picoteabas la comida y estabas con trompa, eso era lo que estabas haciendo. Y ahora ¡fuera de mi cocina! Y decídete a ser útil por una vez en la vida.

Lilah cruzó los brazos, ladeó la cabeza y la miró fijo. Tenía una manera de mirar fijo que marchitaba hasta el alma más valiente. Faith se apartó de la mesa y salió.

—Volveré cuando termine.

Después de menear la cabeza y de lanzar una risita, Lilah terminó el café de Faith.

—Algunas pollitas nunca aprenden quién manda en el gallinero.

Wade demoró tres años y dieciocho cachorros para convencer a Dottie Betrum de que hiciera castrar a su hembra labrador. Acababan de destetar a la última camada de seis cachorros y mientras la madre dormía bajo los efectos de la anestesia, él le dio la vacuna indicada a cada uno de los alegres cachorros.

—No soporto mirar las agujas, Wade. Me hace sentir la cabeza vacía.

—No es necesario que mire, señora Betrum. ¿Por qué no aguarda en la sala de espera? Dentro de pocos minutos terminaré con todo.

—¡Oh! —La mujer se llevó las manos a la cara y sus ojos miopes brillaron angustiados detrás de los gruesos vidrios de sus anteojos. —Me siento en la obligación de quedarme. No me parece bien... —Dejó la frase inconclusa cuando Wade hundió la aguja en la piel de un cachorro.

—Maxime, lleva a la señora Betrum a la sala de espera. —Le guiñó con rapidez a su asistente. —Yo me puedo encargar solo de esto.

Mientras Maxime ayudaba a la vacilante mujer a salir a la sala de espera, Wade pensó que se manejaría mucho mejor sin la presencia de pequeñas ancianas que corrían el riesgo de desmayarse.

—Allá vamos, chiquito. —Wade refregó la panza del cachorro para tranquilizarlo y terminó de vacunarlo. Pesó cachorros, rascó orejas, buscó parásitos y llenó planillas, mientras los llantos y los ladridos resonaban en el consultorio.

Sadie, la perra de la señora Betrum, dormía pacíficamente el sueño del postoperatorio y Sylvester, el gato del viejo señor Klingle, maullaba y arañaba su jaula, mientras Speedy Peter, la mascota hámster del tercer grado del colegio primario de Progress corría por su rueda, demostrando que se reponía de una pequeña inflamación en la vejiga.

Para el doctor Wade Mooney, ése era su pequeño paraíso.

Terminó con el último de los cachorros mientras los demás trepaban unos sobre los otros, le tironeaban las tiras de los zapatos, o hacían pis en el piso. La señora Betrum le acababa de asegurar que ya había encontrado buenos hogares para cinco de ellos. Él, como siempre, rechazó con suavidad el ofrecimiento de la mujer de que se quedara con uno.

Pero se le acababa de ocurrir dónde podría encontrar su hogar ése último cachorro.

—¿Doc Wade? —preguntó Maxime, asomándose.

—Aquí acabo de terminar. Reunamos a la familia.

—¡Son tan lindos! —Los ojos oscuros de la muchacha resplandecieron. —Creí que esta vez usted cedería y se quedaría con uno de los cachorros.

—Una vez que uno empieza, nunca termina. —Pero sus hoyuelos se destacaron cuando uno de los cachorros se retorció en sus manos.

—Ojalá yo pudiera quedarme con alguno. —Maxime alzó un cachorro y lo estrujó, mientras el animalito le lamía la cara con amor desesperado.

Adoraba a los animales, por lo que la oportunidad de trabajar como asistente del doctor Wade le parecía un envío del cielo. Ya tenía dos perros y sabía que sus padres no le permitirían adoptar un tercero.

Había nacido en la pobreza y sus padres se rompieron el lomo trabajando para salir a flote junto con Maxime y sus dos hermanos menores. En casa, el dinero todavía no es abundante, se recordó la muchacha mientras acariciaba el cachorro.

Y durante un tiempo más seguiremos teniendo problemas económicos, pensó con un suspiro. Ella era la primera de la familia que ingresaría a la Universidad y debían ahorrar hasta el último centavo.

—¡Son tan dulces, doctor Wade! Pero entre el trabajo y el estudio no me quedaría tiempo para atender bien a un cachorro. —Volvió a depositar el perrito en el piso. —Además, mi padre me mataría.

Wade sólo sonrió. El padre de Maxime la adoraba.

—¿Cómo van tus estudios?

Ella alzó los ojos al cielo. Cursaba su segundo año en la Universidad y tenía tanta escasez de tiempo como de dinero. Si no fuera porque el doctor Wade le daba los horarios más flexibles y le permitía estudiar en la veterinaria cuando había poco trabajo, nunca habría logrado llegar tan lejos.

Wade era su héroe y en un tiempo sufrió un enamoramiento maravillosamente doloroso hacia él. Ahora sólo esperaba que llegara el día en que ella fuera una veterinaria tan buena e inteligente como él.

—Se acercan los exámenes finales. Tengo tantas cosas en la cabeza que siento que me va a explotar. Sacaré de aquí a estos bebés, doctor Wade. —Alzó la canasta llena de cachorros. —¿Qué debo decirle a la señora Betrum acerca de Sadie?

—Que esta tarde se la podrá llevar. Dile que venga a buscarla alrededor de las cuatro. ¡Ah! Y pídele que todavía no regale el último cachorro. Se me ha ocurrido alguien que puede quererlo.

—Lo haré. ¿Le parece bien si almuerzo ahora? Durante una hora no tendremos pacientes y pensé que tal vez podría estudiar un rato en el parque.

—Adelante. —Se acercó a la pileta para lavarse las manos. —Tómate la hora completa, Maxime. Veamos cuánto más cabe en tu cerebro.

—Gracias.

Lamentaría perderla. Cosa que Wade sabía que sucedería en cuanto ella se recibiera. No le iba a resultar fácil encontrar otra asistente tan competente, tan dispuesta ni tan buena con los animales. Y mucho menos a una persona que además supiera escribir a máquina, manejarse con frenéticos dueños de mascotas y atender el teléfono.

Pero la vida seguía su curso.

Se encaminaba al cuarto trasero para chequear a Sadie en el momento en que por esa misma puerta entró Faith.

—¡Doctor Mooney! ¡Justo la persona a quien estaba buscando!

—Es fácil encontrarme a esta hora del día.

—Bueno, yo simplemente pasaba por aquí.

Wade alzó una ceja.

—Ese vestido es demasiado elegante para que estés simplemente pasando por aquí.

—¡Ah! —Se pasó un dedo por el suave género de algodón del vestido de angostos breteles y de un audaz color rojo. —¿Te gusta? Hoy estoy en un estado de ánimo rojo vivo. —Sacudió el pelo, lanzando seductoras nubes de perfume. Se adelantó, se pasó las manos por la cara y por los hombros. —¿A que no adivinas lo que llevo debajo?

"Como siempre —pensó él— con la rapidez de un rayo y una sola mirada, Faith me tiene dispuesto a suplicar."

—¿Por qué no me das una pista?

—¡Eres un hombre tan inteligente! Has obtenido un título universitario y esas letras que colocas detrás de tu nombre. —Le tomó una mano, la cubrió con las suyas y la deslizó a lo largo de su muslo. —Apuesto a que lo podrías descubrir con mucha rapidez.

—¡Dios! —La sangre de Wade se incendió. —¿Andas caminando por el pueblo semidesnuda?

—Pero tú y yo somos los únicos que lo sabemos. —Se inclinó hacia adelante, con los ojos brillantes fijos en los de él y le mordisqueó el labio inferior. —¿Qué piensas hacer al respecto, Wade?

—Vamos arriba.

—Demasiado lejos. —Lanzando una carcajada ronca, Faith abrió la puerta que había detrás de ellos. —Te deseo ahora. Te deseo ya.

La perra dormía en silencio, respirando con regularidad. El cuarto olía a perros y a antiséptico. El viejo sillón donde él pasaba muchas horas observando a sus pacientes estaba cubierto por los pelos de innumerables perros y gatos.

—No he cerrado la puerta de la veterinaria.

—Vivamos en peligro. —Le abrió el botón de los jeans y le bajó el cierre. —¡Bueno! ¡Mira lo que acabo de encontrar!— Le envolvió el pene entre sus manos y observó que los ojos color chocolate de Wade se nublaban antes de que él estrellara la boca sobre la de ella.

La excitación que ella sintió mientras se vestía, mientras recorría el trayecto hasta el pueblo, sabiendo que iría a verlo, que lo seduciría, se convirtió en algo enredado y necesario. Casi doloroso.

—Llévame a alguna parte. —Arqueó la espalda mientras la boca de Wade se alimentaba en su cuello. —Llévame a un lugar oscuro, caliente y salvaje. Necesito ir. Apúrate y llévame.

El tono desesperado de Faith se le clavó a Wade en la sangre y lo dejó en carne viva. No había mansedumbre entre ellos cuando se unían de esa manera, nada suave, nada dulce. Cuando ella pronunciaba jadeante su nombre y sus manos estaban sobre él, Wade olvidaba que quería suavidad y dulzura.

Lo único que quería era a Faith.

Le levantó la falda colorada, le aferró las caderas. Ella estaba caliente y húmeda y, cuando la penetró, pareció pegarse a él como una mandíbula hambrienta.

Faith envolvió una pierna alrededor de la cintura de Wade y lanzó un quejido largo y profundo. Él llenaba los lugares vacíos; no tenía importancia si era sólo por un momento, si el vacío volvía. Wade mataba ese vacío y ningún otro había logrado hacerlo jamás.

Jadeos animales, el ritmo sólido de los embates de cuerpo contra cuerpo, de cuerpos contra madera, y la fuerte sensación de que él estaba en su interior. Faith se dejó ir y lanzó un pequeño gemido estrangulado cuando el orgasmo quedó en libertad. Con Wade siempre terminaba con rapidez, era una sorpresa, un espasmo hermoso.

Entonces volvía a empezar, con más lentitud, más hondo, un desgarramiento largo y gradual que abría en su interior algo para Wade.

Y, como se trataba de Wade, podía pegarse a él, podía rendirse a sus sensaciones. Podía aferrarse a él, sabiendo que estaría allí con ella cuando cayera.

Sonaba el teléfono. O tal vez fueran sus oídos. Con cada respiración, Wade se ahogaba en ella. Faith se movía con él, embate con embate, y nunca se detenía, nunca aflojaba. Había momentos en que él podía pensar en ella con cordura, y otros en que se preguntaba por qué ambos no se habían devorado simplemente, hasta que no quedara nada de ellos.

Faith pronunciaba su nombre una y otra vez, y puntualizaba la palabra con jadeos y sollozos. Y justo antes de vaciarse en su interior, él notó que cerraba los ojos, como si estuviera orando.

—¡Dios! —se estremeció una vez, apoyó la cabeza contra la puerta y mantuvo los ojos cerrados. —¡Dios! Me siento maravillosamente bien. Como si estuviera hecha de oro por dentro y por fuera. —Abrió los ojos y se estiró, perezosa. —¿Y tú?

Él sabía lo que Faith esperaba, así que se resistió a enterrar el rostro en su pelo y a murmurar palabras que ella no creería. Palabras que a ella no le importaron años antes, cuando él fue lo suficientemente tonto como para pronunciarlas.

—Esto ha sido mucho más delicioso de lo que planeaba comer para el almuerzo.

La respuesta hizo reír a Faith, quien le rodeó el cuello con los brazos de una manera que era a la vez amistosa e íntima.

—Todavía me quedan algunos lugares que no has mordisqueado, de manera que si...

—¿Wade? Wade querido, ¿estás arriba?

—¡Dios Santo! —La parte de Wade que todavía seguía cómodamente anidada dentro de Faith, se crispó. —Es mi madre.

—Bueno, esto es... interesante.

Faith estuvo por lanzar una carcajada, pero Wade le tapó la boca con una mano.

—¡Cállate! ¡Por amor de Dios, esto es lo último que me hacía falta!

Faith murmuraba contra la mano de Wade, mientras se estremecía de risa.

—No es gracioso —siseó él, sin embargo también debió contener una carcajada. Oía que su madre recorría el lugar mientras lo llamaba con alegría y con el mismo tono cantarín con que solía llamarlo a comer cuando tenía diez años.

—Quédate quieta —le ordenó a Faith en un susurro—. Y no te muevas de aquí. No salgas de este cuarto y que no se te escape un solo sonido.

Se apartó con lentitud mientras Faith se mordía los labios, estremecida de risa.

—Wade, querido —dijo cuando él se encaminaba a la puerta, luego se cerró la boca con los dedos cuando él se volvió a gruñirle.

—¡Ni un sonido! —repitió Wade.

—Está bien, pero sólo pensé que tal vez quisieras guardar eso.

Él bajó la mirada, lanzó una maldición y apresuradamente subió el cierre de su jean.

—¿Mamá? —dijo después de dirigirle otra mirada de advertencia a Faith. Luego salió y cerró la puerta con firmeza a sus espaldas. —Estoy aquí abajo. Sólo estaba chequeando a mis pacientes.

Subió la escalera con agilidad, agradecido de que su madre hubiera subido a buscarlo al primer piso.

—¡Allí estás, mi chiquito! Pensaba dejarte una nota llena de amor.

Boots Mooney era un paquete de contradicciones. Era una mujer alta, pero todo el mundo la consideraba pequeña. Tenía la voz de un ratoncito de dibujos animados y una fuerza de voluntad de hierro. Durante su último año en el colegio secundario fue la Reina del Algodón y avanzó hasta reinar como la Señorita del Condado de Georgetown.

Su aspecto sano, rosado y bonito le sirvió bien. Lo preservaba religiosamente, no por vanidad sino por espíritu de obligación. Su marido era un hombre importante y jamás permitiría que lo vieran con una esposa que no estuviera a su altura.

Boots disfrutaba de las cosas bonitas. Incluyéndose a sí misma.

Le abrió los brazos a Wade, como si hubieran transcurrido dos años en lugar de dos días desde la última vez que se vieron. Cuando él se inclinó hacia ella, le besó ambas mejillas y luego se apartó apresurada.

—Te noto muy colorado, querido. ¿Tienes fiebre?

—No. —Él ni siquiera retrocedió cuando ella apoyó el dorso de la mano sobre su frente. —No, estoy bien. Estaba en... el proceso postoperatorio. Y allá adentro hace un poco de calor.

Era imperioso que la distrajera, y Wade conocía la manera de hacerlo.

—¡Mírate! —Le tomó las manos, le extendió los brazos y le dirigió una mirada larga y llena de aprobación. —Hoy estás muy bonita.

—¡No exageres! —Rió, pero se sonrojó de placer. —Sucede que vengo de la peluquería, eso es todo. Debiste verme antes de que Lori se encargara de mí. Parecía una pordiosera.

—¡Imposible!

—Eres muy parcial. Tuve que hacer una cantidad de mandados, pero no podía volver a casa hasta haber visto a mi bebé. —Palmeó la mejilla de Wade y de inmediato se volvió hacia la cocina. —Apuesto a que ni siquiera has almorzado. Te prepararé algo.

—Debo atender a un paciente, mamá. Es Sadie, la perra de la señorita Dottie.

—¡Dios mío! ¿Qué le pasa? Dottie debe sentirse perdida sin ese perro.

—No le pasa nada. Acabo de operarla.

—Y si no le pasa nada, ¿qué necesidad tenías de operarla?

Wade se pasó una mano por el pelo mientras su madre revisaba el contenido de la heladera.

—La castré para que dejara de tener cachorros todos los años.

—¡Ah! Mira Wade, en esta casa no tienes bastante comida para mantenerte vivo. Iré a buscar algunas cosas al mercado.

—Mamá...

—No me vengas con excusas. Desde que te fuiste de casa no comes como es debido y no me lo puedes negar. Ojalá vinieras a casa a comer más seguido. Mañana te traeré un rico plato de atún. Es tu comida predilecta.

Wade odiaba el atún. Lo execraba. Pero nunca logró convencer de ello a su madre.

—Te lo agradeceré.

—Tal vez también le lleve un plato a Tory. Acabo de pasar a verla. ¡Está tan adulta! —Boots puso a hervir tres huevos. —Las obras de su tienda avanzan a pasos agigantados. No sé de donde saca esa chica la energía necesaria. Dios es testigo de que nunca noté que su madre tuviera energía y su padre... bueno, mejor no hablar de alguien si no es posible hablar bien de él.

Boots frunció los labios y buscó una lata de pickles.

—Siempre le tuve un cariño muy especial a esa chica, a pesar de que por un motivo o por otro nunca pude acercarme mucho a ella. ¡Pobre ovejita! Yo siempre quise envolverla y traérmela a casa.

El amor, pensó Wade, lo convierte a uno en un ser indefenso. Viniera de donde viniese y en cualquier forma que llegara. Se acercó a su madre, la envolvió con sus brazos y apoyó la cabeza sobre su cabellera recién peinada.

—Te quiero, mamá.

—Bueno, querido, yo también te quiero. Justamente por eso te estoy por preparar una riquísima ensalada de huevo, así no tendré que verme obligada a presenciar la muerte por inanición de mi único hijo. Estás adelgazando demasiado.

—No he perdido un solo gramo.

—Entonces siempre has estado demasiado delgado.

Wade no pudo menos que reír.

—¿Por qué no agregas otro huevo para que haya suficiente para los dos, mamá? Yo bajaré un momento a ver como anda Sadie y luego podremos almorzar juntos.

—Me encantaría. Tómate tu tiempo.

Introdujo otro huevo en el agua y miró por sobre el hombro cuando él salía.

Boots tenía plena conciencia de que su hijo era un hombre hecho y derecho, pero seguía siendo su bebé. Y una madre nuca dejaba de preocuparse por sus hijos ni de cuidar de ellos.

Los hombres, pensó suspirando, son criaturas tan delicadas, tan inconscientes. Y las mujeres... bueno, ciertas mujeres, se aprovechan de eso.

Las puertas del viejo edificio no eran tan gruesas como su hijo creía. Y una mujer no llegaba a los cincuenta y tres años sin reconocer ciertos sonidos. Además Boots tenía una idea bastante clara de la identidad de la persona que estaba con su hijo del otro lado de la puerta. No quiero emitir juicio sobre ese asunto, se dijo, mientras cortaba los pickles.

Pero observaría a Faith Lavelle como un halcón.

Faith ya no estaba. Wade comprendió que debió suponer que no se quedaría allí. Había clavado un papel en la puerta con un corazón dibujado, sobre el que luego apretó los labios, dejándole un beso muy rojo.

Wade arrancó el papel y, a pesar de decirse que era un idiota, lo guardó en un cajón para conservarlo. Faith volvería cuando su estado de ánimo se lo pidiera. Y él se lo permitiría. Se lo seguiría permitiendo hasta despreciarse profundamente o, si tenía suerte, hasta que su corazón estuviera de nuevo entero y fuera suyo, y Faith se hubiera convertido sólo en una diversión interesante.

Acarició la cabeza de Sadie, luego chequeó sus signos vitales, la incisión y los puntos. La alzó con cuidado porque ya estaba despierta, con sus grandes ojos marrones vidriosos y confusos. La llevaría arriba consigo, para que no estuviera sola.

9

El sexo le daba sed. En un estado de ánimo mucho más alegre, Faith decidió pasar por lo de Hanson y comprar algo frío y dulce para beber en el camino al mercado.

Miró la veterinaria y luego las ventanas del departamento de Wade. Mentalmente le sopló un beso. Se le ocurrió que tal vez lo llamaría después para averiguar si esa tarde tendría ganas de dar una vuelta en auto. Tal vez podrían ir a Georgetown a buscar algún lugar agradable cerca del mar.

Le gustaba estar con Wade; por un lado le resultaba cómodo, por el otro, excitante. Era tan confiable como la salida del sol, siempre estaba allí cuando ella lo necesitaba.

El recuerdo de un día de verano, cuando hacía muchos años él le habló con tanta facilidad de amor y de casamiento, de hogar y de hijos, trató de surgir en su mente, en su corazón. Pero lo descartó y decidió que prefería pensar en la emoción del sexo fácil y secreto.

Eso era lo que ella quería, y por suerte también lo que quería él. Y ambos se darían el gusto esa tarde. Le pediría prestado el convertible a Cade, luego harían ese paseo hacia la costa. Estacionarían en alguna parte y se dedicarían a los arrumacos, como adolescentes.

Había estacionado su propio auto a varias cuadras de la veterinaria de Wade. No tenía sentido que les diera motivos a las malas lenguas, aunque sabía que, de todos modos, éstas siempre se agitaban y la gente hablaba sobre todo, sobre cualquier cosa y sobre nada. Estaba por subir al auto cuando notó que Tory salía de su tienda, se paraba en la vereda y miraba fijo el negocio.

Allí hay un pajarraco raro que nunca cambió las plumas, pensó Faith. Pero la curiosidad la obligó a cruzar la calle.

—¿Estás en uno de tus trances?

Tory saltó sorprendida, luego relajó deliberadamente los hombros que se le acababan de poner tensos.

—Estaba mirando la vidriera, para ver cómo ha quedado. Hace un rato el pintor terminó el nombre del negocio.

—Hmm. —Faith puso las manos en jarras y miró también la vidriera. Las letras negras le parecieron frescas y elegantes. —Southern Comfort. ¿Es eso lo que vas a vender?

—Sí. —Dado que la presencia de Faith acababa de quitarle el placer que sentía, Tory se encaminó a la puerta para entrar a la tienda.

—Noto que no eres muy amistosa con una cliente potencial.

Tory miró hacia atrás, con expresión tranquila. Faith está preciosa, pensó. Elegante, presumida y satisfecha. Y ella no estaba de humor para eso.

—Todavía no he inaugurado el negocio.

Enojada, Faith aferró la puerta antes de que Tory se la pudiera cerrar en la cara y entró a la tienda.

—No me parece que estés preparada para la inauguración —comentó, mirando los estantes casi vacíos.

—Estoy más preparada de lo que parece. Tengo que trabajar, Faith.

—¡Ah! No te preocupes por mí. Sigue haciendo lo que tengas que hacer. —Faith hizo un gesto con la mano y, tanto por tozudez como por interés, comenzó a recorrer el lugar.

Debía admitir que todo estaba reluciente. Los vidrios resplandecían sobre los estantes construidos por los obreros de Dwight, las maderas brillaban, enceradas. Hasta las cajas de embalaje ocupaban prolijamente su lugar, y grandes bolsas de plástico contenían los trozos de telgopor usados para embalar la mercadería. Sobre el mostrador había una computadora lap top y una tablilla con sujetapapeles.

—¿Tienes bastante mercadería para llenar todo este espacio?

—La tendré. —Resignada a la intromisión, Tory siguió desembalando mercadería. Conocía bastante a Faith Lavelle como para saber que pronto se aburriría y se iría.

—Si te interesa, pienso inaugurar la tienda el sábado que viene. Sólo durante ese día, habrá un diez por ciento de rebaja en todos los precios.

Faith se encogió de hombros.

—Por lo general estoy ocupada durante los fines de semana. —Se paseó a lo largo del mostrador con tapa de vidrio. Adentro, sobre satén blanco, había muestras de alhajas hechas a mano: plata y cuentas y piedras de colores artísticamente engarzadas y diseñadas para llamar la atención y despertar la imaginación.

Distraída, intentó levantar la tapa del mostrador, descubrió que estaba cerrada con llave y lanzó una maldición en voz baja. Miró a Tory con cautela, alegrándose de que no hubiera notado lo sucedido.

—Aquí adentro tienes algunas chucherías bastante lindas. —Quería el par de aros de plata con los pequeños detalles de lapislázuli, y los quería tener enseguida. —No creí que te dedicarías a vender chucherías. Tú casi nunca las usas.

—En este momento tengo tres artesanos que se dedican a hacer chucherías —contestó Tory con sequedad—. La que más me gusta es el broche que hay en el centro del mostrador. El alambre es de plata y las piedras son granates, citrinos y carniolas.

—Ya lo veo. Están esparcidas por el alambre como estrellas, como esos fuegos artificiales de estrellitas que los chicos encienden el Cuatro de Julio.

—Sí, se parecen a eso.

—Supongo que es bastante lindo, aunque yo no soy muy dada a ponerme broches y prendedores. —Se mordió los labios, pero su avaricia pudo más que el orgullo. —Me gustan esos aros.

—Vuelve el sábado.

—Tal vez esté ocupada. —Quería tenerlos en ese mismo momento. —¿Por qué no me los vendes y haces un negocio antes de tiempo? Para eso has venido, ¿verdad? A vender.

Tory colocó una lámpara de aceite de cerámica sobre un estante. Se cuidó de no sonreír cuando se volvió.

—Todavía no he inaugurado la tienda, pero... —Se acercó al exhibidor. —En recuerdo de los viejos tiempos.

—Nosotras nunca compartimos viejos tiempos.

—Supongo que tienes razón. —Tomó el llavero que colgaba de su cinturón. —¿Cuáles son los aros que te gustaron?

—Ésos —contestó Faith señalando—. Los de plata y lapislázuli.

—Sí, son preciosos. Te quedarán bien. —Tory los tomó y los alzó a la luz antes de pasárselos a Faith. —Si te los quieres probar puedes usar uno de los espejos. La artesana que los hizo vive en las afueras de Charleston. Su trabajo es maravilloso.

Mientras Faith se acercaba a un trío de espejos enmarcados en bronce y en cobre, Tory sacó un largo pendiente del exhibidor. ¿Por qué hacer una sola venta si se podían hacer dos?

—Ésta es una de sus obras que más me gusta. Te quedaría bien con los aros.

Faith hizo un esfuerzo por no demostrar demasiado interés. El pendiente era un grueso tonel de lapislázuli sostenido por dos manos de plata.

—Es muy poco común. —Se sacó los aros para ponerse los nuevos y luego cedió y se puso también el pendiente. —Ninguna otra mujer lucirá nada parecido.

—No. —Tory se permitió una sonrisa. —Pienso ofrecer piezas únicas.

—Supongo que debo quedarme con los aros y con el pendiente. Hace años que no me doy un gusto. Porque todo lo que uno ve en Progress se parece a lo que usan las demás.

En silencio, Tory cerró la tapa del mostrador.

—Ya no será así.

Faith frunció los labios, hizo bambolear el pendiente y miró el precio.

—Algunos dirán que lo que vendes es muy caro. —Pasó los dedos por la cadena mientras miraba a Tory. —Se equivocarían. El precio me parece justo. De hecho, si estuvieras en Charleston, podrías cobrarlos más.

—Pero no estoy en Charleston. Iré a buscar las cajas.

—No te molestes. Saldré con ellos puestos. —Abrió la cartera y, con descuido, dejó caer dentro sus aros antiguos. —Sólo te pido que les saques el precio y que me los cobres.

—Todavía no me han instalado la caja registradora.

—No importa. —Se sacó el pendiente y los aros. —Te haré un cheque. —Faith alzó una ceja cuando Tory extendió una mano. —No te puedo extender el cheque hasta que me digas cuál es el precio total.

—No, lo que te estoy pidiendo es que me des los otros aros. Ésa no es manera de tratarlos. Te daré una caja.

Faith los sacó de la cartera con una carcajada.

—Está bien, madrecita.

Sexo y compras, pensó Faith mientras volvía a recorrer el local. No existía mejor manera de pasar el día. Y, por lo visto, podría pasar muchos momentos agradables en la tienda de Tory.

¿Quién hubiera creído que la pequeña Tory Bodeen llegaría a ser una mujer de tan buen gusto? Y que además supiera aprovecharlo tan bien.

Debió darle mucho trabajo encontrar los objetos adecuados, encontrar a la gente que los hacía, calcular lo que debía cobrarlos y diseñar el espacio necesario para exhibirlos.

Y probablemente sabrá mucho más que eso, supuso Faith. Como llevar libros de contabilidad y todas esas cosas desagradables.

Se dio cuenta de que la impresionaba y hasta le daba un poco de envidia que Tory pudiera tener los conocimientos y la habilidad necesarios para crear un negocio de la nada.

No porque ella quisiera tener nada que ver con un emprendimiento de esa naturaleza y con las responsabilidades que acarreaba. Una tienda como ésa la debía atar a una con más fuerza que una soga de cáñamo. ¿Pero no era agradable que la tienda estuviera tan cerca de la veterinaria de Wade? Tal vez la vida en Progress estuviera por mejorar un poco.

—Deberías inclinar un poco este bol sobre el estante. —Se detuvo y ella misma inclinó el bol. —De esta manera la gente podrá ver el diseño interior desde el otro extremo de la tienda.

Tory tenía intenciones de hacerlo una vez que terminara de desembalar toda la mercadería. Pero como en ese momento estaba sumando cifras, apenas levantó la vista.

—¿Quieres que te dé un empleo? Aquí tengo el total de tu compra, incluyendo impuestos, pero preferiría que revisaras la suma.

—Siempre tuviste mejores notas que yo en matemáticas. —Comenzaba a acercarse al mostrador cuando se abrió la puerta. Faith podría haber jurado que oyó que Tory lanzaba un quejido.

Desde el punto de vista de Tory, el grito de Lissy era sólo una de sus costumbres enojosas. Entre las demás estaba su tendencia a bañarse literalmente en un perfume de lirios del valle que entraban a una habitación antes de que lo hiciera ella, y que permanecía a allí hasta mucho después de que Lissy se iba.

Cuando tanto el perfume como el grito entraron a su tienda, Tory apretó los dientes en un gesto que esperaba fuera interpretado como una sonrisa.

—¡Ah, pero qué divertido! Acabo de hacerme peinar y me encaminaba a lo oficina cuando las vi aquí adentro.

Mientras Lissy unía las manos y giraba sobre sí misma, Tory le dirigió una mirada mortífera a Faith. Su mirada fue respondida por una sonrisa de perfecta comprensión y por un aleteo de pestañas.

—Yo pasaba por aquí justo cuando terminaban de pintar el cartel de la vidriera de Tory.

—Que me parece lindísimo. Todo está resultando perfecto, ¿no es verdad? —Con una mano apoyada sobre su vientre abultado, Lissy se volvió para mirar los estantes. —¡Es todo tan bonito, Tory! Debes haber trabajado como seis mulas para lograr hacer tanto en tan poco tiempo. Y debo decir que mi Dwight hizo un trabajo fantástico.

—Sí, no podría estar más satisfecha con el trabajo de tu marido.

—¡Por supuesto! Dwight es lo mejor que hay en el pueblo. ¡Ah! ¡Qué bonito!

Tomó la lámpara de aceite que Tory acababa de colocar sobre el estante.

—¡Me encanta todo lo que adorna una casa! Dwight dice que sólo sirven para juntar polvo, pero son los detalles que convierten una casa en un hogar, ¿no es cierto?

Tory respiró hondo. Otra de las costumbres odiosas de Lissy era convertir cada frase en una exclamación.

—Sí, estoy de acuerdo contigo. Y si el polvo no tiene dónde apoyarse, sólo caería sobre una mesa vacía.

—¡Ah! ¡Qué cierto es eso! —Con discreción, Lissy observó la etiqueta del precio y luego convirtió su boca en una O de sorpresa. —¡Dios! Es cara, ¿verdad?

—Está hecha a mano y firmada... —empezó a decir Tory, pero Faith la interrumpió.

—Uno obtiene lo que paga, ¿no es cierto Lissy? Y Dwight gana bastante como para darte los gustos, sobre todo ahora que estás por tener otro hijo. Te juro que si yo alguna vez tuviera que llevar un peso así durante nueve meses, el hombre que lo plantó allí adentro tendría que comprarme la luna y las estrellas.

Sin saber si la estaban alabando o insultando, Lissy frunció el entrecejo.

—Dwight me malcría tanto que es una vergüenza.

—¡Por supuesto que te malcría! Yo acabo de comprar este par de aros. —Golpeó con la punta de un dedo el que todavía llevaba puesto en la oreja. —Y además un pendiente. Tory me ha permitido adelantarme a la fecha de inauguración de su tienda.

—¿En serio? —Los ojos de Lissy adquirieron una expresión aguda.

Como Faith bien sabía, ella nunca estaría dispuesta a tolerar que alguien se le adelantara. En un gesto de avaricia, se llevó la lámpara al pecho.

—Tory, es imprescindible que permitas que te compre ya mismo esta lámpara. Me he enamorado de ella. Y como no sé si podré estar aquí el sábado a primera hora, corro el riesgo de que alguien se me adelante. ¡Te pido que seas buena y que me permitas comprarla hoy mismo!

Tory subrayó la suma gastada por Faith para que pudiera revisarla.

—Tendrás que comprarla en efectivo o en cheque, Lissy. Todavía no he terminado los trámites necesarios para aceptar tarjetas de crédito. Pero no tengo problema en apartar la lámpara para ti si...

—¡No, no! Te puedo extender un cheque. Y ya que estoy aquí, ¿no puedo mirar un poco más? Me divierte.

—Sí, claro —contestó Tory, tomando la lámpara y apoyándola sobre el mostrador.

Después de todo era como si ya hubiera inaugurado su tienda.

—¡Ah! ¿Éstos espejos están en venta?

—Todo está en venta. —Tory sacó una cajita azul marino que tenía debajo del mostrador y colocó en ella los antiguos aros de Faith. —Guardaré la tarjeta del artesano en esta cajita, con tus antiguos aros.

—Bueno. Y no es necesario que me lo agradezcas —agregó Faith en voz baja.

—No sé si lo hiciste para ayudarme o para irritarme —dijo Tory, también en un susurro—. O para irritar a Lissy. Pero... —Anotó el precio de la lámpara.

—Como una venta es una venta, te lo agradezco. Supiste exactamente qué botón debías oprimir.

—¿Para impulsar a Lissy? —Faith miró a Lissy quien se deshacía en exclamaciones. —Es la mujer más simple del mundo.

—Si llega a comprar uno de esos espejos, puede convertirse en mi nueva amiga íntima.

—Bueno, ¡ésa si que es una injusticia! —Más divertida de lo que imaginaba, Faith sacó su libreta de cheques. —Me haces a un lado después de que te hice tu primera compra.

—¡No puedo menos que tener este espejo, Tory! El ovalado, con las lilas al costado. Jamás he visto nada parecido. Quedará fantástico en mi pequeña sala de estar.

Por sobre el mostrador, la mirada de Tory se encontró con la de Faith. Los ojos de ambos relampagueaban.

—Lo siento pero Lissy acaba de convertirse en una compradora más importante que tú. —Dirigiéndose a la mujer de Dwight, agregó —Iré a buscar la caja al depósito.

—Te lo agradezco. Juro que hay muchísimo para elegir y supongo que todavía no has ubicado la mitad de la mercadería. Justamente la otra noche le estaba diciendo a Dwight que no sé de dónde sacas el tiempo para hacer tantas cosas. Entre mudarte a la casa, arreglar el local, encargarte de las entregas y pasar las noches con Cade debes permanecer despierta durante veintiséis horas por día.

—¿Cade?

El nombre surgió simultáneamente de los labios de Tory y de los de Faith.

—Ese muchacho se movió con más rapidez de la que lo creía capaz —dijo Lissy, acercándose a ellas—. Debo confesar que nunca los imaginé juntos, como una pareja. Pero ya saben lo que se dice de las aguas quietas.

—Sí. No. —Tory levantó una mano. —No sé de qué estás hablando. Cade y yo no estamos juntos.

—¡Ah! ¡Entre amigas no es necesario que seas tímida! Dwight me lo contó todo y me dijo que es probable que quieran mantenerlo en secreto durante un tiempo. No te preocupes, no se lo he dicho a un alma.

—¡No hay nada que decir! ¡Absolutamente nada que decir! Nosotros sólo... —Vio que dos pares de ojos se agudizaban y sintió que la lengua se le ponía pastosa. —Nada. Dwight está equivocado. Iré a buscar esa caja.

—No sé por qué está tan decidida a mantener el secreto —comentó Lissy cuando Tory salió presurosa. —Después de todo, no es como si alguno de ellos estuviera casado, o algo así. Por supuesto —agregó con una sonrisa falsa—, supongo que la idea de que esté rodando entre las sábanas con Cade cuando apenas hace un mes que ha llegado, no condice con esa imagen tranquila, decente y de señora que trata de reflejar.

—¿Ah, no? —Los asuntos de Cade son asuntos de Cade, se dijo Faith. ¡Pero maldito si estaba dispuesta a permitir que esa gatita le clavara las zarpas a su hermano! —¿Y te parece que las señoras tranquilas y decentes no hacen el amor? —Con una sonrisa brillante y maliciosa palmeó el vientre de Lissy. —Supongo que esa hinchazón se debe a que comes demasiado chocolate.

—Soy una mujer casada.

—No lo eras cuando tú y Dwight andaban a los tumbos en el asiento trasero del Camaro de segunda mano que tu suegro le compró cuando comenzó a destacarse en las pistas.

—¡Por amor de Dios, Faith! En esa época tú también andabas a los tumbos.

—¡Por supuesto! Justamente por eso me cuido mucho cuando tengo ganas de arrojar la primera piedra. —Firmó el cheque con un floreo y luego tomó el aro nuevo que todavía no se había puesto.

—Lo único que digo es que, considerando que se trata de alguien que recién ha vuelto a Progress y que durante todos estos años ha estado haciendo sólo Dios sabe qué, no cabe duda de que no ha perdido el tiempo para cazar a un Lavelle.

—Nadie caza a un Lavelle, a menos que nosotros tengamos ganas de ser cazados. —Pero pensaría acerca del asunto. Lo pensaría muy a fondo.

En cuanto consiguió que sus dos nuevas clientes se fueran, Tory se sintió tentada de cerrar la tienda. Pero eso significaría perder mucho tiempo y darle demasiada importancia a los chismes tontos de Lissy.

Trabajó durante tres horas más con su mercadería, poniéndole precios y arreglándola en los estantes y exhibidores. El trabajo manual y el tedio del trabajo administrativo evitaron que se dejara obsesionar por el tema.

Pero el trayecto hasta su casa le dio la oportunidad de hacerlo.

Ésa no era la manera en que pensaba volver a establecerse en Progress. Ni por un instante pensaba tolerar que la convirtieran en el centro de los chismes del pueblo. La manera de evitarlo, se dijo, es ignorarlo, elevarse por encima del asunto.

Y mantenerse a distancia de Cade.

Nada de eso le provocaría el menor problema.

Estaba acostumbrada a ignorar la maledicencia y en asuntos mucho más importantes y vitales que un falso romance. No cabía duda de que no tenía ninguna necesidad de frecuentar a Cade Lavelle. De todos modos, apenas lo había hecho. Un par de comidas, una película o dos, tal vez un paseo en auto. Todas salidas inofensivas.

Pero de ahí en adelante, saldría sola.

Y con eso se terminó el asunto, pensó.

Podría haber sido así, si no hubiera visto la camioneta de Cade en el borde de un potrero.

Se dijo que debía seguir su camino. En realidad no tenía sentido que se detuviera, no tenía sentido hablar sobre el asunto. Sería mucho más sensato que siguiera viaje hasta su casa y que dejara que esa tontería muriera de muerte natural.

Pero seguía viendo el brillo hambriento y depredador de los ojos de Lissy.

Movió el volante de un tirón y estacionó al costado del camino donde el pasto era espeso. Sólo mencionaría el asunto, eso era todo. Sólo le diría a Cade que se callara la boca y que dejara de mencionarla cuando conversaba con los idiotas de sus amigos. ¡Maldito sea! Ya eran hombres maduros, pero actuaban como adolescentes idiotas.

Piney Cobb aspiró una larga y contemplativa bocanada del humo del último Marlboro que le quedaba. Acababa de ver que la camioneta se detenía en la banquina, que la mujer (y maldito si no era la chica Bodeen toda crecida) iniciaba la marcha hacia el potrero. Y siguió observando que ella se les acercaba entre los surcos.

A su lado, Cade estudiaba el trabajo del día y los adelantos del sembrado. Si se lo preguntaban, tendría que reconocer que ese muchacho tenía ideas raras, pero no cabía duda de que esas ideas raras daban resultado. Y de todos modos, no era asunto suyo. De todos modos le pagaban, tanto si le ordenaban rociar el sembrado con herbicida como si debía atenderlo como a un bebé, rociándolo con bosta de vaca y con bacilos.

—Nos vendría bien una lluvia como la de la otra noche —dijo Cade, pensativo.

—Podría ser. —Piney se rascó el mentón y frunció los labios. —Lo que usted tiene aquí es un sembrado siete centímetros más crecido que los tradicionales.

—El algodón orgánico crece con más rapidez —contestó Cade, distraído—. Los productos químicos demoran el crecimiento.

—Sí, eso me ha dicho. —Y así era, a pesar de las dudas de Piney. Lo cual lo llevaba a creer que tal vez, en definitiva, eso de la educación universitaria no fuese una completa tontería.

Aunque no estuviera dispuesto a admitirlo en voz alta, era algo que valía la pena considerar.

—¿Patrón? —Piney aspiró la última bocanada de humo de su cigarrillo y luego lo pisó con cuidado para apagarlo. —¿Usted tiene problemas femeninos?

Como estaba pensando en el trabajo, Cade demoró un minuto en contestar.

—¿Perdón?

—Verá, yo me he mantenido bastante apartado de las mujeres, pero he andado el tiempo suficiente por este mundo como para reconocer a una mujer furiosa. —Modificó la dirección de su mirada, entrecerró los ojos para protegerlos del sol y saludó con la cabeza a Tory, quien se les acercaba por entre los surcos de algodón. —Allí hay una ahora. Tengo la impresión de que se encamina hacia usted.

—Yo no tengo problemas.

—Creo que en eso se equivoca —murmuró Piney, retrocediendo para darle paso a Tory.

—¡Cade!

Era un placer verla, un placer sencillo, fácil.

—¡Tory! ¡Qué sorpresa agradable!

—¿En serio? Ya lo veremos. Tengo que hablar contigo.

—Está bien.

—A solas.

—Enseguida.

Tory respiró hondo y recordó sus buenos modales.

—Le pido disculpas, señor Cobb.

—No es necesario. Creí que no me recordaría.

En realidad no lo había reconocido, por lo menos conscientemente. Pronunció el nombre sin pensarlo. Y por un instante una antigua imagen cubrió su mal humor: la de un hombre huesudo, de pecho hundido y pelo del color del trigo que por lo general olía a alcohol y le regalaba caramelos.

Notó que seguía siendo huesudo y teniendo el pecho hundido, pero la edad y el alcohol habían hecho estragos en su rostro. Lo tenía rojo, gastado y flojo y el pelo color de trigo, si es que todavía lo conservaba, era lo suficientemente escaso como para quedar completamente cubierto por una vieja gorra gris.

—Recuerdo que usted me daba caramelos y que trabajaba un potrero ubicado al lado del de mi padre.

—Así es. —Estiró los labios en una sonrisa, revelando dientes torcidos y cariados. —Ahora trabajo para este muchacho universitario. Me rinde más. Debo irme. Lo veré por la mañana, patrón.

Se tocó la gorra y luego sacó una pastilla de menta del bolsillo y se la ofreció a Tory.

—Si mal no recuerdo, a usted siempre le gustaban éstas.

—Y todavía son mis preferidas. Gracias.

—Le gustó que lo recordaras —dijo Cade cuando Piney se alejó hacia el camino.

—Mi padre solía gritarle y le decía lo funesto que era el whisky y luego, una vez por mes, se emborrachaban juntos. Al día siguiente Piney estaba en el campo, trabajando como siempre. Y mi padre volvía a gritarle.

Tory meneó la cabeza y se volvió a mirar a Cade.

—No me detuve para que nos dedicáramos a los recuerdos. ¿Por qué diablos le dijiste a tu amigo Dwight que nosotros dos estamos saliendo?

—No estoy seguro de...

—Nosotros no estamos saliendo.

Cade arqueó una ceja, se sacó los anteojos oscuros y los enganchó en su camisa.

—Bueno, Tory, sí, salimos. En este momento yo estoy aquí mirándote.

—Sabes muy bien a lo que me refiero. No salimos juntos como pareja.

Cade no sonrió, aunque tenía ganas de hacerlo. En lugar de ello se conformó con rascarse la cabeza y poner cara de aturdido.

—Yo creo que estamos haciendo algo que se le parece mucho. Hemos salido, ¿qué? Más o menos cuatro veces en los últimos diez días. Desde mi punto de vista, cuando un hombre y una mujer salen a comer y esas cosas, están saliendo.

—Te equivocas. Nosotros no estamos saliendo y te pido que lo comprendas.

—Sí, señora.

—¡No sonrías! —Un trío de cuervos pasó volando, lustrosos y brillantes. —Y aun en el caso de que tuvieras esa idea en la cabeza, no tenías por qué, no tenías derecho a decirle a Dwight que estábamos involucrados. Él fue corriendo a contárselo a Lissy y ahora a ella se le ha metido en su cerebro de pajarito que estamos viviendo una salvaje aventura. Y yo no quiero que la gente de por aquí suponga que soy tu último entusiasmo.

—¿Mi último? —Enganchó los pulgares en los bolsillos, se hamacó sobre los tacos gastados de sus botas de trabajo. En lo que a entretenimientos se refería, consideraba que ése era el punto máximo del día. —Exactamente, ¿cuántas aventuras crees que he tenido?

—No me interesa saberlo.

—Fuiste tú quien sacó el tema —señaló él, sólo por el placer de verla enfurecerse.

—El asunto es que le dijiste a Dwight que estábamos involucrados.

—No, no es así. Pero no comprendo por qué... —Entonces recordó. —¡Ah, sí! Hmmm.

—¡Ahí tienes! —Con sensación de triunfo, ella lo amenazó con un dedo. —Eres un hombre adulto, ya deberías haber superado los chismes de vestuario.

—Fue un mal entendido. —Y un mal entendido fascinante en su opinión. —Lissy no hace más que tratar de conseguirme una novia. Por lo visto no soporta que haya un solo hombre suelto. Se ha convertido en una verdadera tortura. La última vez que trató de presentarme a una amiga suya, le dije a Dwight que me la sacara de encima, que le dijera que en este momento yo vivía una ardiente aventura o algo así.

—¿Conmigo? —Le sorprendió que no le saliera humo por las orejas. —¡Por todos los...!

—No le dije que fuera contigo —interrumpió Cade—. Supongo que Dwight te eligió a ti porque estábamos en tu tienda cuando hablamos del

108

asunto. Si quieres culpar a alguien, échale la culpa a él. Pero personalmente, no sé por qué te calientas tanto. Los dos somos solteros, salimos juntos... y eso es cierto, Tory —agregó antes de que ella pudiera discutirlo—. Y si Lissy quiere creer que las cosas entre nosotros han progresado hacia lo que sería un estado natural, ¿qué tiene de malo?

Tory no estaba segura de poder hablar. Cade estaba divertido. Lo veía en sus ojos, lo oía en su tono de voz.

—¿Te parece que esto es gracioso?

—No sé si es tan gracioso, pero se una verdadera anécdota —decidió él—. Es una pequeña anécdota divertida.

—¿Anécdota? ¡Un cuerno! Lissy desparramará esto por todo el condado, si no lo ha hecho ya.

Los cuervos volvieron, los sobrevolaron.

—Bueno ¿y eso es una tragedia? Tal vez deberíamos redactar un comunicado de prensa, negándolo todo.

Ella lanzó un sonido, algo peligrosamente parecido a un gruñido. Cuando se dio vuelta para alejarse, Cade la retuvo por un brazo.

—Cálmate, Victoria.

—¡No me digas que me calme! Estoy tratando de establecer un negocio, de tener un hogar aquí y no quiero ser objeto de chismes.

—Los chismes son el combustible que moviliza a los pueblo chicos. Lo has olvidado porque viviste demasiado tiempo en la ciudad. Y si la gente habla, entrará a tu tienda para mirarte de cerca. ¿Qué mal hay en eso?

Cade lo hacía sonar razonable.

—No me gusta que me miren ni que me juzguen. Ya me ha sucedido bastante.

—Antes de volver, sabías que eso te sucedería. Y si la gente quiere mirar con la boca abierta a la mujer que ha llamado la atención de Cade Lavelle, lo único que tienen que hacer es contemplarte y comprender por qué.

—Estás dando vuelta el asunto. —En realidad no sabía por qué, pero comprendía que ya no pisaba terreno sólido. —Faith estaba en la tienda cuando Lissy hizo el anuncio. —Cade no pudo menos que sobresaltarse al oírlo, cosa que a Tory le provocó cierta satisfacción. —Bueno, ahora ya no te alegra tanto el asunto ¿verdad?

—Si Faith piensa entrometerse, cosa que no dudo que hará, ya es tiempo de que yo me beneficie por ello. —Le apretó el brazo y arrojó los anteojos oscuros al piso. Luego la acercó a sí.

En los oídos de Tory resonaron campanas de alarma y apoyó un brazo contra el pecho de Cade para mantenerlo a distancia.

—¿Qué estás haciendo?

—No es necesario que te espantes. —Le tomó la nuca con la mano libre. —Sólo voy a paladearte.

—¡No lo hagas! —Pero los labios de Cade ya se apoyaban sobre los suyos.

—Te prometo que no te dolerá.

Mantuvo su palabra. No le dolió. La tranquilizó y excitó, alivió y a la vez agitó esas necesidades que ella había encerrado con tanto cuidado. Pero no le dolió.

La boca de Cade era suave, dulce y la alentaba a paladear. Como lo estaba haciendo él. Y a pesar de que se puso muy tensa, Tory sintió una extraña calidez en el estómago. Y cuando esa mezcla de sensaciones le llegaba al corazón, él se apartó.

—Tuve una sensación muy fuerte —murmuró, mientras continuaba acariciándole la nuca—. La tuve la primera vez que te volví a ver.

A ella le daba vueltas la cabeza. No era una sensación que le gustara.

—Esto es un error. Yo no... —Retrocedió como para defenderse y sintió que algo crujía bajo sus pies.

—¡Maldición! Es el segundo par de esta semana. —Cade sólo meneó la cabeza al ver sus anteojos oscuros convertidos en añicos. —La vida está llena de errores —continuó diciendo mientras la volvía a besar con suavidad—. A mí no me parece que éste sea uno de ellos, pero tendremos que seguir adelante para averiguarlo.

—Cade, yo no sirvo para esta clase de cosas.

—¿Qué clase de cosas? ¿Los besos?

—No. —Su propia carcajada la sorprendió. ¿Cómo lograba él hacerla reír cuando estaba aterrorizada? —Me refiero a la cosa hombre-mujer. A eso de la relación.

—Bueno, entonces no te quedará más remedio que practicar.

—¡No quiero practicar! —Pero sólo pudo suspirar cuando él apretó los labios contra su frente. —Cade, ¡hay tantas cosas que ignoras de mí!

—Eso vale tanto para ti como para mí. Así que las averiguaremos. Ésta es una linda tarde. —Deslizó una mano hacia la de ella. —¿Por qué no damos una vuelta en auto?

—Eso no es enfrentar el problema.

—Cuando tengamos ganas, podemos detenernos y comer algo. —La hizo girar y se inclinó con cierta elegancia a recoger sus anteojos estropeados. Comenzó a caminar entre los surcos de algodón recién nacido. —Un paso a la vez, Tory —dijo en voz baja—. Soy un hombre paciente. Si miras a tu alrededor y prestas atención a lo que ves, comprobarás hasta qué punto soy paciente. Demoré tres años en modificar este campo hasta que fuera lo que yo quería. Hasta convertirlo en lo que yo creía que debía ser, y lo hice contra la tradición de un par de generaciones. Hay gente que todavía me señala y se ríe disimuladamente de mí, o que se queja y me maldice. Y todo porque no sigo el camino que a ellos les resulta más cómodo, el que más comprenden. Y a la gente por lo general le asusta lo que no entiende.

Ella lo miró, luego apartó los ojos. Ese hombre encantador y descuidado que rió de su mal humor, estaba recorrido por una línea de acero. No sería inteligente que lo olvidara, pensó Tory.

—Lo sé. Vivo con ese miedo.

—Entonces ¿por qué no nos consideramos sencillamente dos inadaptados y vemos hacia dónde nos conduce eso?

—No sé de qué hablas. En Progress, ningún Lavelle es un inadaptado.

—Lo crees porque todavía no te he aburrido a muerte con las maravillas de los cultivos orgánicos y con la belleza del algodón verde. —Con aire despreocupado, levantó la mano de Tory y la besó. —Pero lo haré, porque hace meses que no encuentro una víctima nueva. Te diré lo que haremos. Vuelve a tu casa. Yo tengo que limpiarme un poco. Pasaré a buscarte dentro de una hora.

—Tengo mucho que hacer.

—Dios es testigo de que no pasa un sólo día sin que uno tenga muchas cosas que hacer. —Abrió la puerta del auto. —Estaré allí dentro de una hora —repitió mientras ella se deslizaba detrás del volante. —¿Y, Tory? Sólo para que no haya más confusiones. Esta es una cita.

Entonces cerró la portezuela y luego, metiéndose las manos en los bolsillos, se alejó rumbo a su camioneta.

10

—¡No seas malo, Cade! Sólo te estoy pidiendo un pequeño favor. —Faith se tendió sobre la cama de su hermano, apoyó el mentón sobre un puño y le dirigió su mirada más conquistadora.

Después de la muerte de Hope, cuando la soledad se le hacía intolerable, había adquirido la costumbre de entrar en el cuarto de su hermano en busca de compañía. Pero en la actualidad, casi siempre entraba en el dormitorio de Cade cuando quería algo.

Ambos lo sabían y a él no parecía importarle.

—Estás gastando esa mirada en mí. —Con el pecho desnudo, el pelo todavía húmedo por la ducha, Cade sacó una camisa limpia del placar. —Esta noche pienso usar el auto.

—Tú puedes usarlo cuando tengas ganas. —Faith ensayó un puchero.

—Así es, puedo usarlo cuando tengo ganas. Y lo usaré esta noche. —Le dirigió la sonrisa presumida que reservaba para hermanas irritantes.

—Fui yo quien compró las provisiones para la comida que has devorado. —Se arrodilló sobre la cama. —Y además fui a la tintorería a recoger tu ropa, imbécil, y lo único que pido es que me prestes tu maldito coche por una noche. Pero eres un egoísta.

Cade se puso la camisa y comenzó a abotonársela con la misma sonrisa satisfecha en el rostro.

—Y entonces, ¿adónde quieres llegar?

—¡Te odio! —Faith tomó una almohada, apuntó y le erró por unos buenos cincuenta centímetros. Nunca había tenido buena puntería. —¡Espero que choques y que termines apretado entre los restos de tu maldito coche! —La almohada siguiente pasó por sobre la cabeza de Cade, quien ni siquiera se molestó en tratar de esquivarla. —Espero que se te metan vidrios en los ojos y que te quedes ciego, y si te sucede me reiré cuando atropelles paredes.

Cade se volvió para darle la espalda, un insulto deliberado y calculado.

—Bueno, entonces supongo que no querrás que mañana te preste lo que quede del coche.

—¡Quiero que me lo prestes ahora!

112

—Faith, mi tesoro. —Se metió la camisa dentro del pantalón y tomó el reloj pulsera que estaba sobre la cómoda. —Siempre quieres todo enseguida. —Incapaz de resistirse, tomó las llaves del auto y las sacudió. —Pero hoy no podrás tener mi coche.

Ella lanzó un grito de guerra primitivo y se tiró de la cama. Él podría haberla esquivado, pero le resultó más divertido tomarla por los brazos antes de que pudiera utilizar esas uñas bonitas y letales en su cara.

Además, si la hubiera esquivado, en su furia, Faith se habría golpeado contra la cómoda.

—Te vas a lastimar —advirtió mientras bailoteaba con ella sosteniéndole las manos en alto.

—No, te voy a matar. ¡Te arrancaré los ojos!

—Esta noche te obsesiona la posibilidad de que yo me quede ciego. Si me arrancaras los ojos, ¿cómo alcanzaría a ver lo bonita que eres?

—¡Suéltame, cretino! ¡Lucha como un hombre!

—Si luchara como un hombre, terminaría enseguida contigo. —Para enfurecerla más, se inclinó y le dio un rápido beso. —Gastaría menos energía.

Ella lo miró con los ojos llenos de lágrimas, vencida.

—Bueno, suéltame. De todos modos no quiero ese auto viejo y feo.

—Eso tampoco te dará resultado. Las lágrimas te surgen con demasiada facilidad. —Pero le besó la mejilla. —Si quieres, mañana puedes tener el auto durante todo el día y mitad de la noche. —Le apretó los brazos con afecto y comenzó a retroceder.

Y vio las estrellas cuando ella le propinó un puntapié en la espinilla.

—¡Maldito sea! ¡Dios Santo! —La hizo a un lado y trató de caminar para aliviar su dolor. —¡Eres una perra maldita!

—Alégrate de que no haya seguido mi primer impulso que fue usar la rodilla. Casi lo hice. —Cuando Cade se inclinó para refregarse el lugar dolorido, ella se lanzó hacia las llaves que él conservaba en la mano. Casi las tenía cuando de repente Cade giró sobre sí mismo y el impulso hizo que Faith aterrizara en el piso con un golpe sordo.

—¡Kincade! ¡Faith Ellen! —La voz era como un latigazo. En la puerta estaba Margaret, pálida y con el cuerpo rígido. De inmediato todos los movimientos cesaron.

—Mamá. —Cade se aclaró la garganta.

—Desde abajo alcancé a oír los gritos y las maldiciones. Y también las oyó el juez Purcell quien ha venido a visitarme. Y también los oyeran Lilah y la mucama por horas y hasta el jovencito que ha venido a buscarla para llevarla a su casa.

Esperó un instante para que sobre los hombros de sus hijos cayera todo el peso de un comportamiento tan impropio.

—Tal vez ustedes consideren que esta clase de comportamiento es aceptable, pero yo no lo creo, y no quiero que mis invitados, los sirvientes y los desconocidos crean que he criado a dos hienas en esta casa.

—Me disculpo.

—Oblígalo a pedirme disculpas a mí —exigió Faith, malhumorada y fregándose el codo dolorido. —Cade me empujó.

—Por supuesto que no te empujé. Te enredaste con tus propios pies.

—Cade fue cruel y poco razonable. —Faith calculó que le quedaba un solo as en la manga y decidió utilizarlo. —Lo único que hice fue pedirle, y pedirle con amabilidad, que esta noche me prestara el auto, y él comenzó a insultarme y a empujarme. —Se tocó el brazo e hizo un gesto de dolor. —Estoy llena de moretones.

—Sospecho que Faith te provocó, pero ése no es motivo para que le levantes la mano a tu hermana.

—No, señora. —Cade asintió, muy tieso, y lamentó que una situación tonta pudiera tener un final tan frío e implacable. —Tienes razón. Lo lamento.

—Muy bien. —Margaret miró a Faith. —Los objetos que son propiedad de Cade le pertenecen, y él puede usarlos o prestarlos, como quiera. Y que así se acabe este asunto.

—Lo único que quiero es salir de esta casa durante algunas horas. —La furia le brotaba por la boca. —Él podría muy bien usar la camioneta. Pero lo único que quiere es encontrar un lugar oscuro y silencioso donde toquetear a Tory Bodeen.

—¡Qué manera tan atractiva de hablar, Faith! —murmuró Cade—. ¡Muy atractiva!

—Bueno, es verdad. En el pueblo todo el mundo sabe que ustedes dos andan juntos.

Antes de que pudiera controlarse, Margaret dio dos pasos hacia adelante.

—¿Estás por... piensas ver a Victoria Bodeen esta noche?

—Sí.

—¿Es posible que ignores lo que siento hacia ella?

—No, mamá. No desconozco tus sentimientos.

—Es evidente que mis sentimientos no tienen importancia. El hecho de que esa mujer haya participado en la muerte de tu hermana, el hecho de que ella sea un constante recuerdo de esa pérdida, no significan nada para ti.

—Yo no la culpo por la muerte de Hope. Lamento que tú lo hagas y lamento aún más que mi amistad con ella te provoque dolor o angustia.

—Ahórrate tus lamentos —dijo Margaret con frialdad—. Los lamentos no son más que una excusa para el mal comportamiento. Si quieres que esa mujer entre en tu vida, la mantendrás fuera de la mía. ¿Me has comprendido?

—Sí, señora. —La voz de Cade era tan gélida como la mirada de su madre. —Lo he comprendido perfectamente.

Sin pronunciar otra palabra, Margaret se volvió y se alejó con pasos lentos y pesados.

Cade se quedó mirándola y deseó no haber visto ese rápido relámpago de dolor en sus ojos. Deseó no sentirse responsable de ese dolor. Para no sentirse culpable, dirigió una mirada violenta a Faith.

—Como siempre, has hecho un buen trabajo. No dejes de disfrutar tu noche.

Ella cerró los ojos con fuerza mientras él salía. Tenía un agujero en el estómago, causado por su propia falta de consideración. Durante un instante se quedó sentada, hamacándose hacia adelante y hacia atrás, luego se levantó de un salto y corrió hacia la escalera. Y oyó que la puerta de calle se cerraba de un portazo.

—Lo siento —murmuró mientras se sentaba en el rellano—. Lo hice sin pensar. No tuve mala intención. ¡No me odies! —Dejó caer la cabeza sobre las rodillas. —Yo ya me estoy odiando a mí misma.

—Espero que disculpes el comportamiento de mis hijos, Gerald —dijo Margaret entrando en la sala de estar principal, donde la esperaba su viejo amigo.

En mi casa nunca hubo escenas así mientras mis hijos vivían bajo mi mismo techo, pensó él. Pero, entonces, a mis hijas se les enseñó a comportarse siempre como señoras.

A pesar de todo, le ofreció a Margaret una sonrisa afectuosa y comprensiva.

—¡Margaret, por favor, no es necesario que te disculpes! No ha sido más que un pequeño entredicho entre jovencitos de genio rápido. —Tomó la copa de jerez que ella había abandonado antes de subir, y se la volvió a ofrecer.

Tenían un fondo musical. Bach. El compositor favorito de ambos. Él le había traído rosas, como siempre, y Lilah ya las había colocado en el jarrón de Baccarat que apoyó sobre el piano.

La habitación, con sus sillones azules oscuros y su vieja madera lustrada, era perfecta, pacífica y precisa, tal como Margaret exigía. Pocas veces tocaba el piano, pero pese a todo se ocupaba de que estuviera afinado. Margaret siempre deseó que sus hijas fuesen virtuosas de ese instrumento, pero en ese sentido la vida la había desilusionado.

En la habitación no había fotografías de familia. Cada detalle había sido cuidadosamente seleccionado para que los objetos heredados combinaran a la perfección con los elegidos por ella.

No era un lugar donde un hombre pudiera apoyar las botas sobre una mesa, o donde una criatura pudiera desparramar juguetes sobre la alfombra.

—Genio rápido —repitió Margaret—. Eres bondadoso al decirlo. —Se acercó a la ventana y vio que el auto de Cade se alejaba rugiendo. La insatisfacción le ardía en la piel, como si se tratara de lana. —Me temo que es algo mucho más serio que una cuestión de genios rápidos.

—Nuestros hijos crecen, Margaret.

—Algunos de ellos crecen.

Durante un instante él no dijo nada. Sabía que el tema de Hope nunca era fácil para Margaret. Y él prefería que las cosas fueran fáciles, dejaría pasar el tema como si nunca se hubiera mencionado.

Hacía treinta y cinco años que conocía a Margaret y en una oportunidad, durante un tiempo muy breve, hasta la cortejó. Pero ella eligió a Jasper Lavelle que era más rico y tenía sangre más azul que la suya. Pero ese fracaso no detuvo el paso de Gerald, o por lo menos eso era lo que él prefería creer.

Ya en esa época era un joven abogado ambicioso. Y él también se casó bien, crió a dos hijos y desde hacía cinco años disfrutaba de la cómoda situación de ser viudo.

Igual que su vieja amiga, prefería ser viudo que casado. Era un estado que exigía mucho menos tiempo y energías.

Era un hombre alto y fornido, de sesenta años y con enormes y llamativas cejas negras que se alzaban como plumas en su rostro digno y cuadrado.

Convirtió a la ley, con todos sus resbalosos vericuetos, en su vida. Prosperó y se forjó un lugar respetado dentro de la comunidad.

Disfrutaba de la compañía de Margaret, de las conversaciones que mantenían sobre arte y literatura y era su escolta habitual en eventos y festividades. Jamás habían intercambiado más que un beso frío y social en las mejillas.

Cuando andaba en busca de sexo, disfrutaba de los favores de jóvenes prostitutas quienes vendían fantasías sexuales a cambio de dinero y permanecían en el anonimato.

Era un republicano incondicional y un devoto bautista. Consideraba que sus aventuras sexuales eran una especie de hobby. Después de todo, él no jugaba al golf.

—Creo que esta noche no soy buena compañía, Gerald.

Él también era una criatura de hábitos. Era la noche en que se reunían para disfrutar de una tranquila comida en Beaux Reves, una comida seguida por café y treinta agradables minutos en el jardín.

—Hace demasiado tiempo que somos amigos para que eso te preocupe.

—Supongo que hoy me hace falta un amigo. Estoy angustiada, Gerald. Victoria Bodeen. Tenía esperanzas de llegar a aceptar su regreso a Progress. Pero acabo de enterarme de que Cade está saliendo con ella.

—Cade es un hombre adulto, Margaret.

—Es mi hijo. —En ese momento se volvió, con el rostro duro como la piedra. —¡No lo toleraré!

Gerald estuvo a punto de suspirar.

—Creo que si insistes en hablar de este asunto con él, convertirás el tema y la convertirás a ella en algo demasiado importante.

—No tengo intención de volver a hablar con él del asunto. —No, sabía lo que debía hacer y estaba decidida a hacerlo. —Cade debió casarse con tu Deborah, Gerald.

Era una pena mutua, pero débil por parte de Gerald quien en ese momento sonrió con tristeza.

—Podríamos haber compartido nietos.

—¡Qué pensamiento! —exclamó Margaret, y decidió que le hacía falta beber otro jerez.

· · ·

Tory lo estaba esperando. Lo tenía todo pensado. Siempre le hacía falta un poco de tiempo y de distancia para comprender que Cade la había maniobrado. Lo hacía con mucha suavidad, en silencio y con gran habilidad. Pero de todos modos la maniobraba.

Ya hacía mucho tiempo que estaba a cargo de su propia vida y no pensaba permitir que otro tomara el timón.

Cade era un buen hombre y no podía negar que disfrutaba de su compañía. Le enorgullecía lo tranquila y madura que sonaba esa frase cuando la practicaba frente al espejo. Y también le gustaba el resto del pequeño discurso que pensaba dirigirle.

Simplemente estaba demasiado enfrascada en la tarea de iniciar su nueva empresa, volver a establecerse en el pueblo y readaptarse a la zona para perder tiempo y esfuerzo en una relación con él, o con cualquier otro.

Por supuesto que la halagaba que Cade se interesara por ella, pero sería mucho mejor que dieran marcha atrás ya mismo. Esperaba que continuarían siendo amigos, pero eso era todo lo que podrían ser. Ahora y siempre.

Se pasó los dientes sobre el labio inferior. Volvió a percibir el gusto de Cade. Sabía volver a percibir los gustos, aunque habría preferido no saberlo.

El sabor cálido y dulce de los duraznos caídos debajo del viejo árbol retorcido que se alzaba junto al río, en las afueras del pueblo. Las abejas, borrachas del jugo fermentado, zumbaban alegres en un enjambre sobre las frutas caídas.

No esperaba que el gusto de Cade fuera tan cálido, ni tan dulce, ni tan potente.

No esperaba estar tan perfectamente unida a él en ese momento, como si Cade fuera una de las piezas perdidas del rompecabezas de su vida.

Eso es teñir lo casual de romántico, se recordó. Era una tontería simular que no había imaginado lo que sería besarlo. Después de todo, era humana.

Era normal.

Pero cuando lo imaginó, todo era más bien apacible, agradable y sencillo. En realidad, lo que Cade le dio no fue un beso, sino más bien una muestra. Y sin duda lo hizo a propósito, sólo para intrigarla.

Una actitud inteligente, decidió Tory. Porque Cade era un hombre inteligente. Pero no le daría resultado.

Estaba preparada para recibirlo y había tomado una resolución. No había enojo ni azoramiento que entorpecieran sus sentidos. Saldría de la casa en cuanto él detuviera el auto. De esa manera impediría que Cade entrara y volviera a confundirla. Pronunciaría su prolijo discurso, le desearía buena suerte, entraría en la casa y cerraría la puerta.

Y permanecería en un lugar seguro.

El plan la volvió a tranquilizar, la convenció de que volvía a ejercer el control sobre su vida. Así que cuando lo oyó llegar, lanzó un pequeño suspiro de alivio. Todo estaba por volver a su cauce correcto.

Entonces salió y le vio la cara.

Estaba sentado en el bonito convertible, el pelo ya despeinado por el viento, las manos apoyadas sobre el volante. Le dirigió una sonrisa fácil, pero tras ella Tory vio enojo y frustración. Y sobre todo, vio una amarga infelicidad.

Ninguna maniobra que Cade pudiera haber inventado, ningún plan que pudiera haber forjado, hubiese golpeado con más eficacia la debilidad de Tory.

—Ésa es una de las cosas que más me gustan de ti, Tory. Eres puntual. —Bajó del convertible y comenzó a rodearlo para abrir la puerta del acompañante.

Ella no lo tocó. Con el contacto físico, la conexión entre ambos tendía a convertirse en algo demasiado fuerte.

—Dime lo que te sucede.

—¿Sucederme? —Bajó la vista, trató de quitarle importancia al asunto y luego se escudó. Mientras ella subía, retrocedió, volvió a su lado del auto. —¿Simplemente abres las cabezas para ver lo que hay adentro?

Ella se echó atrás como si le hubieran pegado. Después cruzó las manos sobre la falda. Era mejor así. Se recordó que de todos modos, en algún momento habría sucedido. Era mejor sacarse el asunto de encima lo antes y lo más rápido posible.

—No. Sería una grosería.

Cade rió y se dejó caer detrás del volante.

—¡Ah! Comprendo. Hay una etiqueta en eso de leer los pensamientos.

—Yo no leo los pensamientos. —Se aferró los dedos que estaban muy blancos y tensos como alambres estirados. Respiró hondo para aliviar la presión que tenía en el pecho y miró fijo hacia adelante. —Más bien leo los sentimientos. He aprendido a bloquearlo para que no suceda. Pero aunque no lo creas, no es agradable que te golpeen las emociones ajenas. Me resulta bastante fácil filtrarlas, pero de vez en cuando, si estoy distraída, se me desliza algo, sobre todo una emoción fuerte. Me disculpo por haberme entrometido en tu intimidad.

Durante un momento él no dijo nada, sólo permaneció sentado con la cabeza echada hacia atrás y los ojos cerrados.

—No, lo siento. Lo que te dije fue muy desagradable. Y como tú viste, lo que siento es desagradable. Supongo que tenía necesidad de agredir a alguien, y te elegí a ti.

—Comprendo que es incómodo estar con alguien en quien uno no puede confiar. Alguien que sientes que puede aprovecharse de ti y que lo hará. Que conocerá tus pensamientos o sentimientos y que los usará para controlarte, para herirte o para dirigir tu vida. Ése es uno de los motivos por los que traté de explicarte que no soy buena para las relaciones y por los que no quiero verme involucrada en una relación. Es perfectamente comprensible que tengas preguntas y dudas y que esas preguntas y dudas te provoquen resentimiento y falta de confianza.

Después de decirlo, Tory quedó en silencio, y se preparó para el resto.

—Ése —dijo Cade con tranquilidad— es un sorprendente montón de mentiras. ¿Te importa que te pregunte de quién son las palabras que acabas de poner en mi boca?

—Fueron tus propias palabras. —Cambió de posición y se apoyó sobre su propia muleta de amargura para enfrentarlo. —Soy lo que soy y no lo puedo modificar. Sé cómo manejarlo y cómo seguir adelante. No quiero ni pretendo que nadie esté a mi lado. No necesito que nadie lo esté. He aprendido a aceptar mi vida tal cual es, y me importa un bledo que tú o cualquier otro no lo comprenda.

—Te aconsejo que te cuides de las cuevas de vizcachas, Tory. Te has montado en un caballo demasiado alto. —Cuando ella estiró la mano para tomar la manija de la puerta, él sólo la miró alzando una ceja. —¡Cobarde!

Tory apretó los dedos sobre la manija de la puerta, luego la soltó.

—¡Cretino!

—Es cierto. Fue una cretinada que haya desahogado en ti mi mal humor. Esta noche me dijeron que los lamentos no eran excusas para un mal comportamiento, pero de todas maneras lo siento. Sin embargo tú me estás atribuyendo opiniones que no he expresado y que no tengo. Todavía no te puedo adelantar mi opinión, porque no he terminado de formarla. Cuando me sucede algo importante, me gusta tomarme el tiempo necesario para estudiarlo. Y me parece que tú lo eres.

Se inclinó hacia ella. Instintivamente, Tory se hundió contra el respaldo del asiento.

—¿Sabes? Eso es algo que me irrita hasta los huesos. —Con toda tranquilidad tomó el cinturón de seguridad y se lo puso. —Y al mismo tiempo es un desafío. Verás: me siento obligado y decidido a seguirte tocando, a seguir acercándome a ti, hasta que dejes de espantarte.

Puso en marcha el motor, pasó un brazo sobre el respaldo del asiento, y la miró antes de retroceder hacia el camino.

—Si quieres lo puedes atribuir a orgullo y a amor propio. No me importa.

Dobló al camino y aceleró.

—Nunca le he pegado a una mujer. —Lo dijo en un tono de conversación, pero ella percibió la furia apenas controlada que había detrás de sus palabras. —Y no empezaré contigo. Me gustaría tener mis manos sobre ti. Y te prevengo que, con el tiempo, intento tenerlas. Pero no te lastimaré.

—Nunca he creído que todos los hombres les peguen a las mujeres. —Miró por la ventanilla y reunió su compostura de la misma manera que iba juntando ladrillos para edificar su pared. —En terapia analicé ese tema y varios otros.

—Me alegro —dijo él con sencillez—. Entonces no tendré que preocuparme pensando que cada uno de mis movimientos puede resultarte una amenaza. No me importa ponerte nerviosa, pero me preocuparía asustarte.

—Si te temiera no estaría aquí. —El viento le golpeaba la cara, le corría a través el pelo. —Yo no estoy tirada, Cade, y tampoco soy el felpudo de nadie. Ya no.

Él esperó un instante antes de contestar.

—Si lo fueras, no te querría aquí.

Ella movió apenas la cabeza y lo estudió de reojo.

—Lo que acabas de decir fue muy inteligente. Tal vez lo mejor que podrías haber dicho. Y lo que es aún mejor, creo que lo mencionaste en serio.

—Soy una de esas raras criaturas que tratan de decir lo que sienten.

—Eso también lo creo. —Respiró hondo. —Esta noche no pensaba salir contigo. Te iba a recibir en el jardín para decirte que no saldría y para explicarte cómo tendrían que ser las cosas. Y ya ves, aquí estoy.

—Te inspiré lástima. —La miró. —Ése fue tu primer error.

Tory lanzó una corta carcajada.

—Supongo que sí. ¿Adónde vamos?

—A ningún lugar en especial.

—Muy bien. —Se apoyó contra el respaldo, sorprendida por la rapidez y la facilidad con que lograba relajarse. —Es un lugar que me encanta.

Cade se alejó más de lo que pensaba, eligiendo caminos traseros al azar, pero viajando siempre hacia el este. Hacia el mar. El sol se ponía detrás de ellos, fileteando de rojo el cielo que parecía sangrar sobre el campo, fluir a través de los árboles y que se zambullía en las curvas zigzagueantes del río.

Permitió que Tory eligiera la música y, aunque resonaba Mozart en lugar del rock que él hubiera preferido, tuvo la sensación de que la música estaba en consonancia con el anochecer.

Encontró un pequeño restaurante junto al mar, bien al sur de las multitudes que llenaban Myrtle Beach. Hacía bastante calor como para sentarse afuera, en una mesita iluminada por una vela blanca colocada dentro de un globo de vidrio y donde las conversaciones de los que los rodeaban eran acalladas por el ruido constante de las olas.

En la playa, los niños perseguían cangrejos hasta sus cuevas o arrojaban migas de pan al aire para que las comieran los gaviotas. Un grupo de jóvenes barrenaba en las olas lanzando gritos que eran una mezcla de canto de amor y de infancia.

En el cielo, todavía de un azul profundo con el último jadeo del día, guiñaba la primera estrella con el brillo de un único diamante.

La tensión y el mal humor del día se derritieron en la mente de Tory.

No creía tener hambre. Nunca tenía demasiado apetito. Pero comenzó a comer su ensalada mientras él le hablaba de su trabajo.

—Cuando sientas que se te empiezan a cerrar los ojos, sólo tienes que pedirme que me calle.

—No me aburro con tanta facilidad. Y sé algo acerca del algodón orgánico. La tienda donde yo trabajaba en Charleston vendía camisas de algodón orgánico. Las comprábamos en California. Eran caras, pero se vendían bien.

—Me gustaría que me dieras el nombre de la tienda. El año pasado la algodonera Lavelle comenzó a manufacturar algodón orgánico. Te garantizo que podremos competir con el precio del de California. Eso es parte de lo que todavía no he podido lograr. Una vez que uno se ha establecido, la siembra orgánica compite hocico a hocico con los métodos químicos. Y el producto es muy buscado en el mercado.

—Lo cual significa más ganancia.

—Exactamente. —Le puso manteca a un pan y se lo pasó. —A la gente le preocupan más las ganancias que la preservación del medio ambiente. Te podría hablar durante horas sobre herbicidas, sobre el efecto que tienen sobre la fauna y las diferentes especies animales...

—¿Las diferentes especies?

—Las codornices y otras aves que anidan en el pasto. Los cazadores matan las codornices, las comen y consumen el herbicida. Después están los insecticidas. Por supuesto que matan las pestes, pero también terminan con los insectos beneficiosos, infectan las aves, reducen la cadena de alimento. Un pollo come un insecto que ha sido infectado y el pollo queda infectado. Es un ciclo imposible de quebrar hasta que decidamos ensayar otros métodos.

Es extraño comprender, pensó Tory, que yo he llevado adentro el punto de vista de mi padre, en el que la naturaleza era el enemigo contra el que había que luchar día tras día, con todo el apoyo del gobierno.

—A ti te encanta trabajar la tierra.

—Sí. ¿Por qué no me va a encantar?

Ella meneó la cabeza.

—Muchas personas se ganan la vida haciendo cosas que no les gusta hacer y para las que no tienen talento. Después de la escuela secundaria, se suponía que yo debía entrar a trabajar en una fábrica. En lugar de discutir, tomé cursos de dirección de empresas en secreto. Así que supongo que sé lo que significa tener que luchar por hacer lo que uno quiere en la vida.

—¿Y cómo supiste lo que querías hacer?

—Sólo quería ser inteligente. —Para escapar, pensó, pero volvió a llevar la conversación al tema de Cade. —El método orgánico es, sin duda, sensato y de avanzada, pero si no se pulveriza la tierra, el campo se llena de maleza, de enfermedades y de pestes. Y se obtiene una cosecha enferma.

—Hace más de cuatro mil años que se cultiva el algodón. ¿Qué crees que hacía la gente hasta hace sesenta o setenta años, antes de comenzar a usar Aldicarb, Methil Parathion y Trifluralin?

Le interesaba, le fascinaba verlo excitarse. Sentir que vibraba en él la pasión por su trabajo.

—Ellos tenían esclavos. Y después de eso, los peones trabajaban horas increíbles para recibir un sueldo de esclavos. Y, por si te lo estás preguntando, ése es uno de los motivos por los que el Sur perdió la Guerra de Secesión.

—Otro día podremos hablar de historia. —Cade se inclinó hacia adelante, decidido a aclarar su punto de vista. —El algodón que se cosecha orgánicamente tal vez exija más mano de obra, y de hecho lo hace, pero también utiliza recursos naturales. Bosta del ganado en lugar de fertilizantes químicos que pueden producir polución en las napas de agua. Sembrados de protección para ayudar a controlar las malezas y las enfermedades, para aumentar las ganancias y para lograr una conservación básica de la tierra por medio de la rotación. Conservar también los insectos beneficiosos como mariquitas, mantis y demás, para que se alimenten de las pestes del algodón, en lugar de exponer a los peones, a los vecinos y a los niños a los peligros de los pesticidas. Dejamos que las plantas se mueran naturalmente, en lugar de usar defoliantes.

Se echó atrás cuando les sirvieron el primer plato y sirvió vino en las copas de ambos, pero no cambió de tema.

—Mantenemos el proceso despepitando. Limpiamos las pepitas de los residuos del algodón convencional: eso es una ordenanza federal. Así que cuando se vende, es puro, está libre de productos químicos. Nadie considera que es demasiado importante para una camisa o para un par de calzoncillos, pero además de la fibra, el algodón tiene semilla. Y las semillas de algodón figuran en una cantidad de comidas que se venden preparadas. ¿Cuántos pesticidas crees que incorporas a tu organismo cada vez que comes una bolsita de papas fritas?

—Creo que no lo quiero saber. —Pero recordaba a su padre volviendo a la casa y maldiciendo la tierra. Recordaba haber observado que cuando las fumigadoras dejaban caer sus nubes, los filamentos permanecían en el aire y volaban hacia la casa.

Recordaba el olor de la fumigación. Y el ardor del aire.

—¿Cómo te interesaste en el método orgánico del cultivo?

—En el primer año de la universidad. Empecé a leer sobre el asunto y bueno... estaba esa chica.

—¡Ah! —Divertida, Tory cortó su trucha. —Ahora comprendo cómo se va formando la imagen.

—Se llamaba Lorilinda Dorset, procedía de Mill Valey, California. La primera vez que la vi, quedé con la boca abierta. Una morocha alta y delgada, enfundada en jeans apretados.

Suspiró ante el recuerdo que el tiempo endulzaba.

—Y una integrante de PETA, Greenpeace, la Conservación de la Naturaleza y sólo Dios sabe qué más. Así que, por supuesto, para impresionarla, leí una cantidad de libros sobre los derechos del animal y sobre cultivos naturales y no sé cuánto más. Hasta renuncié a la carne durante dos meses.

Tory alzó una ceja al mirar el bife del plato de Cade.

—Debes haber estado muy enamorado.

—Lo estuve, durante unas pocas y resplandecientes semanas. Permití que Lorilinda me arrastrara a un seminario sobre cultivos orgánicos y ella permitió que yo le sacara esos jeans ajustados. —Su sonrisa era lenta y maliciosa. —Por supuesto que con el tiempo mi necesidad desesperada de comer una hamburguesa pudo más que mi devoción y Lorilinda se alejó disgustada de un carnívoro.

—¿Y qué pretendías que hiciera?

—Por supuesto. Pero yo seguí pensando en lo que había oído en ese seminario y en lo que había leído y el asunto cada vez me parecía más sensato. Comprendí cómo se podía hacer y por qué se debía hacer. Así que cuando Beaux Reves llegó a mis manos, comencé el largo proceso que estuvo acompañado de muchos conflictos.

—Lorilinda estaría orgullosa de ti.

—No, jamás me perdonará que haya comido esa hamburguesa con queso. Fue una grave falta contra la fe. Durante muchos meses, me sentí tan culpable que apenas podía tragar un plato de carne.

—Los hombres son unos cretinos.

—Ya lo sé. —También sabía que Tory era capaz de comer una comida completa si él la mantenía distraída con su conversación. —Pero, perdonando ese pecado contra la genética, ¿te gustaría tener la exclusividad de la venta de los productos del Algodón Verde de Lavelle?

—¿Quieres que venda tus camisas en mi tienda? —preguntó ella, sorprendida.

—No necesariamente camisas si eso no está dentro de tu línea de mercaderías. ¿Pero y ropa blanca? Manteles, servilletas y esa clase de cosas.

—Bueno. —Habiendo sido sorprendida con la guardia baja, se enfrascó en el tema de los negocios. —Por supuesto que me gustaría ver algunas muestras. Pero como serían productos fabricados aquí, dentro del Estado, deberían tener cabida en mi tienda. Por supuesto que tendríamos que hablar de costos, de calidad y de estilo. No me interesan los productos masivos. Pienso vender lo exclusivo y celebrar la impresionante cantidad de artistas y artesanos que viene de Carolina del Sur.

Hizo una pausa para beber un trago de vino y pensar.

—Telas de algodón orgánico —murmuró—. De los campos a la tienda y de allí a la mesa, todo dentro del condado de Georgetown. Podría ser muy atractivo.

—Me alegro. —Levantó su copa y la entrechocó con la de ella—. Encontraremos la manera de que nos resulte beneficioso a los dos. Y que dé resultado —agregó.

La velada sin duda estaba terminando en un tono mucho más agradable que el del comienzo, con la luna llena sobre sus cabezas y una agradable niebla producida por el vino en las mentes. Tory no había tenido intenciones de beber, pocas veces lo hacía, pero le resultó muy agradable estar sentada al borde del mar y beber un poco de vino.

Tan agradable que bebió dos copas en lugar de una y en ese momento estaba muerta de sueño. El automóvil avanzaba con suavidad y a gran velocidad y el viento olía al verano que se aproximaba.

La hacía pensar en madreselvas y en pétalos de rosas, en el olor de la brea que se derretía al sol y en el perezoso zumbido de las abejas que cortejaban las flores de magnolia en el pantano.

Le rogaba a Dios que refrescara un poco, ahora que acababa de bajar el sol. Si alguien no la levantaba pronto, terminaría caminando hasta la maldita playa. Por supuesto que todo era culpa de Marcie, la perra que la dejó colgada para poder ir a acostarse con ese imbécil de Tim. Bueno, Marcie le importaba un bledo, haría dedo para que alguien la llevara a Myrtle Beach y se divertiría en grande.

Lo único que necesitaba era un maldito viaje en auto. ¡Vamos muchacho! ¡Detén ese auto! ¡Allá vamos!

Tory se irguió en el asiento, los ojos muy grandes y aspiró el aire como un bañista que vuelve a la superficie después de una larga zambullida.

Subió al auto, y arrojó atrás la mochila.

—¿Tory? —Cade estacionó en la banquina y se volvió para tomarla por los hombros. —Está bien. Sólo te quedaste dormida un momento.

—¡No! —Lo empujó, descompuesta y desesperada, y se sacó de un tirón el cinturón de seguridad. Había manos que le apretaban el corazón, que le latía desacompasadamente. —No. —Abrió la puerta de un tirón, saltó al piso y salió corriendo a los tumbos por la banquina. —Ha hecho dedo para llegar a la playa. Él la levantó allá atrás, en algún lugar de allá.

—¡Espera! —La alcanzó y tuvo que pegarle un tirón para obligarla a volverse. —Estás temblando, querida.

—Se la llevó. —Le estaban entrando a la cabeza; imágenes y formas, sonidos y olores. Le ardía la garganta, el ardor del fumador que ha aspirado el humo de demasiado cigarrillos. —Se apoderó de ella, salió del camino y se metió entre los árboles. Y la golpeó con algo. Ella no ve lo que es, sólo siente el dolor y está mareada. ¿Qué sucede? ¿Qué pasa? Ella lo empuja, pero él la está arrastrando para sacarla del auto.

—¿Quién?

Tory meneó la cabeza, luchando por encontrarse a sí misma en medio de la confusión, del dolor. Del terror.

—Por allí. Justo por allí.

—Está bien. —Tory tenía los ojos inmensos fuera de foco y su piel se había puesto húmeda bajo las manos de Cade. —¿Quieres caminar un poco hacia allí?

—Debo hacerlo. ¡Déjame en paz!

—¡No! —La aferró con firmeza con un brazo. —No haré eso. Caminaremos. Estoy aquí. Puedes sentirme a tu lado.

—¡No quiero esto! ¡No lo quiero! —Pero empezó a caminar. Se abrió, venciendo su instinto de auto protección. No se resistió cuando las imágenes cambiaron, se hicieron más sólidas.

Sobre sus cabezas las estrellas eran muy brillantes, enceguecedoramente brillantes. El calor se cerraba alrededor de Tory como un puño.

—Ella quería ir a la playa. No conseguía que nadie la levantara. Estaba furiosa con su amiga. Macie. Una amiga llamada Macie, se suponía que viajarían juntas a pasar el fin de semana en la playa. Y ahora está decidida a hacer dedo, porque ¡por amor de Dios! no permitirá que esa perra idiota le arruine el viaje. Él se detiene y ella se siente feliz. Está cansada y tiene sed y él le dice que va hasta Myrtle. Queda a menos de una hora en auto.

Tory se detuvo, alzó una mano. Su cabeza cayó hacia atrás, pero mantenía los ojos abiertos. Muy abiertos.

—Él te da una botella. Blackjack. Blackjack. Bebes un trago, un trago largo. Para calmar tu sed y porque es una maravilla eso de estar viajando en auto y bebiendo whisky.

—Debe haberte golpeado con la botella. Debe haber sido con la botella, porque se la devolviste y estabas riendo cuando algo se estrelló contra el costado de tu cabeza. ¡Dios! ¡Cómo duele!

Se tambaleó y se llevó una mano a la mejilla. La boca se le llenó de gusto a sangre.

—No. ¡No sigas! —Cade la apretó contra su cuerpo, sorprendido de que ella no se disolviera como humo entre sus brazos.

—No lo puedo ver. ¡No puedo! No hay nada en él. Es un blanco. ¡Espera! ¡Espera! —Empujó con las manos cerradas en puños, jadeante. Se sentía descompuesta del estómago, pero consiguió pasar y vio.

—La llevó allí adentro. —Comenzó a hamacarse. —¡No puedo! ¡Realmente no puedo!

—No tienes por qué hacerlo. Ya está bien. Regresemos al auto.

—La llevó allí adentro. —La pena y el dolor pudieron más en su interior. —La viola. —Cerró los ojos y permitió que le llegara, que la quemara. —Tú luchas durante un rato. Te está lastimando y estás muy asustada, así que luchas. Él te vuelve a pegar dos veces en la cara, con fuerza. ¡Oh, cómo duele! ¡Duele! ¡Duele! No quieres estar allí. Quieres a tu madre. Sólo lloras mientras el gruñe, jadea y termina.

—Hueles su sudor y su sexo y tu propia sangre y ya no puedes seguir luchando.

Tory alzó las manos y se las pasó por la cara. Tenía necesidad de palpar sus propias mejillas, su nariz, su boca. Tenía necesidad de recordar quién era.

—No puedo verlo. Está oscuro y él no es más que una cosa. No hay nada en él que me haga sentir que es real. Ella tampoco lo ve, en realidad no lo ve. Ni siquiera cuando él la estrangula con las manos. No le toma mucho tiempo porque de todos modos ella apenas está consciente y casi no lucha. No ha estado con él más de media hora y ya está muerta. Tendida desnuda a la sombra de los árboles. Allí es donde él la deja. Él... él silbaba al caminar de regreso al auto.

Entonces ella dio un paso atrás y se alejó de Cade, a su modo, tan deliberado. Lo único que él alcanzaba a ver era su rostro, pálido como la luna, con esos ojos que se arremolinaban como el humo.

—Sólo tenía dieciséis años. Una chica bonita, de pelo rubio y piernas largas. Se llamaba Alice, pero como no le gustaba su nombre, todo el mundo la llamaba Ally.

La devoraban la tensión y la pena.

Cade la alzó. El cuerpo de Tory estaba flojo, como el de los muertos. Estremecido tanto por su inmovilidad como por la historia que acababa de contarle, la alejó de allí con rapidez. Pensaba, esperaba, que si la alejaba de ese punto, de ese lugar, Tory mejoraría.

Cuando él se inclinó para volver a sentarla en el auto, ella se movió. Cuando abrió los ojos, los tenía oscuros y vidriosos.

—Está bien. Tú estás bien. Te llevaré a tu casa.

—Sólo necesito un minuto. —Volvió a tener náuseas, y frío. Pero pasarían. El horror demoraría más en desaparecer. —Lo siento. —Se encogió de hombros con aire indefenso. —Lo siento.

—¿Por qué te disculpas? —Cade rodeó el capó y se ubicó detrás del volante. Luego se quedó sentado. —No sé qué hacer por ti. Debería poder hacer algo. Voy a llevarte a tu casa, luego volveré y... la encontraré.

Tory lo miró, confusa.

—Ahora no está allí. Sucedió hace mucho tiempo. Hace años.

Él empezó a hablar, pero se contuvo. Alice, había dicho Tory. Una jovencita llamada Alice. Le agitaba la memoria y le producía una especie de sensación de descompostura en la boca del estómago.

—¿Siempre te sucede así? ¿Como surgido de la nada?

—A veces.

—Te duele.

—No. Desgasta y produce una sensación de descompostura. Pero no duele.

—Te duele —repitió Cade y bajó la mano para poner en marcha el motor.

—Cade. —En un gesto tentativo, le tocó la mano con la suya. —Fue... siento recordarte esto, pero debes saberlo. Fue lo mismo que le sucedió a Hope. Por eso lo sentí con tanta fuerza. Fue igual que lo de Hope.

—Lo sé.

—No, no comprendes. El hombre que mató a esa pobre chica y que la dejó entre los árboles, fue el mismo hombre que mató a Hope.

PROGRESS

¿Sabe usted lo que es Revolución? Llámela Progreso;
¿Y sabe usted qué es Progreso? Llámelo Porvenir.
—Victor Hugo

No quería creerlo. Había, hay, docenas de motivos racionales y lógicos que indican que Tory está equivocada. Detalles pequeños y detalles de importancia que hacen imposible su historia de la adolescente asesinada al costado de la ruta. Esa chica no pudo ser asesinada por el mismo monstruo que mató a mi hermana.

La pequeña Hope, con su pelo al viento y sus ojos llenos de alegría y de secretos.

Puedo hacer aquí una lista completa de esos motivos, pero por lo visto anoche no pude relacionarme con Tory. Sé que le fallé. Lo sé por su manera de mirarme, por su manera de refugiarse detrás de una barricada de silencio. Sé que la herí al hacer a un lado su reclamo, por la manera en que le sugería, no, le insistí, que no siguiera con eso.

Pero lo que me dijo, lo que me permitió ver a través de sus ojos, el horror que ella volvió a vivir delante de mí, y más tarde, la forma tan contenida en que me habló en voz baja, me lo trajo todo de vuelta. Me llevó de regreso a ese verano largo tiempo atrás, cuando todo lo que hay en el mundo cambió.

Tal vez ayude más que escriba acerca de Hope que sobre esa jovencita condenada a quien no conocí.

Mientras estoy aquí sentado ante el escritorio de mi padre, porque siempre será el escritorio de mi padre para todo el mundo, incluyéndome a mí mismo, puedo retroceder los días y los meses y los años, hasta que vuelvo a tener doce, todavía lo bastante inocente como para ser descuidado con la gente que quiero, todavía considerando que mis amigos son superiores en todo sentido a mi familia, todavía soñando con el día en que seré bastante adulto como para manejar el auto, como para beber, o como para hacer cualquiera de las cosas mágicas que pertenecen al mundo codiciado de los adultos.

Esa mañana había hecho mis tareas, como siempre. Mi padre era muy severo en lo que se refería a responsabilidades y no cesaba de meterme en la cabeza a martillazos lo que se esperaba de mí. Por lo menos era así antes de que perdiéramos a Hope. Yo había salido con él a media mañana a recorrer el campo. Recuerdo haber estado parado y mirando ese océano de algodón. Mi padre se dedicaba sobre todo al cultivo del algodón, a pesar de que muchos de sus vecinos en los últimos tiempos preferían sembrar soja, o tomates o tabaco. Beaux Reves era sinónimo de algodón y yo no debía olvidarlo jamás.

Nunca lo olvidé.

Y ese día me resultó sencillo comprender por qué, al contemplar ese vasto espacio, al ver la magia de las vainas que se abrían por la fuerza del algodón. Ver que los tallos se inclinaban por el peso. Algunos de ellos soportaban alrededor de quinientas vainas, todas rajadas y abiertas como huevos. Y a esa altura del año, con los campos tan cubiertos de algodón, hasta el aire olía a algodón. Era el olor caliente del verano que moría.

Ese año la cosecha sería buena. El algodón se derramaría sobre el campo, sería recogido, embolsado y procesado. Beaux Reves seguiría su camino, hasta con aquellos que vivían en él como poco más que fantasmas.

Poco después de mediodía me dejaron en libertad. Pese a que mi padre esperaba que yo trabajara, aprendiera, sudara, también quería que fuese un chico. Era un buen hombre, un buen padre y durante los primeros doce años de mi vida fue todo lo sólido, cálido y hermoso de la existencia.

Lo extrañé mucho tiempo antes de que muriera.

Pero ese día, cuando me dejó en libertad, monté en mi bicicleta, la que me habían regalado para Navidad y a través del aire espeso y caliente, avancé hasta la casa de Wade. En el jardín trasero teníamos una casa en un árbol. Dwight y Wade ya estaban allí, bebiendo limonada y leyendo revistas de historietas. Hacía demasiado maldito calor para hacer otra cosa, aunque tuviéramos doce años.

Pero la madre de Wade nunca nos dejaba en paz. Siempre salía de la casa y nos llamaba para preguntarnos si no queríamos esto o aquello, o por qué no entrábamos a beber algo fresco y a comer un sándwich de atún. La señorita Boots siempre tuvo un corazón muy tierno pero ese verano nunca nos dejaba en paz. Estábamos a punto de convertirnos en hombres, o por lo menos eso era lo que pensábamos, y resultaba mortificante que una madre de delantal almidonado y sonrisa indulgente nos volviera a la condición de niños al ofrecernos sándwiches de atún y Pepsi Cola fresca.

Huimos y nos encaminamos a nadar al río. Creo que en la convicción de que cumplíamos con nuestro deber, hicimos comentarios groseros que para nosotros eran insultos brillantes e inteligentes, con respecto al trasero gordo y blanco de Dwight. Él, a su vez, se vengó comparando nuestras partes viriles con varios vegetales poco atractivos. Como es natural, esas actividades nos mantuvieron histéricos a todos durante una hora.

Era muy fácil tener doce años. Hablábamos de asuntos importantes: ¿La Alianza Rebelde regresaría y vencería a Dart Vader y al Imperio Malvado? ¿Quién era mejor, Superman o Batman? ¿Cómo lograríamos convencer a algunos de nuestros padres que nos llevaran a ver la película Viernes Trece? Nunca podríamos enfrentar a nuestros compañeros de escuela si no veíamos al loco Jason asesinando su cuota anual de adolescentes.

Por el momento, ésas eran las cuestiones vitales de nuestra vida.

Supongo que en algún momento después de las cuatro, cuando estábamos casi descompuestos de tanto comer duraznos picados por las avispas y peras verdes, Dwight tuvo que volver a su casa. Su tía Charlotte iría a visitarlos desde Lexington, y se suponía que a la hora de comer él debía estar limpio y presentable. Los padres de Dwight eran estrictos y no le convenía llegar tarde.

Sabíamos que lo obligarían a ponerse pantalones cortos muy planchados y, con la generosidad de los amigos, esperamos hasta que estuvo lejos para burlarnos.

Poco después nos fuimos Wade y yo, y nos despedimos en el camino. Él se dirigía al pueblo y yo a Beaux Reves.

En el trayecto, me crucé con Tory. Ella no tenía bicicleta. Caminaba hacia su casa, hacia donde yo estaba. Supongo que debía haber estado jugando con Hope. Estaba descalza y con los pies cubiertos de tierra y la blusa le quedaba chica. En realidad, en ese momento no noté nada de eso, pero ahora recuerdo exactamente su aspecto, ese pesado pelo castaño peinado hacia atrás, esos grandes ojos grises que se clavaron en los míos mientras yo pasaba veloz a su lado sin pronunciar palabra. En realidad no podría haber demorado un instante por hablar con una chica sin perder mi dignidad masculina. Pero recuerdo haber mirado atrás y haberla visto alejarse caminando sobre piernas fuertes y tostadas por el sol del verano.

La siguiente vez que vi esas piernas, estaban cubiertas de lastimaduras y de moretones.

Cuando llegué, Hope jugaba a las bolitas en la galería. Me pregunto si las chicas seguirán jugando a las bolitas. Hope era una campeona y le ganaba a todos los que la desafiaban. Trató de convencerme de que jugara, hasta me ofreció un handicap. Lo cual, por supuesto, me resultó tremendamente insultante. Creo que le dije que las bolitas eran para bebés y que yo tenía cosas más importantes que hacer. Su risa y el sonido de las bolitas que se entrechocaban, me siguieron hasta adentro.

Daría un año de mi vida por poder regresar a ese momento y sentarme en la galería, dejando que me ganara.

La tarde pasó igual que todas las demás. Lilah me obligó a subir a bañarme, diciendo que olía a podredumbre de río.

Mamá estaba en la sala de estar del frente, lo sé porque allí resonaba la música que le gustaba. Yo no entré porque sabía por experiencia que no le gustaba que chicos malolientes y sudorosos entraran en la sala.

Es gracioso, pero pensándolo en retrospectiva, comprendo hasta qué punto Wade, Dwight y yo éramos dirigidos por nuestras madres. La de Wade, con sus manos revoloteantes y su mirada cálida; la de Dwight con sus bolsas de caramelos y masas, y la mía con sus rígidas nociones de lo que era tolerable y lo que no lo era.

Nunca comprendí eso antes, y supongo que a esta altura ya no tiene importancia. Podría habernos importado entonces, si lo hubiéramos captado. Esa tarde, lo único importante era evitar la desaprobación de mi madre, de manera que subí directamente la escalera. Faith estaba en su cuarto, vistiendo a una de sus muñecas Barbie con un traje extravagante. Lo sé porque me tomé el trabajo de perder el tiempo para detenerme junto a su puerta y sonreírle con desprecio.

Me duché, porque poco antes había llegado a la conclusión de que los baños de inmersión eran para chicas y para viejos arrugados. Estoy seguro de que arrojé mi ropa sucia en el canasto, porque de no ser así Lilah me habría dado un tirón de orejas. Me puse ropa limpia, me peiné, me tomé algunos minutos para flexionar los bíceps y estudiar los resultados en el espejo. Luego bajé.

Esa noche comimos pollo. Pollo asado con puré de papas y acompañado por arvejas frescas de la quinta. A Faith no le gustaban las arvejas y se negó a comerlas, lo cual podría haber sido tolerado, pero como siempre, Faith dramatizó la situación y terminó insolentándose con mamá. La mandaron a la cama en penitencia.

Creo que Chauncy, el viejo y fiel perro de caza de papá, que murió el invierno siguiente, recibió lo que quedaba en el plato de mi hermana.

Después de comer, anduve dando vueltas afuera, buscando la manera de convencer a papá de que me permitiera construir un fuerte. Hasta entonces, mis esfuerzos en ese sentido habían sido un completo fracaso. Pero yo creía que tendría éxito si conseguía localizar el lugar ideal, uno donde la estructura quedara oculta para que no fuera tan desagradable como papá suponía.

Durante ese reconocimiento, encontré la bicicleta de Hope, que ella había escondido detrás de las camelias.

Nunca se me ocurrió la idea de ir con el cuento. Sencillamente no era la manera en que nos comportábamos entre hermanos, a menos que el mal humor o algún asunto del propio interés pudiera más que la lealtad. Por otra parte era algo que no me concernía, aunque supuse que esa noche planeaba huir de casa para encontrarse en alguna parte con Tory, porque durante todo ese verano eran inseparables. Además sabía que mi hermana ya lo había hecho antes, y no la culpaba. Mamá era mucho más estricta con sus hijas que con su hijo varón. De manera que no dije nada con respecto a la bicicleta y seguí pensando en el fuerte. Una sola palabra mía habría desbaratado todos los planes de Hope. Ella me habría dirigido una de sus miradas acaloradas y furibundas y posiblemente se habría negado hablarme durante un par de días.

Y estaría viva.

Pero en cambio, al anochecer yo volvía a la casa y me instalé delante del televisor, como era mi derecho durante las largas noches de verano.

Como sólo tenía doce años, mi apetito era tremendo, así que eventual-mente salí en busca de algo apropiado para comer. Comí papas fritas, vi una serie de televisión y me pregunté si en el futuro me gustaría ser policía. Cuando me acosté, con el estómago lleno y los ojos cansados, mi hermana ya estaba muerta.

Creyó que podría escribir más, pero no fue así. Tenía intenciones de escribir todo lo que sabía acerca de los asesinatos de su hermana y el de una jovencita llamada Alice, pero su mente se alejó de los hechos y de la lógica y lo dejó sumido en los recuerdos y en el dolor.

Nunca supuso que Hope volvería tan completamente a la vida si escribía acerca de ella. Tampoco imaginó que los recuerdos de esa noche y las imágenes horribles de la mañana siguiente le resultarían tan claras como una película.

¿Será así, se preguntó, lo que le sucede a Tory? ¿Una especie de película que se desarrolla dentro de su mente y que es imposible detener?

No, era más que eso. ¿Sabría Tory que la noche anterior, cuando la atrapó la visión, le hablaba "a" Alice, en lugar de hablar acerca de ella? Tal vez Alice hubiera hablado por intermedio de Tory.

¿Qué clase de fuerza sería necesaria para poder enfrentar algo así, para sobrevivirlo y construir una vida?

Tomó los papeles que acababa de escribir y su primera intención fue guardarlos en un cajón del escritorio. Pero prefirió meterlos en un sobre sellado.

Tenía necesidad de volver a ver a Tory. Necesidad de hablar de nuevo con ella. Él no se equivocaba cuando ese primer día le dijo que el fantasma de su hermana se interponía entre ellos dos.

No podrían avanzar ni retroceder hasta que cada uno de ellos lograra adaptarse a las circunstancias.

Oyó que un viejo reloj de pie marcaba la hora con campanadas huecas. Dos campanadas solitarias. Cuatro horas después se estaría levantando de nuevo, se vestiría en la luz pálida del amanecer, tomaría el desayuno que Lilah insistía en prepararle y luego recorrería potrero tras potrero, vigilando los sembrados con la fe y el fatalismo de todos los granjeros que lo llevaría a buscar plagas, a estudiar el cielo.

A pesar, o tal vez a causa, de toda la ciencia que estudió y que implementó, el Beaux Reves de Cade se parecía más a una plantación que a la que tenía su padre. Contrataba más peones, utilizaba más manos de obra que la generación anterior. Volcaba más esfuerzo y mayor cantidad de beneficios de la tierra en el desmonte, la compresión, el almacenaje y el proceso del algodón de los que su padre o su abuelo estaban dispuestos a dedicarle. Lo cual convertía a Beaux Reves en una plantación autosuficiente, como las anteriores a la guerra civil y, al mismo tiempo, en una especie de fábrica diversificada.

Y a pesar de todo, con sus gráficos, su ciencia y sus cuidadosos planes de inversión, de pie, Cade estudiaba el cielo con la esperanza de que la naturaleza cooperara.

En definitiva, pensó mientras tomaba el sobre, todo dependía del destino.

Apagó la lámpara del escritorio y, guiándose por la luz de la Luna, bajó las escaleras curvas y salió de la oficina de la torre. Se dijo que necesitaba esas cuatro horas de sueño porque después de los trabajos de la mañana, por la tarde tendría reuniones en la planta. Se recordó que debía recoger algunas muestras para dárselas a Tory y redactar la propuesta comercial que le haría.

Si lograba hacer todo eso, podría ir a verla la noche siguiente. Al entrar en el dormitorio, sopesó el sobre que tenía en la mano, encendió la luz, y lo guardó en el portafolios que tenía junto a las botas de trabajo.

Se estaba desabrochando la camisa cuando el humo que llevaba la leve brisa nocturna lo obligó a mirar hacia las puertas que daban a la terraza. Se acercó, notó que estaban un poco abiertas y, a través del vidrio, vio el brillo rojo de un cigarrillo encendido.

—Me preguntaba si alguna vez bajarías —Faith se volvió. Lucía su bata de cama preferida en ese momento y, con los brazos extendidos sobre la piedra, se encontraba en una especie de pose.

—¿Por qué no fumas delante de tu propia ventana?

—No tengo una terraza preciosa, como la del amo de la casa. —Ése era otro de los temas de discusión. Y aunque Cade estaba de acuerdo en que ella le habría sacado más provecho que él a la suite principal, no le valió la pena discutir con su madre cuando, después de la muerte del padre, ella insistió en que él debía instalarse allí.

Faith levantó el cigarrillo y aspiró con lentitud.

—Todavía estás furioso conmigo. No me sorprende. Lo que dije fue una cretinada. Pero cuando estoy de mal humor, sencillamente no puedo pensar.

—Si eso es una disculpa, me parece bien. Y ahora vete y deja que me acueste.

—Yo me estoy acostando con Wade.

—¡Dios! —Cade se llevó los dedos a los ojos y se preguntó por qué no se le clavaban en el cerebro. —¿Y te parece que es algo que yo debo saber?

—Yo descubrí uno de tus secretos, así que te cuento uno de los míos. Así estaremos a mano.

—Tomaré nota para publicarlo en el diario, Wade. —Se dejó caer en una silla de la terraza. —¡Maldito sea!

—No te pongas así. Nos estamos llevando muy bien.

—Hasta que tú termines de devorarlo y lo escupas.

—No es lo que planeo hacer. —Lanzó una corta carcajada, carente de humor. —Nunca planeo hacerlo, sólo sucede. —Arrojó el cigarrillo al jardín, sin pensar que su madre lo encontraría y se enojaría. —Wade me hace sentir bien. ¿Qué tiene eso de malo?

—No tiene nada de malo. Es asunto tuyo.

—Así como lo que sucede entre tú y Tory es asunto tuyo. —Se le acercó, se agazapó a su lado, hasta que los ojos de ambos estuvieron a la misma altura. —Lo siento, Cade. Fui mezquina y rencorosa al decir lo que dije, ojalá pudiera borrarlo.

—Siempre dices lo mismo.

—No. Tal vez diga que me arrepiento, pero muchas veces no lo digo en serio. En cambio, esta vez sí. —Ya que veía más cansancio que enojo en los ojos de su hermano, se levantó para pasarle los dedos por el pelo. Siempre le había envidiado ese pelo pesado y ondulado.

—Pero no le lleves el apunte a mamá. Ella no tiene derecho de decirte lo que debes hacer. A pesar de que es probable que tenga razón.

Él percibió una oleada del perfume de los jazmines de su madre, los que florecían de noche.

—Mamá no tiene razón.

—Bueno, soy la menos indicada para dar consejos sobre enredos románticos...

—¡Por supuesto!

Faith arqueó una ceja.

—¡Ay! Ésa fue una puñalada muy veloz. Pero, como te iba a decir antes de empezar a sangrar, esta familia ya está bastante complicada sin necesidad de agregar un elemento extraño como Tory Bodeen a la mezcla.

—Ella forma parte de lo que sucedió esa noche.

—¡Por amor de Dios, Cade! Nuestra familia ya era un fracaso antes de la muerte de Hope.

Él pareció tan frustrado y tan cansado ante esa declaración, que Faith estuvo por abandonar el tema haciendo una broma. Pero Faith había estado pensando mucho desde el regreso de Tory al pueblo. Era hora de que lo dijera.

—Piénsalo. —El enojo que le provocaba Cade y un poco de odio hacia sí misma, hicieron que hablara con voz aguda. —Fuimos hechos en cuanto nacimos, y me refiero a los tres. Y papá y mamá antes que nosotros. ¿Crees que el matrimonio de ellos fue una unión de amor? Tal vez te guste mirar el lado bonito de las cosas, pero te consta que no fue así.

—Tuvieron un buen matrimonio, Faith, hasta que...

—¿Un buen matrimonio? —Con un sonido de disgusto, se puso de pie y sacó el atado de cigarrillos del bolsillo de la bata. —¿Qué mierda quiere decir eso? ¿Un buen matrimonio? ¿Que habían sido hechos el uno para el otro, que era inteligente y conveniente que el heredero de la plantación más grande y rica del estado se casara con una debutante de fortuna? De acuerdo, fue un buen matrimonio. Tal vez hasta hayan sentido algo el uno por el otro, por lo menos por un tiempo. Cumplieron con su deber —agregó con amargura encendía un cigarrillo—. Nos hicieron a nosotros.

—Hicieron todo lo que pudieron —dijo Cade con cansancio—. Es algo que nunca has querido comprender.

—Tal vez lo mejor que pudieron nunca fue bastante, por lo menos para mí. Y no comprendo por qué fue bastante para ti. ¿Qué posibilidades de elección te dieron, Cade? Durante toda tu vida te prepararon para ser el amo de Beaux Reves. ¿Y si hubieras preferido ser plomero, por amor de Dios?

—Ésa fue siempre mi secreta ambición. Muchas veces arreglo una canilla que pierde, nada más que por la excitación que me produce.

Ella lanzó una carcajada y lo peor de su furia desapareció.

—Sabes muy bien a qué me refiero. Hubieras podido querer ser ingeniero, o escritor, o médico o alguna otra cosa, pero no te concedieron la posibilidad de elegir. Eras el hijo mayor, el único varón, y tu camino estaba signado.

—Tienes razón. Y no sé lo que habría sucedido si hubiera querido ser cualquiera de esas cosas. Pero la verdad es que no lo quise, Faith.

—¿Pero cómo vas a querer ser otra cosa cuando creciste oyéndolos decir: "cuando Cade dirija Beaux Reves" y "cuando Cade se haga cargo de todo"? Nunca te dieron la oportunidad de ser otra cosa, nunca pudiste decir "voy a tocar la guitarra en una banda de rock and roll".

Esa vez fue él quien rió y ella lanzó un suspiro y se volvió a apoyar contra la balaustrada. Y recordó por qué buscaba tan seguido la presencia de Cade, por qué iba tan seguido a su cuarto. A Cade siempre le podía decir lo que necesitaba decir. Él se lo permitiría. Y la escucharía.

—Debes comprender, Cade, que ellos nos hicieron lo que somos y que, en definitiva, tal vez tú hayas conseguido lo que querías. Me alegro de que sea así, y te lo digo en serio.

—Sé que lo dices de corazón.

—Pero aún así, no está bien. Se esperaba que fueras inteligente, que supieras cosas, que fueras lógico. Y mientras tú estabas lejos aprendiendo lo que sería el trabajo de toda tu vida, yo estaba aquí, oyendo que me decían que me portara bien, que hablara en voz baja. que no corriera por la casa.

—Tal vez te resulte un consuelo pensar que muy pocas veces les hacías caso.

—Podría haber obedecido —murmuró ella—. Lo habría hecho si ya no hubiera comprendido que esta casa era un campo de entrenamiento para aprender a ser una buena esposa, para lograr un buen casamiento, como lo hizo mamá antes que yo. Nadie me preguntó jamás si yo quería algo más, algo distinto, y cuando hacía preguntas me hacían callar. Deja que tu padre o tu hermano se preocupen por eso. Practica el piano, Faith. Lee un buen libro para poder discutirlo con inteligencia. Pero no con demasiada inteligencia. Supongo que no querrás que algún hombre considere que eres más inteligente que él. Cuando te cases, tu trabajo será crear un hogar agradable.

Miró fijo el extremo de su cigarrillo.

—Un hogar agradable. De acuerdo a las reglas de los Lavelle, ésa debía ser mi máxima ambición. Así que, por supuesto, tratándose de mí, lo lógico era que decidiera hacer todo lo contrario. No quería llegar a ser una mujer seca y reprimida a los treinta años. ¡Por supuesto que no! Me aseguré de que eso no me sucediera. Huí con el primer muchacho de hablar suave y ojos salvajes que me lo pidió, un muchacho que era todo lo que se suponía que yo no debía querer. Así que me casé y me divorcié antes de cumplir veinte años.

—Y eso les dio una lección, ¿verdad?

—Por supuesto. Lo mismo que les dio una lección mi siguiente incursión en el matrimonio y el divorcio. Después de todo, para lo único que había sido entrenada era para el matrimonio. No para un matrimonio al estilo del de mamá. Yo retorcí ese concepto y, al hacerlo, me estrangulé. Y aquí estoy, a los veintiséis años y con dos goles en contra. Y sin otro lugar adonde ir que no sea Beaux Reves.

—Y aquí estás —comentó Cade—. A los veintiséis años, hermosa, inteligente y con bastante experiencia como para no volver a cometer los mismos errores. Nunca pediste que te dieran una parte de la plantación, ni de la fábrica. Si quieres aprender, si quieres trabajo...

La mirada que ella le dirigió lo obligó a enmudecer. Era de una silenciosa indulgencia.

—En realidad tú eres demasiado bueno para nosotros. ¡Por amor de Dios que no sé cómo lo logras! Ya es demasiado tarde para que trabaje, Cade. Soy el producto de la manera en que me criaron y de mi propia rebelión contra ella. Soy perezosa y me gusta. Uno de estos días encontraré un viejo rico y tambaleante y lo fascinaré hasta lograr que se case conmigo. Lo cuidaré bien, por supuesto, y su dinero se me escurrirá entre las manos como si fuera agua. Tal vez hasta le sea fiel. Lo fui con los otros. ¡Para lo que me sirvió! Y después, con un poco de suerte y de tiempo, llegaré a ser una viuda rica y creo que eso será lo que me convendrá.

Como le conviene a mamá, pensó con amargura. Con mucha amargura.

—Eres mucho mejor de lo que crees, Faith. Muchísimo mejor.

—No, querido, más bien es probable que sea mucho peor. Tal vez todos hubiéramos terminado siendo distintos, sólo un poco distintos, si Hope hubiera vivido. Como comprenderás, ella nunca tuvo siquiera la posibilidad de vivir.

—La culpa de eso sólo la tiene el cretino que la asesinó.

—¿Eso crees? —contestó Faith en voz baja—. Me pregunto si Hope hubiera salido esa noche, si hubiera salido a vivir su aventura con Tory, si no se hubiera sentido tan encerrada como me sentía yo. ¿Crees que se habría descolgado por esa ventana de haber sabido que al día siguiente sería libre de hacer lo que quisiera y con quien quisiera? Yo la conocía mejor que nadie en esta casa. Así somos las mellizas. Hope habría logrado hacer algo con su vida, Cade, porque hubiera ido destruyendo los barrotes en silencio. Pero nunca tuvo oportunidad de hacerlo. Y cuando murió, la ilusión de equilibrio de esta casa se fue con ella. Porque Hope era la que ellos más querían, ¿sabes?

Faith apretó los labios y arrojó el cigarrillo sobre la balaustrada.

—La querían más que a ti o a mí. No sabes las veces en que, después de su muerte, uno de ellos se quedaba mirándome, a mí que compartía la cara de Hope. Y yo veía en sus ojos lo que ellos pensaban. ¿Por qué no habría sido yo la que se internó esa noche en el pantano en lugar de Hope?

—¡No sigas! —Cade se puso de pie. —¡Eso no es cierto! Nadie pensó eso jamás.

—Lo pensé yo. Y es lo que recibí de ellos. Yo era el recordatorio constante de que ella había muerto. Y es algo que no se me pudo perdonar.

—No. —Le tocó la cara, vio a la mujer y a la criatura que había sido. —No, les recordabas que ella había existido.

—Pero yo no podía ser ella, Cade. —Las lágrimas que cubrían los ojos de Faith brillaban en la penumbra, los convertían en algo brutalmente vivo. —Hope fue alguien a quien ellos compartieron como no pudieron compartir ninguna otra cosa ni a nadie más. Pero no pudieron compartir la pérdida de esa hija.

—No, no pudieron.

—Así que papá le construyó ese santuario y encontró su solaz en la cama de otra mujer. Y mamá se puso cada vez más fría y más dura. Tú y yo sólo seguimos el camino que se nos había trazado. Y así que aquí estamos, en plena noche, sin nadie a quien podamos considerar propio. Y todavía no tenemos a nadie que nos quiera más que a nada en el mundo.

Dolía oírlo y saber que era cierto.

—No tenemos por qué seguir así.

—Somos así, Cade. —Cuando él la abrazó. Faith apoyó la cabeza contra su hombro. —Ninguno de los dos a amado a nadie, por lo menos no hemos amado a nadie lo suficiente como para restablecer ese equilibrio. Tal vez hayamos querido bastante a Hope, quizás aún entonces hayamos sabido que ella era la que nos mantenía unidos a todos.

—No podemos modificar nada de lo sucedido. Sólo lo que haremos ahora al respecto.

—Así es, ¿verdad? Yo no quiero hacer nada acerca de nada. Odio a Tory Bodeen por haber vuelto, por haberme obligado a recordar a Hope, a extrañarla, a volver a llorarla.

—Ella no tiene la culpa de nada, Faith.

—Tal vez no. —Cerró los ojos. —Pero necesito culpar a alguien.

12

Era necesario enfrentar el asunto, y con la mayor rapidez y eficacia posible. Margaret sabía que el dinero hablaba a cierta clase de gente. Compraba su silencio, su lealtad y lo que ellos suponían que era el honor.

Se vistió con cuidado para la reunión, pero claro, siempre se vestía con cuidado. Se puso un vestido azul marino muy digno y el collar de perlas de su abuela. Como todas las mañanas, se había sentado frente al espejo no tanto para disfrazar las señales de la edad, puesto que consideraba que la edad era una ventaja, sino para utilizarla demostrando con ella su carácter y su situación social.

El carácter y la situación social eran a la vez espada y escudo.

Salió de la casa a las ocho y cincuenta en punto y le dijo a Lilah que tenía una entrevista y que luego asistiría a un almuerzo en Charleston. Estaría de regreso a las tres y media.

Y, por supuesto, sería puntual.

Calculaba que el asunto que debía atender antes de viajar al sur no le tomaría más que media hora, pero le agregó quince minutos más, con lo cual todavía le quedaría tiempo más que suficiente para cumplir con su corta lista de mandados antes de asistir al almuerzo.

Podría haber contratado un chofer y hasta hubiera podido tener uno permanente. Podría haberle encargado a uno de sus sirvientes que le hiciera los mandados. Pero ésas eran indulgencias y, por lo tanto, debilidades que ella no se permitiría. Desde su punto de vista, era necesario que a la señora de Beaux Reves se la viera en el pueblo, que fuera cliente de determinados negocios y que mantuviera las relaciones correctas con los comerciantes indicados y con los funcionarios civiles.

Por una cuestión de conveniencia, jamás debía dejar de lado esas responsabilidades cívicas.

Margaret no sólo extendía cheques generosos a nombre de las obras de caridad que elegía. Ocupaba cargos directivos en comisiones. La comisión de arte local y la sociedad histórica tal vez le resultaran personalmente interesantes, pero aunque no fuera así ella les habría dedicado tiempo, energía y dinero.

En los treinta y dos años que hacía que era la señora de Beaux Reves, ni una sola vez faltó a sus deberes. Y no pensaba hacerlo en esa oportunidad. No se sobresaltó al pasar frente a la cortina de árboles cubiertos de moho que marcaban la entrada en el pantano, y tampoco aumentó ni disminuyó la velocidad del automóvil. No notó que los tablones de madera del pequeño puente habían sido cambiados, ni que hubieran guadañado el zumaque. Pasó sin inmutarse por el lugar de la muerte de su hija. Si sintió alguna impresión, su rostro no lo demostró.

Tampoco lo demostró el día del entierro de Hope, aunque en ese momento su corazón estaba destrozado y se desangraba.

Su rostro permanecía firme y compuesto cuando dobló al sendero que conducía a la Casa del Pantano. Estacionó detrás de la camioneta de Tory y tomó su cartera. No se miró por última vez en el espejo retrovisor. Hacerlo habría sido vanidad y una muestra de debilidad.

Bajó del automóvil, cerró la puerta, le echó llave.

Hacía dieciséis años que no iba a la Casa del Pantano. Sabía que se le habían hecho mejoras, mejoras que Cade dispuso y pagó a pesar de su silenciosa desaprobación. En cuanto a ella se refería, una capa de pintura nueva y una serie de arbustos florales no modificaban lo que era esa casa.

Una choza. Una casucha. Un lugar que habría que echar abajo con una topadora, en lugar de vivir en él. Hubo un tiempo, cuando su dolor de madre era más agudo, que deseó quemar esa casa, incendiar el pantano entero, verlo todo envuelto en llamas y mandarlo al infierno.

Pero eso, por supuesto, era una tontería. Y ella no era una mujer tonta.

La casa pertenecía a los Lavelle y, pese a todo, era necesario mantenerla y pasarla a la generación siguiente. Trepó los escalones de entrada, ignorando el encanto de un macetero cubierto de flores, y golpeó el marco de madera de la puerta mosquitero.

Adentro, Tory se detuvo en el momento en que iba a tomar una taza. Estaba atrasada y no le importaba un rábano. Cansada hasta los huesos, durmió hasta tarde y todavía debía vestirse. Se estaba preparando para recitarse una serie de conceptos sobre la responsabilidad, para regañarse por ser autoindulgente. Esperaba que el café la ayudara a volver a la vida y a recuperar el entusiasmo necesario para regresar a la tienda y terminar con los preparativos para la inauguración.

La interrupción no le resultó solo desagradable, sino intolerable. No tenía ganas de ver a nadie ni quería hablar acerca de nada. Lo que más hubiera deseado en el mundo era volver a la cama y lograr dormir sin dueños, cosa que durante toda la noche le resultó imposible.

Pero contestó el llamado porque ignorarlo habría sido una debilidad. Eso, por lo menos, era algo que Margaret habría comprendido.

Al enfrentarse con la madre de Hope, Tory se sintió de inmediato culpable, agotada y avergonzada.

—Señora Lavelle.

—Victoria. —Margaret recorrió con mirada gélida los pies descalzos de Tory, su bata de cama arrugada y su cabellera despeinada. Esa mujer, pensó con fría satisfacción, no era más ni menos que lo que esperaba de una Bodeen.

—Te pido disculpas. Supuse que a las nueve estarías levantada y preparándote para el día.

—Sí. Sí, es lo que debía haber hecho. —Tory se tironeó con timidez el cinturón de la bata. —Estaba... me temo que me dormí.

—Necesito unos instantes de tu tiempo. Si me permites entrar.

—Sí. Por supuesto. —Todas sus capas de compostura cuidadosamente adquiridas, acababan de derrumbarse. Abrió con torpeza la puerta mosquitero. —Lo siento, pero la casa no está más presentable que yo.

Había encontrado un sillón que le gustó, tapizado en una tela celeste. Eso y la pequeña mesa ratona que pensaba terminar de lustrar, constituían la totalidad de los muebles de su living.

No había alfombras, ni cortinas, ni lámparas. Tampoco había polvo ni suciedad, pero Tory retrocedió con la sensación de estar recibiendo a una reina en una casucha.

Su voz rebotó incómodamente en la habitación casi vacía, mientras Margaret permanecía estudiándola en silencio.

—He dedicado todos mis esfuerzos a instalar mi tienda y no he tenido... —Tory se interrumpió, enlazó las manos y deliberadamente separó los dedos. ¡Maldición! Ya no tenía ocho años, ni era una criatura a quien pudiera mortificar y llenar de temor religioso la regia desaprobación de la madre de una amiga.

—Acabo de preparar café —dijo con rígida amabilidad—. ¿Le gustaría beber una taza?

—¿Hay dónde sentarse?

—Sí. Por lo visto vivo principalmente en la cocina y en el dormitorio y lo seguiré haciendo hasta que mi negocio esté inaugurado y funcionando. —Estás balbuceando, se dijo mientras abría la marcha hacia la cocina. ¡Basta de balbuceos! No tienes por qué disculparte de nada.

Debes disculparte por todo.

—Siéntese, por favor.

Por lo menos he comprado una sólida mesa de cocina y cuatro sillas, pensó. Y la cocina estaba limpia y era casi alegre con las macetas llenas de hierbas que colocó sobre el alféizar de la ventana y gracias al bonito centro de mesa, un bol de su propia mercadería.

La ayudó servir el café, colocar la azucarera sobre la mesa, pero al abrir la heladera la esperaba una nueva mortificación que le coloreó las mejillas.

—Me temo que no tengo crema. Ni leche.

—Esto bastará. —Margaret hizo a un lado su taza. Una cachetada deliberada y sutil. —¿Quieres sentarte, por favor? —Margaret permitió que el silencio pendiera entre ellas durante un instante. Conocía el valor de los silencios, y de tomarse su tiempo.

Cuando Tory se hubo sentado, cruzó las manos sobre el borde de la mesa y, con mirada apacible, comenzó a hablar.

—Me he enterado de que estás involucrada con mi hijo. —Otro instante de silencio mientras observaba la expresión de sorpresa de Tory. —Los chismes de pueblo chico son tan poco atractivos como inevitables.

—Señora Lavelle...

—¡Por favor! —La interrumpió Margaret, levantando un dedo. —Has estado lejos durante varios años. A pesar de tener relaciones familiares en Progress eres, virtualmente, una recién llegada. Una extraña. Virtualmente —repitió Margaret—. Pero no por completo. Por motivos determinados has decidido regresar e inaugurar aquí una tienda.

—¿Ha venido a interrogarme con respecto a mis motivos, señora Lavelle?

—Tus motivos no pueden interesarme menos. Seré sincera y te diré que no estuve de acuerdo con que mi hijo te alquilara el local para la tienda ni que te alquilara esta casa. Sin embargo, Cade es cabeza de la familia y, como tal, las decisiones de negocios son sólo suyas. Pero cuando esas decisiones y sus resultados afectan la posición de nuestra familia, el asunto cambia.

Cuanto más tiempo hablara Margaret en ese tono suave e implacable, más fácil le resultaba a Tory recobrar la compostura. Seguía teniendo un nudo en la boca del estómago, pero cuando habló su tono de voz fue igualmente suave e igualmente implacable.

—¿Y en qué sentido afectan mi tienda y mi lugar de residencia la posición de su familia, señora Lavelle?

—Eso sólo ya habría sido bastante difícil de tolerar. Como supongo que comprenderás, las circunstancias son poco convenientes. Pero éste elemento personal es, en todo sentido, inaceptable.

—¿De manera que aunque por el momento tolerará mi asociación económica con su familia, me está pidiendo que no vea a Cade en un sentido personal? ¿Es así?

—Sí. —¿Quién es esta mujer de mirada fría que permanece tan quieta, tan compuesta? se preguntó Margaret. ¿Donde está esa criatura tímida que se ocultaba o que me miraba desde las sombras?

—Me parece problemático, considerando que es el dueño, tanto de la casa en que vivo como de mi negocio y que por lo visto toma esas responsabilidades con seriedad.

—Estoy dispuesta a compensar el tiempo y el esfuerzo que te exija mudarte de Progress. Tal vez para volver a Charleston o a Florence, donde también tienes familiares.

—¿A compensarme? Comprendo. —Con una tranquilidad tremenda, Tory alzó su taza de café. —¿Sería grosero que le preguntara qué clase de compensación tiene en mente? —Sonrió apenas y notó que Margaret apretaba la mandíbula. —Después de todo, soy una empresaria.

—A mí todo este asunto me resulta grosero y deplorable. No me queda más remedio que rebajarme a tu nivel a fin de preservar mi familia y su reputación.

—Abrió la cartera. —Estoy dispuesta a extenderte un cheque por cincuenta mil dólares a cambio de tu compromiso de cortar todo lazo con Cade y con Progress. Te entregaré hoy mismo la mitad de esa cantidad y enviaré el resto a tu nuevo domicilio. Te daré dos semanas para mudarte.

Tory permaneció en silencio. Ella también sabía que el silencio era un arma.

—Esa suma —continuó diciendo Margaret en voz cada vez más aguda—, te permitirá vivir con comodidad durante la transición.

—¡Sin duda! —Tory volvió a beber un sorbo de café y luego depositó la taza con cuidado sobre el platillo. —Debo hacerle una pregunta. Me pregunto, señora Lavelle, qué le ha hecho pensar que yo podría ser, de alguna manera, receptiva ante el insulto de un soborno.

—No simules una sensibilidad que no posees. Te conozco —dijo Margaret, inclinándose hacia adelante—. Sé de dónde y de quiénes procedes. Quizás creas que puedes ocultarte detrás de una manera de ser tranquila, de una máscara de respetabilidad. Pero yo te conozco.

—Cree conocerme. Pero puedo asegurarle que en este momento no me siento ni tranquila ni respetable.

En ese momento fue la compostura de Margaret la que corrió peligro, la que debió ser recuperada con esfuerzo.

—Tus padres eran una basura y permitieron que te criaras salvaje como un gato y que te deslizaras por el camino para imponerle tu amistad a mi hija. Para alejarla de su familia y por fin para conducirla a la muerte. Ya me costaste una hija, pero no me costarás un hijo. Aceptarás mi dinero, Victoria. Como lo hizo tu padre.

En ese momento Tory se sintió sacudida hasta el alma, pero se mantuvo fuerte.

—¿Qué quiere decir con eso de que mi padre aceptó su dinero?

—A ellos les bastaron cinco mil. Cinco mil para que te alejaran de mi vista. Mi marido se negó a desalojarlos, aunque yo le supliqué que lo hiciera.

Le temblaron los labios, pero enseguida los cerró con fuerza. Fue la primera y última vez que ella le suplicó a Jasper que hiciera algo. Que le suplicó a cualquiera que hiciera algo.

—Por fin debí encargarme yo del asunto. Lo mismo que ahora. Te irás, te llevarás esa vida que debiste perder esa noche en lugar de la de mi hija, y la vivirás en otra parte. Y te mantendrás lejos de mi hijo.

—¡Usted le pagó para que se fuera! ¡Cinco mil! —murmuró Tory—. Eso debe haber sido mucho dinero para nosotros. Me pregunto por qué nunca lo vimos. Me pregunto lo que habrá hecho mi padre con él. Bueno, no importa. Lamento desilusionarla, señora Lavelle, pero yo no soy mi padre. Él nunca hizo nada para que yo le tuviera cariño y es algo que su dinero no modificará. Me quedaré porque tengo necesidad de quedarme. Me resultaría más fácil irme. Usted no lo comprenderá, pero sería más fácil. En cuanto a Cade...

En ese momento recordó lo distante que él se había mostrado después del episodio de la noche anterior.

—Entre nosotros no hay tanto como usted parece creer. Cade ha sido muy bueno conmigo, eso es todo, porque es un buen hombre. Y no pienso pagar su bondad rompiendo una amistad ni contándole esta conversación.

—Si actúas contra mis deseos, te arruinaré. Lo perderás todo, como ya te sucedió una vez. Cuando mataste a esa criatura en Nueva York.

Tory se puso pálida y, por primera vez, le temblaron las manos.

—Yo no maté a Jonah Mansfield. —Tragó una bocanada de aire y lanzó un suspiro entrecortado. —Sencillamente no pude salvarlo.

Allí había una brecha. Margaret clavó sus dedos en ella.

—La familia te hizo responsable y también la policía. Y la prensa. Una segunda criatura que moría por tu causa. Si te quedas aquí, se hablará sobre eso. Se hablará sobre la parte que tú tuviste. Se dirán cosas desagradables.

¡Que tontería fue creer que nadie me relacionaría con la mujer que fui en Nueva York! pensó Tory. Con la vida que construí y destruí allí.

No se podía hacer nada por modificarlo. No se podía hacer nada aparte de enfrentarlo.

—Señora Lavelle, durante toda la vida he sido objeto de chismes desagradables. Pero he aprendido a no tolerarlos dentro de mi propia casa. —Tory se puso de pie. —Y ahora le ruego que se vaya.

—No volveré a hacer este ofrecimiento.

—No, no creo que lo repita. La acompañaré hasta la puerta.

Con los labios apretados, Margaret se puso de pie y tomó su cartera.

—Conozco el camino.

Tory esperó hasta que estuvieron separadas por el largo de la habitación.

—Señora Lavelle —dijo entonces en voz baja—, Cade es mucho más de lo que usted cree que es. Y lo mismo sucedía con Hope.

Rígida de dolor y de furia, Margaret asió el picaporte.

—¿Cómo te atreves a hablarme de mis hijos?

—Sí —murmuró Tory cuando la puerta se cerró y quedó sola en la casa—. Me atrevo.

Cerró la puerta con llave. El "clic" de la cerradura fue como un símbolo. No volvería a entrar nadie a quien ella no se lo permitiera. Y nada de lo que ya está adentro, se dijo, me volverá a causar dolor. Se encaminó al baño y se desnudó. Era como si no pudiera sacarse con bastante rapidez la bata y el camisón. Hizo correr el agua caliente de la ducha, agua casi demasiado caliente para poder tolerarla, y se metió bajo la lluvia y el vapor.

Allí se permitió llorar. Se dijo que no era autoindulgencia. Pero mientras el agua le golpeaba la piel y volvía a sentirse físicamente limpia, las lágrimas lavaban la amargura que había en su interior.

Los recuerdos de otra criatura y de su indefensión.

Lloró hasta sentirse vacía y hasta que el agua se enfrió. Luego alzó la cara hacia la lluvia helada y dejó que la tranquilizara.

Cuando estuvo seca, utilizó la toalla para limpiar el vapor que cubría el espejo. Se estudió el rostro sin compasión, sin excusas. Miedo, evasión, negativa. Admitió que todo eso estaba allí. Que siempre había estado. Volvió a Progress y luego se enterró. Se ocultó en el trabajo, en la rutina y en los detalles.

Ni una sola vez se abrió a Hope. Ni una sola vez fue más allá de los árboles para visitar el lugar que forjaron juntas. Ni una vez fue a la tumba de su única amiga verdadera.

Ni una vez enfrentó el verdadero motivo por el que se encontraba allí.

¿Esto es distinto a huir? se preguntó. ¿Es distinto a aceptar el dinero que me han ofrecido y alejarme presurosa hacia cualquier otro lugar que no sea éste?

Cobarde. Cade la llamó cobarde. Y tenía razón.

Se volvió a poner la bata y regresó a la cocina para buscar el número, lo marcó, esperó.

—¡Buenos días! Biddle, Lawrence y Wheeler.

—Habla Victoria Bodeen. ¿La señorita Lawrence está desocupada?

—Un momento, señorita Bodeen.

Abigail no demoró en atenderla.

—¡Tory! ¡Cuánto me alegra tener noticias tuyas! ¿Cómo estás? ¿Ya muy instalada?

—Sí, gracias. Pienso inaugurar la tienda el sábado que viene.

—¿Tan pronto? Debes haber trabajado día y noche. Bueno, en cuanto pueda iré a hacerte una visita.

—Espero que lo hagas. Abigail, tengo que pedirte un favor.

—Lo que quieras. Te debo mucho por haber encontrado el anillo de mi madre.

—¿Qué? ¡Ah! Lo había olvidado.

—Creo que hubiera demorado años en encontrarlo... si alguna vez lo encontraba. Casi nunca utilizo esos viejos archivos. ¿Qué puedo hacer por ti, Tory?

—Yo... yo espero que tengas algún contacto con la policía. Con alguien que te pueda proporcionar información sobre un caso antiguo. No quiero... creo que comprenderás que no me gustaría establecer un contacto directo con la policía.

—Conozco algunas personas. Haré todo lo que pueda.

—Fue un homicidio sexual. —Sin darse cuenta de lo que hacía, Tory comenzó a apretar y a masajear su sien derecha. —Una jovencita. De dieciséis años. Se llamaba Alice. El apellido... —Se apretó la sien con más fuerza. —No estoy completamente segura. Creo que Lowell o Powell. Estaba haciendo dedo en la ruta 513, y se encaminaba hacia el este, a Myrtle Beach. La sacaron del camino, la metieron entre los árboles, la violaron y la estrangularon. Con las manos.

Lanzó una larga exhalación para aliviar la presión de su pecho.

—No he oído nada de eso en los noticieros.

—No, no se trata de un caso reciente. No sé con exactitud cuándo sucedió. Lo lamento. Hace diez años, tal vez menos, tal vez más. Fue en verano. En algún momento del verano. Hacía mucho calor. Hasta por la noche hacía mucho calor. No te estoy dando demasiados datos.

—No, me has dicho bastante. Deja que vea lo que puedo averiguar.

—Gracias. ¡Muchísimas gracias! Sólo estaré en casa un rato más. Te daré mi número y el de la tienda. Cualquier cosa que puedas averiguar, absolutamente cualquier cosa, me ayudaría.

Se mantuvo ocupada, pero después del transcurso de casi cinco horas, Abigail todavía no la había llamado.

Durante todo el día, la gente que pasaba frente a la vidriera se detenía a admirar la decoración hecha en base a cajones de embalar, telas hiladas a mano y ejemplares muy bien elegidos de cerámica, vidrio y trabajos de hierro forjado. Tory llenó los estantes y los cajones, colgó acuarelas y carrillones chinos.

Mientras esperaba que sonara el teléfono, organizó cajas y bolsos de compras.

Le resultó casi un alivio que alguien llamara a la puerta. Hasta que vio a Faith del otro lado del vidrio. ¿No podían los Lavelle dejarla en paz durante un maldito día?

—Necesito comprar un regalo —dijo Faith en cuanto se abrió la puerta. Habría entrado directamente si Tory no se lo hubiera impedido bloqueándole el paso.

—La tienda todavía no está abierta.

—¡Diablos! Ayer tampoco estaba abierta, ¿verdad? Sólo necesito hacer una compra y que me concedas diez minutos de tu tiempo. Olvidé que es el cumpleaños de mi tía Rosie y ella acaba de llamar para avisar que viene a visitarnos. Y no puedo desairarla, ¿no crees? —Faith esbozó una sonrisa suplicante. —De todos modos es medio loca y una actitud así podría hacerla caer en la locura total.

—Cómprale algo el sábado.

—Pero Rosie llegará mañana. Y si le gusta mi regalo, ella misma vendrá el sábado. La tía Rosie está llena de plata. Le compraré un regalo muy caro.

—Espero que sea así. —A regañadientes, Tory la dejó pasar.

—Está bien. Ahora ayúdame —dijo Faith entrando y recorriendo la tienda con la mirada.

—¿Qué clase de cosa le gusta a tu tía?

—¡Ah! Le gusta todo. Yo le podría fabricar un sombrero de papel y se sentiría feliz. ¡Dios! Aquí adentro tienes mucho más de lo que imaginé. —Faith levantó una mano e hizo sonar un carrillón chino. —Nada práctico. Quiero decir que no quiero regalarle un juego de boles para ensaladas ni esa clase de cosas.

—Tengo unos alhajeros muy lindos.

—¿Alhajeros? Ése es el segundo nombre de mi tía Rosie.

—Entonces deberías comprarle un alhajero grande. —Con tal de sacarse a Faith de encima y terminar de una vez con el asunto, Tory cruzó la tienda y eligió una caja grande de cristal biselado. Los costados habían sido tallados como diamantes y tenían pequeñas violetas y rosas rosadas pintadas a mano.

—¿Es una cajita de música o algo así?

—No.

—Mejor. La haría sonar todo el día y la mitad de la noche y nos volvería locos a todos. Es probable que la llene de botones viejos o de tornillos oxidados, pero le encantará.

Faith miró el precio y lanzó un silbido.

—Bueno, veo que cumpliré con mi palabra.

—Los lados están tallados y pintados a manos. No hay dos cajas iguales. —Satisfecha, Tory la llevó al mostrador. —Te la pondré en una caja y la envolveré para regalo.

—¡Cuánta generosidad! —Faith sacó la chequera. —Por lo visto ya estás lista para hacer negocios. ¿Para qué esperar hasta el sábado?

—Todavía me faltan algunos detalles. Y pasado mañana es sábado.

—¡Cómo vuela el tiempo! —Miró el precio total de su compra y extendió el cheque mientras Tory envolvía el regalo.

—Elije una tarjeta de regalo de ese exhibidor y escribe en ella lo que quieres. La sujetaré con la cinta.

—Hmm. —Faith eligió una tarjeta con un rosa en el centro, escribió un saludo de cumpleaños y agregó una serie de "xxxxx" y de "ooooo" después de su nombre. —¡Perfecto! A partir de ahora, durante algunos meses encabezaré la lista de los preferidos de mi tía. —Miró a Tory que ataba la caja con una cinta blanca con la que aseguró la tarjeta antes de hacer un moño elegante.

—Espero que le guste. —Le pasó la caja a Faith en el momento en que comenzó a sonar el teléfono. —Perdóname un minuto.

—¡Por supuesto! —Algo en la expresión de los ojos de Tory despertó la curiosidad de Faith y le impidió salir de la tienda. —Sólo te pido que me permitas anotar esa suma en la chequera. Me vivo olvidando de hacerlo. —El teléfono sonó por segunda vez. —Atiende. En un instante yo saldré por mi cuenta.

Atrapada, Tory levantó el tubo.

—Buenas tardes. Southern Comfort.

—Tory. Lamento haber demorado tanto en llamarte.

—No, está bien. Te agradezco que lo hayas hecho. ¿Pudiste conseguir la información?

—Sí, creo que tengo lo que buscas.

—¿Puedes esperar un momento? Te acompañaré hasta la puerta, Faith.

Faith se encogió de hombros y tomó la caja del regalo. Pero mientras salía se preguntó quién llamaría a Tory y por qué el llamado le habría hecho temblar las manos.

—Lo siento había una persona en la tienda —explicó Tory, volviendo a tomar el teléfono.

—No te preocupes. La víctima se llamaba Alice Barbara Powell, blanca, sexo femenino. Recién descubrieron su cadáver cinco días después del crimen. Durante tres días nadie informó que faltaba, porque los padres creían que los estaba pasando en la playa, con amigos. Los restos... bueno, Tory, para entonces los animales ya se habían ensañado con ellos. Me dicen que no era un espectáculo agradable.

—¿Apresaron al asesino? —Ya conocía la respuesta, pero tuvo que preguntarlo.

—No. El caso sigue abierto, pero inactivo. Ya han pasado diez años.

—¿En qué fecha se produjo? Me refiero a la fecha exacta del asesinato.

—Espera un minuto. Aquí tengo el dato. Fue el 23 de agosto de 1990.

—¡Dios! —La recorrió un profundo escalofrío.

—¿Qué pasa, Tory? ¿Puedo hacer algo por ti?

—En este momento no te lo puedo explicar. Debo preguntarte, Abigail, si puedes volver a utilizar a tu contacto. Me interesa saber si existe una manera de averiguar si hubo algún otro crimen parecido en los seis años anteriores y los diez posteriores a ése. Me gustaría que averiguaras si en esa fecha hubo otras víctimas de la misma clase de asesinato. O en las proximidades de esa fecha del mes de agosto.

—Está bien, Tory, lo preguntaré. Pero cuando lo averigüe, de una manera o de otra, tendrás que contarme por qué quieres saberlo.

—Pero primero necesito las respuestas. Lo siento, Abigail, necesito la respuesta. Y ahora debo cortar. Lo lamento.

Cortó la comunicación con rapidez y enseguida se sentó simplemente en el piso.

El 23 de agosto de 1990 se cumplían ocho años de la muerte de Hope. Ese verano, Hope habría tenido dieciséis años.

13

Los seres vivientes llevaban flores a los muertos, azucenas elegantes o simples margaritas. Pero las flores morían con rapidez cuando se las tendía sobre la tierra. Tory nunca logró comprender el simbolismo de dejar sobre la tumba de los seres queridos algo que se marchitaría.

Suponía que consolaba a los que quedaban atrás.

Ella no le llevó flores a Hope. En cambio le llevó uno de los pocos recuerdos que se había permitido conservar. Dentro de un pequeño globo volaba un caballo alado y, cuando se lo sacudía, resplandecían estrellas plateadas.

Era un regalo, el último regalo que le hizo una amiga perdida.

Lo llevó consigo a través del largo camposanto donde descansaban generaciones de Lavelles, generaciones de habitantes de Progress. Había nombres grabados con sencillez sobre una lápida, o con figuras elaboradas, como un caballo encabritado con su jinete, esculpidos en bronce.

Hope llamaba tío Clyde al jinete, y sin duda era la escultura de uno de sus antepasados, un oficial de caballería, muerto en la guerra de la Agresión del Norte.

En una oportunidad, Hope la desafió a trepar detrás del tío Clyde y montar su brioso padrillo. Tory recordaba haber trepado, haberse deslizado sobre el metal caldeado por el sol que le dejó la piel colorada, mientras se preguntaba si Dios castigaría su blasfemia matándola con un rayo.

No lo hizo y, durante algunos instantes, mientras se aferraba al padrillo de bronce, el mundo se extendió a sus pies en verdes y marrones, el sol le castigó la cabeza como un martillo y ella se sintió invencible. Las torres de Beaux Reves le parecieron más cercanas, accesibles. Le gritó a Hope que ella y el caballo volarían hasta allí y que aterrizarían sobre la torre superior.

Al bajar casi se rompió el cuello, y tuvo la suerte de aterrizar sobre el trasero en lugar de hacerlo sobre la cabeza. Pero los huesos doloridos no tuvieron importancia, comparados con ese momento glorioso sobre el caballo encabritado.

Para su siguiente cumpleaños, el octavo, Hope le regaló el globo. Fue lo único que Tory conservó todos de esos años de su vida.

En ese momento, como entonces, los robles y las fragantes magnolias custodiaban piedras y huesos y ofrecían luces y sombras. También proporcionaban un biombo entre ese testamento de mortalidad y la casa regia que sobrevivía a sus numerosos dueños y ocupantes.

El trayecto entre el cementerio y la casa de la familia era agradable. Ella y Hope lo recorrieron innumerables veces, en medio del calor sofocante del verano y en días lluviosos de invierno. A Hope le gustaba estudiar los nombres grabados en piedra y los pronunciaba en voz alta, decía que para que le dieran buena suerte.

En ese momento Tory caminó hacia la tumba y el ángel de mármol que la alegraba con la música de su arpa. Y pronunció en voz alta el nombre de su amiga.

—Hope Angelica Lavelle. ¡Hola, Hope!

Se arrodilló sobre el pasto suave y se sentó sobre sus talones. La brisa era suave y cálida y transportaba el dulce perfume de los arbustos de rosas que flanqueaban al ángel.

—Lamento no haber venido antes. Lo dejaba constantemente para después, pero he pensado mucho en ti durante todos estos años. Nunca he tenido otra amiga como tú, alguien a quien le podía contar todo. Fui muy afortunada al tenerte.

Cuando cerró los ojos y se abrió a los recuerdos, alguien la observaba desde el abrigo de los árboles. Alguien que tenía los puños cerrados con tanta fuerza que los nudillos se le habían puesto blancos. Alguien que sabía lo que era anhelar lo inconfesable. Vivir año a año con ese deseo oculto en el corazón que en ese momento latía aceleradamente, movido por ese anhelo y por la seguridad de poderlo llevar a la práctica.

Después de dieciséis años, Tory estaba de regreso. Él observó, se mantuvo siempre vigilante, convencido de que, a pesar de todo, existía la posibilidad de que algún día ella regresara al lugar donde todo comenzó.

¡Qué cuadro bonito formaban! Hope y Tory. Tory y Hope. La oscura y la resplandeciente; la castigada y la mimada. Nada de lo que había hecho antes, nada de lo que hizo después de esa noche de agosto, le proporcionó la misma excitación. En muchas oportunidades trató de revivirla; cuando la presión crecía, alta y ardiente en su interior, reconstruía esa noche y su gloria absoluta, indescriptible.

Nada fue igual.

Y ahora la amenaza era Tory. Podía encargarse de ella, con rapidez y facilidad. Pero si lo hacía perdería la excitación de vivir en el límite, en el peligro. Tal vez, sólo tal vez, eso fuera lo que él estuvo esperando durante todos esos años. Que ella regresara para que él pudiera volver a tenerla en su lugar.

Tendría que esperar hasta agosto, siempre que pudiera. Hasta una noche calurosa de ese mes, cuando todo fuese como había sido dieciocho años antes.

A lo largo de los años podría haberse encargado de Tory en cualquier momento. Podría haber terminado con ella. Pero era un hombre que creía en los símbolos, en los grandes cuadros. Debía ser allí. Donde empezó, pensó, y mientras la observaba, la imaginaba, se acarició hasta llegar al clímax, como lo había hecho otras veces en secreto observando a Tory. A Hope y a Tory. A Tory y a Hope.

Donde todo comenzó, volvió a pensar. Donde terminaría.

La recorrió un escalofrío, un dedo helado que iba desde la nuca hasta la base de la espina dorsal. A pesar de mirar inquieta por sobre el hombro, Tory lo descartó, considerando que era el producto de la atmósfera y de sus propios pensamientos.

Después de todo, había entrado allí sin permiso, era una intrusa entre los muertos y los seres amados. La luz desaparecía, grandes nubarrones rodaban desde el este y ahogaban al sol. Esa noche llovería para alegría de los granjeros.

Ella no permanecería allí mucho más.

—Lamento tanto no haber estado allí esa noche. Debí haber ido, aún después de la paliza que me dieron. A mi padre jamás se le habría ocurrido que pudiera desafiarlo saliendo de la casa. Nadie habría ido a mi cuarto a asegurarse de que yo seguía allí. Pero en esa época, nunca logré explicarte lo que me sucedía cuando él me pegaba con el cinturón. Con cada golpe desaparecía mi coraje, yo misma desaparecía hasta que no quedaba nada más que miedo y humillación. Si hubiera encontrado el coraje necesario para salir por la ventana, tal vez nos habríamos salvado las dos. Nunca lo sabré.

Los pájaros cantaban a coro. Era un sonido alegre e insistente que debería estar fuera de lugar allí, y en cambio era perfecto. Pájaros, el zumbido de las abejas que rodeaban con pereza los rosales y el perfume fuerte y vivo de las rosas mismas.

En lo alto, el cielo se cernía sobre ella, cargado de nubes de tormenta que, impulsadas por el viento, permanecían altas, demasiado altas para refrescar el aire donde ella estaba arrodillada.

Cuando Tory respiraba, era como respirar dentro del agua. Tenía la sensación de que se ahogaba.

Volvió a levantar el globo que se llenó de estrellitas plateadas.

—Pero he vuelto. Para lo que pueda servir, estoy de regreso. Y haré todo lo posible por compensar lo pasado. Nunca te dije lo que significabas para mí, que sólo por ser mi amiga abrías algo en mi interior, algo que, cuando te perdí, sentí que se volvía a cerrar. Durante demasiado tiempo. Trataré de quitarle la cerradura, de volver a ser lo que fui cuando tú estabas aquí.

Volvió a mirar el biombo de árboles y las torres de Beaux Reves que se alzaban detrás. ¿Alcanzarían a verla desde allí, desde la torre de piedra? ¿Habría alguien de pie, muy cerca del vidrio, observándola?

Era lo que sentía, como ojos, mente y corazón la observaran encerrados tras un vidrio. Esperando.

Que me observen, pensó. ¡Que esperen! Volvió a mirar el ángel y luego la lápida.

—Nunca lo encontraron. Nunca encontraron al hombre que te hizo esto. Si puedo, yo lo haré.

Movió el globo y luego lo colocó debajo del ángel, para que el caballo pudiera volar y las estrellas resplandecieran. Y, dejándolo allí, se alejó.

Llovía con fuerza cuando Cade salió del pueblo y tomó el camino que lo conduciría a su casa. Era una buena lluvia que empaparía los sembrados y los haría crecer. Con un poco de suerte, esa lluvia duraría toda la noche y el campo quedaría mojado y satisfecho.

Quería sacar muestras de la tierra de casi todos sus potreros y comparar el éxito de sus distintos sembrados de protección. El año anterior había sembrado porotos porque agregaban el nitrógeno que tanto necesitaba su algodón.

Sacaría esas muestras al día siguiente, después de la lluvia y luego compararía y estudiaría los resultados de los últimos cuatro años. La cosecha de porotos fue razonablemente buena, pero no le produjo una ganancia sólida. Si decidía volver a sembrarlos, debía estar en condiciones de justificarlo.

Ante mí mismo, pensó. Nadie más prestaba atención a sus cuadros comparativos. Hasta Piney, que por lo menos simulaba cierto interés, miraba por encima cada vez que él le presentaba sus gráficos.

No importa, decidió Cade. Aparte de mí, nadie tiene por qué entender esos gráficos.

Y para ser franco, debía admitir que por el momento él tampoco estaba demasiado interesado en sus gráficos. Los estaba utilizando para no pensar en Tory y en lo sucedido la noche anterior.

Así que sería mejor que la enfrentara a ella y tratara de aclarar el asunto. Que asincerara las cosas antes de volver a su casa.

Cade frunció el entrecejo cuando el Mustang convertible colorado que lo precedía tomó el sendero que llevaba a la casa de Tory. Dobló detrás de él y alzó las cejas al ver que del Mustang se apeaba J.R.

—Bueno, ¿qué te parece? —Al ver que Cade se le acercaba, J.R. sonrió de oreja a oreja y palmeó su automóvil.

—¿Es suyo?

—Acabo de sacarlo de la agencia. Boots afirma que estoy atravesando la crisis de la mediana edad. Si me lo preguntas, te diré que esa mujer ve demasiados programas de televisión. Y yo digo: si a uno le da placer y lo puede pagar, ¿qué tiene de malo?

—No cabe duda de que es una belleza. —Bajo la lluvia torrencial, ambos caminaron hasta el capó para que J.R. pudiera levantarlo. Y allí permanecieron los brazos en jarras, admirando el motor.

Cade asintió, admirado.

—¿Cuánto da?

—Entre tú, yo y el poste de entrada, esta mañana lo levanté hasta ciento cuarenta kilómetros y siguió sereno como un espejo. Y es un campeón en las curvas. Ayer fui hasta Broderick's. Era hora de que cambiara mi sedán. Pensaba comprar otro igual, pero cuando vi a este bebé. —J.R. sonrió y se pasó un dedo por el grueso bigote plateado. —Fue un caso de amor a primera vista.

—¿Tracción en las cuatro ruedas? —preguntó Cade.

—¡Por supuesto! No he tenido uno de éstos desde que... bueno, desde que era menor que tú. Y hasta ahora, nunca me di cuenta de lo que los extrañaba. Me reventó tener que levantar la capota cuando empezó a llover.

—Si pisa tanto el acelerador y viaja a ciento cuarenta, coleccionará boletas de infracciones.

—Pero valdrá la pena. —J.R. volvió a palmear el auto con afecto y luego miró hacia la casa. —¿Viniste a visitar a Tory?

—Era lo que pensaba hacer.

—Me alegro. Debo darle un noticia que tal vez no le caiga bien. Creo que en ese momento le convendría tener un amigo cerca.

—¿Qué pasa? ¿Qué ha sucedido?

—No es nada del otro mundo, Cade, pero la preocupará. Se lo quiero decir cuanto antes. —Subió los escalones del porche y llamó a la puerta. —Parece extraño esto de llamar a la puerta de alguien de la familia, pero me acostumbré a hacerlo con mi hermana. A ella no le gustaba dejar la puerta abierta para recibir visitas. ¡Ahí está mi chica! —exclamó cuando Tory abrió la puerta.

—Tío Jimmy. Cade. —A pesar de que le sobresaltó verlos juntos en su porche, se hizo a un lado para dejarlos pasar. —Pasen. Salgan de la lluvia.

—Cade y yo nos topamos aquí. Los dos veníamos a visitarte. Yo estaba luciendo mi auto nuevo.

Tory miró el automóvil.

—¡Ése sí que es un...! —estaba por decir juguete, pero se dio cuenta de que lo ofendería—...una máquina formidable.

—Ronronea como un gato grande y viejo. En cuanto tengamos un día lindo, te llevaré a dar una vuelta.

—Me encantaría. —Pero en ese momento tenía a dos hombrones empapados en su living, un solo sillón y un dolor de cabeza terrible. —¿Por qué no pasamos todos a la cocina? Allí tenemos donde sentarnos y acabo de preparar un poco de té para combatir la humedad.

—Me parece tentador, pero no quiero ensuciarte la casa.

—No te preocupes por eso. —Abrió camino, con la esperanza de que la aspirina que acababa de tomar le hiciera efecto, sin la siesta de diez minutos con la que pensaba acompañarla. La casa olía a lluvia y al perfume maduro y húmedo del pantano. Cualquier otro día Tory lo habría disfrutado, pero en ese momento le producían una sensación de encierro.

—Tengo algunas galletitas. Son compradas, pero mejores que las que yo podría preparar.

—No quiero darte trabajo, querida. Debo volver a casa enseguida. —Pero ya que ella estaba poniendo galletitas en un plato, tomó una. —Hoy en día, Boots no quiere comprar nada dulce. Está haciendo dieta y eso significa que yo también la tengo que hacer.

—La tía Boots está maravillosa —Tory sacó tazas. —Y tú también.

—Es lo que yo le digo, pero ella se pesa todas las santas mañanas. Es como si subir medio kilo aquí o allá fuese el fin del mundo. Hasta que ella se dé por satisfecha, yo no tendré más remedio que comer alimentos de conejo. —Tomó otra galletita. —Me sorprende que ya no se me haya empezado a mover la nariz.

Esperó hasta que ella terminó de servir el té.

—Me han dicho que tu tienda anda viento en popa. No he tenido ni un minuto para ir a comprobarlo yo mismo.

—Espero que puedas ir el sábado.

—Te aseguro que por nada del mundo me perdería la inauguración. —Bebió un sorbo de té, se movió inquieto en la silla y suspiró. —Tory, me resulta muy desagradable venir con una noticia que tal vez te angustie, pero creo que debes saber lo que sucede.

—Te resultará más fácil decírmelo directamente y sin dar vueltas.

—No sé si podré. Hace un rato recibí un llamado de tu madre. Justo en el momento en que Boots y yo estábamos terminando de comer. Está desesperada, porque supongo que comprenderás que en caso contrario no me habría llamado. No hablamos por teléfono con regularidad.

—¿Está enferma?

—No, por lo menos no es lo que uno llamaría estar enferma. —Respiró hondo. —Se refiere a tu padre. Parece que hace un tiempo se metió en problemas. ¡Maldito sea! —J.R. hizo girar la taza en el platillo y luego levantó la vista para mirar a Tory. —Parece que atacó a una mujer.

En su mente, Tory oyó el zumbido del grueso cinturón de cuero. Y tres golpes fuertes. Empezaron a temblarle los dedos, pero consiguió aquietarlos.

—¿La atacó?

—Tu madre asegura que fue todo un error y yo tuve que sonsacarle información. Lo que me dijo es que una mujer declara que tu padre... este... la golpeó. Trató de... este... molestarla.

—¿Trató de violar a una mujer?

Sintiéndose miserable, J.R. volvió a cambiar de posición en la silla.

—Bueno, Sari no fue demasiado clara en los detalles. Pero, más allá de lo que en realidad haya sucedido, la cuestión es que arrestaron a Han. Ha estado bebiendo de nuevo. Es algo que Sarabeth no me quería decir, pero se lo sonsaqué. Lo dejaron en libertad condicional y con la obligación de iniciar un tratamiento de rehabilitación. Supongo que no debe haberlo tomado bien, pero no le quedaba más alternativa.

Bebió otro sorbo de té para humedecer su garganta seca.

—Y después de dos semanas, se las tomó.

—¿Se las tomó?

—No ha vuelto a su casa. Sarabeth me dijo que hace más de dos semanas que no lo ve y que Han ha violado su libertad condicional. Cuando lo encuentren... lo encerrarán.

154

—Sí, supongo que sí. —De un modo frío y distante, siempre le había sorprendido que hasta entonces su padre nunca hubiera estado del otro lado de los barrotes.

¡Gracias a Dios! pensó Tory.

—Sarabeth está frenética. —Sin pensar en lo que hacía, J.R. metió la galletita en el té, una costumbre que desesperaba a su mujer. —Tiene poco dinero y está enferma de preocupación. Pienso ir a verla mañana, para conocer exactamente la situación.

—Y crees que yo debería ir contigo.

—Bueno, querida, eso depende de ti. Yo puedo manejar solo este asunto.

—Y yo puedo acompañarte. Iré contigo.

—Si eso es lo que quieres, me alegrará tener compañía. Pensé salir bien temprano. ¿Podrías estar lista alrededor de las siete?

—Sí, por supuesto.

—Muy bien. Perfecto. —Incómodo, se puso de pie. —Ya verás que lograremos aclarar todo esto. Pasaré a buscarte por la mañana. No, no te levantes. Quédate sentada y bebe tu té. —Antes de que Tory pudiera ponerse de pie, le palmeó la cabeza. —No es necesario que me acompañes a la puerta.

—Está avergonzado —murmuró Tory cuando oyó que se abría la puerta de la casa—. Por sí mismo, por mí, por mi madre. Me lo dijo aprovechando que tú estabas aquí porque debe haber oído los chismes que está haciendo correr Lissy Frazier y consideró que sería mejor decírmelo cuando no estaba sola.

Cade no apartó la mirada de su rostro.

—¿Y tenía razón?

—No sé. Estoy acostumbrada a estar sola. ¿Te estás preguntando por qué no me preocupo mucho por mi padre o por mi madre?

—No, me pregunto qué puede haber sucedido entre ustedes para que tú no te preocupes por ellos. O por qué estás decidida a no estar preocupada por lo que dijo J.R. o a no demostrarlo.

—¿Qué sentido tiene que me inquiete? Lo hecho, hecho está. Mamá ha decidido no creer que mi padre hizo aquello y por lo cual lo arrestaron por hacer. Pero por supuesto que lo hizo. Si había estado bebiendo, sin duda no se cuidó por mantener su violencia oculta dentro de su casa.

—¿Castigaba a tu madre?

Tory esbozó la parodia de una sonrisa.

—Mientras yo estuve por ahí, no. No tenía necesidad de hacerlo.

Cade asintió. Lo sabía. Una parte de su ser lo sabía desde esa mañana en que ella llegó a su puerta para decirles lo que le había sucedido a Hope.

—Porque tú eras el blanco más fácil.

—Pero hace tiempo que no ha podido utilizarme. Me he asegurado de ello.

—¿Y por qué te culpas?

—No me culpo. —Como Cade la miraba con tranquilidad, ella cerró los ojos. —Costumbre. Sé que después de que yo me fui, mi padre la usó a ella como punching bol. Nunca hice nada por tratar de impedirlo. No creo que ninguno de ellos me lo hubiera permitido, pero nunca lo intenté. Sólo he visto a mi padre dos veces desde que cumplí dieciocho años. Una vez cuando vivía en Nueva York. Entonces era feliz y creía que se podían remendar las cosas que estaban rotas, o por lo menos algunas de ellas. En esa época ellos vivían en una casa rodante, cerca del límite de Georgia. Se mudaron mucha veces desde que salimos de Progress.

Ella permanecía con los ojos cerrados, en medio del silencio, mientras la lluvia golpeaba contra el techo.

—Papá no lograba mantener mucho tiempo un mismo trabajo. Siempre decía que alguien le tenía ojeriza. O que había un trabajo mejor en otra parte. Perdí la cuenta de la cantidad de otros lugares que conocí... distintos colegios, distintas habitaciones, distintas caras. Nunca me hice realmente amiga de nadie, así que en el fondo no importaba tanto. Sólo estaba haciendo tiempo, hasta que llegara el momento en que pudiera irme de casa. Si me hubiera ido antes, él me habría obligado a volver y me lo habría hecho pagar.

—¿No podrías haber pedido ayuda? ¿A tu abuela, por ejemplo?

—Él la habría lastimado. —Tory abrió los ojos y miró directamente los de Cade. —Le tenía miedo a mi abuela, lo mismo que me tenía miedo a mí, y le hubiera hecho algo. Y mi madre habría tomado partido por él. Siempre lo hacía. Por eso, cuando me fui de casa no acudí a ella. Si él se hubiera enterado, no le habría caído bien. No te puedo explicar, nunca he logrado explicarle a nadie, cómo puede llegar a vivir un miedo dentro de uno. Cómo ese miedo llega a dictar lo que debes pensar, cómo debes actuar, lo que dices y lo que no te animas a decir.

—Acabas de hacerlo.

Ella abrió la boca pero enseguida la volvió a cerrar para que no se le escapara una palabra que no hubiera pensado a fondo.

—¿Quieres más té?

—No te levantes. Yo me lo serviré. —Se puso de pie antes de que ella lo hiciera y volvió a poner la pava sobre el fuego. —Cuéntame. Cuéntame el resto.

—No les dije que me iba de casa, aunque había planeado cada paso que daría y adonde iría. Empaqué y huí en medio de la noche, caminé hasta la ciudad, hasta la estación de ómnibus y compré un boleto a la ciudad de Nueva York. Cuando salió el sol, estaba a kilómetros de distancia y sin intenciones de volver jamás. Pero...

Abrió los dedos enlazados, luego los volvió a cerrar, como si rezara.

—Pero una vez fui a verlos —dijo con cautela—. Acababa de cumplir veinte años. Tenía trabajo en una tienda del centro. Una tienda que vendía cosas preciosas. Ganaba un buen sueldo, y tenía mi propio departamento. No era mucho más grande que un placar, pero era mío. Como ya llegaban mis vacaciones, tomé el ómnibus hasta el límite de Georgia para verlos, bueno, en parte tal vez haya sido para demostrarles que había logrado algo por mí misma. Hacía dos años que faltaba y a los dos minutos era como si nunca me hubiera ido.

Cade asintió. Él se había ido para ingresar a la Universidad, y suponía que durante esos cuatro años se convirtió en un hombre. Y cuando volvió, el ritmo era el mismo.

Pero para él era el ritmo correcto, el que tanto extrañaba.

—Nada de lo que hacía, había hecho o podía hacer, estaba bien. Sólo bastaba ver que me había convertido en una puta despreciable. Él sabía la clase de vida que vivía en el norte. Suponía que había vuelto a casa porque estaba embarazada de alguno de los hombres que permití que me poseyera. Yo todavía era virgen pero para él era una prostituta. Pero durante esos dos años había adquirido cierta confianza en mí misma, justo la necesaria para enfrentarlo. Fue la primera vez en mi vida que me animé a hacerle frente. Tuve que dedicar el resto de mi semana de vacaciones a lograr que los moretones y lastimaduras que tenía en la cara cicatrizaran bastante como para disimularlos con maquillaje y volver a trabajar.

—¡Dios mío, Tory!

—Sólo me golpeó una vez. ¡Pero Dios que tenía manos grandes! Manos grandes y duras y las cerraba con facilidad convirtiéndolas en puños. —Distraída se llevó una mano a la cara y trazó la línea apenas torcida de su nariz. —Me levantó por el aire y me arrojó contra la mesada de esa cocinita mugrienta . No me di cuenta de que me había roto la nariz. Porque ¿sabes? el dolor me resultaba muy familiar.

Debajo de la mesa, Cade cerró las manos y las convirtió en un par de puños que le parecieron inútiles y tardíos.

—Cuando volvió a atacarme, tomé la cuchilla que había en la pileta. Un cuchillo grande, de mango negro. Ni siquiera tuve que pensarlo —agregó en voz tranquila y pensativa—. De repente me di cuenta de que lo tenía en la mano. Él debe haber notado en la expresión de mi rostro que estaba decidida a usarlo. Que me habría encantado usarlo. Salió hecho una tromba de la casa rodante, con mi madre corriendo tras él y suplicándole que no se fuera. Papá la apartó como si se tratara de un mosquito y hizo caer al piso de tierra y ella todavía lo siguió llamando. ¡Dios! Se arrastró detrás de él sobre sus malditas manos y rodillas. Jamás lo olvidaré. Jamás.

Cade se volvió a acercar a la cocina, a la pava que hervía, para darle tiempo a reponerse. En silencio, midió el té y encima vertió agua caliente. Volvió a sentarse y esperó.

—Tienes el don de escuchar.

—Termina de sacártelo de adentro. Libérate de eso.

—Está bien. —Ya tranquila, Tory abrió los ojos. Si hubiera visto lástima en los de Cade, tal vez no habría podido seguir hablando. Pero lo que vio fue paciencia. —La compadecía. Estaba disgustada con ella. Y la odiaba. Creo que en ese momento la odié más a ella que a él. Solté el cuchillo y tomé mi valija. Ni siquiera había desempacado, no hacía una hora que estaba allí. Cuando salí, todavía seguía sentada en el piso de tierra y llorando. Pero me miró con una terrible expresión de enojo en los ojos. "¿Por qué tuviste que enfurecerlo? Lo

157

único que siempre nos has causado son problemas." Estaba sentada en el piso de tierra y le sangraban los labios, no sé si porque él le había pegado o porque se los había mordido al caer. Yo seguí caminando sin decirle una sola palabra. Desde entonces no he vuelto a hablar con ella. Es mi madre y desde los veinte años no hablo con ella.

—No es culpa tuya.

—No, no es mía la culpa. He hecho terapia durante años, así que puedo decirlo con seguridad. No tuve ninguna culpa. Pero seguía siendo la causa. Creo que él se solazaba castigándome, porque había nacido. Por haber nacido como era. Hasta el momento en que se dio cuenta de que era distinta, me dejó en paz. Yo era problema de mi madre y él pocas veces se tomaba la molestia necesaria para darme algo que no fuera una cachetada distraída. Pero cuando supo que era distinta, creo que nunca pasaba una semana sin que abusara de mí.

—¡No! No me refiero a un abuso sexual —aclaró al ver la expresión de Cade—. Nunca me puso las manos encima en ese sentido. Pero se moría por hacerlo. ¡Dios, qué ganas tenía de hacerlo! Y eso lo asustaba más, de manera que me castigaba más. Y hacerlo le producía un placer retorcido. El sexo y la violencia están envueltos en su interior. Sin duda es cierto lo que dicen que le hizo a esa mujer. No la debe haber violado, por lo menos en un sentido que pueda ser demostrado, porque en caso contrario no le habrían concedido con tanta facilidad la libertad condicional. Pero la violación es sólo una de las maneras en que un hombre puede herir y humillar a una mujer.

—Lo sé. —Se levantó a buscar la tetera y le sirvió más té. —Dijiste que los habías visto dos veces.

—No a ellos, a él. Hace tres años fue a Charleston. Llegó a mi casa. Me siguió hasta allí desde el trabajo. Había averiguado dónde trabajaba y me siguió hasta casa. Me atrapó cuando yo bajaba del auto. Me morí de miedo. Ya no me quedaba mucho de ese acero que había forjado en Nueva York. Me dijo que mi madre estaba enferma y que necesitaban dinero. No le creí. Había estado bebiendo. Olía a alcohol.

Si se lo permitía, volvería a olerlo en ese momento. El hedor caliente y rancio como un mal gusto en el aire. Para no seguir percibiéndolo, levantó la taza y aspiró en cambio el vapor del té.

—Me aferraba el brazo con una mano. Me di cuenta de lo que quería hacer. Retorcerme el brazo, quebrarme el hueso. Y lo excitaban las imágenes que tenía dentro de la cabeza. Le extendí un cheque por quinientos dólares. Se lo extendí en el acto. No lo hice entrar en la casa. Le dije que si me lastimaba, o trataba de entrar en la casa, o si iba al lugar donde yo trabajaba, si hacía cualquiera de esas cosas, daría orden de que no le pagaran el cheque y nunca más recibiría un centavo. Pero que si tomaba el cheque, se iba y no volvía, les enviaría cien dólares por mes.

Lanzó una corta carcajada.

—Le sorprendió tanto esa posibilidad que me soltó. Siempre le gustó el dinero. Sólo por el hecho de tenerlo. Le gustaba sermonearnos acerca de los hombres ricos y los ojos de las agujas, pero le fascinaba tener dinero. Me metí a la casa y cerré la puerta con llave. Me quedé toda esa noche levantada, cerca del teléfono y con el atizador en la mano. Pero no trató de entrar. Ni entonces, ni nunca. Esos cien dólares mensuales me compraron una especie de paz de espíritu. No era un precio demasiado caro.

En ese momento bebió, un largo trago de té que estaba demasiado caliente y demasiado fuerte y que sin embargo la animó. Incapaz de seguir sentada, se puso de pie para mirar la lluvia por la ventana.

—Así que allí los tienes. Algunos de los desagradables secretos de la familia Bodeen.

—Los Lavelle también tienen sus propios secretos desagradables. —Se levantó para acercársele y le pasó la mano por la prolija trenza que le caía por la espalda. —Todavía conservabas tu acero, Tory. Tenías lo que necesitabas. Y él no lo pudo quebrar. Ni siquiera logró torcerlo.

Apoyó los labios sobre el pelo de Tory, feliz de que ella no se apartara como por lo general lo hacía.

—¿Has comido algo?

—¿Qué?

—Es probable que no. Siéntate. Prepararé unos huevos revueltos.

—¿De qué estás hablando?

—Estoy hambriento y si tú no lo estás, deberías estarlo. Comeremos unos huevos.

Ella se volvió y sufrió un sobresalto cuando él la rodeó con sus brazos. Se le llenaron los ojos de lágrimas ardientes, que hizo desaparecer parpadeando con rapidez.

—Esto no puede llegar a ninguna parte, Cade. Lo tuyo y lo mío.

—Tory. —Le rodeó con las manos la parte de atrás del cuello hasta que ella apoyó la cabeza contra su hombro. —Ya ha llegado a alguna parte. ¿Por qué no nos quedamos allí durante un rato y vemos si nos gusta?

Era agradable, tranquilizador que a una la sostuvieran así, de esa manera tan fácil y familiar.

—No tengo huevos. —Se echó atrás y lo miró a los ojos. —Prepararé una sopa.

A veces la comida no era más que un apoyo. Ella lo está utilizando en este momento, pensó Cade. Tal vez lo estuvieran utilizando los dos, mientras Tory revolvía una sopa de lata sobre la hornalla y él buscaba todo lo necesario para preparar sándwiches calientes de queso. Una comida agradable y casera para una noche de lluvia. La clase de comida que una pareja podía compartir con conversaciones livianas y con una buena botella de vino.

A mí me habría encantado pasar una velada así, pensó Cade mientras extendía la manteca sobre el pan, como Lilah le había enseñado, y trataba de encontrar la manera de atravesar el delgado y espinoso escudo de Tory.

—En Beaux Reves hubieras comido algo mejor que sopa y un sándwich.

—Tal vez. —Colocó el tostador sobre la hornalla y permaneció de pie junto a Tory. Cerca pero no lo suficiente como para que los cuerpos de ambos se tocaran. —Pero me gusta estar aquí contigo.

—Entonces hay algo que no anda bien en ti.

Lo dijo con tanta sequedad que él demoró un instante en reaccionar. Con una carcajada, puso los dos sándwiches sobre el tostador.

—Es posible que en eso tengas razón. Después de todo, debes saber que soy un estupendo partido. Saludable, no demasiado feo, con una casa grande, tierras excelentes y dinero suficiente para alejar el hambre. Y además de eso y de un sutil encanto, preparo maravillosos sándwiches de queso.

—Y si ése es el caso, ¿por qué no te ha atrapado alguna mujer inteligente?

—Millares lo han intentado.

—¿Así que eres resbaloso?

—Ágil. —Dio vuelta los sándwiches. —Me gusta pensar que soy ágil. Una vez estuve comprometido.

—¿No me digas? —Lo dijo con aire indiferente mientras buscaba los boles para la sopa, pero le dirigió una mirada aguda.

—A-já. —Conocía bastante la naturaleza humana como para saber que si lo dejaba así aumentaría la curiosidad de Tory y hasta que por fin ella explotaría o se rendiría.

Tory resistió hasta que terminaron de colocar los platos y los boles y se sentaron a la mesa.

—¿Te crees muy vivo, ¿verdad?

—Querida, un hombre de mi posición debe serlo. Aquí dentro está agradable, a pesar de la lluvia y de todo eso, ¿no es cierto?

—Está bien. ¡Maldito sea! ¿Qué sucedió?

—¿A qué te refieres? —Le encantó la manera en que ella entrecerró los ojos. —¡Ah! ¿Te refieres a Deborah? ¿La mujer a quien estuve a punto de jurar que amaría, honraría y cuidaría hasta la muerte y todo eso? La hija del juez Purcell. Es posible que recuerdes al juez, aunque no creo que todavía lo fuera cuando tú te fuiste.

—No, no lo recuerdo. Dudo que los Purcell y los Bodeen se hayan movido en el mismo círculo social.

—De todos modos, él tenía una hija muy bonita que durante un tiempo estuvo enamorada de mí y que luego decidió que, después de todo, no quería ser la mujer de un granjero. Por lo menos no de un granjero que trabajara como tal.

—Lo siento.

—No fue una tragedia. Yo no la amaba. Me gustaba mucho. —Cade quedó pensativo mientras probaba la sopa. —Era muy bonita, tenía una conversación muy interesante y... digamos que éramos compatibles en ciertas cosas vitales. En todas menos una. No queríamos la misma cosa. Y para nuestra mutua vergüenza, lo descubrimos algunos meses después de comprometernos. Rompimos bastante amigablemente, lo cual demuestra que fue un alivio para los dos, y ella se fue a vivir a Londres durante algunos meses.

—¿Cómo pudiste...? —Se interrumpió y se llenó la boca con sándwich.

—Sigue. Puedes preguntar.

—Me preguntaba cómo pudiste pedirle a alguien que se casara contigo si luego la dejaste ir sin ningún escrúpulo.

Él lo consideró y masticó el sándwich como si también estuviera masticando sus pensamientos.

—Supongo que tuve algunos pequeños escrúpulos. Pero analizándolo retrospectivamente, la realidad era que tenía veinticinco años y nuestras familias nos presionaron para que nos comprometiéramos. Mi madre y el juez son buenos amigos, y él también era amigo de mi padre. La idea era que yo debía sentar cabeza y tener un par de herederos.

—Eso me parece de una frialdad espantosa.

—No del todo. Yo me sentía atraído por ella y conocíamos mucha gente en común. Su padre había sido el abogado del mío durante años. Nos resultó fácil deslizarnos a un arreglo que agradó a nuestras dos familias. Pero a medida que se acercaba el momento de casarnos, yo por mi parte empecé a sentir algo parecido a lo que se siente cuando uno tiene la corbata demasiado apretada. Hasta el punto de no poder respirar bien. Entonces me pregunté cómo sería mi vida sin ella. Y cómo sería mi vida con ella, cinco años después.

Comió otro bocado de sándwich y se encogió de hombros.

—Resulta que me gustó mucho más la respuesta a la primera pregunta que a la segunda. Y por suerte, a ella también. Los únicos que sufrieron una verdadera desilusión fueron nuestros familiares. —Hizo una pausa y la miró comer. —Y no podemos vivir según lo que quieran o no quieran nuestros padres, ¿no es cierto, Tory?

—No, pero de todos modos, vivimos llevando con nosotros ese peso. Mis padres nunca me aceptaron por lo que era. Durante mucho tiempo me esforcé por ser distinta. —Levantó la vista. —No puedo.

—A mí me gustas tal como eres.

—Anoche tuviste problemas con lo que soy.

—Algunos —admitió Cade—. Me preocupaste. Estabas frenética —agregó apoyando una mano sobre la de ella antes de que Tory pudiera retirarla—. Después te vi frágil. Me hizo sentir torpe. No sabía qué hacer, y estoy acostumbrado a saberlo.

—No me creíste.

—No dudo de lo que viste, o sentiste. Pero no puedo menos que creer que se debe en parte a que hayas vuelto, a que recuerdes lo que le sucedió a Hope.

Tory pensó en el llamado de Abigail, en las fechas de ambos asesinatos. Pero no dijo nada. Ya antes había confiado, había compartido. Y lo perdió todo.

—Sí, está todo mezclado con mi vuelta a Progress. Y con Hope. Si no fuera por Hope, tú no estarías sentado aquí en este momento.

Ya en terreno más seguro, él se echó atrás y siguió comiendo.

—Si te hubiera visto por primera vez hace cuatro o cinco semanas, si no nos hubiéramos conocido antes y no hubiera habido nada entre nosotros hasta entonces, te aseguro que habría encontrado la manera de estar sentado aquí ahora. De hecho, si todo hubiera empezado hace semanas en lugar de años, creo que ya te tendría en esa cama tan interesante.

Cuando ella depositó la cuchara de golpe sobre el plato, Cade esbozó una sonrisa lenta y fácil.

—Creo que había llegado la hora de que habláramos de eso, para que puedas pensar en ello.

14

El viaje fue agradable y le recordó todo lo que había perdido por no permanecer cerca de J.R. Todo era grande en él, su voz, su risa, sus gestos. En dos oportunidades Tory se vio obligada a esquivar su brazo cuando él lo extendió hacia ella para señalar algo en el camino.

Era como si devorara a su interlocutor con su sencilla alegría de vivir.

Iba sentado en el autito, con las rodillas casi a la altura del mentón, la mano grande aferrando la palanca de cambios de la misma manera que ella había visto que algunos jovencitos aferraban el joystick durante un juego de video.

Por la diversión y la competencia.

Por su manera de zambullirse en ese día, era como si se encaminaran a toda velocidad hacia un picnic loco en lugar de un penoso deber familiar.

Su don consiste en vivir en el presente, pensó Tory, y ésa es una habilidad que durante toda mi vida he luchado por tener.

A su tío le producía un placer enorme viajar en su coche nuevo, rugiendo por la interestatal con sus discos compactos de Clint Black y Garth Brooks y con el pelo rojizo cubierto por una gorra.

Perdió la gorra justo después de la salida a Sumter, cuando se la arrancó una ráfaga de viento y fue a parar debajo de las ruedas de un minivan Dodge. J.R. ni siquiera en ese momento redujo la velocidad y rió como loco.

Con la capota baja y la música alta, tenían que conversar a los gritos, a pesar de lo cual J.R. no se callaba y sus temas de interés saltaban, como una gran pelota de goma, de la tienda de Tory a la política, a los helados de bajas calorías, y a las cotizaciones de acciones en la Bolsa.

Cuando se acercaban a la salida hacia Florence, dijo que esperaba que tuvieran un poco de tiempo para pasar a visitar a su madre. Fue la primera vez que mencionó a la familia.

Tory le gritó que le encantaría detenerse a ver a su abuela. Después pensó en Cecil y se preguntó si J.R. estaría enterado de las novedades. Ese pensamiento la mantuvo ocupada y entretenida hasta que dejaron Florence atrás y se encaminaron hacia el noreste.

Nunca había estado en la casa de sus padres situada en las afueras de Hartsville. No tenía idea de lo que ellos hacían en la actualidad para ganarse la vida, ni cómo pasaban el tiempo cuando estaban juntos o separados.

Nunca se lo preguntó a su abuela, e Iris jamás sacó el tema.

—Ya estamos cerca. —J.R. se movió en su asiento. Tory percibió que también cambiaba su estado de ánimo. —Lo último que supe de Han fue que trabajaba en una fábrica. Ellos, este... alquilaban un trozo de tierra y criaban pollos.

—Comprendo.

J.R. se aclaró la garganta como si estuviera por volver a hablar, luego permaneció en silencio hasta que salió de la ruta y dobló por un camino asfaltado lleno de pozos.

—No he venido a visitarlos, así que no conozco la casa en que viven. Pero Sarabeth me dio la dirección cuando le dije que vendría personalmente a enterarme de la situación .

—Está bien, tío Jimmy, no te preocupes por mí. Los dos sabemos lo que debemos esperar.

Las casas diseminadas que alcanzaban a ver eran chicas y esqueléticas, huesos amarillentos clavados en lotes de pasto crecido o en parches de tierra. Una camioneta oxidada con el parabrisas rajado como una cáscara de huevo, colocada sobre bloques de cemento. Un feo perro negro que saltaba y tironeaba de su cadena, ladrando con malignidad mientras que a menos de treinta centímetros de distancia una criatura sólo cubierta por ropa interior grisáceas y un enredo de pelo oscuro permanecía sentada sobre un viejo lavarropas abandonado. La pequeña se chupó el pulgar y observó con mirada vacía el paso del convertible.

Sí, pensó Tory. Sabemos lo que debemos esperar.

El camino zigzagueaba, trepaba un poco y luego se bifurcaba. J.R. apagó la música y avanzó a paso de hombre por el camino de tierra y grava.

—Así es como invierten el dinero de los impuestos en este condado —dijo, en un intento de broma, luego sólo suspiró y entró con el auto por el sendero que se dirigía a la casa.

No, no es una casa, se corrigió Tory. Una choza. No se podía llamar casa a eso, y menos denominarla un hogar. El techo estaba flojo y, lo mismo que la sonrisa de un anciano, tenía huecos donde las tejas habían salido volando o se habían caído. Las paredes grises y viejas del costado estaban rajadas y desiguales. Una de las ventanas había sido tapada con cartones. El jardín delantero estaba cubierto de yuyos. Una vieja piletas de hierro, tirada de costado, mostraba un feo agujero del tamaño de un puño.

A un costado y detrás de la casa había una construcción de chapas que estaban grises de mugre y con manchas de óxido color sangre. En el otro lado había un cerco de alambre tejido dentro del que una docena de pollos flacos picoteaban el piso de tierra y se quejaban.

El aire estaba cargado de hedor a pollos.

—¡Dios! ¡Dios mío! —murmuró J.R.—. No creí que sería tan terrible. Uno nunca piensa que puede ser tan espantoso. No tiene sentido. No tiene sentido que hayan llegado a esto.

—Ella sabe que estamos aquí —dijo Tory en una voz sin inflexiones mientras abría la puerta del auto—. Nos ha estado esperando.

J.R. pegó un portazo y mientras caminaban hacia la casa apoyó una mano sobre el hombro de Tory.

Ella se preguntó si le estaría ofreciendo un apoyo o si se lo estaría pidiendo.

La mujer que apareció tenía pelo gris. Un pelo gris piedra peinado hacia atrás que dejaba al descubierto un rostro delgado. Daba la impresión de que también la piel había sido echada hacia atrás, por lo que los huesos sobresalían como tiradores de una puerta. Las arrugas que le rodeaban la boca parecían cortadas con un cuchillo y los labios caían en una expresión desdichada.

Lucía un vestido de algodón arrugado, demasiado grande para ella y, entre los pechos sin vida, colgaba una pequeña cruz de plata.

Los ojos, bordeados de un rojo fuego, miraron a Tory y enseguida se apartaron, como si una mirada pudiera quemar.

—No me dijiste que la traerías a ella.

—¡Hola, mamá!

—No dijiste que la traerías —repitió Sarabeth, luego abrió la puerta mosquitero—. ¿No crees que ya tengo bastantes preocupaciones?

J.R. apretó el hombro de Tory.

—Hemos venido a hacer todo lo que podamos para ayudarte, Sari. —Sin apartar la mano del hombro de Tory, J.R. se hizo a un lado.

En el interior, el aire olía a basura, a sudor rancio. A desesperanza.

—No sé qué puedes hacer, aparte de encontrar a esa mujer, a esa puta mentirosa y llevarla a Hartsville para obligarla a decir la verdad. —Sacó un pañuelo sucio del bolsillo del vestido y se sonó la nariz. —Estoy desesperada, J.R. Creo que a mi Han le ha sucedido algo espantoso. Nunca ha pasado tanto tiempo sin volver a casa.

—¿Por qué no nos sentamos? —preguntó J.R. pasando su mano del hombro de Tory al de su hermana mientras estudiaba la habitación.

Se le dio vuelta el estómago.

Vio un sofá hundido cubierto por una sucia funda amarilla y un sillón reclinable remendado con cinta plástica. Las mesas estaban cubiertas de platos de cartón, tazas plásticas y lo que J.R. supuso que serían los restos de la comida de la noche anterior. En un rincón, sobre tres patas y con un trozo de madera para suplir la cuarta, había una cocina a leña cubierta de hollín.

De la pared colgaba el cuadro de un Jesús doliente, que exponía su Sagrado Corazón, dentro de un marco barato de alambre.

Mientras su hermana seguía con la cara enterrada en el pañuelo, J.R. la condujo al sofá y dirigió una mirada suplicante a Tory.

—¿No quieren que prepare un poco de café?

—Creo que me queda un poco de café instantáneo. —Sarabeth bajó el pañuelo y, con tal de no mirar a su hija, clavó la vista en la pared. —No he tenido ganas de ir hasta el almacén, no quería alejarme de casa por si Han...

Sin pronunciar palabra, Tory se volvió. En la pileta de la cocina se apilaban los platos. Los restos de comida que contenían las cacerolas eran viejos y estaban cubiertos de costras. Los zapatos se le pegaban al piso de linóleo roto.

Durante la infancia de Tory, Sarabeth limpiaba como un tornado, perseguía el polvo y el hollín como si fueran pecados contra el alma. Mientras llenaba de agua la pava, Tory se preguntó cuándo habría abandonado su madre ese hábito nervioso, cuando habrían podido más la pobreza y el desinterés que la ilusión de estar formando un hogar o de que Dios entraría a su casa siempre que el piso estuviera bien barrido.

Entonces dejó de hacerse preguntas, dejó de pensar, bloqueó todo lo que no fuera la tarea mecánica de calentar el agua y golpear con una cuchara los granos de café que se habían convertido en cemento dentro de un pequeño jarro de vidrio.

La leche estaba agria y no encontró azúcar. Llevó de regreso al living dos jarros que contenían un líquido de aspecto deprimente. Su estómago ni siquiera habría permitido que ella simulara beberlo.

—Esa mujer —decía Sarabeth—. Trató de atrapar a mi Han. Jugó con sus debilidades, lo tentó. Pero él se resistió. Me lo contó todo. No sé quien la habrá golpeado, probablemente algún pervertido a quien se vendió, pero ella dijo que era Han para vengarse de él por haberla rechazado. Eso fue lo que sucedió.

—Está bien, Sari. —J.R. se sentó a su lado en el sofá, le palmeó una mano. —Ahora no nos preocuparemos por esa parte del asunto, ¿quieres? ¿Se te ocurre adónde puede haber ido Han?

—¡No! —gritó ella, apartándose de su hermano con tanta violencia que casi volcó el café que Tory acababa de poner sobre la mesa. —¿Crees que si lo supiera no hubiera ido a reunirme con él? La mujer debe seguir a su marido. Es lo mismo que le dije a la policía. Les dije exactamente lo que te estoy diciendo a ti, pero no espero que me crea ese grupo de corruptos, de policías olvidados de la mano de Dios, aunque supuse que personas de mi propia carne y sangre me creerían.

—Te creo. ¡Por supuesto que te creo! —Tomó un jarro de café y se lo puso en las manos con suavidad. —Sólo pensé que tal vez se te hubiera ocurrido algo, que tal vez recordaras un par de lugares al que hubiera ido en otra oportunidad.

—No se trata de que se haya ido. —Mientras bebía, a Sarabeth le temblaban los labios. —A veces necesita alejarse para pensar, eso es todo. Los hombres sufren muchas presiones porque deben mantener su casa. Y a veces Han necesita estar solo para pensar las cosas a fondo, para rezar por ellas. Pero ahora hace demasiado tiempo que se ha ido. Tal vez lo hayan herido.

Se le volvieron a llenar los ojos de lágrimas.

—¡Esa mujer que mintió acerca de él y que le creó tantos problemas debe preocuparlo terriblemente! Y ahora la policía habla como si Han fuese un fugitivo. Simplemente no comprenden.

—¿Asistía al programa de rehabilitación de alcohólicos?

—Creo que sí. Pero Han no necesitaba ningún programa. No era un borracho. De vez en cuando bebía un poquito, pero sólo para relajarse. Jesús bebía vino, ¿no es verdad?

Jesús, pensó Tory, no tenía la costumbre de bajarse buena parte de una botella de whisky por día ni de castigar mujeres. Pero su madre nunca vería la diferencia.

—En el trabajo no hacen más que acosarlo, ¿se dan cuenta? Porque saben que es más inteligente que ellos. Y criar los pollos cuesta más de lo que calculamos. Ese cretino del corralón de alimentos balanceados y granos subió los precios para poder mantener muy perfumada a su amante. Han me lo explicó.

—Querida debes enfrentar la realidad de que, al haberse ido así, Han quebrantó su libertad condicional. Actuó contra la ley.

—Bueno, la ley está equivocada. ¿Qué haré, J.R.? Estoy frenética. Y todo el mundo quiere dinero y no tengo más ingresos que lo que saco con la venta de huevos. Estuve en el banco, pero esos mentirosos de porquería se quedaron con lo que teníamos depositado y dicen que Han retiró los fondos. ¡Esos mentirosos aseguran que Han retiró los fondos!

—Yo me encargaré de las cuentas. —Ya lo había hecho antes. —No te preocupes por eso. Escucha lo que creo que debemos hacer: creo que deberías empacar algunas cosas y venir a casa conmigo. Te puedes quedar con Boots y conmigo hasta que todo se haya aclarado.

—No puedo irme. Han puede volver en cualquier momento.

—Le podrías dejar una nota.

—Eso lo enfurecería. —Comenzó a mover los ojos de un lado para el otro, aves cautelosas que buscaban un lugar seguro donde posarse, lejos de la furia del marido. —El hombre tiene derecho de esperar que su mujer esté en casa cuando él llega. Que lo esté esperando bajo el techo que él pone sobre su cabeza.

—Tu techo está lleno de agujeros, mamá —intervino Tory en voz baja, con lo que se ganó una mirada de odio de su madre.

—Para ti nunca nada fue bastante bueno, ¿no es verdad? Por más que tu padre trabajara y que yo sudara, a ti nunca te bastaba. Siempre querías más.

—Nunca pedí más que lo que me daban.

—Fuiste bastante inteligente como para no pedirlo en voz alta. Pero yo lo veía. Lo veía en tus ojos. Eras furtiva. Furtiva y astuta —dijo Sarabeth, torciendo la boca en un gesto violento—. Y la prueba es que te fuiste en cuanto se te presentó la primera oportunidad. Y sin mirar atrás. Nunca honraste a tu padre ni a tu madre. Tenías la obligación de devolvernos todo lo que nos sacrificamos por ti, pero eras demasiado egoísta. Si no la hubieras arruinado, todavía tendríamos una vida decente en Progress.

—¡Sarabeth! —Con sensación de indefensión, J.R. le pegó una serie de rápidas palmaditas en la mano. —Eso no es justo y no es cierto.

—Ella nos llenó de vergüenza. Nos llenó de vergüenza desde el minuto de su nacimiento. Antes de su llegada éramos felices. —Volvió a comenzar a llorar con grandes sollozos que le estremecían los hombros.

Sin saber qué hacer, J.R. le rodeó los hombros con un brazo y lanzó una serie de ruiditos tranquilizadores.

Con la mente en blanco, Tory se inclinó y empezó a retirar los restos de comida que cubrían la mesa.

Sarabeth se puso de pie con la rapidez de un rayo.

—¿Qué haces?

—Ya que estás decidida a quedarte aquí, decidí limpiar un poco la casa.

—No necesito que me critiques. —Golpeó los platos y los hizo caer al piso. —No necesito que vengas vestida con ropa elegante y dándote aires de importancia, nada más que para hacerme quedar mal. Hace años me diste la espalda y, en lo que a mí se refiere, puedes seguir adelante con tu vida.

—Tú fuiste quien me dio la espalda la primera vez que él me golpeó hasta hacerme sangrar y te quedaste mirándolo en silencio.

—Dios dispuso que el hombre fuese amo de su propia casa. Nunca se te dio una paliza si no la merecías.

Una paliza, pensó Tory, ¡qué nombre tan amistoso para denominar el horror!

—¿Es lo que piensas para poder dormir de noche?

—¡No me repliques! Y no le faltes el respeto a tu padre. Debes decirme dónde está, ¡Maldito sea! Tú lo sabes porque puedes ver. Dime dónde está para que yo pueda ir a cuidarlo.

—Me niego a buscarlo. Si llegara a tropezar con él ensangrentado y caído en una zanja, lo dejaría allí. —Sarabeth le pegó una cachetada tan fuerte que la cabeza de Tory cayó hacia atrás y le quedó una marca colorada en la cara. Pero ella apenas se dio por enterada.

—¡Sarabeth! ¡Por amor de Dios, Sari! —J.R. le aferró el brazo y la inmovilizó mientras ella luchaba, sollozaba y gritaba.

—Estaba por decir que espero que esté muerto —dijo Tory en voz baja—. Pero no es así. Espero que vuelva a ti, mamá. Te aseguro que espero que vuelva y que te dé la vida que pareces querer.

Abrió su cartera y sacó el billete de cien dólares que había puesto allí esa mañana.

—Si vuelve y cuando lo haga, dile que éste es el último dinero que recibirá de mí. Dile que he vuelto a vivir en Progress y que allí me estoy forjando una vida propia. Y si quiere ir y volverme a levantar la mano, entonces le aconsejo que esta vez me castigue hasta matarme. Porque si no termina conmigo, yo terminaré con él. —Cerró la cartera. —Te esperaré en el auto —le dijo a J.R. y salió.

Las piernas no empezaron a temblarle hasta que se sentó en el auto y cerró la puerta. El temblor comenzó por las rodillas y subió, de manera que cruzó los brazos sobre el torso, los apretó con fuerza y, con los ojos cerrados, esperó que el temblor pasara.

Alcanzaba a oír el llanto que surgía como lava de la casa, y el monótono piar de los pollos que buscaban comida. Desde algún lugar cercano le llegaba el ladrido furibundo de un perro.

Y sin embargo, pensó, por sobre todo eso los pájaros cantan con notas decididas y alegres.

Se concentró en ese sonido y se obligó a no pensar en otra cosa. Inesperadamente, se encontró de pie en la cocina de su casa, con la cabeza apoyada sobre el hombro de Cade quien le besaba el pelo.

Descansando allí no oyó a su tío hasta que él se sentó a su lado y cerró la puerta.

J.R. no hizo comentario alguno hasta que se alejó de la casa y tampoco habló cuando un kilómetro después detuvo el auto y permaneció sentado, con las manos apoyadas sobre el volante y la mirada fija en el vacío.

—No debí permitir que vinieras —dijo por fin—. Creí... no sé lo que estaba pensando, pero de alguna manera me pareció que querría verte, que ahora que Han se ha ido, ustedes dos podrían reconciliarse.

—Más allá de que me culpe por todo, yo ya no formo parte de su vida. Él es su vida. Es lo que ella quiere.

—¿Por qué? ¡Por amor de Dios, Tory! ¿Por qué puede querer vivir así, vivir con un hombre que nunca le ha dado la menor alegría?

—Lo ama.

—¡Eso no es amor! —Escupió las palabras, lleno de enojo y de disgusto. —Es una enfermedad. Ya oíste como lo disculpaba, cómo le echaba la culpa a todos menos a él. Acusó a la mujer a quien Han atacó, a la policía, y hasta al maldito banco.

—Es lo que ella quiere creer. Es lo que necesita creer. —Al comprender que J.R. estaba más angustiado de lo que ella creía, le puso una mano sobre el brazo. —Hiciste todo lo que pudiste.

—Todo lo que pude. Le di dinero y la dejé allí, en esa pocilga. Y si quieres que te diga la verdad Tory, en este momento doy gracias a Dios de que ella no haya querido ir a casa conmigo, para no verme obligado a introducir en mi casa esa enfermedad. Me avergüenza. —Se le quebró la voz y dejó caer la cabeza sobre el volante.

Porque comprendió que J.R. lo necesitaba, Tory se quitó el cinturón de seguridad, apoyó la cabeza contra el brazo de su tío y trazó círculos con la mano sobre su espalda.

—No tienes por qué avergonzarte, tío Jimmy. No debes avergonzarte de querer proteger tu casa y a la tía Boots, de querer mantener todo esto lejos de tu hogar. Yo podría haber hecho lo que ella me pidió que hiciera. Podría haberle dado eso. Pero no lo hice y no lo haré. Y no me avergonzaré de mi actitud.

Él asintió y luchando por recobrar la compostura, se echó atrás en el asiento.

—Qué familia endiablada tenemos ¿verdad, chiquita? —Con suavidad, con mucha suavidad, tocó con la punta de los dedos la marca rojiza que ella tenía en la cara. Después puso primera y apretó el acelerador. —Si no te importa, Tory, te confieso que en este momento no tengo ánimo para pasar a ver a tu abuela.

—Tampoco yo. Vayamos derecho a casa.

. . .

Cuando J.R. la dejó en su casa, Tory no entró, sino que subió de inmediato a su coche y se dirigió a la tienda. Debía recuperar muchas horas perdidas y agradecía que el trabajo y el apuro le impidieran pensar en lo sucedido esa mañana.

Lo primero que hizo fue llamar al florista para pedirle que le entregaran el ficus y los arreglos florales ordenados la semana anterior. Su segundo llamado fue a la confitería para confirmar que las masas y los *petit fours* elegidos estarían listos para que los pasara a buscar a la mañana siguiente.

Recién a última hora de la tarde consideró que todos los arreglos estaban hechos y resultaban atractivos. Para poner un toque más alegre a la decoración, comenzó a hilvanar una hilera de luces a las ramas del ficus.

En ese momento sonó la campanilla de la puerta y recordó que no la había cerrado con llave.

—Te vi al pasar —dijo Dwight. Entró, inspeccionó la tienda y lanzó un silbido. —Quería comprobar si todo estaba bien y si no necesitabas ayuda de último momento. Pero por lo visto tienes todo bajo control.

—Creo que sí. —Se enderezó, con la punta de la hilera de luces todavía en la mano. —Tu gente hizo un trabajo maravilloso, Dwight. No podría estar más contenta con el resultado.

—Espero que menciones a Frazier si alguien te felicita por la carpintería.

—Puedes contar con ello.

—¡Ah! ¡Pero qué lindo es esto! —Se acercó a una tabla de picar carne hecha de tiras angostas de varios tipos de madera y tan lijada que era suave como el vidrio. —Es un trabajo maravilloso. Yo hago algunas cosas de carpintería como entretenimiento, pero nada como esto. Es casi demasiado bonita para usarla.

—Estilo y funcionalidad. Ésa es la clave de mi negocio.

—Lissy está feliz con esa especie de candelabro que te compró y cada vez que tiene oportunidad muestra el espejo. Dijo que no se ofendería si yo les echaba una mirada a las alhajas y encontrara algo que pudiera alegrar su estado de ánimo.

—¿No se siente bien?

—Sí, está bien. —Dwight le quitó importancia a la pregunta mientras recorría la tienda. —Cuando está embarazada, de vez en cuando se deprime, eso es todo. —Metió los pulgares en los bolsillos del pantalón y le dirigió a Tory una mirada avergonzada. —Ya que estoy aquí, supongo que debo disculparme.

Como por lo visto él pensaba quedarse un poco más, Tory siguió enhebrando la tira de luces.

—¿Por?

—Por permitir que Lissy creyera que tú y Cade están disfrutando de la mutua compañía.

—A mí no me molesta la compañía de Cade.

—Bueno, no sé si me estás quitando el anzuelo o si me estás enlazando como ese cordón de luces. La cosa es... bueno, que Lissy se pone muy cabeza dura en algunas cosas. No hace más que tratar de encontrarle pareja a Cade, y si no es él, a Wade. Tiene una especie de loca necesidad de que mis amigos se casen. Cade quería sacarse de encima su último intento de casamentera y me pidió que le dijera que estaba...

Se puso colorado al ver que Tory lo estudiaba en silencio.

—Que estaba lo que uno podía decir, involucrado con alguien. Yo le dije que eras tú, porque suponía que como recién acabas de regresar a Progress, lo creería y dejaría a Cade en paz por un tiempo.

—A-já. —Habiendo terminado su trabajo, Tory conectó las luces y retrocedió para ver el resultado.

—Fue un grave error —siguió diciendo Dwight, casi frenético y cavando cada vez más hondo el pozo en que se encontraba—. Dios es testigo de que no soy sordo y que sé que Lissy tiene tendencia a hablar. Cuando Cade me increpó por lo que había hecho, ya había oído decir a seis personas distintas que ustedes estaban prácticamente comprometidos y que planeaban formar una familia.

—Tal vea te habría resultado más simple decir la verdad: que Cade no tenía interés en casarse.

—Yo no diría que eso es sencillo. —Volvió a esbozar una sonrisa rápida, encantadora y masculina. —Si le dijera eso, me preguntaría por qué. Entonces tendría que decirle que algunos hombres no están hechos para el matrimonio. Ella se indignaría y me dirían: ¿Pero a ti te gusta, verdad? ¿O estás deseando ser libre como tus dos mejores amigos? Yo contestaría que no, pero ya habría metido la pata.

Se rascó la cabeza, con la esperanza de inspirar lástima.

—Te aseguro, Tory, que estar casado es como caminar sobre una cuerda engrasada, y el hombre que te diga que no sacrificaría a un amigo con tal de no caer, es un maldito mentiroso. Además, por lo que he oído, a ti y a Cade los han visto juntos varias veces.

—¿Estás declarándolo o haciendo una pregunta?

Dwight meneó la cabeza.

—Debí decir que tratar con una mujer es como caminar por la cuerda floja. Mejor dejar las cosas en paz mientras uno pueda llegar a terreno seguro.

—Buena idea.

—Bueno, hoy Lissy ha ofrecido una fiesta de gallinas... una reunión de mujeres —Se corrigió enseguida al ver que Tory alzaba las cejas. —Pienso pasar por lo de Wade para ver si quiere comer algo conmigo y hacerme compañía hasta que me resulte seguro volver a casa. Mañana pasaré por aquí. Tal vez puedas ayudarme a elegir unos aros o algo así.

—Lo haré con mucho gusto.

Dwight se encaminó a la puerta pero se detuvo antes de salir.

—La tienda es muy linda, Tory. Elegante. Este lugar será beneficioso para el pueblo.

Así lo espero, pensó ella, mientras lo seguía para cerrar con llave. Pero aún más, esperaba que el pueblo fuera beneficioso para ella.

Dwight se dirigió a la esquina para cruzar donde estaba el semáforo. Como intendente, era importante que diera el buen ejemplo. Había renunciado a beber más de dos cervezas por noche en un bar y a manejar más allá del límite de velocidad. Son pequeños sacrificios, pensó, pero de vez en cuando tengo necesidad de ser un poco transgresor.

Suponía que ése era el resultado de haber madurado tarde y saludó con rapidez a Betsy Gluck que en ese momento pasaba por allí. No empezó a ser él mismo casi hasta fines de la adolescencia y entonces quedó tan deslumbrado al ver que las chicas se interesaban por él, que cayó directamente sobre el asiento trasero de su primer coche con Lissy... bueno, no directamente, hubo otras antes que ella. Pero la cuestión era que de repente se encontró de novio con la chica más bonita y popular de la escuela secundaria. Y antes de saber lo que sucedía, estaba alquilando un chaqué para casarse.

No porque lo lamentara. Ni por un minuto. Lissy era justo lo que quería. Seguía siendo tan bonita como en la escuela secundaria. Quizás de vez en cuando anduviera con trompa y de mal humor, ¿pero qué mujer no lo hacía?

Tenían una buena casa, un hijo hermoso y otro bebé en camino. Una vida malditamente buena. Y además era intendente del pueblo cuyos habitantes en un tiempo se burlaban de él.

Un hombre debía apreciar la ironía de todo eso.

Era bastante natural que de vez en cuando tuviera un escozor. Pero la realidad era que no quería estar casado con nadie que no fuera su Lissy, que no quería vivir en ningún lado más que en Progress, y que quería que su vida siguiera siendo tal como era.

Abrió la puerta de la sala de espera de la veterinaria de Wade justo a tiempo para que lo atropellara un perro pastor inglés frenético y decidido a escapar.

—¡Perdón! ¡Oh, Mongo! —La rubia que luchaba por sostener la traílla era bonita y le resultaba poco familiar. Dirigió una mirada de disculpa a Dwight con sus ojos verdes y suaves, mientras sus labios de muñeca le sonreían. —Acaba de recibir su vacuna y se siente traicionado.

—No lo culpo. —Como no hacerlo comprometería su virilidad, Dwight arriesgó sus dedos y acarició el pelo gris y blanco del perro. —No recuerdo haberlos visto a usted o a Mongo por el pueblo.

—Sólo hace algunas semanas que estamos aquí. Acabo de llegar de Dillon. Enseño inglés en la escuela secundaria... bueno en realidad estaré enseñando durante los cursos de verano y en el otoño empezaré a trabajar *full time*. ¡Sentado, Mongo! —Le tendió la mano. —Soy Sherry Bellows y puede echarme la culpa por tener los jeans cubiertos de pelo de perro.

—Dwight Frazier, encantado de conocerla. Soy el intendente del pueblo, así que si tiene alguna queja, debe recurrir a mí.

—Hasta ahora todo ha sido perfecto. Pero lo recordaré. —Miró hacia el interior de la veterinaria. —Todo el mundo me ha ayudado y se ha mostrado amistoso. Será mejor que meta a Mongo en el auto antes de que rompa la correa y lo obligue a usted a hacerme una boleta por infracción.

—¿Quiere que la ayude?

—No, lo puedo sostener. —Rió y ella y el perro salieron volando por la puerta. —Apenas. Mucho gusto en conocerlo, intendente Frazier. ¡Adiós, Max!

—Lo mismo digo —murmuró Dwight antes de alzar los ojos al cielo en dirección a Maxime que estaba en la sala de recepción. —No había profesoras de inglés así cuando yo cursaba el secundario. En ese caso habría demorado varios años más en graduarme.

—¡Ah, los hombres! —dijo Maxime riendo mientras sacaba su cartera del cajón de abajo del escritorio. —¡Son tan previsibles! Mongo fue nuestro último paciente, intendente. El doctor Wade se está lavando las manos en el consultorio. ¿Le importaría decirle que salgo corriendo para llegar a mi última clase del día?

—Adelante. Y que pase una buena noche.

Entró en el consultorio y encontró a Wade arreglando el armario de las drogas.

—¿Tienes algo que valga la pena allí?

—Tengo algunos esteroides que te harían crecer pelo en el pecho. Siempre fuiste lampiño.

—Porque utilizaste todo el pelo disponible en tu trasero —respondió Dwight con tranquilidad—. ¿Y qué me dices de la rubia?

—¿Hmm?

—¡Dios Santo, Wade! Me refiero a la rubia con ese perro grande que acaba de salir. La profesora de inglés.

—¡Ah! Mongo.

—Bueno, veo que ya es demasiado tarde. —Dwight meneó la cabeza y se sentó en la camilla. —Cuando dejas de ver rubias bonitas que llenan los jeans como los llena ésa, y recuerdas a un perro grande y desmañado, estás tan perdido que ni siquiera Lissy te podrá salvar.

—No pienso volver a salir con una desconocida amiga de tu mujer. Y te advierto que noté la presencia de la rubia.

—Yo diría que ella también te notó a ti. ¿La impactaste?

—¡Dios Dwight! Es una paciente.

—El paciente es el perro. Estás perdiendo una oportunidad dorada, hijo mío.

—Deja de pensar en mi vida sexual.

—No la tienes. —Dwight se apoyó sobre los codos y sonrió. —Bueno, si yo fuera soltero y no tan feo como tú, habría convencido a la rubia de que se acostara en esta camilla, en lugar de ese perro grande y peludo.

—Tal vez lo haya hecho.

—En tus sueños.

—¡Ah! Pero son mis sueños, ¿verdad? ¿Y por qué no estás en tu casa, lavándote las manos antes de comer, como un buen chico?

—Lissy ha invitado a una serie de mujeres para que vayan a ver unos tappers o algo así. Yo me mantengo al margen.

—No son tappers. Son cremas de maquillaje. —Wade cerró el armario. —Mi madre debe estar allí.

—Lo que diablos sea. Dios sabe que esa mujer no necesita más maquillaje ni boles de plástico, pero cuando está tan embarazada se aburre como loca. ¿Qué te parece si tomamos una cerveza y comemos algo? Como en los viejos tiempos.

—Tengo cosas que hacer aquí. —A lo mejor viene Faith, pensó.

—¡Vamos, Wade! Un par de horas.

Estuvo por volver a negarse. ¿Qué diablos le pasaba que se encerraba en su departamento esperando el llamado de Faith? Era igual que una adolescente que se moría por un jugador de fútbol. Peor.

—Tú pagas.

—¡Mierda! —Ya más alegre, Dwight bajó de la camilla. —Llamemos a Cade para que se encuentre con nosotros. Entonces haremos que él pague la comida.

—¡Hecho!

15

No creyó que estaría nerviosa. Estaba preparada, había revisado y vuelto a revisar cada detalle, hasta el grosor y el peso del piolín para atar las cajas. Tenía experiencia y conocía cada objeto de su mercadería casi tan bien como los artesanos que lo crearon.

Había vivido todos los estados y peldaños de la creación de su negocio con calma, mirada fría y mano firme. No había errores, ni vacíos ni defectos. La tienda en sí estaba perfecta, cálida, acogedora, alegre. Ella misma tenía un aspecto profesional pero despreocupado y muy eficiente. Era lógico, puesto que entre las tres y las cuatro de esa madrugada se desesperó pensando en lo que debía ponerse antes de decidirse por un par de pantalones azul marino y una camisa blanca de hilo.

En ese momento le preocupaba la posibilidad de que se pareciera demasiado a un uniforme. En ese momento todo la preocupaba.

Menos de una hora antes de la indicada para la inauguración, todas las dudas, los nervios y los temores que logró ignorar durante meses, cayeron sobre ella como ladrillos rotos.

Se sentó frente al escritorio del depósito con la cabeza entre las rodillas.

Ese mareo enfermizo la insultaba, la avergonzaba. A pesar de la flojera que le provocaba el mareo, se regañaba. Ella era más fuerte que eso. Debía serlo. No era posible que hubiera llegado tan lejos, que hubiera trabajado tanto para desmoronarse cuando estaba tan cerca de la meta.

La gente llegaría. No le preocupaba la posibilidad de que no hubiera gente. Llegarían y se quedarían con la boca abierta y luego le dirigirían esas rápidas miradas de curiosidad, que ya estaba acostumbrada a recibir en el pueblo. La chica Bodeen. ¿La recuerdas? Esa criatura horrible.

No podía permitir que le importara. ¡Pero vaya si le importaba! Había sido una locura volver a ese lugar donde todo el mundo la conocía, donde ningún secreto estaba jamás bien guardado. ¿Por qué no se quedó en Charleston donde estaba más segura, donde su vida era tranquila y su privacidad completa?

Sentada allí, con la piel pegajosa y el estómago revuelto, deseó con desesperación volver a estar en su casa bonita y familiar, en su prolijo jardín, en su empleo exigente pero impersonal en la tienda de otra persona. Allí sentada, deseó el anonimato con el que se había envuelto durante cuatro años.

Jamás debió volver. Jamás debió arriesgar su vida, sus ahorros, su paz de espíritu. ¿En qué había estado pensando?

En Hope, admitió, y levantó la cabeza con lentitud. Pensaba en Hope.

Soy una tonta, una imprudente, pensó. Hope está muerta, ha desaparecido y no puedo hacer nada por remediarlo. Y ahora ella estaba arriesgando todo lo logrado a costa de tanto trabajo. Y para preservarlo, se vería obligada a enfrentar las miradas y los susurros.

Cuando oyó el llamado a la puerta, su primer impulso fue meterse debajo del escritorio, enroscarse sobre sí misma y taparse los oídos con las manos. El hecho de que estuvo a punto de hacerlo, de que se vio hecha un montón de carne, la impulsó a ponerse de pie.

Faltaban treinta minutos para la hora prevista de la inauguración, treinta preciosos minutos que debía utilizar para recomponerse. La persona que estuviera allí afuera no tendría más remedio que irse.

Cuadró los hombros, se pasó una mano por el pelo para alisarlo, y luego salió para decirle a quien llamaba que volviera a las diez.

Pero corrió hacia la puerta al ver el rostro de su abuela del otro lado del vidrio.

—¡Oh, abuela! ¡Oh! —Le arrojó los brazos al cuello y se aferró a ella como una mujer a punto de caer a un precipicio y que se aferra a una roca. —¡Me alegro tanto de verte! No creí que vinieras. Me hace feliz que estés aquí.

—¿Creíste que no vendría? ¿A tu inauguración? ¡Pero si no veía la hora de llegar! —Con suavidad empujó a Tory hacia el interior de la tienda. —Lo volví loco a Cecil pidiéndole que acelerara un poco más. El que está allí afuera es él y detrás de esa montaña de hombre se encuentra Boots.

Tory no pudo menos que reír cuando vio que Cecil asomaba la cabeza por entre las hojas de una planta decorativa.

—Esto es una maravilla y ustedes también. Todos ustedes. La vamos a poner... —se volvió para calcular el espacio que ocuparía y el impacto que produciría la planta. —Aquí, en el extremo del exhibidor, junto a la pared. Es justamente lo que me hacía falta.

—No me parece que te hiciera falta nada —comentó Iris—. Tory este lugar está tan hermoso como una novia de primavera. ¡Y cuántas cosas bonitas! —Enlazó un brazo alrededor del hombro de Tory y estudió la tienda mientras Cecil gruñía y luchaba por colocar el arbusto ornamental en su lugar. —Siempre tuviste buen gusto.

—Me muero de impaciencia por comprar algo. —Boots, brillante como una moneda recién salida, en su vestido amarillo de verano, juntó las manos como una niñita. —Quiero que la mía sea tu primera venta de hoy y le advertí a J.R. que su tarjeta de crédito echaría humo antes de que terminara de usarla.

—Tengo un extinguidor de incendios —rió Tory, volviéndose para abrazarla.

—Y una cantidad de objetos frágiles. —Por precaución, Cecil se metió las manos en los bolsillos. —Me hacen sentir torpe.

—Si llegas a romper algo, lo compras —dijo Iris con un guiño—. Bueno, querida, ¿en qué podemos ayudarte?

—Me ayuda que estén aquí. —Tory lanzó un largo suspiro. —En realidad no queda nada por hacer. Todo está preparado.

—¿Nerviosa?

—Aterrorizada. Sólo tengo que preparar el té y las masas para mantener las manos ocupadas durante los próximos minutos. Luego... —Se volvió al oír sonar la campanilla de la puerta.

—Traigo un paquete para usted, señorita Bodeen. —El cadete de la florería le entregó una caja blanca y brillante.

—Gracias.

—Más tarde vendrá mi madre. Dice que quiere ver cómo quedaron sus arreglos florales, pero sospecho que quiere ver todo lo que usted tiene en venta.

—Me dará mucho gusto verla.

—Se ve que tiene mucha mercadería. —El chico se asomó a mirar mientras Tory sacaba un dólar del cajón de la caja. —Supongo que en cualquier momento comenzará a llegar gente. Todo el mundo habla de su tienda.

—Espero que sea así.

El chico se metió en el bolsillo el billete que Tory acababa de darle.

—Gracias. La veré más tarde.

Tory colocó la caja sobre el mostrador y le sacó la tapa. Estaba llena de margaritas de alegres colores y de espléndidos girasoles.

—¡Qué bonito! —exclamó Iris, asomándose por sobre el hombro de Tory para ver mejor—. Y son exactamente lo que más coincide con el estilo de cosas que vendes. Las rosas, por ejemplo, habrían desentonado con tus cerámicas y tus artículos de madera. Alguien ha tenido el buen criterio de enviarte flores lindas y amistosas.

—Sí. —Ya había abierto el sobre de la tarjeta. —Hay alguien que por lo visto siempre sabe lo qué es lo indicado.

—¡Ah! ¡Qué bonitas! ¡Son preciosas! —Las manos de Boots aletearon sobre las flores. —Tory querida, me volveré loca si no me dices quién te las manda.

Boots le arrancó de la mano la tarjeta que Tory le ofrecía.

—"Buena suerte en tu primer día. Cade" —leyó—. ¡Ahhh!

Ladeando la cabeza, Iris frunció los labios.

—¿Por casualidad será Kincade Lavelle?

—Sí.

—Hmmm.

—No me vengas con "hmmm" abuela. Sólo lo ha hecho porque es amable.

—Cuando un hombre le manda flores a una mujer, y las flores indicadas, significa que está pensando en ella. ¿No es verdad, Cecil?

—Es lo que creo. Por amabilidad se manda una planta. Las flores son un sinónimo de romance.

—¡Bueno! ¿Ahora comprenden por qué amo a este hombre? —dijo Iris tironeando la camisa de Cecil para que se inclinara y poder besarlo. Al verlos, Boots resplandeció.

—Las margaritas y los girasoles son flores amistosas —corrigió Tory, pero debió contenerse para no suspirar al mirarlas.

—Las flores son flores —dijo Boots con firmeza—. Si un hombre las envía, significa que está pensando en la mujer. —Le fascinaba la idea de que Cade Lavelle pudiera estar pensando en su sobrina. —Y ahora arréglalas en un florero mientras yo preparo los platos de masas. No hay nada que me guste más que prepararme para una fiesta.

—¿No te importa? En el depósito tengo un florero de cerámica en el que quedarán perfectas. Y agregarán un toque encantador al mostrador.

—Adelante entonces —dijo Iris—. Sólo debes indicarnos lo que hay que hacer. Pondremos en marcha este espectáculo.

Los primeros clientes llegaron a las diez y cuarto, encabezados por Lissy. Tory se arrepintió de todos sus pensamientos poco agradables hacia la ex reina de la belleza de la escuela, cuando Lissy procedió a escoltar a sus amigas por la tienda lanzando nutridas exclamaciones de admiración.

A las once, quince clientes se debatían acerca de lo que querían comprar y Tory había realizado ya cuatro ventas.

A la hora del almuerzo se encontraba demasiado ocupada para estar nerviosa. Había miradas y había susurros. Sus ojos y sus oídos los percibían pero ella se cubrió de una manta de acero y embaló las compras de los curiosos.

—¿Tú eras amiga de la chiquita de los Lavelle, no es verdad?

Tory continuó envolviendo en papel marrón un par de candelabros de hierro.

—Sí.

—Fue una vergüenza lo que le sucedió. —La mujer con sus agudos ojos de águila clavados en Tory, se inclinó hacia ella. —Era poco más que un bebé. ¿Fuiste tú quien la encontró, no?

—La encontró el padre. ¿Prefiere llevarse los candelabros en una caja o en una bolsa?

—En una caja. Son para la hija de mi hermana. Se casa el mes que viene. Creo que eras compañera de colegio de ella. Kelly Ann Frisk.

—No recuerdo a muchas de mis compañeras de colegio —mintió Tory con una agradable sonrisa mientras embalaba los candelabros en una caja—. Hace mucho tiempo de eso. ¿Quiere que le envuelva la caja para regalo?

—Yo me encargaré de eso, querida —dijo Iris—. A ti te espera otra cliente. ¿Así que Kelly Ann se casa? —comentó—. Creo que la recuerdo. Debe ser la hija mayor de Marsha, ¿no es verdad? ¡Dios! ¡Cómo pasan los años!

—Kelly Ann tuvo pesadillas durante más de un mes después de la muerte de la chica Lavelle —comentó la mujer con satisfacción mientras Tory se alejaba.

Entonces Tory se sintió tentada de refugiarse en el depósito hasta que el corazón dejara de latirle desordenadamente. Pero en lugar de hacerlo se acercó a una morocha que se debatía entre dos fuentes.

—¿Puedo ayudarla en algo?

—No es fácil decidirse entre tantas cosas lindas. Esa que está allí es Joe Bess Hardy, la tía de Kelly Anne. Es una mujer muy desagradable. Y no creo que puedas discutirlo a pesar de que siempre fuiste una chica muy cuidadosa y compuesta. Supongo que no me recuerdas.

La morocha le tendió la mano.

—No, lo siento, no la recuerdo.

—Bueno en esa época yo era mucho más joven y tú no estabas en mi clase. Era maestra de segundo grado de la escuela primaria de Progress. Y sigo siéndolo. Soy Marietta Singleton.

—¡Ah! ¡Señorita Singleton! ¡Por supuesto que la recuerdo! Me alegro de volver a verla.

—He estado deseando que llegara el día de la inauguración de tu tienda. A lo largo de los años, muchas veces me he preguntado qué sería de ti. Tal vez no sepas que en un tiempo fui amiga de tu madre. Años antes de que tú nacieras, por supuesto. El mundo es chico.

—Sí, lo es.

—A veces demasiado chico para que una se sienta bien. —Miró hacia la puerta en el momento en que entraba Faith. Las miradas de ambas se encontraron y parecieron surgir chispas antes de que Marietta se volviera a estudiar las fuentes. —Pero es lo que nos ha tocado vivir. Creo que me llevaré ésta. La blanca con motivos azules. Es encantadora. ¿Por qué no me la guardas detrás del mostrador mientras yo sigo recorriendo un poco la tienda?

—Con todo gusto. Sacaré una del depósito para usted.

—Victoria. —Marietta bajó la voz y pasó una mano sobre la de Tory. —Fue muy valiente que volvieras a Progress. Siempre fuiste valiente.

Se alejó dejando a Tory intrigada y confusa por la oleada de dolor que despedía esa mujer.

Se encaminó al depósito para aclararse la mente y a la vez buscar la fuente prometida y le indignó comprobar que Faith la seguía.

—¿Qué quería esa mujer?

—¿Perdón? Este lugar es sólo para empleados de la casa.

—¿Qué quería Marietta?

Con frialdad, Tory buscó la fuente en un estante.

—Esto. Muchas de las personas que han venido quieren comprar mercadería. Por eso este lugar se llama tienda.

—¿Qué te dijo?

—¿Qué te importa lo que me dijo?

Faith siseó y sacó un atado de cigarrillos de la cartera.

—Prohibido fumar.

—¡Maldición! —Volvió a guardar el atado en la cartera y comenzó a pasearse por el depósito. —Esa mujer no tiene por qué andar por el pueblo.

—Esa mujer me pareció perfectamente agradable. Y no tengo tiempo para tus enojos y tus chismes. —A pesar de que no podía negar que Faith acababa de despertar su curiosidad. —Y ahora, a menos que quieras ayudarme a reemplazar mercadería, o a llenar la jarra de té helado, te pediré que salgas.

—Esa mujer no te parecería tan agradable si hubiera estado acostándose con tu padre. —Después de ese exabrupto, Faith se encaminó a la puerta. Tory recordaba muy bien el mal humor de Faith y, anticipando sus movimientos, apartó la fuente y apoyó una mano sobre la puerta antes de que Faith pudiera abrirla de un tirón. —No hagas una escena. No te atrevas a traer tus problemas familiares a este lugar. Si lo que quieres es comenzar una pelea de gatas, vete a otra parte.

—No haré una escena. —Pero vibraba. —No tengo la menor intención de darle pábulo para sus chismes a toda esta gente. Y olvida lo que acabo de decir. No debí decirlo. Nos hemos tomado mucho trabajo para mantener en silencio la relación de mi padre con esa mujer. Así que si oigo algún comentario, sabré que lo iniciaste tú.

—No me amenaces. Ya hace mucho que terminaron los días en que podías tratarme a los empujones, así que te aconsejo que guardes las zarpas porque ahora yo también sé luchar.

Tory lo habría dejado allí, estaba lo suficientemente enojada como para dejarlo así, pero notó que a Faith le temblaban los labios. Una pequeña muestra de emoción y Tory volvió a ver a Hope.

—¿Por qué no te quedas aquí un minuto? ¡Vamos! Siéntate hasta que hayas recobrado la calma. Si sales así no tendrás necesidad de hacer una escena para lograr que la gente hable. Además, en este momento se divierten en grande hablando de mí.

Abrió la puerta, pero antes de salir se volvió a mirarla.

—Prohibido fumar —repitió antes de cerrar la puerta a sus espaldas.

Faith se dejó caer en una silla, miró la puerta echando chispas por los ojos y volvió a sacar los cigarrillos. Pero cuando la puerta se volvió a abrir, los volvió a meter en la cartera con expresión culpable.

Pero la que entraba no era Tory sino Boots. El hecho de que se estuviera divirtiendo en grande en la tienda no significaba que fuese ciega a las sutilezas. Notó la expresión de furia de Faith, lo mismo que en ese momento notaba su tristeza y su vergüenza.

—Allá afuera hay demasiada excitación. —Lo dijo con tono alegre. —Tenía necesidad de alejarme un minuto de la multitud. —Y pensó que era la oportunidad perfecta para arrinconar a la mujer que tenía hecho un nudo a Wade.

—¿Por qué no se sienta, señora Boots? —preguntó Faith enseguida, poniéndose rápidamente de pie—. Yo estaba por salir.

—¡No querida! Hazme compañía un minuto, ¿quieres? Hoy estás muy bonita. Pero claro, siempre eres bonita.

—Gracias. Lo mismo digo de usted. —Ahora que estaba parada, Faith deseó tener algo que hacer con las manos. —Hoy usted debe estar muy orgullosa de Tory.

—Siempre he estado orgullosa de Tory. ¿Y cómo está tu mamá?

—Está bien.

—Jamás he sabido que no estuviera bien. Por favor, te pido que le trasmitas mis saludos, ¿quieres? —Sonriente, Boots se acercó a la bandeja de la confitería y eligió una masa dulce. —Hoy no has visto a Wade, ¿verdad? Supongo que pasará por aquí.

—No, hoy no lo he visto. —Todavía.

—¡Ese muchacho trabaja tanto! —Lanzó un suspiro y mordisqueó la masa. —Me gustaría que sentara cabeza, que encontrara una mujer que lo ayudara a formar un hogar.

—¡Ah! Hmmm.

—Bueno, no tienes por qué sentirte confusa, querida. —Boots seguía mordisqueando la masa y sus ojos eran lo suficientemente agudos como para inmovilizar hasta a una mariposa tan inteligente como Faith. —Wade es un hombre adulto y tú eres una mujer hermosa. ¿Cómo no se van a sentir atraídos? Yo sé que mi hijo hace el amor.

Bueno, pensó Faith, ahí está.

—Pero supongo que preferiría que no lo hiciera conmigo.

—No, no creo haber dicho eso. —Eligió otra masa y se la ofreció a Faith. —Aquí estamos a solas, Faith, y las dos somos mujeres. Lo cual significa que sabemos exactamente cómo impulsar a un hombre a hacer lo que queremos que haga, y por lo menos casi siempre lo logramos. Tú tienes una vena un poquito salvaje. Eso no me molesta. Tal vez habría elegido otra clase de mujer para mi Wade, pero le gustas tú. Y como yo lo quiero, pretendo que tenga lo que él quiere. Y por lo visto, ésa eres tú.

—Las cosas no son así entre nosotros, señora Mooney.

El título tan formal divirtió a Boots. Si no se equivocaba, significaba que Faith se sentía intimidada.

—¿No? Tú siempre vuelves a él, ¿no es así? ¿Alguna vez te has preguntado por qué? No —agregó, levantando un dedo con la uña nacarada—. Tal vez deberías pensarlo. Quiero que sepas que te tengo afecto, que siempre te lo he tenido. ¿Te sorprende?

La dejaba estupefacta.

—Sí, supongo que sí.

—No debería sorprenderte. Eres una jovencita inteligente y tu vida no ha sido tan fácil como algunos quieren creer. Me gustas mucho, Faith. Pero si esta vez hieres a mi Wade, no tendré más remedio que quebrarte ese hermoso cuello como si fuera una rama y eso es todo.

—Bueno —Faith mordió la masa y entrecerró los ojos. —Eso lo aclara todo.

De repente la cara de Boots se volvió a suavizar y sus ojos fueron tan tranquilos y soñadores como siempre. Lanzó una alegre carcajada y, para confusión de Faith, la envolvió en un abrazo y le besó una mejilla.

—Me gustas mucho. —Borró con el pulgar las huellos de rouge que acababa de dejar sobre la mejilla de Faith. —Y ahora, siéntate y come esa masa hasta que te sientas un poco mejor. Y como yo me siento muy bien, creo que saldré y compraré alguna otra cosa. No hay nada más divertido que hacer compras, ¿verdad? —agregó mientras se dirigía a la puerta.

—¡Dios! —Estupefacta, Faith se dejó caer en una silla. Y comió la masa.

Tory se mantuvo ocupada, pero diez minutos después vio salir a Faith del depósito. Así como a primera hora de la tarde vio entrar a Cade, seguido por su tía Rosie.

Era imposible no reconocer a Rosie Sikes LaRue Decater Smith. A los sesenta y cuatro años, la mujer se destacaba tanto como durante su baile de presentación en sociedad, una noche en que escandalizó a todos los presentes cuando, descalza, ejecutó un baile convulsivo en la cancha de tenis del club de campo. A los diecisiete años se casó con Henry LaRue, de los LaRue de Savannah, y lo perdió en Corea antes del primer aniversario de matrimonio.

Lo lloró durante seis meses y luego decidió jugar a la viuda alegre, vivió una aventura apasionada con un artista sospechoso de ser comunista, con quien se casó a los veinte. Tanto ella como el marido creían en el amor libre y mantenían lo que muchos consideraban orgías en su propiedad de Jekyll Island.

Después de diecinueve años tumultuosos, enterró allí a su segundo marido cuando él cayó de una ventana del tercer piso después de pasar la velada con una botella de cognac Napoleón y con una modelo de veintitrés años.

Algunos afirmaron que era una muerte sospechosa, pero no se pudo probar nada.

A la madura edad de cincuenta y ocho años, más por pena que por amor, se casó con un antiguo admirador. Él murió dos años después, el día del segundo aniversario de la boda, después de ser herido y parcialmente devorado por un león durante la segunda luna de miel que pasaban en África.

El hecho de haber enterrado a tres maridos y a un desconocido número de amantes, no apagó el estilo de Rosie. Usaba una peluca, por lo menos Tory supuso que se trataba de una peluca, de un rubio platinado, lucía un vestido largo a rayas blancas y coloradas que le daban el aspecto de un toldo, y bastantes alhajas como para derrumbar a una mujer menos fuerte que ella.

Entre las cuentas de plástico, Tory alcanzó a ver el brillo de diamantes.

—¡Juguetes! —exclamó Rosie con su voz oxidada parecida a la de un pato y se refregó las manos. —Apártate, muchacho. Tengo ganas de hacer compras.

Se encaminó directamente al exhibidor de pisapapeles de vidrio y comenzó a amontonarlos sobre uno de sus brazos.

Tory se le acercó, entre divertida y alarmada.

—¿Puedo ayudarla con esos pisapapeles, señorita Rosie?

—Necesito seis. Los seis más bonitos.

—Sí, por supuesto. Este... ¿para regalos?

—¡Al diablo con los regalos! ¡Para mí! —Entrechocó con descuido los vidrios y a Tory se le detuvo el corazón

—¿No quiere que se los ponga sobre el mostrador?

—Sí, son pesados. —Los ojos de Rosie, casi cubiertos por pestañas postizas que se parecían de una manera desconcertante a arañas, por fin se clavaron en Tory. —Tú eres la chica que solía jugar con la pequeña Hope.

—Sí señora.

—Entiendo que tienes un don. Una vez, en Transilvania, me hice leer las palmas de las manos. Me predijeron que tendría cuatro maridos, ¡pero maldito si quiero otro! —Rosie le tendió una mano cubierta de anillos y de pulseras. —¿Qué ves?

—Lo siento. —En lugar de sentirse incómoda, Tory estaba maravillosamente divertida. —No leo las manos.

—Entonces hojas de té, o algo por el estilo. Uno de mis amantes, un tipo joven de Boston, declaraba que en otra vida había sido lord Byron. Uno no espera oír ese tipo de cosas de un yanqui, ¿no es cierto? ¡Cade! Ven a sostener estas cosas de vidrio. ¿Qué sentido tiene que haya un hombre cerca si una no lo puede utilizar como una mula de carga? —le comentó a Tory con un guiño.

—No sé. ¿Le gustaría tomar un poco de té helado, señorita Rosie? ¿O comer unas masas?

—Ante todo prefiero ejercitarme para abrir mi apetito. Y ahora, ¿qué demonios es esto? —Alzó un pie de madera lustrada con un orificio en el centro.

—Es para colocar la botella de vino.

—¿No es increíble? No comprendo por qué alguien quiera dar descanso a una botella de buen vino. Envuélveme dos de esos. ¡Lucy Talbot! —Le gritó a una cliente que se encontraba en el otro extremo de la tienda. —¿Qué estás comprando? —Y salió disparada como un cohete, igual que un toldo blanco y colorado al viento.

—Nos resulta imposible cambiar a la tía Rosie —dijo Cade con una sonrisa—. ¿Y cómo anda tu día?

—Muy bien. Gracias por las flores. Son preciosas.

—Me alegra que te hayan gustado. Tenía la esperanza de que me permitieras invitarte a salir a comer esta noche, para celebrar tu inauguración.

—Yo... —Ya se había disculpado para no salir esa noche con su tío, cambiando la invitación por una comida familiar al día siguiente. Se recordó que estaría cansada y tensa. No en condiciones de hacer sociedad. —Me encantaría.

—Pasaré a buscarte por tu casa alrededor de las siete y media. ¿Te parece bien?

—Sí, perfecto. Cade, ¿tu tía en serio quiere comprar todas estas cosas? No comprendo qué puede hacer alguien con seis pisapapeles de vidrio.

—Los disfrutará, luego olvidará donde los compró e inventará la historia de que los encontró en una polvorienta tiendita de Beirut. O declarará que se los robó a su amante, el conde bretón, cuando decidió abandonarlo. Por fin se los regalará al diariero o al siguiente Testigo de Jehová que llame a su puerta.

—¡Ah! Bueno.

—Te aconsejo que la vigiles. Tiene tendencia a meterse cosas en los bolsillos. Por distracción —aclaró cuando Tory lo miró sorprendida—. Debes seguirle la pista a lo que se guarda y agregarlo a la cuenta que le presentes antes de que se vaya.

—Pero... —En el momento en que la miraba, vio que Rosie deslizaba un posacubiertos en el amplio bolsillo de su vestido. —¡Por amor de Dios! —exclamó Tory apresurándose a acercarse a ella, mientras Cade la miraba sonriente.

—Rosie no ha cambiado nada —comentó Iris.

—No, señora, ni un poquito. Y bendita sea por ello. ¿Cómo está usted, señora Mooney?

—A las mil maravillas. A ti también se te ve bien. Pegaste un buen estirón. ¿Cómo está tu familia?

—Muy bien, gracias.

—Lamenté enterarme de lo de tu padre. Era un buen hombre y un hombre interesante. No siempre se dan las dos cosas en una misma persona.

—Supongo que no. Él siempre hablaba muy bien de usted.

—Cuando perdí a mi marido, él me proporcionó la oportunidad de ganarme la vida, de poner comida sobre la mesa para mis hijos. Y nunca lo olvidaré. Tú te pareces a él en los ojos. Ahora que eres adulto, ¿eres un hombre justo, Kincade?

—Trato de serlo. —En ese momento Rosie lanzó una carcajada y movió los carrillones chinos para que sonaran. Al mirar hacia allí, Cade notó la expresión exasperada de Tory. —Tory tiene las manos llenas.

—No te preocupes, es perfectamente capaz de manejar situaciones difíciles. A veces demasiado capaz.

—Y cuando uno quiere ayudarla, se niega.

—Es posible —concedió Iris—. Pero no creo que lo único que quieras hacer con Tory es ayudarla. Creo que además de eso tienes algo más en la cabeza y, como espero que mi suposición sea correcta, me gustaría darte algo que todo el mundo necesita de vez en cuando pero que a nadie la gusta aceptar.

Cade equilibró los pisapapeles que todavía tenía en los brazos.

—¿Un consejo?

Ella le sonrió, feliz.

—Eres un chico inteligente. Siempre lo pensé. Sí, se trata de un consejo. Sólo un pequeño consejo. No arrastres los pies. Si hay algo que toda mujer merece por lo menos una vez en la vida, es que la levanten en vilo. Y ahora, pásame algunos de esos pisapapeles antes de que se golpeen y se rajen.

—Tory todavía no confía del todo en mí. —Cade le pasó dos de los pisapapeles y llevó los otros cuatro al mostrador. —Necesita un poco de tiempo.

—¿Te dijo eso?

—Más o menos.

Iris levantó los ojos al cielo.

—¡Ah, los hombres! Te advierto que la mujer que dice eso, lo hace por uno de tres motivos. Porque no está realmente interesada, porque es tímida o porque la han herido antes. Si no estuviera interesada, Tory te lo habría dicho directamente. Mi nieta no tiene una pizca de timidez en el cuerpo. De manera que eso sólo nos deja el tercer motivo. ¿Ves a aquel hombre?

Desconcertado, Cade miró a Cecil que en ese momento colocaba masas frescas en un plato.

—Sí, señora.

—Si llegas a herir a mi bebé, haré que ese oso grandote y viejo te persiga con una llave inglesa. Pero como no creo que vayas a hacer eso, te sugeriría que le demostraras a Tory que hay algunos hombres en quienes vale la pena confiar.

—En eso estoy.

—Pero como mi nieta trata de convencerse de que ustedes dos no son más que buenos amigos, te aconsejaría que trabajaras con más rapidez.

¡Mastica eso! pensó Iris y enseguida se alejó para tratar de impulsar a otra cliente a realizar una compra.

—Se metió cinco aros de servilleta en el bolsillo. —A las seis y diez, después de haber cerrado la puerta y con Cecil dormitando en el depósito, Tory se dejó caer en el banquito de la caja registradora y levantó las manos al cielo. —¡Cinco! De alguna manera yo hubiera imaginado que se llevaría cuatro o seis, ¿pero qué clase de persona se lleva cinco aros de servilletas?

—No supondrás que pensaba llevarse un juego completo de servilleteros.

—Agrégales dos posacubiertos, tres tapones de vino y un par de cubiertos para servir ensalada. Se los metió en el bolsillo mientras yo estaba allí, conversando con ella. ¡Se los metió en el bolsillo, sonrió y luego se sacó el collar de cuentas rosadas de plástico y me lo regaló!

Sin salir de su asombro, Tory se llevó los dedos al collar que le rodeaba el cuello.

—Le gustas. Rosie siempre le regala cosas a las personas que le caen bien.

—No me parece bien cobrarle todas esas cosas. Tal vez nunca las haya querido. ¡Por amor de Dios, abuela! ¡Gastó más de mil dólares! ¡Mil! —repitió, llevándose una mano al estómago—. Creo que después de todo me voy a descomponer.

—No, nada de eso. Te sentirás feliz en cuanto te distiendas. Voy a sacudir a Cecil y nos iremos para que puedas recuperar el aliento. Te esperamos mañana a la una en lo de J.R. Hace demasiado tiempo que esta familia no se reúne.

—Allí estaré, abuela. No sé cómo agradecer que te hayas quedado todo el día. Debes estar muerta de cansancio.

—Me están empezando a doler los pies y estoy dispuesta a levantarlos y a permitir que Boots me ofrezca un vaso de vino. —Se inclinó para besar la mejilla de Tory. —Y tú debes celebrar, ¿me oyes?

Sí, celebrar después que haya tomado notas, puesto en orden la tienda y cerrado, pensó Tory. Casi no estaba en condiciones de pensar, y mucho menos de celebrar. Había logrado pasar ese día. Más que pasarlo, pensó mientras volvía a su casa. Acababa de demostrar que estaba de regreso para quedarse, de regreso para dejar una huella.

Esa vez no se trataba sólo de sobrevivir, sino de triunfar. Algunos quizás la miraran y vieran en ella a esa chica pequeña, con ropa de segunda mano y mirada vacía, pero no tenía importancia. Porque serían más los que la mirarían y verían lo que había logrado hacer de sí misma. Lo que quería ser.

Y conseguiría que fuese eso lo que importara.

No iba a fracasar, y tampoco huiría. Esa vez, por fin, ganaría.

Comenzó a comprender la maravilla que sería eso, al doblar por el sendero y ver su casa como había sido y cómo era ahora. Porque se vio a sí misma como era antes. Y como era en ese momento.

Incapaz de contenerlas durante más tiempo, apoyó la cabeza sobre el volante y se rindió a la llegada de las lágrimas.

Estaba sentada en el suelo, tratando de no llorar. Sólo los bebés lloraban. Y ella no era una beba. Pero las lágrimas surgían a pesar suyo.

Al caer de la bicicleta se había raspado las rodillas, el codo y la palma de una mano. Las lastimaduras le dolían y sangraban. Quería buscar a Lilah para que la abrazara, la mimara y la tranquilizara. Lilah le daría unos dulces y lograría que se sintiera mejor.

De todos modos no le importaba nada eso de aprender a andar en una estúpida bicicleta. Odiaba la estúpida bicicleta.

Estaba tirada a su lado, como soldado herido, con una rueda aún girando como si se burlara, mientras ella apoyaba la cabeza sobre los brazos y lloraba.

Sólo tenía seis años.

—¡Hope! ¿Qué diablos estás haciendo? —Cade se le acercaba corriendo por el parque y sus zapatillas levantaban la grava del camino. Su padre acababa de depositarlo en el portón de entrada de Beaux Reves, dejándolo en libertad durante el resto de esa mañana de sábado. En ese momento lo único que le importaba en el mundo era llegar con la mayor rapidez posible hasta su bicicleta para reunirse con Wade y con Dwight en el pantano.

Y allí estaba su vieja y bien amada bicicleta, tirada en el piso, con su hermanita tendida a su lado.

Cade no supo qué era lo primero que quería hacer; si gritarle a su hermana o cantarle a su bicicleta herida.

—¡Por favor, mira lo que has hecho! Le estropeaste la pintura. ¡Maldito sea! —Siseó esas última palabras. Recién empezaba a lanzar maldiciones y lo hacía en secreto. —No tenías por qué usar mi bicicleta. Tienes la tuya.

—La mía es una bicicleta para bebés. —Levantó la cara y las lágrimas le corrieron por el polvo que le cubría las mejillas. —Mamá no permite que papá le saque las rueditas de los costados.

—¡Y lo bien que hace! —Enojado, levantó su bicicleta y dirigió a Hope una mirada de superioridad. —Entra a la casa y que Lilah te lave. Y no vuelvas a tocar mis cosas con tus dedos pringosos.

—Sólo quería aprender. —Se pasó una mano por la nariz y, a través de sus lágrimas, lo miró con expresión desafiante. —Si alguien me enseñara, podría andar en bicicleta tan bien como tú.

—¡Sí, por supuesto! —Cade lanzó un bufido y pasó una pierna por sobre la barra de la bicicleta. —No eres más que una chiquita.

Entonces ella se puso de pie de un salto, ardiendo de indignación ante el insulto.

—Creceré —dijo entre dientes—. Creceré y entonces andaré en bicicleta más rápido que tú y que cualquier otro. Y entonces lo lamentarás.

—Mira como tiemblo. —En los ojos azules de Cade volvía a asomar una expresión divertida. Si un tipo no tenía más remedio que cargar con un par de hermanitas, lo menos que podía hacer era burlarse de ellas. —Siempre seré más grande. Siempre seré mayor. Siempre seré más rápido.

A Hope le tembló el labio inferior, una señal evidente de que habría más lágrimas. Cade le dirigió una sonrisa de desprecio, se encogió de hombros, comenzó a pedalear por el parque y hasta soltó el manubrio para demostrar su superioridad.

Cuando miró hacia atrás con una amplia sonrisa, para constatar que ella había sido testigo de su proeza, su hermana tenía la cabeza gacha y el pelo enredado le caía hacia adelante, como una cortina. Un fino hilo de sangre corría por una de sus piernas.

Cade se detuvo, levantó los ojos al cielo y meneó la cabeza. Sus amigos lo esperaban. Tenían un millón de cosas que hacer. Ya había perdido la mitad del sábado. No tenía tiempo para seguirlo perdiendo con chicas. Sobre todo si eran sus hermanas.

Pero lanzó un pesado suspiro y regresó. Saltó al piso, ya tan enojado consigo mismo como con ella.

—¡Monta! ¡Maldito sea!

Ella entrecerró los ojos y lo espió.

—¿En serio?

—Sí, sí, ¡vamos! No puedo perder todo el día.

Llena de júbilo y con el corazón palpitante, Hope montó a la bicicleta. Lanzó una risita al tomar con las manos los extremos de goma del manubrio.

—Presta atención. Éste es un asunto serio. —Miró hacia la casa y deseó que a su madre no se le ocurriera mirar por la ventana. Porque si lo hacía los dos ligarían un reto.

—No, debes equilibrar tu cuerpo. —Le resultaba incómodo pronunciar la palabra "cuerpo", aunque no sabía por qué. —Y mira siempre hacia adelante.

Ella lo miró llena de confianza y con una sonrisa tan alegre como el sol que se filtraba a través de las hojas de los árboles.

—Muy bien.

Cade recordó la manera en que su padre le había enseñado a andar en bicicleta y cuando su hermana comenzó a pedalear, mantuvo una mano sobre el asiento y trotó a su lado.

La bicicleta se retorcía de una manera cómica. Consiguieron recorrer tres metros antes de que ella cayera.

No lloró ni vaciló en volver a montar. Cade no pudo menos que admirarla un poco. Siguieron pedaleando y trotando juntos, hacia arriba y hacia abajo del parque, más allá de los grandes robles, de los narcisos y los jóvenes tulipanes, mientras la mañana se convertía en tarde.

Ella tenía la piel cubierta de traspiración y el corazón le golpeaba, le golpeaba, le golpeaba dentro del pecho. Más de una vez se mordió con fuerza el labio inferior para contener un grito cuando la bicicleta se bamboleaba. Oía la respiración de Cade cerca de su oído, tenía conciencia de que la mano de su hermano la estabilizaba. Y se sentía desbordante de amor hacia él.

Estaba decidida a triunfar, ya no sólo por sí misma, sino por Cade.

—Lo sé hacer. Lo sé hacer —susurraba para sí misma cada vez que la bicicleta se inclinaba y se enderezaba. Tenía los ojos entrecerrados de la criatura que tiene sólo una meta, un mundo, un sendero. Le temblaban las piernas y tenía los músculos de los brazos tensos como tambores.

La bicicleta se bamboleaba debajo de ella, pero no caía. Y de repente Cade trotaba a su lado, con una enorme sonrisa en el rostro.

—¡Lo estás logrando! ¡Adelante! ¡Lo estás logrando!

—¡Estoy andando en bicicleta! —debajo suyo la bicicleta se convirtió en un caballo majestuoso. Con el rostro el alto, Hope avanzaba como el viento.

Tory despertó en el piso junto al auto, los músculos temblorosos, el pulso acelerado, con un eco de júbilo y de júbilos perdidos en el corazón.

16

Instantes antes de la llegada de Cade recordó su compromiso de salir a comer con él. Apenas tuvo tiempo de lavarse la cara y reparar los daños causados en ella por el llanto, y nada de tiempo para pensar una excusa aceptable y negarse a salir.

No podía dejar de pensar en el asunto. El llanto la había dejado vacía de mente y de cuerpo. Esa vuelta al pasado de Hope le producía inquietud y dolor.

Y emoción. Admitió que ésa era la parte más extraña del asunto. La emoción que sintió su amiga de la infancia la primera vez que anduvo en bicicleta por el parque hermoso, con Cade trotando a su lado. La manera en que los ojos de Cade, tan azules, tan brillantes, reían con los de Hope. El amor que Hope sentía por él, el amor inocente de una hermana, todavía relucía en su interior y se mezclaba, peligrosamente, lo sabía, con sus propias emociones que eran muy adultas y que no tenían nada de fraternales.

Esa combinación la volvía vulnerable, tanto hacia sí misma como hacia él. Sería mejor, más sabio, permanecer sola hasta que se le pasara.

Le diría que estaba extenuada, demasiado cansada para comer. Por lo menos eso sería verdad.

Cade era un hombre razonable. Casi demasiado razonable, se dijo. Comprendería y la liberaría de su promesa.

Cuando Tory abrió la puerta, lo encontró con una fuente en la mano. "Los vecinos traen comida cuando alguien ha muerto", pensó ella. Bueno, como ella era una especie de muerta que seguía de pie, le pareció bastante apropiado.

—Lilah te manda esto. —Entró y le entregó la fuente. —Dice que nadie que haya trabajado tanto como tú debe tener, además, la obligación de cocinar. Te recomienda que lo metas en el freezer, que lo saques la próxima vez que vuelvas a tu casa y que simplemente te quedes sentada y levantes los pies. Que me parece —agregó estudiándole el rostro— que es lo que deberías hacer esta noche.

"Sí —pensó Tory—, Cade es casi demasiado razonable."

—No me había dado cuenta de lo tensa que me puso el día de hoy. Y ahora que todo ha pasado, me siento como floja.

—Has estado llorando.

—Una emoción retrasada. Alivio. —Llevó la fuente a la cocina para guardarla, luego se preguntó que debía hacer después. —Siento lo de esta noche. Salir a celebrar fue una buena idea. Tal vez dentro de un par de días podríamos... —Al volverse estuvo a punto de chocar con él y retrocedió hasta apoyarse contra la mesada.

Percibió una fuerte reacción de lujuria. De ella, de él, no estaba segura.

—Hoy tuviste que enfrentar muchas cosas. —No le daba lugar. Cade pensaba que ya le había dado bastante. Sencillamente apoyó las manos sobre la mesada, a ambos lados de ella. La enjauló. Por sus ojos notó que Tory tenía conciencia de ello. Y notó su inmenso cansancio. —Mucha gente y los recuerdos que traen consigo.

—Sí. —Comenzó a moverse y comprendió que no tenía adónde ir. "Es mi sangre la que está ardiendo", pensó, algo avergonzada. Le corría vibrante, veloz y hambrienta por las venas. —Los recuerdos salían disparados, como piedras de una honda.

Y en definitiva la derrumbaron.

—Todos dolorosos.

—No. —"¡Oh, por Dios, no me toques!" Pero mientras lo pensaba las manos de Cade ya estaban sobre sus hombros y le recorrían los brazos. En el interior de Tory, todo comenzó a palpitar. —Fue maravilloso ver a Lilah... y a Will Hanson. Ahora está idéntico a su padre. Cuando yo era chica, el señor Hanson, el viejo señor Hanson, solía fiarme caramelos si me faltaban algunos centavos. Cosa que me sucedía a menudo. Cade...

El nombre era casi una súplica. Pero ella no podría haber dicho qué suplicaba.

Estaba temblando. Los saltitos bajo las palmas de las manos le resultaban maravillosamente excitantes.

—Me gustó verte hoy. Estabas toda prolija y almidonada. En el exterior, tranquila y fría. Cuando te veo así, siempre me pregunto qué estará sucediendo en tu interior.

—Estaba nerviosa.

—No se notaba. Por lo menos no como se te nota ahora. Con las defensas bajas, Tory. Quiero que las tengas bajas. Y me aprovecharé de ello.

—Cade, no tengo nada en mi interior.

—Entonces ¿por qué tiemblas? —Le quitó la cinta que le sujetaba el pelo y notó que ella contenía el aliento. Su mirada no se apartaba de la de ella y observó que el iris se le oscurecía cuando le pasó los dedos por el pelo y le desató la prolija trenza. —¿Por qué no me detienes?

—Yo... —¿Se le estarían aflojando las rodillas? Había olvidado que podía ser una sensación tan maravillosa. Rendirse no siempre era debilidad. —Lo estoy pensando.

Entonces él sonrió, un perezoso gesto divertido que emanaba poder.

—Entonces sigue pensando y yo seguiré aprovechándome de ello. —Le desabrochó el primer botón de la camisa, luego el segundo.

"Él le enseñó a Hope a andar en bicicleta —pensó ella—. Entonces sólo tenía diez años y era lo suficientemente hombre como para querer a su hermana. Hoy a mí me mandó flores. Las flores indicadas porque sabía que me gustarían."

Y ahora la estaba tocando como hacía mucho que nadie la tocaba.

—He perdido la práctica.

Cade le desabrochó el tercer botón.

—¿De pensar?

—No. —Lanzó una carcajada temblorosa. —Casi siempre pienso mucho y bien.

—Entonces piensa en esto. —Le pegó un pequeño tirón a la camisa para sacarla del pantalón. —Quiero tocarte. Quiero sentir tu piel bajo mis manos. Así. —Se las pasó hacia arriba y hacia abajo por los costados del cuerpo. A Tory se le anudó el estómago cuando él le desabrochó los jeans. —No, no cierres los ojos.

Se inclinó hacia adelante y le mordió el mentón. Fue un mordisco pequeño que repercutió en el centro del cuerpo de Tory.

—Ya que te falta práctica, yo te guiaré. Y quiero que me mires cuando te acaricio.

"Mira directamente hacia adelante", le había dicho a Hope. Y consiguió que mantuviera el equilibrio.

—Quiero mirarte —dijo.

Él le bajó el cierre con lentitud y, al hacerlo, sus nudillos la tocaron. Su propio gemido resonó como un trueno en los oídos de Tory.

¡Hacía tanto tiempo que un hombre no la deseaba! Tanto tiempo desde que un hombre la había hecho desearlo. Quería ponerse tensa, rígida ante la invasión de su intimidad, de su ser. Pero su cuerpo ya añoraba.

—Levanta los pies —pidió él cuando los pantalones se le enredaron en los tobillos. Ella parpadeó y abrió la boca para hablar, pero él sencillamente la cubrió con la suya. Suave y cálida, de alguna manera tranquilizadora pese a tener también algo temerario.

Entonces la rodeó con sus brazos y los deslizó por su espalda, mientras la hacía girar, en una especie de vals de seducción, hacia la puerta.

Los nervios acompañaron al calor que ella sentía en la piel.

—¡Cade!

—Quiero llevarte a la luz. —Ya era suya. Ninguna barrera de duda lo detendría. —Para poder verte cuando estés debajo de mí. Cuando yo esté dentro de ti.

Al llegar a la puerta del dormitorio, la alzó.

—He imaginado poderte hacer toda clase de cosas en esta cama. Permítemelo.

El sol entraba, dorado, en la tarde de primavera. Se derramaba sobre la cama, sobre el rostro de Tory, cuando él la acostó. El colchón se hundió bajo el peso de Cade y él enlazó sus dedos con los de ella. Restricción y unidad. Y mirándola, siempre mirándola, hizo suya la boca de Tory.

191

Con lentitud al principio, y con dulzura hasta que los labios de ella se suavizaron, se abrieron, invitantes. Cade sintió que los latidos de su corazón comenzaban a ser más lentos, más espesos. Y a medida que ella se le iba abriendo, él se decidió a atacar.

La repentina exigencia se le clavó a Tory como una puñalada, espantando sus sentidos, rasgando sus nervios. Arqueó el cuerpo mientras el calor le formaba un nudo en el estómago y el gemido se le estrangulaba en la garganta. Con la boca, Cade la excitó hasta el espasmo.

No quería que ella se apurara. Quería sorprender todos los sentidos de Tory y que su mente se vaciara de todo lo que no fuera placer. Debía pensar en él, solo en él. Se encargaría de ello. Cuando Tory por fin estuviera empapada en él, la tomaría.

El cuerpo de Tory era delgado, los músculos sorprendentemente firmes, casi duros en un contraste encantador con su piel delicada. Cade se complació en tomarle el gusto, mientras parte de su ser calculaba cómo explotar esos nervios y destruir todas las barreras.

La arrastró hasta erguirla, con manos duras que casi la lastimaban y le arrancó otro jadeo cuando la cabeza de Tory cayó hacia atrás. Después utilizó un dedo para apartar los breteles y deslizarlos sobre cada hombro. Le pasó los dedos con suavidad sobre los pechos y con el pulgar le rodeó los pezones a través de la tela.

—¿Ya lo estás recordando?

¡Tory tenía la cabeza tan pesada, la piel tan caliente!

—¿Qué?

—Me alegro.

Le quitó el corpiño y lo hizo a un lado. Pero cuando ella le tendió los brazos, él se los apretó contra la cama y los inmovilizó allí.

—Esta vez quiero que recibas. Que recibas hasta que ya no puedas recibir más. Entonces te dejarás ir y darás. Darás todo. —Le besó la boca casi con salvajismo y ella sintió que la excitación la recorría hasta las entrañas y le provocaba una especie de pánico.

Quería resistirse, empujarlo hacia atrás, antes de que la hiciera cruzar un límite que había jurado no volver a cruzar. Pero la boca de Cade ya estaba de nuevo sobre la suya, sus dientes la raspaban, su lengua descubría lugares que le producían acaloramiento y placer. Arqueó la espalda, una invitación, y comenzó a mover las caderas.

Pequeños gritos y lloriqueos que ella no podía contener. Los brazos le temblaban por la tensión mientras el cuerpo se gloriaba en ella. En su interior se clavaba algo frenético que luchaba por liberarse.

Un orgasmo duro y veloz la hizo quedar con los ojos muy abiertos, estupefacta y avergonzada. Entonces Cade la apretó contra su cuerpo, cerca, muy cerca.

—Déjate ir.

La hizo rodar sobre la cama, para poder quitarse la camisa. Los ojos de Tory ya estaban borrosos, su respiración era tan jadeante como la de él. Esa vez, cuando ella le tendió los brazos, él se deslizó entre ellos.

La boca de Cade era urgente, sus manos impacientes mientras la moldeaba, apretaba y acariciaba. Ella le tironeó los pantalones, desesperada ahora que los nervios habían sido consumidos por la necesidad. Cade se los quitó y la hizo volar de excitación al levantarle las caderas y utilizar la boca para acariciarla.

Tory aferró los postes de la cama, tal como él una vez imaginó que haría. Movía la cabeza de un lado al otro a medida que la inundaban las sensaciones, oscuras delicias. El gusto de Cade, su olor, le llenaban los sentidos y los hinchaban hasta que allí no quedara más que él. Sollozó un instante antes de lanzar un largo grito de liberación.

En el momento en que se le aflojaban las manos, él las rodeó con las suyas. El corazón de Cade le golpeaba el pecho, un furor de sangre. Las últimas luces del día y la brisa mortecina de la tarde acariciaban el rostro de Tory. Su pelo, convertido en una masa salvaje, cubría la almohada. Tenía las mejillas arreboladas.

Él siempre recordaría ese momento. Y se prometió que también lo recordaría ella.

—Abre los ojos, Tory. Mírame. —Cuando los párpados de Tory se abrieron, Cade se aferró a su última posibilidad de control, bajó la cabeza y le dio un beso largo, profundo. —Di mi nombre.

La presión volvía a crecer dentro de ella, ese calor terrible y glorioso.

—Cade.

—De nuevo. —Y la penetró.

Tory comenzó a moverse con él, acompañando cada embate, lento y parejo. Lo absorbía, se alimentaba de cada sensación individual hasta convertirla en una fiesta gloriosa.

Cade, ardiente y duro en su interior; su peso, sólido, fuerte. Las sábanas suaves contra su espalda y los últimos rayos de luz que adquirían un tono gris con el crepúsculo.

Cuando el ritmo creció, ella estaba lista, estaba ansiosa y en éxtasis por la manera en que la mirada de Cade, la mirada de esos ojos sorprendentemente azules, permanecía clavada en la suya.

—Quédate conmigo. —Ya estaba perdido en ella. Se ahogaba en ella. Cuando enterró la cara en el pelo de Tory, el corazón le latía brutalmente contra el de ella.

Con las manos todavía unidas, se dejaron ir.

Jamás se había entregado tan completamente. A nadie. Ni siquiera al hombre a quien amó. Tory supuso que era algo que debía preocuparle, pero por el momento no lograba reunir la energía necesaria para preocupaciones y cálculos.

Permaneció tendida debajo de Cade mientras el anochecer suavizaba el aire de la habitación. Por primera vez durante mucho, mucho tiempo, se sentía completamente relajada de cuerpo y mente.

Tenía una mano enredada en el pelo de él. Le pareció bien dejarla allí.

Cuando Cade volvió la cabeza y sus labios rozaron el costado de su pecho, Tory sonrió ante el perezoso placer que le provocaba.

—Supongo que, después de todo, ha sido una celebración —murmuró, mientras se preguntaba si sería terriblemente grosero que se quedara dormida, así, como estaba.

—De ahora en adelante te aseguro que encontraremos muchos otros motivos para celebrar. Te he querido tener en esta cama desde el momento en que te ayudé a entrarla.

—Lo sé. —Tenía los ojos casi cerrados, pero sintió que él volvía a mover la cabeza, sintió que la miraba. —No fuiste demasiado sutil al respecto.

—Mucho más sutil de lo que quería. —Recordó que había imaginado que adornaría esa primera vez con música, que harían el amor a la luz de las velas.

—Nos fue muy bien sin todo eso —dijo ella, adormilada.

—¿Sin qué?

—Sin música y... —De repente abrió los ojos, horrorizada y se encontró con los de Cade que la miraba considerando su respuesta. —¡Lo siento, lo siento! —Trató de levantarse, de alejarse, pero el peso de él la obligó a permanecer en su lugar.

—¿Qué es lo que sientes?

—No quise hacerlo. —Apretó las manos contra el colchón, aferró las sábanas y ya comenzaba a temblar. —No volverá a suceder. Lo siento mucho. No quise hacerlo.

—¿No quisiste leerme los pensamientos? —Cambió de postura para poder apoyarse sobre los codos y tomarle el rostro entre las manos. —¡Basta!

—No lo volveré a hacer. Lo siento muchísimo.

—¡No, Tory, maldito sea! Basta de contenerte. Basta de anticipar mis reacciones. Y, ¡maldito sea! basta de preguntarte si te voy a reprender y cuándo.

Se sentó y la levantó para que lo mirara de frente. Las mejillas de Tory habían perdido ese brillo rosado de felicidad y estaban pálidas, la expresión de sus ojos era tensa, casi de terror. Era algo que a Cade le resultó odioso.

—¿Alguna vez se te ocurrió que puede haber oportunidades en que a un hombre no le importe que una mujer le lea los pensamientos?

—Es una falta inexcusable contra la intimidad ajena.

—Sí claro. —Para su espanto, Cade rodó sobre sí mismo y la arrastró consigo de manera tal que ella quedó tendida sobre su pecho. —Me parece que hace unos minutos, cada uno de nosotros quebró con mucha eficacia la intimidad del otro. Cuando quieras extraerme un pensamiento de la mente, yo te haré saber si me molesta.

—No te comprendo.

—Deberías tener una pista bastante buena, considerando que aquí estoy, tendido y desnudo en tu cama. —Lo dijo en un tono de deliberada indiferencia. —Y si eso no te convence, echa otra mirada dentro de mi cabeza y ve lo que encuentras.

Ella no supo si horrorizarse o sentirse insultada.

—No es así.

—¿No? Entonces dime cómo es. —Cuando ella meneó la cabeza, Cade le tomó la nuca y comenzó a acariciársela. —Dime cómo es.

—Yo no leo los pensamientos. Nunca me sucede por accidente, o por lo menos casi nunca es así. Es sólo que estábamos muy conectados en un sentido físico.

—Eso es algo que no puedo discutir.

—Y yo estaba casi dormida. A veces sucede cuando una se está quedando dormida. Tú tenías una imagen en la mente. Era un pensamiento muy claro y definido y sencillamente me lo trasmitiste. Luz de velas. Música. Ambos de pie junto a la cama. Y yo lo vi en mi mente.

—Así que... ¿tú qué tenías puesto? —Cuando ella levantó la cabeza, él se encogió de hombros. —No importa, es algo que yo mismo puedo descifrar. Tú recibes imágenes, como fotografías de los pensamientos.

—A veces. —Cade parecía tan relajado, tan cómodo. ¿Dónde estaba su enojo? —¡Dios! Me desconciertas.

—Me alegro, te mantendrá atenta. ¿Es así como siempre te sucede?

—No. No. Porque si uno es decente no anda metiéndose en los pensamientos privados de los demás. Yo los mantengo afuera, los bloqueo. Es bastante sencillo, ya que de todos modos sólo me sucede con esfuerzo o si hay mucha emoción en mí o en el otro. O si estoy muy cansada.

—Está bien. Entonces la próxima vez que hagamos el amor y te estés quedando dormida, yo mantendré fuera de la cabeza mis fantasías sobre Meg Ryan.

—Meg... —Desconcertada, Tory se volvió a sentar y automáticamente cruzó los brazos sobre el pecho. —Meg Ryan.

—Sana, sexy, inteligente. —Cade abrió los ojos. —Me parece que es mi tipo. —Ladeó la cabeza y la estudió. —Estoy tratando de imaginarte rubia. Podría dar resultado.

—¡No pienso participar de las fantasías que inventes sobre una estrella de Hollywood! —Indignada comenzó a levantarse y de repente se volvió a encontrar tendida de espaldas y debajo de Cade.

—¡Oh, vamos, querida! ¡Sólo por esta vez!

—¡No!

—¡Dios! Te reíste. ¡Meg tiene una risita tan sexy! —Mordisqueó el hombro de Tory. —Ahora estoy excitado.

—Bájate de encima de mi cuerpo, idiota.

—No puedo. —Besó como un loco el rostro de Tory, besos tontos y dulces como los de un cachorro. —¡Soy una víctima de mis propias fantasías! ¡Te suplico que vuelvas a reír así!

—¡No! —Pero lo hizo. —¡No lo hagas! ¡Nunca vuelvas a pensar en... ¡Dios! —Sus luchas risueñas se detuvieron cuando él se deslizó en su interior. Tory arqueó las caderas y aferró las de Cade. —¡Y no te atrevas a llamarme Meg!

Él bajó la cabeza, riendo mientras la hacía suya.

Comieron la cazuela de Lilah y la acompañaron con vino. Y volvieron a la cama con la ansiedad y la energía de los nuevos amantes. Hicieron el amor cuando salía la luna cuya luz teñía de plateado sus cuerpos unidos. Luego se durmieron con las ventanas abiertas para dejar entrar la brisa y los perfumes verdes del pantano.

—Él volverá.

Hope estaba sentada de piernas cruzadas en el porche de la Casa del Pantano. El porche que no estaba allí cuando ella vivía. Arrojó un puñado de bolitas plateadas, luego empezó a hacer botar la bolita colorada mientras con mano veloz recogía las demás.

—Nos está observando.

—¿Quién? ¿A quién observa? —Tory volvía a tener ocho años, una expresión cautelosa en la cara delgada, las piernas lastimadas.

—Le gusta dañar a las chicas. —Recogió la última bolita y las volvió a arrojar a todas. —Lo hace sentir grande, importante. —Y con el mismo ritmo parejo empezó a levantarlas.

—También lastimó a otras chicas. No sólo a ti.

—No sólo a mí —convino Hope—. Tú ya lo sabes. —Bailoteaba una leve brisa con perfume de rosas y de madreselva. —Tú ya lo sabes. Igual que esa vez, cuando viste la fotografía de ese chico. Lo supiste.

—Ya no puedo seguir haciéndolo. —Dentro de su pecho de criatura, el corazón de Tory se hinchó y golpeteó. —No lo quiero hacer más.

—Pero viniste —dijo Hope con sencillez—. Debes tener cuidado y no avanzar demasiado rápido, ni demasiado lento —continuó diciendo mientras levantaba cuatro bolitas. —Porque si no pierdes tu turno.

—Dime quien es, Hope. Dime donde encontrarlo.

—No puedo. —Se preparó para otro partido y golpeó la bolita colorada con un dedo. —¡Upa! —Miró a Tory con ojos claros. —Ahora te toca a ti. Ten cuidado.

Tory abrió los ojos de repente. El corazón le golpeaba las costillas y tenía las manos cerradas en puños. Las tenía tan apretadas que casi se sorprendió cuando al abrir los dedos doloridos, la bolita colorada no cayó rodando.

Ya estaba completamente oscuro. La luna se había puesto, dejando al mundo negro y espeso. La pequeña brisa se había ido con ella, así que el aire estaba quieto. Silencioso.

Oyó el grito de una lechuza y el canto chillón de las ranas. Oyó la respiración acompasada de Cade, tendido a su lado en la oscuridad y se dio cuenta de que ella se había movido hasta el borde del colchón. Lo más lejos posible de él.

Ningún contacto durante el sueño, pensó. En ese momento la mente era demasiado vulnerable para que se permitiera el lujo de arrimarse demasiado a él.

Se levantó y se dirigió a la cocina en puntas de pie. Una vez junto a la pileta, hizo correr el agua hasta que salió fría y llenó un vaso.

El sueño le había provocado una sed desesperada y le recordó por qué no debía andarse acostando con Kincade Lavelle.

La hermana de Cade estaba muerta y si ella no era responsable, por lo menos estaba comprometida. Se había sentido comprometida antes, y siguió adelante. El camino que siguió le produjo grandes alegrías y un dolor desgarrador. En ese tiempo se acostaba con otro hombre a quien se entregó por un amor inocente.

Cuando lo perdió, perdió todo, se prometió que nunca volvería a hacer esas elecciones, a cometer esos errores.

Y sin embargo allí estaba, abriéndose por segunda vez a todo ese dolor.

Cade era el tipo de hombre de quien las mujeres se enamoraban. El tipo de hombre de quien ella podía enamorarse. Una vez que se daba ese paso, coloreaba todos los pensamientos, todo lo que uno hacía y sentía. Con los tonos atrevidos del júbilo. Con los grises sofocantes de la desesperanza.

No, no podía volver a dar ese paso. Otra vez, no. Tendría que ser bastante sensata como para aceptar la atracción física, disfrutar de sus resultados y mantener separadas y controladas sus emociones. ¿Qué otra cosa había hecho durante casi toda su vida?

El amor era algo temerario y peligroso. Siempre acechaba algo en las sombras, avaro y rencoroso, esperando para arrancarlo.

Se llevó el vaso a los labios y vio. Más allá de la ventana, más allá de la oscuridad. En las sombras, pensó. Esperando. Y el vaso se le deslizó de los dedos y se hizo añicos en la pileta.

—¿Tory? —Cade despertó de repente, saltó de la cama y tropezó en la oscuridad. Maldiciendo se encaminó derecho a la cocina. Ella estaba de pie bajo la luz dura, las manos en el cuello y miraba, miraba fijo la ventana.

—Hay alguien en la oscuridad.

—Tory. —Vio brillar los vidrios rotos que habían saltado de la pileta al piso. Le tomó las manos. —¿Te cortaste?

—Hay alguien en la oscuridad —repitió ella en un tono de voz parecido al de una criatura. —Mirando. Desde la oscuridad. Ha estado aquí antes. Y volverá. —Miró fijo los ojos de Cade, a través de los ojos de Cade y lo único que vio fueron imágenes, siluetas. Lo que sentía era frío. ¡Tanto frío!

—Tendrá que matarme. Yo no soy la elegida, pero tendrá que matarme porque estoy aquí. En realidad es mía la culpa. Cualquiera se daría cuenta de eso. Si yo hubiera estado con ella esa noche, él sólo nos habría mirado. Como lo había hecho antes. Sólo nos habría mirado mientras imaginaba que lo hacía. Sólo lo habría imaginado hasta conseguir una erección y entonces habría utilizado sus manos para sentirse hombre.

Se le aflojaron las rodillas, pero protestó cuando Cade la alzó.

—Estoy bien. Sólo necesito sentarme un rato.

—Lo que necesitas es acostarte —corrigió él. La llevó de vuelta a la cama y luego buscó sus pantalones. —Tú quédate aquí.

—¿Adónde vas? —El repentino terror de que la dejaran sola les devolvió la fuerza a sus rodillas. Se levantó de un salto.

—Dijiste que había alguien afuera. Iré a ver.

—No. —En ese momento sólo temía por él. —No es tu turno.

—¿Qué?

Tory levantó las manos y se hundió en el colchón.

—Lo siento. Estoy muy confundida. Se ha ido, Cade. Ahora ya no está allí afuera. Nos miraba más temprano, creo que más temprano. Cuando estábamos... —Sintió náuseas. —Nos miró mientras hacíamos el amor.

Cade asintió, sombrío.

—De todos modos miraré.

—No lo encontrarás —murmuró ella mientras Cade salía.

Pero él quería encontrarlo. Quería encontrar a alguien y usar los puños, volcar su furia. Prendió las luces de afuera y estudió la zona bañada en un amarillo pálido. Caminó hasta la camioneta, sacó una linterna de la caja de herramientas y también el cuchillo que guardaba allí.

Una vez armado, rodeó la casa iluminando el piso. Al llegar a la ventana del dormitorio, donde no estaba cortado el pasto, se agazapó cerca de un lugar aplastado, donde podría haber estado parado un hombre.

—¡Hijo de puta! —siseó entre dientes y apretó el mango del cuchillo. Se enderezó y giró sobre sí mismo para encaminarse al pantano.

Se detuvo al llegar al borde y luchó contra la impotencia. Podía internarse en el pantano, dar vueltas por ahí y desahogar parte de su furia. Y haciéndolo, dejar sola a Tory.

Así que regresó a la casa y dejó el cuchillo y la linterna sobre la mesa de la cocina.

Ella todavía seguía sentada en el mismo lugar, los puños cerrados sobre las rodillas. Levantó la cabeza al oírlo entrar, pero no dijo nada. No era necesario.

—Lo que nosotros hicimos aquí era algo nuestro —dijo Cade—. Él no lo modifica. —Se sentó junto a ella y le tomó la mano. —No puede modificarlo si no se lo permitimos.

—Lo convirtió en algo sucio.

—Para él, no para nosotros. No para nosotros, Tory —murmuró, volviéndole el rostro para que lo mirara.

Ella suspiró una vez y le acarició el dorso de la mano.

—¡Estás tan enojado! ¿Cómo logras contenerte así?

—Le pegué un par de puntapiés a la camioneta. —Apoyó los labios sobre el pelo de Tory. —¿Me dirás lo que viste?

—Vi su furia. Más negra de lo que jamás podría ser la tuya, pero... no sé cómo explicarlo, no era una furia sustancial, ni real. Y también vi una especie de orgullo. No sé. Tal vez sea más bien una satisfacción. No logro verlo... verlo a él. Yo no soy la que él quiere, pero no puede permitir que me quede, no puede confiar en mí cuando estoy tan cerca de Hope.

—No sé si esos son mis pensamientos o los suyos. —continuó diciendo. Cerró los ojos con fuerza, meneó la cabeza. —No logro verlo con claridad. Es como si faltara algo. En él o en mí, no sé. Pero no logro verlo.

—El que mató a Hope no fue un desconocido, alguien que pasaba por aquí, como creímos durante todos estos años.

—No. —Volvió a abrir los ojos y dejó de mirar su propio dolor para pensar en el de él. —Fue alguien que la conocía, que la observaba. Que nos observaba a las dos. Creo que aún entonces lo sabía, pero tenía tanto miedo que lo encerré dentro de mí. Si a la mañana siguiente hubiera tenido el coraje de acompañarlos a ti y a tu padre en lugar de decirles dónde estaba, tal vez hubiera visto. No estoy segura, pero tal vez hubiera podido. Entonces todo habría terminado.

—No lo sabemos. Pero podemos empezar a terminar ahora con esto. Llamaremos a la policía.

—Cade, la policía... —Se le cerraba la garganta. —Es muy improbable que hasta el policía más moderno y más abierto esté dispuesto a escuchar a alguien como yo. Y no pretendo encontrar en Progress a alguien de esa raza tan particular.

—Quizás nos cueste un poco convencer al jefe Russ, pero él te escuchará. —Cade se encargaría de que así fuera. —¿Por qué no te vistes?

—¿No pensarás llamarlo ahora? ¿A las cuatro de la mañana?

—Sí. —Cade levantó el tubo del teléfono que había sobre la mesa de luz. —Para eso se le paga.

17

El jefe de policía Carl D. Russ no era un hombre de gran estatura. A los dieciséis años alcanzó el metro sesenta y cinco y allí se quedó. No era buen mozo. Tenía una cara ancha y picada de viruela y las orejas se erguían a cada lado de la cabeza como enormes asas de una taza. Su pelo era grisáceo como un anotador de juego utilizado.

Era delgado y cuando mucho pesaría sesenta y cinco kilos. Completamente vestido.

Sus antepasados fueron esclavos, obreros del campo. Los de las generaciones siguientes fueron peones y ganaban un sueldo miserable trabajando tierras ajenas. Su madre quiso más para él y lo incentivó, lo impulsó, arengó y majadereó hasta que, más por defenderse que por otra cosa, él decidió tratar de ser más.

La madre de Carl D. disfrutaba del hecho de que su hijo fuera jefe de policía, casi tanto como lo disfrutaba él.

No era un hombre brillante. Las informaciones giraban en su interior, tomaban senderos zigzagueantes y por fin se instalaban en sus pensamientos. Tenía tendencia a ser pesado.

También tendía a ser minucioso.

Pero, por sobre todas las cosas, Carl D. era afable.

No protestó ni se quejó cuando lo despertaron a las cuatro de la madrugada. Simplemente se levantó y se vistió en la oscuridad para no despertar a su mujer. Le dejó una nota sobre la mesada de la cocina y, al salir, se metió en el bolsillo la última lista de mandados redactada por ella.

Lo que pensó acerca de que Kincade Lavelle estuviera en la casa de Victoria Bodeen a las cuatro de la mañana, no lo divulgó.

Cade salió a la puerta a recibirlo.

—Gracias por venir, Jefe.

—¡Ah! Bueno. No tiene importancia. —Carl D. masticó feliz la goma de mascar que nunca le faltaba desde que su mujer lo cargoseó tanto que dejó de fumar. —¿Hubo un merodeador, no?

—Algo así. Le propongo que echemos una mirada por ese costado de la casa, para ver lo que piensa.

200

—¿Cómo está su familia?

—Muy bien, gracias.

—Me enteré de que su tía Rosie vino de visita. Por favor no se olvide de saludarla en mi nombre.

—Lo haré. —Cade iluminó con la linterna el pasto debajo de la ventana del dormitorio y esperó mientras Carl D. hacía lo mismo y lo pensaba.

—Bueno, es muy posible que haya habido alguien parado allí, espiando. Pudo haber sido un animal. —Iluminó los alrededores con la linterna, mientras masticaba contemplativo.

—Éste es un lugar tranquilo, está lejos del camino. No veo por qué alguien va a andar dando vueltas por aquí. Supongo que pudo llegar desde el camino o a través del pantano. ¿Usted echó una mirada?

—Sí, pero no vi nada. En cambio Tory, sí.

—Supongo que hablaré antes con ella y luego haré una recorrida por los alrededores. Cualquiera que haya estado aquí, ya debe estar lejos.

Se puso de pie con un crujido de huesos y luego iluminó con la linterna la zona más sombría, donde los robles marcaban la entrada del pantano.

—Sí, no cabe duda de que éste es un lugar muy tranquilo. Aunque me pagaran no viviría tan lejos del pueblo. Apuesto a que toda la noche se oyen sapos y lechuzas y animales como ésos.

—Uno se acostumbra a oírlos —dijo Cade mientras se encaminaban a la puerta trasera—. En realidad uno ni siquiera los oye.

—Supongo que sí. Uno se acostumbra tanto que ya no oye los sonidos habituales. Y cualquier cosa que no sea habitual nos produce una especie de sobresalto. ¿No diría que es así?

—Supongo que sí. A mí me sucedería. Y no, yo no oí nada.

—Yo tengo lo que se llama un sueño liviano. El menor ruidito me despierta. En cambio Ida-Mae no se mueve aunque le explote una bomba al lado. —Entró en la cocina, parpadeó a causa de la luz brillante y luego se sacó la gorra con gesto amable. —Buenos días, señorita Bodeen.

—Jefe Russ. Lamento haberlo molestado.

—No se preocupe por eso. ¿Por casualidad lo que huelo es café?

—Sí, acabo de prepararlo. Le serviré una taza.

—Se lo agradecería. Me enteré de que la inauguración de su tienda fue todo un éxito. Le aseguro que mi mujer se divirtió mucho. Compró uno de esos carrillones chinos, ¿sabes? Esas campanitas que suenan con el viento. No dejó de hablarme de ellas desde que puse un pie en casa. Y no se conformó hasta que las colgué. Tienen un lindo sonido.

—Sí, es cierto. ¿Cómo le gusta el café?

—Con bastante azúcar y nada más. —Le guiñó. —Si no le importa, nos sentaremos y usted me contará todo sobre ese merodeador.

Tory miró a Cade antes de servir el café y sentarse.

—Había alguien en la ventana, la ventana del dormitorio, mientras Cade y yo estábamos...

Carl D. sacó del bolsillo de su chaqueta un anotador y un par de lápices mordisqueados.

—Comprendo que esto sea un poco incómodo para usted, señorita Bodeen. Ahora trate de relajarse. ¿Consiguió ver a la persona que estaba en la ventana?

—No. En realidad, no. Me desperté y vine a la cocina a tomar un poco de agua. Mientras estaba parada frente a la pileta yo... Él estaba observando la casa. Me observaba a mí, a nosotros. No quiere que yo esté aquí. Le inquieta que haya vuelto.

—¿A quién?

—Al hombre que mató a Hope Lavelle.

Carl D. depositó el lápiz sobre la mesa, colocó la goma de mascar que tenía en la boca contra la mejilla y bebió un sorbo de café.

—¿Cómo lo sabe, señorita Bodeen?

¡Ah, me lo pregunta en un tono tranquilo! pensó Tory. Pero sus ojos son fríos como los de todos los policías. Conocía íntimamente los ojos de los policías.

—De la misma manera en que supe dónde encontrar a Hope la mañana siguiente al asesinato. Usted estaba allí. —Sabía que hablaba en un tono beligerante y que su postura era defensiva. No lo podía evitar. —Entonces todavía no era jefe de policía.

—No, recién hace cerca de seis años que soy jefe de policía. El Jefe Tate se jubiló y se mudó a Naples, Florida. Se compró una lancha a motor. Pesca mucho. Al jefe Tate siempre le gustó pescar.

Russ hizo una pausa.

—El verano del asesinato de la pequeña Hope Lavelle, yo era subjefe de policía. Fue algo terrible. Lo peor que ha sucedido jamás por estos lados. El jefe Tate supuso que debía ser un merodeador el que le hizo eso a la chiquita. Nunca se encontró ninguna evidencia en contrario.

—Ustedes nunca encontraron anda —corrigió Tory—. El asesino de Hope la conocía. Lo mismo que nos conoce a Cade, a mí, a usted. Conoce Progress. Conoce el pantano. Esta noche estuvo frente a la ventana de mi casa.

—¿Pero usted no lo vio?

—No en la forma a la que usted se refiere.

Carl D. se echó atrás y frunció los labios. Lo consideró.

—La abuela de mi mujer por parte de su madre, mantiene conversaciones enteras con parientes muertos. Bueno, no estoy diciendo que eso sea cierto o que no lo sea, porque no soy yo quien mantiene esas conversaciones. Pero en mi trabajo, señorita Bodeen, lo único que cuenta son los hechos.

—Es un hecho que yo supe lo que le había sucedido a Hope y dónde la encontrarían. El hombre que la mató lo sabe. El jefe Tate no me creyó. Decidió que yo había estado allí con Hope y que después me asusté y huí. Y la dejé allí. O que la encontré después de muerta y que volví a casa y me oculté hasta la mañana siguiente.

La expresión de los ojos de Carl D. era bondadosa. Había criado a dos hijas.

—En ese tiempo usted era poco más que un bebé.

—Pero ahora soy una mujer adulta, y le estoy diciendo que esta noche, el hombre que mató a Hope estuvo allí afuera. Aparte, él mató a otras. Por lo menos a una más. Una jovencita a la que recogió haciendo dedo en la ruta a Myrtle Beach. Ya tiene otra víctima en vista. No soy yo. No es a mí a quien quiere.

—Usted puede decirme todo eso, pero no puede decirme de quién se trata.

—No, no puedo. Le puedo decir lo que es. Un psicópata que cree que tiene derecho de hacer lo que hace. Porque lo necesita. Necesita la excitación y la sensación de poder que le depara. Un misógino que cree que las mujeres estamos aquí para ser utilizadas por los hombres. Un asesino en serie que no tiene intenciones de detenerse ni de permitir que lo detengan. Ha podido hacer lo que quiso durante dieciocho años —dijo en voz baja. —¿Por qué se va a detener?

—No manejé demasiado bien el asunto.

Cade cerró la puerta trasera y se volvió a sentar a la mesa. Él y Carl D. acababan de recorrer la propiedad, de revisar los límites del pantano. No encontraron nada, ni huellas de pisadas frescas ni trozos de género desagarrado por algún árbol.

—Le dijiste lo que sabías.

—No me cree.

—Te crea o no, cumplirá con su deber.

—Lo mismo que cumplieron con su deber hace dieciocho años.

Durante un instante, Cade no respondió. El recuerdo de esa mañana siempre le dolía como una puñalada.

—¿A quién estás culpando, Tory? ¿A la policía o a ti misma?

—A ambos. Nadie me creyó y yo no supe explicarme. Tenía miedo de explicarme. Sabía que me castigarían y cuanto más dijera, peor sería el castigo. En definitiva, hice lo que pude por salvarme.

—¿No fue lo que hicimos todos? —Se levantó y fue a servirse otra taza de café que no tenía ganas de tomar. —Yo supe que esa noche ella no estaba en casa. Supe que planeaba salir a escondidas. Ni entonces ni al día siguiente ni nunca dije que había visto su bicicleta oculta en el jardín. Esa noche lo hice porque consideré que no debía descubrirla. Uno no divulga secretos a menos que pueda ganar algo por hacerlo. Entonces, ¿qué importancia tenía que ella quisiera andar un par de horas en bicicleta?

Se volvió y vio que Tory estaba observándolo.

—Al día siguiente, cuando la encontramos, tampoco dije nada. Ése fue un acto de autopreservación. Si hablaba, me culparían tanto como me culpaba yo. Y después me pareció que no tenía sentido decirlo. Todos habíamos perdido algo que no lograríamos recuperar. Pero yo puedo volver a esa noche y revivirla en mi cabeza. Sólo que esta vez le digo a mi padre que Hope ha escondido su bicicleta y él encierra la bicicleta bajo llave y le pega un reto terrible. A la mañana siguiente Hope despierta viva en su cama.

—Lo siento.

—¡Ah, Tory, yo también! Hace dieciocho años que lo siento. Y durante esos dieciocho años he visto a la hermana que me queda haciendo todo lo posible por arruinar su vida. Vi que mi padre se alejaba de su familia, como si estar con nosotros le doliera de una manera intolerable. Y vi que mi madre se cubría con una capa tras otra de amargura y de decoro. Y todo porque me interesaron más mis propios asuntos que encargarme de que Hope se quedara en su cama, donde debía estar.

—Cade. Habría habido otra noche.

—Pero no habría existido ésa. No lo puedo solucionar, Tory, y tú tampoco.

—Yo puedo encontrarlo. Tarde o temprano lo encontraré. —O él me encontrará a mí, pensó. Ya me ha encontrado.

—Pero esta vez no tengo la menor intención de permanecer al margen mientras otro de mis seres queridos corre riesgos tontos. —Hizo a un lado la taza de café. —Debes empacar algunas cosas e ir a vivir con tu tío y tu tía.

—No puedo. Debo quedarme aquí. No te lo puedo explicar mejor, sólo te puedo decir que debo quedarme aquí. Si estoy equivocada, no corro ningún riesgo. Si tengo razón, no tendrá importancia dónde esté.

Él no estaba dispuesto a perder tiempo discutiendo. Encontraría la manera de arreglar las cosas como mejor le pareciera.

—Entonces seré yo quien empaque algunas cosas.

—¿Perdón?

—Voy a pasar mucho tiempo aquí. Me convendrá más tener a mano todo lo que necesite. No me mires con esa expresión de sorpresa. Una noche en la cama no nos convierte en amantes. Pero eso es lo que seremos —dijo, tironeándola para que se pusiera de pie.

—Estás dando mucho por sentado, Cade.

—No lo creo. —Le tomó el rostro entre las manos, la besó y la acercó a sí hasta que sintió que los labios de Tory se suavizaban bajo los suyos. —No creo que esté dando nada por sentado. Y menos que nadie a ti. Digamos simplemente que tienes sensaciones con respecto a las cosas, Tory. Cosas que sabes sin poder explicarlas. Yo también. He tenido una de esas sensaciones con respecto a ti, y permaneceré cerca hasta que pueda explicarla.

—La atracción y el sexo no son un rompecabezas tan difícil, Cade.

—Lo son cuando uno no ha encontrado y colocado todas las piezas en su lugar. Me dejaste entrar, Tory. No conseguirás sacarme con tanta facilidad.

—Es una treta muy inteligente. Me refiero a eso de que seas indignante y reconfortante al mismo tiempo. —Se alejó de él. —Y no estoy demasiado segura de haberte dejado entrar. Tú entras y sales adonde se te da la gana.

Era bastante cierto y él no se pensaba molestar en negarlo.

—¿Vas a tratar de sacarme a patadas?

—No me parece.

—Muy bien, eso nos ahorra una discusión. Bueno, ya que estamos levantados y vestidos, ¿por qué no nos dedicamos un rato a los negocios?

—¿A los negocios?

—En la camioneta tengo algunas muestras. Las iré a buscar para que negociemos.

Tory miró el reloj. Todavía no eran las siete.

—¿Por qué no? Pero esta vez el café lo preparas tú.

Faith esperó hasta las diez y media, cuando estuvo segura de que tanto su madre como Lilah habían salido rumbo a la iglesia. Hacía tiempo que su madre había abandonado toda esperanza de que Faith asistiera a los servicios dominicales pero, en lo que a Dios se refería, Lilah era muy cabeza dura y muchas veces se consideraba su sargento, cuya misión era sacar a las tropas de la cama y llevarlas a la iglesia con amenazas de condena eterna.

Cuando estaba en su casa, los domingos por la mañana, Faith se ocultaba. De vez en cuando hacía méritos, se ponía un vestido recatado y se presentaba en la cocina para que Lilah pudiera conducirla hacia la redención.

Pero ése domingo no estaba de humor para ser obediente, ni para instalarse en un banco duro y escuchar un sermón. Tenía ganas de seguir de mal humor, desayunarse con un helado de chocolate y pensar en lo cretinos que eran los hombres.

Cuando recordaba todo el trabajo que se había tomado por Wade Mooney, le daban ganas de escupir. Se bañó en cremas perfumadas, se puso la ropa interior más atractiva que el dinero podía comprar... y además habría estado perfectamente dispuesta a permitir que él le arrancara del cuerpo todos esos trozos de satén y de encaje. Además había elegido un par de zapatos con tacos de diez centímetros y se enfundó en un vestido negro que era una excusa y que decía a los gritos: "Quiero pecar".

Después incursionó en el sótano en busca de dos botellas que eran más caras que una educación universitaria completa y se arriesgó a que Cade la matara cuando descubriera que faltaban.

Y cuando llegó a lo de Wade, vestida, lustrada y perfumada, él ni siquiera tuvo la decencia de estar en su casa.

¡Cretino!

Peor aún. Lo esperó. Arregló el dormitorio como si fuera una mucama, encendió velas, puso música. Y luego estuvo por quedarse dormida durante la vigilia.

Esperó una hora más, casi hasta la una de la mañana, pero ya con otro propósito. ¡Ah! Cómo le habría gustado que él entrara por esa puerta para poder patear su poco considerado trasero y hacerlo rodar hasta la planta baja. Por culpa de Wade se emborrachó un poco con el vino, y decididamente Wade tenía la culpa de que por efectos del alcohol hubiera calculado mal la entrada a Beaux Reves raspando un costado del coche. Así que Wade tenía toda la culpa de que esa mañana de domingo estuviera sentada en la cocina, con una resaca miserable y llenándose la boca de helado.

No quería volverlo a ver jamás.

En realidad, pensó que renunciaría para siempre a los hombres. No valían el tiempo y el trabajo que las mujeres se tomaban por ellos. Los eliminaría de su vida y encontraría otras zonas de interés.

Cade entró en la cocina en el momento en que Faith hundía la cuchara en el helado y como conocía el estado de ánimo que provocaba ese comportamiento en su hermana, trató de salir de allí con rapidez.

Pero no lo hizo con bastante velocidad.

—¡Vamos, siéntate! No voy a morderte. —Faith prendió un cigarrillo y procedió a fumar con una mano, mientras comía helado con la otra. —Todos han ido a la iglesia para salvar sus almas inmortales. Creo que la tía Rosie fue con Lilah. Le gusta más ir a la iglesia de Lilah que a la de mamá. Alcancé a vislumbrarlas cuando se iban. Tía Rosie se había puesto un sombrero de alas tan anchas como una fuente para servir un pavo y zapatillas de tenis verdes, así que no es posible que haya ido con mamá.

—Lamento haberme perdido el espectáculo. —Cade buscó una cuchara, se sentó y se sirvió un poco de helado. —Bueno, ¿qué te pasa?

—¿Por qué me va a pasar algo? Estoy tan contenta como una gansa con un nido lleno de huevos de oro. —Exhaló una bocanada de humo, entrecerró los ojos y miró a su hermano.

Tenía el pelo un poco húmedo así que se le paraban las puntas. Eso significaba que se acababa de duchar, ya que después de ducharse, Cade nunca se molestaba en secarse el pelo con una toalla.

En los ojos, azules como los de ella, había una expresión de contento perezoso, sus labios se curvaban en una sonrisa.

Faith sabía qué clase de actividad ponía esa expresión en la cara de un hombre.

—Desde ayer que no te cambias de ropa. No has estado en casa, ¿verdad? Bueno, bueno, bueno. Supongo que anoche alguien ha tenido suerte.

Cade lamió la cuchara y la estudió a su turno.

—Y yo supongo que alguien no tuvo suerte. Y te advierto que no pienso quedarme aquí sentado hablando de mi vida sexual mientras tú te desayunas con helado.

—Tú y Tory Bodeen. ¿No es perfecto?

—A mí me gusta. —Cade se sirvió otra cucharada de helado. —No te metas en mi camino, Faith.

—¿Por qué me voy a meter? ¿A mí qué me importa? Sólo que no sé qué le ves. Es bastante bonita, pero muy fría. Tarde o temprano te congelará. No ha sido hecha igual que el resto de las mujeres.

—Si te tomaras el tiempo necesario para conocerla, descubrirías que no es así. A Tory le hace falta una amiga, Faith.

—Bueno, no me mires a mí. Yo soy espantosa como amiga. Se lo puedes preguntar a cualquiera. Y Tory ni siquiera me gusta mucho. Si quieres volteártela unas cuantas veces, es asunto tuyo. ¡Epa! —Levantó la vista, sorprendida e insultada cuando él le tomó la muñeca y golpeó las manos de ambos sobre la mesa.

—No es así. —La voz de Cade era suave como la seda y había un brillo de advertencia y de enojo en sus ojos. —El sexo no es un pasatiempo casual para todo el mundo.

—Me estás lastimando.

—No, te estás lastimando tú misma. —La soltó y se puso de pie para arrojar la cuchara a la pileta.

Pensativa, Faith se refregó la muñeca.

—Lo que yo hago es preservarme para que no me hieran. Si tú quieres tender tu corazón para que alguien lo pisotee, vaya y pase. Pero hay algo que sé con toda seguridad. No debes enamorarte de Tory. Eso nunca dará resultado.

—No sé si quiero o no enamorarme de ella. No sé si dará resultado o no. —Se volvió. —Lo que no pareces saber, Faith, es que te pareces muchísimo a ella. Las dos están como protegiéndose detrás de una barricada contra sus propios sentimientos, para que nada pueda dolerles, ni por casualidad. Ella lo hace encerrándose dentro de sí misma, y tú lo haces siendo extrovertida. pero en el fondo es exactamente lo mismo.

—¡Yo no me parezco a ella! —Se lo gritó mientras Cade salía de la cocina. —Yo no me parezco más que a mí misma!

Furiosa, arrojó la cuchara al otro extremo de la cocina y, dejando que el helado se derritiera sobre la mesa, salió como una tromba a vestirse.

Tenía que desahogarse con alguien y, como en el laberinto que eran sus pensamientos, todo volvía a Wade, él fue el elegido. También se vistió para ese ataque. Tenía su orgullo y quería estar fascinante en el momento en que lo hiriera directamente en el corazón, en el momento en que lo hiciera pedazos y después lo tirara a la basura y se alejara bailando y cantando una tonada alegre.

Se puso un traje de seda de un color azul profundo para que le destacara los ojos y para que el maldito no pudiera olvidarlos más.

Al llegar, iba a abrir la puerta del departamento de Wade, pero se detuvo y golpeó con formalidad.

Oyó llantos y gemidos en el interior y alzó los ojos al cielo. Sin duda había subido a uno de sus pacientes. ¿Cómo era posible que ella hubiera llegado hasta ese punto, con un hombre que pensaba más en un perro perdido que en una mujer dispuesta a entregársele?

Gracias a Dios, acababa de recobrar la sensatez.

Entonces él abrió la puerta, con ojos adormilados, sólo cubierto por un par de jeans que no se había molestado en abotonar. Y ella recordó cómo había llegado a ese punto con ese hombre en particular.

A Faith comenzó a hacérsele agua la boca, pero no le hizo caso y, tomando la mano de Wade, depositó en ella la llave del departamento.

—¿Qué?

—Esto es para empezar. Tengo unas cuántas cosas que decirte y después me iré. —Lo hizo a un lado y entró. Se había puesto tacos altos y un vestido muy corto para lucir las piernas. Nada más que para torturarlo.

—¿Qué hora es?

Faith apretó los dientes. Wade estaba destruyendo su escena.

—Es casi mediodía.

—¡Dios Santo! ¡No puede ser! Dentro de una hora tengo que estar en la casa de mi madre. —Se dejó caer en un sillón y enterró la cabeza en las manos.

—Es probable que dentro de una hora esté muerto.

—Si de mí depende, lo estarás. —Se inclinó, lo olió y retrocedió. —Hueles como el interior de una botella de whisky barato.

—Era una botella de whisky caro y yo no soy el interior de la botella. La botella está dentro mío. —Se sentía descompuesto del estómago. —Por el momento.

—Bueno. —Colocó las manos en jarras. —Estuviste afuera, emborrachándote y buscando aventuras durante la mitad de la noche. Espero que te hayas divertido.

—No estoy completamente seguro. Creo que al principio me divertí.

—Porque —continuó ella, furiosa por la interrupción—, en lo que a mí concierne, es así como de ahora en adelante podrás pasar todos los sábados por la noche. —La inundaron los celos que, a su paso, barrieron con el orgullo. —¿Quién mierda era ella?

—¿Quién? —Se arriesgó a soltar su imaginación. Se sintió vagamente desilusionado cuando no se le cayó de los hombros. —¿Quién era quién?

—La putita con la que crees que puedes traicionarme y seguir con vida. —Tomó el objeto más cercano, una lámpara pequeña, tiró del cordón y la arrojó. A raíz del estruendo llegaron aullidos desde el dormitorio y Wade se puso de pie con dificultad. —¡Hijo de puta! ¡Ella todavía está aquí?

—¿Quién? ¿Qué demonios te pasa? Acabas de romper mi lámpara.

—Y antes de terminar te romperé el cuello. —Giró sobre sus talones y corrió al dormitorio, decidida a arrancarle los ojos a la mujer que ocupaba su lugar.

Sobre la cama había un pequeño cachorrito negro que ladraba como loco y se escondía detrás de las almohadas.

—¿Dónde está ella?

—¿Quién? —preguntó Wade, levantando las manos. Estaba despeinado y tenía grandes ojeras. —¿Dónde está quién? ¿De qué diablos hablas, Faith?

—De la perra con quien duermes.

—Aparte de ti, la única perra con quien he dormido recientemente es ésa. —Hizo un gesto en dirección a la cama. —Y sólo hace un par de horas que está aquí. En realidad, ella no significa nada para mí.

—¿Crees que puedes hacer bromas con respecto a esto? ¿Exactamente dónde estuviste anoche?

—Salí. ¡Maldito sea! —Se encaminó al baño e hizo a un lado tubos y frascos buscando una aspirina.

—Sí, ya sé que saliste. Llegué a las nueve y me quedé casi hasta la una de la mañana. —¡Maldición! No pensaba decirle que se había quedado tanto tiempo. —Y no apareciste.

A punto de lloriquear, él se metió cuatro aspirinas en la boca y las tragó con agua tibia de la canilla.

—No recuerdo que hayamos planeado vernos anoche. A ti no te gusta hacer planes. Te atan y te quitan la excitación. —Se apoyó sobre el lavatorio y la miró. —Bueno, esto es excitante.

—Era sábado a la noche. Debiste saber que vendría.

—No, Faith, no tengo que saber nada. Tú no quieres que yo sepa nada. Ella movió inquieta la cabeza. Se estaban alejando del tema.

—Quiero saber dónde estabas y con quién.

—Ésas son muchas exigencias para alguien que no quiere ataduras. —Tal vez los ojos le palpitaran como tambores, pero todavía podía mirarla con frialdad. —Sexo y diversión. ¿No son ésas las reglas?

—Yo no hago trampas —contestó ella con cierta dignidad—. Cuando estoy con un hombre no salgo con otro. Y espero recibir la misma consideración.

—No estaba con otra mujer. Estuve con Dwight.

—¡Ah! Eso es mentira. Dwight Frazier es una hombre casado y no estuvo fuera de su casa durante la mitad de la noche para andar de parranda contigo.

—No sé adónde estuvo después de las diez. Supongo que en su casa, acostado con Lissy. Fueron al cine y los acompañé. —Hablaba con una voz sin inflexiones y tenía una expresión fría en los ojos. —Ellos volvieron a su casa. Yo compré una botella y salí a dar una vuelta en auto. Me emborraché, volví a casa. Y si hubiera hecho cualquier otra cosa, con cualquier otra persona, habría estado en libertad de hacerlo. Como lo estás tú. Es así como lo quisiste.

—Nunca dije eso.

—Pero nunca dijiste algo distinto.

—Ahora estoy diciendo algo distinto.

—No es posible que todo sea como tú quieres, Faith. Si quieres cambiar la situación, si quieres que seamos tú y yo, entonces empecemos a agregar algunas reglas mías.

—No hablé de reglas. —Estaba tergiversando las cosas. Típico de un hombre. —Hablo de una cuestión de cortesía.

—Y supongo que eso significa que yo me quede aquí sentado y que espere hasta que tengas ganas de verme. No me parece. Los dos vamos y venimos como se nos da la gana, a menos que prefiramos estar juntos. O convertimos esto en una relación. Nada de seguir entrando aquí a hurtadillas o de refugiarnos en un motel. Nada de simular que no estamos involucrados. Somos una pareja o no lo somos.

—Me estás dando un ultimátum. —El impacto recibido le quebró la voz al final de la frase. —Me estás dando un ultimátum después de haberme tenido esperando durante la mitad de la noche.

—Qué frustrante, ¿verdad? La espera. Te revienta, ¿no es cierto? —Se alejó del lavatorio y se le acercó. —Te hace sentir usada y te causa dolor. Te aseguro que sé lo que es.

Sorprendida, Faith se pasó una mano por el pelo.

—Nunca me dijiste nada de eso

—Porque habrías salido volando. Ése es tu estilo, Faith. Anoche, en algún momento, mientras estaba sentado junto al río con una botella como compañía, se me ocurrió que no me gusta eso en ti y que tampoco me gusta permitir que seas así conmigo. Así que te lo digo ahora. Hacemos que este asunto resulte, como dos personas que se quieren, o nos separamos.

—Tú sabes que te quiero, Wade. ¿Por quién me tomas?

Más bien se trata de pensar por quién se toma ella misma, caviló Wade.

—Hubo un tiempo en que te hubiera aceptado sin condiciones. Pero ese tiempo se acabó. Ahora quiero más, Faith. Si no puedes o no quieres dármelo, viviré con eso. Pero ya no seguiré conformándome con migajas.

—No lo entiendo. —Estremecida, se sentó en el borde de la cama. —La cachorra se arrastró hacia ella, olisqueando. —No sé como puedes dar vuelta las cosas y tratarme así.

—No se trata de ti. Sino de nosotros. Quiero que haya un nosotros, Faith. Estoy enamorado de ti.

—¿Qué? ¿Estás loco? —Se volvió a poner de pie, con pánico en todos los poros. —¡No digas eso!

—Lo he dicho antes, pero nunca quisiste escucharlo. Yo no te importaba bastante. Esta vez te tendrá que importar, o no lo volveré a decir. Estoy enamorado de ti. —La tomó por los hombros. —Es así, más allá de lo que tú hagas al respecto.

—¿Qué se supone que debo hacer? —Tenía una sensación floja y aleteante en el estómago que reconoció como de puro pánico. —¡Qué enredo es éste!

—Cada vez que yo te digo que te quiero, tu respuesta habitual es salir corriendo y casarte con otro. —Wade alzó una ceja al ver que ella se quedaba con la boca abierta.

—Eso no es... yo no... —¡Oh Dios! Wade tenía razón. Era lo que siempre hizo.

—Esta vez podríamos probar algo nuevo. Podríamos tratar de enfrentar el asunto como seres normales y ver adónde llegamos. Podríamos pasar un poco de tiempo juntos y no sólo saltar a la cama cada vez que nos vemos. Entre tú y yo hay mucho más que sexo.

—¿Cómo lo sabes?

Wade rió un poco, le acarició el pelo.

—Está bien, digamos que quiero descubrir si entre nosotros hay algo, aparte del sexo.

—¿Y si no lo hay?

—¿Y si lo hay?

—¿Y si no lo hay?

Wade suspiró.

—Entonces supongo que terminaremos pasando gran parte del tiempo en la cama. Si es que para entonces nos queda algo —agregó y se acercó para alejar la almohada que el cachorro quería deshacer.

¡Wade era tan sólido, tan inteligente, tan bueno y tan apuesto! Y estaba enamorado de ella. Pero nunca nadie la quiso demasiado tiempo. Debes alivianar esta situación, se ordenó, por lo menos hasta que tu corazón vuelva a latir con normalidad.

—No sé qué pensar acerca de eso de tener una relación con un hombre que duerme con una perrita mestiza.

—La señorita Dottie me la dejó esta mañana camino de la iglesia. Yo tenía demasiada resaca para hacer otra cosa que acostarla conmigo en la cama.

—¿Qué problema tiene?

—¿Quién? ¡Ah! ¿La cachorra? Ninguno. —Se inclinó para desordenar el pelo y acariciar las orejas de la perrita. —Ojos brillantes y una salud de hierro. Le di todas sus vacunas y las recibió como una campeona.

—¿Y entonces, qué haces con ella?

—La estoy guardando para ti.

—¿Para mí? —Faith retrocedió un paso. —Yo no quiero un perro.

—Por supuesto que lo quieres. —Levantó la cachorra y la puso en los brazos de Faith. —Mira, le gustas.

—A los cachorros les gusta todo el mundo —protestó Faith mientras torcía la cabeza para evitar los alegres lengüetazos de la perrita.

—Exactamente. —Con los hoyuelos marcados en las mejillas, Wade pasó los brazos alrededor de la cintura de Faith, dejando entre ambos a la cachorra como si fuera el relleno de un sándwich. —Y a todos les gustan los cachorros. Esta perrita dependerá de ti, te divertirá, te hará compañía y te amará pase lo que pase.

—Hará pis en la alfombra. Me morderá los zapatos.

—Sí. Tendrá necesidad de disciplina, entrenamiento y paciencia. Le harás falta tú.

Se conocían prácticamente de toda la vida. Y el hecho de que hubieran pasado entre las sábanas la mayor parte del tiempo que estaban juntos, no quería decir que ella no supiera cómo trabajaba la mente de Wade.

—¿Lo que me estás dando es un perro o una lección de vida?

—Las dos cosas. —Se inclinó para besar la mejilla de Faith. —Inténtalo. Si no da resultado, me la puedes devolver.

La cachorra era cálida e intentaba desesperadamente acomodarse en la curva entre el hombro y el cuello de Faith. ¿Qué estaba pasando? Era como si de repente todo el mundo le estuviera machacando al mismo tiempo. Primero Boots, después Cade y ahora Wade.

—Me estás mareando. Hoy no puedo mantenerme a la altura de tus razonamientos y ése es el único motivo por el que acepto esto.

—¿Que aceptas qué? ¿Lo nuestro o la cachorra?

—Un poco de cada cosa.

—Es un principio bastante bueno para mí. En la cocina hay alimento para cachorros. ¿Por qué no vas a darle de comer mientras yo me ducho? Llegaré tarde al almuerzo en casa de mis padres. ¿Por qué no me acompañas?

—Gracias, pero todavía no estoy preparada para comidas familiares. —Recordaba demasiado bien el brillo frío de los ojos de la madre de Wade. —Ve a ducharte. Hueles peor que una camada de cachorros. —Frunció el entrecejo mientras llevaba la cachorra a la cocina. No estaba segura de estar preparada para todo eso. Para nada de eso.

18

El lunes por la mañana, Tory acababa de abrir las puertas de la tienda cuando sonó la campanilla anunciando la llegada de un cliente. —Buenos días, soy Sherry Bellows. Até mi perro al banco que tiene en la vereda. Espero que no le importe.

Tory miró hacia afuera y vio una montaña peluda, sentada con docilidad en la vereda.

—Está muy bien. Qué grande es ¿verdad? Y es una belleza.

—Es un verdadero muñeco. Acabamos de llegar de nuestro paseo matinal por el parque y tuve ganas de entrar. Estuve aquí un ratito el sábado. Vino una multitud.

—Sí, me mantuvieron ocupada. ¿Quiere que le muestre algo especial o prefiere mirar usted misma?

—En realidad, me preguntaba si usted piensa tomar una ayudante. —Sherry echó atrás su pelo atado en una la cola de caballo y alzó los brazos. —No estoy exactamente vestida para buscar trabajo —dijo con una sonrisa, tironeando la remera húmeda sobre los shorts—. Pero seguí un impulso y entré. Enseño en el colegio secundario. Mejor dicho, enseñaré durante las clases de verano que empiezan a mediados de junio y luego seguiré trabajando *full time* a partir del otoño.

—Entonces no creo que le haga falta buscar trabajo.

—Tengo todo el día libre durante las próximas dos semanas y luego los sábados y medio día durante todo septiembre. Me gustaría trabajar en un lugar como el suyo y no me vendría mal el dinero extra que ganaría. Seguí un curso de comercio en la Universidad, así que conozco el tema. Le puedo dar referencias y no me preocupa trabajar por un sueldo mínimo.

—Si quiere que le diga la verdad, Sherry, no he pensado en la posibilidad de tomar una empleada, por lo menos hasta dentro de algunas semanas, cuando vea como anda la tienda.

—No debe ser fácil manejar sola una tienda. —Si había algo que Sherry aprendió mientras estudiaba para recibirse, fue a ser persistente. —No tener un solo momento de descanso y tampoco tener tiempo para arreglar los papeles, hacer un inventario ni enviar ordenes de compra. Ya que la tienda está abierta

212

seis días por semana, usted tampoco tendrá mucho tiempo para hacer mandados. Para los trámites bancarios, para hacer compras. Supongo que envía
órdenes de compra ¿verdad?

—Bueno, sí...

—No le quedará más remedio que cerrar la tienda cada vez que tenga que
ir al correo, o tendrá que esperar para mandar las órdenes a la mañana siguiente
antes de abrir. Eso le agregará más horas a su día de trabajo. Cualquiera que sea
capaz de organizar un negocio como éste, y hacerlo sola, sabe que su tiempo
vale dinero.

Tory estudió a Sherry. Era joven, bonita, estaba transpirada por haber
corrido. Y era muy directa. Además lo que decía era sensato. Ella estaba en la
tienda desde las ocho, redactando órdenes de compra, ordenando papeles, y
corriendo al banco y al correo.

No podía negar que le divertía hacer todo eso. Le producía una satisfacción
enorme. Pero a medida que pasara el tiempo las exigencias serían cada vez mayores.

Al mismo tiempo no estaba segura de querer compartir su tienda con
nadie, aunque fuera durante parte del tiempo. Le producía un profundo placer
tenerla toda para ella. Aunque admitía que era una indulgencia poco práctica.

—Me ha tomado desprevenida. ¿Por qué no me anota su dirección, su
número de teléfono y sus referencias? —Tory se dirigió al mostrador para darle
un anotador. —Necesito un tiempo para pensarlo.

—¡Bárbaro! —Sherry tomó la lapicera que Tory le ofrecía y golpeteó con
ella el anotador. —Y vengo con un socio, toma a uno y tiene dos. —Hizo un
gesto con la cabeza en dirección a la vidriera donde dos mujeres se acababan
de detener a admirar a Mongo. —Es tan bonito que la gente no puede menos
que pararse a acariciarlo. Y cuando están allí de pie, no tienen más remedio que
mirar su vidriera. Apuesto a que ésas entrarán.

—Me parece una reflexión inteligente —dijo Tory, levantando una ceja—.
Tal vez yo debería comprar un perro.

Sherry rió y comenzó a escribir.

—Pero nunca encontrará a ninguno como mi Mongo. Ni tan bueno como él.

—Bien pensado —dijo Tory—. Y acertó —agregó en voz baja cuando las
dos mujeres entraron a la tienda.

—¿Ese perro es suyo?

—Es mío —contestó Sherry con una sonrisa feliz—. Espero que no las
haya molestado.

—No, es el animal más dulce que he visto. Parece una gran bola de piel.

—Es suave como un cordero —les aseguró Sherry—. No pudimos menos
que detenernos y admirar todas las cosas bonitas que hay aquí. ¿No les parece
que es un lugar maravilloso?

—Sí, muy lindo. No recuerdo haberlo visto antes.

—Acabamos de abrir el sábado —anunció Tory.

—Hace tiempo que no vengo a esta parte del pueblo. —La mujer miró a su
alrededor. La amiga ya recorría la tienda. —Me gustan mucho los candelabros

que hay en la vidriera. Acabamos de mudarnos a una casa nueva y la estoy redecorando.

—Se los traeré para que los vea mejor. —Tory miró a Sherry. —Perdón.

—No, adelante. Tómese su tiempo.

Sherry observó a Tory mientras ésta asistía a las clientes. Mantiene un nivel bajo, notó. Bueno, ella también podía tener un nivel bajo y dejar que la mercadería se vendiera por sí misma. Pero no creía que viniera mal un poco de conversación. A ella le resultaba muy difícil no conversar y consideró que eso podía significar un buen equilibrio con la silenciosa elegancia de Tory.

Conseguiré el trabajo, decidió Sherry mientras seguía escribiendo y a la vez miraba todos los movimientos de Tory. Era muy hábil para convencer a la gente y en realidad le vendría bien ganar un poco más de dinero.

Para hacer méritos, hizo comentarios entusiastas sobre los objetos comprados por las clientes y conversó amistosamente con ellas mientras Tory empaquetaba las compras. Las mujeres se fueron felices y cargadas de paquetes.

—Fue una buena venta. Pero creo que podría haber convencido a Sally de que comprara esas placas de jardín.

—Si las quiere, volverá. —Divertida, Tory archivó los recibos de la tarjeta de crédito. —Y confío en que, mientras almuerzan, su amiga la convencerá de que las compre. Usted tiene un trato excelente con la gente. ¿Sabe algo de artesanías?

—Aprendo con rapidez. Y como admiro su buen gusto en la mercadería que vende, me será fácil aprender. Puedo empezar enseguida.

Tory estuvo a punto de aceptar. Sherry le caía bien. Pero en ese momento se abrió la puerta y el recién llegado la llenó de sorpresa y de terror.

—¡Hola, Tory! —Hannibal le dedicó una amplia sonrisa. —Hace rato que no nos vemos. ¿Ese perro que hay afuera es suyo, señorita?

—Si, es Mongo. Espero que no lo haya molestado.

—No, por supuesto que no. Parece un animal muy amistoso. Es un perro muy grande para una criatura tan chiquita como usted. Hace un rato la vi corriendo con él por el parque. Y no habría podido decir quién dirigía a quién.

Sherry experimentó una punzada de inquietud, pero logró reír.

—¡Ah! Mongo permite que yo crea que yo soy la que manda.

—Un buen perro es un amigo fiel. Más fiel que la mayor parte de la gente. ¿Tory, no me vas a presentar a tu amiga? Soy Hannibal Bodeen —dijo antes de que Tory pudiera hablar y le tendió a Sherry esa mano grande que con tanta frecuencia había utilizado para callar a su hija. —Soy el padre de Victoria.

—Mucho gusto. —Ya relajada, Sherry estrechó con calidez la mano que le ofrecían. —Debe estar orgulloso de su hija y de todo lo que ha hecho aquí.

—Le aseguro que no pasa un día sin que lo piense. —Volvió a clavar la mirada en Tory. —Y sin que piense en ella.

Tory luchaba por superar el impacto que le producía la presencia de su padre. Ya que estaba allí, tendría que enfrentarlo. Y hacerlo a solas.

—Gracias por haber venido, Sherry. Pensaré este asunto y pronto la volveré a llamar.

—Se lo agradezco. Estoy tratando de convencer a su hija de que me contrate. Tal vez usted pueda ayudarme. Me alegro de haberlo conocido, señor Bodeen. Espero noticias suyas, Tory.

Salió y se acuclilló junto a su perro. A pesar de que la puerta estaba cerrada, Tory alcanzó a oír su risa alegre y los ladridos de bienvenida de Mongo.

—Bueno. —Con las manos en jarras, Hannibal se volvió para estudiar la tienda. —Es un lugar bastante impresionante. Tengo la impresión de que te debe ir muy bien.

No había cambiado nada. ¿Por qué no había cambiado? ¿Parecía más viejo? No. No había perdido peso, ni pelo, ni ese brillo oscuro de los ojos. Era como si el tiempo no lo tocara. Y cuando él se volvió, Tory sintió que se encogía, sintió que se escapaban los años y todos sus esfuerzos por volver a ser una persona.

—¿Qué quieres?

—Te va realmente bien. —Se acercó al mostrador, acortando la distancia que los separaba. Y entonces Tory notó que estaba equivocada, por lo menos en parte. Su rostro estaba algo envejecido; tenía profundas arrugas alrededor de la boca, la papada floja y más arrugas le cruzaban la frente. —Volviste para hacer ostentación en tu antiguo pueblo. El orgullo siempre termina en una caída, Victoria.

—¿Cómo supiste que estaba aquí? ¿Te lo dijo mamá?

—El padre es padre toda la vida. No he dejado de seguirte los pasos. ¿Volviste a Progress para alardear o para avergonzarme?

—Vine por mí misma. Mi regreso no tiene nada que ver contigo. —Mentiras, mentiras, mentiras.

—Fue aquí donde hiciste que todo el pueblo hablara y nos señalara. Fue aquí donde por primera vez nos desafiaste a mí y a tu Señor. La vergüenza de lo que hiciste y de lo que eras me obligó a alejarme de Progress.

—Lo que te alejó de aquí fue el dinero que Margaret Lavelle puso en tus bolsillos.

Un músculo se movió en la mejilla de Hannibal. Una advertencia.

—Así que la gente ya ha empezado a hablar. No me importa. "El mentiroso presta oídos a las lenguas malignas."

—Hablarán más si te quedas un tiempo por aquí. Y los que te buscan te encontrarán. He ido a ver a mamá. Está preocupada por ti.

—No tiene por qué preocuparse. Soy el amo de mi propia casa. El hombre va y viene como le parezca.

—Más bien dirás que el hombre corre. Tú corriste después de que te arrestaron y te hicieron cargos por haber atacado a esa mujer. Te fuiste y dejaste sola a mamá. Y esta vez, cuando te apresen, ya no habrá libertad condicional. Te pondrán entre rejas.

—Cuida tus palabras. —Estiró una mano. Ella estaba preparada para recibir un golpe, pero él le aferró la camisa y prácticamente la obligó a tenderse sobre el mostrador. —Muéstrame un poco de respeto. Me debes la vida. Fue mi semilla la que inició tu paso por este mundo.

—Para mi infinito pesar. —Pensó en la tijera que guardaba bajo el mostrador. La imaginó en su mano mientras él la arrastraba otro poco sobre el mostrador. Y mientras miraba esa ira tan terrible y familiar del rostro de su padre, se preguntó si sería capaz de utilizarla. —Si me pones una mano encima, te juro que iré directamente a la policía. Pégame y te denunciaré, y les contaré todas las veces que me golpeaste y me lastimaste. Cuando haya terminado...

Jadeó y luchó por no gritar cuando, con la mano libre él le tironeó el pelo y sus dedos ásperos le rasparon un costado del cuello. Los ojos de Tory se llenaron de lágrimas de dolor y se le entrecortó la voz.

—Cuando haya terminado contigo, estarás entre rejas. Te lo juro. Y ahora suéltame y vete de aquí. Olvidaré que alguna vez te he visto.

—¿Supongo que no te atreverás a amenazarme?

—No se trata de una amenaza. Sino de una realidad. —La furia y el odio que se desprendían de su padre estaban a punto de ahogarla. Sentía que se le cerraba la garganta contra esas sensaciones, que el pecho se le atascaba. No podría aguantar mucho más. —¡Suéltame! —Mantuvo la mirada fija en su padre mientras con las manos tanteaba debajo del mostrador en busca de las tijeras. —Suéltame antes de que entre alguien y te vea.

En la cara de Hannibal se pintaron distintas emociones. Temor, mezclado con la violencia que le ardía dentro del cuerpo. Cuando Tory lograba tocar con las manos el metal de las tijeras, él la tironeó hacia un lado y casi la estrelló contra la caja registradora.

—Necesito dinero. Me darás todo lo que tengas allí adentro. Me lo debes por todas las veces que has respirado en la vida.

—No hay mucho. No te llevará muy lejos. —Abrió el cajón de la caja registrador y sacó el dinero con ambas manos. Cualquier cosa con tal de que se fuera, cualquier cosa con tal de sacarlo de allí.

—Esa puta mentirosa de Hartsville arderá en las llamas del infierno. —No le soltó el pelo mientras metía el dinero en el bolsillo. —Y tú también.

—Tú ya estarás allí. —Nunca supo por qué lo hizo. No podía prever los acontecimientos futuros, no podía predecir. Lo cual era una pequeña bendición. Pero clavó la mirada en los ojos de su padre y habló como si tuviera una visión. —No vivirás un año más y morirás en medio del dolor, del miedo y del fuego. Morirás pidiendo piedad a los gritos. La piedad que nunca me tuviste a mí.

Él se puso muy pálido, le pegó un empujón para alejarla, y la estrelló contra la pared, haciendo caer la mercadería de los estantes. Levantó un brazo y la señaló.

—"¡No permitiréis que una bruja viva!" Recuérdalo. Si le llegas a decir a alguien que me viste hoy, volveré y haré lo que debí hacer en cuanto naciste. Cuando naciste con la marca del demonio en la cara. Tú ya estás condenada.

Se dirigió a la puerta, asomó la cabeza para espiar y se alejó. Tory se dejó caer al piso. ¿Ya condenada? Clavó la mirada en las tijeras, ubicadas en el borde del estante bajo el mostrador. Estuvo a punto de tomarlas, a punto de...

Si ella hubiera podido tomar esas tijeras con firmeza, uno de los dos ya estaría en el infierno. No sabía si le hubiera importado cuál de ellos. Por lo menos todo habría terminado.

Levantó las rodillas, apretó la cara contra ellas y se enroscó sobre sí misma como tantas veces lo había hecho de chica.

Y así la encontró Faith cuando entró con un cachorro en brazos.

—¡Dios mío, Tory! —Con una sola mirada vio la caja registradora abierta y vacía, la mercadería tirada en el piso y la mujer que temblaba en el suelo. —¡Por favor! ¿Estás lastimada?

Depositó la perrita en el piso y mientras ésta se alejaba llena de alegría, pasó detrás del mostrador.

—Quiero verte. Deja que te mire, que te revise.

—Estoy bien. No es nada.

—Es insólito que en este pueblo te roben en pleno día. Estás temblando. ¿Tenían un cuchillo, un arma?

—No. No, está bien.

—No veo sangre. Bueno, tienes la parte de atrás del cuello muy colorada. Llamaré a la policía. ¿Necesitas un médico?

—¡No! Nada de policía y nada de médicos.

—¿Nada de policía? Acabo de ver que salía de aquí un enorme bruto de hombre, entro y veo tu caja registradora abierta y vacía y a ti tirada detrás del mostrador, ¿y dices que no quieres que llame a la policía? ¿Qué hace una persona en las grandes ciudades cuando la asaltan? ¿Lo festeja?

—No fue un robo. —Extenuada dejó caer hacia atrás la cabeza y la apoyó contra la pared. —Yo le di el dinero. Menos de cien dólares. El dinero es lo de menos.

—Entonces, ya que estás en eso, ¿por que no me das un poco? Porque si es así como piensas manejar tu negocio, no estarás aquí mucho tiempo.

—Si, estaré aquí. Me quedaré aquí. Nada me hará huir de nuevo. Nada. Nadie. Nunca más.

Faith no tenía mucha experiencia con histeria, aparte de la suya propia, Pero creyó reconocerla en el tono agudo de la voz de Tory, en la repentina expresión salvaje de sus ojos.

—¡Así me gusta! ¿Por qué no nos levantamos del piso y vamos un rato al depósito?

—Te dije que estoy bien.

—Entonces eres una imbécil o una mentirosa. Y de cualquier manera, vamos al cuarto trasero.

Tory trató de empujarla para ponerse de pie por sus propios medios, pero las piernas no le respondieron. Cuando Faith la ayudó, las piernas le cedieron y no tuvo más remedio que apoyarse en ella.

—Iremos las dos al depósito. Dejaré aquí a la cachorra.

—¿A quién?

—A la cachorra. No te preocupes por ella. Ya está casi educada. ¿Tienes algo para beber allá atrás? ¿Algo que te fortalezca?

—No.

—Me lo imaginaba. No es posible que Tory la prolija tenga una botella de whisky en un cajón del escritorio. Bueno, ahora siéntate, recupera el aliento y dime por qué no debo llamar a la policía.

—Porque empeorarías las cosas.

—¿Por qué?

—Porque el hombre a quien viste salir era a mi padre. Yo le di el dinero con tal de que se fuera.

—¿Y él te hizo esa marca en el cuello? —Cuando por toda respuesta Tory sólo la miró fijo, Faith respiró hondo. —Me imagino que no debe haber sido la primera vez. Sí, Hope no me lo dijo porque supongo que la hiciste jurar que mantendría el secreto, pero yo tenía ojos. Muchas veces te vi llena de moretones y de lastimaduras. Siempre explicabas que te habías caído o que había atropellado algo, pero lo extraño era que nunca noté que fueses torpe. Y recuerdo que el día que fuiste a casa a decirnos lo de Hope, estabas llena de moretones y de lastimaduras.

Faith se encaminó hacia la pequeña heladera, encontró una botella de agua mineral y la abrió.

—¿Fue por eso que no te encontraste esa noche con ella? ¿Porque él te había castigado? —Le tendió un vaso de agua y midió el silencio de Tory. —Supongo que he estado culpando a la persona equivocada por lo sucedido esa noche.

Tory bebió el agua que le calmó el ardor de la garganta.

—A quien debes culpar es a la persona que la mató.

—Ignoramos quién fue. Es más consolador poder echarle la culpa a una cara, a un nombre. Podrías tomar ese teléfono, llamar a la policía y denunciarlo. El jefe Russ lo perseguirá.

—Lo único que quiero es que se vaya. Supongo que no lo comprenderás.

—La gente casi nunca comprende. Pero ¡sorpresa! —Mientras estudiaba a Tory, Faith apoyó una cadera contra el escritorio. —Mi padre muy pocas veces me levantó una mano. Creo que de vez en cuando me daban una palmada en la cola, aunque mucho menos de lo que en realidad merecía. Pero te aseguro que mi padre sabía gritar y aterrorizar a una jovencita.

¡Oh, Dios, cómo lo extrañaba! En ese momento la envolvió una enorme la nostalgia por su padre.

—No porque creyera que me pegaría —dijo, ya en voz baja—. Sino porque cada vez que le fallaba, me lo hacía saber. Tenía miedo de fallarle. Ya sé que no es lo mismo que te sucedía a ti. Pero me pregunto: ¿si el mío hubiera sido un padre distinto, un hombre distinto y yo me hubiera pasado la vida temiéndole, qué habría hecho?

—Hubieras llamado a la policía para que lo metieran en la cárcel.

—Absolutamente cierto. Pero eso no quiere decir que no comprenda por qué no lo haces tú. Cuando papá empezó a andar con esa otra mujer, nunca se lo dije a mi madre. Durante un tiempo creí que ella no lo sabía, pero no se lo dije. Pensé que tal vez todo pasaría. Estaba equivocada, pero creerlo me daba cierta paz.

Ya más tranquila, Tory depositó la botella de agua sobre el escritorio.

—¿Por qué me estás tratando bien?

—No lo sé. Nunca me gustaste mucho, pero eso fue porque le gustabas a Hope y a mí me encantaba llevarle la contra a todo el mundo. En este momento te estás acostando con mi hermano, y se me ocurre que Cade significa más para mí de lo que yo creía. Es bastante sensato que quiera llegar a conocerte para saber lo que siento acerca de la relación entre mi hermano y tú.

—Así que me tratas bien porque me acuesto con Cade.

La sequedad de la frase de Tory despertó el sentido del humor de Faith.

—De alguna manera. Y te diré algo porque te dará rabia. Te tengo lástima.

—Tienes razón. —Tory se puso de pie, agradecida porque ya no temblaba. —Me da rabia.

—Lo supuse. No te gusta inspirar lástima. Pero la realidad es que nadie debería tenerle miedo a su propio padre. Y ningún hombre tiene derecho, sea o no familiar, a dejarle moretones y lastimaduras a una criatura. Y ahora será mejor que vaya a ver en qué clase de problemas se ha metido afuera mi cachorra.

—¿Cachorra? —Tory abrió muy grandes los ojos. —¿Qué cachorra?

—Mi cachorra. Todavía no le he puesto nombre. —Faith salió y lanzó una fuerte carcajada. —¿No te parece una amorosa?

La amorosa había encontrado el papel de seda y libraba una batalla sobre él. Los heridos eran muchos y estaban diseminados como copos de nieve por el piso. También se había apoderado de un rollo de cinta que estaba casi toda enredada alrededor de su cuerpo regordete.

—¡Oh, por amor de Dios!

—No lo tomes así. Los destrozos no pueden valer más de cinco dólares. Te los pagaré. ¡Éste es mi bebé!

La cachorra ladró de alegría, se enredó con la cinta y se despanzurró con adoración a los pies de Faith.

—Juro que nunca creí que una cosita como ésta podía llegar a hacerme reír tanto. Mírate, bebé de mamá, toda envuelta como si fueras un regalo de Navidad.

Alzó a la perrita y lanzó una serie de sonidos arrulladores.

—Estás actuando como una imbécil.

—Lo sé. ¿Pero no te parece que es una dulzura? Y además me adora. Mamá tiene que limpiar todo este lío antes de que la señora mala rete a mi bebé.

Ya de rodillas en el piso, Tory levantó la mirada.

—Si vuelves a dejar en el suelo a esa destrozona, ¡juro que te morderé un tobillo!

—Le he estado enseñando a sentarse. Es muy inteligente. Mira. —A pesar de la amenaza de Tory, Faith puso la cachorra en el piso pero manteniendo una mano sobre su lomo. —Ahora siéntate. Sé una buena chica. Siéntate para tu mamá.

La cachorra saltó hacia adelante, lamió la cara de Tory y luego comenzó a perseguir su propia cola.

—¡Vaya inteligencia!

—¿No te parece una belleza?

—Realmente adorable. Pero no tiene por qué estar aquí adentro. —Tory se puso de pie, con el papel de seda y la cinta arruinados en los brazos. —Llévala a caminar o lo que sea.

—Íbamos a comprar un bonito juegos de boles para su agua y su comida.

—Pero no mis boles. No pienso venderte boles de cerámica hechos a mano por artesanos, para que los uses para dar de comer a un perro.

—¿Y qué te importa para qué los uso con tal de que pague lo que valen? —Más decidida que nunca, Faith alzó la cachorra y eligió dos boles azules con dibujos color esmeralda. —Nos gustan éstos. ¿No es cierto, querida? ¿No es cierto, mi amor?

—¡Es lo más ridículo que he oído en mi vida!

—Una venta es una venta, ¿no es cierto? —Faith se acercó al mostrador y depositó en él los boles. —Suma el precio y agrega el costo del papel y la cinta.

—Olvídate del papel y de la cinta. —Ya detrás del mostrador, Tory los tiró al papelero y luego comenzó a sumar el precio de los boles. —Son cincuenta y tres dólares y veintiséis centavos. ¡Para comederos de perro!

—Me parece bien. Los pagaré en efectivo. Ayúdame, tenla en brazos un momento.

Faith le pasó la cachorra a Tory para poder buscar la billetera dentro de su cartera.

Fascinada a pesar suyo, Tory acarició la perrita.

—Vas a comer como una reina, ¿no es cierto? Una verdadera abeja reina. Lo que en inglés llamarían Queen Bee.

—Queen Bee ¡qué nombre perfecto! —Faith depositó el dinero sobre el mostrador y recuperó la perrita. —Ésa eres tú, Queen Bee. Te compraré un bonito collar lleno de piedras que resplandezcan.

Tory meneó la cabeza.

—Estoy viendo en ti una faceta que desconocía, Faith.

—Yo también. Y te diré que me gusta bastante. Vamos, Bee, tenemos que ir a varios lugares y ver a varias personas. —Levantó la bolsa de compras. —Creo que no me alcanzan las manos para abrir la puerta.

—Yo lo haré. —Tory abrió la puerta y, después de un minuto de vacilación, tocó el brazo de Faith. —Gracias, Faith.

—De nada. Te haría bien refrescar un poco tu maquillaje —agregó antes de alejarse.

No tenía intención de involucrarse. Desde el punto de vista de Faith, los asuntos personales de los demás eran fascinantes para especular sobre ellos, para comentarlos, pero siempre desde una prudente distancia.

Pero no podía dejar de recordar a Tory enroscada sobre sí misma detrás del mostrador, con cintas, papeles de envolver y piolines plateados diseminados a su alrededor.

Y veía constantemente esa desagradable marca rojiza que Tory tenía en el cuello.

Había marcas en el cuerpo de Hope. Ella no las vio, no le permitieron verlas. Pero lo supo.

No soportaba que un hombre anduviera empujando a una mujer, eso era todo. Cuando se trataba de alguien de la familia, uno no corría a llamar a la policía. Pero había otras soluciones.

Se inclinó para besar la cabeza de Bee y se encaminó directamente al banco para contarle a J.R. lo que le acababa de suceder a su sobrina.

No perdió tiempo. J.R. canceló su siguiente compromiso, le avisó al subgerente del banco que debía salir por asuntos personales y se encaminó a la tienda de Tory con paso tan ágil que al llegar tenía la camisa húmeda de transpiración.

Ella estaba atendiendo a un par de clientes, una joven pareja que se debatía ante la posibilidad de comprar una fuente azul y blanca. Tory les estaba dando tiempo para decidirse y se encontraba en el otro extremo de la tienda, reemplazando el par de candelabros vendidos esa mañana.

—¡Tío Jimmy! ¿Hace mucho calor afuera? Estás muy colorado. ¿Puedo servirte algo fresco?

—No... sí —decidió. Le daría tiempo para recuperar su compostura. —Cualquier cosa que tengas a mano, querida.

—Enseguida vuelvo. —Entró al depósito y luego se apoyó contra la puerta y lanzó una maldición. Lo acababa de ver en los ojos de su tío. Faith debió ir directamente al banco con el cuento. Eso me pasa por confiar en ella, pensó Tory, abriendo la heladera. Eso me pasa por haber creído que Faith me comprendía.

Entonces respiró hondo y le llevó a su tío una lata de agua tónica.

—Gracias, querida. —J.R. bebió un largo trago. —Este... ¿no quieres que te invite a almorzar?

—Todavía ni siquiera es mediodía y traje un poco de comida de casa. Además no quiero cerrar la tienda. Pero gracias de todos modos. ¿Abuela y Cecil se fueron bien esta mañana?

—Se fueron a primera hora. Boots trató de convencerlos de que se quedaran unos días, pero ya sabes como es tu abuela. Le gusta estar en su casa. Siempre se pone un poco nerviosa cuando no lo está.

La joven pareja comenzó a salir, y la mujer miró hacia atrás con expresión pensativa.

—Volveremos.

—Los espero. Que pasen un buen día.

—Muy bien, Ahora déjame ver. —La puerta apenas se había cerrado cuando J.R. depositó el agua tónica y tomó a Tory por los hombros. Estudió la marca rojiza que tenía en el cuello. —¡Ay, querida! ¡Ese cretino! ¿Por qué no me llamaste?

—Porque no hubieras podido hacer nada. Porque ya todo había terminado. Y porque no tenía sentido preocuparte, que es lo que hizo Faith al correr al contártelo.

221

—No digas eso. Faith hizo exactamente lo que debía y le estoy agradecido. Tú no quisiste llamar a la policía y creo que... bueno... será más fácil para tu madre que no lo hagamos. Pero yo soy tu tío.

—Ya lo sé. —Permitió que él la abrazara. —Ahora él se ha ido. Lo único que quería era dinero. Tiene miedo, huye aterrorizado. Y dentro de poco lo apresarán. Lo único que quiero es que sea lejos de aquí. Lejos de mí. No lo puedo evitar.

—¡Por supuesto que no puedes evitarlo! Pero quiero que me prometas algo. Si por casualidad lo vuelves a ver por aquí, aunque no trate de acercarse a ti, quiero que me prometas que me llamarás enseguida.

—Está bien. Pero no te preocupes. Consiguió lo que vino a buscar. Ya debe estar a kilómetros de distancia.

Tenía necesidad de creerlo.

19

Lo creyó durante el resto del día. Durante toda esa larga tarde se cubrió con la delgada armadura de esa creencia. Como si supiera que era una tontería, abrió uno de los paquetes de velas que tenía en la vidriera, envueltas y atadas con una cinta, encendió una y la puso sobre el mostrador.

Abrigaba la esperanza de que la luz y el perfume de la vela ayudaría a disipar parte de los resabios desagradables dejados por la visita de su padre.

A las seis cerró la tienda y se descubrió estudiando la calle como lo había hecho durante semanas cuando huyó de su casa y se instaló en Nueva York. Le enfurecía que él pudiera devolverle esa cautelosa ansiedad, esos sobresaltos a su corazón.

¿Sería cierto que estuvo en las ruinas de la casa de su madre y declaró que era capaz de enfrentar a su padre y que lo enfrentaría, si se atrevía a volver a inmiscuirse en su vida?

¿Dónde estaba ahora ese coraje?

Lo único que podía hacer era prometerse que lo recuperaría.

Pero cerró con llave las puertas del auto en cuanto estuvo adentro y durante él trayecto a su casa le temblaba el pulso y miraba constantemente hacia atrás por el espejo retrovisor.

Pasó automóviles y hasta logró saludar a Piney con un bocinazo cuando vio su camioneta en la ruta. En el campo el trabajo debe haber terminado por hoy, pensó. Los peones volvían a sus casas. Y seguramente el jefe también.

Así que fue con un irritante sobresalto de desilusión que, al doblar al camino de su casa, lo encontró vacío. No había tomado conciencia de que esperaba que Cade estuviera allí. Por cierto que no había recibido con entusiasmo su información de que prácticamente tenía intenciones de mudarse a su casa, pero cuanto más lo pensaba, más fácil le resultaba aceptarlo. Y una vez aceptado, disfrutarlo.

Hacía mucho tiempo que no sentía necesidad de compañía. De la compañía de alguien con quien compartir el día, con quien conversar sobre temas sin importancia, con quien reír de pequeñas cosas, ante quien quejarse.

Que hubiera alguien allí, donde la noche parecía demasiado llena de sonidos, de movimientos y de recuerdos.

¿Y qué daba ella en cambio? Resistencia, discusiones, irritabilidad y una aceptación a regañadientes.

—He actuado como una verdadera cretina —murmuró al bajar del auto. Eso, por lo menos cambiaría. Haría lo que por lo general hacían las mujeres para hacerse perdonar pequeñas faltas. Le prepararía a Cade una rica comida y lo seduciría.

La idea la animó. ¡Cómo le sorprendería Cade su cambio! Esperaba recordar cómo hacerlo, porque ya era hora de que volviera a ejercer un poco de control. Y de esa manera quitaría de los hombros de Cade parte del peso de la responsabilidad de lo que estaba sucediendo entre ellos dos.

Así había tratado de darle el gusto así a Jack, y luego...

No. Mientras abría la puerta de su casa, rechazó con firmeza ese pensamiento. Cade no era Jack y ella no era la misma mujer que fue en Nueva York. El pasado y el presente no tenían por qué parecerse.

Pero al entrar comprendió que ése no era más que otro engaño. Supo que él había estado allí, en ese lugar que ella trataba de convertir en su hogar. Su padre.

No había mucho allí para que él destruyera y Tory no consideró que su padre se hubiera esforzado demasiado. Sin duda no había ido a destrozar los pocos muebles que había, ni a destruir las paredes. Pese a que había hecho un poco de ambas cosas.

El sillón estaba dado vuelta y con el fondo cortado. La lámpara que Tory acababa de comprar sólo algunos días antes, estaba hecha añicos; la mesa que ella iba a restaurar, tirada en un rincón y con una pata rota.

Tory reconoció el tamaño y la forma de los abollones de la pared de madera. Eran como la firma o la marca de fábrica de su padre, las marcas que quedaban cuando por alguna razón decidía dejarlas en objetos inanimados en lugar de elegir como destinataria a su hija.

Tory dejó abierta la puerta de entrada, por si su instinto estuviera equivocado y él todavía se encontrara en la casa.

Pero el dormitorio estaba desierto. Su padre había arrancado la ropa de cama y cortajeado el colchón. Tory supuso que dañar la cama de hierro le habría resultado demasiado trabajo, un trabajo que no le valía la pena, porque la dejó intacta.

Los cajones donde guardaba su ropa estaban abiertos, su contenido apilado sobre el piso. No, en realidad él no quiso destrozar mis cosas, pensó Tory, porque en ese caso también habría cortajeado mi ropa. Era algo que había hecho antes, para darle una lección acerca de cómo debía vestirse apropiadamente una jovencita.

Andaba en busca de más dinero, o de cosas fáciles de vender. Si hubiera estado borracho, todo habría sido peor. Tal como era... Se agachó para levantar una blusa arrugada y enseguida lanzó una exclamación de desesperanza al ver la pequeña caja tallada donde guardaba las alhajas.

Se apresuró a abrirla y se sintió desfallecer cuando la encontró vacía. En realidad, casi todo lo que contenía eran chucherías. Chucherías buenas, elegidas con cuidado, pero fáciles de reemplazar.

Pero entre ellas estaban los aros de oro y granate que su abuela le regaló cuando cumplió veintiún años. Un par de aros que había pertenecido a su bisabuela. Su única herencia. Invalorable. Irremplazables, Perdidos.

—¡Tory!

La voz alarmada de Cade, sus pasos rápidos, la hicieron ponerse de pie.

—Estoy bien. En el dormitorio.

Él entró como una tromba y la abrazó antes de que ella pudiera decir otra palabra. Cade despedía oleadas de temor y de alivio que ella recibió.

—Estoy bien —repitió—. Acabo de llegar. Hace pocos minutos. Él ya se había ido.

—Vi tu auto, el living room. Pensé... —La abrazó con más fuerza, apretó la cara contra el pelo de Tory.

Cade sabía lo que era que el terror le clavara a uno las zarpas en el cuello. Nunca creyó que lo volvería a sentir.

—Gracias a Dios que estás bien. Pensaba llegar antes que tú, pero me entretuvieron. Llamaremos a la policía y luego tú te mudarás a Beaux Reves. Debí haberte llevado allí esta mañana.

—Todo eso no tiene sentido, Cade. Fue mi padre. —Se apartó de él y depositó la caja sobre la cómoda. —Esta mañana fue a la tienda. Discutimos. Ésta es su manera de demostrar que todavía puede castigarme.

—¿Te lastimó?

—No. —La negativa fue rápida y automática, pero Cade ya miraba la marca roja que tenía en el cuello.

No dijo nada. No era necesario que lo hiciera. Sus ojos se oscurecieron, se entrecerraron, cuando lo inundó la violencia que ella sabía reconocer. Entonces Cade se volvió y tomó el teléfono.

—Espera, Cade. ¡Por favor! No quiero llamar a la policía.

Él levantó la cabeza de repente y volcó en ella su enojo.

—No siempre conseguirás lo que quieres.

Sherry Bellows celebró su posible empleo descorchando una botella de vino, poniendo la música tan fuerte como consideró que sus vecinos aguantarían y bailoteando alrededor del departamento.

Todo era perfecto.

Progress le encantaba. Era exactamente la clase de pueblo chico al que quería pertenecer. No se equivocó cuando, siguiendo su intuición, se postuló para enseñar en la Escuela Secundaria de Progress.

Le gustaban las otras maestras. A pesar de que todavía no las conocía bien a todas, las conocería en el otoño cuando comenzara a trabajar allí *full time*.

Ella sería una profesora maravillosa, alguien a quien sus alumnos podrían recurrir con sus problemas y sus preguntas. Sus clases serían divertidas e inculcaría a sus alumnos el placer por la lectura, sembrando en ellos la semilla de un amor permanente y perdurable con la literatura.

Por cierto que los haría trabajar, y mucho, pero tenía una cantidad de ideas y de nociones frescas y maravillosas acerca de la manera de conseguir que el trabajo fuera interesante y hasta entretenido.

En el futuro, cuando sus alumnos recordaran la adolescencia, pensarían en ella con cariño. La señorita Bellows, dirían. Ella sí que estableció una diferencia en mi vida.

Era lo que ella siempre quiso.

Y esa ambición la impulsó a estudiar como un demonio, a trabajar con denuedo para subsidiar sus gastos estudiantiles. Pero cada centavo había valido la pena.

Y ahora acababa de encontrar una manera de solucionar sus problemas de dinero.

Trabajar en Southern Comfort sería una maravilla. Le ayudaría a pagar los préstamos que pidió como estudiante, le daría un respiro económico. Pero lo que era más importante, le proporcionaría un acceso más hacia la comunidad. Conocería gente, haría amigos y antes de mucho tiempo sería una cara familiar en Progress.

Ya estaba ampliando su círculo de amistades. Sus vecinos del edificio, Maxime en la veterinaria. Y pensaba fortalecer esas relaciones ofreciendo una fiesta en algún momento del mes de junio. Una fiesta de verano que no coartaría los planes de nadie.

Invitaría al matrimonio Mooney. En el banco el señor Mooney la ayudó a abrir su nueva cuenta corriente. Y después estaba Lissy, la de la inmobiliaria. Sherry no podía menos que admitir que Lissy era un poco chismosa, pero siempre convenía que la chismosa del pueblo estuviera del lado de una. Así uno se enteraba de cosas muy interesantes. Además, Lissy era la mujer del intendente.

Otro hombre buen mozo, pensó Sherry, un hombre con una gran sonrisa y un trasero formidable.

Y muy amigo de flirtear, también. Fue una gran cosa que ella se hubiera enterado de que era casado.

Se preguntó si sería presuntuoso que invitara a los Lavelle. Después de todo eran lo VIP de Progress. Sin embargo, Kincade Lavelle se mostraba muy agradable y amistoso con ella cada vez que se topaban en el pueblo.

¡Y para qué decir que él era maravillosamente buen mozo!

Podía invitarlos de una manera casual. ¿Qué mal había en ello? Quería que a su fiesta asistiera mucha, mucha gente. Mantendría abiertas, como siempre, las puertas del patio para que los invitados salieran al aire libre.

Le encantaba su pequeño departamento con jardín y compraría otro sillón para poder sentarse afuera. El que tenía quedaba muy bien y ella no pensaba ser una solitaria.

Un día conocería al hombre indicado y se enamorarían durante noches cálidas y se casaría con él en primavera. Para comenzar una vida juntos.

No estaba hecha para ser soltera. Quería tener una familia. Aunque, por supuesto, no por eso dejaría de enseñar. Porque era maestra, de alma, pero no había motivo para que no pudiera ser también esposa y madre.

Lo quería tener todo, y cuanto antes, mejor.

Tarareando al son de la música, salió al patio donde dormitaba Mongo. El perro se despertó lo suficiente como para mover la cola y rodó sobre sí mismo por si ella tenía ganas de rascarle la panza.

Sherry le dio el gusto. Se puso en cuclillas y lo rascó a fondo mientras bebía el vino y miraba a su alrededor. El patio se abría a una zona llena de pasto, con los árboles del parque de un lado y una silenciosa avenida residencial del otro.

Eligió ese departamento en primer lugar porque permitían que una tuviera animales, y adonde ella iba, también iba Mongo. Además era un lugar muy conveniente para que pudieran correr por el parque a la mañana.

El departamento era chico, pero Sherry no necesitaba mucho lugar, siempre que Mongo tuviera donde hacer ejercicio. Y en un pueblo como Progress, los alquileres no costaban un ojo de la cara, como sucedía en Charleston, Columbia.

—Éste es un lugar ideal para nosotros, Mongo. Éste es nuestro hogar.

Se irguió y volvió a entrar a la cocina mientras canturreaba al son de la música del disco compacto. Continuaría su celebración preparándose una ensalada inmensa para la comida.

La vida es una maravilla, pensó mientras cortaba verduras.

Cuando terminó, ya anochecía. Volví a preparar demasiado, pensó. Ése era uno de los problemas de vivir sola. Pero a Mongo también le gustaba comer zanahorias y apio, de modo que los agregaría a su comida. Comerían en el patio y ella se daría el lujo de beber otro vaso de vino, de emborracharse un poquito. Después haremos una larga caminata, decidió mientras sacaba el alimento balanceado de Mongo y lo colocaba en su plato. Tal vez hasta comprarían helado.

Levantó el comedero de Mongo. Por el rabillo del ojo percibió un movimiento y su corazón comenzó a latir con más rapidez. El comedero voló de sus manos y consiguió lanzar un pequeño grito.

Luego una mano le cerró la boca con fuerza. El cuchillo con el que acababa de preparar la ensalada le pinchó la garganta.

—Quédate callada. Quédate muy, muy callada si no quieres que te corte. ¿Comprendido?

Sherry ya hacía girar los ojos como enloquecida. El temor aleteaban en su estómago y tenía la piel caliente y húmeda. Pero lo peor era la confusión que sentía. No alcanzaba a ver la cara del hombre, pero creyó reconocerle la voz. No tenía sentido. Ningún sentido.

El individuo le apartó con lentitud la mano de la boca para aferrarle el mentón.

—¡No me lastime! ¡Por favor no me lastime!

—¿Y por qué voy a lastimarte? —El pelo de Sherry tenía un olor dulce. Era el pelo de una prostituta rubia. —Vamos al dormitorio donde estaremos más cómodos.

—¡No! —jadeó ella cuando el filo del cuchillo le apretó la garganta. Tenía un grito interior que pugnaba con desesperación por salir, pero el cuchillo lo convirtió en lágrimas silenciosas mientras él la obligaba a salir de la cocina.

Ahora las puertas del patio estaban cerradas, las persianas corridas.

—Mongo. ¿Qué hizo con Mongo?

—Supongo que no me creerás capaz de lastimar a un perro agradable y amistoso como ése, ¿verdad? —El poder que tenía en ese momento lo recorrió, se expandió, le provocó una erección e hizo que se sintiera caliente e invencible. —Tu perro duerme con toda tranquilidad. No te preocupes por él, querida. No te preocupes por nada. Esto será bueno. Será justo lo que tú quieres.

La arrojó de cara sobre la cama y apoyó una rodilla sobre la cintura de Sherry. Había llevado precauciones consigo. Un hombre debía estar preparado, aunque se tratara de una ramera. Sobre todo cuando se trataba de una ramera.

Después de un rato, ellas siempre gritaban por cualquier cosa. Y no quería usar el cuchillo. Sobre todo cuando era tan hábil con las manos. Sacó un pañuelo del bolsillo y la amordazó. Cuando ella comenzó a moverse, a luchar, él estaba en el cielo.

No era una mujercita débil. Mantenía en buen estado físico ese cuerpo con el que le gustaba tentar a los hombres. Lo único que lograba al luchar era excitarlo más. La primera vez que le pegó, la excitación lo golpeó como si fuera sexo. La volvió a golpear para que ambos comprendieran quién mandaba allí.

Le ató las manos a la espalda. No podía arriesgarse a que lo rasguñara con esas uñas afiladas, pintadas de rosa.

En silencio, se acercó a la ventana para cerrar las cortinas y dejarlos en la oscuridad.

Ella se quejaba contra la mordaza, mareada por los golpes. El sonido le produjo a él un temblor tan fuerte que cuando utilizó el cuchillo para cortarle la ropa, le lastimó un poquito la piel. Ella trató de rodar sobre sí misma, trató de corcovear, pero cuando él le apoyó la punta del cuchillo debajo de un ojo, se quedó muy quieta.

—Esto es lo que quieres. —Se bajó el cierre del pantalón, luego la acostó de espaldas y la montó. —Es lo que pediste. Lo que todas ustedes piden.

Cuando terminó, lloró. Le corrían por la cara lágrimas de autocompasión. Ella no era la elegida, ¿pero que otra cosa podía hacer? Se había cruzado en su camino, no le dio elección posible.

No había sido perfecto. Acababa de hacer todo lo que quería y sin embargo no fue perfecto.

Sherry tenía los ojos vidriosos y vacíos cuando le quitó la mordaza y le besó las mejillas. Cortó la cuerda que le ataba las muñecas y se la volvió a meter en el bolsillo.

Apagó el aparato de música y salió por el mismo camino por donde había entrado.

—No puedo ir a Beaux Reves.

Tory estaba sentada en el porche, en el aire suave de la noche. Todavía no se sentía capaz de volver a entrar en la casa, no estaba preparada para enfrentar el lío dejado por su padre y empeorado por la policía.

Cade contempló el cigarro que había encendido para aliviar sus propios nervios y durante un instante deseó poder acompañarlo con un buen vaso de whisky.

—Me tendrás que decir por qué. En vista de la situación, no tiene sentido que te quedes aquí. Y tú eres una mujer sensata.

—Sí, casi siempre soy sensata —convino ella—. Ser sensata evita complicaciones y ahorra energías. Ahora comprendo que tuviste razón al decir que debíamos llamar a la policía. En ese momento yo no fui sensata. Las mías eran puras emociones descarnadas. Mi padre me aterroriza y me avergüenza. Y yo creí que conteniéndolos como siempre, limitaría ese miedo y esa humillación. Es odioso ser una víctima, Cade. Una se siente expuesta y enojada y, de alguna manera, también culpable.

—No discutiré eso, aunque eres bastante inteligente como para saber que la culpa no tiene parte alguna en lo que deberías estar sintiendo.

—Soy lo suficientemente inteligente como para saberlo, pero no para imaginar una manera de no sentirla. Me resultará más fácil una vez que ponga la casa en orden y me libere de todo este desorden que él dejó. Pero aún entonces seguiré recordando la forma en que el jefe Russ estuvo aquí sentado, escribiendo en su libreta y observando mi expresión, y también seguiré recordando la manera en que mi padre me intimidó hoy, de la misma manera en que lo ha hecho durante toda la vida.

—No hay motivo para que tu amor propio se sienta herido por esto, Tory.

—"El orgullo desaparece antes de una caída." Mi padre me lo recordó esta mañana. Le encanta utilizar la Biblia para martillar sus puntos de vista.

—Lo encontrarán. Ahora lo busca la policía de dos condados.

—El mundo es mucho más grande que dos condados. Diablos, hasta Carolina del Sur es más grande que dos condados. Pantanos, montañas y grandes bosques y claros. Muchos, muchísimos lugares donde ocultarse. —Se hamacaba sin cesar porque tenía necesidad de moverse. —Si encuentra la manera de ponerse en contacto con mi madre, ella lo ayudará. Por amor y por que lo considera su deber.

—Si ése es el caso, es aún más importante que vengas conmigo a Beaux Reves.

—No puedo hacer eso.

—¿Por qué?

—Por una serie de motivos. En primer lugar, porque tu madre se opondría.

—Mi madre no tiene nada que decir sobre el asunto.

—¡No digas eso, Cade! —Se levantó y caminó hasta el otro extremo del porche. ¿Estará él allí afuera? se preguntó. Observando. ¿Esperando? —No puedes estar hablando en serio o por lo menos no deberías estar hablando en serio. Beaux Reves es el hogar de tu madre y ella tiene derecho a decidir quién entra en él.

—¿Y por qué se va a oponer? Sobre todo después de que yo le explique la situación.

—¿Qué le vas a explicar? —Se volvió a mirarlo. —¿Que piensas instalar en su casa a tu amante, porque el padre de tu amante es un loco?

Cade inhaló una bocanada de humo del cigarro y se tomó su tiempo antes de contestar.

—No elegiría exactamente esas palabras, pero más o menos.

—Y estoy segura de que ella me daría la bienvenida con flores frescas y una caja de los mejores chocolates. ¡Vamos! No seas tan hombre con respecto a este asunto —dijo ella, y lo contuvo con un gesto de la mano antes de que él pudiera volver a hablar. —A pesar de todo lo que diga ese maldito título de propiedad, Cade, la casa le pertenece a la mujer que vive en ella y me niego a convertirme en una intrusa en el hogar de tu madre.

—A veces... casi siempre, mi madre es una mujer difícil —admitió Cade—. Pero no es desalmada.

—No, y su corazón no aceptará a la mujer a quien considera responsable de la muerte de su hija más querida. Y no me lo discutas. —A Tory le temblaba tanto la voz que estuvo a punto de quebrársele. —Me provoca dolor.

—Está bien. —Arrojó el cigarro con un gesto violento, pero sus manos eran suaves cuando tomó a Tory por los hombros. —Si no quieres o no puedes venir conmigo, te llevaré a la casa de tu tío.

—Y así llegamos a la segunda parte del problema. —Alzó las manos para tomar las de él. —Irracional, cabeza dura, ilógica. Admito todo eso para que no te sientas obligado a señalármelo. Debo quedarme aquí, Cade.

—Ésta no es una colina estratégica ni un campo de batalla.

—Para mí se parece mucho a eso. Nunca lo había pensado exactamente así —agregó con una risa silenciosa—. Pero sí, es la colina estratégica de mi campo de batalla personal. Me he retirado muy a menudo. Una vez me llamaste cobarde para conseguir que reaccionara, pero la verdad es que durante casi toda mi vida he sido una cobarde. He tenido pequeños arranques de coraje y eso empeora mi situación cuando me veo caer de nuevo. Esta vez no lo puedo hacer.

—¿Por qué consideras que quedándote aquí te conviertes en una mujer valiente en lugar de una mujer estúpida?

—Valiente, no. Y sí, tal vez estúpida. Pero entera. No sabes hasta qué punto quiero volver a ser entera. Creo que arriesgaría cualquier cosa con tal de no tener ese vacío en mi interior. No puedo permitir que me haga huir.

Miró el pantano que crecía más espeso, más profundo, más verde con la proximidad del verano. Allí adentro zumbaban los mosquitos que se criaban en el agua oscura. Por él se deslizaban los caimanes, muerte silenciosa. Era un lugar donde las víboras también podían deslizarse y la ciénaga podía chupar y arrancarle a uno los zapatos que llevaba puestos.

Y es un lugar, pensó Tory, que resplandece, hermoso a la luz de las luciérnagas, un lugar donde las flores silvestres se multiplican en la sombra y en la luz tenue. Donde el águila puede alzarse como rey.

No existía belleza sin riesgo. No existía vida sin riesgo.

—Cuando era chica, vivía con miedo en esta casa. Era un modo de vida —dijo—, y supongo que uno se acostumbra a eso, lo mismo que se acostumbra a ciertos olores. Cuando volví, lo convertí en algo propio, sacudiendo todos los malos recuerdos, como se sacude el polvo de una alfombra. Ventilé ese olor, Cade. Ahora mi padre ha intentado traer el miedo de vuelta. No puedo permitírselo. No se lo permitiré —agregó, clavando su mirada en la de Cade.

—Eso es lo que hice esta mañana. No se lo digas a nadie, debes mantenerlo en secreto. Un secretito sucio más. Y si tú no me hubieras obligado a actuar de una manera diferente, eso es lo que hubiera vuelto a hacer también aquí. Así que me quedaré. Limpiaré este lugar para que él ya no tenga cabida. Y espero que lo sepa.

—Ojalá no te admirara por lo que quieres hacer. —Pasó una mano por la delgada trenza del pelo de Tory. —Ojalá me resultara más fácil intimidarte para que hicieras las cosas a mi manera.

—Yo no diría que eres una persona intimidante. —Tal vez fuese el alivio, tal vez fuese algo más lo que la llevó a pasarle la mano por la mejilla. —Tú maniobras, pero no empujas.

—Bueno, habla bien del futuro de nuestra relación que tú hayas descubierto eso y puedas vivir con ello. —La acercó a sí y apoyó los labios sobre la cabeza de Tory. —Tú me importas. No, no te pongas tiesa. Porque en ese caso tendré que maniobrarte. Me importas, Tory, me importas mucho más de lo que pensé que me importarías.

Cuando ella permaneció en silencio, él permitió que la frustración hablara. A veces era la manera más honesta de proceder.

—¡Maldición! Devuélveme algo.

La volvió a abrazar y luego la alzó y aplastó sus labios sobre los de ella.

Tory le tomó el gusto a la exigencia, al apasionamiento, a los pequeños rastros de furia que él ocultaba tan bien. Y fue esa explosión de emoción pura y no filtrada lo que abrió otra cerradura en su interior.

¡Dios! No quería que la amaran ni que la necesitaran, no quería que esas sensaciones se agitaran y volvieran a la vida en su interior. Pero Cade estaba allí, y con sólo estar, ella volvía a sentir.

—Ya te he dado más de lo que creía tener. No sé cuánto más hay. —Se aferró a él, se enterró en él. —Suceden tantas cosas en mi interior que no consigo mantenerme a la par. Y todo gira alrededor de ti. ¿No te basta?

—Sí. —La volvió a besar, esta vez con mucha suavidad. —Sí, por ahora me basta. Siempre que tú vayas haciendo lugar para más. —Le pasó los pulgares por la mejillas. —Has tenido un día de mil demonios, ¿no es cierto?

—Hasta ahora no puedo decir que haya sido uno de los mejores.

—Entonces lo terminaremos bien. Y comencemos ya.

—¿A hacer qué?

Cade abrió la puerta mosquitero.

—Querías limpiar todo rastro de tu padre. Empecemos a hacerlo.

Trabajaron juntos durante dos horas. Él puso música. A ella no se le habría ocurrido, habría permanecido con la mente fija en los detalles, siguiendo una ruta prefijada. Pero la música que flotaba por la casa penetró en su cabeza y la distrajo impidiendo que cavilara.

Tenía ganas de quemar la ropa que tocó su padre, alcanzó a visualizar que la llevaba afuera, la apilaba y le acercaba un fósforo encendido. Pero como no se podía dar ese lujo, la lavó, la dobló y la guardó.

Cade le hablaba de su trabajo, y su voz la tranquilizaba, igual que la música. Se encargaron de arreglar el desbarajuste que era la cocina, comieron sándwiches y ella le contó que estaba considerando la posibilidad de tomar una empleada.

—Es una buena idea. —Cade se sirvió una cerveza, y aunque no hizo ningún comentario, le alegró que ella la tuviera en la heladera para él. —Disfrutarás más de tu negocio si no te impide vivir. Sherry Bellows. ¿No es la nueva profesora de la escuela secundaria? Hace algunas semanas los conocí a ella y a su perro en el supermercado. Parece una mujer llena de energía.

—Ésa fue mi impresión—.

—En un envoltorio sumamente atractivo. —Al ver que Tory sólo alzaba las cejas, Cade sonrió y bebió un sorbo de cerveza. —Estaba pensando en ti, querida. Una empleada atractiva es una ventaja para la tienda. ¿Crees que trabajará de shorts?

—No —contestó Tory con firmeza—. No lo creo.

—Si permitieras que ése fuera su uniforme, no dudes que atraería a muchos clientes masculinos. Tiene piernas espléndidas.

—Piernas. Hmmm. Bueno, ella y sus piernas dependen de las referencias que me den. Pero supongo que serán buenas. —Tory barrió la poca basura que quedaba y la arrojó al tacho. —Bueno, creo que aquí ya no podemos hacer más.

—¿Te sientes mejor?

—Sí. —Cruzó la cocina para guardar la escoba y la pala. —Mucho mejor. Y te agradezco la ayuda.

—Estoy siempre dispuesto a recibir gratitud. —Ella sacó la jarra de la heladera y se sirvió un vaso de té helado. —El placar del dormitorio no es muy grande, pero hice un poco de lugar. Y hay un cajón vacío en la cómoda.

Él no dijo nada. Siguió bebiendo su cerveza. Esperó.

—Querías traer algunas de tus cosas, ¿no es cierto?

—Así es.

—Entonces.

—¿Entonces?

—No estamos viviendo juntos. —Depositó el vaso sobre la mesa. —Nunca he vivido con nadie y ésta tampoco es una convivencia.

—Está bien.

—Pero ya que vas a pasar mucho tiempo aquí, más vale que tengas lugar para guardar algunas cosas.

—Muy práctico.

—¡Oh, vete al diablo! —Pero no había acaloramiento en la frase.

—Se supone que cuando dices eso no debes sonreír. —Hizo a un lado la cerveza y deslizó los brazos a su alrededor.

—¿Qué crees que estás haciendo?

—Bailando. Nunca te he llevado a bailar. Y eso es algo que las personas que no viven juntas deberían hacer de vez en cuando.

Era una canción antigua en la que un muchacho le pedía a una chica que estuviera a su lado cuando la tierra se pusiera oscura.

—¿Te estás esforzando por ser encantador?

—No necesito intentarlo. Es una de mis características. —Consiguió hacerla reír.

—Muy divertido.

—Las horas miserables que dediqué a tomar clases de baile tenían que rendir sus frutos.

—¡Pobre niño rico! —Apoyó la cabeza sobre el hombro de Cade y se permitió disfrutar del baile, disfrutar de la sensación de tener el cuerpo de él contra el suyo, de percibir su olor.

—Gracias.

—De nada.

—Esta noche, cuando volvía a casa, estuve pensando en ti.

—Eso sí que me gusta.

—Y estuve pensando que hasta ahora tú has hecho todas las jugadas. Te lo permití porque en realidad no sabía si quería hacer mis jugadas propias o contrarrestar alguna de las tuyas. Era más fácil permitir que me...

—¿Manejaran?

—Supongo que sí. Y estaba pensando: ¿cómo reaccionaría Kincade Lavelle si yo llegara a casa y le preparara una rica comida?

—Lo habría apreciado.

—Sí, bueno, otra vez será. Esa parte de mi pensamiento no pudo concretarse, pero hubo una segunda parte.

—¿Que era...?

Ella levantó la cabeza y las miradas de ambos se encontraron.

—¿Cómo reaccionaría Kincade Lavelle, si después de eso, una vez que estuviéramos relajados y en silencio... exactamente qué haría él si yo tratara de seducirlo?

—Bueno... —fue todo lo que él consiguió decir mientras ella se apretaba contra él y le recorría las caderas con las manos en un gesto muy íntimo. La excitación que le produjo a Cade no fue tan silenciosa. —Creo que, como caballero, lo menos que puedo hacer es dejar que lo averigües.

Esa vez fue ella quien desabrochó botones, primero los de la camisa de Cade, luego los de su blusa. Apoyó los labios sobre el corazón de Cade, sobre la piel cálida y los latidos vibrantes.

—Desde la primera vez que me besaste, he conservado tu gusto en la boca. —Apartó la camisa mientras jugueteaba sobre él con los labios. —Yo puedo recuperar los gustos y ya lo he hecho muchas veces con el tuyo.

Le pasó las manos por el pecho, por el estómago (un estremecimiento) y las subió hasta sus hombros. Esos hombros tan anchos, tan fuertes.

—Me gusta tocarte. Tienes músculos largos y duros. Me excitan. Y me encanta que me recorras con tus manos ásperas por el trabajo. Se abrió la blusa y la dejó caer al piso, junto a la camisa de Cade. Sin dejar de mirarlo, se desabrochó el corpiño y lo dejó caer.

—Ahora acaríciame.

Él le tomó los pechos en las manos, y le acarició los pezones con el borde de los pulgares.

—Sí, así. —Echó atrás la cabeza cuando el calor se expandió por su vientre. —Exactamente así. Cuando me acaricias, todo el interior de mi cuerpo se convierte en líquido. ¿No lo notas? —Sus ojos, grandes y oscuros, se encontraron con los de Cade.

—Dime.

Ella se humedeció los labios y llevó una mano al botón de los jeans de Cade. Él la apretó con las manos, en una caricia fuerte.

—Quiero sentir lo que sientes tú. Quiero tener en mi interior lo que tú tienes dentro de ti. Nunca lo he intentado con nadie. Nunca quise hacerlo. ¿Me lo permitirás?

Él inclinó la cabeza y frotó los labios contra los de Tory.

—Toma todo lo que quieras.

Era un riesgo. Ella estaría completamente expuesta, mucho más indefensa que él. Pero lo quería, lo quería todo, y ese lazo exquisito de la confianza.

Volvió a apoyar los labios sobre el cuerpo de Cade y abrió mente, corazón, cuerpo.

Fue un rayo, un relámpago, el poder de esas necesidades compartidas, de esas imágenes compartidas. El deseo de Cade se enredó en el interior de Tory con el suyo propio. Era una cuchillada que la quemó, oscura, brillante, hinchada de energía. La cabeza de Tory cayó hacia atrás como si la hubieran golpeado y tuvo un orgasmo largo y erótico.

—¡Dios! ¡Dios! ¡Espera!

—No. —Él jamás había experimentado nada parecido. Los lazos retorcidos de la unidad se anudaban cada vez con más fuerza en una excitación audaz y hermosa.

—¡Más! —Él le clavó los dientes en el hombro. —De nuevo. ¡Ahora!

Ella no lo podía contener, eran latigazos que la recorrían como una tormenta llena de furia y de brillo. Fue ella quien lo arrastró al piso, ella quien jadeó, suplicó, exigió, amenazó mientras ambos se arrancaban la ropa.

Tory le clavó las uñas, lo mordisqueó mientras rodaban por el piso. El pulso de Cade estaba en su interior, un ritmo salvaje que se estrellaba contra el suyo. El gusto de Cade, su propio gusto, se unían y la saturaban.

Cuando él la penetró, Tory sintió el bombear urgente de la sangre de Cade, el laberinto desesperado de sus pensamientos. Perdida. Gritó una vez, dos veces. Ambos estaban perdidos.

Ella oyó su nombre, la voz de Cade que la llamaba dentro de su mente segundos antes de que estallara en sus labios. Cuando él terminó en su interior, la arrastró consigo, y fue tan glorioso que la hizo llorar.

20

Wade tenía las manos llenas... lo que quedaba de ellas después de que el ingobernable gato atigrado, mal llamado Fluffy, se las destrozó cuando él lo vacunaba. Maxime estaba preparando sus exámenes finales y él le había dado asueto ese día, lo cual significaba que sólo tenía dos manos para lidiar con cuatro garras y una serie de dientes muy afilados.

Una hora antes había llegado a la conclusión de que cometió un horrible error al darle franco a Maxime. Comenzó el día con una emergencia que requería su visita a una casa y que lo atrasó mucho en su trabajo. A eso debía agregar la guerrilla que se desató en la sala de espera iniciada por el encontronazo de un setter irlandés con la cabra bebé de los Olson quien logró comerse la mayor parte de una Barbie Malibú, hasta que el brazo de la muñeca se le incrustó en la garganta. Si a eso se le agregaba el terrible mal humor de Fluffy, la mañana había sido una tortura para Wade.

Maldecía, sudaba y sangraba cuando Faith entró corriendo por la puerta trasera.

—Wade, querido, ¿le podrías echar una mirada a Bee? Creo que no se siente bien.

—Saca número.

—Sólo te tomará un minuto.

—No tengo un minuto.

—¡Ah. bueno! ¡Dios mío! ¿Que les ha sucedido a tus manos? —Faith lo observó mientras Wade apenas lograba evitar otro rasguño, metiendo al gato con firmeza bajo un brazo. —¿Ese viejo gato cretino te rasguñó así, querido?

—¡Bésame el traste! — fue todo lo que él le pudo responder.

—¿Quiere decir que también te rasguñó allí? —preguntó Faith mientras él se encaminaba a la sala de espera. —Está bien, bebé. —Acarició a la perrita. —Dentro de un minuto papito se encargará de curarte.

Wade regresó al consultorio, se acercó a la pileta y sacó un anestésico.

—Ha estado lloriqueando y quejándose toda la mañana. Y tiene la nariz un poco caliente. No quiere jugar. Sólo se queda quieta. ¿Lo ves?

Faith depositó a Bee en el piso y la cachorra se dejó caer junto a los pies de Wade, lo miró con expresión lastimera y luego procedió a vomitar sobre sus zapatos.

—¡Ah! ¡Por amor de Dios! Debe ser algo que ha comido. Lilah me advirtió que no debía darle tantos dulces. —Faith se mordió los labios pero no pudo evitar la risa. Wade simplemente se quedó mirándola, con el antiséptico en una mano, un hilo de sangre en la otra y el vómito de la cachorra sobre los zapatos.

—Lo sentimos muchísimo. ¡No comas eso, Bee! Es feo. —Alzó la perrita. —Apuesto a que ahora te sientes mucho mejor, ¿no es verdad, mi amor? Mira, ¿ves eso, Wade? Ha vuelto a mover la cola. Yo sabía que si te la traía todo estaría bien.

—¿Te parece? ¿Crees que todo está bien?

—Bueno, Bee se la liberado de lo que la enfermaba y supongo que no es la primera vez que un cachorro te vomita sobre los zapatos.

—Tengo la sala de espera llena de pacientes, mis manos están hechas pedazos y ahora mis zapatos tendrán mal olor durante el resto del día.

—Entonces sube y cámbiatelos. —Faith retrocedió cuando Wade convirtió una de sus manos en una zarpa amenazadora. Le encantaba la luz que brillaba en sus ojos cuando se le despertaba el mal genio. —¡Bueno, Wade!

Él cerró la zarpa convirtiéndola en un puño y se golpeó con suavidad la frente.

—Iré a cambiarme los zapatos, y cuando vuelva quiero que hayas limpiado todo esto.

—¿Que lo limpie? ¿Yo?

—Sí. Mete a tu perra en una jaula, busca un trapo y un balde y limpia el piso. Yo no tengo tiempo para eso. —Se inclinó y se sacó los zapatos, sosteniéndolos por los tacos. —Y apúrate. Ya estoy atrasado.

—Esta mañana papito está un poco malhumorado —le murmuró ella a Bee mientras Wade salía. Miró el piso, hizo una mueca. —Bueno, por lo menos lo vomitaste casi todo sobre sus zapatos. Lo que queda no es mucho.

Cuando él volvió, Faith limpiaba el piso, con inexperiencia pero obediente. Sobre el linóleo flotaban islas de espuma jabonosa movidas por oleadas de agua. Wade casi tuvo la sensación de que se movían impulsadas por la corriente. Pero no tuvo ánimo para quejarse.

—Ya casi he terminado. Bee está atrás, jugando con su hueso. Ya está de nuevo activa y con los ojos brillantes. —Faith metió el trapo dentro del balde y derramó más agua. —Supongo que esto debe secarse un poco.

Como alternativa y en lugar de aullar, él se pasó las manos por la cara y rió.

—¡Eres única, Faith!

—Por supuesto que lo soy.

Retrocedió al ver que él levantaba el balde, lo vaciaba, enjuagaba el trapo y luego comenzaba a secar el agua jabonosa.

—Bueno, supongo que ésa también es una manera eficaz de secar el piso.

—Te pido que me hagas un favor. Ve a la sala de espera y dile a la señora Jenkins que traiga a Mitch. Es el beagle que está aullando desde hace media hora. Y si durante los próximos veinte minutos eres capaz de mantener cierto orden allí afuera, te invitaré a comer en un lugar elegante que tú misma elegirás.

—¿Con champaña?

—Una botella grande.

—Veré lo que puedo hacer.

Wade apenas consiguió tener sus veinte minutos de tranquilidad cuando oyó un grito urgente.

—¡Wade! ¡Wade! ¡Ven enseguida!

Cuando salió a la carrera, Wade vio que Piney Cobb se tambaleaba bajo el peso de Mongo.

—Cruzó la ruta corriendo, justo enfrente del auto. ¡Dios Todopoderoso! Está sangrando mucho.

—Llévalo al consultorio.

Se movió con rapidez. La respiración del perro era laboriosa, tenía las pupilas fijas y dilatadas. La piel estaba enredada con sangre seca y más sangre chorreaba por el piso.

—Aquí. Sobre la camilla.

—Clavé los frenos —murmuró Piney, retrocediendo—. Me desvié con brusquedad pero de todos modos no pude evitarlo y lo atropellé. Yo iba a la ferretería a buscar algunos repuestos y él salió corriendo del parque y cruzó la calle.

—¿Sabe si lo pisó?

—No lo creo. —Con manos temblorosas sacó del bolsillo un desteñido pañuelo colorado y se enjugó la cara transpirada. —Creo que sólo lo golpeé, pero todo sucedió con mucha rapidez.

—Está bien. —Wade tomó unas toallas y, ya que Faith estaba parada a su lado, simplemente le tomó las manos y las coloca sobre ellas. —Aprieta con fuerza. Quiero controlar el sangrado. Está en estado de shock.

Abrió de un tirón el gabinete de las drogas, sacó un frasco y preparó una inyección.

—Aguanta un poco, muchacho. Aguanta —murmuró al ver que el perro comenzaba a moverse y a gemir. —Aprieta esas toallas con firmeza —le ordenó a Faith—. Le estoy dando un sedante. Debo averiguar si tiene lesiones internas.

A Faith le temblaron las manos cuando él la hizo apretar las toallas sobre las heridas. Tuvo la impresión de que alcanzaba a ver el hueso en la herida abierta de la pata del perro. Y se le dio vuelta el estómago.

Tenía ganas de apartar las manos de toda esa sangre, de salir corriendo del consultorio. ¿Por qué no podía hacer Piney lo que Wade le encomendaba a ella? ¿Por qué no había alguien más allí? Empezó a decirlo, con las palabras atropellándose en la garganta. Olía la sangre, el antiséptico y el hedor agrio del sudor que el pánico le provocaba a Piney.

Pero Faith miró a Wade.

Frío, compuesto, seguro, fuerte. Tenía una expresión de concentración en los ojos, la boca firme. Faith lo siguió mirando, mientras respiraba por entre los dientes. Observarlo trabajar, comprobar su veloz eficacia la tranquilizó y el perro se quedó quieto bajo sus manos.

—No hay costillas rotas. No creo que la rueda lo haya pisado. Tal vez tenga un riñón afectado. Más tarde nos encargaremos de eso. Las heridas de la cabeza son bastante superficiales. No le sangran los oídos. Lo peor es lo de la pata.

Y eso, pensó Wade, ya es bastante grave. Solucionarlo y salvar al perro no sería tarea fácil.

—Debo llevarlo al quirófano. —Miró hacia atrás y comprobó que Piney se había desplomado en una silla y que tenía la cabeza entre las rodillas. —Necesito que me ayudes, Faith. Yo lo alzaré y lo llevaré, pero debes quedarte conmigo. Sigue apretando esas toallas con firmeza sobre la herida. Ya ha perdido demasiada sangre. ¿Lista?

—Ah, pero Wade, yo...

—Vamos.

Ella obedeció porque él no le dio alternativa. Trotó junto a Wade mientras apretaba las toallas. En cuanto la vio, Bee lanzó un ladrido de felicidad y se fue ·a colocar a sus pies.

—¡Sentada! —dijo Wade con un tono tan autoritario que Bee se sentó obediente en el piso. En cuanto depositó a Mongo sobre la mesa de operaciones, tomó un delantal grueso y se lo pasó a Faith. —Ponte esto. Tengo que hacerle unas placas.

—¿Placas?

—Radiografías. Si puedes acércate a la cabeza de Mongo. Que se quede lo más quieto posible.

El delantal pesaba como plomo, pero Faith consiguió ponérselo y obedeció. Mongo tenía los ojos entrecerrados, pero ella tuvo la impresión de que la observaba, de que le suplicaba que ayudara.

—Todo saldrá bien, chiquito. Wade te curará. Ya lo verás.

Al oír su voz, Bee comenzó a gemir y corrió a refugiarse junto a sus pies.

—Ahora quítate ese delantal. —Mientras esperaba que la radiografía estuviera revelada, Wade dio una serie de órdenes. —Vuelve a apretar las toallas. No dejes de hablarle. Que oiga tu voz.

—Bueno, está bien. Hmm. —Tragó lo que parecía bilis y volvió a apretar las toallas que cubrían la herida. —Cuando Wade termine contigo, quedarás como nuevo. Debes... debes mirar a ambos lados antes de cruzar una calle. Recuérdalo la próxima vez. ¡Oh, Wade! ¿Morirá?

—No, si lo puedo evitar. —Colocó las radiografías contra un panel iluminado y asintió con aire sombrío. —No si lo puedo evitar —repitió mientras preparaba el instrumental.

Los agudos instrumentos de plata resplandecían bajo la luz dura. La cabeza de Faith comenzó a girar al mismo ritmo que su estómago.

—¿Vas a operarlo? ¿Ahora? ¿Así no más?

—Tengo que tratar de salvarle la pata.

—¿De salvarla? ¿Quieres decir que...?

—Te ruego que hagas lo que te pida y que no pienses.

Cuando Wade retiró las toallas y las compresas, el estómago de Faith dio una sacudida, pero él no le dio tiempo a descomponerse.

—Sostén esto y aprieta este botón cuando te lo diga. Necesito succión. Lo puedes hacer con una sola mano. Cuando me haga falta un instrumento, te lo describiré. Entrégamelo con el mango primero. Y ahora voy a anestesiar a Mongo.

Bajó la luz, limpió el campo. En ese momento lo único que Faith oía era el sonido de la manguera aspiradora cada vez que Wade pedía succión y el clic y entrechocarse de los instrumentos. Miraba para otro lado, no quería ver lo que sucedía, pero él le impartía órdenes que exigían que ella mirara.

Poco después era como una película.

Wade tenía la cabeza inclinada, los ojos fríos y tranquilos, a pesar de que Faith notó que tenía la frente cubierta de gotas de transpiración. Tuvo la impresión de que las manos de Wade eran mágicas, que se movían con enorme delicadeza entre tanta sangre, carne y huesos.

Y ella ni siquiera parpadeó cuando él colocó el hueso descubierto en su lugar. Nada de eso era real.

Lo observó suturar el interior de la herida con puntos increíblemente pequeños. El amarillo del líquido con que acababa de esterilizarlas, le manchaba las manos y se mezclaba con la sangre hasta adquirir el tono de una herida antigua.

—Necesito que chequees con la mano su ritmo cardíaco. Que utilices una mano para calibrar los latidos de su corazón.

—Es bastante lento —contestó ella, mientras apretaba con una mano el pecho de Mongo—. Pero me parece parejo. Algo como pum, pum, pum.

—Muy bien. Ahora mírale los ojos.

—Tiene las pupilas muy dilatadas.

—¿Y hay sangre en el blanco de los ojos?

—No, creo que no.

—Muy bien, tengo que ponerle unos clavos en la pata. Más que roto, el hueso está destruido. Una vez que haya hecho eso, suturaré la herida. Después fijaremos la pata.

—¿Se curará?

—Es sano. —Wade utilizó el antebrazo para secarse la frente. —Y es joven. Existe una buena posibilidad de que conserve la pata.

Le preocupaban las astillas del hueso. ¿Las habría sacado todas? Había daño muscular, algunos tendones muy afectados pero confiaba en haber reparado lo peor.

Todo eso pasó por su mente mientras se ocupaba en asegurar el hueso a un trozo de acero.

—Estaré más seguro dentro de un día o dos. Ahora necesito gasas y tela adhesiva. Están en ese armario.

Una vez que suturó la herida, Wade vendó la pata y luego chequeó personalmente los signos vitales del perro. Le curó el raspón que tenía en carne viva detrás de la oreja izquierda.

—Aguantó —murmuró y, por primera vez en más de una hora, miró directamente a Faith. —Y tú también.

—Sí, bueno, al principio me sentí un poco mareada, después... —Levantó las manos para hacer un gesto. Las tenía cubiertas de sangre, lo mismo que la blusa. —¡Ay Dios! —fue todo lo que consiguió decir antes de desmayarse.

Wade alcanzó a sujetarla antes de que cayera y enseguida la estiró en el piso. Ya recobraba el conocimiento cuando le levantó la cabeza y le acercó a la boca un vaso de papel lleno de agua.

—¿Qué sucedió?

—Te desmayaste, con mucha gracia y en el momento más conveniente. —Le pasó los labios por la mejilla. —Te llevaré arriba. Allí te podrás limpiar y recostar para descansar un rato.

—Estoy bien. —Pero cuando él la ayudó a ponerse de pie le cedieron las piernas. —Bueno, tal vez no esté tan bien. Quizás me convenga estirarme un poco.

Dejó caer la cabeza sobre el hombro de Wade y, casi en una nube, permitió que él la llevara arriba.

—No creo que haya sido hecha para ser enfermera.

—Lo hiciste muy bien.

—No, lo hiciste tú. Yo nunca comprendí por qué hacías lo que haces. Siempre supuse que administrabas vacunas y limpiabas caca de perros.

—Hago mucho de eso.

La condujo al baño, donde la apoyó contra el lavatorio que llenó de agua tibia.

—Mete las manos en el agua. Cuando estén limpias te sentirás mejor.

—En lo que haces hay mucho más que eso, Wade. Y también en lo que eres. —Las miradas de ambos se encontraron en el espejo. —Yo no he prestado atención, no me he molestado en mirarte bastante. Hoy has salvado una vida. Eres un héroe.

—Hice lo que me entrenaron para hacer.

—Yo sé lo que vi, y lo que vi fue heroico. —Se volvió y lo besó. —Y ahora, si no te importa, me desnudaré y me meteré bajo la ducha.

—¿Ya te sientes segura sobre tus pies?

—Sí, estoy bien. Tú ve a chequear a tu paciente.

—Te quiero, Faith.

—Sí, creo que me quieres —contestó ella en voz baja—. Y es más agradable de lo que esperaba. Y ahora vete, porque tengo la cabeza muy liviana y soy capaz de decir algo que lamentaré después.

—Volveré en cuanto pueda.

Ante todo chequeó a Mongo, luego se lavó antes de pasar al consultorio. Piney seguía en la silla y Bee dormía sobre sus rodillas.

Wade los había olvidado a ambos.

—¿Ese perro vivirá?

—Me parece que sí.

—¡Oh, Dios, Wade! Este asunto me ha enfermado. Lo estuve repasando en mi cabeza y he prestado más atención a lo que sucedió. Yo estaba manejando y mis pensamientos divagaban y de repente el perro saltó al camino. Pudo haber sido un chico.

—No fue tuya la culpa.

—He atropellado un venado un par de veces. No sé por qué, pero no me molestó tanto. En realidad, en esas oportunidades simplemente me enojé. Un venado puede hacerle mucho daño a una camioneta. Pero esto... Algún chico volverá del colegio a su casa y buscará a ese perro.

—Conozco a la dueña. La llamaré. El hecho de que lo hayas traído enseguida hizo una enorme diferencia. Eso es lo que deberías recordar.

—Sí, bueno. —Lanzó un profundo suspiro. —Ésta chiquitita es una belleza —declaró, acariciando a Bee—. Vino con ganas de hacer una travesura, me masticó los cordones de los zapatos durante un rato y enseguida se quedó dormida.

—Te agradezco que la hayas cuidado. —Wade se inclinó y levantó a Bee. La cachorra bostezó y enseguida comenzó a lamerle las lastimaduras que el gato le había hecho en las manos. —¿Estarás bien?

—Sí. Si quieres que te diga la verdad, iré a beber una copa. Es probable que Cade ya me ande buscando con la ayuda del ejército, pero por ahora eso tendrá que esperar. —Se puso de pie. —¿Me avisarás cómo sigue ese perro, por favor?

—Por supuesto. —Palmeó el hombro de Piney mientras ambos salían.

La sala de espera estaba desierta. Wade supuso que los clientes se debían haber cansado de esperar y decidieron irse. Y él agradecía el silencio reinante.

Depositó a Bee en el piso con uno de los juguetes para perros que Maxime guardaba en el cajón del escritorio y luego buscó el número de Sherry Bellows.

Atendió el contestador automático, de manera que dejó un mensaje. Sin duda Sherry debe haber salido a buscar a Mongo, supuso. Lo probable era que se encontrara con alguien que había presenciado el accidente.

Lo dejó así y volvió a chequear a Mongo.

Minutos después del llamado de Wade, Tory escuchó la misma alegre voz grabada que anunciaba que la dueña de casa no podía atender.

—Sherry, soy Tory Bodeen, de Southern Comfort. Me gustaría que en cuanto puedas me llames o vengas a la tienda. Si todavía te interesa, ya tienes un empleo.

Es una buena decisión, pensó Tory mientras colgaba. No sólo porque las referencias de Sherry eran excelentes, sino porque tal vez le resultaría divertido que algunos días, en la tienda estuviera acompañada por una cara alegre y un par de manos dispuestas.

Ese día no abundaban los clientes, pero no se descorazonó. Un negocio demoraba un tiempo en establecerse, en convertirse en parte de la rutina de los habitantes del pueblo. Y esa mañana había recibido a una cantidad de curiosos.

Utilizó el tiempo libre para redactar un programa de actividades para su nueva empleada. Buscó los formularios que tendría que llenar para el pago de impuestos y agregó una lista de la política de la tienda que había pasado a máquina.

Jugueteó con la redacción de un aviso que publicaría en el diario del domingo, en la que incluiría la ropa blanca de algodón orgánico que había decidido vender. Cuando sonaron las campanillas de la puerta de entrada, levantó la vista con rapidez, con el mismo sobresalto que ese sonido le había producido todo el día.

Pero al ver a Abigail Lawrence, dejó la lapicera y sonrió.

—¡Qué sorpresa tan agradable!

—Te advertí que en algún momento pasaría por aquí. ¡Esto es una belleza, Tory! Vendes cosas preciosas.

—Son obras de artistas muy talentosos.

—Y sabes bien cómo exhibir sus trabajos. —Abigail le tendió una mano cuando Tory rodeó el mostrador. —Me divertiré en grande gastando dinero aquí.

—No permitas que te detenga. ¿Puedo ofrecerte algo? ¿Una bebida fresca o una taza de té?

—No, no gracias. ¿Ése es un batik?

Abigail cruzó la tienda para admirar el retrato enmarcado de una joven de pie en un jardín.

—Ella hace trabajos magníficos. También tengo algunas de sus bufandas.

—Tendré que mirar a mi alrededor. Quiero verlo todo, Pero desde ya te advierto que quiero este batik. Es el regalo perfecto para que mi marido me lo dé el día de nuestro aniversario.

Divertida, Tory lo descolgó.

—¿Y crees que él querrá que lo envuelva?

—¡Por supuesto!

—¿Cuánto tiempo hace que estás casada?

Abigail ladeó la cabeza mientras Tory llevaba el batik al mostrador. Durante todos los años que había sido la abogada de Tory no recordaba que ella jamás le hubiera hecho una pregunta personal.

—Veintiséis años.

—¿Así que te casaste a los diez?

Abigail sonrió y examinó una caja de madera lustrada.

—Te hace bien atender la tienda. —Ella misma llevó la caja al mostrador. —Creo que también te beneficia estar en este pueblo. Porque aquí te sientes en tu casa.

—Sí. Éste es mi hogar. ¿En serio viniste desde Charleston para hacer compras, Abigail?

—Para eso y para verte. Y para conversar contigo.

Tory asintió.

—Si averiguaste algo más acerca de esa chica asesinada, no es necesario que te andes con vueltas para decírmelo.

—No me enteré de nada nuevo acerca de ella. Pero en cambio le pedí a mi amigo que chequeara los crímenes parecidos, crímenes que tuvieron lugar durante las últimas dos semanas de agosto.

—Hubo otras.

—Veo que lo sabías.

—No. Lo sentí. Lo temí. ¿Cuántas más?

—Tres que coincidían con el perfil del crimen y con la época del año. Una chica de doce años que desapareció durante un viaje que hizo su familia a Hilton Head en agosto de 1975. Una de diecinueve que seguía un curso de verano en la Universidad de Charleston en agosto de 1982, y una mujer de veintiséis años que acampaba con amigos en los Bosques Nacionales de Verano, en agosto de 1989.

—¡Tantas! —susurró Tory.

—Todos fueron homicidios sexuales. Habían sido violadas y estranguladas. No había semen. Siempre hubo cierta violencia física, sobre todo en la zona de la cara. Y esas señales de violencia han crecido con cada víctima.

—Porque las caras no eran las que correspondían. Sus rostros no eran el de ella. El de Hope.

—No comprendo.

Tory deseó no comprenderlo. Deseó que algo tan enfermizo no le resultara horriblemente claro.

—¿Eran todas rubias, verdad? ¿Bonitas, delgadas?

—Sí.

—Sigue matándola. Una vez no le bastó.

Abigail meneó la cabeza, un poco preocupada por la expresión vaga y oscura que acababan de adquirir los ojos de Tory.

—Tal vez hayan sido asesinadas por el mismo hombre, pero...

—Fueron asesinadas por el mismo hombre.

—El tiempo que separa un asesinato del otro se aparta del perfil típico del asesino en serie. ¡Tantos años entre un crimen y el otro! Yo no soy abogada criminalista y tampoco soy psicóloga, pero durante las últimas semanas he estudiado algo sobre el tema. Las edades de las víctimas tampoco coinciden con el perfil típico del asesino en serie.

—Esto no es típico, Abigail. —Abrió y cerró la caja de madera. —No es típico.

—Tiene que haber una base. Tu amiga y la chiquita de doce años, indican a un pedofílico. Me parece que un hombre que elige criaturas como víctimas, de repente no se dedica a asesinar jovencitas.

—Pero él no cambia en nada. Las edades tienen mucho que ver. Cuando fueron asesinadas, cada una de esas chicas tenía la edad que hubiera tenido entonces Hope. Ésa es la pauta.

—Sí, coincido contigo, aunque ni tú ni yo somos expertas en ese tema. Supongo que me sentí obligada a señalar los defectos de tu teoría.

—Es posible que haya más víctimas.

—Es algo que también están investigando, aunque mi contacto me asegura que, hasta ahora, no han encontrado otras víctimas. El F.B.I. se ha interesado en el caso. —Abigail se puso más seria, casi solemne. —Tory, mi contacto quiso saber por qué me interesaba en el asunto, cómo me había enterado del asesinato de Alice. No se lo dije.

—Te lo agradezco.

—Tú podrías ayudar.

—No sé si podría. Aún en el caso de que me lo permitieran, no sé si soy capaz. Me congelaría por dentro. Nunca me ha sido fácil. Siempre ha sido un arrancón. Y ya no quiero volver a enfrentar algo así, no quiero volver a pasar por eso. Yo no los puedo ayudar. Éste es una asunto para la policía.

—Si eso es lo que sientes, ¿por qué me pediste que hiciera esas averiguaciones?

—Tenía que saberlo.

—Tory...

—Por favor, no. ¡Por favor! No quiero volver a eso. No sé si esta vez volvería a salir entera. —Para mantener las manos ocupadas comenzó a cambiar de lugar los objetos de un estante. —La policía, el F.B.I. Ellos son los expertos. Éste es trabajo para ellos, no para mí. Yo no quiero tener en la cabeza los rostros de toda esa gente, no quiero tener en la cabeza lo que les sucedió. Ya la tengo a Hope.

¡Cobarde! le susurró una voz al oído durante el resto del día. Tory no lo ignoraba, lo aceptaba. Y estaba decidida a aprender a vivir con ello.

Sabía lo que tenía que saber. El asesino de Hope seguía matando selectivamente. Con eficacia. Y eso de encontrarlo y detenerlo era responsabilidad de la policía, del F.B.I. o de alguna fuerza especial.

No era cosa suya.

¿Y si sus temores más profundos y personales fuesen reales y ese asesino tuviera el rostro de su padre, podría vivir con ello?

Pronto encontrarían a Hannibal Bodeen. Entonces ella decidiría.

Al cerrar la tienda pensó que le haría bien dar una vuelta por el pueblo, cruzar el parque. Podía pasar por lo de Sherry y hablar con ella en lugar de comunicarse a través del contestador automático. Cuida tu negocio, se recordó Tory. Cuídate tú.

Casi no había tráfico. La mayor parte de la gente ya habría vuelto del trabajo y se estaría sentando a comer. Sin duda ya habrían llamado a los chicos para que entraran en la casa y se lavaran, y la noche, larga y brillante, se extendería ante ellos con televisión, conversaciones en el porche, deberes de colegio y lavada de platos.

Normal. Cosas de todos los días. Maravillosas por su sencilla monotonía. Y era lo que Tory quería para sí misma con silenciosa desesperación.

Cortó camino cruzando el parque. Los rosales florecían y las begonias se extendían en blanco y carmesí. Los árboles arrojaban largas y bienvenidas sombras, y algunas personas permanecían sentadas o tendidas debajo de ellos. Tory notó que los jóvenes todavía no se avenían con rigidez al típico horario de comida de las cinco y media. Saldrían más tarde en busca de una pizza o de una hamburguesa y luego se reunirían en alguna parte con otros jóvenes como ellos, para escuchar música, conversar o cantar.

Durante un tiempo muy breve, ella había hecho lo mismo. Pero tenía la sensación de que, desde entonces, habían transcurrido décadas. Le pareció que

244

era una mujer enteramente distinta la que se abría paso a los codazos en un club atestado, para bailar, para reír. Para ser joven.

Ya había perdido todo eso una vez. No perdería la nueva vida que acababa de comenzar.

Sumida en sus pensamientos, se alejó de la hilera de árboles y empezó a cruzar la franja de césped que conducía al departamento de Sherry Bellows.

Bee cruzó el parque como una saeta, aullando como enloquecida acuclilló y permitió que la cachorra la atacara.

—Ha estado casi todo el día encerrada. —Faith se les acercó, feliz al ver que su perrita abandonaba a Tory para saltarle a ella. —Tiene mucha energía.

—Ya lo veo. —Mientras se enderezaba, Tory levantó la mirada y frunció los labios. —Hoy se te ve distinta —comentó, estudiando la polera demasiado grande que Faith se había puesto sobre los pantalones de hilo.

—Pero no me queda mal ¿verdad? Hace un rato me volqué algo en la blusa. Le pedí esta polera prestada a Wade.

—Comprendo.

—Sí, supongo que comprendes. ¿Y te molesta?

—¿Por qué me va a molestar? Wade es adulto.

—Podría decir algo ordinario con respecto a eso, pero lo dejaré pasar. —Faith se colocó el pelo lacio detrás de las orejas y esbozó una amplia sonrisa. —¿Estás cansada de la soledad del pantano? ¿Te has decidido a buscar un departamento?

—No, mi casa me gusta. Pasaba por aquí para ver a una potencial empleada. Sherry Bellows.

—Bueno, es un coincidencia. Yo también he venido a verla. Wade todavía está atado en la veterinaria y en todo el día no ha podido comunicarse con ella. Esta mañana un auto atropelló al perro de Sherry.

—¡Ah, no! —Instantáneamente Tory olvidó toda su reserva. —¡Se le destrozará el corazón!

—Está bastante bien. Wade puso enseguida manos a la obra. Le salvó la vida. —Lo dijo con tanto orgullo que Tory se quedó mirándola. —No sabe hasta qué punto cicatrizará bien la pata de Mongo, pero yo apuesto a que quedará perfecto.

—Me alegro. Es un perro divino y ella parece quererlo muchísimo. Pero me cuesta creer que haya salido todo el día y que lo haya dejado suelto.

—Nunca se sabe lo que hará la gente. Ése es su departamento —dijo Faith, señalando. —Yo pasé por la puerta del frente y llamé pero ella no contestó, así que pensé que lo intentaría por la puerta trasera. La vecina dice que usa más esta puerta que la del frente.

—Las persianas están cerradas.

—Pero tal vez la puerta esté abierta. De todos modos, podríamos entrar y dejarle una nota. Wade tiene mucho interés en comunicarse cuanto antes con ella. —Cruzó el patio y estaba a punto de aferrar el picaporte de la puerta corrediza de vidrio.

—¡No lo hagas! —Tory la tomó por un hombro y la tironeó hacia atrás.

—¿Qué demonios te sucede? ¡Por amor de Dios! No estoy entrando por asalto a una casa ajena. No pienso hacer más que asomarme y mirar.

—¡No entres a ese departamento! ¡No entres! —Tory clavó los dedos en el hombro de Faith.

Ella ya había visto. Fue como una cachetada que recibió en plena cara, algo que saltó hacia ella casi con alegría, y que le llenó la boca de gusto a sangre y a miedo.

—Es demasiado tarde. Él ya estuvo aquí.

—¿De qué estás hablando? —Con impaciencia, Faith trató de liberar su brazo. —¿Me quieres soltar, por favor?

—Está muerta —dijo Tory en una voz sin inflexiones. —Debemos llamar a la policía.

HOPE

"Hope" (Esperanza) es aquello con plumas
Que se posa en el alma
Y entona la melodía sin las palabras
Y nunca cesa... jamás.
—Emily Dickinson

21

No podía entrar. No lograba irse.

El agente que atendió el llamado se mostró escéptico y enojado a la vez, pero no pudo evitar el pedido de las que consideró dos mujeres histéricas.

Se puso la gorra y acudió al llamado. Una vez allí golpeó con fuerza el vidrio de la puerta trasera del departamento. Tory podía haberle dicho que a Sherry le resultaría imposible contestarle, pero el hombre no la habría escuchado ni comprendido.

Pero dos minutos después de entrar, volvió a salir, y ya no tenía una expresión irritada.

No demoró en hacer girar las ruedas. Cuando llegó el jefe Russ, la escena del crimen ya estaba rodeada de una cinta amarilla y los que entraban y salían lo hacían gracias a sus insignias.

Tory se sentó en el piso y esperó.

—Llamé a Wade. —Ya que no había otra cosa que hacer, Faith se sentó en el piso a su lado. —Tiene que esperar que llegue Maxime para no dejar solo a Mongo, pero vendrá.

—No puede hacer nada.

—Ninguno de nosotros puede hacer nada. —Faith miraba fijo el cordón amarillo colocado por la policía, la puerta, las sombras de los hombres que se movían detrás de las persianas. —¿Cómo supiste que estaba muerta?

—¿Sherry? ¿O Hope?

Faith apretó a la cachorrita contra su pecho y frotó la cara contra la piel cálida, como para que la consolara.

—Nunca he visto nada como esto. No me dejaron acercarme al lugar donde estaba Hope. Era demasiado chica. Pero tú la viste.

—Sí.

—Lo viste todo.

—No todo. —Apretó las palmas una contra la otra y las manos entre las piernas como si tuviera mucho frío. —Lo supe cuando llegamos a la puerta. Una oscuridad especial rodea a la muerte. Sobre todo a las muertes violentas. Y él dejó algo de sí mismo detrás. Tal vez sólo la locura de todo esto. Es lo mismo que antes. Fue el mismo hombre. —Cerró los ojos. —Creí que trataría de matarme a mí... nunca consideré... nunca imaginé esto.

Y ésa era la culpa con la que tendría que vivir de allí en adelante.

—¿Estás diciendo que el que le hizo esto a Sherry fue el mismo que mató a Hope? ¿Después de todos estos años?

Tory empezó a hablar, pero se detuvo y meneó la cabeza.

—No puedo estar segura. Hace mucho tiempo que no estoy segura de nada. —Miró hacia el costado al oír que alguien pronunciaba el nombre de Faith. Wade se les acercaba corriendo.

Le sorprendió que Faith se pusiera de pie de un salto. No era común que ella se molestara en moverse con rapidez. Y luego observó el encuentro de ambos. Un abrazo largo y fuerte.

Está enamorado de ella, comprendió Tory. Para él, Faith es el centro de todo. ¡Qué extraño!

—¿Estás bien? —Rodeó con las manos el rostro de Faith y las mantuvo allí.

—No sé como estoy. —Hasta entonces estaba bien. Todo parecía suceder a la distancia, lo suficientemente lejos como para no tocarla. Pero en ese momento le temblaban las manos y se le daba vuelta el estómago. Reaccionaba igual que después de la cirugía, cuando vio que tenía las manos tintas en sangre. —Creo que necesito volver a sentarme.

—Aquí. —Cuando ella se dejó caer sobre el pasto Wade, sin soltar la mano de Faith, estudió el rostro de Tory. Demasiado tranquila, decidió. Demasiado controlada. Eso significaba que cuando se quebrara, se haría añicos.

—¿Por qué no vuelven conmigo? Tienen que alejarse de aquí.

—Yo no puedo. Pero tú deberías llevarte a Faith.

—¿Para que tú puedas ver como termina todo esto y yo no? No me parece —contestó Faith.

—No se trata de una competencia.

—¿Entre tú y yo? Siempre ha habido una competencia. Allí está Dwight.

Había comenzado a reunirse gente, que formaba pequeños grupos y murmuraba con curiosidad. En Progress las noticias viajan con la velocidad de la luz, pensó Tory. Notó que Dwight pasaba entre los grupos de curiosos y se encaminaba directamente a la puerta de Sherry.

—¿Por qué no hablas con él, Wade? —dijo Faith señalando en dirección a Dwight—. Quizás pueda decirnos algo.

—Veré. —Al levantarse tocó la rodilla de Tory. —Cade viene para aquí.

—¿Por qué?

—Porque yo lo llamé. Esperen aquí.

—¡No había ninguna necesidad de llamarlo! —exclamó Tory frunciendo el entrecejo, mientras Wade se dirigía hacia la multitud de curiosos.

—¿Por qué no te callas? —Enojada, Faith buscó un hueso de juguete en la cartera para mantener ocupada a Bee. —No eres una mujer de hierro, como no lo soy yo. Tener necesidad de apoyarnos en un hombre no nos disminuye.

—Yo no tengo intenciones de apoyarme en Cade.

—¡Por amor de Dios! Si te resulta bastante bueno como para acostarte con él, tiene que resultarte bueno que te apoye en un momento como éste. Juro que no haces más que buscar motivos para mostrarte desagradable.

—¿Por qué no salimos juntos los cuatro más tarde? Podríamos ir a bailar.

La sonrisa de Faith era filosa como un escalpelo.

—¡Realmente eres insoportable, Tory! Me está empezando a gustar eso en ti. Bueno, mierda, allí está Billy Clampett y me ha visto. Era lo único que me faltaba. Una noche, hace como mil años, estaba tan furiosa y borracha que me acosté con él. Por suerte, muy pronto recuperé el sentido común, pero Billy nunca ha dejado de tratar de continuar el asunto.

Tory vio que Billy se les acercaba, los pulgares metidos en los bolsillos del jean, los dedos marcando un compás a cada lado del cierre relámpago.

—No creo que en todo el condado haya bastantes bebidas alcohólicas como para incitarme a acostarme con un individuo como él.

—Por fin estamos de acuerdo en algo. Billy.

—¡Señoras! —Se agazapó junto a ellas. —Me enteré de que por aquí hay algún motivo de excitación. Una chica se hizo matar.

—Un gran descuido. —Faith no se alejó, no pensaba darle esa satisfacción aunque ya olía la cerveza en el aliento de Billy.

—Me dijeron que era Sherry Bellows. Ésa que se pasa la vida corriendo por el pueblo con ese perro peludo. Usa shorts muy cortos y blusas bien escotadas. Como para publicitar lo que ofrece.

Sacó un cigarrillo del atado que llevaba en la manga arremangada. Creía que con eso se parecía a James Dean.

—Hace un par de semanas le vendí unas plantas anuales. Se mostró muy amistosa, si comprenden lo que quiero decir.

—Dime Billy, ¿debes practicar para ser tan desagradable o es simplemente un don?

Demoró un minuto, pero mientras encendía el cigarrillo con un fósforo, su sonrisa se puso agria como la leche pasada.

—¿Me puedes explicar por qué eres tan arrogante de repente?

—Eso no tiene nada de repentino. Siempre he sido arrogante. ¿No es verdad, Tory?

—Nunca te he conocido distinta. Es como una marca de fábrica.

—Exactamente. —Encantada, Faith palmeó el muslo de Tory y ella también sacó un cigarrillo. —Nosotros, los Lavelle —dijo, mientras lo encendía y echaba humo a la cara de Billy—, estamos destinados a ser superiores. Es algo que llevamos estampado en nuestro ácido ribonucleico.

—No eras tan arrogante esa noche, detrás de lo de Grogan, cuando tenía tus tetas en mis manos.

—¡Ah! —Faith sonrió y le arrojó más humo a la cara. —¿Ése eras tú?

—Desde que te crecieron las tetas has sido una puta. Será mejor que te cuides. —Dirigió una mirada deliberada a la puerta del departamento de Sherry.

—Las putas terminan consiguiendo justo lo que pedían.

—¡Ahora te recuerdo! —intervino Tory en voz baja—. Tenías la costumbre de atar cañitas voladoras a las colas de los gatos y las prendías. Y luego volvías a tu casa y te masturbabas. ¿Es así como pasas tu tiempo libre?

Billy sufrió una sacudida. Ya no sonreía y en sus ojos el miedo reemplazó la expresión de desprecio.

—No te necesitamos por aquí. No necesitamos personas como tú.

Tal vez lo habría dejado en eso, estaba bastante asustado como para hacerlo, pero Bee decidió que su pantalón era más interesante que su hueso. Billy le pegó con el reverso de la mano y la sacó volando por el aire.

Con una exclamación ultrajada, Faith se puso de pie para alzar a la perrita que gemía.

—¡Gordo, borracho y bruto! Con razón tu mujer anda buscando otro hombre.

Él comenzó a abalanzarse sobre Faith. Tory no supo cómo sucedía y tuvo la impresión de que le pasaba a otra persona. Pero su puño saltó de la falda y fue a estrellarse contra el ojo de Billy. La fuerza del impacto y la sorpresa que le provocó, lo arrojaron al piso. Oyó gritos débiles, y chillidos y el sonido de pies que corrían, pero cuando Billy se puso de pie de un salto, ella también lo hizo.

Toda su furia se convirtió en una bola que ardía en su interior. Ya alcanzaba a tomarle el gusto a la sangre.

—¡Perra hija de puta!

Cuando él atacó, ella se plantó con firmeza sobre sus pies. Quería violencia. Le daba la bienvenida. Y cuando él echaba atrás el brazo para castigarla, cayó al piso.

—¿Por qué no lo intentas conmigo? —dijo Cade, mientras lo obligaba a ponerse de pie de un tirón—. ¡No se metan en esto! —dijo de mal modo cuando la gente intentó intervenir. —¡Vamos, Billy! Veamos cómo te las arreglas conmigo en lugar de hacerlo con una mujer de la mitad de tu tamaño.

—Hace años que te mereces esto. —Billy volvió a sonreír con desprecio. Se agazapó, desesperado por restaurar su imagen delante de la gente del pueblo, desesperado por hundir el puño en uno de los arrogantes Lavelles. —Cuando termine contigo me divertiré un rato con la puta de tu hermana y con tu amante.

Se abalanzó con ímpetu. Cade sólo se hizo a un lado. No fue necesario que le pegara más que dos golpes, un uppercut que echó atrás la cabeza de Billy y enseguida un puñetazo tremendo en la boca del estómago.

Cade se inclinó, apretó el pulgar contra la nariz de Billy y le susurró al oído:

—Si alguna vez te atreves a tocar a mi hermana o a mi mujer, si les hablas o las miras siquiera, te envolveré las pelotas alrededor de la garganta y te ahogaré con ellas.

Dejó caer al piso la cabeza de Billy y caminó hacia Tory, sin mirar hacia atrás.

—Ahora éste no es un lugar para ti.

A ella no le respondía la voz, no podía pronunciar palabra. Jamás había visto que la furia apareciera y desapareciera con tanta rapidez. Casi con elegancia, pensó. Cade acababa de apalear a un hombre y de tirarlo al piso sin transpirar siquiera, y ahora le hablaba a ella con suavidad. Y sus ojos eran fríos como el invierno.

—Ahora te pido que te vayas de aquí conmigo.

—Debo quedarme.

—No es necesario que te quedes.

—Lamento decir que sí, es necesario que se quede. —Carl D. se les acercó, dirigió una mirada a Billy y se frotó el mentón en actitud pensativa.

—¿Hubo algún problema por aquí?

—Billy Clampett hizo comentarios insultantes. —De inmediato las lágrimas inundaron los ojos de Faith y les dieron el color de campanillas bañadas por el rocío. —Él... bueno, ni siquiera puedo empezar a contarle, pero fue muy ofensivo conmigo y con Tory y entonces él...—Sollozó con delicadeza. —Y entonces le pegó a mi pequeña Bee y cuando Tory trató de impedirlo él... Si no fuera por Cade, no sé qué hubiera sucedido.

Se volvió hacia Tory, sollozando en silencio.

—Ojalá le hubieras pegado más —murmuró—. Ése gordo imbécil con cara de culo.

Carl D. apoyó la lengua contra una mejilla. Después de lo que acababa de ver adentro, esa pequeña comedia era un alivio y una diversión.

—¿Fue así? —le preguntó a Cade.

—Más o menos.

—Lo detendré para que se tranquilice un poco. —Miró a su alrededor, estudiando los rostros de la multitud mientras mascaba su chicle. —No creo que nadie quiera acusarlo, ¿verdad?

—No, lo dejaremos pasar.

—Me alegra. Tendré que conversar con Tory y también con Faith. Y la conversación será más privada si la mantenemos en la comisaría.

—Jefe. —Wade se les reunió, pasando con tanta indiferencia sobre el cuerpo del semiinconsciente Billy, que Faith tuvo que disimular una carcajada. —Mi departamento queda más cerca y creo que les resultará más cómodo a las señoras.

—Sí, podríamos conversar allí, por lo menos para empezar. Haré que uno de mis agentes las lleve y yo iré enseguida.

—Yo las llevaré —dijo Wade.

—Tú y Cade conocen a casi toda esta gente. Les agradecería que me ayudaran a convencerlos de que volvieran a sus casas. Uno de mis hombres se encargará de acompañar a las señoras. Necesito tomarles una declaración —agregó antes de que Cade pudiera intervenir—. Es un asunto de la policía.

—Podemos ir por nuestra cuenta.

—Bueno, señorita Faith, sólo le pediré a uno de mis hombres que las acompañe. Es el procedimiento que corresponde. —Con una seña, hizo girar las ruedas policiales.

—¡Dios mío! ¿Cómo puede haber sucedido algo así en el centro del pueblo? —dijo Dwight acercándoseles mientras se refregaba la nuca para aliviar su tensión.

Habían logrado que la mayoría de los curiosos se alejara del edificio que en ese momento sólo estaba rodeado por la oscuridad.

Dwight estaba sentado sobre el césped y en compañía de sus dos viejos amigos frente a ese departamento, donde la cinta amarilla de la policía simbolizaba la muerte.

—¿Te has enterado de algo? —preguntó Wade.

—Supongo que sé lo mismo que todos. Carl D. no permitió que entrara y sólo llegué hasta aquí porque soy el intendente del pueblo. Parece que en algún momento del día de ayer, alguien entró por la fuerza en el departamento de Sherry Bellows. Tal vez para robar. —Se pellizcó el puente de la nariz y meneó la cabeza. —Pero no creo que ése haya sido el motivo. No me pareció que fuera muy rica.

—¿Cómo pudieron entrar sin que el perro lo impidiera? —preguntó Wade.

—¿El perro? —Dwight pareció desconcertado un momento, pero enseguida asintió.—¡Ah, sí! No sé. Tal vez haya sido alguien a quien ella conocía. Eso parece más sensato, ¿verdad? Quizás fue alguien a quien ella conocía, discutieron y se fueron a las manos. La encontraron en el dormitorio —agregó con un suspiro—. Por lo menos eso lo sé. El... bueno, por los comentarios que oí, parece que la violaron.

—¿Cómo la mataron? —preguntó Cade.

—No sé. Carl D. no suelta prenda. ¡Dios mío, Wade! Recuerdas que justamente la otra noche hablábamos de ella? Me topé con Sherry cuando salía de tu consultorio.

—Sí, lo recuerdo. —Le pareció verla conversando a borbotones, flirteando con él mientras revisaba a Mongo.

—Hubo algunos comentarios allí adentro. —Dwight señaló con la cabeza la puerta cerrada. —Sobre Tory Bodeen. Comentarios inquietos —agregó—. Supuse que querrían saberlo. —Volvió a suspirar. —Esto no debió suceder justo en el centro de este maldito pueblo. La gente debería estar a salvo en su propia casa. Lissy se enfermará de preocupación.

—Mañana habrá una corrida en la ferretería y en la armería —predijo Cade—. Todo el mundo comparará cerrojos, candados y municiones.

—¡Santo cielo! Creo que será mejor que convoque a una asamblea del pueblo para tratar de tranquilizar a la gente. Espero que Carl D. tenga alguna pista concreta mañana por la mañana. Debo volver a casa por Lissy. Ya debe estar frenética. —Dirigió una última mirada a la puerta. —Esto no debió suceder aquí —repitió y se alejó.

—Sólo estuve con ella una vez. Ayer.

Tory estaba sentada en el sofá de Wade, con las manos prolijamente enlazadas sobre la falda. Sabía que cuando una hablaba con la policía, era importante ser clara y estar tranquila. Ellos percibían emociones y utilizaban debilidades como palancas para entrometerse y sonsacar más que lo que el interrogado quería decir.

Y luego lograban que una hiciera el ridículo.

Y por fin la traicionaban.

—Así que sólo estuvo con ella una vez. —Carl D. asintió y tomó nota. Le había pedido a Faith que esperara abajo. Quería que sus entrevistas, y los hechos que dedujera de ellas, figuraran en páginas distintas. —¿Y por qué se le ocurrió hoy pasar por su casa?

—Me pidió que la empleara en mi tienda.

—¿Ah, sí? —Alzó una ceja. —Creí que tenía empleo. Que enseñaba en la escuela secundaria.

—Sí, eso me dijo. —Contesta las preguntas con exactitud, se recordó. No agregues nada, no expliques nada con demasiados detalles. —Sin embargo, hasta el otoño no sería un trabajo de tiempo completo y buscaba otro empleo durante algunas horas diarias para aumentar sus entradas. Y también para mantenerse ocupada, creo. Parecía tener mucha energía.

—A-já. ¿Así que usted la tomó?

—No, no enseguida. Me dio referencias. —Recordó que Sherry las había escrito en su anotador, junto con su dirección. El anotador que ella dejó sobre el mostrador cuando su padre entró a la tienda. ¡Oh Dios! ¡Oh Dios!

—Bueno, me parece sensato. Pero no sabía que pensaba tomar una empleada en la tienda.

—En realidad, hasta que ella llegó, no se me había ocurrido hacerlo. Pero Sherry era muy convincente. Me tomé un tiempo para analizar mi presupuesto y decidí que podía permitirme una empleada durante algunas horas por día. Esta mañana chequeé las referencias que me dio y luego la llamé. Atendió el contestador y le dejé un mensaje.

—Um-hmm. —Ya había escuchado el mensaje de Tory y también los del consultorio de Wade. También el mensaje de la vecina de arriba y el de Lissy Frazier. Sherry Bellows era una muchacha popular. —Y después decidió ir a verla personalmente.

—Cuando cerré la tienda, tuve ganas de caminar. Decidí que cruzaría el parque y que pasaría por el departamento de Sherry. Así, si estaba en su casa, podría conversar personalmente con ella sobre el empleo.

—¿Y fue hacia allí con Faith Lavelle?

—No, fui sola. Me topé con Faith frente al edificio. Frente a la parte trasera del edificio. Me dijo que el perro de Sherry estaba herido. Que lo había atropellado un auto y que Wade lo estaba tratando. Y había ido a avisarle, para hacerle un favor a Wade y porque no podían conseguirla por teléfono.

—¿Así que llegaron al mismo tiempo?

—Sí, más o menos. Serían más o menos las seis y media, porque cerré la tienda a las seis y diez o seis y cuarto.

—¿Y cuando la señorita Bellows no atendió el timbre, siguieron buscándola?

—No. Ninguna de las dos entró en el departamento.

—Pero usted vio algo que la preocupó. —Apartó la mirada del anotador. Tory permaneció sentada y perfectamente inmóvil, mirándolo fijo y sin hablar. —Que la preocupó tanto que decidió llamar a la policía.

—No contestó mis llamados, a pesar de que parecía muy ansiosa por conseguir el trabajo. Tampoco contestó los llamados de Wade, aunque durante nuestro único encuentro, me resultó evidente que adoraba a su perro. Las persianas y la puerta estaban cerradas. Llamé a la policía. Ni Faith ni yo entramos. Ninguna de las dos vio nada. Así que no puedo decirle nada.

Él se echó atrás y mordisqueó su lápiz.

—¿Trataron de abrir la puerta?

—No.

—No estaba cerrada con llave. —Dejó que el silencio pendiera y llenó el tiempo sacando su paquete de goma de mascar y ofreciéndoselo a Tory. Cuando ella hizo un movimiento negativo con la cabeza, sacó un trozo, le quitó el papel y envolvió con cuidado el resto.

El corazón de Tory comenzó a bailotearle dentro del pecho.

—Así que... —Carl D. dobló la goma de mascar con el mismo cuidado con que acababa de envolver el papel que la cubría y se la metió en la boca. —Ustedes dos estaban allí. Bueno, conociendo a Faith Lavelle yo diría que ella habría asomado la cabeza... por curiosidad, no más. Para enterarse de la decoración del departamento y cosas por el estilo.

—No lo hizo.

—¿Golpearon la puerta? ¿Llamaron?

—No, nosotras... —Se interrumpió y quedó en silencio.

—¿Sencillamente se detuvieron frente a la puerta y decidieron llamar a la policía? —Lanzó un suspiro. —Tendré que insistir un poco aquí. Bueno, soy un hombre sencillo, de costumbres sencillas. Y hace más de veinte años que soy policía. Los policías tenemos instintos, a veces una especie de presentimiento en las entrañas. No siempre los podemos explicar. Pero existen. Tal vez hoy usted haya tenido una especie de presentimiento parecido frente a la puerta de Sherry Bellows.

—Es posible.

—Mucha gente tiende a tener presentimientos. Se podría decir que usted tuvo uno de ellos hace dieciocho años, cuando nos condujo al lugar donde estaba Hope Lavelle. Y tuvo más presentimientos en Nueva York. Muchas personas se alegraron de que los tuviera.

Su voz era bondadosa, sus palabras suaves, pero sus ojos, notó Tory, eran vigilantes.

—Lo que sucedió en Nueva York no tiene nada que ver con esto.

—Gracias a que usted tuvo presentimientos, seis chicos volvieron a sus casas.

—Y hubo uno que no volvió.

—Pero volvieron seis —repitió Carl D.

—No puedo decirle más que lo que ya le he dicho.

—Tal vez no pueda. Pero se me ocurre que más bien se trata de que no quiere. Yo estaba allí hace dieciocho años, cuando nos condujo hasta esa chiquita. Soy un hombre sencillo y tengo costumbres sencillas, pero estaba allí. Y estuve allí hoy, mirando a esa muchacha y a lo que le han hecho. Me hizo retroceder en el tiempo. Estuve en esos dos lugares, vi esas dos cosas. Y usted también.

—No entré.

—Pero vio.

—¡No! —se puso de pie de un salto. —No vi. Sentí. No vi y no miré. No había nada que yo pudiera hacer. Estaba muerta y yo no podía hacer nada por ella. Ni por Hope. Ni por ninguna de ellas. No quiero volver a tener eso dentro de mí. Le he dicho todo lo que sé, exactamente como sucedió. ¿Por qué no le basta?

—Está bien. Está bien, señorita Tory. ¿Por qué no se sienta y trata de relajarse mientras yo bajo a conversar con Faith?

—Me gustaría irme a casa.

—Le pido que se siente y recupere un poco el aliento. Muy pronto nos encargaremos de que vuelva a su casa.

Mientras bajaba, Carl D. masticó sus pensamientos con respecto a Tory y la reacción que ella tuvo frente a sus preguntas. Decidió que esa chica era un nudo de preocupaciones. Tal vez le inspirara lástima. Pero eso no le impediría utilizarla si eso convenía a sus propósitos. Se acababa de cometer un asesinato en su pueblo. No era el primero, pero estaba muy cerca de ser el más desagradable en muchos años.

Y él era un hombre que tenía presentimientos. Sus entrañas le indicaban que Tory Bodeen era la clave de todo el asunto.

Encontró a Cade paseándose en la planta baja.

—Ya puede subir a verla. Creo que le hace falta apoyarse en un hombro. ¿Su hermana anda por aquí?

—Está atrás, con Wade. Él está revisando el perro.

—Es una pena que ese perro no pueda hablar. El que lo atropelló fue Piney, ¿verdad?

—Eso me dijeron.

—Sí, es una pena que ese perro no pueda hablar. —Palmeó el bolsillo donde llevaba el anotador y se encaminó a la parte trasera.

Cade encontró a Tory todavía sentada en el sofá.

—Debí haberme alejado, simplemente. O mejor, y más inteligente, debí haber permitido que Faith entrara, que era lo que ella quería hacer. En ese caso Faith la habría encontrado, habríamos llamado a la policía y no habría habido interrogatorios.

Cade se sentó a su lado.

—¿Y por qué no lo hiciste?

—No quería que ella viera lo que había allí adentro. Y yo tampoco quería verlo. Y ahora el jefe Russ espera que yo entre en trance y que le dé el nombre del asesino.

Él le tomó una mano.

—Tienes todo el derecho del mundo a estar enojada. Con él, con la situación. ¿Pero por qué estás enojada contigo misma?

—No lo estoy. ¿Por qué voy a estar enojada conmigo misma? —Miró las manos entrelazadas de ambos. —Te lastimaste los nudillos.

—Y duele como el mismo diablo.

—¿En serio? En el momento en que le pegaste, no me pareció que te doliera. No me pareció que sintieras nada, aparte de un enojo tranquilo. Como si en realidad hubieras tenido que matar una mosca que te molestaba para volver a tu libro.

Ante esa frase él sonrió y se llevó una mano de Tory a los labios.

—Como soy un Lavelle, debo mantener mi dignidad.

—¡Tonterías! Dije que ésa era la impresión que dabas, Pero no era la verdad de lo que sentías. La realidad eran furia y disgusto y que disfrutaste dejándolo casi inconsciente. Lo sé —agregó suspirando—, porque eso era lo que yo sentía. Es un hombre muy desagradable y ahora buscará otra manera de dañarte. Pero te atacará por la espalda, porque te tiene miedo. Y te advierto que lo digo por una cuestión de sentido común y por una razonable comprensión de la naturaleza humana y no por obra y gracia de mis fabulosos poderes psíquicos.

—Clampett no me preocupa. —Le pasó los nudillos lastimados por las mejillas. —No permitas que te preocupe a ti.

—Ojalá pudiera. —Se puso de pie. —Ojalá pudiera preocuparme por él, para que eso me ocupara la mente. ¿Por qué debo sentirme culpable?

—No lo sé, Tory. ¿Por qué?

—Apenas conocí a Sherry Bellows. Pasé menos de una hora con ella. Lamento lo que le ha sucedido, pero eso no significa que deba involucrarme.

—No.

—No modificaría lo que le sucedió. Nada de lo que yo haga puede cambiar lo sucedido. Así que, ¿para qué? Aún en el caso de que el jefe Russ simule que está abierto a cualquier cosa que yo pudiera hacer, en el fondo será igual a todos los otros. ¿Por qué voy a involucrarme en el asunto, sólo para que se rían de mí y me descarten? —Se volvió a mirarlo—. ¿No tienes nada que decir?

—Estoy esperando que te desahogues.

—Te crees muy inteligente, ¿verdad? ¡Crees conocerme tan bien! Pero no me conoces. Yo no volví a Progress para enderezar entuertos ni para vengar a una amiga muerta. Volví para vivir mi vida y dirigir mi negocio.

—Está bien.

—No me digas que está bien y con ese tono tan paciente, cuando la expresión de tus ojos me está diciendo que soy una mentirosa.

Como Tory comenzaba a jadear, Cade se puso de pie y se le acercó.

—Yo te acompañaré.

Ella lo miró fijo un momento más, luego simplemente se lanzó a sus brazos.

—¡Oh, Dios! ¡Oh, Dios!

—Ahora bajaremos y le diremos al jefe que yo me quedaré contigo.

Ella asintió pero siguió aferrada a él otro instante. Y aceptó la realidad de que después de que ella hubiera terminado en el departamento de Sherry, era probable que Cade nunca quisiera volver a abrazarla.

22

—¿Necesita algo antes de que entremos?

Tory todavía luchaba por calmar sus nervios, pero miró a Carl D. a los ojos y sin pestañear.

—¿Como qué? ¿Una bola de cristal por ejemplo? ¿O un mazo de cartas de tarot?

Él había entrado al departamento por la puerta del frente, como ella le pidió, y quitó la llave que cerraba por dentro la puerta que daba al patio, cortó el sello y salió al lugar donde ella lo esperaba con Cade.

Era menos probable que los vieran si entraban por atrás. Algo que el asesino también supo.

Carl D. se echó atrás la gorra para rascarse la frente ancha.

—Creo que usted está un poco enojada conmigo.

—Es que me obliga a hacer cosas que no me gusta hacer. Esto no me resultará agradable y es probable que usted no gane nada con ello.

—Señorita Tory, en la funeraria tengo a una jovencita que tendría aproximadamente su edad, tendida sobre una mesa. El médico del condado tendrá que cumplir con ella su trabajo. La familia de la muchacha llegará mañana por la mañana. Yo no diría que esto es agradable para nadie.

Carl D. quería que ella tuviera esa imagen en la cabeza. Tory lo reconoció asintiendo.

—Usted es un hombre más duro que lo que yo recordaba.

—Usted también es una mujer más dura. Supongo que ambos tenemos motivos.

—No me hable. —Ella misma abrió la puerta y entró en el departamento.

Se había preparado y se concentró ante todo en la luz. En la luz de la habitación cuando él la encendió. Esa luz en la que Sherry trascendía.

Pasó largo rato antes de que ella hablara. Un largo rato, mientras lo que quedaba en la habitación se deslizaba en su interior.

—Le gustaba la música. Le gustaba el ruido. No le resultaba natural estar sola. Le gustaba que viniera gente a visitarla. Voces, movimiento. ¡Todo eso le resultaba tan fascinante! Le encantaba conversar.

Sobre el teléfono había polvo de huellas dactilares. Tory ni siquiera notó que ese polvo le manchaba los dedos cuando ella los pasó por allí.

¿Quién era Sherry Bellows? Era lo primero que debía saber.

—Las conversaciones eran como alimento para ella. Sin conversaciones, se habría muerto de hambre. Le gustaba averiguar cosas de la gente, escuchar a las personas cuando hablaban de sí mismas. Era muy feliz aquí.

Se detuvo, pasó los dedos sobre marcos de fotografías, sobre el brazo de un sillón.

—La mayor parte de la gente no tiene ganas de oír lo que dicen los demás, pero ella sí. Sus preguntas no eran una manera de iniciar una conversación para luego hablar sobre sí misma. Tenía muchos planes. Para ella enseñar era una aventura. ¡Tantas mentes a las que podría alimentar!

Pasó junto a Cade y a Carl D. Aunque tenía conciencia de que estaban allí, le resultaban cada vez menos importantes, sus presencias eran cada vez menos reales.

—Le encantaba leer. —Tory lo dijo en voz baja mientras se encaminaba hacia un estante lleno de libros.

En su mente flotaban imágenes de una joven bonita que colocaba libros en el estante, que los sacaba y que se enroscaba con ellos en un sillón del patio con un perro grandote y peludo roncando a sus pies.

Le resultaba fácil armonizarse con esas imágenes, abrirse a ellas, convertirse en parte de ellas. Paladeó sal, papas fritas sobre la lengua, y sintió un contento extraordinario.

—Pero ésa no es más que otra manera de estar con gente. Una se desliza dentro del libro. Se convierte en un personaje, el personaje predilecto. Uno experimenta. El perro se sube al sofá o a la cama con una. Deja pelos por todas partes. Una jura que podría tejer un saco con todo el pelo que a él se le cae, ¡pero es tan dulce! Así que una pasa la aspiradora casi todos los días. Y sube el volumen de la música para poder oírla a pesar del ruido del motor de la aspiradora.

La música pulsaba dentro de su cabeza. Fuerte, alegremente fuerte. Tory marcó el ritmo con un pie.

—El señor Rice, el vecino de al lado, se quejaba de la música. Pero una le cocina unas masas y se las lleva. ¡En ese pueblo todo el mundo es tan bueno! Es justamente el lugar donde una quiere vivir.

Se alejó del estante con libros. Tenía los ojos empañados, inexpresivos, pero sonreía.

El corazón de Cade dejó de latir un instante cuando la mirada de Tory pasó sobre él. Pasó a través de él.

"—Jerry, el chiquito de arriba, se vuelve loco por Mongo. Jerry es una delicia, y tan molesto como una chinche. Algún día una quiere tener un chiquito igual a él, todo ojos y sonrisas y dedos pegajosos.

Tory se volvió en un círculo, los labios sonrientes, los ojos ciegos.

—A veces, por la tarde, después del colegio, salen juntos a correr, o él le arroja pelotas de tenis a Mongo. Pelotitas amarillas que se mojan y ensucian.

Es divertido sentarse en el patio y mirarlos. Jerry ya debe entrar, la madre lo llama para que haga sus deberes antes de comer. Mongo también está cansado, así que se dormirá afuera, en el patio. Una quiere que suene la música, lo más fuerte posible, pero sin que moleste al señor Rice. Porque una se siente muy feliz. Llena de esperanzas. Un vaso de vino. Vino blanco. En realidad no es una buen vino, pero una no puede comprar un vino más caro. Sin embargo es bastante rico y una puedo beberlo a sorbos, escuchar la música y forjar planes.

Se acercó a la puerta del patio y miró hacia afuera. En lugar de oscuridad, vio un anochecer. El perro, tendido sobre el cemento como un agradable felpudo lleno de pelos, ronca con suavidad.

—Una tiene mucho en qué pensar ¡tantos planes! Tanto que hacer. Se siente bien con respecto a todo y está impaciente por empezar. Quiere ofrecer una fiesta, tener el departamento lleno de gente, flirtear con ese veterinario tan espléndido y con el buen mozo de Cade Lavelle. ¡Vaya si se crían apuestos en Progress! Pero ya es hora de preparar la comida. Hay que darle de comer al perro. Tal vez podría beber otro vaso de vino mientras lo prepara todo.

Pasó a la cocina, tarareando la música que tenía en la cabeza. Sheryl Crow.

—Una ensalada. Una ensalada rica y grande con más zanahoria de la necesaria, porque a Mongo le gustan. Se las mezclará con el balanceado. —Se inclinó, apoyó los dedos sobre la manija del armario y luego jadeó y cayó hacia atrás.

Instintivamente, Cade se le acercó, pero Carl D. lo detuvo aferrándole un brazo.

—¡No! —dijo en un susurro, como si estuviera en una iglesia. —Déjela.

—Él estaba allí. Justo allí. —Tory respiraba jadeante. Se llevó ambas manos al cuello. —Una no lo oyó entrar. No alcanza a verlo. Hay un cuchillo. Él tiene un cuchillo. ¡Oh Dios, oh Dios, oh Dios! Le pone una mano sobre la boca y aprieta. Una tiene el cuchillo apoyado contra el cuello. Una tiene miedo. ¡Tanto miedo! Quiere gritar. Pero no gritará. No hará nada con tal de que él no la lastime.

—La voz de él resuena junto al oído de una, suave, silenciosa. ¿Qué habrá hecho con Mongo? ¿Lo habrá lastimado? Todo eso gira en la cabeza de una. Esto no es real. ¡No puede ser real! ¡Pero el cuchillo es tan filoso! Él empuja y una tiene miedo de tropezar y entonces el cuchillo...

Salió de la cocina arrastrando los pies, y cuando se tambaleó apoyó una mano contra la pared.

—Las persianas están cerradas. Nadie puede ver. Nadie puede ayudar. Quiere que una esté en el dormitorio y una sabe lo que hará. Si una sólo pudiera alejarse, alejarse del cuchillo...

Al llegar a la puerta del dormitorio, Tory quedó como petrificada. La asaltaron oleadas de náuseas.

—¡No puedo! ¡No puedo! —Se volvió hacia la pared, luchando por encontrarse a sí misma en medio de tanto temor y violencia. —¡No quiero ver esto! Él la mató aquí. ¿Por qué tengo que verlo?

—¡Ya basta! —Cade apartó la mano con que Carl D. intentaba contenerlo. —¡Ya basta, maldito sea!

Pero cuando trató de tocar a Tory, ella se alejó de él a los tropezones.

—Está en mi cabeza. Nunca podrá sacármelo de la cabeza. ¡No me hablen! ¡No me toquen!

Se llevó las manos a la cara, atrapando su propia respiración y permitió que todo volviera a clavarse en su interior.

—¡Ay! ¡Ay! Él la empuja a una y la hace caer sobre la cama, de cara sobre la frazada. Y está encima de una. Ya tiene una erección y una la siente, porque está apretándola contra una, Una tiene un miedo salvaje adentro. Un miedo inmenso, que ahoga. Es algo caliente. El miedo quema.

Tory Lanzó un gemido y cayó de rodillas junto a la cama.

—Él pega. Con fuerza. En la nuca. El dolor es tan fuerte que la recorre a una, la atonta. Él vuelve a pegar y el costado de la cara de una explota. Toma el gusto de la sangre. La propia sangre. La sangre tiene el mismo gusto que el terror. El mismo. Él le tironea a una los brazos y los coloca detrás de la espalda. Es sólo otra capa de dolor.

Los tentáculos de ese dolor se deslizaron y se agruparon dentro de Tory enredados con un terror tan inmenso que ella tuvo la sensación de que toda esa masa explotaría fuera de su cerebro. Apretó la cara contra el costado del colchón, clavó en él los dedos.

—Está oscuro. El cuarto está oscuro y suena la música y el dolor es tan grande que una ni siquiera puede pensar. Una llora. Trata de suplicarle, pero él le ha atado un trapo sobre la boca. Vuelve a pegar y una comienza a deslizarse a alejarse a alguna parte. Semiinconsciente, una casi ni se da cuenta cuando él corta la ropa. El cuchillo rasguña, pero es peor, mucho peor que él use las manos sobre una.

Tory se dobló sobre sí misma, se envolvió el vientre con las manos y comenzó a mecerse.

—Duele. Duele. Una ni siquiera puede gritar cuando él la viola. Sólo puede esperar que pase, pero él sigue penetrándola como a los azotes y una tiene que irse. Tiene que estar en alguna otra parte. Tiene que irse.

Extenuada, Tory apoyó la cabeza contra el costado de la cama y cerró los ojos. "Es como si me estuvieran ahogando, —pensó—. Como si me enterraran viva, así que la sangre resuena en los oídos como mil campanillas y el sudor que me cubre el cuerpo es frío. Malignamente frío."

Debió luchar para encontrar el camino de regreso al aire.

Para volver a sí misma.

—Cuando terminó con ella, la estranguló con sus manos. Ella ya no podía luchar más. Gritó, o gritó él. No sé cuál. Pero él cortó la cuerda que le ataba las muñecas. La llevó consigo. No quería dejar nada suyo detrás. Pero lo hizo. Como un río helado sobre vidrio. No puedo quedarme aquí. ¡Por favor, sáquenme de aquí! ¡Por favor, aléjenme de aquí!

—Está bien. —Cade se inclinó para tomarla en sus brazos. Tory tenía la piel fría, estaba cubierta de transpiración. —Está bien, chiquita.

—Me siento mal. Aquí adentro no puedo respirar. —Apoyó la cabeza sobre el hombro de Cade y se desmayó.

. . .

Cade la llevó a su casa en auto. Durante el trayecto ella no habló ni se movió. Permaneció sentada como un fantasma, pálida y silenciosa, mientras que el viento que entraba por la ventanillas abiertas de la camioneta soplaba sobre su rostro y su pelo.

La furia de Cade se desató contra Carl D. cuando éste dijo que los seguiría. Pero Tory le pidió que se lo permitiera. Fue lo último que dijo. De manera que Cade no tenía en quién desahogar esa furia que crecía sin cesar en su interior. Su silencio era como una herida, oscura y llena de violencia.

Estacionó frente a la Casa del Pantano y ella bajó de la camioneta antes de que él tuviera tiempo de rodear el vehículo para ayudarla.

—No es necesario que hables con él. —La voz de Cade era cortante, su mirada brutalmente fría.

—Sí, tengo que hablar con él. No es posible ver lo que yo veo y después no hacer lo que pueda. —Posó la mirada extenuada sobre el patrullero. —Él lo sabía y lo utilizó. Tú no tienes por qué quedarte.

—¡No seas imbécil! —retrucó Cade y se volvió a esperar a Carl D. mientras ella se encaminaba a la puerta. —Tenga cuidado con lo que dice. —Cade enfrentó al jefe de policía en cuanto éste bajó del patrullero. —Tenga mucho, mucho cuidado con ella, o usaré cualquier cosa que tenga a mano para hacerlo pagar por su impertinencia.

—Supongo que usted está angustiado.

—¿Angustiado? —Cade tomó a Carl D. por la camisa. Sintió que sería capaz de romper en dos a ese hombre. De un sólo golpe rápido. —Usted la hizo pasar por eso. Y yo también —dijo, dejando caer la mano, disgustado—. ¿Y para qué?

—No lo sé, todavía no. En realidad, estoy un poco estremecido por esto. Pero yo también tengo que usar todo lo que tenga a mano. Y en este momento, lo que tengo a mano es Tory. Estoy tanteando mi camino, Cade.

Había pesar en su voz, en sus ojos, algo que era más fuerte que su deber.

—No quiero dañar a esa chica. Si eso lo hace sentir mejor, le aseguro que seré cuidadoso. Todo lo cuidadoso que sepa ser. Y probablemente, durante todo el resto de mi vida, recordaré cómo estaba ella allí adentro.

—Yo también —dijo Cade y se volvió.

Tory estaba preparando té, una mezcla de hierbas que esperaba le calmaría el estómago e impediría que le siguieran temblando las manos. No dijo nada cuando entraron los dos hombres, pero sacó una botella de whisky y la colocó sobre la mesada, luego se sentó.

—Me vendría bien un trago de eso. Se supone que no debo beber mientras trabajo, pero han sido circunstancias extenuantes.

Cade sacó dos vasos y sirvió dos whiskyes dobles.

—Él entró por la puerta trasera —empezó a decir Tory—. Usted ya lo sabe. Supongo que ya sabrá muchas cosas de las que le voy a decir.

—Se lo agradezco. —Carl D. retiró una silla de la mesa. —Dígamelo simplemente como prefiera hacerlo y tómese su tiempo.

—Estaba sola en el departamento. Bebió un par de vasos de vino. Se sentía bien, excitada, llena de esperanzas. Había puesto música. Cuando él entró, estaba en la cocina. Preparándose una ensalada y preparando la comida del perro. Él la tomó por detrás y utilizó el cuchillo que ella acababa de hacer a un lado al sacar la comida del perro.

Tory hablaba con una voz sin inflexiones y con el rostro inexpresivo. Levantó la taza, bebió un sorbo de té, luego la volvió a depositar en el plato.

—No lo vio. Él permaneció a su espalda y mantuvo el cuchillo contra el cuello de Sherry. Había cerrado las persianas que daban al patio. Creo que también les echó llave a las puertas, pero eso no tiene importancia. Ella no trató de huir, el cuchillo la asustaba demasiado.

Distraída, Tory se llevó una mano al cuello y trazó con los dedos el recorrido de la tráquea, como si la tuviera lastimada.

—No sé lo que él le dijo. Todo lo que ella sentía era mucho más fuerte que lo que sentía él. Él no la deseaba particularmente. Lo que quedó detrás de sí fue furia, confusión y una especie de horrible orgullo. Sherry era una sustituta, un desahogo a mano para... una necesidad que él ni siquiera comprende. La llevó al dormitorio, la acostó boca abajo sobre la cama. Le pegó varias veces, en la parte de atrás del cuello, en la cara. Le ató las manos detrás de la espalda con una soga fuerte. Cerró las cortinas, para que tuvieran intimidad, para que estuviera oscuro. No quería que ella le viera la cara, pero creo que, sobre todo, porque él no quería ver el rostro de Sherry. Cuando la viola él ve otra cara. Utiliza el cuchillo para cortarle la ropa. Lo hace con mucho cuidado, pero a pesar de todo le raspa la espalda y también la lastima cerca del hombro.

Carl D, asintió y bebió un gran trago de whisky.

—Así es. Tenía dos cortes poco profundos y había marcas de ligaduras en sus muñecas, pero no encontramos ninguna soga.

—Se la llevó consigo. Hasta ahora, nunca había hecho eso dentro de una casa. Siempre ha sido al aire libre, y hay algo excitante en hacerle esas cosas en una cama. Le produce placer pegarle. Le gusta dañar a las mujeres. Pero más que placer, le proporciona una especie de alivio, alivio a esa hambre reprimida que tiene en su interior. Esa necesidad de demostrar que es un hombre. Es hombre cuando logra que una mujer se incline ante su voluntad. Mientras la viola es más feliz, se siente más fuerte que en cualquier otro momento. Él celebra así su virilidad, hecho que no puede celebrar de otra manera.

Tratar de verlo, de arrastrarse a su interior, le provocaba dolor de cabeza. Se frotó la sien. Trató de ir más a fondo.

—Para él es un asunto sexual y cree que ella ha sido hecha para ser tomada, para ser dominada. Está convencido de ello y sin embargo, es cuidadoso. Usa preservativo. ¿Cómo saber con quién se ha acostado esa mujer? Es una puta, lo mismo que todas las demás. Un hombre debe cuidarse.

—Usted dijo que no quería dejar atrás nada de sí mismo.

—Sí, no dejará su semilla en el interior de esa mujer. Ella no lo merece. Yo... esto no es lo que él me trasmite. Casi no siento nada de él. —Se pasó los dedos por la sien que le latía. —Hay blancos y caminos sin salida. Vueltas en su interior. No sé cómo explicárselo.

—Así está bien —dijo Carl D. —Siga.

—No se trata de un acto de procreación, sino de castigo para ella y de egocentrismo para él. Durante el proceso, para él ella deja de existir. No es nada, de manera que le resulta fácil matarla. Cuando todo termina, está orgulloso pero también enojado. Nunca es exactamente lo que él espera que sea, nunca lo purga completamente. La culpa es de ella, por supuesto. La vez siguiente será mejor. Corta la soga, apaga la música y la deja en la oscuridad.

—¿Quién es él?

—No le veo la cara. Alcanzo a ver algunos de sus pensamientos, algunas de sus emociones más desesperadas, pero no lo veo a él.

—Él la conocía.

—La había visto, creo que le había hablado. La conocía bastante como para saber que tenía un perro. —Tory cerró un instante los ojos y trató de concentrarse más. —Drogó al perro. Creo que drogó al perro. Riesgoso. Esto era todo de mucho peligro y eso aumentaba su excitación. Alguien pudo haberlo visto. Las otras veces no había nadie que pudiera verlo.

—¿Qué otras veces?

—La primera fue Hope. —Se le quebró la voz. Volvió a levantar la taza de té para tranquilizarse. —Después me enteré de que hubo otras cuatro. Una amiga mía se encargó de averiguarlo. Descubrieron que ha habido cinco a lo largo de los últimos dieciocho años. Todas ellas fueron asesinadas a fines de agosto, todas eran jóvenes y rubias. Cada una de ellas tenía la edad que, de haber vivido, hubiera tenido Hope en ese momento. Creo que Sherry era menor, pero no era la que él quería.

—¿Un asesino en serie? ¿A lo largo de dieciocho años?

—Lo puede verificar con el F.B.I. —Entonces miró a Cade por primera vez desde que se sentaron. —Sigue matando a Hope. Lo siento. Lo siento muchísimo.

Se puso de pie y, mientras la llevaba a la pileta, su taza no dejó de entrechocarse con el platillo.

—Me temo que podría ser mi padre.

—¿Por qué? —Cade la miró a los ojos. —¿Por qué crees eso?

—Él ha... cuando me lastimaba, se excitaba. —La traspasó la vergüenza, como si se tratara de trozos de vidrio cortantes y calientes. —Nunca me tocó en un sentido sexual, pero le excitaba lastimarme. Pensándolo retrospectivamente, no estoy segura de que no conociera mis planes de encontrarme con Hope esa noche. Cuando llegó a casa a comer, estaba de buen humor, algo muy poco frecuente. Fue como si estuviera esperando que yo cometiera un error para poder saltarme encima. Cuando lo cometí, cuando le dije a mi madre que encontraría la cera en el estante superior del armario, me tuvo a su merced. ¡Qué error tonto cometí! No siempre me pegaba tanto, pero esa noche...

Cuando terminó conmigo, podía tener la más absoluta seguridad de que yo no saldría a ninguna parte.

Volvió a la mesa.

—Sherry estaba ayer en la tienda cuando él llegó. Le hizo preguntas acerca del perro y ella acababa de llenar un formulario de solicitud de trabajo. Yo tenía el papel sobre el mostrador. Allí figuraban su nombre, su dirección, su teléfono. Él debe haber estado muy seguro de mí, seguro de que no le diría a nadie que lo había visto. No supondría que yo recurriría a la policía. Pero no podía estar seguro de ella.

—¿Usted cree que Hannibal Bodeen mató a Sherry Bellows porque lo vio?

—Hubiera sido su excusa, su justificativo por lo que quería hacer. Yo sólo sé que es capaz de hacerlo. No puedo decirle más. Lo lamento. No me siento bien.

Se alejó de la mesa y se encerró en el baño.

Ya no podía seguir luchando contra la descompostura y dejó que viniera. Dejó que la vaciara. Después se acostó en el piso, sobre los mosaicos fríos y esperó que se le pasara la debilidad. El silencio parecía resonar en sus oídos, junto con los latidos de su propio corazón.

Cuando pudo, se puso de pie y abrió la canilla caliente de la ducha. Estaba helada hasta los huesos. Tenía la sensación de que nada lograría calentarla, pero el agua la ayudó a imaginar que toda la fealdad, que las manchas producidas por éste se lavaban y desaparecían, si no de su mente, por lo menos de su piel.

Ya más firme, se envolvió en una toalla, tomó tres aspirinas y salió preparada para acostarse y perderse en el sueño.

Cade estaba de pie junto a la ventana, mirando el paisaje bañado por la luna. No había prendido las luces, de manera que el resplandor plateado destacaba su silueta. Más allá de la puerta mosquitero, Tory alcanzó a oír los ruidos de la noche, los aleteos y gemidos que eran la música del pantano.

A Tory le dolió el corazón por todo lo que no podía menos que querer.

—Creí que te habrías ido. —Se acercó al placar a buscar su bata de cama. Él no se volvió.

—¿Te sientes mejor?

—Sí, estoy bien.

—No creo que estés bien. Sólo quiero saber si estás un poco mejor.

—Sí. —Se cerró la bata con un ademán decidido. —Estoy mejor. Gracias. No tienes ninguna obligación aquí, Cade. Yo sé lo que debo hacer por mí misma.

—Me alegro. —Se volvió pero su rostro seguía en las sombras. Ella no alcanzaba a leer su expresión, se negaba a tratar de ver algo más. —Dime qué puedo hacer por ti.

—Nada. Te agradezco que hayas estado conmigo y que me hayas traído a casa. Es más de lo que tenías que hacer, más de lo que se puede esperar de nadie.

—¿Y ahora debo dar marcha atrás? ¿O es eso justamente lo que esperas? Que me vaya, que te deje en paz, que me aleje hasta una distancia agradable y cómoda. ¿Cómoda para quién? ¿Para ti o para mí?

—Para los dos, supongo.

—¿Tan poca cosa me crees? ¿Tan poca cosa nos crees a los dos?

—Estoy terriblemente cansada. —Le tembló la voz, avergonzándola. —Y estoy segura de que tú también lo estás. No debe haber sido agradable para ti.

Cade se adelantó y ella vio lo que sabía que vería. Enojo, negras oleadas de enojo. Así que cerró los ojos.

—¡Por amor de Dios, Tory! —Le pasó la mano por la mejilla y por la masa enredada y húmeda del pelo. —¿Todo el mundo te ha fallado siempre?

Ella no habló, no podía. Una lágrima se le deslizó por la mejilla y quedó, brillante, sobre el pulgar de Cade. Ella lo siguió, obediente como una criatura cuando él la condujo a la cama y la sentó sobre sus rodillas.

—Descansa —murmuró—. Yo no iré a ninguna parte.

Ella apretó el rostro contra el hombro de Cade. Allí encontraba consuelo y fuerza y, sobre todo, la solidez que nadie le había ofrecido jamás. Él no hacía preguntas, así que ella tampoco las haría. En cambio, se enroscó contra él y levantó la boca hacia la de Cade.

—Por favor, tócame. Necesito sentir.

Con suavidad, con muchísima suavidad, él le pasó la mano a lo largo del cuerpo. Podía ofrecerle el bienestar de su cuerpo, tomar su bienestar del de ella. Temblando, Tory acercó la boca a la de Cade, y comenzó a sentir que la invadía la calidez.

Con lentitud, con mucha lentitud, él soltó el cinturón de la bata de cama y se la quitó. Le apoyó una mano sobre el corazón. Latía frenéticamente y Tory todavía respiraba entre sollozos que intentaba contener.

—Piensa en mí —murmuró Cade, tendiéndola sobre la cama—. Mírame.

Le besó el cuello, los hombros, y ella levantó los brazos para desabotonarle la camisa.

—Necesito sentir —repitió Tory—. Necesito sentirte. —Apoyó las palmas de las manos contra el pecho de Cade. —Tú eres cálido. Eres real. Conviérteme en un ser real, Cade.

Cuando Cade volvió a apoyar la boca sobre la de ella, Tory se hundió en él, se hundió profundamente en la ternura de ese beso, en esa bondad que borraba el horror que acababa de ver. Primero llegó la tranquilidad, la comprensión de que ese contacto de la carne, ese encuentro de cuerpos, no tenía ninguna relación con el dolor ni con el miedo.

La boca de Cade sobre sus pechos, esa boca que se alimentaba, que la excitaba, aceleró el latir de su sangre. Las manos de Cade, fuertes, pacientes, lavaron su mente de todo lo que no fuera esa necesidad de unión.

Suspiró su nombre mientras él empezaba a poseerla.

Estaba fluida y abierta, se alzaba hacia él, se deslizaba contra él. Cade volvió a encontrar la boca de Tory y luego permitió que ella marcara el ritmo. Ella se alzó encima de él, con el pelo mojado resplandeciendo sobre los hombros. Tenía el rostro enrojecido de vida, húmedo de lágrimas.

Lo tomó y lo introdujo dentro de su cuerpo, jadeante, y al comenzar a moverse, enlazó los dedos con los de Cade.

En ese momento en el mundo de Cade no quedaba más que ella, lo rodeaba el calor de Tory, el continuo alzarse y caer de sus caderas mientras lo montaba. El humo oscuro de sus ojos permanecía fijo en los suyos cuando su respiración empezó a rasgarse.

Él se dio cuenta de que terminaba, observó la fuerza que la recorría.

—¡Dios! —Tory se llevó al pecho las manos unidas de ambos. —Más. De nuevo. Tócame, tócame, tócame.

Cade le tomó los pechos entre las manos, se irguió y los tomó con la boca para que ella se arqueara hacia atrás. Cuando Tory le aferró el pelo, la penetró más hondo. La llenó, la hizo suya.

Permanecieron envueltos uno alrededor del otro. Hasta cuando él cambió de posición para acostarse junto a ella, seguían unidos y muy cerca.

—Ahora deberías dormir —murmuró Cade.

—Tengo miedo de dormir.

—Yo estaré aquí, a tu lado.

—Creí que te irías.

—Lo sé.

—Estabas tan enojado que creí... —No, necesitaba un minuto más. El coraje no llegaba sin esfuerzo. —¿Me traerías un poco de agua?

—Está bien. —Cade se levantó y se puso los jeans antes de salir a la cocina.

Tory lo oyó abrir el armario en busca de un vaso, volver a cerrarlo. Y cuando él volvió estaba sentada en un costado de la cama, con la bata de cama puesta.

—Gracias.

—¿Siempre te sientes descompuesta después de esas experiencias?

—No. —Apretó el vaso con fuerza. —Nunca había hecho nada como... Todavía no puedo hablar de eso. Pero necesito hablar. Necesito contarte algo más. Se refiere al tiempo en que estuve en Nueva York.

—Ya sé lo que sucedió. No fue tuya la culpa.

—Sólo conoces parte de la historia. Lo que oíste en los noticieros. Yo necesito explicártelo.

Al ver que se había vuelto a poner tensa, Cade le pasó los dedos por el pelo.

—En esa época, tu peinado era distinto. Tenías el pelo más claro y más corto.

Ella consiguió reír.

—Un intento de encontrar una nueva personalidad.

—Me gustas más así.

—Cambié mucho más que el corte y el color del pelo cuando estuve en Nueva York. Cuando huí a Nueva York. Sólo tenía dieciocho años. Estaba aterrorizada, pero exultante. No podrían hacerme volver, y aún en el caso de que él me siguiera, no me podría obligar a volver. Era libre. Tenía un poco de dinero ahorrado. Siempre supe ahorrar dinero, y abuela me dio dos mil dólares. Supongo que eso me salvó la vida. Pude comprar un pequeño departamento. Bueno, un cuarto. Ese pequeñísimo departamento estaba ubicado en el lado oeste. Yo lo adoraba. Era mío.

Podía recordar, podía volver a sentir el júbilo completo de estar de pie en ese cajón desierto que era la vivienda, de rodearse el cuerpo con los brazos mientras miraba por la ventana el costado de ladrillos del edificio vecino. Alcanzaba a oír el ruido de la calle mientras Nueva York se preparaba para el trajín del día.

Recordaba la felicidad completa de ser libre.

—Conseguí trabajo en una tienda de regalos, vendí una cantidad de pisapapeles que imitaban el edificio del Empire State y una enormidad de remeras. Después de un par de meses, encontré un trabajo mejor en una elegante casa de regalos. Tenía que viajar una distancia mayor para llegar, pero el sueldo era un poco mejor y era muy agradable estar rodeada de cosas bonitas. Yo era una buena vendedora.

—No lo dudo.

—¡El primer año fui tan feliz! Me ascendieron a subgerente e hice algunos amigos. Me invitaban a salir. Era todo tan agradable y normal. Durante largas etapas olvidaba que no siempre había vivido allí, luego alguien hacía un comentario sobre mi acento y eso me traía de vuelta a Progress. Pero estaba bien. Había logrado escapar. Estaba exactamente donde quería estar, era la persona que quería ser. —Entonces miró a Cade. —No pensaba en Hope. No me permitía pensar en ella.

—Tenías derecho a vivir tu propia vida, Tory.

—Era lo que me decía. Dios es testigo de que era lo que quería más que nada en el mundo. Mi propia vida. Durante ese tiempo había vuelto a ver a mis padres, en parte por obligación. Y también en parte porque cuando uno está lejos nada parece tan malo como en realidad es. Supongo que creí que, dado que me sentía tan... normal, podía mantener también con ellos una relación normal.

Hizo una pausa, cerró los ojos.

—Pero sobre todo volví a verlos porque quería demostrarles lo que, a pesar de ellos, había logrado hacer de mí misma. Mírenme. Tengo buena ropa, un buen trabajo, una vida feliz. ¡Y bueno! —Lanzó una débil carcajada. —Fracasé en los tres niveles.

—No, fracasaron ellos.

—No tiene importancia. Supongo que después de la visita, cuando volví a Nueva York, estaba un poco desequilibrada. Y un día, no mucho después, al salir del trabajo fui al mercado. Compré algunas cosas. Ni siquiera recuerdo exactamente qué. Pero llevé la bolsa a casa y empecé a guardar todo.

Miró el agua, agua clara en un vaso claro.

—Entonces estaba de pie en mi pequeña cocina, con la heladera abierta y un cartón de leche en la mano. Un cartón de leche —repitió, en una voz que era apenas un susurro—. En el costado del cartón vi la fotografía de una chiquita. Karen Anne Wilcox, de cuatro años. Desaparecida. Pero yo no estaba viendo la fotografía, la veía a ella. A la pequeña Karen, sólo que no tenía el pelo rubio, como en la fotografía. Era castaño y muy corto, casi como el de un varón.

269

Estaba sentada sola en un cuarto, jugando con muñecas. Era febrero, pero yo alcanzaba a ver el cielo por la ventana de la habitación donde ella estaba. Un bonito cielo azul, y oí el sonido de agua. El mar. Bueno, Karen Anne está en Florida, pensé. Está en la playa. Y cuando volví en mí, el cartón de leche estaba en el piso y la leche se derramaba.

Volvió a beber un poco de agua e hizo a un lado el vaso.

—¡Estaba tan enojada! ¿Qué tenía yo que ver con todo eso? No conocía a la chiquita, ni a sus padres. No quería conocerlos. ¿Cómo se atrevían a meterse de esa manera en mi vida? ¿Por qué debía involucrarme? Y entonces pensé en Hope.

Se puso de pie y se acercó a la ventana.

—No podía dejar de pensar en ella, en la chiquita. Fui a la policía. Creyeron que yo era una loca más, elevaron los ojos al cielo mientras me hablaban muy despacio, como si además de loca fuera tonta. Me sentí avergonzada y furiosa, pero no me podía sacar a la chiquita de la cabeza. Mientras dos de los detectives me entrevistaban, perdí la paciencia. Le dije algo a uno de ellos, algo como que si no tuviera un criterio tan estrecho, escucharía en lugar de preocuparse por lo que le iba a cobrar el mecánico por el trabajo de la transmisión de su coche.

"Eso les llamó la atención. Resulta que el mayor de ellos, el detective Michaels, tenía el auto en el taller. Todavía no me creían, pero yo les preocupaba. La entrevista se convirtió en un interrogatorio. Me taladraron a preguntas y yo tenía los nervios deshechos. El más joven, que supongo jugaba a ser el buen policía, salió a buscarme una Coca. Volvió con una bolsa de plástico. Una de esas bolsas que usan para evidencias. Adentro había mitones. Mitones de un colorado rabioso. Los habían encontrado en el piso de Macy's donde secuestraron a la chiquita mientras su madre hacía compras. Para Navidad. Faltaba desde diciembre. Y el policía tiró los mitones sobre la mesa, como un desafío.

Tory recordaba sus ojos. Los ojos de Jack. La dureza en ese verde brillante de los ojos de Jack.

—Yo estuve por levantarlos. Estaba muy enojada y avergonzada. Pero no lo pude evitar. Tomé la bolsa y vi a la chiquita con mucha claridad, vestida con su saco colorado. Estaba rodeada por una multitud de gente que trataba de comprar regalos. El ruido. La madre estaba allí, frente al mostrador, tratando de decidir la compra de un suéter. Pero no le prestaba atención a su hija y la chiquita se alejó. Apenas unos metros. Entonces se le acercó una mujer y la alzó. La aferró contra su cuerpo, con fuerza y se encaminó directamente a la puerta. Nadie le prestó atención. Todo el mundo estaba ocupado. Le dijo a Karen que se quedara quieta y en silencio porque la iba a llevar a ver a Papá Noel y se alejó muy rápido por la avenida y la esperaba un auto. Un Chevrolet blanco con el guardabarros derecho abollado y chapa de Nueva York.

Suspiró y meneó la cabeza.

—Hasta les pude dar el número de la chapa. ¡Dios, estaba todo tan claro! Yo alcanzaba a sentir el viento que azotaba la calle. Les conté todo, describí el aspecto que tenía la mujer una vez que se sacó la peluca negra. Tenía pelo castaño claro y ojos celestes y era muy delgada. En la tienda usaba un tapado muy grande con relleno.

Tory miró por sobre el hombro. Cade estaba sentado en la cama, mirándola, escuchando.

—Hacía semanas que planeaba lo que acababa de hacer. Quería tener una chiquita, una chiquita bonita y eligió a Karen cuando un día la vio con su madre que la llevaba al jardín de infantes. Así que se apoderó de ella, y eso era todo. Y ella y el marido se encaminaron directamente a Florida. Le cortaron el pelo a Karen, se lo tiñeron y no le permitían salir. Decían que era varón y que se llamaba Robbie.

Parpadeó y se volvió.

—La encontraron. Demoraron un poco porque no supe decirles exactamente dónde estaba. Pero trabajaron en combinación con la policía de Florida y en el término de un par de semanas la encontraron en una casa rodante en Fort Lauderdale. Los que la secuestraron no le hicieron daño. Le compraron juguetes y la alimentaron. Estaban convencidos de que ella olvidaría. La gente cree que los chicos olvidan, pero no es así.

Suspiró. Afuera una lechuza comenzó a lanzar notas largas que resonaban en el pantano y entraban a la habitación donde estaba Tory.

—Así que para mí, Karen fue la primera. Sus padres me fueron a visitar para agradecerme. Lloraron. Lloraron los dos. Yo pensé: tal vez éste sea un don. Tal vez mi destino sea ayudar así a la gente. Y comencé a abrirme a eso, a explotarlo y hasta a celebrarlo. Leí todo lo que pude. Me sometí a tests. Y empecé a salir con Jack, con el detective Jack Krentz, el más joven de los dos policías que investigaban el secuestro. Me enamoré de él.

Volvió a tomar el vaso y lo vació.

—Después de Karen hubo otros. Creí haber encontrado el motivo por el que era lo que era. Creí tenerlo todo. Estaba locamente enamorada de un hombre que supuse que me quería y que me consideraba una especie de socia. De vez en cuando traía algo a casa y me pedía que lo sostuviera. Me fascinaba poder ayudarlo en su trabajo. Lo hacíamos en silencio. Yo no quería que se me diera crédito por lo que hacía, y tampoco me interesaba ser famosa. Pero se llegó a conocer el trabajo que hacía para encontrar niños perdidos, así que comencé a recibir agradecimientos. Y junto con eso, empecé a recibir cartas, llamados, y esa clase de súplicas que obsesionan noche y día. Pero a pesar de todo quería ayudar.

Depositó el vaso vacío y se acercó a la ventana.

—No me di cuenta de la manera en que Jack empezaba a observarme. Con su mirada tan fría. Yo creí que sólo era su manera de ser. Era el primer hombre con quien había estado y estuvimos juntos, fuimos amantes, durante más de un año antes de que todo empezara a derrumbarse.

"Él salía con otra. La llevaba en la cabeza, tenía su perfume en los sentidos cada vez que se me acercaba. Yo me sentí traicionada y furiosa y lo enfrenté.

Bueno, él se mostró más traicionado, más furioso y mucho más capaz que yo para enfrentar ese tipo de situación. Yo había espiado sus pensamientos. Era peor que un fenómeno anormal. ¿Cómo iba a mantener una relación con una mujer incapaz de respetar su intimidad, una mujer que invadía su mente?

—Consiguió hacerte sentir culpable. Él te engaña y eres tú quien tiene la culpa. —Cade meneó la cabeza. —¿Supongo que no lo habrás creído?

—Todavía no había cumplido veintidós años. Jack era mi primer amante, el único que había tenido. Es más, estaba enamorada de él. Y, a pesar de haberlo hecho sin mala intención, había espiado sus pensamientos. Así que asumí la culpa, pero eso no bastó. Jack empezó a acusarme de tratar de llevarme todo el mérito por el duro trabajo que él hacía en sus casos policiales. Lo que había sentido por mí al principio se convirtió en algo distinto, algo que nos hacía mal a los dos. Y cuando las cosas se desmoronaban entre nosotros, se presentó el caso de Jonah. De Jonah Mansfield.

Tory se llevó las manos al pecho y cerró los ojos un instante.

—Todavía me destroza el corazón. Jonah tenía ocho años y había sido secuestrado por la ex ama de llaves de sus padres. La policía lo sabía y había un pedido de rescate de dos millones de dólares. Jack fue asignado al equipo que trabajaba en el caso. Pero él no me lo trajo. Me lo trajeron los Mansfield. Me pidieron ayuda y yo le dije todo lo que pude. El chico estaba cautivo en una especie de sótano. No sabía si se trataba de una casa o de un edificio de departamentos, pero sí que se encontraba del otro lado del río. Jack se puso furioso porque yo había actuado a espaldas suyas. No me quiso escuchar. Los raptores no habían dañado al chico y estaban dispuestos a devolverlo si se pagaba el rescate, y siempre que el rescate se les entregara exactamente como ellos pedían. ¿Estaba yo dispuesta a arriesgar la vida de un chico con tal de demostrar lo maravillosa que era? Eso fue lo que me preguntó, y había logrado erosionar tanto mi confianza que yo no lo supe con seguridad.

Dejó escapar un suspiro tembloroso.

—Todavía no sé con seguridad cuál era la respuesta a esa pregunta. Pero podía ver al chico y veía a la mujer. Estaba dispuesta a dejarlo ir. Para ella no era más que una cuestión de dinero y de venganza contra los Mansfield por haberla despedido. Les dije que trataba bien a su hijo. Jonah estaba asustado, pero se repondría de eso. Les aconsejé que pagaran el rescate, que hicieran lo que la mujer exigía y que recuperarían sano y salvo a su hijo. En realidad, era lo mismo que la policía quería que hicieran. Pero lo que no vi, lo que no vi porque estaba tan destrozada por Jack, fue que los hombres que trabajaban con la mujer no tenían la cabeza tan fría como ella.

Se le quebró la voz. ¡Ah, sí! pensó. Todavía me rompe el corazón.

—Le dije a Jack que había dos hombres, pero la investigación indicaba que sólo había uno. La mujer y un cómplice. Yo los confundía, me interponía en el camino de la ley. Y cuando se pagó el rescate, los secuestradores hicieron lo que desde el primer momento pensaban hacer y que yo no vi. Mataron a Jonah y a la mujer.

Respiré hondo.

—No me enteré hasta que lo oí en los noticieros, hasta que los reporteros comenzaron a llamarme. Yo me había retirado para enroscarme en mi propia miseria porque Jack ya no me quería.

"No sé cómo supusieron que escaparían. Tenían una furgoneta y, por lo visto, pensaban alejarse tranquilamente. Pero en realidad no habían planeado nada. Fue la mujer quien lo planeó todo, quien calculó los pasos que iban dando. Pero en definitiva no quisieron compartir el botín con ella. Supusieron que sencillamente se alejarían rumbo al oeste, pero la policía le siguió el rastro al dinero y los esperaba.

"Balearon a dos oficiales de policía y uno de los secuestradores resultó con heridas mortales. Yo no había visto nada de eso. El resultado de lo que les aconsejé a los padres que hicieran fue la muerte del chico."

—No, la muerte del chico fue el resultado del secuestro. Las circunstancias, la avaricia, el miedo.

—Yo no podría haberlo salvado. He aprendido a vivir con eso. Lo mismo que he aprendido a vivir sin haber podido salvar a Hope. Pero me destrozó. Pasé semanas internada en un hospital, años haciendo terapia, pero en realidad nunca me repuse del todo. Parte de la culpa fue mía, Cade, porque estaba tan turbada, tan enloquecida por lo de Jack que no pude enfocar bien el problema, que no le presté bastante atención. Mi vida se desmoronaba y yo estaba desesperada por conseguir que él siguiera formando parte de ella. Parte de mí. No culpé a Jack, ni siquiera cuando me denunció, cuando manchó mi nombre frente a la prensa. Durante mucho mucho tiempo, no le eché la culpa de nada. Y parte de mi ser todavía no lo culpa.

—A él le preocupaba más su propia persona que tú. Se preocupaba más por sí mismo que por esa criatura.

—No lo sé. Fue una época muy difícil. Nuestra relación lo hacía infeliz y me tenía desconfianza.

—Así que te dejó retorciéndote en el viento y pendiendo de una soga que él ayudó a fabricar. ¿Es eso lo que esperas de mí, Tory?

—Era lo que esperaba de ti —contestó ella con tranquilidad—. Llegado este punto, no sé qué esperar de ti. Sólo quiero que sepas que comprendo lo que esto es para ti.

—No, creo que no comprendes nada. Él no estaba enamorado de ti. Yo lo estoy.

Ella lanzó un sonido, parte jadeo, parte sollozo, pero permaneció exactamente donde estaba.

—Bueno. —Cade se puso de pie. —¿Qué piensas hacer al respecto?

—Yo... —Se le cerró la garganta. Al mirarlo comprendió que no era miedo. No era miedo lo que sentía. Era una esperanza. Y volando sobre esa esperanza, se echó en brazos de Cade.

23

A pesar de lo horrible que era el asesinato, no dejaba de ser interesante. A una noche de distancia, más parecía una película que algo de la vida real. Faith no estaba dispuesta a permanecer encerrada en Beaux Reves cuando podía andar por el pueblo y estar en el centro de los acontecimientos.

Lilah adivinó sus pensamientos, por supuesto, y la llenó de encargos. Si Faith tenía intenciones de enterarse de los chismes, al mismo tiempo podía ser útil, le dijo al entregarle la lista de mandados.

Y cuando volviera, no debía olvidarse de informarle todo, hasta el último detalle.

Por el pueblo circulaban chismes más que suficientes.

En la farmacia, apostaban que el asesino era un novio de Sherry, un hombre que llegó al pueblo con intenciones de convencerla de que volviera a él y que enloqueció al ser rechazado. Después de todo, sólo hacía unas semanas que Sherry estaba en Progress. Una chica joven y bonita como ella, debía haber dejado un novio o dos en su pueblo natal.

En la oficina de correos no dudaban de que el asesino era el amante secreto de Sherry y que el sexo entre ambos había llegado al descontrol. Nadie nombraba un candidato probable para el papel de amante secreto, pero en las ventanillas de compra de estampillas y de envío de cartas certificadas todos coincidían en que ese amante debía existir. Una mujer con el físico de Sherry debía tener un amante. Y lo más probable era que fuese un hombre casado, porque en caso contrario ¿por qué no estaba nadie enterado de su existencia?

Esto los llevaba a suponer que Sherry amenazó con recurrir a la esposa y que la discusión los llevó a la violencia.

Los que avalaban esa teoría, colocaban en la lista de sospechosos a todos los hombres casados de entre veinte y sesenta años, y se inclinaban hacia algún profesor o empleado administrativo de la Escuela Secundaria de Progress.

Pero Faith recordaba lo que le dijo Tory mientras ambas estaban sentadas en el pasto frente al departamento de Sherry. Y recordaba a Hope.

No perdería nada con pasar por Southern Comfort para enterarse de lo que Tory tenía que decir ese día sobre la situación.

Primero se detuvo en el supermercado y contempló las bananas. A pocos pasos de distancia, Maxime cargaba una bolsa con manzanas. Faith se le acercó un poco y tomó un puñado de bananas al azar.

—¡Hola. Maxime! ¿Estás bien, querida?

Maxime meneó la cabeza y parpadeó para contener las lágrimas que le inundaban los ojos.

—Sencillamente no puedo funcionar. Estaba tan triste que Wade me dio el día libre, pero no pude quedarme en casa.

—¡Maxime, querida!

Faith maldijo su mala estrella cuando vio que Boots Mooney se les acercaba con su carrito. No tenía ganas de volver a enredarse de nuevo en una conversación con la madre de Wade.

Los tres carritos chocaron. Boots hizo sonidos arrulladores y le alcanzó un pañuelo a Maxime.

—No puedo sacarme lo sucedido de la cabeza. —Maxime se enjugó los ojos. —Le dije a mamá que haría las compras y ahora no puedo ni siquiera pensar.

Boots asintió.

—Supongo que estamos todos angustiados por lo que le sucedió a la pobre Sherry Bellows.

—Es que no sé cómo pudo suceder. No lo comprendo. Se supone que aquí no debía suceder algo así.

—Lo sé. Pero no debes asustarte. —Comprensiva, Faith frotó el hombro de Maxime. —La mayoría de la gente cree que fue un novio que se volvió loco.

—Sherry no tenía novio. —Maxime buscó algo en el bolsillo y sacó un vapuleado pañuelo de papel. —No salía con nadie, pero le fascinaba Wade.

—¡Wade! —Faith quedó petrificada y también se petrificó su expresión compasiva. Por sobre la cabeza inclinada de Maxime, su mirada se encontró con la de Boots.

—Le gustaba ir a la veterinaria a flirtear con él. Y empezó a tratar de sonsacarme información sobre él. Sin malas intenciones, por supuesto —agregó— sino de una manera amistosa. Interesada. Ustedes saben, preguntaba si estaba casado, si salía con alguien, esa clase de cosas.

Faith dejó caer su mano consoladora.

—Comprendo.

—¡Es que Wade es tan buen mozo! Hace un tiempo hasta yo me entusiasmé con él, así que no podía culparla. —En ese momento Maxime recordó con quien estaba hablando, se puso colorada y miró a Boots por sobre el pañuelo de papel. —Le pido disculpas, señora Boots. Wade nunca...

—¡Por supuesto que no! —exclamó Boots palmeando la espalda de Maxime. —Yo consideraría que una jovencita no es normal si en algún momento no se enamora un poco de mi Wade. —Volvió a mirar a Faith y entrecerró los ojos. —Es una hombre maravilloso.

—Sí, señora, lo es. No es posible culpar a Sherry por haberle echado el ojo.

¡Bueno! pensó Faith. En realidad era imposible negarlo.

—Y Sherry y yo llegamos a ser amigas —siguió diciendo Maxime, reconfortada por la mirada de esos dos pares de oídos comprensivos—. A veces me ayudaba a estudiar, y pensábamos salir a celebrar cuando terminara el semestre. Planeábamos ir a Charleston a visitar algunos clubes. Ella siempre decía que en este momento estaba privada de compañía masculina. Que no le importó tanto mientras estudiaba para recibirse y mientras comenzaba su carrera, pero tenía esperanzas de volver a salir con alguien. —Maxime se volvió a enjugar los ojos. —Quería llegar a casarse algún día. Tener una familia. Hablábamos de eso.

—Lo siento —contestó Boots—. Ignoraba que fueran tan amigas.

—¡Es que Sherry era tan agradable! Y era inteligente y teníamos muchas cosas en común. Lo mismo que yo, trabajó mientras estudiaba en la universidad. Conversábamos sobre ropa, sobre muchachos, sobre cualquier cosa. A las dos nos encantaban los perros. No sé lo que le sucederá ahora a su pobre Mongo. A mí me gustaría tenerlo, pero no puedo.

Entonces comenzó a llorar, tanto por el perro como por la amiga perdida.

—No lo tomes así, Maxime. —En ese momento el radar de Faith funcionaba lo suficientemente bien como para percibir que los demás clientes del mercado se les acercaban para tratar de oír algo de lo que decían. —Wade le encontrará una buena casa Mongo. Y el jefe Russ descubrirá al asesino.

—¡Es que me siento tan mal por dentro! Ayer mismo, Sherry estaba riendo y excitada. Almorzamos juntas en el parque. Iba a trabajar en la nueva tienda de Tory Bodeen. Por lo menos eso era lo que esperaba. Y estaba forjando mucho planes. Pero estaba tan llena de vida un minuto, y al siguiente... ¡Este asunto me entristece y confunde tanto!

—Te comprendo. —Faith sabía muy bien lo que era que la muerte la dejara atrás a una. —Deberías volver a tu casa, querida. ¿Quieres que te lleve?

—No, gracias, no. Creo que volveré caminando. A cada rato espero verla acercarse por la calle con Mongo. Lo espero todo el tiempo —murmuró Maxime y, enjugándose las lágrimas, se encaminó hacia la salida.

—Lo sé —dijo Faith en voz baja, y se volvió. No sabía explicar cuánto peor era volver a ver a los muertos cada vez que una se miraba al espejo.

—Toma. —Boots le entregó un segundo pañuelo.

—Veo que viene preparada. —Enojada consigo misma, Faith lo aceptó el tiempo suficiente para impedir que las lágrimas le estropearan el maquillaje.

—Estoy angustiada por esa chica, y apenas la conocí. —Boots comenzó a elegir manzanas para que Faith tuviera tiempo de recuperarse. —Yo también salí hoy porque en casa no podía pensar más que en ella. ¡Pobre pequeña Maxime! Es muy duro para ella. Fue muy bondadoso que te ofrecieras a llevarla a su casa.

—Me habría evitado tener que hacer compras en el mercado.

Boots apoyó una manos sobre el brazo de Faith hasta lograr que ella la mirara.

—Fuiste muy bondadosa —repitió—. Me consuela ver bondad en la mujer de quien está enamorado mi hijo. Y también me consoló ver tu pequeño relámpago de celos. En definitiva, me alegra haber decidido que J.R. y yo romperíamos hoy nuestro régimen y que prepararía torta de manzanas para la cena. Te pido que les des mis cariños a tu madre y a Lilah.

Boots se alejó con sus manzanas y Faith se quedó mirándola con el entrecejo fruncido.

—Qué astuta es usted, a pesar de todos sus aleteos. ¿Verdad señora Boots? —murmuró Faith—. ¡Muy astuta!

Irritada, Faith empujó su carrito por las góndolas, llenándolo con los alimentos encargados por Lilah y deseando no haber puesto sus pies en el maldito supermercado.

Tuvo celos. ¡Maldito sea! ¿Wade también habría flirteado con Sherry? Frunció el entrecejo ante una serie de paquetes de manteca. ¡Por supuesto que debía haber flirteado con ella! Era hombre. Muy posiblemente debió considerar la alternativa de hacer más que flirtear con ella. ¡Qué cretino! ¿Cuántas veces habría imaginado a Sherry desnuda, habría fantaseado en conseguir que se desnudara y entonces...

¡Santo Dios! ¿Qué estaba haciendo? ¿Poniéndose frenética de celos con respecto a Wade y una muerta? ¿Hasta qué punto podía llegar a ser mezquina y superficial? ¿Hasta qué punto podía llegar a ser un ser humano horrible?

—¿Faith?

—¿Qué? —respondió de mal modo mientras giraba sobre sí misma con una caja de fideos en una mano y una expresión asesina en el rostro.

Dwight alzó una mano, como pidiendo paz.

—¡Bueno! Lo siento.

—No, lo siento yo. Estaba pensando en otra cosa. —Haciendo un esfuerzo esbozó una sonrisa y se inclinó hacia el chiquito sentado en el canasto del carrito. —¡Qué chico tan buen mozo! ¿Así que hoy tú y tu papá se encargarán de hacer las compras?

Luke le tendió una caja abierta de galletitas.

—Galletitas ricas —anunció, y como ya tenía la cara manchada de chocolate, era evidente que las había estado disfrutando.

—Ya veo.

—La madre me arrancará el cuero cabelludo si no lo limpio antes de que ella lo vea.

—Las caras se lavan. —pero Faith se movió estratégicamente para alejarse de los dedos embadurnados de chocolate—. ¿Hoy Lissy te ha encargado que hagas las compras?

—No se siente bien. Lo que sucedió ayer le ha puesto los nervios de punta. Dice que tiene miedo de poner un pie fuera de la casa y anoche me hizo chequear seis veces las cerraduras.

¿No es típico que Lissy Frazier se convierta en centro de todas las situaciones? pensó Faith. Pero asintió con aire comprensivo.

—Creo que nos ha puesto un poco nerviosos a todos.

—En este momento Lissy es una pila de nervios. Estoy muy preocupado por ella, Faith, considerando que todavía falta más de un mes para que llegue el bebé. Su madre está con ella, acompañándola un rato. Entonces el campeón y yo... —Hizo una pausa para despeinar a su hijo. —Decidimos salir un rato. Para darle un poco de paz y de tranquilidad.

—¡Qué buen padre eres! ¿Has oído algo más con respecto del asesinato?

—Carl D. está investigando y no comparte mucho. Supongo que es demasiado pronto. Pero creo que no falta mucho para que tengan los resultados de la autopsia. Carl D. es un buen hombre, no quiero significar lo contrario. Pero esta clase de cosas... —dejó la frase inconclusa y meneó la cabeza—. No es lo que él está acostumbrado a manejar. Ninguno de nosotros está acostumbrado a enfrentar algo así.

—No es la primera vez que sucede.

Él la miró, inexpresivo por un instante y luego su mirada se nubló.

—Lo siento, Faith. No estaba pensando. Esto te debe traer malos recuerdos.

—Los recuerdos siempre están allí. Sólo espero que esta vez lo apresen. Que lo apresen y lo cuelguen por los dedos de los pies y que le corten las...

—¡Ah! —Con una sonrisa triste en los labios, Dwight le apretó un brazo y miró a su hijo. —El oído de los pequeños...

—Perdón —dijo Faith mientras Luke decoraba su pelo con la mejor parte de una galletita de chocolate—. Querido, Lissy te hará pedazos si le devuelves a su hijo en ese estado.

—Debería agradecerme por haber hecho las compras del supermercado.

—Eso no tiene importancia, comparado con el estado en que está su hijo. Si quieres que te lo perdone, piensa en alguna alhaja.

—Bueno. —Dwight se rascó la cabeza. —En realidad, estaba pensando en regalarle algo para que deje de pensar en cosas que la preocupan. Iba a pasar por la farmacia para comprarle un perfume.

—En la farmacia no encontrarás nada especial. No tienen más que perfumes para viejos. Te aconsejo que pases por la tienda de Tory, donde sin duda encontrarás lo que buscas. Algo que vuelva a poner una sonrisa en la cara de Lissy.

Dwight miró a Luke, quien en ese momento estaba cubriendo las manijas del carrito con el chocolate de las galletitas.

—¿Crees que puedo llevar a este ternero a esa tienda llena de porcelanas?

—Creo que tienes razón. —Le agradó el plan que se estaba formando en su cabeza. —Te diré lo que haremos, Dwight. Tú me das el dinero y yo iré a elegir algo que te convertirá en un héroe. Cuando hayas terminado de hacer las compras y de quitarle algunas capas de chocolate a tu hijo, pasa por la tienda de Tory y te entregaré lo que haya elegido.

—¿En serio? ¿No te importaría?

—Pensaba pasar por allí de todos modos. Y además, ¿para qué son los amigos? —Le tendió una mano, con la palma hacia arriba.

—Es una suerte que yo acabe de pasar por el banco. Tengo dinero en efectivo. —Encantado, sacó la billetera y fue contando billetes a medida que los ponía en la mano de Faith. Cuando terminó, ella simplemente se quedó mirándolo con expresión de tristeza.

—Agrega algo más, Dwight. No puedes convertirte en héroe por menos de doscientos.

—¿Doscientos? ¡Por Dios, Faith! Me dejarás sin un centavo.

—Por lo visto tendrás que volver a pasar por el banco. —Le arrancó los billetes de la billetera mientras él retrocedía. —Así me darás más tiempo para elegir exactamente el regalo indicado.

—¿Y qué me dices de todos los comestibles que tienes en el carrito? —preguntó Dwight mientras ella se alejaba.

—¡Ah! —Hizo un gesto como quitándole importancia. —Vendré a buscarlos más tarde.

Dwight resopló y guardó en el bolsillo la billetera casi vacía.

—Creo que acaban de embaucarnos —le dijo a su hijo.

Era perfecto, decidió Faith. Entraría en la tienda y le sonsacaría pensamientos a Tory mientras hacía una buena obra. Después, la veterinaria de Wade sólo quedaba a unos pasos de distancia. Tendría tiempo para decidir si debía castigarlo por hacerla imaginar que él había supuesto que se acostaba con Sherry Bellows.

No podía haber salido mejor.

Esa vez sacó a Bee del auto entre ruiditos arrulladores.

—Y ahora te vas a portar como una buena chica, ¿verdad? Así la vieja malvada que es Tory no se quejará. Si te quedas sentada como la dulzura que eres, te daré un rico hueso para que te entretengas. ¡Ésa es la chiquita de su mamá!

—¡No vuelvas a entrar a la tienda con ese perro! —Tory rodeó instantáneamente el mostrador, decidida a bloquear el camino de Faith e impedirle la entrada.

—¡No seas tan relamida! Bee se quedará sentada aquí, como una muñeca. ¿No es cierto, Bee querida? —Levantó una de las manitos de la cachorra y la sacudió en la parodia de un saludo, mientras ambas miraban fijo a Tory con expresión inocente.

—¡Maldito sea, Faith!

—Es buena como el oro. Ya lo verás. —Ante todo sacó el hueso, como para asegurarse, luego depositó a Bee en el piso, apretándole la cola hasta que la apoyó en el suelo. —Además, ¿qué clase de bienvenida es ésta, cuando tengo una misión y dinero para cumplirla? —preguntó, esgrimiendo el manojo de billetes.

—Si ese perro me moja el piso...

—Tiene demasiada dignidad para hacer una cosa así. Estoy por hacerle un pequeño favor a Dwight. Lissy no se siente bien y quiere alegrarla con un lindo regalo.

Tory resopló pero calculó el número de billetes que Faith agitaba en la mano.

—¿Algo para decorar la casa o el cuerpo de Lissy?

—El cuerpo.

—Echemos una mirada.

—Dwight tuvo suerte al encontrarse conmigo. Los hombres nunca tienen idea de lo que deben regalar y Lissy sólo tiene buen gusto para la comida. —Faith se detuvo ante la vitrina y alzó una ceja. —¿Qué es eso? ¿Una fantasía?

—Tengo demasiada dignidad como para vender fantasías.

—Si me lo preguntas, creo que tienes demasiada dignidad para tu propio bien. Veamos ese collar, el del topacio rosado.

—Veo que conoces las piedras.

—Te aseguro que sí. La mujer debe saber si el hombre trata de hacer pasar una piedra cualquiera por esmeralda. Esto es lindo. —Levantó el collar para que le diera la luz. —Pero creo que tiene demasiado metal para Lissy. Es más de mi estilo.

—¿Es así como cumples con tu misión?

—Puedo hacer varias cosas a la vez. Apartemos este collar para que pueda pensarlo. —Recorrió la vitrina con la mirada. —¿Tú te sientes bien?

—Sí.

—Bueno, no te esfuerces en mantener una conversación. Podría mancillar tu dignidad.

Tory abrió la boca, la volvió a cerrar y resopló.

—Estoy bien. Supongo que un poco temblorosa por dentro, pero bien. ¿Y tú?

Faith levantó la vista y sonrió apenas.

—Como verás no se te puso negra la lengua, ni se te cayó, ni nada por el estilo. Yo estoy bastante bien. He andado escuchando chismes a lo largo de mi recorrido por el pueblo. Y no te molestes en simular que no te interesan. Lo que dice la gente te interesa tanto como a mí.

—Ya he oído lo que dicen. Hoy ha habido un tráfico intenso en la tienda. A la gente le encanta entrar, echarme una mirada y después hablar sobre el asunto. En tu caso es diferente, Faith. Tú eres una de ellos. Yo no. No sé por qué supuse que podría llegar a serlo.

—No comprendo por qué te interesa tanto ser una de nosotras, pero si es así, no tienes más remedio que aguantarte. Aquí la gente se acostumbra a verla a una. Si viviera aquí durante bastante tiempo, hasta se acostumbrarían a un enano rengo y con un solo ojo.

—¡Qué reconfortante!

—Veamos esta pulsera. Cade parece haberse acostumbrado a ti bastante pronto.

—Topacios rosados y azules, engarzados en plata. El cierre con forma de pinza de langosta.

—Muy, muy linda. Muy, muy Lissy. ¿Y esos aros? Los querrá porque hacen juego con la pulsera. No tiene bastante imaginación como para ponerse otra cosa.

—Me sorprende que te tomes tanto trabajo para elegirle un regalo, cuando tengo la impresión de que Lissy no te gusta.

—Bueno, no me resulta antipática. —Faith frunció los labios y consideró los aros. —Es demasiado tonta para que yo gaste energías teniéndole antipatía. Siempre lo ha sido. Hace feliz a Dwight y él me gusta. Te pido que pongas esto en una caja y que los envuelvas para regalo. Dwight me deberá un favor enorme. Creo que yo te compraré el collar. Me levantará el ánimo.

—Te estás convirtiendo en mi mejor cliente. —Tory llevó las alhajas al mostrador. —Era difícil imaginarlo.

—Vendes cosas que yo admiro. —Bee se había quedado dormida con el hueso en la boca. Faith se detuvo a su lado el tiempo necesario para sonreír con adoración. —Además, tengo la impresión de que haces feliz a Cade, y él me gusta aún más que Dwight. —Se apoyó sobre el mostrador mientras Tory preparaba el regalo de Lissy. —Bueno, en realidad, tú te acuestas con mi hermano y yo me acuesto con tu primo.

—Eso prácticamente nos convierte en amantes.

Faith parpadeó, lanzó un bufido y luego echó atrás la cabeza y estalló en carcajadas.

—¡Dios! ¡Ése es un pensamiento muy atemorizante! Y aquí estaba yo, preguntándome si valdría la pena que nos hiciéramos amigas.

—Otro pensamiento atemorizante.

—¿No es cierto? Sin embargo ayer, mientras estábamos ahí sentadas, se me ocurrió que probablemente estábamos sintiendo lo mismo, pensando lo mismo. Recordando lo mismo. Ése es un lazo muy fuerte.

Tory ató la cinta con mucho cuidado, con mucha precisión.

—Fuiste muy considerada al quedarte conmigo. Muchas veces me digo que es mejor estar sola. Pero es difícil. A veces es muy difícil.

—Yo odio estar sola. Es lo que más odio en el mundo. Demasiado a menudo, me irrita mi propia compañía. —Se interrumpió, rió. —Bueno, ¿que te parece? Estamos manteniendo una conversación casi íntima. Te daré este dinero fresco de Dwight para pagar el regalo de Lissy. Pero dejaré el mío en cuenta.

Antes de que Faith pudiera abrir la cartera, Tory extendió una mano y la apoyó sobre la de Faith. Era extraño, pero desde que llegó a Progress le resultaba más fácil tocar y que la tocaran.

—En toda mi vida, nunca tuve una amiga como Hope. No sé si alguna vez los adultos tenemos amigos que estén a la altura de los de la infancia. Pero te aseguro que me gustaría tener una amiga.

Faith la miró, aturdida.

—Yo no creo poder ser una amiga demasiado buena.

—Yo estoy segura de no tenerla, por lo menos desde Hope, de manera que eso nos pone en igualdad de condiciones. Creo que estoy enamorada de tu hermano. —Lanzó un suspiro largo y tembloroso y movió las manos para mantenerlas ocupadas. —Si resultara que lo estoy, creo que sería agradable para todos que tú y yo fuéramos amigas.

—Yo sé que quiero a mi hermano, aunque te aseguro que es un tipo insoportable. La vida tiene algunas situaciones muy retorcidas. —Faith depositó el dinero de Dwight sobre el mostrador y sacó su tarjeta de crédito. —Tú cierras a las seis, ¿verdad?

—Sí.

—¿Por qué no nos encontramos después del trabajo? Podríamos tomar una copa.

—De acuerdo. ¿Dónde?

A Faith le relampaguearon los ojos.

—Creo que el Recordatorio de Hope sería el lugar indicado.

—¿Perdón?

—En el pantano. Tú sabes dónde.

—¡Por amor de Dios, Faith!

—Todavía no he estado nunca allí. ¿Y tú? Bueno, diría que es hora de que vayamos y tengo la impresión de que es un buen lugar para ver si tú y yo nos hacemos amigas. ¿Eres bastante valiente para encontrarte allí conmigo?

Tory se apoderó de la tarjeta de crédito.

—Sí, si lo eres tú, yo también lo soy.

Faith llevó a su casa las compras de comestibles y enfrentó con displicencia las quejas de Lilah por haber llegado tarde, como para vengarse de que le hubiera encargado tantas cosas.

—Y no empieces a quejarte diciendo que los tomates están demasiado maduros y las bananas demasiado verdes, porque si lo haces no volveré a ser tu cadete.

—Tú comes, ¿no es cierto? No haces otra maldita cosa en esta casa. Así que de vez en cuando es lógico que hagas las compras.

—Ése "de vez en cuando" es más frecuente en esta casa que en ninguna otra parte. —Faith sacó el té helado de la heladera, dos vasos y se sentó a contarle a Lilah los chismes que corrían por el pueblo.

—Bueno. —Lilah se sentó y se acomodó. —¿Qué andan diciendo?

—Cualquier cantidad de cosas, la mayoría de ellas tan increíbles como lo sería un republicano liberal. Muchos dicen que el asesino debe haber sido un ex novio o un amante. Un amante nuevo, un hombre casado. Pero me topé con Maxime en el supermercado y resulta que ella y Sherry eran amigas y Maxime asegura que en este momento Sherry no tenía novio.

—Lo cual no significa que algún idiota de hombre no haya creído que debería serlo. —Lilah tomó su lápiz labial y lo hizo subir y bajar dentro del tubo. —Yo me enteré de que ella lo dejó entrar, porque el perro no armó un escándalo y nadie forzó la cerradura como se creyó al principio.

—Dejar entrar a un hombre en la casa no quiere decir que una espere que ese hombre la viole.

—No fue eso lo que dije. —Lilah se pintó los labios y los apretó uno contra el otro. —Lo único que digo es que una mujer debe ser cuidadosa. Si una le abre la puerta a un hombre, tiene que estar preparada para sacarlo de un puntapié.

—Eres muy romántica, Lilah.

—Soy muy romántica, señorita Faith. Lo que sucede es que equilibro el romanticismo con una buena dosis de sentido común. Algo que a ti te falta en lo que a hombres se refiere. Tal vez a esa pobre chica también le faltara.

—Yo he sido lo suficientemente sensata como para sacar a muchos hombres a puntapiés.

—Pero antes tuviste que casarte con dos de ellos, ¿verdad?

Faith sacó un cigarrillo y sonrió con dulzura.

—Podría haberme casado con más de dos. Por lo menos no soy una solterona.

Lilah enfrentó con tranquilidad la sonrisa socarrona de Faith.

—Si el matrimonio fuera lo que debe ser, duraría más. Esa chica no tenía un ex marido, ¿verdad?

—No, creo que no.

—¿Faith? —Margaret estaba de pie en la puerta, el rostro rígido. —Debo conversar contigo. En la sala de estar.

—Está bien. —Faith levantó los ojos al cielo y apagó el cigarrillo. —Debí haber encontrado más cosas que hacer en el pueblo.

—Debes tratar a tu madre con respeto.

—Te aseguro que sería un verdadero impacto para el sistema, que ella demostrara tenerme el mismo respeto a mí.

Se tomó su tiempo en llegar a la sala de estar. Se detuvo una vez a revisar el estado de sus uñas, otra a alisarse el pelo ante el espejo del vestíbulo. Cuando por fin llegó, su madre estaba sentada, rígida como una escultura de yeso.

—No apruebo que intercambies chismes y comentarios con el servicio doméstico.

—No estaba haciéndolo. Estaba intercambiando chismes con Lilah.

—¡No me hables en ese tono. Lilah puede ser una integrante valiosa de esta casa, pero no es apropiado que tú te sientes en la cocina a comentar con ella.

—¿Te parece que es apropiado que tú nos espíes? —Faith se dejó caer en un sillón. —Tengo veintiséis años, mamá. Hace mucho tiempo que no tienes por qué darme una lección de comportamiento.

—Nunca me sirvió de nada hacerlo. Me comentaron que ayer estuviste con Victoria Bodeen. Que estuvieron juntas y que fueron las que llamaron a la policía.

—Es cierto.

—Ya es bastante angustioso que estés involucrada con una situación tan desagradable como ésta, pero es intolerable que estés ahora ligada a esa mujer.

—¿Y al hablar de "esa mujer" te refieres a Tory, y no a la que fue violada y asesinada? —Faith se puso tensa, pero exteriormente permaneció perezosamente hundida en el sillón.

—¡No lo toleraré! No toleraré que te asocies con Victoria Bodeen.

—¿O...? —Faith esperó un segundo. —No sé si comprenderás que a esta altura de nuestras vida, mamá, ya no quedan "Os". Voy y vengo adonde se me da la gana y con quien se me da la gana. Siempre lo hice, pero ahora tú no tienes nada que decir al respecto.

—Yo hubiera creído que, por respeto hacia tu hermana, habrías evitado cualquier relación, por leve que fuera, con la persona a quien considero responsable de su muerte.

—Tal vez sea justamente por respeto hacia mi hermana que he iniciado esa relación con Tory Bodeen. Tú nunca la soportaste —continuó diciendo Faith con tranquilidad—. Supongo que en ese sentido yo seguí tu ejemplo. Le hubieras querido prohibir a Hope que fuese amiga de ella, pero en realidad nunca pudiste prohibirle nada a Hope. Y si lo hacías, ella te convencía de lo contrario. En ese sentido Hope era muchísimo más inteligente que yo.

—¡No hables así de mi hija!

—Sí, tu hija. —A partir de ese momento, el tono cortante se reflejó en los ojos de Faith. —Algo que yo nunca logré ser. Hay algo que tal vez nunca hayas considerado. Tory no es responsable de lo que le sucedió a Hope, pero tal vez sea la clave de todo. Tal vez te resulte consolador recordar a Hope como un ser brillante, como una vida interrumpida antes de que realmente pudiera vivir. A mí me consolaría más enterarme por fin por qué le sucedió. Y quién se lo hizo.

—No encontrarás tu consuelo ni tus respuestas en esa mujer. Sólo encontrarás mentiras. Toda su vida es una gran mentira.

—Bueno. —Con una sonrisa brillante, Faith se puso de pie. —Eso significa que tenemos mucho en común, ¿verdad?

Se alejó, pavoneándose.

Margaret se puso de pie y se dirigió con rapidez a la biblioteca con sus paredes cubiertas de libros y su cielo raso vistoso. Ante todo hizo un llamado y, recurriendo a los lazos de amistad que los unían, le pidió a Gerald Purcell que fuera a verla lo antes posible.

Convencida de que él llegaría en menos de una hora, se encaminó a la caja fuerte y sacó dos carpetas.

Dedicaría esa hora de espera a estudiar los papeles y a prepararse.

Poco después, ordenó que se sirviera el té en la terraza del sur, con scones y con las masas dulces que le gustaban a Gerald. Disfrutaba de ese ritual durante las tardes que pasaba en su casa, las tazas de porcelana, los cubiertos de plata, las tajadas de limón cortadas con precisión, la mezcla de panes de azúcar blancos y marrones en la azucarera.

Mientras yo sea la señora de esta casa, pensó, preservaré este ritual. Preservaría a Beaux Reves y todo lo que éste significaba.

Hacía calor para tomar el té afuera, pero la sombrilla blanca ofrecía sombra y el jardín proporcionaba lo que Margaret consideraba el fondo apropiado. Los rosales que flanqueaban el muro de ladrillos, en sus maceteros gigantes, estaban llenos de flores, y sus hibiscus agregaban un toque exótico con sus trompetas color carmesí.

Se sentó ante la mesa de vidrio, con las manos enlazadas y contempló esa propiedad que era suya. Había trabajado para conseguirla, la nutrió y, como siempre, la protegería.

Levantó la mirada cuando Gerald salió por las puertas de la terraza. Se asará con ese traje y corbata, pensó mientras levantaba una mano para saludarlo.

—Te agradezco que hayas venido con tanta rapidez. ¿Quieres un poco de té?

—Me encantaría. Pareces preocupada, Margaret.

—Estoy preocupada. —Pero su mano era firme como una roca cuando alzó la tetera Wedgwood y sirvió el té. —Se refiere a mis hijos y al mismo Beaux Reves. Tú eras el abogado de Jasper, así que conoces tan bien como cualquiera de nosotros las disposiciones que se refieren a la plantación, las propiedades y a los intereses de esta familia. Mejor, tal vez.

—Por supuesto. —Se sentó junto a Margaret, satisfecho de que ella recordara que prefería tomar el té con limón en lugar de leche.

—El control de la plantación pasó a Kincade. Setenta por ciento. Eso también rige para la fábrica y el molino. Yo heredé el veinte por ciento y Faith el diez.

—Correcto. Las ganancias y los beneficios se distribuyen en forma anual.

—Lo sé. Las propiedades, tales como nuestro interés en los edificios de departamentos y las casas que tenemos en alquiler, incluyendo la Casa del Pantano, quedaron a nombre de los tres, por partes iguales. ¿Es correcto?

—Sí.

—Y, desde tu punto de vista, ¿qué impacto tendría sobre los cambios que Cade ha hecho en la plantación, sobre su nuevo sistema operativo, si yo le retirara mi apoyo, si utilizara mi veinte por ciento y mi influencia sobre el directorio para obligarlo a volver a los sistemas tradicionales?

—Le provocaría considerables dificultades a Cade, Margaret. Pero él pesa más que tú y las ganancias obtenidas inclinarían la balanza a su favor. De todas maneras, el directorio no tiene ninguna injerencia en la plantación, sólo en el molino y en las fábricas.

Margaret asintió.

—Y el molino y las fábricas ayudan a mantener en marcha la plantación. ¿Y si yo lograra convencer a Faith que agregara sus intereses a los míos?

—Eso sin duda te daría más fuerza. —Bebió un sorbo de té, pensativo. —¿Te puedo preguntar, como amigo y abogado que soy, si no estás insatisfecha con el manejo que hace Cade de Beaux Reves?

—No estoy satisfecha con mi hijo y creo que tiene necesidad de volver a poner su mente y sus energías en su herencia, en lugar de dedicarlas a cosas menos valederas. —Cubrió de manteca un scon. —Sencillamente, quiero que Victoria Bodeen abandone la Casa del Pantano y salga de Progress. Por el momento, Faith se muestra difícil, pero ya cederá. Esa criatura siempre se ha dejado llevar por los impulsos del momento. Creo que podré convencerla de que me venda sus intereses en las propiedades. Eso me daría el control de dos tercios. Supongo que la chica Bodeen debe tener un año de alquiler, tanto con respecto a la casa como a la tienda de la calle Market. Quiero anular esos contratos.

—Margaret. —Gerald le palmeó una mano. —Sería más inteligente que dejaras las cosas como están.

—No toleraré la relación de Victoria Bodeen con mi hijo. Haré todo lo que sea necesario para que esa relación termine. Quiero que redactes un nuevo testamento para mí, en el que deshere de tanto a Cade como a Faith.

Gerald pensó en el escándalo, en los enredos legales, en el trabajo enorme que eso implicaría.

—¡Por favor, Margaret! Te ruego que no seas imprudente.

—No implementaré el testamento a menos que no me quede alternativa, pero lo usaré para demostrarle a Faith la seriedad de mis intenciones. —Margaret apretó los labios, convirtiéndolos en una línea delgada. —No me cabe duda de que, cuando se dé cuenta de que corre el riesgo de perder una gran suma de dinero, cooperará conmigo. Quiero volver a poner mi casa en orden, Gerald. Me harías un gran favor si estudiaras esos contratos de alquiler y encontraras la manera más sencilla de anularlos.

—Corres el riesgo de poner a tu hijo en tu contra.

—Será preferible eso a verlo arrastrar por el lodo el apellido familiar.

24

Desde la infancia, nunca se me ocurrió escribir un diario o anotar mis secretos pensamientos. Dado que en este momento pienso tanto en mi infancia, me parece apropiado que lo haga ahora. Y hacerlo aquí, en el lugar en que Hope perdió su vida. Su infancia.

Mi padre, nuestro padre, construyó este lugar para ella, con su bonita estatua y sus flores de dulce aroma. Este lugar le pertenece más a Hope que la tumba donde la enterraron durante esa húmeda y calurosa mañana de verano. Nunca compartí con ella este lugar. Decidí no hacerlo, sin duda por rencor, pero en su momento mi actitud me proporcionaba una gran satisfacción.

¿Qué me importaban a mí sus juegos tontos y su amiga extraña y desprolija?

Los deseaba con tanta desesperación, que me negué a aceptarlos cuando me fueron ofrecidos. Yo era una persona difícil. A veces me sigue gustando ser así. De todas maneras soy terca por naturaleza, de modo que no tengo más remedio que vivir con ello.

La vida podría haber sido distinta para mí, para todos nosotros, si esa noche no hubiera existido. Si cuando desperté por la mañana, Hope hubiera estado en el cuarto contiguo. Yo todavía habría estado de mal humor por mi disgusto de la noche anterior. Fue un combate de poca importancia sobre algunas arvejas, que odiaba entonces y sigo odiando ahora.

Habría estado de mal humor, porque encontraba cierto placer en esa actividad, sobre todo cuando alguien se esforzaba por tratar de sacármelo. Me encantaba que me prestaran atención.

Aún entonces sabía que entre los tres hermanos, yo ocupaba el tercer lugar. Cade era el heredero. Después de todo, él poseía un pene y yo no. Supongo que esto no era culpa suya, pero durante un corto tiempo de mi infancia le envidié ese miembro. Por cierto, hasta que aprendí que era más que posible que una mujer poseyera tantos de esos interesantes apéndices como quisiera, y en una muy agradable variedad de maneras.

Descubrí el sexo temprano y lo he disfrutado sin arrepentimiento.

En todo caso, a los ocho años, las connotaciones sexuales de hombres y mujeres todavía me resultaban brumosas. Sólo sabía que a Cade lo entrenaban como futuro dueño de Beaux Reves porque era varón, y esto no me caía bien. Él tenía privilegios que a mí se me negaban, de nuevo por su sexo. Y para ser justa, también se me negaban por los cuatro años de diferencia de edad que había entre nosotros.

Mi padre miraba a Cade con enorme orgullo. Por cierto que le exigía mucho, pero la expresión de sus ojos, el tono de su voz y hasta la postura de su cuerpo eran un estudio del orgullo. El orgullo que el padre siente por su hijo. Yo nunca podría ser su hijo.

Tampoco podía ser, como lo era Hope, su ángel. Papá la adoraba. A mí me quería, porque era un hombre justo. Pero resultaba dolorosamente evidente que Hope era la niña de sus ojos, así como Cade era, bueno, su esperanza. Supongo que yo era una especie de bonificación, la melliza que siguió al pequeño ángel.

Para mi madre, creo que Cade también era una fuente de orgullo. Había dado a luz un hijo, como se esperaba de ella. El apellido Lavelle seguiría existiendo porque ella había concebido y dado a luz a un varón. Y mi madre no tuvo problema en dejar en manos de papá todo lo que se refería a la educación de Cade. De todos modos, ¿qué sabía ella de varones? Me pregunto si Cade habrá percibido esa distancia. Supongo que sí, pero de alguna manera y a pesar de todo, se ha convertido en un hombre íntegro y admirable.

¿O a causa de todo?

Como es natural, mamá le enseñó buenos modales, se preocupó porque fuera limpio, pero el grueso de su educación y de su tiempo eran responsabilidad de mi padre. No recuerdo haber oído jamás a mamá cuestionando a papá con respecto a Cade.

Hope era el premio de mamá por un trabajo bien realizado. La hija a quien podía lustrar y moldear, la criatura a quien seguiría desde la infancia hasta un matrimonio conveniente. Mamá quería a Hope por su dulzura y por su silencioso conformismo. Y nunca, jamás, vio a la rebelde que Hope llevaba en su interior. De haber vivido, creo que Hope habría hecho exactamente lo que quería y que, de alguna manera, habría convencido a mamá de que era suya la idea.

Logró que le permitiera ser amiga de Tory. Podía lograr todo lo que quisiera.

¡Dios, cómo la extraño! Extraño esa mitad de mi ser que era inteligente, alegre, divertida y ansiosa. La extraño enormemente.

En cambio, yo era un castigo para mi madre. La he oído decirlo a menudo, de modo que debe ser cierto. Yo no poseía la dulzura de Hope ni su silencioso conformismo. Cuestionaba y luchaba con amargura por cosas que ni siquiera me importaban.

¡Tómenme en cuenta! ¡Maldito sea! ¡Deben tomarme en cuenta!
¡Qué triste, qué penoso!

Hope se hizo amiga de Tory un año antes de ese verano. Se sintieron atraídas una hacia la otra, como se sienten atraídas algunas almas. Hasta yo podía ver el reconocimiento que había entre ellas, ese "clic" de conexión. Y fueron inseparables casi desde el principio. Más mellizas que lo que mi hermana y yo fuimos jamás.

Por ese único motivo, le tomé una intensa antipatía a Victoria Bodeen. La miraba con desdén, así como desdeñaba sus pies sucios, su pésima gramática, sus grandes ojos y sus padres, que eran una verdadera gentuza. Pero la raíz de mi antipatía era su intimidad con Hope.

Me burlaba de ella cada vez que podía y el resto del tiempo la ignoraba. Simulaba ignorarla. En realidad, las observaba a ella y a Hope con la concentración de un halcón. Buscaba una fisura en el lazo que las unía para poder ahondarla y hacer trizas el cariño que se tenían.

El día de la muerte de Hope jugaron juntas en nuestra casa, porque Hope tenía prohibido ir a la de Tory. Lo hacía, por supuesto, en secreto, pero la mayor parte del tiempo que pasaban juntas lo hacían en Beaux Reves o en el pantano.

Mamá ignoraba que iban al pantano. Jamás lo habría aprobado. Pero todos vagábamos por allí, jugábamos allí. Papá lo sabía y sólo nos pedía que no fuéramos al pantano después del anochecer.

Esa tarde, antes de comer, Hope jugaba a las bolitas en la galería. Yo la castigaba no jugando con ella. Cuando por lo visto eso no le arruinó el placer del juego, me encerré de mal humor en mi cuarto del que no salí hasta que me llamaron a comer. No tenía hambre y todavía seguía de mal humor por la indiferencia con que Hope había aceptado mi enojo con ella. Y yo misma me castigué al negarme a comer las arvejas, aunque sigo manteniendo que tenía derecho a negarme a comerlas. Lo cierto es que terminé insolentándome con mi madre y me mandaron a mi cuarto.

Me resultaba odioso que me echaran de la mesa. No porque me importara demasiado la comida, sino porque era una forma de destierro. Supongo que un terapeuta diría que esa táctica demostraba que yo no formaba parte de la familia como mi hermano y mi hermana. Yo era la forastera, que por una parte gozaba de su independencia y por la otra deseaba con desesperación formar parte del cuadro.

Me encaminé a mi cuarto como si fuera el lugar donde quería estar. Estaba decidida a intentar que lo creyeran y que no sospecharan que estaba tan mortificada como enojada.

Para ellos, un montoncito de arvejas era más importante que yo.

Me tendí en la cama y miré el cielo raso, llena de resentimiento. Un día, pensé, un día sería libre para hacer lo que quisiera y cuando lo quisiera. Nadie me detendría, y menos los integrantes de mi familia que prescindían de mí con tanta facilidad. Sería rica, famosa y hermosa. No tenía una idea clara con respecto a la manera en que lograría todo eso, pero ésa era mi meta. Consideraba que el dinero, la gloria y la belleza eran una especie de premio que yo ganaría, mientras que el resto de ellos permanecía atado a las tradiciones y a las restricciones de Beaux Reves.

Consideré la posibilidad de huir de casa, tal vez para aterrizar en lo de mi tía Rosie. Sabía que eso heriría a mi madre durante toda su vida, puesto que su hermana Rosie la avergonzaba. Más o menos como yo.

Pero no quería irme. Quería que ellos me quisieran y ese deseo urgente y frustrado era mi prisión.

Más tarde oí música en la sala de estar de mi madre. Ella debía encontrarse allí, escribiendo cartas, contestando invitaciones, planeando el menú del día siguiente, las tareas a realizar y todas las demás cosas que hacía como dueña de casa. Mi padre debía estar en la oficina de la torre, ocupándose del negocio de la plantación y bebiendo un tranquilo vaso con whisky.

Lilah me alcanzó un poco de comida de contrabando, sin arvejas. No me abrazó ni me mimó, pero con ése sólo acto fue como si me acariciara. Bendita sea. Ella siempre estaba allí, firme como una roca y cálida como una tostada.

Comí porque ella me había alcanzado la comida y porque era una rebelión que ambas compartíamos en secreto. Después me quedé tendida en la cama mientras el cuarto se oscurecía. Imaginé a mamá cepillando el pelo de Hope, como lo hacía todas las noches después del baño. En justicia debo aclarar que hubiera cepillado el mío también, pero yo no me quedaba quieta. Después sin duda Hope habría subido a darle las buenas noches a papá. Y mientras hacía todo lo que se esperaba de ella, Hope planeaba su propia rebelión secreta.

La oí caminar por el vestíbulo y detenerse frente a mi cuarto. Ojalá, aunque uno no gana nada con desearlo, ojalá me hubiera levantado y abierto la puerta para pedirle que entrara y me hiciera compañía. Hope me habría tenido lástima y tal vez me habría dicho lo que pensaba hacer. En mi estado de ánimo, tal vez hubiera ido con ella, nada más que para enojar a mamá. Y Hope no habría estado sola.

Pero permanecí con tozudez en la cama y la oí alejarse.

No supe que salía de la casa. En cualquier momento podría haber mirado por la ventana y entonces la habría visto. Pero no lo hice. Seguí frunciendo el entrecejo en la oscuridad hasta que me quedé dormida.

Y mientras yo dormía, ella murió.

No sentí, como por lo general se dice, que se rompía un lazo entre nosotras. No experimenté ninguna premonición ni soñé con un desastre. No sentí su dolor ni su miedo. Seguí durmiendo como supongo que lo hace la mayoría de los chicos, sumida en un sueño profundo, mientras moría sola la persona que había compartido conmigo el útero y la vida.

Fue Tory la que sintió que algo se quebraba, la que sintió dolor y miedo. No lo creí entonces, decidí no creerlo. Hope era hermana mía, no

de ella. ¿Y cómo se atrevía Tory a declarar que había tenido tanta inti-
midad en algo que me pertenecía? Preferí creer, como lo creyeron muchos
otros, que Tory había estado esa noche en el pantano y que huyó, dejando
que Hope enfrentara sola el terror.

Lo creí a pesar de haberla visto a la mañana siguiente. Muy
temprano, Tory se acercó a casa, rengueando por el parque. Caminaba
como una anciana, como si cada paso le exigiera un esfuerzo de valentía.
Cade le abrió la puerta, pero yo espiaba desde la parte de arriba de la
escalera. Estaba pálida como la muerte y con los ojos inmensos.

Dijo: "Hope está en el pantano. No se pudo escapar y él la lastimó.
Deben ayudarla".

Creo que él la invitó a entrar, con amabilidad, pero ella no quiso
cruzar el dintel. Así que Cade la dejó allí, y mientras yo corría a mi
cuarto, él se asomó al de Hope. A partir de entonces, todo sucedió con
mucha rapidez. Cade bajó corriendo la escalera, llamando a papá. Mamá
bajó enseguida. Todo el mundo hablaba al mismo tiempo y nadie me
prestaba atención. Mamá tomó a Tory por los hombros, la sacudió y le
gritó. Y durante todo ese tiempo Tory permaneció de pie, inmóvil, supuse
que como una muñeca de trapo muy acostumbrada a recibir puntapiés.

Papá la desprendió de las manos de mamá a quien ordenó que
llamara enseguida a la policía. Y luego interrogó a Tory en una voz algo
temblorosa. Ella le contó lo que planeaban hacer la noche anterior y
agregó que no pudo asistir a la cita porque se cayó y se lastimó. Pero en
cambio Hope fue, y alguien la siguió. Lo dijo todo en una voz apagada y
tranquila, una voz adulta. Y durante todo ese tiempo nunca apartó la
mirada del rostro de papá, y le dijo que ella podía llevarlo al lugar donde
estaba Hope.

Más tarde me enteré de que fue exactamente lo que hizo. Cruzó el
pantano y los llevó a papá y a Cade y luego a la policía, al lugar donde
estaba Hope.

Para todos nosotros, la vida se alteró para siempre.

Faith bajó el anotador, se echó atrás en el banco. En ese momento oyó el
piar de los pájaros y percibió el perfume de la tierra negra y de las flores. Por el
enredado dosel de ramas y de musgo se colaban rayos de sol que formaban
agradables dibujos sobre el piso y que le daban un dejo dorado a la luz verdosa.

La estatua de mármol permanecía silenciosa, siempre sonriente, siempre joven.

Eso de cubrir lo odioso con la belleza era típico de papá, pensó Faith. Un
pretexto quizás, pero también una declaración . Hope ha vivido, imaginó que
pensaba él. Y fue mía.

¿Habrá traído aquí a su amante? se preguntó. Esa mujer hacia quien él se
volvió cuando se alejó de su familia, ¿se habría sentado allí a su lado, mientras
él recordaba y se lamentaba?

¿Por qué fue así con ella y no conmigo? ¿Por qué nunca fui yo?

Faith hizo a un lado el anotador y sacó un cigarrillo.

Las lágrimas llegaron como una completa sorpresa. Ella no tenía idea de que estuvieran allí, ardiendo por ser derramadas. Derramadas por Hope, por su padre, por sí misma. Por el desperdicio de vidas y de sueños. Por el desperdicio de amor.

Tory se detuvo junto al cantero de flores. Ese sendero silencioso y lleno de flores ya le causaba un fuerte impacto. En su mente se deslizó la imagen de lo que era antes, verde, salvaje y oscuro y se superpuso con lo que en ese momento veían sus ojos. Las imágenes se enredaban, se negaban a unirse, de manera que parpadeó para borrar el recuerdo.

Allí estaba Hope, atrapada en piedra para siempre.

Y allí estaba Faith, llorando.

Los músculos del estómago de Tory bailoteaban inquietos, pero se obligó a avanzar, temblando, mientras las imágenes de lo sucedido allí dieciocho años antes luchaban por apoderarse del presente. Se sentó y esperó.

—Yo no vengo nunca a este lugar. —Faith metió una mano en la cartera, sacó un pañuelo de papel y se sonó. —Supongo que será por esto. No sé si éste es un lugar horrible o hermoso. Nunca logro decidirlo.

—Hace falta coraje para convertir algo feo en pacífico.

—¿Coraje? —Faith volvió a guardar el pañuelo en la cartera, luego encendió un cigarrillo. —¿Crees que fue valiente hacer esto?

—Sí. Mucho más valiente de lo que podría ser yo. Tu padre era un buen hombre. Siempre fue muy bueno conmigo. Aún después de que... —Apretó los labios. —Aún después, siempre fue bueno conmigo. No debe haberle resultado fácil serlo.

—Nos abandonó emocionalmente, como supongo que dirían los psicólogos. Nos abandonó por su hija muerta.

—No sé qué decirte. Ninguna de nosotras ha tenido que enfrentar la muerte de un hijo. No podemos saber lo que haríamos para enfrentarlo, o lo que haríamos para sobrevivir a esa pérdida.

—Yo perdí una hermana.

—Yo también —contestó Tory en voz baja.

—Me cae mal que digas eso. Y me cae aún peor saber que es cierto.

—¿Esperas que te culpe por ello?

—No sé lo que espero de ti. —Tomó la heladerita que había colocado junto al banco. —Aquí tengo una jarra grande y hermosa de margaritas. Un buen trago en una mañana calurosa.

Sirvió el líquido verde en dos vasos de plástico y le ofreció uno a Tory.

—No sé si recuerdas que dije que tomaríamos una copa.

—Es cierto.

—Entonces brindo por Hope. —Faith entrechocó su vaso con el de Tory.

—Parece apropiado.

—Esto es más fuerte que la limonada que por lo general bebíamos aquí. A Hope le gustaba la limonada.

—Lilah se la preparaba para que la trajera fresca. Con mucha pulpa y azúcar.

—Esa noche, en su caja de aventuras, tenía una botella de Coca ya caliente y... —Tory dejó la frase inconclusa y se volvió a estremecer.

—¿Todavía lo sigues viendo con tanta claridad?

—Sí, y te agradecería que no me hicieras preguntas. Desde que volví a Progress, y de eso ya hace varias semanas, nunca vine a este lugar. No he tenido el coraje de venir. Aunque no me guste ser cobarde, yo también debo sobrevivir.

—La gente pone demasiado énfasis, demasiadas exigencias en el coraje y, de todos modos, lo juzgan según sus propios parámetros. Yo no te llamaría cobarde, pero mantengo bajos mis parámetros personales.

Tory lanzó una corta carcajada y bebió otro trago de margarita.

—¿Por qué?

—Bueno, porque así puedo enfrentar mis propios parámetros sin demasiado esfuerzo. Por ejemplo, toma mis matrimonios, aunque Dios sabe que desearía no haberme casado. —Hizo un gesto grandilocuente con el vaso. —Algunos dirían que he fracasado, pero yo digo que triunfé al salir de ellos ilesa, como salí.

—¿Estabas enamorada?

—¿Cuál de las dos veces?

—Cualquiera. Ambas.

—Ninguna de las dos. La primera vez fue un caso de lujuria muy fuerte. ¡Dios Todopoderoso! Ese muchacho hacía el amor como un conejo. Como durante un tiempo el sexo fue sido un placer prioritario para mí, él sin duda cumplía con esa parte del pacto. Era peligrosamente buen mozo, lleno de encanto y muy conversador. Y un completo idiota.

Alzó el vaso en un brindis distraído, pero casi afectuoso.

—Pero llenó a la perfección el papel de ser exactamente lo que mi madre despreciaba. ¿Cómo no iba a casarme con él?

—Pudiste acostarte sin necesidad de casarte.

—Lo hice, pero el matrimonio fue una verdadera bofetada para mi madre. A ver si te tragas esto, mamá. —Faith echó atrás la cabeza y rió. —¡Dios mío, qué idiota! Pero mi segundo matrimonio fue más bien una cuestión de impulso. Bueno, y también existió el tema del sexo. Seguía siendo un asunto perfectamente inapropiado, además él era demasiado viejo para mí y, cuando empezó la aventura, estaba casado. Supongo que ése fue un pequeño golpe para mi padre. Si tú disfrutaste del adulterio, bueno, yo también. Pero un asunto ilícito es una cosa y casarse con un tenorio es otra. Creo que durante el primer tiempo, él me fue fiel, pero ¡Dios! no sabes lo aburrida que estaba yo. Y después, supongo que él se aburrió tanto como yo y decidió vivir las letras de sus canciones siéndome infiel y emborrachándose como una cuba. Había logrado tener cierto éxito en el mundo de la música. La primera vez que decidió golpearme, yo lo golpeé más a él. Después me mandé mudar y conseguí un agradable montón de plata con el divorcio, pero te aseguro que había ganado cada centavo.

Hope y yo hemos estado sentadas aquí, pensó Tory, y conversábamos sobre lo que hacíamos, lo que queríamos hacer. Cosas sencillas, infantiles. Pero no menos vitales, no menos íntimas que las que Faith acababa de revelar.

—¿Por qué Wade?

—No sé. —Faith lanzó un suspiro y bebió un trago. — Es lo que me intriga y me preocupa. No es porque quiera ganar algo, ni por rencor. Wade es buen mozo y entre nosotros el sexo es sorprendente. ¿Pero el veterinario del pueblo? Eso nunca estuvo en mis planes. Y ahora él tiene que complicarlo todo enamorándose de mí. Le arruinaré la vida. —Terminó de beber su margarita, se sirvió otra. —Estoy segura de que se la arruinaré.

—Eso sería problema de Wade.

Sorprendida, Faith volvió la cabeza y la miró fijo.

—¡Bueno! Es lo último que esperaba que dijeras.

—Wade es un hombre adulto que sabe lo que quiere y conoce su corazón. Creo que siempre ha hecho lo que quería y conseguido lo que quería. Tal vez te conozca mejor de lo que tú crees. Pero te advierto que yo no entiendo a los hombres.

—¡Ah! Eso es fácil. —Llenó el vaso de Tory. —La mitad del tiempo piensan con el pene y la otra mitad piensan en sus juguetes.

—No es una manera muy bondadosa de expresarte, considerando que tienes un hermano y un amante.

—No hay nada poco bondadoso en lo que te digo. Me fascinan los hombres. Algunos dirían que he amado a demasiados. —Tenía un brillo humorístico en los ojos y ni siquiera intentó disculparse. Tory se dio cuenta de que disfrutaba de la conversación, de que envidiaba a Faith.

—Siempre he preferido la compañía de los hombres —agregó Faith—. Las mujeres son mucho más astutas que ellos y tienden a considerar que las demás mujeres son sus rivales. Los hombres ven a los demás hombres como competidores, cosa totalmente distinta. Sin embargo, tú no eres astuta. Comprendo que tenerte antipatía y resentimiento me ha costado un esfuerzo demasiado grande.

—¿Y ésa es la base de esta moratoria?

—¿Se te ocurre alguna mejor? —Faith alzó un hombro, luego tomó el anotador. —Tuve necesidad de escribir algunas cosas, y casi nunca ignoro mis necesidades. ¿Por qué no lees esto?

—Está bien.

Faith se puso de pie y se alejó con su vaso y su cigarrillo. Suponía que ese día había pensado con más seriedad que en muchísimo tiempo. Con seriedad y con honestidad. Haciéndolo no solucionó nada, pero se sentía más fuerte.

¿No sería extraño que el regreso de Tory a Progress la hubiera colocado a ella en el camino indicado para encontrar contento en su propia vida? Se detuvo junto a la estatua de su hermana y miró el rostro que en un tiempo compartieron. ¿No sería, se preguntó, la gran ironía que en este momento me encontrara a mí misma, justamente cuando me doy cuenta de que es lo que he estado buscando durante mucho tiempo?

Miró a Tory, tan fría, pensó. Tan tranquila exteriormente y con esas violentas sacudidas interiores. Era realmente admirable que Tory pudiera mantener ese escudo sin volverse frágil por dentro.

Inquieta, pensó Faith con una sonrisa, pero no frágil.

Frágil era lo que había llegado a ser su propia madre. Y frágil era en lo que ella estuvo a punto de llegar a ser. Era extraño, y de alguna manera apto, que fuera Tory quien le dio el sacudón necesario para impedir que se convirtiera en lo que durante toda la vida luchó por no ser. Una imagen de su propia madre.

Apagó el cigarrillo y lo enterró con el pie bajo las agujas de pino.

—Tal vez deba dedicarme a escribir —dijo con indiferencia mientras regresaba—. Pareces cautivada.

Tory había sido presa del ritmo de las palabras de Faith y de las imágenes que esas palabras hacían pasar por su mente. Se sentía divertida y triste a la vez. Y después llegó la presión, el peso sobre el pecho que le hacía latir demasiado rápido y fuerte el corazón.

El lugar y los recuerdos que pegaban puñetazos sobre la blanca pared de sus defensas. No los respondería. No les haría caso. Permanecería en el aquí y en el ahora.

Pero el frío la cubría y la oscuridad se arrastraba hacia los bordes de su visión.

El anotador se le escapó de los dedos, cayó al piso a sus pies donde una pequeña brisa jugueteó con las páginas. Se hundía. La estaban hundiendo.

—Alguien nos mira.

—¿Hmmm? Querida, sólo has bebidos dos vasos de esto, ¿no es cierto? Eres una borracha barata.

—Alguien nos está mirando. —Tomó la mano de Faith y la aferró como si fuera de hierro. —¡Corre! ¡Debes correr!

—¡Oh, mierda! —Sin comprender, Faith se inclinó y palmeó el pecho de Tory. —¡Vuelve! Recupera la compostura.

—Él nos está observando. Entre los árboles. Te está esperando a ti. ¡Debes correr!

—Aquí no hay nadie más que nosotros. —Pero la recorrió un escalofrío. —Soy Faith. No soy Hope.

—Faith. —Tory luchó por conservar claras las imágenes, por mantener separados el ayer y el hoy. —Está entre los árboles. Alcanzo a sentirlo. Nos observa. ¡Corre!

La alarma le inundó los ojos, volviéndolos grandes y brillantes. En ese momento alcanzaba a oírlo, apenas un leve murmullo entre los arbustos, más allá del claro. El pánico pugnaba por apoderarse de ella, sus dedos helados le raspaban la piel.

—¡Somos dos, maldito sea! —siseó Faith mientras tomaba su cartera—. Y no tenemos ocho años ni estamos indefensas. ¡No pienso correr!

Sacó de la cartera su bonita pistola .22 de mango de madreperla y tironeó a Tory para ponerla de pie.

—¡Oh, Dios!

—Tienes que salir de ese trance —ordenó Faith—. Lo vamos a perseguir.

—¿Te has vuelto loca?

—Bueno, ¡claro! El ladrón cree que todos son de su condición. ¡Sal de tu escondite, hijo de puta mal nacido!

Faith oyó que se quebraba una rama, el chasquido de las hojas y se abalanzó hacia adelante.

—¡Está corriendo! ¡Pedazo de cretino!

—¡No! ¡Faith! —Pero ella ya corría entre los árboles. Sin posibilidad de elección, Tory corrió tras ella. El sendero era cada vez más angosto y prácticamente moría en un enredo de malezas. Las aves disparaban como balas hacia el cielo, gritando su protesta. El musgo se enredaba en el pelo de Tory. Ella lo apartaba y luchaba por alcanzar a Faith.

—Creo que fue hacia el río. Tal vez no logremos alcanzarlo, pero le daremos un susto de mil demonios. —Apuntó hacia el cielo y apretó el gatillo.

Los tiros retumbaron y parecieron vibrar a través de Tory. Las aves levantaban vuelo como una exhalación y volaban hacia las nubes. Al oír que algo salpicaba, Faith sonrió como una loca.

—Tal vez termine siendo carnada de un cocodrilo. ¡Vamos!

Tory alcanzaba a oler el río, su cálida madurez. El piso era cada vez más resbaloso y Faith comenzó a deslizarse como una patinadora.

—¡Ten cuidado, por amor de Dios! Terminarás baleándote tú misma.

—Yo sé manejar una maldita pistola como ésta. —Pero jadeaba, tanto por la emoción como por la carrera. —Conoces el pantano mejor que yo. Dirígeme.

—Colócale el seguro a esa arma. No tengo ganas de que me pegues un tiro por la espalda. —Tory contuvo el aliento y apartó de su cara el pelo enredado. —Podemos cortar por aquí para llegar al río. Ahorraremos tiempo. Cuidado con las víboras.

—¡Dios! Ya sabía que debía tener un motivo para odiar este lugar. —El primer torrente de adrenalina había desaparecido dejando en su lugar un innato disgusto por cualquier cosa que se arrastrara. Pero Tory avanzaba y, por una cuestión de orgullo, Faith no tuvo más remedio que seguirla.

—No comprendo qué tiene este lugar para haberles resultado atractivo a ti y a Hope.

—Es una belleza. Y salvaje. —Levantó una mano al oír pasos pesados, deliberados. —Alguien viene. Desde el río.

—Así que decidió volver, ¿verdad? —Faith plantó los pies y levantó el arma. —Estoy preparada para recibirlo. ¡Muéstrate, hijo de puta! Tengo un arma y la usaré.

Oyeron un ruido, como si algo acabara de caer.

—¡Por amor de Dios, no dispare!

—¡Sal y muéstrate! ¡Ya mismo!

—No ande tirando al blanco. ¡Dios Santo, señorita Faith! ¿es usted? Soy sólo Piney, señorita Faith. Piney Cobb.

Piney salió de entre los árboles, de espaldas a la curva del río rodeado por cipreses. Le temblaban las manos que mantenía en alto.

—¿Qué mierda hacía andando a hurtadillas y observándonos?

—Yo no hice eso. ¡Juro por Dios que no! Hasta que oí los disparos no sabía que ustedes andaban por aquí. Los tiros me aterrorizaron. No sabía si ocultarme o correr. Estaba cazando sapos, eso es todo. Hace alrededor de una hora que estoy cazando sapos. Al jefe no le importa que cace sapos aquí adentro.

—¿Dónde están los sapos?

—Allá tengo la bolsa. La dejé caer al oír su voz. Con el susto usted me ha quitado diez años de vida, señorita Faith.

Tory no vio nada en el rostro de Piney que no fuera terror, no recibió más que pánico de él. Olía a sudor y a whisky.

—Veamos esa bolsa.

—Sí. Está bien. Está allí, atrás. —Se pasó la lengua por los labios y señaló con un dedo.

—Muévase con mucho cuidado, Piney. En este momento estoy muy nerviosa y pueden temblarme los dedos.

Siguió apuntándolo mientras Tory se adelantaba.

—¿Ve? ¿Ve esto? Estuve cazando sapos con esa vieja bolsa de arpillera.

Tory se inclinó y miró dentro de la bolsa. Alrededor de media docena de sapos desgraciados le devolvieron la mirada.

—Me parece una caza bastante lamentable para una hora de trabajo.

—Perdí muchos cuando dejé caer la bolsa. La dejé caer dos veces —agregó mientras se iba poniendo colorado—. Si quiere que le diga la verdad, casi me desmayé de susto al oír esos tiros. Creí oír que alguien corría por allí y apenas tuve tiempo de preguntarme de qué se trataba cuando empezaron los disparos. Creí que sería mejor que me apartara en silencio. Supuse que tal vez alguien estuviera tirando al blanco, como les gustaba hacer al señor Cade y a sus amigos, y si no tenía cuidado corría el riesgo de que me hiriera una bala perdida. Más o menos cada dos semanas vengo a cazar sapos. Pregúntenle al señor Cade si no es así.

—¿Qué crees? —le preguntó Faith a Tory.

—No sé. Tiene algunos sapos en la bolsa.

Piney no es joven, pensó, pero conoce el pantano y tiene los músculos fuertes del que trabaja en el campo. Pero no se le podía probar nada.

—Lamento que lo hayamos asustado, pero alguien andaba escondido cerca del claro.

—No era yo. —Su mirada iba y venía del rostro de Tory al arma. —Como les dije, oí que alguien corría. Este pantano tiene muchas entradas y salidas.

Ella asintió y retrocedió un paso. Piney se aclaró la garganta y se inclinó para tomar la bolsa.

—Entonces supongo que seguiré cazando.

—Sí, siga —dijo Faith—. Si yo fuera usted, me aseguraría de que Cade supiera cuando piensa venir a cazar sapos.

—Le aseguro que me encargaré de eso. Puede apostar su vida a que no lo olvidaré. Y ahora seguiré cazando. —Retrocedió, sin dejar de mirar a Faith hasta que logró perderse entre los árboles.

25

Durante cerca de treinta y cinco años, J.R. y Carl D. habían pescado juntos los domingos por la tarde. No comenzó como una tradición y aún en la actualidad, ambos se enojarían y avergonzarían si alguien la denominara así. Era simplemente una manera de relajarse y pasar el tiempo.

Después de la muerte del padre de J.R. y cuando su madre empezó a trabajar, ésta contrató a la madre de J.R. para que cuidara a Sarabeth los sábados y después del colegio los días de la semana. Y como por acuerdo tácito, también se ocupó del cuidado de J.R.

Fanny Russ cocinaba como los dioses y tenía una férrea fuerza de voluntad. Ambas cosas eran un asunto de orgullo. J.R. aprendió con rapidez a llamarla "señora". Y durante la década de los años cincuenta, cuando el Klan todavía encendía el odio a lo largo del Sur en forma de cruces y no se permitía que ninguna persona de color se sentara frente al mostrador del restaurante de la calle Market, el jovencito blanco y el jovencito negro se hicieron amigos en silencio.

Sin que ninguno de ellos lo programara específicamente, domingo tras domingo, con la rara excepción de las vacaciones o por enfermedad de alguno de los dos, ambos se instalaban lado a lado en la orilla del río, con la caña y el reel, igual que cuando eran chicos. Ambos tenían menos pelo y una circunferencia más amplia que cuando empezaron, pero el ritmo de las tardes era, esencialmente, el mismo.

Durante un tiempo, mientras J.R. festejaba a Boots y durante los primeros tiempos del matrimonio de ambos, ella les preparaba almuerzos elegantes que colocaba en una canasta de mimbre. J.R. demoró bastante en desalentar esa costumbre por no herir a su mujer. Las canastas de picnic llenas de sándwiches de ensalada de pollo y de verduras prolijamente cortadas, convertían el asunto en algo demasiado femenino. Lo único que a los hombres les hacía falta era donde refrescar la cerveza y un puñado de carnada.

Y, cuando tenían suerte, un par de tajadas de la tarta dulce de papas preparada por Ma Russ.

Todo eso permaneció constante durante años. No había muchos cambios en el río. El viejo duraznero había muerto tres inviernos antes, pero a sus pies nacieron media docena de voluntarios que crecieron como yuyos, hasta que el consejo del pueblo decidió preservar los dos mejores y cortar el resto.

Ahora la fruta, todavía verde, colgaba de las ramas a la espera de que los chicos las devoraran para darles fuertes dolores de barriga.

El agua fluía, lenta y silenciosa como siempre, y el gran sauce llorón se inclinaba para hundir en ella sus ramas verdes.

Y de vez en cuando, si uno tenía la necesaria paciencia, los peces se decidían a picar.

Y si no lo hacían, el hombre no estaba en una situación peor que en el momento de tirar la línea.

Los años habían convertido a los hombres en sólidos ciudadanos, en pilares de responsabilidad. Hombres de familia, con hipotecas y papeles que llenar. Las pocas horas semanales que dedicaban a ahogar lombrices, eran una manera de declarar que cada uno de ellos seguía siendo tan dueño como siempre de su libertad.

A veces discutían de política, y como J.R. era un decidido republicano y Carl D. un igualmente ferviente demócrata, esos debates tendían a ser explosivos y efusivos. Ambos disfrutaban enormemente del conflicto. Otros domingos, cosa que dependía de la época del año, discutían sobre deportes. Un partido de fútbol de equipos del colegio secundario podía mantenerlos divertidos y apasionados durante dos horas.

Pero a menudo, a medida que las vidas de ambos se entrecruzaban, los tema de discusión eran la familia, los amigos, el pueblo, mientras el agua lamía la orilla y el sol se filtraba entre los árboles.

Lo que cada uno de ellos sabía era que podía confiar en el otro y que lo que se dijera entre ellos junto al río, junto al río quedaba. Sin embargo, había momentos en que las lealtades eran poco definidas. Sabiéndolo, Carl D. eligió sus palabras y tocó el tema con cuidado.

—Se aproxima el cumpleaños de Ida-Mae. —Carl D. se refirió a su mujer mientras destapaba su segunda cerveza y estudiaba la superficie tranquila del río. —La freidora eléctrica que le regalé el año pasado sigue siendo un tema de discusión entre nosotros.

—Te lo advertí. —J.R. tomó un puñado de papas fritas de la bolsa abierta entre ambos.

—Sí, sí.

—Cuando uno le regala a una mujer algo que se enchufa, está buscando problemas.

—Ella quería una freidora nueva. Cada vez que yo andaba por allí se quejaba de lo vieja que estaba la otra.

—No importa. La mujer no quiere recibir un elemento de cocina atado con una cinta vistosa. Lo que quiere es algo inútil.

—Me estoy rompiendo la cabeza, pensando qué puede ser bastante inútil para mi mujer. Se me ocurrió que podría pasar por la tienda de tu sobrina, para que ella me elija algo.

—Ahí no te podrás equivocar. Tory sabe elegir regalos.

—Su tienda es muy linda. Ha trabajado mucho para que luzca.

—Tory siempre ha sido muy trabajadora. Es una muchacha seria y de buena cabeza. Cuesta creer que sea hija de sus padres.

Era la oportunidad que esperaba Carl D., pero pese a todo siguió siendo cuidadoso.

Sacó un trozo nuevo de goma de mascar y siguió su pequeño ritual de desenvolverla y volver a doblar el papel.

—Tuvo una infancia muy dura. Recuerdo que casi nunca abría la boca. No hacía más que mirar, que observar con esos ojos tan grandes. Tu cuñado tenía una mano muy pesada.

—Lo sé. —J.R. apretó los labios. —Ojalá en ese tiempo hubiera sabido lo que sucedía. No sé si habría hecho mucha diferencia, pero ojalá lo hubiera sabido.

—Bueno, lo sabes ahora. Lo estamos buscando, J.R., por ese asunto de Hartsville.

—Me gustaría que lo encontraran y que le dieran parte de su merecido. Mi hermana... bueno su vida se irá al diablo de cualquier manera. Pero si él estuviera entre rejas, Tory dormiría más tranquila.

—Me alivia oírtelo decir, J.R. Y en realidad, por aquí suceden cosas peores que ésa. Cosas peores que podrían salpicarte.

—¿De qué estás hablando?

—De lo que le sucedió a Sherry Bellows.

—¡Dios! ¡Ése sí que fue un asunto feo! Muy feo —repitió J.R. meneando la cabeza—. Cosas que suceden en una ciudad, no aquí, en un pueblo como el nuestro. Una joven bonita como ella... —dejó perder la frase, cuadró los hombros, se puso tenso y se volvió a mirar fijo a Carl D. —¡Dios Todopoderoso! ¿Supongo que no creerás que Hannibal tuvo algo que ver con eso?

—No debería estar hablando de esto contigo. En realidad me ha preocupado toda la noche. Oficialmente debería mantener la boca cerrada. Pero no lo haré. No puedo. En este momento, J.R., tu cuñado no sólo es quien encabeza la lista de sospechosos del crimen. Es el único sospechoso.

J.R. se puso de pie. Se paseó por la orilla del río, miró la curva angosta del agua. Reinaba el silencio sólo quebrado por el parloteo ausente de una serie de aves. Tuvo que aguzar el oído para oír el murmullo del tráfico del pueblo. Tuvo que oírlo para poder establecer una conexión entre ese lugar solitario son su pasto alto y húmedo y su agua perezosa y las vidas y negocios de Progress.

—Me cuesta creerlo, Carl D. Hannibal es una valentón y un cretino. No puedo decir nada bueno de él, pero matar a esa chica... ¡Por amor de Dios! Matarla... No, no me puedo convencer de eso.

—Tiene una larga historia en eso de castigar mujeres.

—Lo sé. Lo sé. No estoy disculpándolo. Pero hay un trecho muy grande entre tener una mano pesada y ser un asesino.

—Después de un tiempo, ese trecho es cada vez más angosto, sobre todo si existe un motivo.

—¿Qué motivo pudo tener? —J.R. se acercó a su amigo y se inclinó para que los ojos de ambos estuvieran a la misma altura. —Ni siquiera conocía a esa chica.

—Se encontró con ella en la tienda de tu sobrina el día en que la asesinaron. Se encontró con ella, habló con ella y, por lo que sabemos, ella y Tory fueron las únicas que sabían que él andaba por aquí. Y hay más —agregó al ver que J.R. meneaba la cabeza—. No te va a gustar. No puedo decirte lo que lamento que tu familia esté enredada en un asunto como éste. Pero tengo que cumplir con mi deber y no puedo permitir que nada me lo impida.

—Yo nunca te lo pediría. Pero creo que estás equivocado, eso es todo. —Se volvió a sentar. —Debo creerlo.

—No puedo decirte que no haya pensado en tu cuñado desde un principio, pero fue Tory quien me dirigió directamente hacia él.

—¿Tory?

—La llevé de vuelta conmigo a la escena.

—¿A la escena? —J.R. lo miró sin comprender y de repente su mirada se llenó de espanto. —¡La escena del crimen! ¡Dios, Carl D.! ¡Dios mío! ¿Por qué lo hiciste? ¿Por qué hacerle pasar un momento como ése?

—Hay una chica de más o menos la misma edad de mi hija Ella, que pasó por algo mucho peor. Tengo un deber hacia ella, J.R. y usaré todo lo que esté a mi alcance para cumplirlo.

—Tory no tiene nada que ver con esto.

—Estás equivocado. Está en el fondo del asunto. ¡Y ahora escúchame un maldito minuto antes de empezar a patearme! La llevé de vuelta a la escena del crimen y lamento que le haya resultado duro, pero lo volvería a hacer. Ella sabía cosas que era imposible que supiera. Vio cómo se desarrolló el crimen, como si hubiera estado allí mientras sucedía. He oído hablar de cosas como ésa, me he preguntado si serían ciertas, pero hasta ahora nunca las había visto. Es algo que jamás olvidaré.

—Debes dejarla en paz. No tenías por qué utilizarla así.

—Tú no viste a esa chica, J.R. Y le ruego a Dios que nunca veas nada parecido a lo que se le hizo a ella. Pero si lo hubieras visto, no me estarías diciendo que no tengo por qué utilizar cualquier cosa con tal de descubrir al que lo hizo. Es la segunda vez que veo algo así. Si le hubiera prestado atención a Tory la primera vez, quizás no hubiera vuelto a suceder.

—¿De qué diablos estás hablando? En Progress nunca se ha violado y asesinado a una mujer.

—No, la primera vez fue una niña. —Notó que J.R. abría los ojos muy grandes y que la sangre se le retiraba de la cara. —La primera vez no fue en pleno pueblo. Pero Tory estaba allí, lo mismo que ahora. Y cuando ella me dice que la misma persona que mató a Sherry Bellows fue la que mató a la pequeña Hope Lavelle, voy a creerle.

A J.R. se le secó la boca.

—A Hope Lavelle la mató un merodeador.

—Eso fue lo que decían los informes. Era lo que todo el mundo quería creer. Fue lo que creyó el jefe Tate y no voy a decir que estuviera equivocado. Pero yo no puedo decir lo mismo y ya no puedo creer lo mismo. No trataré de colgarle este crimen a alguien que pasaba por el pueblo. Y además ha habido otros. El F.B.I. está enterado de ellos y algunos de sus agentes vendrán a Progress. Lo perseguirán, J.R. y hablarán con Tory, con su madre, con tu hermana. Y contigo.

—Hannibal Bodeen. —J.R. enterró la cara entre las manos. —Esto matará a Sarabeth. La matará. —Dejó caer las manos. —Volverá a su casa. Allí irá. ¡Dios Santo, Carl D.! Irá a ver a Sari y...

—He hablado con el sheriff de ese pueblo. Ha puesto un hombre a vigilar el lugar, a mantener un ojo sobre tu hermana.

—Debo ir yo mismo. Lograr que venga a Progress.

—Supongo que si se tratara de mi hermana, yo haría lo mismo. Te acompañaré, para ayudarte a suavizar a la policía de ese lugar.

—Yo puedo manejar este asunto solo.

—Supongo que sí. —Carl D. asintió y comenzó a empacar. Acababa de percibir el enojo, el resentimiento. Esperaba ambas cosas. Y también suponía que lo que había hecho y lo que tendría que hacer, no podrían menos que dañar esa amistad de toda una vida.

No podía hacer más que esperar y luego ver cómo recuperar lo perdido.

—Sí, supongo que puedes, J.R. —volvió a decir. —Pero igual te acompañaré. Necesito hablar con tu hermana y quiero hacerlo antes de que lleguen los federales y me arranquen de las manos todo este maldito asunto.

—¿Irás como policía o como mi amigo?

—Soy las dos cosas. He sido tu amigo mucho más tiempo, pero soy las dos cosas. —Apoyó la caña sobre su hombro y miró a J.R. a los ojos. —Y pienso seguir siendo ambas cosas. Si no te molesta, iremos en mi coche. Llegaremos antes.

Le costó, pero J.R. sofocó palabras que sabía penderían de una manera desagradable entre ambos. Consiguió esbozar una débil sonrisa, una sonrisa carente de todo humor.

—Llegaremos aún más rápido si haces sonar la sirena y manejas como un hombre en lugar de hacerlo como una viejita.

El alivio quitó algo del peso del corazón de Carl D.

—Tal vez pueda hacerlo durante parte del camino.

Cade luchaba por controlar su mal humor, por cuidar sus palabras. Lo ahogaba la furia cada vez que pensaba en el riesgo tonto que habían corrido su hermana y Tory la noche anterior.

Los retos, las amenazas y las recriminaciones habrían aliviado parte de su tensión, pero no lo habrían llevado a ninguna parte. No era un hombre que se permitiera avanzar en direcciones ilógicas. Sabía exactamente adónde quería llegar y sólo debía elegir el mejor camino para llegar hasta allí.

La rapidez no era prioritaria, de manera que se tomó su tiempo.

Hacía mucho que no se permitía un perezoso domingo por la mañana. Y, en su opinión, la mejor manera de iniciarlo era mantener a Tory en la cama el mayor tiempo posible. No sería difícil lograr que se quedara en la cama si la mordisqueaba todo lo que quisiera y donde quisiera, hasta que ella entrara en el espíritu de la cosa. Y además, eso tendría el beneficio de aliviar parte de su tensión.

Preparó el desayuno porque tenía hambre y porque había llegado a la conclusión de que Tory consideraba que el desayuno era abundante cuando se servía una segunda taza de café. Cade llevó la conversación hacia asuntos intrascendentes. Libros, películas, arte. Tenían la suerte de compartir los mismo gustos. No era algo que Cade considerara esencial, sino una especie de premio bastante agradable.

Supuso que Tory no creía que él hubiera notado la cantidad de veces que su mirada se clavaba en una ventana.

No había nada que Cade no notara. Las manos nerviosas que ella trataba de mantener ocupadas, la manera en que se detenía y quedaba inmóvil, como tratando de percibir algún cambio en el ritmo del sonido exterior. Su sobresalto cuando él dejaba que se golpeara la puerta mosquitero, al salir de la casa para hacerle compañía mientras ella cuidaba sus plantas de flores.

¿Cuántas veces en la vida me habré topado con mi madre trabajando en el jardín? se preguntó. Y en esas ocasiones tampoco logró saber en qué pensaba ella, mientras podaba plantas y limpiaba canteros. Qué prolijas, pensó, qué precisas son las dos cuando realizan esa tarea. Se arrodillaban, con sombrero y guantes puestos, y arrancaban yuyos y cortaban flores marchitas.

¡Y qué furiosas se pondrían ambas si él se animara a compararlas!

Durante toda la mañana, la voz y el rostro de Tory estuvieron completamente tranquilos. Y eso enfurecía a Cade. Tory se negaba a compartir con él sus nervios. Seguía manteniendo parte de su ser separado de él; se encerraba en sí misma.

Mi madre, pensó de nuevo mientras bajaba del porche y estudiaba la cabeza inclinada de Tory, se mantuvo apartada y encerrada en sí misma. Él no podía hacer nada, nunca pudo hacer nada por alcanzar a su madre.

¡Pero por Dios que alcanzaría a Tory!

—Ven. Te invito a dar un vuelta en auto conmigo.

—¿Una vuelta?

Cade la puso de pie de un tirón.

—Tengo que ver algunas cosas. Acompáñame.

La primera reacción de Tory fue de silencioso alivio. Quedaría sola. Podría acostarse, cerrar los ojos y tratar de clasificar ese remolino de pensamientos que giraban en su cabeza. Gozaría de unas horas de soledad para reparar su muro protector y alejar los temblores.

—Yo también tengo una docena de cosas que hacer. Ve tú.

—Es domingo.

—Sé en que día de la semana vivimos. Y, por extraño que parezca, mañana será lunes. Espero algunos nuevos envíos, incluyendo uno de Algodones Lavelle. Tengo trabajo de papelería...

—Que puede esperar hasta el lunes. —Mientras hablaba le quitó los guantes de jardinería. —Quiero mostrarte algo.

—No estoy en condiciones de ir a ninguna parte, Cade. No tengo cartera.

—No la necesitarás —aseguró él, arrastrándola hasta el auto.

—Ésa es una declaración que sólo un hombre podría hacer. —Lanzó un gruñido cuando él prácticamente la arrojó dentro del auto. —Por lo menos permite que me cepille el pelo.

Cade le quitó el sombrero y lo arrojó al asiento trasero.

—A mí me parece que tienes el pelo espléndido. —Se deslizó detrás del volante antes de que ella pudiera inventar otra excusa. —Si el viento te lo despeina, me parecerá aún más atractivo.

Tomó los anteojos de sol que estaban sobre el tablero, se los puso e hizo retroceder el auto.

—Y sí, ya sé que ésa es otra declaración que sólo un hombre es capaz de hacer. —Dobló al camino y aceleró. —Cuando te enojas estás más bonita que nunca.

—Entonces en este momento debo estar fabulosa.

—Por supuesto, querida. Pero la verdad es que me gustas en todos tus estados de ánimo. Eso es bueno ¿verdad? ¿Cuánto hace que nos conocemos, Tory?

Ella se sostuvo el pelo con una mano.

—¿En total? Supongo que alrededor de veinte años.

—No. Hace alrededor de dos meses y medio que nos conocemos. Antes de eso, habíamos oído hablar uno del otro, caminábamos uno alrededor del otro. Quizás de vez en cuando pensábamos o nos preguntábamos algo acerca del otro. Pero desde hace alrededor de dos meses, nos conocemos. ¿Quieres saber lo que he aprendido de ti en ese tiempo?

Ella no sabía cuál era el estado de ánimo de Cade. Su tono era liviano, su rostro estaba relajado, pero había algo...

—No estoy segura de querer saberlo.

—Ésa es una de las cosas que he aprendido. Victoria Bodeen es una mujer cautelosa. Pocas veces salta antes de mirar y entonces hace un estudio a fondo del terreno. No confía con facilidad. Ni siquiera en sí misma.

—Si uno salta antes de mirar tiene menos posibilidades de aterrizar en una sola pieza.

—Ahí hay otra cosa. Lógica. Una mujer cautelosa y lógica. Bueno, a algunas personas puede parecerles una combinación bastante común y poco interesante. Pero ellos no toman en cuenta el paquete íntegro. No le habrían agregado la decisión, la inteligencia, el ingenio ni la bondad. Y, sobre todo, habrían perdido de vista la calidez, que es mucho más preciosa porque pocas veces se comparte. Y todo esto está envuelto, a veces demasiado apretado, en un paquete muy atractivo.

Dobló en un angosto camino de tierra, redujo la velocidad.

—Ése es todo un análisis.

—Apenas superficial. Eres una mujer compleja y fascinante. Complicada y difícil. Que exige sencillamente porque se niega a exigir. Dura para el ego del hombre, porque nunca pides una maldita cosa.

Tory no contestó, pero acababa de enlazar las manos, una muestra evidente de tensión. Y en ese momento, en la voz de Cade percibió el enojo, sólo un atisbo de enojo.

—A partir de aquí, caminaremos.

Detuvo el auto y bajó. A cada lado de ellos se extendían los campos con surco tras surco de algodón, plantas que marchaban en fila, como soldados. Tory alcanzó a oler tierra y bosta y calor, todos olores maduros, dulces y fuertes. Deben haber cultivado hace poco estos campos, enterrando los yuyos, pensó.

Intrigada, sin saber qué debía hacer allí, ni por qué habían ido, siguió a Cade a lo largo de los surcos, con las plantas jóvenes cepillándole las piernas y recordándole su infancia.

—No ha llovido mucho —comentó Cade—. Algo, pero no mucho. No nos hará falta tanta irrigación como a las otras plantaciones. La tierra mantiene más la humedad cuando no está llena de productos químicos. Si uno la trata como una cosa natural, prospera como algo natural. Si uno insiste en cambiarla, la obliga a vivir de acuerdo a nuestras expectativas, tiene más y más necesidades, sólo para mantenerse. Dentro de un par de meses se abrirán las vainas.

Se agachó, se sacó los anteojos oscuros y los enganchó en la camisa antes de levantar con los dedos una vaina muy cerrada.

—Mi padre habría usado un regulador para retrasar el crecimiento, un defoliante para matar las hojas. Eso era lo que él sabía. Así se hacía. A la gente no le gusta que uno haga cosas distintas. Hay que demostrarles que uno tiene razón. Hay que querer hacerlo. —Se enderezó, la miró a los ojos. —¿Cuánto debo demostrarte a ti, Tory?

—No sé lo que me quieres decir.

—Supongo que casi todo el mundo te ha tratado de una manera determinada. Eso era lo que sabías. Así se hacía. Pero yo creo haber actuado de otra manera.

—Estás enojado conmigo.

—Sí, claro. Estoy enojado contigo. Ya llegaremos a eso. Pero ahora te estoy preguntando qué quieres de mí. Exactamente qué quieres.

—No quiero nada, Cade.

—¡Maldito sea! Ésa no es la respuesta correcta. —Cuando él se alejó, ella se apresuró a seguirlo.

—¿Por qué es la respuesta equivocada? ¿Por qué debo querer cosas de ti, o querer que tú seas algo, que hagas algo, cuando he sido más feliz contigo que nunca en mi vida. Y contigo tal como eres.

Él se detuvo y se volvió hacia ella. El sol azotaba sin piedad los campos. Cade sintió que el calor rodaba sobre él, rodaba en su interior.

—Ésta es una primera vez. Me estás diciendo que te hice feliz. Pero yo te diré lo que está mal. Yo quiero cosas de ti, y nuestra relación no prosperará si todo es unilateral. De esa manera ninguno de los dos será feliz por mucho tiempo.

El dolor golpeó el estómago de Tory y trepó hasta su corazón.

—Quieres terminar conmigo. Yo no... —Se le quebró la voz. Se le llenaron los ojos de lágrimas ardientes. —No puedes... —Retrocedió, buscando palabras. —Lo siento.

—Deberías arrepentirte de haber pensado eso. —No hizo ningún comentario sobre las lágrimas de Tory, pero entrecerró los ojos. Calculó. —Te dije que estaba enamorado de ti. ¿Crees que porque tú me des trabajo puedo borrar ese sentimiento? Te traje hasta aquí para demostrarte que termino lo que empiezo, que lo que me pertenece recibe todo lo que tengo. Tú me perteneces. —La tomó por los brazos y la levantó hasta que ella se puso en puntas de pie. —Me estoy cansando de esperar que te convenzas de eso. Cuido lo que es mío, Tory, pero pretendo que se me dé algo a cambio. Te dije que te quiero. Devuélveme algo.

—¿No comprendes que lo que siento por ti me da miedo?

—Tal vez lo comprenda si me dices lo que sientes por mí.

—Demasiado. —Cerró los ojos. —Tanto que no puedo imaginar la vida sin ti. No quiero necesitarte.

—Y, por supuesto, es fácil que todos los demás necesiten. Que yo te necesite. —Le pegó una pequeña sacudida que la obligó a abrir los ojos. —Te quiero, Victoria, y eso me ha valido muchos momentos muy malos. —Apretó los labios contra la frente de Tory. —Y aún si pudiera, no modificaría mis sentimientos.

—Quiero tratar este asunto con tranquilidad. —Apoyó la mejilla contra el pecho de Cade y sonrió un poco cuando él tomó los anteojos oscuros y los arrojó al piso. —Sólo quiero ser normal en este asunto.

—¿Por qué crees que es normal estar tranquila cuando se trata de amor? Yo no estoy tranquilo. —Le pasó una mano por el pelo. —¿Me quieres, Tory?

Ella lo aferró con fuerza, como buscando un ancla.

—Sí, creo que...

—Sólo sí. —Le tironeó el pelo hasta que ella levantó la cabeza. —Dejémoslo en sí —murmuró, cubriendo la boca de Tory con la suya—. Dilo algunas veces para que los dos nos acostumbremos a oírlo. ¿Me quieres?

—Sí. —Lanzó un suspiro tembloroso y le enlazó los brazos alrededor del cuello.

—Ya está mejor. ¿Me quieres, Tory?

Ésa vez, ella rió.

—Sí.

—Casi perfecto. —Frotó los labios sobre los de ella, sintió que se suavizaban. —¿Te casarás conmigo, Tory?

—Sí. —Abrió los ojos y retrocedió. —¿Qué?

—Aceptaré la primera respuesta. —La alzó y la besó hasta dejarla mareada y sin aliento.

—No. Bájame. Déjame pensar.

—Lo siento. Creo que esta vez saltaste antes de mirar. Ahora tendrás que vivir con eso.

—Te consta que ésta fue una treta.

—Una maniobra —corrigió él mientras la llevaba al auto—. Y una maldita buena maniobra, aunque sea yo mismo quien lo diga.

—Cade, el matrimonio no es una broma y es algo en lo que yo todavía no he empezado a pensar.

—Entonces tendrás que pensar con rapidez. Si prefieres un gran casamiento, tendremos que esperar hasta el otoño, después de la cosecha. —La depositó dentro del auto. —Pero si quieres un casamiento pequeño e íntimo, que es lo que yo preferiría, el fin de semana que viene me vendría muy bien.

—¡Basta! ¡Basta, por favor! Todavía no he aceptado casarme contigo.

—Sí, por supuesto que aceptaste. —Se sentó a su lado. —Puedes retroceder, fanfarronear, dar vueltas, pero el hecho es que te quiero. Y tú me quieres. Nos encaminamos hacia el matrimonio. Ésa es la clase de gente que somos, Tory. Quiero una vida contigo. Quiero tener una familia contigo.

—Familia. —De sólo pensarlo se le congeló la sangre. —No comprendes que eso es porque... ¡Oh, Dios, Cade!

Él le tomó el rostro entre las manos.

—Nuestra familia, Tory. La que tú y yo hagamos juntos será nuestra.

—Tú sabes que nada es tan sencillo.

—Este asunto no tiene nada de sencillo. Que esté bien no quiere decir que sea sencillo.

—No es el momento, Cade. Suceden demasiadas cosas a nuestro alrededor.

—Justamente por eso es el momento perfecto.

—Ya hablaremos racionalmente acerca de esto —dijo ella mientras recorrían el camino de tierra—. Cuando la cabeza no me gire.

—De acuerdo, hablaremos todo lo que quieras. —Cuando el camino se abrió, tomó el ramal de la izquierda. Enseguida Tory se irguió en el asiento, con el corazón saltándole dentro del pecho.

—¿Adónde vas?

—A Beaux Reves. Tengo que ir a buscar algo.

—Yo no voy a Beaux Reves. No puedo ir.

—Por supuesto que puedes. —Apoyó una mano sobre la de ella. —Es una casa, Tory. Sólo una casa. Y es mía.

A ella le ardía el pecho y tenía las palmas de las manos húmedas.

—No estoy preparada. Y a tu madre no le gustará. Es el hogar de tu madre, Cade.

—Es mi hogar —la corrigió él con frialdad—. Y será nuestro hogar. Es algo que mi madre tendrá que enfrentar.

Y pensó que Tory también tendría que enfrentarlo.

26

E ra, consideró Tory, la más maravillosa de las casas. No grandiosa y elegante como los hermosos antiguos hogares de Charleston, con su fluidez y su gracia femenina. Pero vibrante, única y poderosa. De chica, pensaba en esa casa como en un castillo. Un lugar de ensueño, de belleza y de enorme fuerza.

En las pocas ocasiones en que se atrevió a entrar en ella, habló en susurros, como una pagana cuando entra a una catedral.

Pero entró pocas veces, demasiado tímida y atemorizada para animarse a enfrentar la expresión de desaprobación de Margaret Lavelle. Y todavía demasiado joven para protegerse contra las flechas agudas que eran los pensamientos de Margaret.

Pero por intermedio de Hope vio, tocó y olió cada una de las habitaciones de Beaux Reves.

Conocía el paisaje que se veía desde cada ventana, la sensación que producían bajo los pies los pisos de madera y de baldosas. También olía el aroma que flotaba en la oficina de la torre, esa mezcla de cuero, whisky y tabaco que significaba hombre.

Papá.

No se podía permitir ver ahora la casa a través de los ojos de Hope, ser atraída hacia ella, a su interior, de esa manera. Debía verla a través de sus propios ojos. A través del presente.

Le seguía resultando tan fabulosa como la primera vez que la vio. Fabulosa y orgullosa contra el cielo, con torres que se alzaban desafiantes. Beaux Reves. Sí, era exactamente eso. Hermosos sueños, con flores diseminadas a sus pies como ofrendas y grandes árboles que custodiaban sus flancos.

Durante algunos preciosos instantes, Tory olvidó que la última vez que había visto esa casa, llegó hasta allí rengueando por el parque, con horror en los ojos y muerte en el corazón.

—No ha cambiado —murmuró.

—¿Hmm?

—La casa sigue idéntica, permanece, más allá de lo que suceda a su alrededor o en su interior. Eso es algo maravilloso.

Para él significaba mucho percibir el placer en la voz de Tory cuando se refería a su casa.

—Mis antepasados tenían ego y humor. Son rasgos importantes que plasmaron en los edificios. —Detuvo el auto, apagó el motor. —Ven adentro, Victoria.

La sonrisa de Tory, una sonrisa que ella ignoraba que curvaba sus labios, desapareció.

—Estás buscando problemas.

Cade bajó del auto y lo rodeó para abrirle la puerta.

—Le estoy pidiendo a la mujer que amo que entre a mi casa. —Le tomó la mano y la ayudó a bajar del auto. Tory recordó que por suave que Cade fuese, era igualmente cabeza dura. —Si hay problemas, los enfrentaremos.

—Para ti es más fácil. Igual que la casa, te apoyas sobre los cimientos. Yo siempre he tenido que hacer equilibrio sobre terreno pantanoso, de manera que debo cuidar mis pasos. —Lo miró. —¿Para ti es muy importante que yo dé este paso?

—Sí, lo es.

—Bueno, pero recuérdalo si termino hundiéndome.

Subieron los escalones que conducían a la galería. Tory recordó haber estado sentada allí con Hope, jugando o estudiando uno de los mapas de piratas. Altos vasos de limonada, húmedos por fuera. Galletitas bañadas en azúcar. El aroma de rosas y de lavanda.

Esas imágenes entraban y salían de su mente. Dos jovencitas, con los brazos y las piernas tostados por el sol, las cabezas inclinadas muy cerca una de la otra. Susurrando secretos, a pesar de que no había nadie que pudiera oírlas.

—Aventura —dijo Tory en voz baja—. Ése era nuestro santo y seña. ¡Íbamos a vivir tantas aventuras!

—Ahora las viviremos. —Levantó una de las manos de Tory para besarla. —Es algo que a Hope le gustaría, ¿no crees?

—Sí, supongo que sí. A pesar de que a ella no le interesaban mucho los varones. —Tory consiguió sonreír, mientras Cade abría la puerta. —Ustedes son demasiado tediosos y tontos. —El corazón le latía con demasiada rapidez y el gran vestíbulo con sus hermosos mosaicos verdes se extendía frente a ella como un foso. —Cade.

—Confía en mí —dijo él, haciéndola entrar.

El aire era fresco. Allí adentro, siempre era fresco y fragante. Tory recordaba la magia de esa frescura y lo que contrastaba con el calor sofocante de su casa. También recordaba que la sorprendía que los olores de la comida de la noche anterior no siguieran flotando en ese aire.

Y recordó haber estado allí de pie, junto a Cade. Casi en el lugar exacto en que se encontraban ahora.

—Eras alto para tu edad. —Luchó para que no le temblara la voz. —A mí me parecías muy alto, y muy buen mozo. El príncipe del castillo. Y todavía lo eres. Aquí casi nada ha cambiado.

—Para los Lavelle, la tradición es una religión. Se nos enseña desde que nacemos. Es a la vez un alivio y una trampa. Ven a la sala de estar. Te iré a buscar algo fresco para beber.

A ella no se le permitía entrar a la sala de estar, y estuvo a punto de decirlo, pero se contuvo. Si entraba por la puerta trasera, podía sentarse en la cocina. Lilah le servía té helado o una Coca Cola, una galletita o algún bocado especial.

Y si ayudaba a barrer, le daba veinticinco centavos que ella guardaba en el frasco que tenía debajo de la cama.

Pero no se le permitía entrar en las habitaciones de la familia.

Haciendo un esfuerzo, Tory bloqueó las antiguas imágenes que querían entrometerse y se concentró en el presente. Los lirios tempranos estaban en flor, y había un florero lleno de ellos sobre una mesa maravillosa ubicada debajo de la curva de la escalera.

El perfume de esas flores era absolutamente femenino. A ambos lados del florero había altas velas blancas en candeleros azules. Nadie las encendía, de manera que se alzaban puras y perfectas.

Igual que una fotografía, pensó ella. Cada objeto, cada lugar seguía siendo idéntico, como si hubiera permanecido así durante décadas.

Y ahora, ella se introducía dentro del cuadro.

Cuando Tory se acercaba a la puerta de la sala de estar, Margaret apareció en lo alto de la escalera.

—¡Kincade! —Lo dijo en un tono de voz aguda, penetrante. La mano quería temblarle mientras ferraba el pasamanos de la escalera, pero ella no se lo permitiría. Con la cabeza en alto, bajó varios escalones. —Me gustaría hablar contigo.

—Por supuesto. —Cade conocía ese tono, esa postura, y no se molestó en enmascarar su respuesta con una sonrisa amable. —Estaba por hacer pasar a Tory a la sala de estar. ¿Por qué no te reúnes con nosotros?

—Prefiero hablar contigo en privado. Sube, por favor. —Comenzó a volverse, segura de que él la seguiría.

—Me temo que eso tendrá que esperar —contestó él con tono amable—. Tengo una invitada.

Margaret se detuvo en seco y volvió con rapidez la cabeza en el momento en que Cade hacía pasar a Tory a la sala de estar.

—¡No hagas esto, Cade! —A Tory ya la herían la tensión y las punzadas de animosidad. —No tiene sentido.

—En cambio, a mí me parece esencial. ¿Qué te gustaría beber? Estoy seguro de que Lilah tiene té helado en la cocina o, si lo prefieres, allí, en el bar, hay agua mineral.

—No necesito beber nada. Y no me utilices como un arma. No es justo.

—Querida. —Cade se inclinó para besarle la frente. —No lo estoy haciendo.

—¿Cómo te atreves? —Margaret estaba de pie en el umbral, pálida y tensa, los ojos ardientes de furia. —¿Cómo te atreves a desafiarme de esa manera y con esa mujer? He aclarado perfectamente mis deseos. No quiero que ella entre a esta casa.

—Tal vez yo no haya aclarado bien los míos. —Cade se volvió y apoyó una mano sobre el hombro de Tory. —Tory está conmigo y es bienvenida en esta casa. Y pretendo que todos los que yo traiga a mi casa sean tratados con cortesía.

—Ya que insistes en mantener nuestra conversación en su presencia, no veo que haya ninguna necesidad de simular cortesía o buenos modales.

Con la entrada de Margaret, el cuadro había vuelto a cambiar. El escenario, pensó Tory, está perfectamente preparado. Sólo cambian los personajes.

—Eres libre de acostarte con quien se te ocurra. No puedo impedir que pases tu tiempo con esa mujer ni que generes chismes que nos afectan a ti y a esta familia. Pero no permitiré que tu amante esté bajo mi techo.

—Ten cuidado, mamá. —La voz de Cade era suave, peligrosamente suave.

—Estás hablando de la mujer con quien voy a casarme.

Margaret retrocedió a los tropezones, como si su hijo acabara de pegarle. Su rostro adquirió un tono carmesí.

—¿Te has vuelto loco?

¿Cuáles serán mis bocadillos? se preguntó Tory. Sin duda debo tener algo que decir en esta extraña obrita de teatro. ¿Por qué será que no los recuerdo?

—No estoy pidiendo tu aprobación. Lamento que te angustie, pero tendrás que adaptarte a la situación.

—Cade. —Tory encontró su voz, ya rasposa por la falta de uso. —Estoy segura de que tu madre preferiría hablar contigo en privado.

—¡No pongas palabras en mi boca! —retrucó Margaret de mal modo. —Veo que he esperado demasiado tiempo. Si insistes en seguir ese camino, con esa mujer, corres el riesgo de perder Beaux Reves. Utilizaré mi influencia para convencer a los integrantes del directorio de Algodones Lavelle que te pidan la renuncia como presidente de la empresa.

—Puedes intentarlo —contestó él con tranquilidad—. Pero no tendrás éxito. Yo lucharé paso a paso contigo y te llevo ventaja. Y aún en el caso de que pudieras minar mi posición en la planta, cosa que dudo, nunca podrás tocar la plantación.

—¿Ésta es la gratitud que me tienes? Debe ser obra de esa mujer. —Los tacos de Margaret repiquetearon sobre el parquet mientras se adelantaba con rapidez. Cade sencillamente dio un paso al costado, interponiéndose entre su madre y Tory.

—No, es obra mía. Enfréntate conmigo.

—¡Ah, qué bien! ¡Una fiesta! —Faith entró, con Bee corriendo tras ella. Tenía los ojos brillantes de excitación, una sonrisa malvada en los labios. —¡Hola, Tory! ¡Qué bonita estás! ¿Qué les parecería un poco de vino?

—Me parece una idea excelente, Faith. Sírvele un poco de vino a Tory. Enfréntate conmigo —le volvió a decir a Margaret.

—Estás deshonrando a tu familia y el recuerdo de tu hermana.

—No, pero lo estás haciendo tú. Es una vergüenza que le eches la culpa a una criatura de la muerte de otra. Es una vergüenza que trates a una mujer inocente con tanto desprecio y maldad, debidos a tu propio dolor y a tu sentido de culpa. Lamento que nunca hayas podido mirar más allá de esa culpa y de ese dolor, para ver a los hijos que te quedaban, la vida que podrías haber construido fuera de esa burbuja de la que te rodeaste.

—¿Cómo te atreves a hablarme así?

—He intentado todas las demás maneras. Si hiciste lo que tenías necesidad de hacer por ti misma, no te culparé. Si continúas viviendo como has vivido durante estos últimos dieciocho años, será tuya la elección. Faith y yo tenemos vidas propias. Y viviré la mía con Tory.

311

—Bueno, ¡felicitaciones! —Faith levantó el vaso de vino que se acababa de servir y lo bebió. —Supongo que en lugar de vino deberíamos beber champaña, Tory. Permite que sea la primera en darte la bienvenida a nuestra familia feliz.

—¡Cállate! —siseó Margaret y no obtuvo de su hija más que un leve encogimiento de hombros. —¿Crees que no sé por qué haces esto? —le preguntó a Cade. —Por rencor hacia mí. Para castigarme por males imaginarios. Soy tu madre y, como tal, desde el día en que naciste, he hecho todo lo que pude por ti.

—Lo sé.

—¿Qué deprimente, verdad? —murmuró Faith. Cade simplemente la miró y meneó la cabeza.

—No te tengo rencor y no tengo por qué castigarte. No estoy haciéndote esto a ti, mamá. Lo estoy haciendo por mí. En mi vida ha sucedido un milagro. Tory ha vuelto a ella.

Volvió a tomar la mano de Tory, que estaba helada, y la obligó a ponerse de pie a su lado.

—Y descubrí que soy capaz de más que lo que suponía. Soy capaz de amar a alguien y de querer hacer lo mejor por ella. En este caso, estoy recibiendo la mejor parte del trato. Ella no lo cree, ni siquiera lo creerá después de hoy. Pero yo lo sé. Y estoy decidido a atesorarlo.

—Mañana mismo el juez Purcell terminará de redactar mi nuevo testamento. Los desheredaré a los dos, y no les dejaré ni un centavo. —Miró a Faith con furia. —Ni un centavo, ¿entiendes? A menos que me apoyes en este momento. Tú no tienes nada que ganar con esta mujer —le dijo a Faith—. Me encargaré de que recibas tu parte y la de Cade, comenzando con el valor de mercado de la Casa del Pantano y de la tienda de la calle Market.

Faith contempló su vino.

—Hmmm. ¿Y a cuánto ascendería ese valor?

—Cerca de cien mil —le dijo Cade—. No puedo hablar de lo que puede valer mi parte de las propiedades de nuestra madre, pero supongo que se acerca a una suma de siete cifras.

—¡Uff! —Faith frunció los labios. —¿Qué te parece? De manera que todo eso será mío si arrojo a Cade a las fieras, por así decirlo, y hago lo que tú quieres que haga. —Esperó un instante. —Pero me pregunto, ¿alguna vez he hecho lo que tú querías que hiciera, mamá?

—Sería prudente que lo pensaras.

—Segunda pregunta: ¿cuándo he sido prudente? ¿Quieres vino, Cade, o preferirías una cerveza?

—No repetiré este ofrecimiento —aseguró Margaret con frialdad—. Si insisten en llevar a cabo esta pequeña farsa, abandonaré esta casa y ustedes y yo no tendremos más que hablar.

—Lo lamentaré —dijo Cade con tranquilidad—. Espero que con el tiempo cambies de idea.

—¿Estás dispuesto a elegirla a ella por sobre tu propia familia? ¿Sobre los de tu propia sangre?

—Sin un minuto de vacilación. Lamento que tú nunca hayas sentido eso por nadie. Si así fuera, no cuestionarías mi actitud.

—Esa mujer te arruinará. —Margaret miró a Tory. —Te crees inteligente. Crees que has ganado. Pero estás equivocada. En definitiva él te verá tal como eres y entonces no te quedará nada.

Las palabras estaban allí, justo allí, y le hicieron comprender que sólo había estado esperando para pronunciarlas.

—Cade me ve tal como soy. Ése es mi milagro, señora Lavelle. Por favor, le pido que no lo obligue a elegir entre nosotras dos. No nos obligue a todos a vivir con eso.

—Tuve otra hija que te eligió a ti, y pagó un precio muy alto por haberlo hecho. Ahora te llevarás a otro de mis hijos. Haré los arreglos necesarios para irme de inmediato —le dijo a Cade—. Te pido que tengas la decencia de mantenerla fuera de mi camino hasta entonces.

—¡Bueno, bueno! —Mientras su madre salía, Faith se sirvió un segundo vaso de vino. —¡Eso sí que fue agradable!

—¡Faith!

—No me mires así —le pidió a Cade—. Supongo que para ninguno de ustedes dos ha sido demasiado entretenido, pero para mí, sí. Enormemente entretenido. Dios es testigo de que lo tiene merecido. Toma. —puso el vaso de vino en manos de Tory—. Por tu cara, creo que esto te vendrá bien.

—Ve a hablar con ella, Cade. No puedes dejar esto así.

—Si lo hace, le perderé todo este nuevo respeto y admiración. —Faith se puso en puntas de pie y besó la mejilla de su hermano. —Parece que, después de todo, no logró arruinarnos a los dos.

Cade le tomó una mano y la sostuvo.

—Gracias.

—Fue un placer, querido. —Sostuvo el vaso en alto mientras se dejaba caer en un sillón y sonrió cuando Bee saltó a su falda. —Por mi parte, pienso celebrarlo.

—¿Qué vas a celebrar? ¿El anuncio de que Cade piensa casarse conmigo, o la infelicidad de tu madre?

Faith inclinó la cabeza y estudió a Tory.

—Yo puedo hacer las dos cosas, pero por lo visto tú no. Tienes demasiada sensibilidad. Y bondad. ¡Ah! Eso es algo que mi madre odiaría. Una cosa más para celebrar —decidió, y bebió otro sorbo de vino.

—Lo que acabas de decir no es agradable, Faith —murmuró Cade.

—¿Por qué no me dejas cacarear un rato? No todo el mundo es tan generoso como ustedes dos. ¡Dios mío! Realmente están hechos uno para el otro. ¿Quién lo hubiera creído? Me alegro por ustedes. ¡Qué increíble! Me siento sinceramente feliz por ustedes. Creo que me he puesto exageradamente sentimental.

—Trata de controlar esta vergonzosa demostración de sentimientos. —Impaciente con ella, Cade se volvió hacia Tory y le pasó las manos por los brazos. —Tengo que sacar algunas cosas de mi oficina. Después nos iremos. ¿Estarás bien?

—Habla con tu madre, Cade.

—No. —La besó con ligereza. —No tardaré.

—Bebe tu vino —sugirió Faith cuando quedaron solas—. Les devolverá un poco de color a tus mejillas.

—No quiero vino. —Tory alejó el vaso y se encaminó a la ventana. Quería volver a estar afuera, donde podría respirar.

—Si insistes en conservar esa expresión de infelicidad, lo único que lograrás será estropearle esto a Cade. Él lo ha hecho todo porque te ama.

—¿Y tú por qué lo hiciste?

—Una interesante pregunta. Hace un año... ¡Mierda! Probablemente hace un mes, habría aceptado su proposición. Es una importante cantidad de dinero y a mí me gusta todo lo que el dinero puede comprar.

—No, nunca la habrías aceptado, y te diré por qué. —Tory la miró. —En primer lugar porque te encanta la posibilidad de tirarle a tu madre su propuesta a la cara. Y en segundo lugar, y más importante que el primero, no la habrías aceptado por Cade. Porque quieres a Cade.

—Sí, lo quiero, y el cariño no es algo que nos resulte fácil a ninguno de los dos. Mi madre se encargó de eso.

—¿Le echarás la culpa de todo?

—No, sólo las que merece. Yo arruiné buena parte de mi vida por mí misma. Pero Cade no. Él jamás se hizo daño ni dañó a nadie más. Lo quiero muchísimo.

Tory la miró, sorprendida. Los ojos de Faith todavía brillaban, pero estaban llenos de lágrimas.

—Cade no le habló así a mamá para herirla, sino porque era la verdad. En cambio yo lo habría dicho para herirla. Puedes tenerle lástima si quieres, pero no esperes que se la tenga yo. Contigo Cade tiene una oportunidad, y quiero que la viva.

—¿Por qué no se lo dijiste?

—Te lo estoy diciendo a ti. Veo lo que él siente por ti y ojalá yo pudiera sentirlo por alguien. No para llegar a ser una persona mejor. Yo me gusto tal como soy. Pero si a una alguien le importa tanto... —Estudió con aire contemplativo el vaso de vino, la luz de la ventana que brillaba en él. —Si alguien nos importa tanto, lo lógico es que nos saque algo. —Apartó la vista del vaso y miró a Tory. —¿No es verdad?

—Sí. Pero empiezo a creer que es algo que una ya no necesita más. No lo necesitas si alguien corresponde a tu amor.

—Interesante. Vale la pena pensarlo. —Levantó la mirada al oír entrar a Cade. —Supongo que ahora querrán estar solos.

—Sí.

—Entonces Bee y yo nos iremos, ¿no es cierto? —Acarició a la perrita y luego la depositó en el piso. —En realidad, creo que saldremos y que nos quedaremos afuera hasta que se aclare el aire. —Al pasar, tocó la mejilla de Cade. —Y les sugiero que hagan lo mismo.

—Todavía no. —Esperó hasta oír que se cerraba la puerta tras su hermana y luego le tendió una mano a Tory. —Quiero hacer esto aquí. Será como cerrar un círculo.

—Cade, esto ha sido difícil para ti, para todos ustedes. Yo...

—No, no fue difícil. Y ya está hecho. Tú y yo recién empezamos. —Sacó una caja del bolsillo y la abrió. El diamante reflejó la luz del sol, explotó con ella. —Este anillo fue de mi abuela, y lo heredé.

El pánico ahogó a Tory.

—No. —Tironeó su mano , pero él la sostuvo con firmeza.

—Lo heredé —repitió Cade—, con la esperanza de que llegaría el día en que se lo daría a la mujer con quien me quisiera casar. No se lo di a Deborah. Nunca se me ocurrió dárselo. Supongo que sabía que lo estaba guardando para alguien más. Que estaba esperando a alguien más. Mírame, Tory.

—Es todo tan rápido. Deberías tomarte más tiempo.

—Veinte años o dos meses. Para nosotros, el tiempo nunca ha sido lo importante. Si no puedes creer y confiar en lo que te digo, si eso no basta para tranquilizarte, te pido que mires lo que siento. —Apoyó la mano de Tory sobre su corazón. —Mírame por dentro, Tory.

Ella no se pudo negar ni resistir. Y la calidez del pedido de Cade la inundó. Calidez y fuerza. Y esperanza. El corazón de él latía bajo la palma de su mano, su mirada no se apartaba de ella. Confianza, pensó Tory. Cade le confiaba todo lo que era. El paso siguiente debía ser darlo ella.

—Ojalá tú pudieras mirarme por dentro a mí, porque no sé explicarte lo que siento. Me atemoriza, porque es demasiado. Nunca quise volver a enamorarme. Pero ignoraba que podía ser distinto. No sabía que serías tú. ¡Eres tan firme, Cade! —Ya sonriente, levantó una mano para juguetear con el pelo de Cade. —Me contagias tu firmeza.

—Cásate conmigo.

—¡Oh, Dios! —Respiró hondo, tuvo que volver a hacerlo. —Sí. —Bajó la mirada cuando él le deslizó el anillo en el dedo. —¡Es una belleza! Me marea mirarlo.

—Te queda un poco grande. —Pasó el pulgar alrededor de la banda de oro. —Tienes manos delicadas. Lo haremos achicar.

—Pero todavía no. Quiero acostumbrarme a usarlo. —Cerró la mano y enseguida suspiró. —Ella lo amaba. —Volvió a mirarlo. —Hablo de tu abuela. Lo amaba. Se llamaba Laura y era feliz.

—Y también lo seremos nosotros —prometió él.

Tory se permitió creerle.

Carl D. hizo sonar la sirena y mantuvo el cuenta kilómetros a ciento veinte durante todo el trayecto por la I-95. No era necesario, por supuesto, pero le producía una pequeña satisfacción. Y Dios era testigo de que entretenía a J.R.

Cortó la sirena cuando se aproximaban a la salida.

—Tal vez deberíamos seguir haciendo esto los domingos, en lugar de pescar.

—Sí, remueve la sangre —convino J.R.—. No es fácil sentirse viejo e inútil cuando uno vuela por el camino.

—¿A quién llamas viejo e inútil? Si crees que así te resultará más sencillo, te diré lo que haremos, J.R. Te dejaré en la casa de tu hermana e iré a chequear la situación con el sheriff. Eso te dará tiempo de conversar con ella y de convencerla de que empiece a empacar algunas cosas.

—Te lo agradezco. —El estado de ánimo de J.R. decayó, pero hizo lo posible por disimularlo. —Ella no va a querer ceder, así que me costará convencerla. Creo que le diré que estamos bastante seguros de que Han sigue en Progress, así que estará más cerca suyo si viene a casa conmigo.

—Tal vez sea la verdad. Y por ese motivo, pondré más patrullas en tu calle. Quiero que empieces a usar ese sistema de alarma que hace dos años Boots te convenció que hicieras colocar.

—Lo hemos estado usando desde que encontraste a la chica Bellows. Boots asegura que no descansa un minuto a menos que lo tengamos conectado. —Pensó en su pueblo, en las calles por las que podía caminar con los ojos cerrados, en las personas a quienes conocía por su nombre. Y en todos los que lo conocían a él. —No es así como se supone que debería ser.

—No, pero a veces es lo que sucede. Tú y yo nos criamos de determinada manera, J.R. Hemos sido testigos de los cambios que ha tenido Progress y la mayor parte de ellos son buenos. Nos inclinamos ante esos cambios, tal vez perdimos algo cuando plantaron casas en los terrenos donde en un tiempo jugamos a la pelota. Pero los aceptamos. Sin embargo a algunos cambios hay que tomarlos de una manera completamente diferente.

J.R. sonrió apenas.

—¿Qué diablos significa eso?

—Maldito si lo sé. ¿Debo doblar aquí?

—Sí. El camino está lleno de baches. cuida que no estropee el filtro de aceite del auto. Me avergüenza el lugar adonde ha llegado a vivir mi hermana, Carl D.

—No te preocupes por eso. Hace demasiado tiempo que somos amigos para que te preocupen esas pavadas. —El patrullero avanzaba a los tumbos. Carl D. redujo la velocidad hasta avanzar a paso de hombre. Después miró hacia adelante, entrecerrando los ojos. —¿Qué demonios es esto? ¡Maldito sea! Hay problemas. ¡Maldito sea! —repitió y aceleró a fondo, de manera que recorrieron el resto del camino a los saltos.

Había dos patrulleros estacionados frente a la casa. Cintas policiales amarillas rodeaban el jardín descuidado. Cuando Carl D. frenó, se les acercó el policía uniformado que montaba guardia en el porche.

—Soy el jefe Russ de Progress. —Sacó su documento de identidad y lo levantó para que el policía lo estudiara. —¿Qué ha sucedido?

—Tuvimos un incidente, jefe Russ. —El rostro del oficial estaba pálido y anteojos oscuros ocultaban sus ojos. —Debo pedirle que se quede aquí. El sheriff está adentro. Será necesario que él lo identifique.

—Ésta es la casa de mi hermana —dijo J.R. aferrando la manga del policía—. Mi hermana vive aquí. ¿Dónde está ella?

—Tendrá que preguntárselo al sheriff. Por favor no pasen de la cinta amarilla —ordenó, y entró en la casa.

—Algo le ha sucedido a Sarabeth. Debo...

—Espera. —Carl D. retuvo a J.R. por un brazo antes de que éste avanzara. —Espera. No puedes hacer nada. Debemos esperar.

Ya había visto la mancha oscura sobre la tierra, fuera del gallinero y una segunda mancha cerca del pasto demasiado crecido.

El sheriff Bridger era un hombre fornido con la cara marcada por los años y la intemperie. Tenía ojos celestes rodeados por arrugas que parecían quemadas por el sol en la piel. Al salir estudió la zona, se tomó un momento para secarse las gotas de traspiración que le cubrían la frente y luego se acercó a los recién llegados.

—Jefe Russ.

—Así es, sheriff. Traje conmigo al señor Mooney para que buscara a su hermana. Sarabeth Bodeen. ¿Qué ha sucedido?

Bridger clavó en J.R. la mirada de sus ojos celestes.

—¿Usted es hermano de Sarabeth Bodeen?

—Sí. ¿Dónde está mi hermana?

—Lamento tener que decírselo, señor Mooney. Esta mañana temprano tuvimos problemas aquí. Su hermana ha muerto.

—¿Muerto? ¿De qué está hablando? ¡No puede ser! Hablé con ella hace menos de dos días. Ni siquiera hacen dos días. Carl D., tú me dijiste que había guardia policial aquí, exactamente aquí, cuidándola.

—Así es. Teníamos guardia. Y esta mañana también perdí uno de mis hombres. Un buen hombre, padre de familia. Lamento su pérdida, señor Mooney, y también lamento la de ellos.

—Ahora siéntate, J.R. Quiero que te quedes sentado hasta que te sostengan las piernas. —Carl D. abrió la puerta del auto y obligó a su amigo a sentarse dentro de él. J.R. tenía la cara alarmantemente colorada y había comenzado a temblar con violencia.

—¿Tiene inconveniente en que alguien le traiga un poco de agua, sheriff? Bridger asintió y le hizo una seña a uno de sus hombres.

—Purty, tráigale un vaso de agua al señor Mooney.

—Tú te quedas sentado. —Carl D. se agazapó junto a su amigo y al hacerlo le crujieron las rodillas. —Sólo debes quedarte sentado y recuperar el aliento. Deja que yo haga todo lo que pueda hacer.

—Acababa de hablar con ella —repitió J.R. —Hablé con ella el viernes por la tarde.

—Lo sé. Pero tú te quedas sentado hasta que yo vuelva. —Se alejó del auto y recién volvió a hablar cuando estuvo seguro de que J.R. no alcanzaría oír lo que decía. —¿Puede decirme qué ha sucedido?

—Hace un par de horas que tratamos de analizarlo. Flint tenía que montar guardia de dos de la madrugada a diez de la mañana. No supimos que había problemas hasta que vinieron a relevarlo y lo encontraron. Allí. —Bridger señaló el gallinero.

Acababan de llevar a su hombre a la morgue, encerrado en una bolsa de plástico. Era algo que jamás olvidaría.

—Le dispararon por la espalda. Era joven, fuerte. Trató de regresar a su unidad y se arrastró cuatro metros y medio con la bala dentro. Había sacado el arma. Tenía el arma en la mano. Y alguien le apoyó una pistola en la oreja y apretó el gatillo.

"Tenía treinta y tres años, jefe Russ. Tiene un hijo de diez años y una hija de ocho. Me siento responsable de que ahora no tengan padre. Yo lo mandé a montar guardia aquí. Sabíamos que Bodeen es peligroso, pero ignorábamos que estuviera armado. Nunca usó un arma de fuego en sus otros crímenes. El hijo de puta le disparó a mi hombre por la espalda.

Carl D. se pasó el dorso de la mano por la boca.

—¿Y la señora Bodeen?

Sarabeth. Sari Mooney, quien se había sentado en el porche de la casa de su madre, comido en su mesa.

—Creo que ella sabía que el marido se acercaba. Había empacado una valija. En el dormitorio encontramos una lata de café vacía y tengo la impresión de que allí guardaba el dinero de la casa, que ha desaparecido. La puerta estaba abierta y no había sido forzada. Ella lo dejó entrar, o él entró por su cuenta. Le disparó dos veces. Tiene un balazo en el pecho y otro en la nuca.

A pesar de la pena que sentía, Carl D. estudió la ubicación de la casa, del terreno.

—Supongo que habrá investigado algo ya.

—Sí. Hablamos con los vecinos. Por fin conseguimos que alguien nos dijera que alrededor de las cinco o cinco y media de la mañana habían oído algo parecido a disparos. Por aquí la gente no se mete en la vida de los demás. Nadie prestó atención a los disparos.

El calor era despiadado. Carl D. sacó un pañuelo y se lo pasó por la cara mientras sentía que el sudor le empapaba la camisa.

—¿Y cómo diablos llegó hasta aquí?

—No sé. Tal vez hizo dedo y alguien lo acercó. O robó un auto. Estamos investigando el asunto.

—¿Para apoderarse del dinero que contenía una lata de café? No me parece lógico. ¿Ella había empacado una valija?

—Así es. Con su ropa y parte de la de él. Sabía que él vendría. Estamos chequeando los llamados. Suponemos que la llamó y ella le explicó donde estaba el hombre que la custodiaba. Ella nunca quiso cooperar con la policía.

Y él la culpaba por la muerte de su hombre, a pesar de que ella estaba tan muerta como Eva.

—¿Le parece que en su condición de pariente más cercano, el señor Mooney estará en condiciones de identificarla?

—Sí. —Carl D. se volvió a frotar la boca. —Lo hará. ¿Ya han informado del hecho a la madre de la difunta?

—No. Me iba a encargar de eso al volver a la oficina.

—Le agradecería que me permitiera hacerlo a mí, sheriff Bridger. No quiero pasar por encima suyo, pero ella me conoce.

—Le agradeceré que se haga cargo de esa parte del trabajo. No es algo que me guste hacer.

—Muy bien. Entonces llevaré a J.R. a casa de su madre. Así todo será más fácil para ellos.

—De acuerdo. Ahora Bodeen es el asesino de un policía, jefe Russ. Si cree que eso consolará de alguna manera a su amigo, asegúrele que ese cretino no logrará huir lo suficientemente lejos ni lo suficientemente rápido.

—Le pido que me mantenga al tanto de todo, sheriff, y yo haré lo mismo con usted. Mañana o pasado llegarán los federales a mi oficina. Estoy seguro de que le harán una visita.

—Y les daré la bienvenida. Pero éste es mi terreno y fue a mi hombre a quien se llevaron encerrado en una bolsa esta mañana. —Bridger escupió en el piso. —Será mejor que Bodeen le ruegue a su Dios Todopoderoso que los federales lo apresen antes de que lo haga yo.

A kilómetros de distancia, Hannibal Bodeen devoraba una costilla de cerdo. La había sacado, junto con pan y queso y una botella de whisky, de la casa que acababa de asaltar. Le resultó bastante sencillo porque la familia había ido a la iglesia. Los observó salir de la casa vistiendo su ropa dominguera y apilarse en el auto de la familia. ¡Hipócritas! Iban a la iglesia a lucir sus bienes terrenales. Entraban a la casa del Señor para darse corte.

Dios los castigaría, como castigaba a todos los orgullosos y pomposos. Y Dios cuida de mí, pensó mientras terminaba de pelar el hueso de cerdo.

Había encontrado alimentos más que suficientes en esa casa enorme. Carne de la comida de la noche anterior en la heladera. Suficiente para restaurar su cuerpo. Y whisky para sostenerlo en sus horas de necesidad. Porque ese internarse en tierra salvaje era su juicio, su prueba.

Hizo a un lado el hueso y bebió un largo trago de whisky.

Durante un tiempo se desesperó. ¿Por qué lo castigaban, a él un hombre justo? Entonces comprendió todo con claridad. Debía ser probado, debía demostrar lo que valía. Dios lo había apoyado una y otra vez en las tentaciones. En alguna ocasiones fue débil y sucumbió. Pero ahora el Señor le ofrecía una oportunidad.

Durante dieciocho años, Satán vivió en su casa, bajo su techo. Él hizo todo lo posible para ahuyentar al demonio, pero fracasó. No volvería a fracasar.

Volvió a llevarse la botella a la boca para que el whisky le diera fuerzas. Pronto, muy pronto, completaría la tarea que se le había encomendado. Descansaría, oraría. Entonces, se le mostraría el camino.

Cerró los ojos y se tendió a dormir. El Señor proveerá, pensó, y apoyó la mano sobre el arma que tenía a su lado.

27

Tory observó el auto del jefe Russ que se alejaba por el sendero de su casa y doblaba por la ruta hacia Progress. Seguía sentada en la vieja mecedora del porche donde se había desmoronado cuando J.R. le contó lo sucedido a su madre.

Lo que preocupaba a Cade era su inmovilidad. Su inmovilidad y su silencio.

—Ven, entra y acuéstate un rato, Tory.

—No quiero acostarme. Estoy bien. Ojalá no me sintiera tan bien. Me gustaría sentir más que lo que siento. En mi interior hay un vacío donde debería haber dolor. Trato de escribir algo acerca de todo, pero no puedo. ¿Qué soy yo que no puedo sentir dolor por la muerte de mi propia madre?

—No te castigues.

—Es que sentí más dolor y más pena por Sherry Bellows. Una mujer a quien sólo vi una vez. Me impactó y me horrorizó más la muerte de una desconocida que la de alguien de mi propia sangre. Miré a mi tío a los ojos y allí vi dolor, tristeza. Pero yo no lo siento así. No tengo lágrimas para mi madre.

—Tal vez ya hayas vertido demasiadas lágrimas.

—En mi interior no soy como los demás.

—No, no es así. —Se le acercó y se arrodilló frente a ella. —Tu madre ya había dejado de formar parte de tu vida. Es más fácil sentir dolor por una desconocida que por alguien que debía haber sido parte de ti y no lo fue.

—Mi madre ha muerto. Creen que mi padre la mató. Y la pregunta que me hago, la pregunta más importante que en este momento tengo en la cabeza es ¿por qué quieres cargar con alguien que desciende de dos personas como papá y mamá?

—Ya conoces la respuesta. Y si el amor no basta, le agregaremos una dosis de sentido común. Tú no eres tus padres, así como yo no soy los míos. La vida que comenzaremos y construiremos entre los dos es nuestra.

—Yo debería alejarme de ti. Sería lo sensato y supongo que también sería el mejor acto de amor. Pero no lo haré. Te necesito. Deseo enormemente lo que tal vez lleguemos a tener juntos. Así que no cometeré el acto de valentía de alejarme de ti.

—Querida, te aseguro que si lo intentaras, no permitiría que te alejaras ni siquiera dos pasos.

Tory lanzó una carcajada temblorosa.

—Quizás lo sepa, Cade. —¡Era tan fácil tocarlo, pasarle los dedos por el pelo! —¿Crees que tú y yo estaríamos juntos si Hope viviera? ¿Si no hubiera sucedido nada de lo que sucedió y si hubiéramos crecido aquí como dos personas normales?

—Sí.

—A veces tu confianza es un consuelo. —Caminó hasta un extremo del porche para mirar los árboles que sumían el pantano en las sombras. —Es la segunda vez que alguien muere desde que he vuelto a casa. La segunda vez que creí que él vendría por mí. Pero todavía lo hará.

—No conseguirá acercarse a ti.

Sí, pensó ella, la confianza de Cade puede ser un consuelo.

—Tendrá que venir. Tendrá que intentarlo. —Se apoyó para no tambalear y se volvió. —¿Podrías conseguirme un arma?

—Tory...

—No digas que me protegerás ni que la policía lo encontrará, lo detendrá. No creo que nada de eso se cumpla. Pero él volverá a buscarme, Cade. Lo sé, estoy completamente segura de ello. Debo tener posibilidades de defenderme en caso de necesidad. Y me defenderé. No vacilaré en tomar su vida con tal de salvar la mía. Tal vez en un tiempo lo habría hecho. Pero ahora hay demasiado en juego. Porque ahora te tengo a ti.

Cade sintió un pánico enfermizo en la boca del estómago, pero asintió. Sin pronunciar palabra, se acercó al auto y abrió la guantera. Desde el asesinato de Sherry Bellows, siempre llevaba consigo un revólver.

Se lo llevó a Tory.

—Éste es un revólver. Un treinta y ocho.

—Es más chico de lo que imaginaba.

—Era de mi padre. —Cade observó el Smith & Wesson que tenía en la mano. —Es un arma compacta. ¿Sabes usarla?

Tory apretó los labios. En manos de Cade, el revolver tenía un aspecto siniestro y eficiente. En la mano elegante de un granjero.

—Supongo que habrá que apretar el gatillo.

—Bueno, hay que saber un poco más que eso. ¿Estás segura acerca de esto, Tory?

—Sí. —Soltó una bocanada de aliento. —Sí, estoy segura.

—Entonces vamos. Saldremos al jardín y te daré una clase de tiro.

Faith cantaba con una voz sorprendentemente alegre y dulce mientras subía la escalera rumbo al departamento de Wade, cargada de comestibles. Bee la seguía, olfateando el aire cargado de recuerdos de incontables perros, gatos y conejos. Encantada consigo misma, Faith cambió las bolsas de mano, hizo girar la llave y abrió la puerta empujándola con la cadera.

En el living, sobre una alfombra, estaba Mongo, con la cabeza entre las manos. Al ver entrar a Faith, movió la cola con entusiasmo y alzó la cabeza.

—¡Hola! Pareces mucho mejor, viejo lanudo. Bee, Mongo es un paciente de tu papá. No le mastiques las orejas. Mira que es capaz de devorarte de un solo bocado. —Pero Bee ya lo estaba oliendo y mordisqueando.

—Bueno, supongo que será mejor que ustedes dos se hagan amigos. ¿Dónde está el doctor?

Lo encontró en la cocina, mirando fijo una taza de café.

—Allí está. —Depositó las bolsas sobre la mesada, y luego, desde atrás, le envolvió el cuello con los brazos y le besó la cabeza. —Tengo una sorpresa para ti, Doc Wade. Hoy disfrutarás de una comida casera. Y, si juegas bien tus cartas, también de un interludio romántico después del postre.

En el living hubo una explosión de ladridos, parecida a disparos de ametralladora y Faith corrió a ver lo que ocurría.

—¿No te parece una maravilla? Debes venir a ver esto, Wade. Están jugando juntos. Bueno, en realidad ese perro grandote está aplastando a Bee con una pata, pero se divierten como locos.

Volvió a la cocina riendo, pero se detuvo al ver la cara de Wade.

—¿Qué pasa, querido? ¿Le sucedió algo al caballo que fuiste a ver anoche?

—No. No. La yegua está bien. Mi tía, la hermana de mi padre, ha muerto. La asesinaron esta mañana temprano.

—¡Dios mío! ¡Oh, Wade, qué cosa espantosa! ¿Qué está pasando aquí? —Se sentó frente a él, deseando saber qué hacer. —¿La hermana de tu padre? ¿La madre de Tory?

—Sí. Ni siquiera recuerdo cuánto tiempo hacía que no la veía. Hasta me cuesta recordar su rostro.

—Bueno. No te preocupes. Está bien.

—No está bien. Mi familia se está desmoronando. ¡Por amor de Dios, Faith! Creen que la mató mi tío.

El horror que se pintaba en los ojos de Wade hizo que ella contuviera el propio.

—Es un mal hombre, Wade. Un hombre malo y peligroso, y no tiene nada que ver contigo. Lo siento por Tory. Te juro que lo siento por ella. Y lo siento por tu tía, y por tu familia. Pero... bueno lo diré aunque te enfurezcas conmigo. Ella lo eligió, Wade, y se quedó a su lado. Tal vez ésa sea una clase de amor. Pero es una mala clase de amor.

—No podemos saber lo que sucede en la vida de los demás.

—¡Diablos! ¿Cómo no lo vamos a saber? Siempre decimos que lo ignoramos, pero lo sabemos. Yo sé lo que sucedió en la vida de mis padres. Sé que si alguno de ellos hubiera tenido un poco de sentido común, habría logrado que el matrimonio de ambos fuera un éxito o le hubieran puesto fin. En cambio mi madre se aferró al apellido Lavelle como si se tratara de una especie de premio y mi padre empezó a andar con otra mujer. ¿Y de quién fue la culpa? Durante mucho tiempo me permití creer que la culpa la tenía la otra mujer, pero no era así. La culpa fue de mi padre por no honrar sus votos matrimoniales y de mamá por haberlo tolerado. Tal vez sea fácil decir que todo esto es culpa de Hannibal Bodeen. Pero no es así. Y mucho menos culpables son tú, o Tory, o tu padre.

Alejó su silla de la mesa.

—Ojalá se me ocurrieran cosas agradables para decirte. O cosas suaves o reconfortantes. Pero yo no sirvo para eso. Supongo que debes querer ir a la casa de tu padre.

—No. —La siguió mirando, tal como la miraba desde que ella empezó a hablar. —Papá está mejor con mi madre. Ella sabrá lo que debe hacer por él. ¿Quién diablos hubiera creído que tú sabrías qué hacer por mí? —Le tendió una mano. Cuando ella la tomó, la acercó a sí y enterró el rostro en su vientre. —Quédate, ¿quieres?

—¡Por supuesto que me quedaré. —Le acarició el pelo. Interiormente se sentía extraña y un poco temblorosa. —Nos quedaremos un rato en silencio.

Wade siguió aferrándose a ella, tan sorprendido como Faith de que ella pudiera ser un ancla para él.

—He estado aquí sentado desde que llamó mi padre. No sé cuánto tiempo. Media hora. Una hora. Congelado por dentro. No se qué hacer por mi familia.

—Ya lo sabrás cuando llegue el momento de hacerlo. Siempre lo sabes. ¿Quieres que te prepare un poco de café?

—No. Gracias. No. Tengo que llamar a mi abuela y a Tory. Debo pensar qué decirles. —Con los ojos cerrados y el rostro apretado contra el cuerpo de Faith, escuchó los ladridos de los perros en el cuarto contiguo.

—He decidido quedarme con Mongo.

—Ya lo sé, querido.

—La pata está sanando bien. Tardará un poco más en cicatrizar, pero se curará. Quedará un poco rengo, quizás. Pensaba encontrarle una buena casa, pero... no puedo. —Levantó la mirada, intrigado. —¿Qué quisiste decir con eso de que lo sabías? Yo nunca me he quedado con ningún perro.

—Todavía no habías encontrado el perro indicado, eso es todo.

La miró con los ojos entrecerrados, pero sus hoyuelos se marcaron, cosa que le sucedía cuando algo lo divertía.

—Te estás poniendo demasiado sabia para resultarme cómoda.

—Es mi nueva personalidad. Me gusta bastante.

—¿Y esa nueva personalidad es la que cocina?

—En raras ocasiones. Allí tengo un par de bifes y los acompañamientos necesarios. —Se acercó a la mesada, metió la mano en las bolsas del mercado y sacó dos velas blancas. —Lucy, la del mercado, me preguntó qué clase de velada planeaba pasar con carnes rojas, velas blancas y una torta de queso de postre.

Wade esbozó una leve sonrisa y se puso de pie.

—¿Y qué le contestaste a Lucy, la del mercado?

—Le dije que estaba comprando lo necesario para preparar una comida romántica para dos, para mí y el doctor Wade Mooney. Una serie de oídos interesados escuchó esa información. —Depositó las velas sobre la mesada. —Espero que no te importe que haya sido indiscreta y que a partir de ahora seamos objeto de considerables conversaciones y especulaciones.

—No. —La rodeó con sus brazos y apoyó una mejilla sobre el pelo de Faith. —No me importa.

—Lissy querida, eso no me parece bien.

—Mira, Dwight, estamos por hacerle una visita de pésame a amigos y vecinos. —Tratando de ponerse cómoda, Lissy cambió de postura en el asiento y se subió el vientre con un brazo. —Tory acaba de perder a su madre y agradecerá una muestra de comprensión.

—Mañana, tal vez —dijo Dwight, mirando con pena el camino—. O el día siguiente.

—¿Pero no te parece que ella no debe tener ganas de preparar una comida decente? Así que le llevo una riquísima cazuela de pollo. La ayudará a mantenerse fuerte. ¡Dios, que duro debe ser esto para ella!

A pesar de su piadoso suspiro, había cierta fascinación en Lissy. La propia madre de Tory, asesinada de un tiro por su propio padre. Parecía salido de un diario o de una película de Hollywood. Y como había conseguido sacar a Dwight de la casa apenas una hora después de haber recibido la noticia, era probable que fuese ella la primera en echarle una mirada a Tory.

No porque no le tuviera compasión. ¡Por supuesto que la compadecía! ¿No le llevaba esa cazuela de pollo que su madre le había preparado para que la calentara después del nacimiento del bebé? Todo el mundo sabía que cuando había una muerte uno debía llevar comida.

—No debe tener ganas de recibir visitas —insistió Dwight.

—Nosotros no somos visitas. ¡Si yo fui al colegio con Tory! Tanto tú como yo la conocemos desde la infancia. No soportaría la idea de dejarla sola en un momento tan amargo. —O que alguien más llegara allí antes. —Aparte de eso, Dwight Frazier, tú eres intendente del pueblo. Tienes el deber de visitar a los deudos. ¡Por amor de Dios! Ten cuidado con esos baches, querido. Tengo que volver a orinar.

—No quiero que te excites ni que te angusties. —Le palmeó una mano. —No es cuestión de que tus dolores de parto empiecen antes de tiempo, Lissy.

—No te preocupes. —Pero le agradaba que se preocupara. —Todavía me faltan por lo menos tres semanas. ¡Pero, por amor de Dios! ¿Cómo me veo? —Ansiosa, se miró al espejo. —Considerando el apuro con que salimos, debo estar hecha un esperpento. Una vaca gorda y espantosa.

—Eres hermosa. Sigues siendo la chica más bonita de Progress. Y eres toda mía.

—¡Oh, Dwight! —Se puso colorada y se alisó el pelo. —Eres tan dulce. Pero me siento muy gorda y fea. ¡Y Tory es tan delgada!

—Piel y huesos. Mi mujer tiene curvas. —Le pasó una mano por el pecho y Lissy lanzó un chillido.

—¡No hagas eso! —Con una risita, apartó la mano de Dwight. —¡Deberías avergonzarte! Bueno, mira, ya casi hemos llegado y tú me pones en este estado. —Se metió una mano entre las piernas. —Y tú también te excitas. ¿Recuerdas que cuando éramos jóvenes y tontos estacionábamos el auto por aquí?

—Y yo te convencía de que pasaras al asiento trasero del auto de mi padre.

—No te costaba mucho convencerme. Estaba loca por ti. La primera vez que hicimos el amor fue por aquí. ¡Estaba tan oscuro, era tan excitante! Dwight. —Pasó un dedo por la pierna de su marido. —Cuando haya llegado el bebé y yo haya recuperado mi figura, te propongo que mamá se quede en casa y cuide a los chicos. Y tú y yo vendremos aquí en auto y veremos si sigues pudiendo convencerme de que pase al asiento trasero.

Él respiró hondo.

—Si sigues hablando así, Lissy, no podré bajar de este auto sin avergonzarme.

—No vayas tan rápido. De todos modos, quiero retocarme un poco los labios. —Sacó un lápiz labial de la cartera. —Mamá dijo que esta noche se quedaría con Luke. Cuando salgamos de lo de Tory, deberíamos pasar a ver a Boots y a J.R. Supongo que el funeral será en Florence. Tendremos que ir, por supuesto, en representación del pueblo y todo eso. No tengo ningún vestido de maternidad negro. Supongo que tendré que conformarme con el azul marino, aunque tenga un bonito cuello blanco. ¿Crees que la gente comprenderá si me pongo un vestido azul marino? Y tendremos que mandar flores.

Siguió parloteando hasta que salieron de la ruta y tomaron el sendero de la casa de Tory. Dwight ya no estaba excitado, pero empezaba a dolerle un poco la cabeza.

Quince minutos, se prometió. Le daría quince minutos a Lissy para que se esforzara por consolar a Tory y luego la llevaría a su casa y la obligaría a subir los pies. Así él podría beber una cerveza, ponerse cómodo y ver lo que transmitieran por ESPN.

Con excepción de sus familiares más cercanos, en Progress nadie se iba a condoler por Sarabeth Bodeen. No comprendía por qué una muerte tan lejana para él y para su pueblo, tenía que ocupar más que un mínimo de tiempo, fuera personal u oficial.

Haría las necesarias visitas de pésame y luego olvidaría el asunto.

—No comprendo por qué alguien puede querer vivir aquí afuera, sin un alma por compañía. —dijo Lissy mientras Dwight la ayudaba a bajar del auto. —Pero, Tory siempre fue rara. Rara como pato con dos cabezas, como diría mi madre. Pero... —Se interrumpió y dirigió una mirada significativa al auto de Cade. —Supongo que después de todo no le falta compañía. Juro Dwight que no comprendo que pueden tener esos dos en común. No es posible que tengan algo en común y, por su apariencia, Tory no debe ser una mujer capaz de mantener muy entusiasmado a un hombre, si sabes a qué me refiero... Es bastante bonita, si a uno le gusta ese tipo de mujer, pero no se puede comparar con Deborah Purcell. No comprendo lo que Cade ve en ella. Un hombre de su posición podría haber elegido cualquier mujer. Dios es testigo de que yo he tratado de presentarle muchas.

Dwight contestó "Hmmm" y "A-já" y "Sí, querida" un par de veces mientras sacaba la cacerola del auto. En realidad no era necesario que escuchara a su mujer cuando ella empezaba a divagar. Después de siete años de matrimonio conocía de memoria su ritmo, lo cual le permitía puntualizar sus declaraciones en el momento apropiado sin que tuviera idea de lo que estaba diciendo.

El sistema les convenía a los dos.

—Supongo que muy pronto Cade se cansará de ella y se separarán, como se separan las personas que no está unidas por un lazo muy fuerte, como el que nos une a ti y a mí.

Le hizo un aleteo de pestañas y le palmeó el brazo y Dwight leyó correctamente la señal. Le dirigió una mirada cálida y llena de amor.

—Una vez que él vuelva a estar suelto, lo invitaremos a comer con... bueno, tal vez con Cristal Bean. Tal vez yo hasta le pueda encontrar un buen hombre a Tory, alguien que sea más parecido a ella. Me costará bastante, porque no creo que haya muchos hombres dispuestos a enredarse con una mujer tan rara. Juro que a veces me mira y me estremezco, si sabes a qué me refiero. ¡Tory!

Lanzó esa exclamación en cuanto Tory abrió la puerta y de inmediato le abrió los brazos.

—¡Ay, querida, lamento tanto lo de tu madre! Dwight y yo vinimos en cuanto nos enteramos. ¡Pobrecita! ¿Y por qué no estás descansando? Estoy segura de que, en un momento como éste, Cade debe haberte pedido que te recuestes.

Su abrazo fue sofocante.

—Estoy bien.

—¡Por supuesto que no estás bien! No es necesario que simules con nosotros. Somos viejos amigos. —Pasó una mano por la espalda de Tory. —Y ahora quiero que te sientes y te prepararé una rica taza de té. Te traje una cazuela de pollo. Quiero que comas algo caliente para que conserves tus fuerzas en un momento tan doloroso. Cade.

Soltó a Tory para fijar su atención en Cade quien en ese momento salía de la cocina.

—Me alegra que estés aquí, cuidando a Tory. En un momento como éste, ella necesita a todos sus amigos. Y ahora, ven conmigo querida. —Pasó un brazo alrededor de la cintura de Tory como para servirle de apoyo. —Dwight, trae esa cacerola a la cocina para que pueda calentarle un poco de comida a Tory.

—Es muy bondadoso de tu parte, Lissy... —empezó a decir Tory.

—No se trata de bondad, somos amigas. Sé que en este momento debes estar medio loca, pero estamos aquí, para lo que necesites. Digan lo que digan y hagan lo que hagan, puedes contar con nosotros, ¿no es cierto, Dwight querido?

—¡Por supuesto! —Dirigió una mirada apenada a Cade cuando Lissy arrastró a Tory hacia la cocina. —No pude impedir que viniera —confesó—. Sus intenciones son buenas.

—Estoy seguro de eso.

—Es una cosa terrible. Terrible. ¿Cómo lo ha tomado Tory?

—Hace frente a la situación. —Cade miró hacia la cocina donde resonaba sin descanso la voz de Lissy. —Estoy preocupado por ella, pero enfrenta bien la situación.

—Dicen que la mató Hannibal Bodeen. Y la noticia corre con rapidez. Supuse que querrías saber lo que dice la gente. Creo que en lugar de mejorar, el asunto empeorará.

—Es difícil que pueda empeorar. ¿El jefe Russ te ha dado algún dato sobre la caza de Bodeen?

—No habla mucho. Supongo que es lo correcto. Por aquí no ha sucedido nada parecido desde que perdiste a tu hermana, Cade. —Vaciló y luego movió la cacerola que todavía tenía en las manos. —Tampoco debe ser fácil para ti, porque esto debe recordarte lo que sucedió entonces.

—No, no es fácil. Pero te diré lo que sospecha la policía, que si fuera cierto pondría fin a este asunto de una vez por todas. Parece que tal vez haya sido Bodeen quien mató a Hope.

—Mató a... —Respiró hondo, soltó el aire y él también miró hacia la cocina. —¡Dios Todopoderoso, Cade! No sé qué decir. ¿Tú qué piensas?

—Yo tampoco sé qué creer. Todavía.

—Dwight, ven a traerme esa cazuela de pollo, ¿quieres?

—Ya voy —respondió él—. En cuanto pueda me llevaré a Lissy. Supongo que ustedes no deben tener ganas de recibir visitas.

—Te lo agradezco. Y también te agradecería que no mencionaras la conexión que puede llegar a tener el padre de Tory con la muerte de Hope. Por ahora no se lo menciones a nadie, ni siquiera a Lissy. En este momento la situación ya es bastante difícil para Tory.

—Puedes contar conmigo. Y te lo digo en serio, Cade. Hazme saber lo que quieres que se haga y cuándo y yo me encargaré de todo. —Consiguió sonreír. —Tú y yo hace mucho que somos amigos, Cade. Desde chicos.

—Contaré contigo. Cuento contigo. Yo...

Un grito que partió de la cocina hizo que Dwight corriera hacia allí, alarmado. Al entrar vio a Lissy, con los ojos muy grandes y la boca abierta, aferrando la mano de Tory.

—¡Comprometidos! ¡Bueno, no puedo creerlo! Dwight, mira lo que tiene Tory en el dedo y ninguno de los dos nos dijo una palabra. —Le acercó la mano de Tory, con la cara encendida por el júbilo de ser, estaba segura, la primera en saberlo. —¿No te parece bárbaro?

Dwight estudió el anillo y luego miró a Tory a los ojos. Notó su fatiga, su vergüenza, su leve irritación.

—No cabe duda de que es bárbaro. Espero que seas muy feliz.

—¡Por supuesto que será feliz! —Lissy soltó la mano de Tory para poder rodear la mesa y abrazar a Cade. —¡Mira que eres astuto! Nunca nos dijiste nada. ¡Y haberte apoderado de Tory con tanta rapidez! Ella todavía no debe haberse recuperado. Debemos beber una copa, brindar por la feliz pareja. ¡Oh!

Se detuvo y tuvo la necesaria educación de ruborizarse, aunque todavía le bailaban los ojos.

—¿En qué estoy pensando? No soy más que una frívola. ¡Oh, querida,! ¡Debes estar tan destrozada! —Se apresuró a acercarse a Tory con la mayor rapidez posible. —¡Comprometerte y perder a tu madre, casi al mismo tiempo! Pero no olvides que la vida continúa. La vida continúa.

Tory ni siquiera se molestó en suspirar, pero logró apoyar la mano sobre su falda antes de que Lissy volviera a apoderarse de ella.

—Gracias, Lissy. Lo siento y espero que lo comprendas, pero debo llamar a mi abuela. Tenemos muchos arreglos que hacer.

—¡Por supuesto que lo comprendemos! Pero les pido que me avisen si hubiera algo que yo pudiera hacer. Cualquier cosa. Nada sería demasiado grande ni demasiado pequeño. Dwight y yo estaríamos más que felices de poder ayudar. ¿No es cierto, Dwight?

—Así es. —Rodeó a Lissy con firmeza con sus brazos. —Ahora nos iremos, pero pueden llamarnos si necesitan algo. No, no se levanten. —Guió a Lissy hacia la puerta. —Podemos salir solos. Pero nos llamarán, ¿verdad?

—Gracias.

—¡Imagínate! ¡Imagínate! —Lissy ni siquiera pudo esperar hasta llegar a la puerta de entrada. —Ponerse un anillo con un diamante bastante grande como para enceguecerla a una, y nada menos que el día en que el padre mató a la madre. Te juro, Dwight, que no se qué pensar. Debe estar planeando un casamiento y un funeral al mismo tiempo. Te dije que es rara, ¿no es cierto?

—Sí, me lo dijiste, querida. —La ayudó a subir al auto y cerró la puerta. —No cabe duda de que me lo dijiste —murmuró.

Dentro de la casa, Cade se sentó a la mesa. Durante un instante, él y Tory se miraron en silencio.

—Lo siento —dijo él por fin.

—¿Por qué?

—Porque Dwight es mi amigo y tengo que soportarla a ella.

—Es una mujer muy tonta. No particularmente astuta, ni particularmente mala. Goza con los asuntos de otros, sean buenos o malos. En este momento, no sabe a qué darle más importancia. Aquí está Victoria Bodeen, en medio de una tragedia y de un escándalo. Y aquí está, también, comprometida con uno de los hombres más prominentes del condado.

Tory hizo una pausa y miró su anillo. Me sobresalta verlo en mi dedo, pensó. No es una mala sensación. Sólo una sensación extraña.

—Tantas noticias —continuó diciendo Tory—. Deben estar dando vueltas en la cabeza de Lissy como bolitas. Entrechocándose, porque allí no debe haber mucho más para impedirlo.

Cade estuvo a punto de sonreír.

—¿Es una especulación o echaste una mirada?

—No tuve necesidad de mirar. Y de todos modos no lo haría cuando todo lo que Lissy piensa se le pinta en la cara. Dwight nunca hubiera podido sacarla de aquí tan pronto, si ella no hubiera estado deseando tener a mano un teléfono para dar la noticia.

—Y eso te molesta.

—Sí. —Se alejó de la mesa y caminó hacia la ventana. Era extraño que de alguna manera la consolara mirar las oscuras sombras del pantano. —Cuando volví a Progress sabía que estaría bajo el microscopio. Lo comprendía. Y podía enfrentarlo. Mi madre... también podré enfrentar eso. No tengo más remedio.

—No tienes que enfrentarlo sola.

—Ya lo sé. Supongo que volví para enfrentarme a mí misma. Para resolver o por lo menos aceptar lo que le había sucedido a Hope y la parte que yo tuve en ello. Esperaba los comentarios, las miradas, las especulaciones y la curiosidad. Pensaba utilizarlas para fortalecer mi negocio. Las he utilizado y seguiré utilizándolas. Eso es ser fría.

—No, es sentido común. Duro tal vez, pero no frío.

—Volví por mí misma —agregó ella en voz baja—. Para demostrarme que podía. Pensaba pagar por ello. Para aquietar la inquietud que tenía adentro, pero pagando por ello. Nunca te esperé a ti.

Se volvió a mirarlo.

—Nunca te esperé a ti, Cade. Y no sé qué hacer con todos los sentimientos que tengo por ti en mi interior.

Él se puso de pie, se le acercó y le alejó el pelo de la cara.

—Ya lo sabrás.

—Para ti es fácil decirlo.

—Supongo que te estaba esperando.

—Cade, mi padre... Piensa en lo que es. Parte de eso soy yo. Tienes que considerarlo. Tienes que sopesarlo.

—¿Te parece? —La miró mientras la volvía para dirigirla hacia el dormitorio. —Posiblemente tengas razón. Supongo que te debería dar la misma posibilidad de sopesar el hecho de que mi bisabuelo Horace se haya embarcado en una larga y lasciva aventura con el hermano de su mujer. Cuando ella lo descubrió y, en su angustia y sorpresa, amenazó con desenmascararlo, poco satisfechos con esa actitud, Horace y su amante la descuartizaron y mantuvieron satisfechos a los cocodrilos durante varios días.

—¡Lo estás inventando!

—Te aseguro que no. —La acostó en la cama. —Bueno, el asunto de los cocodrilos es una leyenda familiar. Muchos dicen que ella simplemente huyó a Savannah y vivió hasta los noventa y seis años en una mortificada soledad. De una manera o de otra, no es una nota de orgullo en la historia familiar de los Lavelle.

Ella se volvió hacia él, encontró la curva de su hombro y descansó allí la cabeza.

—Supongo que es una gran cosa que yo no tenga hermanos.

—¡Y dale con el asunto! Duerme un rato, Tory. Aquí sólo estamos tú y yo. Por el momento es todo lo que importa.

Mientras ella dormía, él permaneció despierto, escuchando los sonidos de la noche.

28

—Te estoy pidiendo que me des el gusto.

Tory miró las torres y las líneas de Beaux Reves.

—Me estás volviendo a colocar entre tú y tu madre, Cade. Eso no es justo para ninguno de nosotros.

—No. Pero necesito hablar con ella y no quiero que vayas sola en auto al pueblo. No quiero que estés sola hasta que todo esto termine, Tory.

—Bueno, yo tampoco quiero estar sola, así que puedes quedarte tranquilo. Si quieres esperaré en el auto mientras tú haces lo que tienes que hacer en la casa.

—¿Por qué no llegamos a un compromiso?

—¡Ah! ¿Cuándo entró esa palabra en tu vocabulario?

Él le dirigió una sonrisa muy lenta y tranquila.

—Entraremos por la puerta trasera. Tú podrás esperar en la cocina. Mi madre no pasa mucho tiempo allí.

Ella estuvo por volver a negarse, pero cedió. Sabía que Cade pasaría por alto sus excusas y estaba demasiado cansada para discutir. Demasiados sueños durante la noche, demasiadas imágenes que se deslizaban por su cabeza durante el día.

Hasta que todo esto termine, acababa de decir Cade. Como si fuera a terminar. Como si fuera posible que terminara.

Bajó del auto, caminó con él por el sendero que rodeaba la casa, cruzaron el jardín con sus rosales en flor, pasaron junto a la camelia donde una vez una chica había escondido su bonita bicicleta rosada, rodearon las azaleas cuyas flores ya estaban marchitas y las fragantes agujas de lavanda que perfumarían el aire hasta la llegada del invierno.

Allí el mundo era exuberante, lleno de colores, de formas y de perfumes. Un lugar elegante con senderos de ladrillos, hermosos bancos ubicados entre canteros y macetas desbordantes de distintas flores artísticamente colocadas. El resultado parecía un cuadro meticulosamente pintado.

Otra vez el mundo de Margaret, comprendió Tory. Igual que la estudiada perfección de las habitaciones interiores. Nada que pudiera estropearlo, nada que pudiera cambiarlo. ¡Qué terrible sería que alguna invasora se introdujera allí y quebrara el equilibrio!

—Tú no la comprendes.

—¿Perdón?

—A tu madre. No la comprendes en absoluto.

Intrigado, Cade enlazó sus dedos con los de Tory.

—¿Te di la impresión de que creía comprenderla?

—Éste es su mundo, Cade. Ésta es su vida. La casa, los jardines, el paisaje que ve desde las ventanas. Aún antes de la muerte de Hope, todo esto era el centro para ella. Lo que cuidaba y preservaba. Y siguió haciéndolo después de perder a su hija. Ella podría conservar esto —dijo, volviéndose hacia él—. Tocarlo, verlo, asegurarse de que no cambia. ¡No se lo quites!

—No se lo quitaré. —Tomó el rostro de Tory entre sus manos y la obligó a mirarlo. —Pero tampoco toleraré que utilice esta casa, o que utilice la plantación, para amenazarme y obligarme a ser obediente. No puedo darle más de lo que ya le he ofrecido, ni siquiera por ti.

—Tiene que haber una forma de compromiso. Un compromiso como el que tú me proponías.

—Es lo que uno creería. —Le besó la frente. —Pero a veces, para algunas personas, sólo existen el sí y el no. —La detuvo y la miró con expresión preocupada. —No me pidas que lo haga, Victoria. —El sonido que hizo no era tanto un suspiro como una respiración profunda. —No me pidas que negocie nuestra felicidad a cambio de su aprobación. Para empezar, yo nunca he contado con la aprobación de mi madre.

A Tory le resultó extraño comprenderlo, y comprenderlo de repente. Cade había crecido en un castillo, pero siempre estuvo tan hambriento de palabras cariñosas como ella.

—Te duele. Lo siento. No sabía que te dolía tanto.

—Son viejas heridas. —Le pasó las manos por los brazos, volvió a enlazar sus dedos con los de ella. —Ya no sangran tanto como antes.

Pero de vez en cuando la sangre volverá a filtrarse y goteará, pensó ella mientras comenzaba a caminar de nuevo. Nadie le había pegado jamás a Cade con un cinturón, ni con el puño cerrado. Pero había otras maneras de golpear a un chico.

Aún allí, en medio de toda esa belleza, tan lejos de las habitaciones estériles y sofocantes de su infancia. Es un lugar hermoso, sí, pensó Tory mientras caminaban entre flores, pero solitario. Ésa era sólo otra palabra para un mismo significado: esterilidad.

Debería haber alguien sentado en el banco o cortando flores para un jarrón. Una criatura tendida boca abajo en el sendero, estudiando una lagartija o un sapo.

El cuadro necesitaba vida, y sonidos y movimiento.

—Quiero hijos.

Cade se detuvo en seco.

—¿Perdón?

¿De dónde había salido eso y por qué saltó de su mente como si siempre hubiese estado allí?

—Quiero tener hijos —repitió—. Estoy cansada de patios vacíos, de jardines silenciosos y de habitaciones prolijas. Si vamos a vivir aquí, quiero ruido y migas sobre los pisos y platos en la pileta de lavar. No lograría sobrevivir en esas habitaciones perfectas, inmaculadas, y es algo que no puedes pedirme. Ésta casa no me interesa, ni la quiero a menos que haya vida en su interior.

Las palabras surgieron a borbotones de la boca de Tory y el pánico que había en ellas hizo sonreír a Cade. Recordó al chico que quería construir un fuerte. Con trozos de madera y papel cubierto de brea.

—Me parece una coincidencia muy interesante. Yo estaba pensando en dos hijos, con opción a tres.

—Está bien. —Respiró hondo. —Muy bien. Debí saber que ya lo tendrías planeado.

—Soy granjero. Nosotros planeamos. Después esperamos que el destino coopere. —Se inclinó a arrancar un gajo de romero. —Para que lo recuerdes —dijo al entregárselo. —Mientras me esperas, recuerda que debemos planear una vida entera, tan desordenada y ruidosa como se nos dé la gana.

Tory entró con él y allí estaba Lilah, trabajando en la cocina. En el aire flotaba el olor a café y a bizcochos y el perfume a rosas que Lilah se ponía todas las mañanas.

—Llegaron tarde para el desayuno —dijo—. Pero por suerte para ustedes estoy de buen humor. —Hacía varios minutos que los observaba con alegría en el corazón. Se los veía bien juntos. Hacía tiempo que esperaba ver a su mucha-cho con alguien que pudiera hacerlo feliz. —Bueno, siéntense. El café está recién hecho. Y preparé algunos bizcochos que nadie se molestó en comer.

—¿Mi madre está arriba?

—Sí, y el juez está haciendo amansadora en la sala de estar. —Lilah ya estaba bajando tazas. —Hoy tu madre no ha tenido mucho que decirme. Ha hablado considerablemente por teléfono y tiene la puerta cerrada. Y tu hermana, anoche ni siquiera se molestó en volver a casa.

A Cade se le encogió el estómago.

—¿Dices que Faith no está en casa?

—Pero no te preocupes. Está con Doc Wade. Ayer salió anunciando que estaría allí y que la volvería a ver cuando la viera. Por lo visto hoy en día nadie más que yo duerme en su propia cama. Hace demasiado calor para esas actividades. ¡Siéntense y coman!

—Tengo que hablar con mi madre. Aliméntala a ella —ordenó señalando a Tory.

—No soy un cachorro —murmuró ella mientras Cade se alejaba—. No se tome ningún trabajo por mí, Lilah.

—Siéntate y quítate esa expresión de mártir de la cara. Cade tiene la obligación de aclarar las cosas con su madre, y tú no debes preocuparte por eso. —Sacó la plancha para calentarla. —Y comerás todo lo que te ponga delante.

—Empiezo a pensar que Cade se parece a usted.

—¿Y por qué no se va a parecer a mí? Prácticamente lo crié. Y no estoy hablando en contra de la señorita Margaret. Algunas mujeres no están hechas para ser madres, eso es todo. Lo cual no significa que sean menos, sólo las hace ser lo que son.

Sacó un bol de la heladera y lo destapó.

—Lamento lo de tu madre.

—Gracias.

Lilah permaneció un instante con el bol apoyado en el brazo, mirando a Tory con sus ojos oscuros y cálidos.

—Algunas mujeres —repitió—, no han sido hechas para ser madres. Es por eso que, como dice la canción, Dios bendice a la criatura que es igual a sí misma. Tú eres igual a ti misma, querida. Siempre fue así.

Por primera vez desde que se enteró de la muerte de su madre, Tory lloró.

Ante todo, Cade se detuvo en la sala de estar. La buena educación jamás le habría permitido subir sin saludar antes a un viejo amigo de la familia.

—Juez.

Gerald se volvió y sus facciones severas se relajaron al ver a Cade.

—Tenía la esperanza de poder conversar contigo esta mañana. Espero que tengas un minuto.

Cade entró y le indicó una silla.

—Espero que usted esté bien.

—De vez en cuando tengo un poco de artritis. La vejez. —Antes de sentarse, con un gesto Gerald le quitó importancia a sus palabras. —Uno nunca piensa que le sucederá, hasta que una mañana se despierta y se pregunta quién diablos será ese anciano que refleja el espejo del botiquín del baño. Bueno. —Apoyó las palmas de las manos sobre las rodillas. —Te conozco desde que naciste.

—Así que no hay ninguna necesidad de elegir las palabras —Cade se encargó de terminar la frase. —Estoy enterado de que mi madre le ha hablado sobre algunas medidas legales y sobre modificaciones que quiere hacer en su testamento.

—Es una mujer orgullosa y está preocupada por ti.

—¿En serio? —Cade alzó las cejas, como fascinado por la información. —No es necesario que lo esté. Yo estoy muy bien. Más que bien. Si lo que le preocupa es Beaux Reves —continuó—, también es un error. Éste es un año excelente. Creo que hasta mejor que el anterior.

Gerald se aclaró la garganta.

—Cade, conocí a tu padre durante casi toda su vida y fui su amigo. Espero que recibas con ese espíritu lo que debo decirte. Te aconsejo que demores tus planes personales, que te tomes un poquito más de tiempo para considerarlos. Tengo plena conciencia de las necesidades y deseos del hombre, pero cuando esas necesidades se anteponen al deber, al sentido práctico y, sobre todo, a la familia, el resultado nunca es bueno.

—Le he pedido a Tory que se case conmigo. No me hace falta la bendición de mi madre y, para el caso, tampoco la suya. Aunque lamento que no se me concedan esas bendiciones.

—Cade, eres joven y tienes toda la vida por delante. Como amigo de tus padres, sólo te estoy pidiendo que te tomes un tiempo para considerar tu decisión, un lujo que bien puedes darte a tu edad. Estudia todo el cuadro. Sobre todo ahora, que la tragedia ha entrado en la vida de Tory Bodeen. Una tragedia —agregó—, que habla a gritos de sus antecedentes familiares. Tú eras apenas un niño en la época en que ella vivió aquí, y se te protegió de los hechos más duros de la vida.

—¿Qué hechos serían esos?

Gerald suspiró.

—Hannibal Bodeen es un individuo peligroso y sin duda alguna está mal de la cabeza. Ésas son cosas que se transmiten en la sangre. Te advierto y no te equivoques, que le tengo una enorme compasión a esa chica, pero no hay manera de modificar la realidad.

—Lo que me está diciendo equivale a "De tal palo tal astilla" o a "La rama que se tuerce, crece torcida", ¿verdad?

En el rostro de Gerald se pintó una expresión irritada.

—Cualquiera de las dos frases es indicada. Victoria Bodeen vivió demasiado tiempo en esa casa y bajo la mano de su padre para no haber sido torcida por ella.

—Bajo la mano de su padre —repitió Cade con cuidado.

—En un sentido figurado y me temo que también literal. Hace muchos años fue a verme Iris Mooney, la abuela materna de Victoria. Quería hacerles juicio a los Bodeen para obtener la custodia de su nieta. Me dijo que Bodeen la golpeaba.

—¿Y ella quería contratarlo a usted?

—Lo hizo. Pero no tenía pruebas del abuso que Bodeen cometía contra su hija, no podía substanciar la causa. No dudo, ni dudé entonces, de que Iris Mooney me decía la verdad, pero...

—Usted sabía —dijo Cade en voz muy baja—. Usted sabía que él le pegaba, que la llenaba de moretones y de lastimaduras ¿y no hizo nada?

—La ley...

—¡A la mierda con la ley! —Se puso de pie y continuó hablando con una enorme frialdad. —La abuela de Tory recurrió a usted en busca de ayuda, para evitarle una vida de pesadilla a su nieta. Y usted no hizo nada.

—No correspondía que yo interfiriera en asuntos de familia. Ella no tenía ninguna prueba. El caso era débil. —Aturdido, Gerald también se puso de pie. No estaba acostumbrado a que lo cuestionaran ni a que lo miraran con esa expresión de disgusto. —No había informes policiales, ni del servicio social. Sólo la palabra de una abuela. Si hubiera aceptado el caso, no habría logrado nada.

—Nunca lo sabremos, ¿verdad? Porque no aceptó el caso. No trató de ayudar.

—No me correspondía hacerlo —repitió Gerald.

—¡Por supuesto que le correspondía! A todo el mundo le corresponde ayudar. Pero Tory logró superar todo eso sin su ayuda, sin la ayuda de nadie. Y ahora, si me disculpa, debo atender asuntos personales.

Salió con rapidez. Una vez arriba, Cade llamó a la puerta de su madre. En ese momento se le ocurrió que a menudo había puertas cerradas en esa casa, barreras que, para ser removidas, exigían un pedido amable. Allí, la buena educación siempre era más importante que el cariño.

Eso cambiaría. Lo podía prometer. Las puertas de Beaux Reves estarían abiertas. Sus hijo no tendría que esperar una invitación para entrar, como si fueran desconocidos.

—Adelante. —Margaret continuó empacando. Había visto llegar a Cade con esa mujer y esperaba que llamara a su puerta. Supuso que su hijo le pediría que cambiara de idea y que no se fuera, que trataría de llegar a una componenda. Cade es un negociante, igual que su padre, pensó mientras ponía papel de seda entre sus blusas prolijamente dobladas.

Le proporcionaría un placer enorme escuchar los pedidos y los ofrecimientos de su hijo. Y negarse a aceptarlos.

—Lamento molestarte. —El prólogo surgió con naturalidad de la boca de Cade. Lo había dicho innumerables veces cuando su madre le permitía entrar a su cuarto. —Y lamento que tú y yo estemos enemistados.

Ella ni se tomó la molestia de mirarlo.

—He hecho arreglos para que esta tarde pasen a buscar mi equipaje. Como es natural, espero que se me envíe el resto de mis pertenencias. He hecho una lista parcial de todo lo que es mío. Demoraré un poco más en completarla. En los años que hace que vivo en esta casa he adquirido una serie de posesiones.

—Por supuesto. ¿Has decidido dónde vivirás?

La tranquilidad con que Cade le hizo la pregunta le hizo temblar las manos, la obligó a mirarlo, sorprendida.

—No he hecho ningún arreglo definitivo. Esas cosas exigen una cuidadosa consideración.

—Sí. Pensé que, ya que tienes lazos en esta comunidad, tal vez te sintieras más cómoda en una casa propia y cercana. Somos dueños de la propiedad de la esquina de Magnolia y Main. Es una atractiva casa de ladrillos, de dos pisos, con un jardín agradable. En este momento está alquilada, pero el contrato de locación vence dentro de dos meses. Si te interesa, avisaré a los inquilinos que no renovaremos el contrato.

Ella lo miró asombrada.

—¡Con cuánta facilidad me echas!

—No te estoy echando. La elección ha sido tuya. Eres bienvenida si quieres quedarte aquí. Es tu hogar y puede seguir siéndolo. Pero también será el hogar de Tory.

—Con el tiempo te darás cuenta de lo que es esa mujer, pero para entonces ya te habrá arruinado. La madre era una basura. El padre es un asesino. Y ella no es más que una oportunista, una calculadora que nunca supo cuál era su lugar.

—Su lugar está aquí, conmigo. Si no lo puedes aceptar, si no la aceptas a ella, tendrás que instalarte en otra parte.

A veces, para algunas personas, la respuesta era sí o no. A Cade se le ocurrió que esa vez era algo que se les aplicaba tanto a él como a su madre.

—La casa de Magnolia es tuya si la quieres. Pero si prefieres vivir en otra parte, Beaux Reves aceptará el lugar que elijas.

—¿Para no sentirte tan culpable?

—No, mamá. No me inspira ninguna culpa ser feliz ni amar a una mujer a quien también admiro y respeto.

—¿Respeto? —Escupió Margaret. —¿Tú te atreves a hablar de respeto?

—Sí. No he conocido a nadie a quien respete más. Así que la culpa no tiene nada que ver en todo esto. Pero me encargaré de que tengas un hogar cómodo.

—No necesito nada de ti. Tengo dinero propio.

—Lo sé. Tómate el tiempo que necesites para decidir. Sea cual fuere esa decisión, espero que te haga feliz. O que, por lo menos, vivas contenta. Ojalá... —Cerró los ojos un instante, cansado de mantener la fachada de los buenos modales. —Ojalá entre nosotros hubiera más que esto. Ojalá supiera por qué no puede haberlo. Nosotros nos hemos desilusionado el uno al otro, mamá. Y lo lamento.

Margaret tuvo que apretar los labios para impedir que le temblaran.

—Cuando yo salga de esta casa, habrás muerto para mí.

Los ojos de Cade se llenaron de dolor, pero instantes después se aclararon.

—Sí, lo sé.

Retrocedió y cerró en silencio la puerta entre ellos.

Sola, Margaret se hundió en la cama y escuchó el silencio.

Cade reunió los papeles que consideraba que le serían necesarios durante un día o dos y, mientras los guardaba en el portafolios, escuchó los mensajes grabados en el contestador telefónico. Debía chequear con Piney, contestar llamados de la fábrica y pasar por un par de propiedades que tenía en alquiler. Al día siguiente había una reunión de directorio, pero eso era algo que se podía programar para otro día.

Pero la reunión quincenal con su contador era inamovible. Tendría que encontrar un lugar seguro donde dejar a Tory durante algunas horas.

Miró su reloj pulsera y tomó el teléfono. Faith atendió con voz adormilada.

—¿Dónde está Wade?

—¿Hmmm? Abajo con un cocker spaniel o algo así. ¿Qué hora es?

—Más de las nueve.

—No me molestes. Estoy durmiendo.

—Voy al pueblo, Tory está conmigo. Está protestando y dice que quiere ir a la tienda. Hoy no piensa abrir, pero supongo que quiere encontrar algo que la mantenga ocupada. Me gustaría que la vigilaras y que fueras a la tienda a hacerle compañía.

—Tal vez no me hayas oído. Estoy durmiendo.

—Levántate. Estaré allí dentro de media hora.

—Esta mañana estás muy prepotente.

—No quiero que ninguna de ustedes dos esté sola hasta que hayan capturado a Bodeen. Tú te quedarás con ella, ¿me oyes? Yo volveré en cuanto pueda.

—¿Y qué diablos se supone que debo hacer con Tory?

—Ya se te ocurrirá algo. Levántate —repitió y enseguida cortó la comunicación. Satisfecho bajó con su portafolios.

Lo primero que notó fue que Tory prácticamente había comido todo lo que tenía en el plato. Lo segundo fue que había estado llorando.

—¿Qué pasa? ¿Qué le dijiste?

—¡Vamos! ¡No seas exagerado! —Lilah lo alejó como si se tratara de una mosca. —Pudo llorar un rato y se siente mejor. ¿No es así, chiquita?

—Sí, gracias. Ya no puedo comer más, Lilah. En serio que no puedo.

Lilah frunció los labios, estudió el plato y luego asintió.

—Comiste bastante. —Miró a Cade. —¿La señorita Margaret o el juez querrán desayunar?

—No lo creo. Mi madre ha hecho los arreglos necesarios para irse esta tarde.

—¿Así que sigue firme en su decisión?

—Por lo visto. No quiero que te quedes sola aquí, Lilah. Se me ocurrió que tal vez te gustaría visitar a tu hermana durante un par de días.

—Sí, tal vez lo haga. —Levantó el plato de Tory y lo llevó a la pileta. —Si no te importa, Cade, esperaré y veré lo que hago.

—Te llamaré más tarde.

—Es mejor que tu madre se vaya. A la larga será más feliz si se libera de esta casa.

—Espero que tengas razón. Pero llama a tu hermana —dijo mientras le tendía una mano a Tory.

Tory se puso de pie y, después de un momento de vacilación, se acercó a besar a Lilah.

—Gracias.

—Eres una buena chica. No dejes de conservar lo que te pertenece.

—Lo haré. —Esperó hasta que estuvieron afuera, en el auto y alejándose de la casa por el camino bordeado de árboles.

—No quiero un gran casamiento.

Cade arqueó las cejas.

—¿Y?

Dobló al camino. Por la ventanillas Tory miró el borde del pantano.

—Y quiero que nos casemos lo antes posible.

—¿Por qué?

¡Qué típico de Cade es eso de preguntar! pensó ella, volviéndose hacia él.

—Porque quiero iniciar nuestra vida. Quiero empezar a hacerlo lo antes posible.

—Mañana conseguiré la licencia. ¿Te parece bien?

—Sí. —Apoyó una mano sobre la de él. —Me parece muy bien.

Al sonreírle, no vio nada, no sintió nada del pantano. Ni de lo que en él esperaba.

Cuando vio llegar el auto de Cade, Faith se encaminó a Southern Comfort. Esbozó una enorme sonrisa y enlazó su brazo con el de su hermano.

—¡Ahí estás! Creí que lo habías olvidado.

—¿Olvidado?

—¿No recuerdas, querido que me dijiste que hoy me prestarías tu auto? Aquí vamos. —Dejó caer las llaves de su automóvil en la mano de Cade y le hizo un aleteo de pestañas. —¡Eres tan bueno! ¿No te parece, Tory, que es el mejor de los hermanos? Sabe que tengo debilidad por este convertible y no hace más que ofrecerse a prestármelo.

Le quitó a Cade las llaves de la mano y luego le estampó un beso sonoro.

—Tory, estoy muerta de aburrimiento porque hoy Wade está muy ocupado. Así que te haré compañía un rato, ¿te parece bien? Tengo ganas de comprarle a Wade uno de esos candelabros gordos que tienes aquí.

Con suavidad, soltó el brazo de Cade y tomó el de Tory.

—El departamento de Wade necesita algunos arreglos. Bueno, tú ya lo has visto, así que lo sabes. Como por lo visto pasaré allí bastante tiempo, no estoy dispuesta a soportar esa decoración tan primitiva y varonil. Mi coche está detrás del edificio de Wade —le gritó a Cade mientras impulsaba a Tory hacia la puerta de la tienda. —Tiene poca nafta —agregó.

Con una última mirada a la cara furibunda de Cade, Tory abrió la puerta de la tienda.

—¿Lo del auto fue un soborno?

—No, Cade no se molestó en ofrecerme un soborno. Esta mañana me despertó, así que tendrá que pagar el precio. Quiere que nosotras dos nos cuidemos una a la otra.

—¿Dónde está tu perra?

—¡Ah! Bee se está divirtiendo en grande en lo de Wade. —Faith se volvió hacia la vidriera y saludó alegremente con la mano a Cade. —Está furioso. Le indigna que yo maneje su juguete.

—Así que, como es natural, lo manejas con la mayor frecuencia posible.

—¡Por supuesto! ¿Tienes algo fresco para beber? Hace tanto calor que ni se puede respirar.

—Sí, atrás. Sírvete lo que quieras.

—¿Piensas abrir la tienda hoy?

—No, no tengo ganas de ver gente. Así que no te ofendas si te ignoro.

—Lo mismo digo.

Faith se dirigió al cuarto trasero y volvió con dos botellas de Coca. Tory había puesto música muy suave y estaba ocupada limpiando objetos de vidrio.

—Podrías encargarme algo que hacer antes de que me muera de aburrimiento.

Tory le tendió la franela.

—Supongo que sabrás hacer esto. Yo tengo mucho trabajo de papelerío. Te pido por favor que no dejes entrar a nadie. Si alguien llama a la puerta, dile que hoy la tienda está cerrada.

—Muy bien.

Se encogió de hombros cuando Tory entró al cuarto trasero y enseguida se entretuvo volviendo a arreglar a su gusto los objetos en venta e imaginando lo que sería ser dueña de una tienda.

Demasiado trabajo, decidió, demasiados problemas. A pesar de que era divertido estar rodeada de cosas bonitas y especular acerca de quién compraría qué.

Detrás del mostrador encontró la llave de la vitrina de las alhajas y se probó varios pares de aros; admiró una pulsera de plata y también se la probó.

Cuando alguien llamó a la puerta, se sobresaltó, sintiéndose culpable y cerró la vitrina. No reconoció a los recién llegados. El hombre y la mujer permanecían afuera, estudiándola, lo mismo que ella los estudiaba a ellos. Es una lástima que la tienda no esté abierta, pensó Faith. Por lo menos sería entretenido atender a los clientes.

Faith sonrió y señaló el cartel que decía "Cerrado". El hombre le mostró una insignia.

—¡Ah! —El FBI, pensó Faith. Una diversión aún mejor. Abrió la puerta.

—¿La señorita Bodeen?

—No, ella está en el cuarto trasero. —Faith se tomó un momento para analizarlos. La mujer era alta y de aspecto duro, con pelo oscuro muy corto y fríos ojos oscuros. Lucía lo que Faith consideró un traje gris muy poco sentador y un par de zapatos muy feos.

El hombre era más pasable, pelo castaño y mentón cuadrado con un atractivo hoyuelo. Faith le sonrió y obtuvo una respuesta poco satisfactoria.

—Hasta ahora nunca había tenido oportunidad de conocer a un agente del FBI. Supongo que estoy un poco aturdida.

—¿Quiere pedirle a la señorita Bodeen que salga? —preguntó la mujer.

—Por supuesto. Les pido que me disculpen un segundo. Y esperen aquí. —Se dirigió con rapidez al depósito y cerró las puerta a sus espaldas. —Está el FBI.

Tory levantó la cabeza.

—¿Aquí?

—Allí afuera. Un hombre y una mujer y no se parecen en nada a los que uno ve por televisión. Él no está tan mal, pero ella se ha puesto un traje con el que yo ni siquiera permitiría que me enterraran. Y además es una yanqui. No sé lo que será él. No ha abierto la boca. Si me lo preguntas, la que manda es ella.

—¡Por amor de Dios! ¿Qué puede importarme eso? —Tory se puso de pie, pero le temblaban las piernas.

Antes de que lograra tranquilizarse, oyó un sonoro golpe en la puerta y ésta se abrió.

—¿La señorita Bodeen?

—Sí, yo... Sí.

—Soy la agente especial Tatia Lynn Williams —La mujer volvió a exhibir su insignia. —Y éste es el agente especial Marks. Tenemos que hablar con usted.

—¿Encontraron a mi padre?

—Todavía no. ¿Se ha puesto en contacto con usted?

—No. No lo he visto ni he tenido noticias suyas. Sabe que no estoy dispuesta a ayudarlo.

—Nos gustaría hacerle algunas preguntas. —Williams dirigió a Faith una mirada significativa.

Enseguida, Faith rodeó el escritorio y con un brazo los hombros de Tory.

—Ésta es la novia de mi hermano. Le prometí que me quedaría con ella. No romperé la promesa que le hice a mi hermano.

Marks sacó su anotador y volvió algunas páginas.

—¿Y usted es...?

—Faith Lavelle. Tory está viviendo momentos muy angustiosos. Me quedaré con ella.

—¿Conoce a Hannibal Bodeen?

—Lo conozco. Y creo que hace dieciocho años asesinó a mi hermana.

—No tenemos ninguna prueba de eso —dijo Williams con sequedad. —Señorita Bodeen, ¿cuándo vio a su madre por última vez?

—En abril. Mi tío y yo fuimos a verla. Hace varios años que prácticamente no tengo contacto con mis padres. No la había visto a ella desde que yo tenía veinte, y tampoco a mi padre. Hasta que él vino aquí, a mi tienda.

—¿Y en ese momento usted ya sabía que era un fugitivo?

—Sí.

—Y a pesar de eso le dio dinero.

—Se llevó mi dinero —la corrigió Tory—. Pero igual se lo habría dado, con tal de mantenerlo alejado de mí.

—¿Su padre ejercía violencia física sobre usted?

—Durante toda la vida. —Tory se dio por vencida y se sentó.

—¿Y sobre su madre?

—No, en realidad, no. No tenía necesidad de castigarla. Entiendo que en años más recientes la golpeaba, pero eso fue cuando yo ya no estaba con ellos. Aunque no lo sé con seguridad. Son sólo especulaciones.

—Se me ha dicho que usted no necesita especular. —Williams levantó la mirada y la fijó en el rostro de Tory—. Usted declara tener poderes psíquicos.

—Yo no declaro nada.

—Hace algunos años estuvo involucrada en varios casos de secuestro infantil.

—¿Y qué relación puede tener eso con el asesinato de mi madre?

—Usted era amiga de Hope Lavelle. —Marks se hizo cargo de las preguntas con suavidad y se sentó mientras su compañera permanecía de pie.

—Sí. Éramos muy amigas.

—Y usted condujo a la familia y a las autoridades hasta el lugar donde se encontraba el cuerpo.

—Sí. Estoy segura de que ustedes tienen los informes. No tengo nada más que agregar.

—Usted declara haber visto su asesinato. —Cuando Tory no respondió, Marks se inclinó hacia adelante. —Hace poco, pidió ayuda a Abigail Lawrence, una abogada de Charleston. Estaba interesada en una serie de crímenes sexuales. ¿Por qué?

—Porque todas esas personas fueron asesinadas por la misma persona, la misma persona que asesinó a Hope. Porque para él cada una de ellas era Hope a una edad distinta.

—Es algo que usted... presiente —comentó Williams, atrayendo la mirada de Tory.

—Lo sé. Y no pretendo que me crea.

—Si lo sabe —continuó diciendo Williams—, ¿por qué no se presenta a declararlo?

—¿Para qué? ¿Para divertir a personas como usted? ¿Para que vuelvan a sacar a relucir lo que le sucedió a Jonah Mansfield y me arrojen a la cara la participación que tuve en el caso? Usted sabe todo lo que hay que saber de mí, agente Williams.

Marks sacó una bolsita plática del bolsillo y la arrojó sobre el escritorio. Dentro había un solo aro, un sencillo aro de oro.

—¿Qué nos puede decir de esto?

Tory mantuvo las manos sobre la falda.

—Es un aro.

—Una de las cosas que sabemos de usted, es que es muy fría cuando la situación es grave. —Williams se adelantó. —Estaba bastante interesada en los asesinatos como para pedir información sobre ellos. ¿No le interesan bastante como para ver lo que puede, digamos, deducir de eso?

—Les he dicho todo lo que puedo sobre mi padre. Haré todo lo posible por ayudarlos a encontrarlo.

Marks levantó la bolsa.

—Empiece por esto.

—¿Era de mi madre? —Sin pensar en lo que hacía, Tory se la arrancó de las manos, rompió el sello y luego cerró los dedos sobre el aro.

Se abrió, deseando más de lo que sospechaba, esa última conexión. Se estremeció una vez, luego depositó el aro sobre el escritorio.

—El otro aro lo tiene usted en el bolsillo —le dijo a Williams—. Se los sacó mientras viajaba en auto hacia el pueblo y metió éste en la bolsa. —La miró con tranquilidad. —No tengo ninguna obligación de exhibirme delante de ustedes.

—Lo siento. —Williams se adelantó para apoderarse del aro. —Yo sé mucho acerca de usted, señorita Bodeen. Me interesé por el trabajo que hizo en Nueva York. He estudiado el caso Mansfield. —Se metió el aro en el bolsillo. —Debieron escucharla. —Dirigió una mirada silenciosa a su compañero. —Es lo que yo pienso hacer.

—No puedo decirles nada más. —Se puso de pie. —¿Faith, los acompañas a la puerta, por favor?

—Por supuesto.

Williams sacó una tarjeta, la dejó sobre el escritorio y luego salió detrás de Faith. Instantes después, Faith volvió a entrar, sacó de la heladera otra Coca y se instaló en el sillón que acababa de desocupar Marks.

—¿Sólo con tocar el aro pudiste decirles todo eso? ¿Sólo con tocarlo supiste que era suyo?

—Tengo mucho trabajo.

—¡Por favor, no seas pesada! —Faith bebió un largo trago de la botella. —Juro que jamás, he conocido a nadie que tome todas las malditas cosas con tanta seriedad. Lo que deberíamos hacer sería comprar un billete de lotería o ir al hipódromo. ¿Puedes predecir qué caballo ganará? No veo por qué no.

—¡Por amor de Dios!

—Bueno, ¿por qué no? ¿Por qué no te diviertes un poco con lo que puedes hacer? No tiene por qué ser algo tan oscuro, tan deprimente, tan pesado. No, ya sé. Mejor que el hipódromo. Iremos a Las Vegas y jugaremos al blackjack. ¡Dios Santo, Tory! Podemos hacer saltar la banca de todos los casinos.

—No se trata de algo de lo que uno pueda sacar provecho.

—¿Por qué no? ¡Ah! Por supuesto. Lo olvidé. Eres tú. Tú prefieres que el asunto te deprima. ¡Pobrecita yo! —Faith se enjugó los ojos con un pañuelo imaginario. —Tengo dones psíquicos, por lo tanto, debo sufrir.

El insulto era tan enorme que Tory no se explicó por qué tenía ganas de sonreír.

—No me deprimo.

—Lo estarías si se te diera la posibilidad. Yo soy experta en depresiones. —Apoyó una cadera sobre el escritorio. —Ven conmigo a lo de Wade. Allí podrías... bueno, arrimarte a él o lo que sea y averiguar lo que pasa por su cabeza con respecto a mí.

—Me niego terminantemente.

—¡Bueno! Sé buena.

—No.

—Eres una perra.

—Tienes razón. Y ahora vete. Y vuelve a poner esa pulsera donde la encontraste.

—Muy bien. De todos modos no es mi estilo. —Se inclinó sobre el escritorio. —¿En qué estoy pensando en este momento?

Tory la miró y tuvo que contenerse para no sonreír.

—Es inventivo, pero anatómicamente imposible. —Se volvió hacia el teclado. —Gracias, Faith.

Faith abrió la puerta de un tirón.

—¿Por qué?

—Por hacerme enojar deliberadamente para que no me deprima.

—¡Ah! Eso. De nada. Después de todo es muy fácil.

29

—¿Wade, querido? —Faith se apoyó el teléfono sobre el hombro y miró por sobre el mostrador hacia el depósito donde tenía la sensación de que Tory estaba enterrada desde hacía diez días. —¿Estás ocupado?

—¿Yo? Por supuesto que no. Acabo de castrar una dashound. Otro día en el paraíso.

—¡Ah! ¿Y exactamente qué les...? No, no importa. Creo que no quiero saberlo. ¿Cómo está mi bebé?

—Estoy bien. ¿Y tú?

—Me refiero a Bee. ¿Cómo está?

Wade lanzó un pesado suspiro, por pura formalidad.

—Se está divirtiendo. Estoy segura de que te contará todo lo sucedido en su primer día de trabajo.

—Yo también estoy viviendo mi primer día de trabajo. Algo por el estilo. —Con una sorprendente sensación de satisfacción, Faith estudió los exhibidores de vidrio que acababa de limpiar y que brillaban. —¿A qué hora crees que terminarás en la veterinaria?

—Creo que alrededor de las cinco y media. ¿Qué planeabas?

—Tengo el convertible de Cade y estaba pensando si te gustaría que diésemos un largo paseo. ¡El día está tan caliente y pegajoso! No me he puesto absolutamente más que ese vestido colorado. —Con una sonrisa astuta, envolvió un mechón de pelo alrededor de uno de sus dedos. —Recuerdas mi vestido colorado, ¿verdad, querido?

Hubo una larga, larga pausa.

—Estás tratando de matarme.

Faith lanzó una carcajada de satisfacción.

—Ya que últimamente hemos pasado gran parte del tiempo conversando y cosas como ésa, trato de asegurarme que cierta parte de nuestra relación sigue vigente.

—Te apoyo en eso.

—¿Entonces por qué no damos un paseo en auto? Podríamos encontrar un motel barato y jugar a los viajantes de comercio.

—¿Y tú qué vendes?

Esa vez la carcajada de Faith fue larga y estridente.

—¡Ah, querido! Confía en mí. El precio será justo.

—Entonces soy comprador. Tendremos que volver esta noche tarde o mañana temprano. Tengo una serie de citas.

—Me parece bien. —Estaba comenzando a acostumbrarse a que los planes de ambos estuvieran sujetos a los compromisos de la profesión de Wade. —¿Wade?

—¿Sí?

—¿Recuerdas que dijiste que estabas enamorado de mí?

—Me parece recordar algo por el estilo.

—Bueno, creo que yo también estoy enamorada de ti. ¿Y sabes una cosa? No me molesta.

Hubo otra larga pausa.

—Creo que podré salir de aquí a las cinco y cuarto.

—Te pasaré a buscar. —Cortó la comunicación y comenzó a bailar alrededor del mostrador. —¡Ven, Tory, sal de allí! Esto es como estar encerrada en la cárcel —declaró mientras abría la puerta de un tirón.

Tory apenas levantó la vista del inventario que estaba haciendo.

—¿Nunca has tenido un empleo, verdad?

—¿Y para qué quiero un empleo? Tengo una herencia.

—Para sentirte realizada, satisfecha, por el placer de llevar a cabo una tarea.

—Está bien. Trabajaré contigo.

—¿Habrán construido un telesférico en el infierno?

—No, en serio te digo que podría ser divertido. Pero más tarde hablaremos de eso. Y ahora debes venir conmigo. Tengo que correr a casa a buscar algunas cosas.

—Nada impide que vayas.

—Adonde vaya yo, vas tu. Se lo prometí a Cade. Y hemos estado aquí, haciendo lo que tú querías, durante... —Miró su reloj y levantó los ojos al cielo. —Casi cuatro horas.

—Todavía no he terminado.

—Bueno, pero yo sí. Y si nos quedamos aquí durante el resto del día, tal vez vuelvan los del FBI.

—Está bien. —Tory dejó el lápiz sobre el escritorio. —Pero le prometí a mi abuela que a las cinco estaría en lo de mi tío.

—Me parece perfecto. Te dejaré allí antes de pasar a buscar a Wade. Saca un par de Cocas, querida. Tengo la boca seca. —Y Faith se salió a retocarse los labios frente a uno de los espejos decorativos de Tory.

—¿Desde cuándo te gusta mirarte al espejo? —preguntó Tory con dulzura mientras salía con las botellas.

Sin ofenderse, Faith tapó el lápiz labial y lo guardó en la cartera.

—Estás de mal humor porque te has pasado el día encerrada en este agujero. Cuando estemos en la ruta y yo haya descapotado esa belleza de Cade, me lo agradecerás. Si el viento te despeina un poco, tal vez tu pelo llegue a tener un poco de estilo.

—Mi pelo no tiene nada de malo.

—No, nada de malo. Siempre que quieras tener el aspecto de una vieja bibliotecaria.

—Ése es un clisé ridículo y un insulto a la profesión de bibliotecaria.

Faith permaneció otro instante frente al espejo antes de levantar la cabeza.

—¿Has visto últimamente a la señorita Matilda en la biblioteca pública de Progress?

A pesar de sus buenas intenciones, Tory tuvo que sofocar una sonrisa.

—¡Oh! ¡Cállate la boca! —sugirió mientras ponía una botella de Coca en manos de Faith.

—Eso es lo que me gusta de ti. Siempre tienes una respuesta rápida. —Se arregló un poco el pelo y comenzó a salir. —Bueno, vamos.

—Cambiaste las cosas de lugar —acusó Tory al notar las pequeñas modificaciones hechas por Faith en los estantes y los exhibidores.

Respuestas rápidas, pensó Faith. Y ojos como los de un maldito halcón.

—¿Y?

Tory tuvo ganas de protestar. Y casi lo hizo, por principio. Pero pudo más su honestidad.

—No está mal.

—Perdóname, pero estoy tan sobrecogida por la ponderación que en realidad me siento un poco mareada.

—En ese caso, yo manejaré.

—¡Antes muerta! —Riendo, Faith se digirió a la puerta del auto.

Mientras la seguía y cerraba la tienda, Tory se dio cuenta de que se estaba divirtiendo. Cuando uno estaba con Faith era imposible ponerse a cavilar. Y le resultaba atractiva la idea de viajar a gran velocidad en un auto descapotado. Pensaría en eso, solamente en eso, y más tarde se preocuparía por el resto.

—Ponte el cinturón de seguridad —ordenó mientras se deslizaba en el asiento del acompañante.

—Bueno, está bien. El aire está tan espeso que uno casi podría masticarlo.

Faith se ajustó el cinturón de seguridad, sacó sus anteojos oscuros y luego puso en marcha el motor. Mientras aceleraba, le dirigió una mirada traviesa a Tory.

—Y ahora un poco de música para ponernos en un buen estado de ánimo. —Oprimió el botón de los CD hasta que Pete Seager comenzó a aullar acerca del rock-and-roll. —¡Ah, un clásico! Perfecto. Y ahora veremos de qué estás hecha, Victoria.

Deliberadamente, Tory sacó sus propios anteojos oscuros y se los puso.

—De un material duro.

—Bien. —Faith esperó que no hubiera tráfico y se alejó del cordón de la vereda haciendo chirriar los neumáticos e hizo un giro en U. Pasó el semáforo del parque segundos antes de que se pusiera en rojo.

—Te harán una multa antes de que salgamos del pueblo.

—No, creo que el FBI debe mantener muy ocupada a nuestra policía local. ¿No te encanta este auto?

—¿Por qué no te compras uno?

—Porque me perdería la diversión de cargosear a Cade para que me preste el suyo.

Salió de los límites del pueblo y aceleró.

El viento azotaba la cara de Tory, la despeinaba y le hacía bullir la sangre. Una aventura, pensó, mientras volaban por el camino. Una verdadera tontería. Hacía mucho, mucho tiempo que no se permitía una sencilla idiotez.

Velocidad. A Hope le encantaba viajar rápido, montaba la bicicleta como si se tratara de un padrillo o un cohete. Desafiaba al demonio levantando los brazos en el aire y entregándose a la alegría del momento.

Y ahora Tory hacía lo mismo. Echó atrás la cabeza y permitió que la velocidad y la música la envolvieran.

El olor era a verano, y el verano era infancia. Alquitrán caliente que se derretía bajo el sol ardiente, aguas quietas que maduraban al calor.

Ella podía correr por el campo cuando las vainas de algodón acababan de reventar e imaginar que era una exploradora en un planeta desconocido. Jugar a que era una carretilla, avanzar por el camino y sentir el alquitrán blando bajo las palmas. Entrar al pantano que era cualquier mundo que ella quisiera que fuese. Correr por allí, correr con el piso esponjoso bajo los pies, con el musgo que caía y los mosquitos que cantaban sedientos de sangre.

Correr. Alejarse corriendo, con el corazón golpeándole dentro del pecho y un grito encerrado en la garganta. Correr...

—Allí está Cade.

—¿Qué? —Tory se echó atrás, con la cabeza liviana, los ojos grandes y casi ciegos.

—Allí. —Con aire despreocupado, Faith señaló el campo, donde dos hombres permanecían de pie en un mar de algodón verde. Tocó la bocina con alegría, saludó y rió. —¡Ah! Ahora nos maldice y se queja a Piney de su hermana, una mujer loca e irresponsable. No te preocupes —agregó con aire presumido—. Supondrá que trato de corromperte.

—Yo estoy bien —Tory hizo un esfuerzo por respirar, inhalar y exhalar bocanadas de aire. —Estoy bien.

Faith le dirigió una mirada más larga, como estudiándola.

—¡Por supuesto que estás bien! Pero te has puesto muy pálida. ¿Por qué no...? ¡Oh, mierda!

La liebre cruzó el camino a la carrera, una confusa raya marrón. Instintivamente, Faith clavó los frenos y el auto se desvió. Luego el vehículo patinó, los neumáticos chirriaron y, bajo las manos firmes de su conductora, recuperó el equilibrio.

—No soporto atropellar a un ser vivo. Aunque sólo Dios sabe por qué saldrán corriendo así. Es como si esperaran que pasara un auto y entonces...—Al volver a mirar a Tory dejó la frase inconclusa. Lanzó una exclamación antes de aclararse la garganta y reducir la velocidad. —¡Ay, ay!

346

Sin pronunciar palabra, Tory bajó la vista. Casi todo el contenido de la botella de Coca acababa de aterrizar sobre su blusa. Con la punta de dos dedos, apartó la blusa de su piel y enseguida miró a Faith.

—Bueno, no podía pisar esa liebre, ¿no crees?

—Sólo te pido que me hagas el favor de llevarme a casa para que me cambie ¿de acuerdo?

Faith palmeó el volante con las manos y dobló por el sendero de entrada a la casa de Tory. Frenó con brusquedad, llenando el aire de polvo y de grava.

Riendo, pero con cautela, Faith bajó del auto.

—Mientras te lavas, yo pondré la blusa en agua. Sería una pena que se arruinaba, a pesar de que me parece bastante ordinaria.

—Es clásica.

—Si te consuela, sigue creyéndolo. —Encantada con la diversión, Faith subió los escalones del porche. —No te apures. tómate tu tiempo y arréglate —dijo mientras Tory abría la puerta—. Te hace más falta que a mí.

—Supongo que no se demora demasiado en estar lista para saltar a la siguiente cama desocupada que uno encuentre.

Sonriente, Faith la siguió al dormitorio y enseguida, sintiéndose en su casa, abrió la puerta de placar para estudiar su contenido.

—¡Bueno! Aquí hay cosas que no son nada malas.

—No toques mi ropa.

—Éste es un color que a mí me sienta. —Sacó una blusa de seda azul y luego se volvió hacia el espejo. —Destaca mis ojos.

Tory le arrancó las blusa de las manos y le arrojó la camisa húmeda.

—Ve a hacer algo útil.

Faith puso los ojos en blanco, pero se encaminó a enjuagar la camisa en el baño.

—Si no la piensas usar durante los próximos días, me la podrías prestar. Estaba pensando que mañana Wade y yo podríamos pasar la noche en su casa. Si las cosas andan como supongo, de todos modos no la tendré puesta mucho tiempo.

—Entonces lo que uses no tendrá importancia.

—Una declaración así no hace más que demostrar que me necesitas. —Faith enjuagaba la camisa con entusiasmo. —Lo que una mujer se pone está directamente relacionado con la reacción que quiere provocar en el hombre.

Tory abrió el placar en busca de una camisa blanca, frunció el entrecejo y luego miró la blusa azul. Bueno, ¿por qué no?

Se puso la blusa, la abotonó y se acercó al espejo para cepillarse el pelo. Debo alisarlo y atármelo, se dijo. Iba a consolar a su abuela, a hacer lo posible por mantener unido lo que quedaba de su familia. No era un momento para frivolidades ni para egoísmos. Pero Dios sabía que era exactamente lo que necesitaba y Faith acababa de enseñárselo.

Levantó los brazos y comenzó a trenzarse el pelo. El movimiento repetido, el zumbido del ventilador de techo la adormecieron hasta que entrecerró los ojos y se miró soñadora al espejo.

Vio la libre que salía corriendo al camino. Una raya marrón presa del pánico. Corriendo. Huyendo del olor a hombre.

Alguien se acercaba. Alguien observaba.

Los brazos quedaron petrificados sobre su cabeza y el pánico apresó su corazón. El aire se puso espeso, pesado, con un leve olor a Whisky.

Lo olía, como la presa al cazador.

De un solo salto estuvo junto a la mesa de luz y con el arma que Cade le había dado en la mano. Tenía un gemido en la garganta, pero lo contuvo. Lo único que surgía de su boca era el jadeo del miedo. Salió corriendo del cuarto justo en el momento en que Faith salía del baño.

—La dejé en agua. La puedes enjuagar cuando... —Primero vio el arma, luego la cara de Tory. —¡Oh, Dios! —fue todo lo que logró decir antes de que Tory le aferrara un brazo.

—Escúchame, no hagas preguntas. No tenemos mucho tiempo. Sal por la puerta del frente. ¡Apresúrate! Ve a buscar ayuda en el auto. Busca ayuda. Si puedo, yo lo detendré.

—Ven conmigo. Aléjate de aquí conmigo.

—No. —Tory se liberó de ella y se encaminó a la cocina. —Él se acerca. ¡Vete!

Corrió hacia la parte trasera de la casa para darle tiempo de escapar a Faith. Y para enfrentar a su padre.

Él pateó la puerta trasera y entró. Tenía la ropa inmunda, la cara y los brazos llenos de raspones, en carne viva, y cubiertos de picaduras de insectos voraces. Se tambaleaba un poco, pero miró con firmeza el rostro de su hija. Tenía una botella vacía en una mano y un arma en la otra.

—Te estuve esperando.

Tory aferró el revólver con más fuerza.

—Lo sé.

—¿Dónde está esa perra Lavelle?

Lejos. A salvo.

—Aquí no hay nadie más que yo.

—¡Pequeña puta mentirosa! No das dos pasos sin la compañía de la hermana de ese ricacho. Quiero hablar con ella. —Sonrió. —Quiero hablar con las dos.

—Hope ha muerto. Ahora sólo quedo yo.

—Es cierto, es cierto. —Levantó la botella y al comprobar que estaba vacía, la arrojó contra la pared donde cayó hecha añicos. —Consiguió que la mataran. Ella lo pidió. Ustedes dos pidieron todo lo que les sucedió. Por mentirosas y furtivas. Por haberse tocado una a la otra de una manera pecaminosa.

—Entre Hope y yo no hubo más que inocencia. —Tory aguzó el oído, con la esperanza de oír el rugido de la camioneta de Cade, pero no oyó nada.

—¿Crees que yo no lo sabía? —Hizo un gesto violento con el arma, pero ella no se amilanó. —¿Crees que no las vi nadando desnudas, flotando en el agua, salpicándose?

A Tory le enfermó que él pudiera retorcer recuerdos infantiles para convertirlos en algo profano.

—Nosotros teníamos ocho años. Pero tú no. El pecado estaba en ti. Siempre fue así. No, no te acerques. —Levantó el arma y la recorrió un temblor desde el hombro hasta la punta de los dedos. —No me volverás a poner una mano encima. Ni tú ni ningún otro. ¿Esta vez mamá no te dio bastante dinero? ¿No se alejó con suficiente rapidez? ¿Fue por eso que lo hiciste?

—Nunca le levanté una mano a tu madre a menos que ella lo necesitara. Dios hizo al hombre cabeza de su hogar. Baja eso y consígueme un trago.

—La policía ya viene hacia aquí. Te han estado buscando. Por Hope, por mamá y por todas las demás. —Al ver que él se le acercaba, el arma le tembló en la mano. En la cabeza oía el silbido del cinturón de cuero de su padre.

—Acércate a mí y no los esperaremos. Lo terminaré todo ahora.

—Crees que me preocupas. Pero siempre fuiste una cobarde.

—Nadie dijo eso jamás de mí. —Faith se ubicó detrás de Tory. El arma pequeña brillaba en su mano. —Si ella no le dispara, juro que lo haré yo.

—Dijiste que ella había muerto. Dijiste que ella había muerto. —Era un hombre grandote, de largo alcance. Saltó hacia adelante, presa de pánico y de furia y empujó a Tory golpeándola contra la pared. Se escapó un tiro y el olor a sangre le empapó a ella los sentidos.

Retrocedió dando tumbos contra Faith, mientras su padre aullaba y salía hecho una tromba por la puerta rota.

—Te dije que te fueras —Tory cayó de rodillas, con los dientes castañeteando.

—Bueno, como verás, no te hice caso. —Como todo se le ponía brumoso, Faith se apoyó contra la pared y meneó la cabeza. —Utilicé el teléfono celular de Cade para llamar a la policía.

—Pero volviste.

—Sí. —Lanzando pequeños jadeos, Faith se inclinó para que le volviera sangre a la cabeza. —Tú tampoco me habrías dejado.

—Había sangre. Olí sangre. —Tory se puso instantáneamente de pie y obligó a Faith a enderezarse. —¿Te hirió?

—No. Fuiste tú. Tú le disparaste. Vuelve en ti, Tory.

Tory se quedó mirando fijo su propia mano. Todavía sostenía en ella el arma, y le temblaba como si tuviera vida propia. Con un pequeño jadeo, la dejó caer al piso.

—¿Yo le disparé?

—Se te disparó el arma cuando él te empujó. Por lo menos es lo que creo. ¡Dios! ¡Sucedió con tanta rapidez! Estoy segura de que había sangre en la camisa de tu padre, y yo no disparé. Creo que me voy a descomponer. Odio descomponerme. Sirenas. —Al oírlas, Faith apoyó la cabeza contra la pared. —¡Gracias a Dios!

Después oyó el rugido de un motor y se alejó de la pared.

—¡Oh, no! ¡Dios mío! ¡El auto de Cade! Dejé las llaves puestas.

Antes de que Tory pudiera detenerla, corría hacia la puerta de entrada. Salieron juntas a tiempo para ver que el auto de Cade doblaba por el camino.

—¡Cade me matará!

Tory lanzó un sonido parecido a un sollozo, pero resultó una carcajada. Una carcajada que estaba al borde de la histeria, pero risa al fin.

—Acabamos de hacer huir a un loco y te preocupa lo que dirá tu hermano mayor. Sólo tú eres capaz de una cosa así.

—Bueno, Cade puede llegar a ser bastante severo. —Tanto para reconfortarse como para apoyarse, Faith pasó un brazo alrededor de los hombros de Tory. Tory bajó la cabeza y cerró los ojos.

El aullido de las sirenas le azotaba los oídos. Vio manos sobre el volante del auto. Las manos de su padre, llenas de rasguños. Sintió la velocidad, el baile de las ruedas cuando el auto perdió la estabilidad.

Vuelve, pisa el acelerador en busca de velocidad. La radio aúlla rock caliente. Luces que giran. Cuando levanta la vista, las ve por el espejo retrovisor. Pánico, ultraje, odio. Se están acercando.

El brazo arde por la herida de bala, y sangra.

Pero lograrás huir. Dios está de tu lado. Él te dejó el auto. Rápido. Más rápido.

Una prueba, No es más que otra prueba. Conseguirás huir. Debes huir. Pero volverás a buscarla. ¡Ah, sí! Volverás y la harás pagar.

Las manos llenas de sangre. No puedes dominar el volante. El mundo se precipita hacia ti, las formas caen y se deshacen.

Gritos. ¿Eres tú el que grita?

—¡Tory! ¡Por amor de Dios, Tory! ¡Basta! ¡Despierta!

Volvió en sí de cara al piso en la banquina, el cuerpo lleno de sacudidas, los gritos desgarrándola le cabeza.

—¡No hagas eso! No sé lo que se supone que debo hacer.

—Estoy bien. —Dolorida, Tory giró sobre sí misma protegiéndose los ojos con un brazo. —Sólo necesito un minuto.

—¿Dices que estás bien? Al verlos pasar, saliste corriendo al camino. Tuve miedo de que te cruzaras frente a ellos. Después pusiste los ojos en blanco y te desmoronaste. —Faith dejó caer la cabeza entre las manos. —Es demasiado para mí. Es más de lo que puedo soportar.

—Está bien. Ya terminó. Ha muerto.

—Creo que lo supuse. Mira. —Señaló el camino. Se elevaban llamaradas y humo y, a la distancia, el sol hacía brillar el cromado de los autos de la policía. —Oí el choque y luego una especie de explosión.

—Una muerte terrible —murmuró Tory—. Yo se la deseé.

—Él mismo se la buscó. ¡Necesito a Wade! ¡Oh, mi Dios, cómo necesito a Wade!

—Le pediremos a alguien que lo llame. —Ya más tranquila, Tory se puso de pie y le tendió una mano a Faith. —Iremos a pedirle a alguien que lo llame.

—Esta bien. Me siento un poco borracha.

—Yo también. Tendremos que sostenernos una a la otra.

Cada una rodeó con un brazo la cintura de la otra y comenzaron a avanzar por el camino. El calor rebotaba del asfalto, se reflejaba trémulo en el aire. A través de las oleadas de ese calor, Tory vio el fuego, el girar de las luces, el beige opaco de los autos del gobierno junto a los que estaban los agentes del FBI.

—¡Has visto donde se estrelló? —murmuró Tory—. Justo frente al lugar donde Hope... justo en la curva del camino frente a Hope.

Oyó que un auto avanzaba detrás de ellas, se detuvo, se volvió.

Cade saltó al piso y corrió a abrazarlas.

—¡Están bien! ¡Están bien! Oí las sirenas y después vi el fuego. ¡Oh, Dios! Creí...

—No nos lastimó. —Allí estaba el olor de Cade. Sudor y hombre. Suyo. Tory dejó que la llenara. —Está muerto. Lo sentí morir.

—Shh. No sigas. Las llevaré a casa a las dos.

—Quiero a Wade.

Cade besó la cabeza de su hermana.

—Lo llamaremos, querida. Vengan conmigo. Ahora deben apoyarse en mí.

—Se llevó tu auto, Cade. —Faith permanecía con los ojos cerrados y la cara apoyada contra el pecho de su hermano. —Lo siento.

Cade sólo meneó la cabeza y la abrazó con más fuerza.

—Ni siquiera pienses en eso. Todo estará bien.

Aferrándose al control por un hilo, las ayudó a subir al auto. Cuando arrancó, la agente Williams se paró en medio del camino y les hizo señas.

—Señorita Bodeen. ¿Podría identificar a su padre? —Señaló el lugar del desastre. —¿Era Hannibal Bodeen el que manejaba ese vehículo?

—Sí. Está muerto.

—Debo hacerle algunas preguntas.

—Aquí no, y ahora no. —Cade puso marcha atrás. —Cuando haya terminado aquí, vaya a Beaux Reves. Ahora yo las llevaré a casa.

—Está bien. —Williams miró a Tory. —¿Está herida?

—Ya no.

Durante un rato se le embotó la cabeza. Tuvo conciencia, de una manera poco clara, de que Cade la hacía entrar a la casa y la llevaba arriba. Ella se dejó ir un poco más cuando él la acostó en la cama.

Al rato sintió algo fresco sobre la cara. Abrió los ojos, miró los de Cade.

—Estoy bien. Sólo un poco cansada.

—Te he traído uno de los camisones de Faith. Te sentirás mejor cuando te lo pongas.

—No. —Se sentó en la cama y lo rodeó con sus brazos. —Ahora ya me siento mejor.

Él le acarició el pelo con suavidad. Enseguida la abrazó y enterró la cara en el pelo de Tory.

—Necesito un minuto.

—Yo también. Probablemente muchos minutos. No aflojes.

—No aflojaré. No puedo. Las vi pasar. Faith iba manejando como enloquecida. Pensaba darle una buena filípica por eso.

—Lo hizo a propósito. Le encanta enfurecerte.

—Y lo logró. ¡Vaya si lo logró! Caminé de regreso por el campo jurando que la haría pagar por lo que acababa de hacer. Piney me seguía sonriendo como un idiota. Entonces oí el disparo. Fue como si la bala me hubiera atravesado el corazón. Empecé a correr, pero todavía estaba lejos del camino y del auto cuando vi pasar a la policía. Presencié la explosión. Creí que te había perdido.

—Comenzó a mecerla. —Creí que te había perdido, Tory.

—Mentalmente, yo estaba en el auto con él. Creo que quería estar allí para conocer el momento exacto en que todo habría terminado.

—Ya nunca podrá volver a tocarte.

—No. Ya nunca podrá volver a tocar a ninguno de nosotros. —Apoyó la cabeza sobre el hombro de Cade. —¿Dónde está Faith?

—Abajo. Wade está aquí. Faith no puede quedarse quieta. —Se echó atrás y le recorrió el rostro con la mirada. —Andará dando vueltas hasta que se desmorone, y entonces Wade estará a su lado.

—Se quedó conmigo. Tal como se lo pediste. —Suspiró. —Debo ir a ver a mi abuela.

—Ella viene para acá. La llamé. Ahora ésta es tu casa, Tory. Más tarde iremos a buscar tus cosas a la Casa del Pantano.

—Me parece una idea excelente.

Anochecía cuando recorrió los jardines con su abuela.

—Me encantaría que te quedaras aquí con nosotros, abuela. Tú y Cecil.

—J.R. me necesita. Ha perdido una hermana, una hermana a quien no pudo salvar de sí misma. Yo perdí una hija. —Se le quebró la voz. —La perdí hace mucho tiempo. Pero, por más que uno no quiera admitirlo, siempre nos queda la esperanza de que todo volverá a estar bien. Ahora eso ha desaparecido.

—No sé que hacer para ayudarte.

—Lo estás haciendo. Estás viva y eres feliz. —Tomó la mano de Tory. Era como si no pudiera dejar de tocarla.

—A nuestra manera, tendremos que hacer las paces con todo lo sucedido. —Iris respiró hondo para tranquilizarse. —La enterraré aquí, en Progress. Cero que así debe ser. Aquí paso algunos años felices y, bueno, es lo que J.R. quiere. No quiero que haya servicios en una iglesia. En eso me opongo a los deseos de mi hijo. La enterraremos pasado mañana por la mañana. Si J.R. quiere, su ministro podrá decir algunas palabras junto a la tumba. No te culparé, Tory, si prefieres no estar presente.

—¡Por supuesto que iré!

—Me alegro. —Iris se dejó caer sobre un banco. Las luciérnagas habían salido y golpeaban la oscuridad con su luz. —Los funerales son para los vivos, para ayudar a cerrar un ciclo. Hará que te sientas mejor. —Tironeó a Tory para que se sentara a su lado. —Me empiezo a sentir vieja, chiquita.

—No digas eso.

—Ya se me pasará. No toleraría que fuera de otra manera. Pero esta noche me siento vieja y cansada. Dicen que los padres no tienen que sobrevivir a sus hijos, pero la naturaleza y el destino deciden lo que debe ser. Y nosotros vivimos con ello, Tory. Todos vivimos con esto. Quiero tener la seguridad de que tomarás con ambas manos lo que tengas por delante y que lo aferrarás con fuerza.

—Lo haré. La hermana de Hope sabe hacerlo. Y yo estoy aprendiendo.

—Siempre me gustó esa chica. ¿Piensa casarse con mi Wade?

—Creo que Wade piensa casarse con ella, pero que permitirá que ella crea que fue suya la idea.

—¡Muchacho inteligente! Y confiable. La mantendrá en el camino correcto, pero sin cortarle las alas. Veré felices a mis dos nietos. A esa esperanza me aferro con fuerza, Tory.

30

Wade luchaba con el nudo de la corbata. Odiaba esas malditas cosas. Cada vez que se ponía una corbata recordaba que para Pascua su madre lucía un sombrero que parecía un florero cabeza abajo y que lo obligaba a ponerse una corbata azul brillante que hacía juego con su odiado traje azul brillante.

Entonces tenía seis años y creía que eso lo traumatizó para el resto de su existencia.

Uno se ponía corbata para los casamientos y uno se ponía corbatas para los funerales. No había manera de evitarlas, a pesar de tener la suerte de haber elegido una profesión que no requería usar un maldito nudo corredizo alrededor del cuello todos los días de la semana.

Faltaba una hora para el entierro de su tía. Era algo que tampoco había manera de evitar.

Llovía, una tormenta hija de puta llena de truenos. Suponía que los funerales exigían un clima asqueroso, así como exigían corbatas, crêpe negro y un perfume a flores demasiado dulce.

Habría dado un año de su vida por volver a arrastrarse a la cama. Cubrirse la cabeza con la sábana y permitir que todo ese lío se realizara sin él.

—Dijo Maxime que ella se encargará de cuidar a los perros —anunció Faith. Entró, vistiendo el vestido negro más digno que encontró en su guardarropa. —¿Qué has hecho con esa corbata, Wade?

—La anudé. Es lo que uno hace con las corbatas.

—Más bien diría que la enredaste. Déjame ver si te la puedo arreglar. —La tironeó, retorció.

—No te preocupes. No tiene importancia.

—No la tendrá si quieres que la gente crea que tienes una papada negra debajo del mentón. Mi tía abuela Harriet tenía papada, y te aseguro que no era atractiva. Quédate quieto un momento. Ya casi lo he logrado.

—Déjala como está, Faith. —Se volvió para tomar el saco de su traje.—Quiero que te quedes aquí. No tiene sentido que salgas con este tiempo, ni que durante las próximas dos horas, los dos estemos mojados y nos sintamos miserables. Ya has sufrido bastante.

Faith dejó caer la cartera que acaba de tomar.

—¿No quieres que esté contigo?

—Deberías ir a tu casa.

Ella lo miró y luego recorrió el cuarto con la mirada. Su perfume estaba sobre la cómoda, su bata de cama colgaba del gancho detrás de la puerta.

—¡Qué raro! Creía que allí era exactamente donde estaba. ¿Me equivocaba?

Wade tomó la billetera y las monedas sueltas que estaban sobre la cómoda y se las metió en el bolsillo trasero del pantalón.

—El entierro de mi tía es el último lugar donde deberías estar.

—Con eso no respondes a mi pregunta, pero te haré otra. ¿Por qué el entierro de tu tía es el último lugar donde debo estar?

—¡Por amor de Dios, Faith! Razona. Mi tía era la esposa del hombre que asesinó a tu hermana y que, hace un par de días pudo haberte matado también a ti. Si tú lo has olvidado, yo no.

—No, no lo he olvidado. —Se volvió hacia el espejo y tomó el cepillo para mantener las manos ocupadas. Se lo pasó por el pelo con calma aparente. —¿Sabes? Mucha gente, posiblemente la mayoría, cree que no tengo ni un ápice de sentido común. Que soy frívola y tonta y demasiado superficial para que me pueda aferrar a algo durante más tiempo del que tardo en limarme las uñas. Eso no me importa.

Dejó el cepillo, tomó el frasco de perfume y se puso un poco en el cuello.

—Eso no me importa —repitió—. No me importa que lo piense la gente. Pero lo extraño es que hubiera esperado que tú me consideraras mejor. Hubiera esperado que me consideraras mejor de lo que yo misma me considero.

—Yo te considero una gran mujer.

—¿En serio, Wade? —Las miradas de ambos se encontraron en el espejo. —¿En serio lo crees? Y al mismo tiempo supones que puedes adoptar una actitud de irritación y liberarte de mí en el día de hoy. Tal vez yo debería ir a la peluquería mientras tú asistes al funeral de tu tía. Y la próxima vez que tengas que enfrentar algo difícil o incómodo, saldré de compras. Y la vez siguiente... —continuó diciendo en un tono de voz cada vez más duro, más fuerte—. La vez siguiente ya estaré en otra cosa, por lo tanto no me importará.

—Esto es distinto, Faith.

—Creí que lo era. —Depositó el frasco de perfume y se volvió. —Esperaba que lo fuera. Pero si no quieres que esté hoy contigo, si crees que yo no quiero estar contigo hoy, o que no tengo las agallas necesarias para enfrentar esta situación, entonces esto no es distinto a lo que ya he vivido. Y no tengo interés en repetirme.

En los ojos de Wade brilló una emoción intensa que lo recorrió hasta que las manos se le convirtieron en puños.

—Todo esto me resulta odioso. Me resulta odioso ver destrozado a mi padre. Me resulta odioso volver a ver desgarrada a tu familia y saber que la mía tiene parte de la culpa. Me resulta odioso saber que estuviste en la misma habitación que Bodeen, imaginar lo que pudo haber sucedido.

—Eso está bien, porque yo también odio todas esas cosas. Y te diré algo que tal vez no sepas. Ese día, en cuanto todo terminó, en cuanto pude empezar a pensar, te necesité a ti. Eras la única persona que necesitaba tener a mi lado. Sabía que me cuidarías y que te aferrarías a mí, y que entonces todo estaría bien. Si tú no necesitas lo mismo de mí, yo tampoco me permitiré necesitarte. Soy lo suficientemente egoísta como para contenerme. Iré contigo hoy, estaré a tu lado y trataré de servirte de consuelo. O volveré a Beaux Reves y comenzaré a tratar de olvidarte.

—Y estoy seguro de que podrías hacerlo —dijo él en voz baja—.¿Por qué será que eso me inspira admiración? ¿Frívola? ¿Superficial? ¿Tonta? —Meneó la cabeza y se acercó a ella. —Eres la mujer más extraña que he conocido. Quédate conmigo. —Bajó la frente hasta que las de ambos estuvieron al mismo nivel. —Quédate conmigo.

—Es lo que pienso hacer. —Lo rodeó con los brazos y le pasó las manos por la espalda. —Quiero estar allí contigo. Es algo nuevo para mí. La culpa la tienes tú. Me perseguiste hasta conseguir que me enamorara de ti. Por primera vez no he sido yo la que apuntó y disparó. Y me parece que me gusta.

Lo abrazó, sintió que Wade se apoyaba en ella. Se dio cuenta de que eso también le gustaba. Hasta entonces nadie se había apoyado en ella.

—Y ahora vamos. —Lo dijo en tono enérgico y le besó una mejilla. —Llegaremos tarde y los funerales no son ocasiones indicadas para hacer una entrada triunfal.

Él no pudo menos que reír.

—De acuerdo. ¿Tienes un paraguas?

—Por supuesto que no.

—Por supuesto que no. Iré a buscar uno.

Cuando Wade se encaminó al placar, Faith ladeó la cabeza y lo estudió con una leve sonrisa.

—Wade, cuando nos comprometamos, ¿me comprarás un zafiro en lugar de un diamante?

Wade cerró la mano con fuerza sobre el mango del paraguas y quedó como paralizado.

—¿Nos vamos a comprometer?

—Un zafiro lindo, pero no demasiado grande ni ostentoso. De corte cuadrado. El primer imbécil con quien estuve casada ni siquiera me regaló un anillo y el segundo me compró un brillante chillón y de mala calidad.

Tomó el sombrero de paja negro que había arrojado sobre la cama y se acercó al espejo para ponérselo en un ángulo apropiadamente digno.

—Por el estilo que tenía bien podía haber sido un trozo de vidrio. Después del divorcio lo vendí y me pasé dos semanas en un spa de moda. Así que lo que me gustaría sería un zafiro de corte cuadrado.

Wade sacó el paraguas del placar y retrocedió.

—¿Te me estás declarando, Faith?

—¡Por supuesto que no! Y no creas que por el hecho de que te esté dando algunas pistas de lo que me gustaría, te salvas de la declaración. Quiero que cumplas con todo lo tradicional, que hasta me lo pidas de rodillas. Pero —agregó—, con un zafiro en la mano.

—Tomaré nota.

—Me alegro. No dejes de hacerlo. —Le tendió una mano. —¿Listo?

—Creí que lo estaba. —Le tomó la mano y enlazó con firmeza sus dedos con los de ella. —Nadie jamás está completamente listo para ti.

Enterraron a su madre bajo una lluvia cuyas gotas golpeaban el piso como si fueran balas mientras los relámpagos iluminaban el cielo del este. Violencia, pensó Tory. Mi madre vivió con la violencia, murió a causa de ella, y aún ahora, la violencia parece perseguirla.

No escuchó los que decía el ministro, aunque estaba segura de que sus palabras estaban dirigidas a consolarlos. Se sentía demasiado objetiva para necesitar consuelo, y no lograba lamentarlo. Nunca había conocido a la mujer que cuyo cuerpo estaba dentro de ese cajón cubierto de flores. Nunca la comprendió, nunca dependió de ella. Si sentía dolor, era por la carencia con la que vivió toda su existencia.

Observó la lluvia que azotaba el cajón, la oyó martillear contra su paraguas. Y esperó que todo terminara.

Había más gente de lo que esperaba, y todos permanecían de pie formando un círculo pequeño, oscuro y melancólico. Ella y su tío flanqueaban a la abuela, con Cecil detrás. Y Cade estaba de pie a su lado.

Boots, bendita sea, sollozaba en silencio entre su marido y su hijo.

Todos escuchaban las oraciones con las cabezas bajas, pero Faith alzaba la suya y su mirada se encontró con la de Tory. Y en esa mirada ella encontró consuelo, el inesperado consuelo de alguien que comprendía.

Dwight debía estar allí en su calidad de intendente. Y como amigo de Wade. Se mantenía un poco apartado, con aspecto solemne y respetable. Tory supuso que se alegraría cuando hubiera terminado de cumplir con su deber y pudiera volver a su casa y a Lissy.

Estaba Lilah, firme como una roca, los ojos secos mientras en silencio repetía las oraciones del ministro.

Y extrañamente, también estaba allí Rosie, la tía de Cade, completamente vestida de negro, con sombrero y velo. La noche anterior, todos se sorprendieron al verla llegar con un baúl.

Anunció que Margaret se alojaba temporariamente en su casa. Lo cual significaba que de inmediato Rosie hizo su equipaje para alojarse temporariamente en otra parte.

Le ofreció a Tory el traje de novia de su madre, que los años ya habían puesto amarillo y que tenía un fuerte olor a naftalina. Luego se lo puso ella misma y lo usó durante el resto de la velada.

Cuando bajaron el cajón a la tumba recién cavada y el ministro cerró su libro de oraciones, J.R. se adelantó.

—Vivió una vida innecesariamente dura. —Se aclaró la garganta. —Y una muerte más dura que la que merecía. Ahora descansa en paz. Cuando era chica, las flores que más le gustaban eran las margaritas.

Besó la margarita que tenía en la mano y luego la dejó caer sobre el cajón. Y se alejó, acercándose a su mujer.

—J.R. habría hecho más por ella si Sarabeth se lo hubiera permitido —dijo Iris—. Me quedaré un tiempo en lo de Jimmy. Para que él y Cecil se conozcan. Después volveremos a casa. —Apoyó una mano sobre el hombro de Tory y la besó en la mejilla. —Me siento feliz por ti, Tory. Y orgullosa. Kincade, debes cuidar mucho a mi chiquita.

—Sí, señora. Espero que cuando vuelvan a Progress, usted y Cecil vendrán a quedarse con nosotros.

Cecil se inclinó para besar la mejilla de Tory.

—No te preocupes, yo la cuidaré —susurró.

—No me preocuparé. —Se volvió, a sabiendas de que se suponía que debía recibir condolencias. Rosie estaba allí, muy cerca, los ojos brillantes detrás del velo.

—Fue un servicio perfecto. Corto y digno. Refleja bien lo que son ustedes.

—Gracias, señorita Rosie.

—No nos es posible elegir nuestra sangre, pero podemos decidir qué hacer con ella, qué hacer con respecto a ella. —Levantó la cara para mirar a su sobrino. —Has elegido bien. Margaret cederá o no, pero ése no es algo que deba preocuparlos. Voy a conversar con Iris, quiero saber quién es ese hombre tan atractivo que la acompaña.

Se alejó bajo la lluvia, con su vestido Chanel de dos mil dólares.

Luchando entre sus ganas de llorar y de reír, Tory apoyó una mano sobre el brazo de Cade.

—Ve a cubrirla con tu paraguas. Yo estoy bien.

—Enseguida vuelvo.

—Lo siento mucho, Tory. —Dwight le tendió la mano, tomó una de las de Tory y la besó en la mejilla mientras la protegía con su propio paraguas. —Lissy quería venir, pero la obligué a quedarse en casa.

—Me alegra que lo hayas hecho. No le habría hecho bien estar bajo la lluvia. Te agradezco que hayas venido, Dwight.

—Hace mucho que nos conocemos. Y Wade es uno de mis dos mejores amigos. ¿Puedo hacer algo por ti, Tory?

—No, pero te lo agradezco. Antes de irme caminaré hasta la tumba de Hope. Tú deberías volver a tu casa, por Lissy.

—Lo haré. Quédate con esto. —Le colocó el mango del paraguas en la mano.

—No, gracias. No me hace falta.

—Tómalo —insistió él—. Y no te quedes demasiado tiempo bajo la lluvia.

Se alejó de ella para acercarse a Wade.

Agradecida por la protección del paraguas, Tory se alejó de la tumba de su madre para cruzar el pasto y las piedras y acercarse a la de Hope.

La lluvia azotaba las rosas y corría por el rostro del ángel como si las gotas fueran lágrimas. Dentro del globo, el caballo alado volaba.

—Ahora todo ha terminado. Pero todavía cuesta creerlo —dijo Tory con un suspiro—. Siento una enorme pesadez interior. Bueno, han sucedido demasiadas cosas para que podamos aceptarlas todas juntas. Ojalá pudiera... Hay demasiadas cosas que me gustaría desear.

—Nunca traigo flores aquí —dijo Faith a sus espaldas—. No sé por qué.

—Ella tiene las rosas.

—No se trata de eso. No son mis rosas, no son rosas mías que yo le traigo.

Tory la miró por sobre el hombro y enseguida cambió de postura para que quedaran de pie una junto a la otra.

—Aquí no consigo sentir su presencia. Tal vez tú tampoco.

—Cuando me llegue la hora, no quiero que me entierren. Quiero que desparramen mis cenizas en alguna parte. En el mar, me parece. Y es allí donde planeo que Wade me pida que me case con él. Junto al mar. Tal vez Hope hubiera sentido lo mismo, sólo que para ella habría sido el río, o en algún lugar del pantano, cerca del río. Ése era su lugar.

—Sí, lo era. Lo es. —Le pareció importante y natural extender una mano y tomar la de Faith. —En Beaux Reves hay flores. Ése también era el lugar de Hope. Cuando pase la tormenta podría cortar algunas flores del jardín y llevarlas al pantano. Al río. Y colocarlas allí para Hope. Tal vez lo indicado sería eso, poner flores en el agua en lugar de dejar que mueran sobre el piso. ¿No quieres que lo hagamos juntas?

—Me resultaba odioso compartirla contigo. —Faith cerró los ojos. —Ahora no me importa. Esta tarde aclarará. Se lo diré a Wade. —Comenzó a alejarse y se detuvo. —Tory, si llegas primero...

—Te esperaré.

Tory la observó alejarse, miró la pendiente suave, la lluvia torrencial y la creciente niebla. Allí estaban su abuela, con Cecil detrás, Rosie con su velo y Lilah protegiéndola con un paraguas.

J.R. y Boots seguían junto a la tumba de la hermana a quien él quiso más de lo que sospechaba.

Y estaba Cade, con sus amigos, esperando.

Mientras Tory se le acercaba, la lluvia comenzó a ceder y el primer rayo de sol se reflejó trémulo a través de la niebla.

—¿Comprendes por qué quiero hacer esto?

—Comprendo que quieres hacerlo.

Tory sonrió mientras sacudía las gotas de lluvia de las ramas de lavanda que acababa de cortar.

—Y estás un poquito enojado porque no te pido que me acompañes.

—Un poco. Pero mi enojo se equilibra con la alegría que me da ver que tú y Faith empiezan a ser amigas. Pero en este momento lo que me domina es el terror de saber que hasta que vuelvas, estaré a merced de la tía Rosie. Me ha traído un regalo y ya lo he visto. Es una galera que espera que use el día de nuestro casamiento.

—Hará juego con el vestido apolillado que me ha dado a mí. Te diré lo que haremos. Tú te pondrás la galera, yo me pondré el vestido y le pediremos a Lilah que nos saque una fotografía. Le pondremos un lindo marco para dársela a la señorita Rosie y luego, antes del casamiento, guardaremos la galera y el vestido en algún lugar oscuro y seguro.

—Es una idea brillante. Me voy a casar con una mujer muy sabia. Pero tendremos que fotografiarnos esta misma noche. Mañana nos casamos.

—¿Mañana? Pero...

—Aquí —dijo Cade mientras la tomaba en sus brazos—. En la intimidad. En el jardín. Ya me he encargado de casi todos los detalles y esta tarde terminaré con los que faltan.

—Pero mi abuela...

—Hablé con Iris. Ella y Cecil se quedarán otra noche en Progress. Estarán aquí, con nosotros.

—No he tenido tiempo para comprar un vestido, ni para...

—Tu abuela mencionó ese detalle y dijo que esperaba que aceptaras ponerte el que usó ella para casarse con tu abuelo . Esta tarde irá a Florence a buscarlo. Dijo que significaría mucho para ella.

—Pensaste en todo, ¿verdad?

—Sí. ¿Te molesta?

—Creo que es algo que nos provocará muchos problemas durante los próximos cincuenta o sesenta años, ¿pero en este momento? No.

—Me alegro. Lilah está preparando una torta. J.T. traerá un cajón de champaña. La sola idea lo alegró considerablemente.

—Gracias.

—Ya que estás agradecida, agregaré que la tía Rosie piensa cantar.

—¡No me digas! —Se echó atrás. —No arruinemos el momento. Bueno, ya que todo el mundo ha aprobado la fecha y los detalles, ¿quién soy yo para oponerme? ¿También has hecho todos los arreglos de la luna de miel? —Al ver que él se sobresaltaba Tory levantó los ojos al cielo. —¡En serio, Cade!

—Supongo que no te opondrás a hacer un viaje a París, ¿verdad? —Le dio un beso rápido antes de que ella pudiera protestar. —Se me ocurrió que tal vez quisieras cerrar la tienda durante algunos días, pero a Boots le encantaría hacerse cargo de ella durante nuestro viaje y Faith también tiene algunas ideas al respecto.

—¡Oh Dios!

—Pero eso depende de ti.

—Muchísimas gracias. —Se pasó una mano por el pelo. —Me da vueltas la cabeza. En cuanto vuelva hablaremos de todo esto.

—Por supuesto. Ya sabes que soy muy flexible.

—¡Si a eso le llamas ser flexible! —murmuró Tory—. Sólo simulas serlo. —Le alcanzó la tijera de podar y acomodó en su brazo la canasta de flores.

—Pero por favor, espera hasta que vuelva antes de empezar a ponerles nombres a nuestros hijos.

¡Qué hombre exasperante! pensó mientras subía al auto y colocaba la canasta de flores en el asiento del acompañante. ¡Planeando el casamiento a sus espaldas! Planeando exactamente el tipo de casamiento que ella también quería.

¡Qué irritante y que maravilloso era que alguien la conociera tan bien!

¿Entonces por qué estaba tan tensa? Al salir al camino, trató de relajar los hombros. No lograba aliviar su tensión. Es comprensible, se recordó. Acababa de vivir una experiencia horrible. Le resultaba difícil imaginar que en menos de veinticuatro horas se casaría cuando todavía tenía tantos nudos en su interior.

Pero quería comenzar. Quería cerrar una puerta y abrir la siguiente. Miró las flores que tenía a su lado. Tal vez eso fuera justamente lo que estaba por hacer.

Estacionó al costado del camino, en el lugar donde una vez Hoope estacionó su bicicleta. Bajó del auto y cruzó el puentecito cubierto de flores, luego tomó el sendero que sabía había seguido esa noche su amiga.

Hope Lavelle, la chica espía.

La lluvia se había convertido en vapor, y el vapor se alzaba del pantano en dedos retorcidos que se separaban para luego volver a unirse alrededor de sus tobillos. El aire estaba espeso de humedad, de verde, de podredumbre. Misterios que esperaban ser resueltos.

Al acercarse al claro, deseó que se le hubiera ocurrido llevar un poco de leña. Allí todas las ramas estarían demasiado húmedas para encender un fuego y, por otras parte, tal vez fuese una tontería querer prender fuego cuando hacía tanto calor. Pero deseó haberlo pensado para haber podido armar una fogata, como lo hizo Hope.

Justamente en el momento en que lo pensaba, en que lo recordaba, percibió olor a humo.

Vio una fogata pequeña y cuidadosamente preparada para que no tuviera llamas altas, un pequeño círculo de llamas y a su lado una serie de palos largos y afilados esperando los marshmallows.

Tory parpadeó para aclarar su visión. Pero el aire olía a fuego y el humo se elevaba en la niebla. Aturdida, Tory entró al claro, con la canasta tan inclinada que las flores iban cayendo a sus pies.

—¿Hope? —Se llevó una mano al pecho, casi como para convencerse de que su corazón seguía latiendo. Pero la criatura de mármol que había sido su amiga se alzaba en medio de su charco de flores y no le respondió.

Con mano temblorosa, Tory levantó uno de los palos y comprobó que los cortes para afilarlo estaban recién hechos.

No era un sueño. No era un recuerdo. Sino aquí y ahora. Real.

No era Hope. Nunca más sería Hope.

En su interior creció la presión, un ardiente estallido de miedo, y de comprensión.

Oyó un susurro en la maleza, húmedo y furtivo.

Se volvió hacia allí. *Santo y seña*. Lo pensó, lo oyó retumbar en su cabeza. Pero ella no era Hope. No tenía ocho años. ¡Ay, Dios querido! Después de todo no había terminado.

Cuando se presentó el jefe Russ, Cade estaba en el jardín, decidiendo dónde debían colocar las mesas para la fiesta del casamiento.

—Me alegra haberte encontrado. Acabo de recibir noticias que creí debías conocer.

—Pase a la casa donde hace menos calor.

—No, debo volver, pero quería decírtelo personalmente. Recibimos el informe de balística de Sarabeth Bodeen. El arma que la mató no era la que Bodeen tenía consigo. Ni siquiera era del mismo calibre.

Cade sintió un espasmo de miedo.

—No sé si comprendo.

—Resulta que el arma que Bodeen tenía cuando atacó a Tory y a tu hermana, la había robado la mañana del asesinato de la madre de Tory de una casa ubicada más o menos a veinte kilómetros de aquí. Esa casa fue asaltada entre las nueve y las diez de la mañana de ese mismo día.

—¿Cómo es posible?

—Sólo sería posible si Bodeen hubiera tenido alas para volar desde el condado de Darlington hasta aquí, o si fue otro el que llenó de balas el cuerpo de la señora Bodeen.

Carl D, se refregó con fuerza el mentón. Sus ojos ardían de cansancio.

—He estado en contacto con los federales y estoy uniendo las piezas del rompecabezas. Las grabaciones telefónicas demuestran que la señora Bodeen recibió un llamado alrededor de las dos de esa madrugada que se hizo desde el teléfono público ubicado en el norte de este pueblo. Supusimos que debía ser Bodeen que la llamaba desde aquí para decirle que iría a buscarla. Hasta ahí, está bien. Pero no coincide cuando uno le agrega el resto de la información.

—Tuvo que ser Bodeen el que la llamó. Si no fuera así, ¿por qué habría empacado una valija?

—No sé. Pero en ese caso habría tenido que llamar desde aquí alrededor de las dos de la mañana, viajar hasta allí y matar a su mujer entre las cinco y las cinco y media, para luego volver y recorrer otros veinte kilómetros hacia el sur para entrar por la fuerza en una casa en la que robó un arma, una botella y sobras de comida. Ahora bien, ¿qué sentido tiene que un hombre haga todos esos zig zag de un lado para el otro?

—Estaba loco.

—No lo discuto, pero aunque estuviera loco, es imposible que haya quebrado todos los récords de velocidad en una misma mañana. Sobre todo considerando que por lo visto no tenía ninguna clase de vehículo. No digo que sea imposible hacerlo. Digo que no es sensato.

—¿Y qué clase de sensatez tiene todo esto? ¿Qué otro pudo haber asesinado a la madre de Tory?

—No puedo contestar esa pregunta. Debo trabajar con hechos concretos. Tenía el arma equivocada, nada nos hace sospechar que tuviera un vehículo. Pero es posible que todavía encontremos un vehículo y el arma que utilizó para ultimar a su mujer. Podría ser.

Sacó un pañuelo del bolsillo y se enjugó el cuello.

—Pero se me ocurre que si Bodeen no cometió los asesinatos del condado de Darlington, tal vez no haya asesinado a nadie. Eso significa que el asesino todavía está en libertad. Tenía esperanzas de poder conversar con Tory.

—Tory no está aquí. Está... —Un horror ardiente le quemó el estómago. —Ha ido al pantano, donde murió Hope.

Tory se abrió, trató de sentirlo, de calibrarlo. Pero sólo veía oscuridad. Una oscuridad fría, vaga, vacía. Los crujidos se movían en un círculo, era una burla. Ella se fue volviendo al compás de esos crujidos y, aunque se le había secado la boca, giraba para enfrentarlos.

—¿A cuál de las dos querías esa noche? ¿O no te importaba?

—Nunca fuiste tú. ¿Por qué te iba a querer a ti? Ella era hermosa.

—Era una criatura.

—Es verdad. —Dwight salió al claro. —Pero también lo era yo.

A Tory se le quebró el corazón. Con un solo chasquido.

—Eras amigo de Cade.

—Seguro. Cade y Wade eran como mellizos. Ricos, apuestos y privilegiados. Y yo era el gordito a quien toleraban. Bueno, los engañé a todos, ¿verdad?

En esa época debe haber tenido doce años, pensó Tory al mirar su sonrisa fácil. Sólo doce años.

—¿Por qué?

—Llámalo un rito de tránsito. Ellos siempre estaban primero. Uno o el otro, pero siempre eran primeros en todo. Yo iba a ser el primero en tener una chica.

La diversión, no podía ser otra cosa, bailaba en sus ojos.

—Aunque nunca me pude jactar de lo que hice. Fue casi como ser Batman.

—¡Oh, Dios, Dwight!

—Es difícil que tú lo comprendas, porque eres mujer. Bueno, llámalo un asunto de hombres. Yo sufría de una picazón muy incómoda. ¿Por qué no iba a utilizar a la hermana de mi buen amigo Cade para calmármela?

Hablaba con tanta calma, con tanta indiferencia que los pájaros continuaban cantando, notas líquidas que corrían como lágrimas.

—No sabía que iba a matarla. Eso sólo... sucedió. Había robado una de las botellas de whisky de mi padre. Para beber como un hombre, ¿sabes? Tenía la mente un poco borrosa.

—Sólo tenías doce años. ¿Cómo es posible que quisieras una cosa así?

Él rodeó el claro, sin acercársele en realidad, sólo acechándola, un paciente juego de gato y ratón.

—Solía observarlas a ustedes dos, se bañaban desnudas o se tiraban en el pasto, boca abajo, para contarse secretos. Tu viejo también las observaba —agregó con una sonrisa—. Se podría decir que él me inspiró. Él te deseaba. Tu viejo se moría de ganas de voltearte, pero no tenía las pelotas necesarias. Yo era mejor que él, mejor que todos ellos. Lo demostré esa noche. Esa noche me hice hombre.

Intendente del pueblo, padre orgulloso, marido devoto, amigo leal. ¿Qué clase de locura podía llegar a ocultarse tan bien?

—Violaste y asesinaste a una criatura. ¿Eso te convirtió en un hombre?

—Durante toda mi vida no hice más que oír que me decían: "Sé hombre, Dwight". —En sus ojos murió la expresión divertida y se volvieron fríos y vacíos. —"¡Por amor de Dios, debes ser hombre!" No es posible ser hombre si uno es virgen, ¿no es cierto? Y ninguna chica me miraba dos veces. Pero lo solucioné. Esa noche modificó mi vida. Mírame ahora.

Abrió los brazos y se le acercó, observándola.

—Adquirí confianza y un excelente estado físico ¿y no terminé casándome con la chica más bonita de Progress? Logré que me respetaran. Una mujer hermosa, un hijo. Tengo una posición envidiable. Y todo empezó esa noche.

—¡Todas esas otras chicas!

—¿Por qué no? Tú no puedes imaginar lo que es... o tal vez puedas. Sí, tal vez puedas. Sabes lo que se siente, ¿no es cierto? El miedo. Mientras sucede soy la persona más importante del mundo para ellas. Soy el mundo para ellas. ¡No te imaginas lo excitante que es!

Tory pensó en la posibilidad de correr. La idea entró y salió de su mente. Y al ver el brillo de los ojos de Dwight, supo que era lo que él justamente esperaba que hiciera. Con toda deliberación comenzó a respirar con más lentitud, se abrió. Allí estaba de nuevo ese blanco, como un foso, pero en las orillas había una especie de hambre horrible.

Reconocerla, anticiparla era la única arma que ella poseía.

—Ni siquiera las conocías, Dwight. Eran desconocidas.

—Sólo imagino que ellas son Hope y que vivo de nuevo esa primera noche. Ellas no son más que putas y perdedoras hasta que yo las convierto en Hope.

—No fue lo mismo con Sherry.

—No quería esperar. —Se encogió de hombros. —En este momento Lissy no vale mucho en un sentido sexual. No la puedo culpar. Y esa maestrita excitante lo deseaba. Aunque la perra estúpida quería hacerlo con Wade. Bueno, se lo di yo. Pero no fue perfecto. No por completo. Faith es perfecta.

Notó que Tory se sobresaltaba.

—Sí, te has hecho bastante amiga de Faith, ¿verdad? Yo pienso tener una relación todavía más íntima con ella. Pensaba esperar hasta agosto para poseerla. Así me hubiera atenido a mi pequeño ritual, ¿sabes? Pero tendré que apurar las cosas. A propósito, te advierto que Faith llegará tarde. La convencí a Lissy de que fuera a verla y ya conoces a mi mujer. Mantendrá ocupada a Faith el tiempo necesario.

—Esta vez lo sabrán, Dwight. No podrás cargarle la culpa a otro.

—Tu padre cooperó conmigo, ¿no es cierto? ¿Te comenté que yo fui quien mató a tu madre? La llamé, le dije que era un amigo y que su amante esposo iría a buscarla. Me pareció un detalle agradable, un detalle que mantendría a la policía detrás de tu padre y que me permitiría sentarme a observar los hechos con mi actitud de intendente preocupado.

—Mi madre no era nadie para ti.

—Ninguna de ellas lo era. Con excepción de Hope. Y no te preocupes por mí. Nadie sospechará. Soy un ciudadano importante y en este momento he salido a comprar un osito de peluche para mi próximo hijo. Un osito grande y amarillo. A Lissy le encantará.

—En realidad nunca pude sentirte —murmuró ella—. Porque no hay nada que sentir en ti. Interiormente eres casi inexistente.

—Eso me intrigaba. Me hiciste pasar algunos malos momentos. Hoy te tomé la mano, una especie de test, sólo para ver qué pasaba. No recibiste nada de mí. Pero antes de que terminemos, me sentirás. ¿Por qué no tratas de huir, como lo hizo ella? Tú sabes cómo corrió y gritó. Te daré una oportunidad.

—No. Yo misma me daré una oportunidad. —Sin un instante de vacilación se le tiró encima con el palo, apuntando a uno de los ojos de Dwight.

Cuando él gritó, ella corrió, como lo había hecho Hope.

El musgo se le enredaba en el pelo y el piso le absorbía, hambriento, los pies. Los zapatos se le deslizaban entre los helechos empapados mientras ella luchaba con furia contra las ramas.

Vio, lo que había visto Hope y las dos imágenes que se unían para formar una sola. Una noche calurosa de verano que se mezclaba con una tarde llena de vapor. Y sintió lo que había sentido Hope, mientras su propio miedo y su furia saltaban justo delante del terror infantil. Oyó, como había oído Hope, los pasos que resonaban a sus espaldas, el ruido de la maleza pisoteada.

La rabia fue lo que la detuvo, lo que la obligó a volverse antes de saber con claridad lo que se proponía. Esa furia la recorrió, negra como la brea, cuando atacó a Dwight con uñas y dientes.

Sorprendido por el repentino ataque, casi enceguecido por la sangre, Dwight cayó debajo de ella, y aulló cuando Tory le hundió los dientes en un hombro. Le tiró un puñetazo, sintió que la golpeaba, pero ella se le aferró como un erizo y le arañó la cara con las uñas.

Ninguna de las otras pudo luchar contra él, pero ella lo haría. ¡Dios! Lo haría.

¡Soy Tory! Las palabras eran un grito de guerra que le resonaba en los oídos. Era Tory y lucharía.

A pesar de que las manos de Dwight se cerraban alrededor de su cuello, lo siguió atacando. Cuando se le enturbió la vista, cuando comenzó a jadear para respirar, siguió utilizando los puños.

Alguien gritaba su nombre, gritos salvajes y desesperados que resonaban dentro del rugido de sangre que tenía en la cabeza. Clavó las uñas en las manos que le rodeaban el cuello y se ahogó al sentir que se aflojaban.

—Ahora te siento. Terror y dolor. Ahora lo sabes. ¡Ahora lo sabes, cretino de porquería!

Alguien la alzaba y ella luchaba como enloquecida, con la mirada clavada en la cara de Dwight. Le manaba sangre de un ojo y tenía las mejillas tan arañadas que estaban en carne viva.

—¡Ahora sabes lo que es! ¡Ahora lo sabes!

—¡Tory! ¡Basta! ¡Basta! Mírame.

Muy pálido y con la cara cubierta de transpiración, Cade la mantuvo abrazada hasta que los ojos de Tory se aclararon.

—Él la mató. Siempre fue él. Yo nunca lo pude ver. Te ha odiado durante toda su vida. Los ha odiado a todos.

—Estás herida.

—No. Es sangre de Dwight.

—¡Cade! ¡Por amor de Dios! Tory se ha vuelto loca. —Tosiendo, Dwight rodó sobre sí mismo hasta quedar apoyado sobre manos y rodillas. Tenía la sensación de estar sangrando por mil heridas. Su ojo derecho era un carbón ardiente. Pero la cabeza le funcionaba y funcionaba con rapidez y frialdad. —Creyó que yo era su padre.

—¡Mentiroso! —La furia volvió a surgir y la hizo luchar como una loca contra Cade. —Él mató a Hope. Me estaba esperando aquí.

—¿Que yo maté a Hope? —Dwight se arrodilló, con la sangre manando de su boca rasgada. —Eso fue hace casi veinte años. Está enferma. Es evidente que está enferma. ¡Dios, mi ojo! Tienes que ayudarme.

Intentó ponerse de pie y se sorprendió al comprobar que sus piernas no le respondían.

—¡Por amor de Dios, Cade, llama una ambulancia! Voy a perder mi maldito ojo.

—Tú sabías que venían a este lugar. —Cade mantenía inmovilizada a Tory mientras estudiaba el rostro desfigurado de su antiguo amigo. —Sabías que se escapaban por la noche para venir aquí. Yo mismo te lo dije. Y nos reíamos de ellas.

—¿Qué tiene eso que ver? —Dwight movió su ojo sano al oír el ruido de ramas mojadas que se movían. Jadeante por el esfuerzo, Carl D. se abrió paso entre la maleza. —¡Gracias a Dios, jefe! Llame una ambulancia. Tory ha tenido una especie de crisis de nervios. Mire lo que me hizo.

—¡Santo Dios! —murmuró Carl D. mientras se apresuraba a acercarse a Dwight.

—Quería que yo huyera. Pero he dejado de huir. —Tory dejó de luchar y apoyó una mano sobre la de Cade mientras Carl D. se agachaba para cubrir con un pañuelo el ojo herido de Dwight. —Él mató a Hope y a las demás. Él mató a mi madre.

—¡Les digo que está loca! —gritó Dwight. No veía. ¡Maldición no veía! Comenzaron a castañetearle los dientes. —Tory está loca porque no puede enfrentar lo que hizo su padre.

—Ante todo te llevaremos al hospital, Dwight, y después trataremos de desentrañar todo esto. —Carl D. miró a Tory. —¿Está herida?

—No, no estoy herida. Usted no quiere creerme. No quiere creer que un asesino como él haya estado viviendo a su lado durante todos estos años. Pero así es. Encontró la manera de hacerlo. —Miró a Cade a los ojos. —Lo siento.

—Yo tampoco quiero creerte. Pero te creo.

—Lo sé. —Y apoyándose en la fe de Cade, se puso de pie. —El arma con que mató a mi madre está en el altillo de su casa. Sobre la viga que da al costado sur. —Con suavidad se pasó los dedos por el cuello, donde las manos de Dwight habían dejado su marca. —Cometiste un error al haberme dejado entrar así, Dwight, al haberte acercado tanto. Debiste haber sido más cuidadoso con tus pensamientos.

—Está mintiendo. Ella misma debe haber plantado allí el arma. Está loca. —Trastabilló cuando Carl D. lo tironeó para ponerlo de pie. —Cade, hemos sido amigos durante toda la vida. Tienes que creerme.

—Hay algo que tú debes creer —contestó Cade—. Si yo hubiera llegado antes, en este momento estarías muerto. Créelo. Y recuérdalo.

—Ahora tendrás que venir conmigo, Dwight —dijo Carl D., esposándolo.

—¿Qué hace? ¿Qué mierda está haciendo? Le cree a una loca en lugar de creerme a mí.

—Si el arma no está donde ella dice que está, si no coincide con la que usaron para asesinar a un joven oficial de policía y a una mujer indefensa, me disculparé de todo corazón ante ti. Ven conmigo. Señorita Tory, le aconsejo que usted también vaya al hospital.

—No. —Con el dorso de la mano se enjugó la sangre de la boca. —Todavía no he hecho lo que vine a hacer.

—Entonces vayan —les dijo Carl D. —Yo me haré cargo de esto. Más tarde pasaré a verla, señorita Tory.

—¡Es una loca! —gritó Dwight y siguió gritando mientras Carl D. se lo llevaba a los empujones.

—Se siente insultado. —Con una risa entrecortada, Tory se llevó las manos a los ojos. —Ésa es la principal emoción que lo recorre en este momento. Es un insulto que lo traten como a un criminal. Y esa emoción es más fuerte en él que el odio y el hambre.

—Apártate de él —exigió Cade—. No lo mires.

—Tienes razón, Cade. Tienes razón.

—Estuve a punto de perderte por segunda vez. No creas que permitiré que vuelva a suceder.

—Me creíste —murmuró Tory—. Sentí lo dolorido que estabas, pero me creíste. No te puedo explicar lo que eso significa para mí. —Lo abrazó con fuerza. —Tú querías a Dwight. Lo siento muchísimo.

—Ni siquiera lo conocía. —Y sin embargo, Cade estaba acongojado. —Si pudiera retroceder en el tiempo...

—No puedes. He tardado mucho en aprender que es imposible.

—Tienes la cara lastimada. —Se la cubrió de besos.

—La de él está peor. —Apoyó la cabeza sobre el hombro de Cade y comenzaron a caminar. —Yo huía y pensaba seguir huyendo y entonces, de repente, sentí esta vida en mi interior. Esta furia de vida. Él no iba a ganar, no me iba a perseguir como persigue un zorro a un conejo. Por una vez en la vida sabría lo que es. Lo sabría.

Cade supo que jamás se podría sacar del todo esas imágenes de la cabeza. La de Tory, con la cara lastimada y ensangrentada arañando como una gata a Dwight. Y Dwight que rodeaba con las manos el cuello de Tory.

—Lo seguirá negando —afirmó Cade—. Contratará a un abogado. Pero no importa. En definitiva lo que él haga no tiene importancia.

—No. Creo que puedes confiar en que la agente Williams llevará todo esto a buen término. ¡Pobre Lissy! —Suspiró. —¿Qué hará?

Al llegar al claro, Tory se detuvo a levantar las flores caídas. El fuego se había convertido en brasas y la luz se filtraba entre los árboles.

—Volveré a hacer esto otro día con Faith. Este momento es para ti y para mí. —Juntos, se encaminaron hacia la orilla del río.

—La quisimos y siempre la recordaremos. —Tory arrojó las flores al agua. —Pero ahora todo ha terminado. Por fin. He esperado mucho tiempo para poder despedirme.

Todavía tenía los ojos llenos de lágrimas, pero eran lágrimas tranquilas. Tory empezaba a cicatrizar. Esas lágrimas brillaban en sus mejillas cuando se volvió hacia Cade.

—Me gustaría casarme mañana contigo en el jardín y lucir el traje de novia de mi abuela.

Él le tomó una mano y la besó.

—¿En serio?

—Sí, me gustaría. Me gustará muchísimo. Y me gustaría ir contigo a París, sentarnos frente a una mesa bajo el sol y beber vino, hacer el amor contigo cuando amanezca. Después me gustaría volver aquí y construir una vida contigo.

—Ya la estamos construyendo.

Cade la acercó a sí. Pequeños rayos de sol se colaban entre los árboles y gotas de lluvia caían del musgo.

Flores, capullos alegres, flotaban en silencio sobre el río.